魏文大帝曹丕

曹廓 著

天津出版传媒集团
百花文艺出版社

图书在版编目（CIP）数据

魏文大帝曹丕 / 曹廓著 . -- 天津 ： 百花文艺出版社，2024.1
ISBN 978-7-5306-8682-9

Ⅰ . ①魏… Ⅱ . ①曹… Ⅲ . ①长篇历史小说 - 中国 - 当代 Ⅳ . ① I247.5

中国版本图书馆 CIP 数据核字 (2024) 第 000187 号

魏文大帝曹丕
WEIWEN DADI CAO PI
曹廓　著

出 版 人：薛印胜
特约策划：天下才俊工作室
责任编辑：张雪　　**装帧设计：**罗佳丽
出版发行：百花文艺出版社
地址：天津市和平区西康路 35 号　**邮编：**300051
电话传真：+86-22-23332651（发行部）
+86-22-23332656（总编室）
+86-22-23332478（邮购部）
网址：http://www.baihuawenyi.com
印刷：廊坊市伍福印刷有限公司
开本：710 毫米 ×1010 毫米　1/16
字数：480 千字
印张：29
版次：2024 年 1 月第 1 版
印次：2024 年 1 月第 1 次印刷
定价：98.00 元

如有印装质量问题，请与廊坊市伍福印刷有限公司联系调换
地址：安次区码头镇东辛庄村
电话：13731634666
邮编：065003

前 言

我从小喜欢看四大名著，尤其喜看《三国演义》，“曹操是奸贼”的认识已深入我的意识。

后来，我看了学者们对曹操的评价感到疑惑。鲁迅评价曹操：是一个很有本事的人，至少是一个英雄，我虽不是曹操一党，但无论如何，总是非常佩服他的。郭沫若也对曹操评价很高。我当了教师，参考书介绍曹操是政治家、军事家、诗人，评价高于刘备、诸葛亮、孙权。

带着疑惑，我查看了大量历史著作，感觉曹操真的了不起，才知道学者们是站在历史角度评价曹操的。正所谓“历史的曹操”。《三国演义》是站在正统观念角度写曹操的。汉朝是刘氏天下，刘备是中山靖王第十八代玄孙，美化刘备丑化曹操也是情理之中的事情了。既然真实的曹操是当之无愧的英雄，写曹操的人很多，我决定创作长篇小说写写曹丕，取名《魏文大帝曹丕》。

我从二十世纪七十年代开始创作小说，是菏泽执着写作的老同志之一，至如今，年近古稀，仍笔耕不辍。我在省、市级纯文学刊物发表三十余万字，在“中国作家网”发表八十余万字。现著有短篇小说集两部《黄雀》《风雪夜归人》（研究出版社出版）、中篇小说集一部《曹廓中篇小说选》（中国音像出版社出版）、长篇小说两部《魏文大帝曹丕》（百花文艺出版社出版）与《圣哲庄子》。写作是我的生活与幸事。

《魏文大帝曹丕》的创作历时两年，采用新章回体体例，共八十章，四十余万字。

本书没有继承《三国演义》宣扬的正统观念，而是力求遵循历史记载，体现既具有艺术的真实，也具有历史的真实，着意揭示人物本质，我认为这是最主要的真实。

本长篇小说以东汉末期为时代背景，以曹丕成长为主线，写了各政治集团大量的历史事件，重点写曹氏集团的发展情况。围绕“官渡之战”“赤壁之战”“三伐东吴”等事件，书中描绘了大量的人物，这些人物被错综复杂的线索所缠绕，形成错综复杂的人际关系，错综复杂的人物关系引出了扑朔迷离的情节。

小说人物众多，我力争让众多人物性格各异，让他们活灵活现地展现在读者眼前。《魏文大帝曹丕》主人公为曹丕、曹操、卞夫人，写了曹丕与父母、兄弟、妻妾与诸位大臣及外部政治集团人物的关系。曹操是基础，卞夫人的善良隐忍勤劳对曹丕影响极大。书中，曹丕与政敌以及正妻侍妾的关系贯串始终，同时包含卞夫人、丁夫人与华三彪子的矛盾，曹丕与母亲的矛盾。

曹丕生逢乱世，饱经战争流离之苦，博览群书，在军旅中成长，一心想登上王位。在奋斗的过程中，他承受了诸多来自亲人和外部等方面的压力，他简朴、隐忍，在人生路上坚韧不拔，艰难行进。可以说他是过五关，斩六将，一路走来，终于登上了王位，继而登上了帝位。

登上帝位以后，魏文帝曹丕实行了一系列改革，先巩固北方，而后战东吴，斗西蜀，为统一全国耗尽心血。曹丕在处理个人恩爱情仇、发展壮大国家的过程中，呕心沥血；正当他雄心勃勃、政绩显著时，不幸英年早逝……

曹丕的一生，是艰难的一生、奋斗的一声，给世人留下多方面的启迪……

托着沉甸甸的《魏文大帝曹丕》文稿，我再次感到滚滚长江东逝水、浪花淘尽英雄的历史沧桑……

在成书之际，对参与整理此书文稿的李晓玲及其他编辑老师表示感谢！对长期以来指导我写作的刘照如老师表示感谢！对在我写作中给予帮助支持的赵统斌主席、孟中文主席、刘广胜老师、杨洁老师等人表示衷心感谢！

由于书中故事来源史书，借鉴前人在所难免，只盼拙著能飨读者……

曹廓

2023 年 5 月 15 日

目 录

第三卷：夺嫡之争

第四卷：登上帝位

第五卷：巩固内部

第六卷：统一大业

尾　声

序 幕

那混乱的年代／朝廷太腐败／人祸惹天灾／东汉王朝在一夕之间崩坏兴衰／九州地图被人们切割成三块

——周杰伦《乱舞春秋》

东汉末年，朝廷腐败，战乱不断。汉灵帝荒淫无道、卖官鬻爵、政治黑暗。汉灵帝去世，何皇后（即何太后）、大将军何进及部分文武官员支持嫡长子刘辩继承王位。何进听从袁绍的建议，征召董卓、丁原率兵进京，胁迫何太后同意诛杀宦官。宦官们听说后全吓得目瞪口呆，决定联合起来铤而走险，就假传何太后懿旨宣何进入皇宫。何进有点犹豫，后来想想，有妹妹何太后在宫，宦官又能把自己怎么样呢？结果他一进皇宫就被杀害。宦官们把何进人头悬挂于宫外城墙高杆上。

袁绍、袁术对宦官恨得咬牙切齿，率军冲进宫内几乎杀死了全部宦官。皇宫内，尸横遍宫，血流成河。董卓率军进京，控制了朝政。袁绍为盟主的关东联军开始讨伐董卓……

公元 184 年，黄巾军起事，再加上天灾人祸，使东汉朝廷这座将倾的大厦摇摇欲坠。为镇压黄巾军，平息叛乱，朝廷放纵、鼓励地方刺史、州牧、宗族豪强自行募兵，导致各地割据态势愈发严峻。诸侯们杀伐争夺，而天子的权重渐次式微，饿殍遍地，哀鸿遍野。

曹丕，字子桓，东汉沛国谯县（今安徽亳州）人也；生于公元 187 年冬，崩于公元 226 年 6 月 29 日。他是魏武帝曹操的次子，三国时期魏朝的创建者。曹丕少时好弓马，诵诗、论；及长，熟读《五经》《四书》《史记》《汉书》，诸子百家之言无不毕览。他青年时随军作战，饱受战火洗礼，建安十六年（211 年）任五官中郎将、副丞相。

建安二十二年（217 年），他被曹操立为嗣。

曹丕生逢乱世，饱经战争流离之苦，博览群书，在军旅中成长，一心想登上王位。在奋斗的过程中，他承受了来自亲人和外部等方面的压力，命途多舛，千回百折。他勤勉、简朴、隐忍，在人生路上艰难行进，可以说是过五关，斩六将。建安二十五年（220年）正月，曹操死后，曹丕袭魏王、丞相，同年改元延康。一路走来，曹丕终于登上了王位，继而登上了帝位。

曹丕代汉称帝，是为魏文帝，都洛阳。他在位期间，实行了一系列改革，击退鲜卑，和匈奴、氐、羌等外夷修好，平定边患，恢复了汉朝在西域的建置，巩固北方，而后战东吴，斗西蜀，为统一全国宵衣旰食，筚路蓝缕。曹丕在处理个人恩爱情仇、发展壮大国家的过程中，呕心沥血，正当雄心勃勃、政绩显著时，不幸英年早逝……

黄初七年（226年），曹丕病逝于洛阳，时年四十岁。庙号高祖，谥号文皇帝，葬于首阳陵。

曹操（155年—220年3月15日），字孟德，一名吉利，小字阿瞒，沛国谯县（今安徽亳州）人。东汉末年杰出的政治家、军事家、文学家、书法家，三国中曹魏政权的奠基人。

曹操家族本是西汉丞相曹参之后，世代居住谯县。曹操祖父曹腾在兄弟中行三。老大曹伯兴，老二曹仲兴。曹操的伯父曹鼎，是大祖父曹伯兴之子，曹洪之父。曹操伯父曹炽，是二祖父曹仲兴之子，曹仁、曹纯之父。

曹家世代以酿酒为生，兼做农工。汉魏时期，曹家酿造的“九酝春”酒远近闻名。但曹家到灾荒年，常常因买卖不好为衣食犯愁。为了改变家庭命运，曹腾十岁净身入宫，先当内侍，后担任黄门从官、太子侍读。汉顺帝即位，曹腾任小黄门、中常侍、长乐太仆。他在宫中任事三十多载，小心翼翼服侍四位皇帝， 深得皇帝信任。他心怀慈善，宽容大度，多推荐贤人。后来曹腾弟兄三家能殷实富有，与曹腾在朝中兴旺发达有直接的关系。曹腾净身入宫膝下无子，老二曹仲兴把自己的二儿子曹嵩过继给曹腾为嗣。曹嵩凭着养父曹腾的威望，先后任大鸿胪、大司农，掌管国家的财政礼仪，名列九卿，位高权重；最后做到太尉，居列三公……

曹操少时，机智警敏，有随机应变的能力，又任性好侠、放荡不羁。梁国的桥玄认为他有过人之处，桥玄对曹操说：“天下将乱，非命世之才不能济也，安抚天下的责任，大概应由你来承担吧！”南阳何颙常对时人说：“汉室将亡，安天下者，必定是曹操！”

曹操虽出身豪门，但系宦官之后，在时人眼中仍为“寒族”。社会地位的低下，进一步激起了志向远大的曹操的进取心。他从青少年时期便广泛涉猎经史典籍，尤爱军事著作，曾抄录古代诸家兵法韬略，另有注释《孙子兵法》的《魏武注孙子》著作传世。曹操在诗歌、书法、音乐方面独具天赋，作品列为名家。他武艺高强，曾夜间潜入搜刮暴敛、骄纵贪婪的中常侍张让家行刺。被张让发觉后，他手舞着双戟跃墙而出，全身而退。

熹平三年（174年），曹操二十岁，被州郡举荐为孝廉。不久，他凭着“孝廉”的身份入京都洛阳做了郎官，又担任了洛阳北部尉。曹操一到任，申明禁令，造五色大棒十余根悬在衙门左右，明文规定严行宵禁。皇帝宠幸的宦官蹇硕的叔父蹇图违禁夜行，曹操毫不留情，将蹇图用五色棒处死。于是，京师人人惧怕，没有再敢违反禁令的人。

曹操也因此得罪了蹇硕。碍于他父亲曹嵩的情面，朝廷实行明升暗降，把曹操调到远离洛阳的顿丘（今河南清丰）。二十三岁的曹操担任顿丘令。

光和元年（178年），曹操因堂妹夫濦强侯宋奇被宦官诛杀受到牵连，被免官。曹操回到老家谯县闲居，纳了卞氏。

光和三年（180年），曹操被朝廷召回，进京任议郎。大将军窦武、太傅陈蕃谋划诛杀宦官，不料事情败露，反被宦官所杀。曹操上书陈述窦武为官正直而遭陷害，致使奸邪之徒满朝，而忠良得不到重用。他言辞恳切，却没被汉灵帝采纳。曹操明白，东汉朝政日益腐败，仅凭个人的微薄力量根本无法匡正。

中平元年（184年），黄巾起义爆发。曹操拜为骑都尉，受命于皇甫嵩等人合军进攻颍川的黄巾军，结果大破黄巾军，斩首数万级，随之迁为济南相。济南国（今山东济南一带）管辖十余县，各县令长吏多依附贵势，贪赃枉法，无所顾忌。以前历任国相装聋作哑，曹操到任，整饬官场，一次奏免八个长吏。济南震动，贪官污吏像老鼠一样，纷纷逃窜。

中平六年（189年），曹操起兵讨伐董卓，后镇压黄巾军，队伍一天天壮大。建安元年（196年），曹操迎汉献帝在许县建都，被封为大将军、武平侯。足智多谋的曹操在天下大乱的东汉末年，以汉天子的名义征讨四方。他凭着果敢豪气先后消灭了二袁、吕布、刘表、韩遂，降服了南匈奴、乌桓、鲜卑等族，统一了中国北方的广大地区，恢复了中国北方的经济生产和社会秩序稳定，奠定了曹魏立国的基础。曹操在世时，担任东汉丞相，后为魏王，去世后谥号魏武帝。

卞氏（161年—230年），魏武宣皇后，琅琊开阳（今山东临沂）白亭人。魏武帝曹操的正妻（继室），魏文帝曹丕、任城威王曹彰、陈思王曹植、萧怀王曹熊的母亲。

正史中并无卞氏的名讳，有传言为“淑曼”，故本书亦以“淑曼”称之。卞淑曼出身于以歌舞为业的倡家（汉代专门从事音乐歌舞的乐人家庭），二十一岁与曹操成婚。曹操第一任妻子为丁氏，不会生养，曹操纳丁氏陪嫁女刘氏为妾。刘氏生一男一女后死了，曹操又纳卞氏为妾。建安初年，原配丁夫人被废，卞夫人成为曹操的正妻。曹丕继帝位后尊卞氏为皇太后，曹叡继位后尊其为太皇太后。卞氏在太和四年（230年）去世，与魏武帝曹操合葬高陵。

曹植（192年—232年12月27日），字子建，沛国谯县人，是曹操与卞氏所生第三子，生前曾为陈王，去世后谥号思，世称“陈思王”。

曹植是三国时期曹魏著名的文学家，建安文学的代表人物之一。他的代表作有《洛神赋》《白马篇》《七哀诗》等。后世人把他与曹操、曹丕合称为“三曹”。曹植诗以笔力雄健和词采华美见长，留有集三十卷，已佚，今存《曹子建集》是宋人编。曹植的散文同样也具有气韵高雅、辞彩华丽的特点。南朝宋文学家谢灵运对曹植有“天下才有一石，曹子建独占八斗”的评价。《诗品》的作者钟嵘称赞曹植“骨气奇高，词彩华茂，情兼雅怨，体被文质，粲溢今古，卓尔不群”。王士祯尝论汉魏以来二千年间诗家堪称“仙才”者，曹植、李白、苏轼三人耳。

刘备（161年—223年6月10日），字玄德，东汉末年幽州涿郡涿县（今河北涿州）人。在东汉末年的军阀混战中，刘备集团的力量相对较弱，无稳定的根据地，一直处于颠沛流离的境地，曾经先后投曹操、袁绍、刘表旗下。

公元188年，刘备、关羽、张飞在涿县组建了一支地方武装，加入东汉王朝扑灭黄巾起义军的战争。战争结束，刘备任职东汉王朝的平原县县令。196年，他升任徐州牧，官拜镇东将军、封宜城亭侯；徐州被吕布攻占后，改任豫州牧。207年，刘备三顾茅庐，聘请诸葛亮做军师，按照诸葛亮的战略方针，先后占领荆州、联孙吴、退曹兵、后入四川。221年，刘备在成都称帝，建立了蜀汉王朝，疆土包括今四川及云南、贵州北部以及陕西旧汉中府一带，成为三国时期的其中一国。刘备先后娶妻甘氏、糜氏、孙氏和吴氏。223年6月10日，刘备病逝于白帝城，他的儿子刘禅继位。

孙权（182年—252年5月21日），字仲谋，吴郡富春（今浙江富阳）人，生于下邳（今江苏邳州）。

父亲孙坚和兄长孙策，在东汉末年群雄割据中打下了江东基业。建安五年（200年），孙策遭刺杀身亡，孙权继而掌事，成为一方诸侯。建安十三年（208年），孙权与刘备联合在赤壁打败曹操军队，建立了孙刘联盟。建安二十四年（219年），孙权派吕蒙袭取刘备的荆州成功，使自己的领土面积大大增加。黄武元年（222年），孙权被魏文帝曹丕封为吴王，建立吴国。黄龙元年（229年），孙权正式称帝。

本长篇小说人物众多，序幕中只介绍了与曹丕成长关系最为密切的几位人物。此书重点写曹操次子曹丕，写他艰难的人生经历。

人的一生都在博弈，自古以来，无论帝王将相、才子佳人，还是平民百姓，无人能跳出博弈的命运。

曹丕的一生，是艰苦的一生、奋斗的一生，给世人诸方面启迪……

第一卷：曹丕小出身

曹丕出世

一场大雪过后，广袤的中原大地呈现出一派银装素裹的壮丽景象。北风猎猎，鸿雁排成人字形长队鸣叫着凌空飞过。

涡河水结成厚厚的冰，静静地铺在河床上，在冬阳照耀下，像一面刺眼的镜子折射出灼灼的七彩光芒。青色的云朵笼罩着广袤的天空，形如御用车驾的伞盖，终日不散。

沛国，谯县，药都。十三只大雁盘旋鸣叫在城东曹家庄园上空。

东汉末年，公元 187 年冬月正午时分。谯县城东一片柳树林中的庄园斗拱堂房里传出一阵婴儿嘹亮的哭啼声。

房内，火苗正旺，木盆里的水热气腾腾。

曹嬷嬷包好男婴，用手帕为卞淑曼擦干脸上身上的汗水，轻轻地吐了口气。曹嬷嬷是曹府一个二十五六岁的丫鬟，黑眉、大嘴、高身材。

曹操侍妾卞淑曼产后，石榴一样红润的面容添上了一层白霜般的颜色。她无力地接过襁褓，看看襁褓中刚出生的婴儿那红扑扑的脸蛋。那娃儿两道剑眉浑如黑漆，微微张开的眼睛里射出寒星般的光泽。卞淑曼苍白的面孔泛出两片潮红，不由得生出几分欣喜、陌生、幸福的情愫……在卞氏看来，娃儿不仅仅是她的儿子，更是她在曹家站稳脚跟的靠山与倚仗。

她在灵帝光和三年（180 年）嫁入曹家，到此时已经七个年头了。做小妾的七年里，她受尽白眼和冷漠，如同在刀尖上走步。现在她终于可以扬起眉毛吐口怨气了。她轻声说："曹嬷嬷，快，快去给老夫人、大夫人报喜。"

"诺。"曹嬷嬷垂手应了一声。曹嬷嬷给卞氏倒上一碗热腾腾的红糖水："少夫人，趁热喝下。"而后，她喜气洋洋且利索地转过身子，迈着轻巧的步子，到院里对在厨房往缸里倒水的家仆曹知高嗓门说："大吉大利，汤饼（小子）！汤饼！"再走过栅栏外结着薄冰的水渠上的木桥，一溜小跑去了城中曹府大院。

这曹嬷嬷与仆人曹知都是谯县西北乡人。三年前西北乡闹灾荒，曹操见一个老太太饿昏在荒野，救了她，管她吃喝。后来那老太太死在曹家，曹操又掩埋了她。前来找人的曹知与曹嬷嬷感叹曹操心眼儿好，说家人失散，请求留在曹家做了仆人。两人忠厚勤劳，很受曹家人待见。

城内的曹府大院，处在满是药铺酒店的十字大街西北角，后来在谯县城叫作“魏王东西大街路北”。高大的门楼上悬挂着一块横幅鎏金匾额，匾额上“大司农曹府”几个汉隶大字龙蛇飞舞，透着富裕高贵的气势。门楼四角挂着随风响动的风铃，广亮大门两旁各蹲一只龇牙咧嘴、威风凛凛的大石狮子。

曹嬷嬷走过画廊旁边由浮雕花纹青砖砌成的甬道，来到第二进院的上房，让侍勤丫鬟传告，她有喜事要向丁老夫人禀报。丫鬟道，老夫人正在礼佛，刚才吩咐任何人不得打扰。待我禀过，你再入内。

丫鬟等了一个时辰才让她进去。屋内香火烟雾缭绕。老夫人跪在蒲草团上，面对桌上的观世音塑像，手拨念珠，口中嘟嘟囔囔念念有词。曹嬷嬷垂手站立了许久，老夫人才拉着长腔问：“何事？”

曹嬷嬷连忙应道：“老夫人，给您道喜啦！卞氏生了个汤饼。”

老夫人没张嘴，只用鼻子爱理不理地“哼”了一声：“知道了。”又径自闭目诵经去了。

这丁老夫人本是谯县丁溪名门大户丁大善人的女儿，大鸿胪、大司农曹嵩的正妻，曹操的生母。

曹嬷嬷又到东厢房禀告了曹操正妻丁夫人。只见丁夫人正坐在镜前补妆，听了曹嬷嬷“道喜”的话，把木梳“啪”地一摔，皱起眉毛撇着嘴咬牙厉声道：“这小贱人，还真生了，她以后更是蒹葭倚玉，鼻上额头，蹬鼻子上脸了，呵，呵呵……”

曹操的正妻丁夫人是母亲丁老夫人的本家侄女，很受丁老夫人的喜欢。

“唉！自己不会生养，见别人生子至于这样生气吗？”曹嬷嬷心里这样想着却不敢直视她，低眉垂手知趣地离开了。

曹嬷嬷回到了东庄园。听着四周冬风吹动树枝“簌簌”的响声，心里像有一簇带刺的枝条随着冬风狐疑不安地摇动，她不知道该如何向卞氏回禀。

卞淑曼看一眼曹嬷嬷脸色，心中早就明白了八九分。家主不在身边的日子是愁苦难熬的，她思念他，这种思念就像孤舟夜行时，嫠妇对于温馨家中明亮灯火的热切盼望。她看看红嫩脸蛋的婴儿，看看自己佩戴的家主送她的凤形雕刻图案的玉石，再看看窗外，止不住落下泪来。现在老天开眼，自己总算有了个儿子，她脸上慢慢溢出一丝浅浅的微笑。

公元180年冬天，她做了曹操小妾，一年后天天看着自己毫无动静的腹部，便开始焦急担心了。她暗想，自己如果真的不能生育，那在曹家便永无出头之日了。丁老夫人对她冷言冷语地嘲讽，曹操正妻丁夫人对她恶言恶语地谩骂。直到有一天，曹嬷嬷说曹府供她吃的米面里放着不宜坐胎的药，她才大吃一惊。从那天起，卞淑曼自己安排吃食，事事小心，处处留意，直到今天，她才像院中的石榴树，在受尽几年的风吹霜打之后，终于结出了酸中带甜的果实。她浅浅的微笑中，含有道不尽的幸福、喜悦。生个儿子，本来是件令人高兴的事情，却又无端遭到了桃树的嫉妒，这让她的喜悦大大打了折扣。

她回忆着，自己来到曹家的第二年春天，她命人在曹家东庄园院中厨房前，在原来的桃树旁，种下一棵石榴树。石榴树比她还早结果两年呢。做妾的日子不易呀。这下好了，有了儿子就有盼头了。她不知不觉又笑了，红润的石榴花色又渐渐替代了脸上的苍白，弯曲细腻的新月眉又灵动在两只杏眼上，杏眼里流露出了明亮清澈的光芒。

产子后的第三天，卞淑曼早早起床梳头后洗了手脸，给众位神灵塑像焚烧了香箔纸钱，吃了曹嬷嬷做的喜面。

门外传来一阵说笑声。曹操的二弟曹彬、堂弟曹仁来见。两人由曹嬷嬷引导，先看了娃儿，连夸娃儿天庭饱满、地阁方圆、二目炯炯有神、一副尊贵相貌、日后必是贵人云云。

卞淑曼起身，低头屈膝施礼致谢。曹彬递来用红绒绳串着的一对豆扣大小的银铸狗狗，道："母亲大人偶感风寒，无法前来看你，派我送来这对银制狗狗，好戴在娃儿腕上，以趋吉辟邪。"

曹仁送来一包散碎银两，道："家母让我告诉嫂嫂，伯母身体不适没来，她来多有不便，送些薄礼略表寸心。"曹彬又放下几包银两，说是某某大伯母、二婶娘、三嫂子等人捎来的银两。

卞淑曼接过礼物，双手平放左胸前低头屈膝施礼，一一示谢，问："不知你哥现在何处，你俩可否派人去报告他一声？"

曹彬道："我哥在外闯荡没有准确地方，我派人多方找寻便是。"

卞淑曼问曹彬："老夫人可曾为娃儿起名？"

曹彬道："未曾听家母说起。"

卞淑曼道："那就等老爷、太老爷回府后再取吧。"

曹彬离开时，到门口小声对曹仁道："我这当叔叔的买点小玩意儿，替母亲遮挡一下口怨，也好让淑曼心安些。"哪知卞淑曼耳朵十分灵敏，听见后止不住扑簌簌落下泪来。

曹嬷嬷急忙劝慰："少奶奶坐月子是万万不能动气的，生气容易阻塞奶乳，小心饿着小少爷。"

卞淑曼生了个儿子，一颗孤独的心，得到了些许安慰。刚出月子，她便开始纺线织布。随着纺车"嗡嗡"的响声，她胳膊不住扬落，潸然泪下。

曹嬷嬷道："少奶奶别太难过了。家中活路自有我们下人来做，哪用得着你动手劳作？听老人讲，坐完月子不能过早活动，年轻时没事，到年龄大了容易落下腰酸腿疼病啥的。"

卞淑曼擦把泪道："没事，我从小就是受罪的命，劳作惯了。"

曹嬷嬷叹了口气，喃喃地说："大少爷该回家了吧？"。

日子在寒冷的冬天里一天天过去。

"儿子大了就好了！"卞淑曼这样想着，她每天都在对曹操的期盼中生活。她一边纺花，一边给儿子哼着《诗经》、乐府的曲子，心里还止不住地思念夫君："不知如今家主身在何处？"她想象着，曹操或威风凛凛地坐在官衙内，手拍醒木处理公事；或在战场上排兵布阵，骑马驰骋……

她不由得想起了七年前自己被曹操纳为小妾的往事……

淑曼遇难

卞淑曼忘不了七年前在谯县的耻辱。正是那次来谯县演艺，她遇到了瞪着凸鹰眼、“哼哼”着塌鼻子的华三彪子的纠缠，才做了曹操的小妾。

父母亲常讲她出生时的情景，她私下里曾怀疑那只是美好的杜撰。

卞淑曼家在琅琊开阳（今山东临沂）白亭，当时白亭是开阳县一个普通的小集镇。说它普通，一是小镇总共就四五百口人，二是小镇铺户买卖少。中心十字街有一家饭馆、一家杂货铺、一家郎中铺，南头一个小客栈。艺人卞远家住在南北大街小客栈的东面。

公元 161 年十二月，瑞雪方霁，大地呈现一片耀眼的银辉。清晨，齐郡开阳白亭，从艺人卞远家里传出来一阵清脆的女婴哭啼声。屋里弥漫着灿灿的金光，这金光整日不散，给人一种神秘温暖的感觉。

家人十分惊异，这种灿灿的金光怎么会终日不散呢？傍晚，卞远拿几枚五铢钱请来在小镇南头小客栈居住的卜者王旦问卜。王旦进到卞家屋里，仔细看了女婴。女婴瓜子形脸盘，鼻头圆润，下巴丰满，眼神清澈明亮。王旦掐着中指查了女婴的生辰八字，马上恭喜道：“此女有大吉之相，你的女儿日后一定会大富大贵，前途无量，要好好培养她才是啊。”

卞远虽然知道他说的是一番恭维话，但听后依然眉开眼笑，手舞足蹈：“好，好，但愿女儿将来能够改变我们卞家四处漂泊卖艺的穷苦命运！”

女婴的母亲是通情达理且颇有心劲的人，听到卜者的赞美，脸上也现出愉快的微笑。她用虚弱的声音叹口气，道：“唉！俺卞家人虽是受人轻视的艺人，但从来没亏欠过谁家一枚五铢钱，做人上也不比谁缺斤短两。对孩子的培养，也只能是歌舞技艺了……孩儿她爹，到杂货铺给王卜师买点吉礼……”

“应该的……”

在汉代的艺人杂要班，女孩一般表演些歌、舞。唱歌者则坐而长歌，声音清丽婉转；跳舞者则风花拂柳，曼妙翩跹。女孩额外还表演些奏琴、排箫、舞剑之类。男子则表演顶竿、跳剑弄丸、吞刀吐火、戴竿走索、钻圈、倒立……

三日后，父亲卞远为女儿取名卞淑曼。

卞家一直住在白亭，田无一垄，房屋破烂，世世代代从事音乐歌舞倡伎职业，大部分时间漂泊在外。祖宗留下的生存职业就像冬天里穿在身上的烂棉袄一样，虽不十分暖和，但毕竟能够遮蔽风寒，因此，用来维持家人生计的职业是不能轻易抛弃的。

卞淑曼转眼到了五岁，五岁那年的一个冬日，是一个让她悲伤的日子。那天早晨，小淑曼端着饭去喂患重病的母亲，只见她眯着双眼像睡熟了，无论小淑曼怎样叫，都不出声。小淑曼探探母亲的鼻子，已经没了气息，止不住“哇”的一声大哭起来。两岁的卞秉听到母亲去世，搂着母亲的脖子哭着要吃奶。小淑曼把他抱下来哄道：“弟弟莫哭，没有了母亲，姐姐管你的事情，姐姐以后再也不打弟弟了……”

卞远抱着两个孩子张嘴大哭，一家人哭得死去活来。

母亲的去世可苦了父亲卞远，他又当爹又当娘，历经千辛万苦，努力把女儿卞淑曼与儿子卞秉抚养成人。父亲对俩孩子的培养目标，自然是把他俩培养成优秀的艺人。

小淑曼白中透红的瓜子脸蛋，苗条瘦削清丽的身材，婉转动听的歌喉，优美的舞姿，常常赢得人们的赞许。卞秉虽然瘦弱，也学会了一些杂耍技艺。

亲戚邻居都喜欢卞淑曼，见到她总是赞不绝口。“这孩子聪明伶俐，只可惜……唉”“可惜了，啧啧啧”……话语中流露着对她浓浓的惋惜意味，惋惜的还不是卞家的穷困卑微吗？

卞远从他们的赞誉声中明显地感觉出了连讽带刺的味道。卞远对轻视他们的人嗤之以鼻：“我们卖艺人怎么了？卞家人穷志不短，虎瘦雄心在。”

卞淑曼在歌舞艺术熏陶中成长，在父亲辛勤教诲下进步。她十岁便会吟诵诗辞赋，还能唱出黄鹂鸟一样婉转的歌儿，能跳出凤凰起舞般的舞蹈。她那红润的石榴花色的脸上，弯曲的新月眉毛下灵动着一双杏眼，杏眼里闪露着聪颖、善良、智慧的光芒。特别是她苗条的身材、优美的舞姿、婉转的歌喉，赢得了众人的青睐。

穷人的孩子早当家，爹爹说她是只小蜜蜂。卞淑曼演艺之余，洒扫庭除，刷锅做饭，为父亲端汤送茶。她从不与人争多论少，弟弟卞秉小时身体羸弱，卞淑曼有好吃的总是让着他。用一句话来说，她美丽得像朵石榴花儿，是个非常受人喜欢的姑娘。

卞淑曼十五岁那年，出落成像朵新开的红润的石榴花那样，人见人爱。

那年，过了元旦，正逢元宵节，卞家班到开阳县城演出。演出场上，观众摩肩接踵，狂喊声、呼哨声、掌声如涛如雷。五十多岁的县令观看了卞淑曼的演艺，就像老猫见了美人鱼，眼睛直勾勾地盯着她不眨一下。演出刚刚结束，县令马上找到一个当地最有名的长舌妇，号称最会“成人事”的胖媒婆说媒，要纳卞淑曼做小妾。

卞远说，看俺女儿的意思吧。卞淑曼委婉回绝媒人：“曼儿尚小，还像雏雀一样眷恋着窝巢。县令大人就像太阳一样光辉耀眼，蒹葭倚玉的小民是不配照临的。”媒人走后，她对父亲说：“他年龄太大，是县令也不行。”

胖媒婆回了卞淑曼的话。老县令认为卞淑曼看上了他的地位，说的话是对他的赞美，与媒人商量，想通过“将生米加把火煮成熟饭”的方法让卞家尽快应下这门亲事，便派胖媒婆公开向卞家行聘求婚。

第二天清早，鸟儿映着朝霞“喳喳”地叫着。卞家班的人正趁早起吊嗓练功。一阵笙箫锣鼓乐声由远而近，只见胖媒婆领着几个县衙差役，抬着金银、羊、酒、米等聘礼三十件，来给卞淑曼下聘礼。

卞远急得团团转，不知如何是好，他知道女儿不同意这门婚事。卞淑曼不慌不忙拦住行聘的人，道：“婚姻大事得两相情愿，下聘礼前还需有诸多礼仪，女方同意、父母首肯才行。县令如此无礼，粗暴蛮横，还算什么堂堂县公！请你们回去给县令大人传话，就说卞淑曼不愿意做他的小妾。”

卞远好言相劝打发走了行聘的队伍。

卞淑曼长到十八岁，提亲牵线的媒婆、虔婆、三姑六婆、好事之徒、长舌妇踏破了门槛，可卞淑曼芳心自持，孤芳暗赏，就是不开金口。

汉朝时兴早婚，十八岁的女子卞淑曼，已经成了“问题”女子。父亲卞远整天不停地唠叨，劝女儿：“天下动荡，兵荒马乱，我的女儿应该尽快嫁人，好有个依靠。我万一哪天走了也放心了。”

她脸红起来：“父亲大人放心，女儿要嫁人也得找个合适的郎君啊。我还不急呢！您……”父亲问她什么样的人才算如意，她笑而不答，也许心里自有未来夫君的“模板”。

公元180年初冬，下了一场小雪。那天卞远演唱时嗓音突然有些沙哑，经过多方调治，仍然不见好转。演唱的艺人没有好嗓子，就像工匠失去了必要的工具。他带领卞家班一路演唱来到了沛国谯县，一是为挣钱养家糊口，二是找当时的谯县名医华佗就医。

亳州在东汉年间叫谯县，归属沛国，是当时著名的药都。谯县距今有五千年的历史，它曾是帝喾的国邑，又是曹操、华佗的故乡。

卞远带领卞家班在谯县北关百戏楼表演。

北关的百戏楼是当时谯县城有名的艺术场所。当地上至达官贵人，下至平民百姓，另还有外地来此买药购酒的富商，多会于此。戏楼外场地上，有跳华佗五禽舞的，踢蹴鞠的，杂耍的，还有卖器具的……男女老少熙熙攘攘，好不热闹。

在卞家班里，卞淑曼是台柱子。她的每一段演唱、每一曲舞蹈，都赢得如雷的掌声、涛般的喝彩。

卞远找到华佗就医，碰到一个凸鹰眼、塌鼻子的矮胖子，对他格外客气。等看完病付钱取了药，卞远刚出华家院门，一个高瘦子咧咧老鼠嘴用尖嗓门道："卞班主慢走，我家三少爷免收你的药费，让我退还。"

卞远捏捏硬硬的钱币，听着附近树上乌鸦的叫声，感到很是疑惑，禁不住打个寒战。

这天下午，百戏楼外朔风凛冽，大雪纷飞，楼内座无虚席。卞淑曼载歌载舞，众人如痴如醉。

突然，"嗖嗖"，戏台跳上一高一矮、一胖一瘦两个人。高的瘦，低的胖。高瘦子咧咧老鼠嘴用尖嗓门道："停，小娘子，这位是我们华三彪子华家三少爷。华家有良田千顷、骏马百匹，他父亲是名医华佗。也是你的造化，被我们三少爷看上了，命你到华府上唱歌跳舞。一天五十两纹银，三天一百五十两。请，跟我们走吧。"

卞淑曼右手压左手，双手按住左胯微微低头行个常礼道："两位公子，小女子这厢有礼了。小女子在百戏楼演唱，不去居家歌舞，多有得罪，还望海涵。"

矮胖子瞪起铃铛般的凸鹰眼，塌鼻子"哼"了两声，粗嗓门"嘿嘿"一笑，道："我愿意出五百两纹银把你买下来做妾，如何？"

卞淑曼道："贫女虽为倡伎，却并非奴婢，岂可随意买卖？请自便。"

高瘦子管家华鼠嘴噘了几下老鼠嘴，用手一指，尖嗓门高声顿喝："大胆婢女，竟敢冲撞我家三少爷。"后面的话，慢悠悠的腔调又变成了宦官味道，“你跐起你那小蹄子走一走，买上二两棉花‘访’（纺）一‘访’（纺），我们华家在沛国谯县是何等人家！来人，把她给我带走。”

“诺。”随着应答声，四个家丁模样的人跳上戏台，不由分说拉起卞淑曼便走。卞淑曼扭坠着身子哭泣。

卞远与几个班人到前台一看，来人正是他看病时碰到的两位，顿时明白了八九。他赶忙打恭行礼，好言相劝。

高瘦子甩手“啪啪”打卞远两巴掌：“你真是不知好歹的东西，着实遭打！”两掌下去，打得卞远嘴角顿时鲜血直流。

“住手！”随着怒吼声，只见两位好汉冲上戏台，“华三彪子，光天化日之下强占民女，懂得王法吗？要不要我教教你？”

矮胖子华三彪子，瞪起凸鹰眼，“哼哼”塌鼻子，亮起粗嗓门道：“曹仁、曹洪二位仁兄，在谯县，华曹两家乃世代交情，兄弟我看上了这个戏子，你最好别多管闲事。”

曹仁（168年—223年5月6日），字子孝，沛国谯县（今安徽亳州）人，汉末三国时期曹魏名将，魏武帝曹操从弟，陈穆侯曹炽之子。这时候，曹操祖父辈都已下世。曹操伯父曹炽，是二祖父曹仲兴之子，曹仁、曹纯之父。此时，他随曹操赋闲在家。

曹洪（？—232年），字子廉，沛国谯县（今安徽亳州）人，曹操从弟。曹操的伯父曹鼎是大祖父曹伯兴之子，曹洪之父。此时，曹洪也随曹操赋闲在家。

曹仁道：“我且问过这位小女子，再做定夺。如果她甘愿做三哥的小妾，我便不加拦阻。”他回过脸来问卞淑曼：“这位女子，我且问你，你可愿意做他小妾否？”

卞淑曼哭道：“奴家不愿。”

“好，三哥，听见了吧，姑娘不愿意，你总不能强人所难吧。”

矮胖子华三彪子凸鹰眼骨碌碌转了几圈，道：“话既然说到这个份上，就别怪我不给二位兄弟面子了。愿不愿意岂能由一个倡伎自作主张？家丁们，给我带走。若有人拦挡，打死勿论，天大的事情有我承当！”

曹仁道：“你既然如此说话，就休怪我们无义了。谁敢抢劫民女，就先问问我俩的拳头答不答应……”

只听戏台上“叽里砰啪”一顿乱揍，华家人根本不是曹仁、曹洪对手，被他俩三拳两脚打得屁滚尿流，连连求饶，大叫着“宽恕则个”“下不为例”，哀求不绝。

曹仁道：“华三彪子听着，从今以后，在谯县地界上若再敢仗势欺人、胡作非为，休怪我曹家无礼，见一回修理你们一回。滚！”

几个恶少一拐一瘸地走了。华老三走到门口，回头道：“你有初一，休怪我有十五。咱骑驴看唱本——走着瞧。”

高瘦子管家华鼠嘴嘬了几下老鼠嘴，附着华老三耳边道：“三少爷莫急，我们想法让曹操消失，然后再……”

华三彪子咬咬牙：“种其因者，须食其果……”

曹仁、曹洪微微一笑：“爷们等着接招便是。”

卞家班人齐向曹仁、曹洪施礼致谢。

“要谢，就谢我大哥。”曹仁、曹洪朝台下一指。

卞远领人下来戏台，来到那个被称为“大哥”的人面前，弯腰作揖，行大礼致谢。只见那人二十四五岁年纪，七尺身材，刀样的粗眉毛，多髯，细长眼睛射出彪悍的英气、智慧的光芒。他不怒自威，显露着年轻人少有的胆略气概。

卞淑曼看到他，眼睛不禁一亮，感觉心目中的如意郎君来到了跟前。此人正是曹操。她喜欢他，就做了曹操的小妾。

想到此处，卞淑曼嘴角露出甜蜜的微笑……

可万没想到，她做了曹操小妾后，诸多灾难像大平原秋后的毛毛雨紧随而来，接连不断……

跟定曹操

她看看怀中的婴儿，继续想着心事。

也许是巧合。公元180年，曹操二十五岁，因为受堂妹夫宋奇（宋奇是曹操堂兄弟曹仁的亲妹夫，汉灵帝时的国舅，由于宋奇姐姐色衰，受何皇后迫害，宋家遇难）的牵连被免去官职，偏偏此时在家乡谯县闲居，才遇到了刚才一幕。他看不惯华家的仗势欺人，就让堂兄弟曹仁、曹洪拦阻。

在老家，他留心世事，操练兵马，候时而动。

回到谯县，曹操一直心情沉郁。一是功名不顺，二是家庭生活也颇让他烦心。他十七岁娶了谯县丁溪大户丁大善人的女儿，是谓丁夫人。丁夫人倒也端庄秀美，却久久没有生育。曹操又纳了丁夫人随从侍女刘氏做妾，刘氏先后生下了长子曹昂、长女清河。这些儿女尚未长大，可刘氏早早下世了。曹操曾怀疑过丁夫人，怀疑她对刘氏动了手脚。怀疑归怀疑，只是并无真凭实据，他也不好发作，难过了好长时间，把孩子交给丁夫人抚养。这丁夫人对孩子倒也十分上心，曹操对刘氏死后丁夫人的表现尚且满意。曹操盼儿孙满堂，可丁夫人……

看卞家班演出，曹操深深喜欢上了卞淑曼，喜欢她那红润的石榴花色的瓜子面脸，喜欢她新月眉下那双灵动的杏眼，他整个人都融化在了那灵动的目光里。他爱她青春美丽的貌美如花，爱她清瘦身材、婉转歌喉表现出来的美艺。多子多福的观念让曹操产生了纳卞淑曼为妾的强烈愿望，这愿望像团熊熊燃烧的火焰，烧得他寝食难安。当矮胖子华三彪子带家丁调戏卞淑曼时，卞淑曼的言谈举止表现出了一种高贵不屈的气质。正是这种气质像磁铁一样强烈地吸引住了曹操，使他进一步加深了对她的喜爱。于是他不顾得罪世交华佗，毫不犹豫做出了英雄救美的决定，让堂弟曹仁、曹洪救下了卞淑曼。

现在赢来了卞淑曼真情的感谢。曹操微笑着看着美丽的卞淑曼说："卞姑娘，实在冒昧，我想出五千两纹银贴补你的家用，让你从此陪伴我一生，你可愿意否？"

卞淑曼看看曹操，见他刀样的粗眉毛下，细长眼睛里射出犀利、深沉、智慧的光芒，不凡的相貌显露着年轻有为的英雄才气，非昔日开阳县干瘦豆芽样的百里宰老头与胖墩墩华家三少所能比拟，心中荡漾起一股春阳下碧水般的涌动。她拱手行大礼示谢："多谢恩公出手相救，奴家不要分文，愿侍候恩公一生。"

"哈哈。"曹操朗声大笑。他安排好了卞家班的生计，经得卞淑曼父亲的同意，像摘到仙桃的猴子一样，火急火燎地带卞淑曼回到城中自家院落，马上报告家人，好尽快与卞淑曼结合。咬口白生生的仙桃，咬出一股甜滋滋的水来，要多幸福有多幸福。

他带领卞淑曼进到城内十字大街西北角高大门楼上悬挂着一块横幅鎏金匾额"大司农曹府"的大院，见了母亲丁老夫人（作者注：《三国志·魏书》记载姓丁，另说姓邹）。丁老夫人正跪在南海观世音塑像前拨动念珠闭目诵经。曹操拜见了母亲，向她讲述了卞淑曼的遭遇，说了想纳她为妾的事。他给卞淑曼使个眼色，卞淑曼施礼向丁老夫人问安。丁老夫人跪在佛像前眯着眼睛，口中念念有词，并不理睬。整个房间弥漫着松香的味道，同时飘散着冷冰冰的滋味儿。

丁老夫人嘴里没有说话，心里对儿子的行事十分反感，甚至可以说是非常憎恶。因为在汉代即使纳妾，也同样讲究门当户对。丁老夫人娘家是大户人家，在丁老夫人的眼里，大司农曹府是北斗之尊的地位。丁老夫人瞄了一眼卞淑曼的衣着打扮，就知道她本是倡伎之人。她宁愿让儿子纳几个贫家之女，也不愿他纳一个倡伎小妾，更何况贫家之女也根本不入她的法眼。丁老夫人吟诵一段真经，睁开眼冷冷地答道："想不到我儿想女人想疯了，竟然成了'挖篮里就是菜'的主，先问问你夫人愿不愿意。纳了她，你就去别院居住。我不想再见到你们！"说完她继续诵读佛经，不再说话。

一句冷冰冰的话语，像一股寒冷的冰风迎面刮来，让卞淑曼原本一颗火热的心顿时凉了一半。她万没想到，慈眉善目的丁老夫人对倡伎会有如此的偏见。

这丁老夫人娘家在谯县属于名门大户，且儿媳丁氏是她娘家人的宗亲侄女，丁老夫人自然亲近丁氏。但这并不是她反对儿子纳妾的全部理由，她主要嫌弃卞氏倡伎出身，看不上卞淑曼的身份。

曹操知道母亲的想法是不同意纳倡伎卞氏，但他喜欢上了卞淑曼，父亲在京城洛阳做官，他从小任性惯了，既然喜欢上了卞氏，说什么也得自己当家纳她做妾。他领着卞淑曼去见正妻丁夫人。卞淑曼行礼问安：“大夫人可好？”

丁夫人出身高贵，也是知书达理、端庄美丽的女子。此时她正在宽敞的外客厅与长子曹昂、长女清河说笑谈天，见曹操领了个年轻倡伎过来，脸骤然像六月的天阴沉下来。她高傲地昂起头来，眯起眼嗤着鼻子斥责卞淑曼：“称呼我大夫人，难道还有个二夫人不成！”

卞淑曼赶快赔礼道歉。

曹操让曹昂与清河回避，给丁夫人说了卞淑曼早前被凸鹰眼矮胖子华三彪子欺凌的事情，说了想纳她做妾的打算。

丁夫人恶狠狠地道：“夫君纳妾，如能找个门当户对人家的妹妹，我自可接纳。我不会生养，你与我的陪嫁侍女刘氏生下昂儿与清河，我也没抱怨半句。刘氏走后，我待俩孩子如同己出。但你若纳倡伎为妾，我一万个不答应。我知道我难劝得住你，但丑话说在前面，你若铁了心纳她，自可离开我走得远远的。你记住，日后休来烦我！我与昂儿、清河一起过日子便是。”

卞淑曼心的热度霎时降到了冰点，她万万没想到这样美的人儿，竟会说出如此尖酸刻薄的言语，泪水止不住扑簌簌流了下来。

“好，如你所愿。”曹操皱皱眉头，刀样的眉毛展了两展，粗粗地出了口长气。他安慰卞淑曼几句，让仆人曹知套上马车，命年长些的丫鬟曹嬷嬷领卞淑曼去谯县城东的曹家庄园去住。曹知二十七八岁，细腿麻利腰，走路时脚下荡起片片沾着积雪的泥土。

曹操带卞淑曼前脚走，丁夫人后脚快步走到丁老夫人房间，扑到丁老夫人怀里放声痛哭：“想不到他会这样无出息！”

丁老夫人劝道：“孩子莫哭，只要咱俩不理那卞氏，她就无法在曹府生活。放心，用不了多久，让她自己离开曹家……”

曹操带着卞淑曼出了广亮大门，高轮带帷幕的輜车已停在石狮子前的蓝八砖铺成的宽道上。猎猎的北风，吹动着卞淑曼缕缕凌乱的青丝。曹嬷嬷要搀扶卞淑曼上车，卞淑曼看着曹操怯怯地说：“恩公慢行。为了一个卞淑曼，招惹老人生气，再影响你们夫妻恩爱，绝非上策。婢女以为，你还是把我送回卞家班为妥。望你三思。”

曹操瞪瞪眼，浓浓的刀眉展了展：“我最厌恶以身份地位取人！她是她，你是你，你休要把别人的话放在心上。我铁了心，要纳你为妾！”他扶卞淑曼上了车，替她拉上了车门帘，骑马随后跟车行走。

高高的车轮碾压着路上的积雪，发出“咯咯吱吱”的响声。卞淑曼坐在车里，双臂抱胸，显得很是无助。她想着刚才丁老夫人与大夫人冷冰冰的话语，禁不住再次落下泪来。她感觉，车在前行，她的人生之路也开始了艰难的行程。前途就像眼下的雪光与傍晚的霞光混合在一起照耀着的原野，色彩混杂，凹凸崎岖，苍苍凉凉，让她感觉一片渺茫，如梦一场。

曹嬷嬷拉拉卞淑曼的衣袖道：“少夫人莫要伤心，丁老夫人与丁夫人本是同宗姑女亲眷，两人自然很是亲近，且眼光有些高傲，但我来曹家二年，知道她俩的心地还是善良的。曹家老爷与少爷也都是好人，你熬过眼下困难的时光就会好运当头。”

一路上，曹嬷嬷断断续续给卞淑曼讲了她听说的曹操家中的情况。曹操祖父弟兄三人，曹操爷爷曹腾如何当了宦官，他的姑姑如何嫁到夏侯家，等等，让卞淑曼了解了曹家大体的情况。卞淑曼咬咬嘴唇，暗暗咬定牙关，朝天发誓：“卞淑曼既然走了这一步，就一定要在曹家取得一席生存之地。”

曹操家除了城中那个大院，在城外还有四处庄园。这四处庄园实际上都是曹家练兵场所。其中城东的庄园在一大片茂密的柳树林中，一弯溪水绕树林一周，常年从庄园大栅门前流过。庄园地处幽雅，空气清新；假山怪石，景色优美。曹操平时常来此暂住，在这里吟诗作赋、习武练剑……

曹嬷嬷对沉思的卞淑曼道：“少夫人放心，我们少爷是性情中人，他既然纳你做妾，日后保准会真心待你。他英俊潇洒，才能出众，你跟他一定能有个好的前程，必然会有享不尽的荣华富贵。像我们做下人的，自然是没这个福分的。”

卞淑曼道：“我跟他不图享福，只要不让人下看，不受夫人的气就行了。”

车子过了木桥，看门的兵丁开了木栅大门，有人接了车马。曹嬷嬷搀着卞淑曼，把她送到曹操的住房中。

曹操的住房是此园的主房，外间是宽敞的待客厅。待客厅最为显眼的是西墙上张贴着下山虎壁画，壁画两旁挂着刀枪剑戟。当门摆放着一张条形桌案，桌案上摆满了书籍。条案前面，是一张黑色宽长的龙卷尾桌案，桌案两边地上摆放着镶边的密草席榻。内间靠窗处，安放着一张梓木虬龟大床，床头的吊杆挂着一把宝剑，吊杆的铜钩吊卷着草青色的帷幕，帷幕旁叠着几床棉布被褥。也许是曹操喜欢这种布置，后来他有五处宫殿，住室差不多都是这样布置的。

曹操扶卞淑曼在床上坐下，亲切地抓住她的手，把她的手放到热腾腾的火盆上。卞淑曼要亲自下厨做饭，曹操不许，让女仆曹嬷嬷做好饭菜送到客厅。

此时曹操心里很是有些憋闷，且闷得发慌。他抓住卞淑曼的手轻轻地搓揉，一次次安慰心灵受伤的美妾。卞淑曼像一只温顺的小母鹿伏在曹操怀里，止不住落泪。曹操也替卞淑曼难过，他万没想到，平时看起来通情达理的丁夫人见到卞淑曼会如此无礼，她完全失去了大家贵妇的优雅。

饭菜上桌，菜肴溢着浓浓的香气。曹操扯着卞淑曼的手来到外间客厅，两人同坐一旁。曹操道：“曼儿包涵，让你受委屈了。”卞淑曼低头不语。曹操倒上两杯自家酿造的九酝春酒，递去一杯，道：“曼儿，我纳你为妾没用婚聘六礼，仓促之际让你随了我，多有怠慢，可乐意否？”

卞淑曼接过酒盏，抬头让过曹操强笑道：“家主是妾身恩公，能侍候家主是奴婢所愿，岂有不乐之理呢？”

曹操听后“哈哈”大笑，端起酒杯一饮而尽。卞淑曼沾沾嘴唇，呛出两眼泪花。曹操拿出一块雕刻着一只舞凤的晶莹剔透的吊玉，亲手戴在卞淑曼的脖子上：“这是我最为喜爱的对玉，一凤一凰。凤玉送给你，我佩戴凰玉，愿与子偕老。”

卞淑曼幸福地笑了。

饭毕，曹操抚琴，卞淑曼起舞歌唱，夫唱妇和，好不尽兴，直到银月爬上中天。室外不时传来兵士打更击柝的声音。

曹操将卞淑曼揽在怀中：“你多才多艺，能娶到你，实乃上天赐操的福分。”

卞淑曼依偎在曹操怀中，幸福地落泪：“能依附家主是我心中所愿，只是……”

“有我在，你尽可放心……”曹操把炭旺旺的火盆端到里间，抱起了卞淑曼，把她轻轻放到梓木虬龟床上。

映着雪光的银月，透过窗子照到梓木虬龟床的帷幕上。灯火摇曳，帷帐飘逸晃动……

几番云雨之后，曹操熟睡。卞淑曼看着身边的曹操，七尺身材，刀样的粗眉毛，多髯，细长眼睛半睁半闭，仍从眼缝里射出犀利的光，自有一股隐隐的杀气。卞淑曼有些怯生，又有些幸福。想着终于花开有主，自己成了他的女人，止不住再次落下泪来。

一直到过春节，丁老夫人都不准许卞氏进城内曹府。开春，卞淑曼依旧住在东庄园。她命人在院中桃树旁栽种一棵石榴树。她望着石榴树，咬咬银牙暗暗想道："这棵桃树来得早，花开得也早，的确很美，那它也断然不能鄙视弱小的石榴树。我既然成了曹操的女人，就要像这棵新栽的石榴树一样，在曹家扎根、长干、生叶、开花、结果，最后要像石榴果那样笑得咧开嘴唇，除非石榴树枯折……"想不到这个毒誓日后竟然成真，石榴树枯萎的那一天，卞氏命丧黄泉。此乃后话。

回忆过往六七年的日子，怎一个"愁"字可概括得了呢！现在自己生个儿子，就有盼头啦。可自从她做了曹操小妾，曹操多在外少在家，在外也无定所。如今，家主身在何处？快来看看咱的儿子。

阴风暗动

曹操纳了卞淑曼以后，又被朝廷征召，任议郎，离家进京做官。他是个有理想的男儿，像一只雄鹰，心系着更广阔的蓝天。

黄巾军事起，曹操被授骑都尉官职，听命于皇甫嵩，与众将军讨伐颍川的黄巾军。曹操作战勇敢，指挥有方，战功显著，后升为济南相。

济南秦时称“历下县”，汉朝开始设立济南郡。汉文帝十六年（公元前164年），由故齐国济南郡改置济南国。灵帝时，曹操任济南国相。

济南国（今山东济南一带）辖县十余个，各县官吏多依附权贵，贪赃枉法，无所顾忌。当时，政局极度黑暗，朝廷公开卖官鬻爵。东汉末年，官僚们大多以“媚上、循规、护仕、周容”为做官的法宝。他们懒政怠政，虚假应付，光耀混同着尘垢，不露锋芒，摆出一副与世无争的面孔。曹操之前，历任国相的官员对贪赃枉法的事情佯装不见，置之不问。年轻的曹操，满腔热血，一心匡扶汉室。他到任后，治事方正清明，大力整饬官场，经过巡视查访，十县县令一次奏免八个，均是贪赃枉法之徒。

济南无疑像发生了地震。要想不出名，不做出头事。曹操这一行动，震惊朝野，济南贪官污吏纷纷逃窜。老百姓对曹操赞不绝口，夸济南国“政教大行，一郡清平”。曹操任济南国相后，有了固定住所，打算接全家人来他任所居住。从上次回家到如今，差不多有一个年头了，他时刻都挂念父母，担心曹昂与清河，特别想念卞淑曼，他总担心她会受委屈，还盼望她为自己生个宝贝儿。

卞淑曼生子后这一年的腊月中旬一个上午，大雪初霁，冬阳明镜一般高悬于空中。谯县曹家城东庄园的院子里，石榴树在暖阳照耀下舒展开了枝条。院前，栅栏外有一条河渠，木栅大门外卧着一座木桥，木桥外面横贯一条东西走向的土官道。庄园内光秃秃的柳树林里，隐隐约约露出练兵场。

这天上午天气转暖，卞淑曼抱着两个月大的儿子，坐在院中，一边晒太阳，一边想心事。这棵石榴树是她嫁进曹家转年春天栽种的，树早她两年结果。中秋季节，石榴树的叶子苍绿泛黄，大石榴笑裂了嘴，露出满嘴粉红色的“牙齿”。多么喜人的景象啊！眼前的石榴树，叶子全部脱落，光秃秃的枝条在冬日里贪婪地吸收着阳光。她就是冬日里的枝条，也渴望吸取温暖的阳光。卞淑曼暗暗抱怨，假如说她是眼前的这棵石榴树，那么，丁氏毫无疑问就是早到的桃树。至于主人喜欢吃桃子还是喜欢吃石榴，只是他个人的爱好。都是果树，晚来的石榴树难道就该无端地受到桃树的嫉妒、挑剔、抱怨、打击吗？这样石榴树是很无辜的！石榴树该怎样？低头向北风求饶，无济于事；向桃树阿谀谄媚，非她所愿。她明白，自己应隐忍，需坚强，得熬过寒冬以待阳光明媚的春天。既然结了果，就得熬着，一直熬到桃树荒芜枯萎、自己根深叶茂、开满花结满硕果的那一天。她想，能笑到最后的才是真正的赢家。

路边停下几匹马来，从马上下来几个骑马的人。卞淑曼眼睛一亮，她盼是回来的家主。卞淑曼见来人中有一个矮胖子与一个高瘦子，好像在哪儿见过，感觉似乎有些熟悉。她坐的地方距大门不远，能看到高瘦子老鼠嘴与瞪起的铃铛眼，矮胖子是塌鼻子凸鹰眼，那凸鹰眼还闪着同地上积雪一样贼亮的光。矮胖子故意用粗嗓门大声说笑：“弟兄们，大家看曹家院里那棵石榴树多美呀！我有心去摘个石榴吃，可是冬天树枝上没有果子，不吃吧又馋得发慌。我想把她画成一幅画，贴到卧室墙壁上，天天看着她……”“哈哈，三公子真是个情痴！”

“天天看着美人图，三少爷喝口凉水也会吃得白白胖胖的……”

尖细的声音道：“人若有意，老天顾恋，大北风会吹折大枝，厚雪会压垮小枝，往前的秋天，这石榴早晚还是能吃到三少爷嘴里……”

卞淑曼感觉头皮一麻，从那矮胖的个头儿、瞪着的凸鹰眼，认出他就是华三彪子，高瘦子就是华家管家华鼠嘴，一股受惊、愤恨、恶心的情绪涌上心头。

在华三彪子眼睛里，卞淑曼还是七年前的卞淑曼，她那瓜子脸依然像红润的石榴花那样红艳，略显弯曲的新月眉毛下的那双杏眼依然灵动，眼里依然流露着聪颖、善良、智慧的光芒。这美人儿一点也没变，她的身材还如几年前少女般的窈窕。

曹嬷嬷道：“让我去教训那厮。”

卞淑曼道：“别去，你一个丫鬟怎会是他们的对手。”

“少奶奶休小看奴婢……要不，我叫来家丁。”

“不值得。”卞淑曼十分讨厌华三胖子，看见他，就像正吃着饭，碗里突然飞进一只苍蝇那样令她恶心。但她认为多一事不如少一事，便抱起孩子回到房内，但还能听到从后面路上传来的肆意的笑声。“抢走我石榴树的人早晚会遭报应的……”是凸鹰眼、塌鼻子、粗嗓门的矮胖子华三彪子的声音。

卞淑曼心里一惊，她感觉到了家主潜在的危险，她见了家主定会告诉他华家三少的话，让他提高防范意识。

曹操还家

就在卞淑曼看见华三彪子的两天后，曹操从济南住所回了家。曹操先去了城中府院，他在大门前下马，递过随从缰绳，去后院正房拜见了母亲。此时曹嵩因十常侍乱政而辞官还家。曹操进屋，见父亲正在当门卷尾桌案旁喝茶看书，母亲在里间眯着眼诵经，即叩头向父母请安，与父亲曹嵩谈论了一会儿时局。母亲停下诵经道："快去见见你妻子丁氏吧！自从纳了卞淑曼，你就冷落了她，丁氏一直闷闷不乐。她毕竟是你的正妻，你待她要好些。"

这丁氏确实整日闷闷不乐，她与婆婆一起对卞淑曼冷淡，却没逼走那小贱人，一切手段用尽，也没能阻止她生育。不得不承认，她眼下暂时失败了，但十分倔强的她是不会轻易服输的。在曹府里，丁夫人有她的堂姑、如今的婆婆撑腰，还从来没向谁服过输。

曹操应了一声去了东厢房。丁夫人见曹操进来，只是看书，并不理他。丁夫人小他三岁，嫁给他后一直没有生育。曹操纳刘氏为妾，刘氏生长子曹昂与长女清河后不久下世。曹昂与清河一直由丁夫人抚养。其实，曹操除了嫌丁夫人不会生育外，平时心里还是一直很喜欢她的。

曹操靠厅案坐下，早有人倒上茶来。曹操品了口茶，命人唤来长子曹昂。曹昂进得屋来，叩头行礼。曹操看着这个十来岁面色红润的儿子，从内心喜爱。问了他日常学文习武的事情，又反复叮咛一番。

丁夫人脸上像落了一层霜雪，说道："曹大官人啥时候回来的？你还是去看看那个狐狸精吧，她有苏妲己一般的美貌，在我这委屈你了。"

曹操皱了皱粗粗的刀子眉，看着窗外凋零的树叶，在这里的确感觉没趣："我本来想陪你说说话的，你既然这样讲，那我就告辞了。"说完，便离开东厢房。

丁夫人看着离去的男人，嘟嘟囔囔地直骂他是色狼、死鬼、狠心贼。

曹操到正房辞别父亲母亲。

母亲道："你陪陪丁氏吧，怎么可以舍大袒小呢！"

曹操叹口气："她不稀罕我。"丁老夫人又是一阵训斥。曹操只是缄默不语。曹嵩道："你……唉！纵然……也……"

曹操再拜出房，临出门，还听到了母亲长长的叹息声。他对丁氏刚才的话十分厌恶。他觉得自己绝非商纣王，而是救民于水火的英雄；卞淑曼也不是苏妲己，而是个典雅纯淳的美人，一个比丁夫人美得多的美人儿。出了曹府大院，他攀凳上马，马蹄扬起一缕尘烟，直奔城东曹家庄园而去……

曹操心里一直挂念着的是卞淑曼。到了城东庄园，他下马走过了下面河渠里积满残雪的木桥。仆人曹知放下扫帚，慌慌张张施礼接过马来，连声喊道："少爷回来了！"

卞淑曼急急忙忙迎到门口，喜笑颜开，屈身施礼，迎接曹操进屋。曹嬷嬷倒上茶水。曹操在黑色宽长的卷尾桌案旁镶边的密草席榻上坐下，关切地看着卞淑曼道："曼儿，我不在家，你受没受委屈呀？"

一句话问得卞淑曼直想落泪，她忙背过脸去："婢妾并不怕吃苦，您不在家，只是觉得孤单。我想，您一定理解那首民歌里'上邪，我欲与君相知，长命无绝衰'的含意吧。"她并未说婆婆与大夫人对她冷眼相待、百般刁难的事。

曹操喝两口茶，接吟道："除非群山消失不见，除非江水干涸枯竭，除非寒冬雷声翻滚，除非酷暑白雪纷飞，除非天地相交聚合连接，我才敢将对你的情意抛弃决绝！"吟完，曹操"哈哈"大笑。

卞淑曼跪坐曹操身旁附身给他倒茶，流出了两串清澈的泪珠。

曹操拍拍卞淑曼的后背，看到了吊着的条筐中的婴儿，问："谁家的孩子？"

曹嬷嬷道，禀告少爷，是您家贵公子。

曹操腾地站起来"哈哈"大笑，他用被子小心翼翼地裹住襁褓，抱起襁褓中的婴儿看了又看。孩儿醒了，瞪着眼睛看曹操。曹操感觉，孩子红扑扑的脸蛋像他的卞淑曼，两道如漆的剑眉、射出寒星般光泽的眼、如山的鼻梁都像他。他连声喊叫："我又有个儿子！我又有个儿子！"

卞淑曼站起身来抿嘴窃笑，心中泛起一波春水般的温暖。

曹操问："可曾取下名字？"

卞淑曼道："等家主取名。"

曹操仰头沉思："我先想想，暂且取下名字，但等明天再回过父母。"

他抱着娃儿转了一圈，忽然哈哈大笑：“《尚书》云，‘而惟宏周公丕训’，丕者，大也，我儿子日后要当顶天立地的大英雄，创百世功业！就叫曹丕，取字子桓好了！”

卞淑曼连连夸名字取得好，接过孩子连呼“丕儿”。

晚饭已毕，曹操兴致勃勃，烛光下弹琴吟歌：“驾六龙，乘风而行。行四海，路下之八邦……”诗中饱含他欲统一中国的宏大志向。

卞淑曼哄丕儿睡了觉，让曹嬷嬷抱走，与曹操抚琴吟歌，夫妻二人好不快乐。

卞淑曼听见从曹嬷嬷房间里传来丕儿的哭声，忙去哄他。她把孩子哄睡着后，再来见曹操。只见烛光摇曳，曹操正对着帛书摆黑红子儿。卞淑曼趁倒茶工夫见桌案上摆着一排排一队队黑红子儿，这些黑红子儿就像千军万马在厮杀。卞淑曼猜他是在对着兵书练习排兵布阵，忙撤回身来。

就寝时，曹操躺在靠窗摆放的梓木虬龟大床上。卞淑曼把外间炭火盆端到内间，附他身旁，问他别后身体是否安康。

曹操揽她过来笑道：“你怎不问我仕途？”

卞淑曼道：“婢妾只关心家主身体，身体安好，才是婢妾之幸事。”

曹操听后，满意大笑，然后故作嗔怒：“往后你要自重，有了儿子，说话别再婢妾婢妾的，我听着别扭！”

卞淑曼忙回应：“是，家主！”

曹操道：“以后不要叫家主，叫夫君。你是个优秀的女人，怎可妄自菲薄？”

卞淑曼含泪道：“婢妾本是倡伎出身，家人以卖艺为生。我有幸被家主看中，能做家主小妾，一生伺候您已是奴家万幸了，着实不敢再行造次！”

曹操重重叹了口气：“你万万不可小觑自己！倡伎本是养家糊口的行当。你心地善良又多才多艺，是天下最出色的女子！”

卞淑曼心中泛起一股暖流，眼含热泪依偎在曹操怀里：“有家主这句话，婢妾再苦再累也心感甘甜。”

二人脱衣睡下。卞淑曼附曹操耳边：“喂！夫君掖掖我这边的被子，透着一股一股凉风，好冷啊！”

烛光下，墙上映出温柔乖巧的“小猫”卧在壮汉怀中的影子。此时，她感觉就像风雨中的雏燕躲到了温暖的羽翼里。

曹操拍着卞淑曼："不瞒你说，我也常常为自己的出身烦恼。我最讨厌那些小人，他们不学无术，只凭祖辈父辈的恩荫飞扬跋扈。我的三位祖父，大祖父曹伯兴，二祖父曹仲兴，我爷行三，名讳曹腾。由于出身卑微，家中贫寒，我祖父净身入宫，担任黄门从官、太子侍读。顺帝即位后，历任小黄门、中常侍、长乐太仆。我祖父用事宫中三十多年，服侍四位皇帝，深得皇宠。他老人家心怀宽广，推荐贤人。我们曹家三门能够兴旺发达，全是得益于祖父肇基。

"公元 159 年，祖父曹腾无子。我父亲曹嵩，本是二祖父曹仲兴二子，后过继曹腾为嗣。我父亲先后任大鸿胪、大司农，掌管国家的财政礼仪，位列九卿，最后做到太尉，位列三公。

"我家，可谓位高权重了，但我仍常常遭人白眼。那次，在宫中，中官宣布我为洛阳北部尉时，一权臣嗤笑道，宦官怎有后代。当时我怒不可遏，出手揍了他一顿……"

卞淑曼道："真有你的！你就不怕陛下怪罪？"曹操叹口气，道："要不是有祖父、父亲罩着，我早就……"

卞淑曼由衷感叹："家主乃顶天立地的英雄，佩服！"

她看着这位七尺身材，粗眉毛，多髯，细长眼睛射出犀利、深沉、智慧光亮的丈夫，心里生出暖暖的喜悦，就像风雨中飘摇的石榴树迎来了风和日丽的天气一样，自己被他拥着，就有安全感。她附他耳边说："我有一种担心，怕哪一天会失去你……"她给他说了华三彪子的事，并说了自己的担心与仇恨。

曹操"嘿嘿"一笑，并未回话，也没作任何评论，其实如何对付华三彪子，曹操早已心中有数，以后保证有他的好戏看。

欢庆出生

公元187年腊月十九，是曹操回家后的第三天晚上。凸月挂在东南的树梢上，洒下一地朦胧冷冰霜雪样的银辉。曹洪、曹仁、夏侯惇、夏侯渊来东庄园见曹操，汇报他们练兵情况。曹操在东庄园主房当门客厅置办酒宴招待大家。

曹洪（？—232年），字子廉；曹仁（168年—223年5月6日），字子孝。两人都是曹操堂弟，在曹操起兵之初，都曾资助曹操钱财兵马。夏侯惇（？—220年6月13日），字元让，沛国谯县人；夏侯渊（？—219年），字妙才，沛国谯县人；二人与曹操是表兄弟。曹操在家乡受一案件牵连，夏侯渊曾代他坐牢，后曹操又设法营救，才得以免祸。现代研究者通过DNA技术鉴定证明，夏侯渊、夏侯惇是曹操亲姑表兄弟。

灯火通明，通明的灯火下，在座人的脸被映得红通通的。

曹操举起酒杯："各位兄弟，明明如月，何时可掇？忧从中来，不可断绝。干杯！"仰头掩袖喝下。其他人也仰头而饮。四人分别讲述了各自练兵情况。曹操反复叮嘱，欲成大事，练兵是万万不可懈怠的，说他们现在候时而动，做好准备。

其他四人举杯道："一切唯大哥马首是瞻！"

五人推杯换盏，谈论国事。夏侯惇道："大哥，天下大乱，咱还得招兵买马，扩大队伍。"

曹操道："待我禀过父亲再行定夺。"

第二天，腊月二十，是曹丕出生满两月日。按照曹操父亲曹嵩昨天的安排，今天要在曹府大院庆贺一下曹丕的出生。曹操早饭已毕，忙吩咐家仆曹知套上车马，让卞淑曼与曹嬷嬷抱曹丕坐车上。卞淑曼早早洗漱完毕，穿着斜襟短襦，腰系齐腰襦裙，虽无花饰，柳身细腰自有一段风韵。卞淑曼心里愉快得像奔流着欢歌的涡河水。她做曹操小妾已经七个年头了，七年里进曹家城中大院的次数屈指可数。今天，由于生了儿子，她终于能堂堂正正地进城中曹府了。

曹知赶着高轮带帷幕的輜车在前，曹操骑马随后，来到曹府，早有仆人接迎在大门外。曹操让人接过“绝影”战马，抱着丕儿扯着卞淑曼走进院内。

红红的冬阳照着宽敞的城中曹府前院。前几日下了一场大雪，院中枣树根处的雪堆尚未化尽，墙根也留有上黄下白的雪肌。当空虽有太阳，天气仍然冷飕飕的，朔气袭人。

院中站满了人。此时，曹操祖父辈业已下世。曹操的伯父曹鼎，是大祖父曹伯兴之子，曹洪之父。伯父曹炽，是二祖父曹仲兴之子，曹仁、曹纯之父。伯父伯母都在。曹操兄弟，曹彬、曹刚、曹印、曹德；从兄弟，曹洪、曹仁、曹纯；姑姑曹萍，姑父夏侯尊，表弟夏侯惇、夏侯渊，连同众家女眷，全都说说笑笑，喜气洋洋，驱赶了冬天的寒气，为曹家大院增添了不少欢乐喜庆的氛围。

前院是招待男客的场所。堂房正面墙上，挂着祖上中堂牌位。

曹操抱着曹丕站中堂牌位前，按谯县当地风俗，孩子出生，夫妻两人要抱着孩子给祖上中堂牌位磕头。卞淑曼刚要上前，被丁老夫人一把拦阻。她让曹操正妻丁氏抱着曹丕与曹操并肩叩头。卞淑曼还不知道自己生子，却连给祖上牌位叩头的权力都没有，顿时羞得满面通红。

正巧曹丕此时在曹操怀抱里大声哭泣，也许是因为没有看见母亲。

丁氏耷拉着脸，执意不上前去，她等着曹操叫她。曹操心里自然明白，但他不想叫丁夫人，粗粗的刀眉展了两展，心中抱怨丁氏。他向卞淑曼使个眼色要她站在自己身旁。卞淑曼看看丁老夫人与丁夫人，见她俩脸色阴沉，像暴风雨即将来临的天空，就没敢动身。曹操一把将她拉到身旁。曹丕看到卞淑曼，停止了哭泣，咧咧小嘴像是笑了。卞淑曼看看儿子，强憋着没哭出声来。

丁老夫人与丁夫人把脸扭向一旁。曹嵩皱皱眉，不置可否。

曹操与卞淑曼抱着曹丕祭拜了祖宗牌位，拜见父亲母亲。母亲丁老夫人绷着脸为孙儿送上封好的银两。

曹操二人来到丁夫人面前，她脸阴沉得像一把能拧下水来的抹布，噘着嘴面朝一侧，无动于衷。曹操大夫人丁氏，原本是谯县丁溪大户，是曹操母亲丁老夫人的宗亲侄女，平时最得丁老夫人待见。丁氏平时虽脾气有些执拗，但也是通情达理善良宽厚之人。这些年只是对曹操纳出身卑贱的卞淑曼为妾生气，又抱怨他娶卞淑曼之后对自己的冷淡，便时常流露出对卞淑曼恼怒轻视的意思。曹操生气地拉卞淑曼走过去，卞淑曼挣脱曹操的手，向大夫人行礼。丁夫人把脸扭过一边，看着屋顶上的琉璃兽头。丁夫人很是生气，泪水止不住地成串往下滴落。曹操不但没叫她抱孩子给祖上叩头，还故意冷淡她。心高气傲的她暗咬银牙，眼里闪着无法遏制的怒火，脸扭曲成了好似一头被激怒的豹子面目。

曹操拉着卞淑曼，一一谢过众宗亲。曹丕细眼睁着，黑溜溜的眼珠一眨不眨地看着众人。众人轮番看丕儿，交口称赞，纷纷夸奖他一副聪明伶俐相貌，说些日后必定大富大贵之类的吉利话，或多或少献些贺礼。卞淑曼逐一施礼致谢，接过礼物递给曹嬷嬷。

上午，曹府前院大小客厅坐满了曹操家族亲人与姑表亲戚，还有与曹操出生入死的军中将领。大家喝酒行令，高谈阔论。曹操由二弟曹彬陪同，端着自家酿造的存放三十年的九酝春酒逐桌敬酒。

卞淑曼给女眷敬酒时，没见着丁夫人，便去东厢房找她。丁夫人正蒙着被子哭泣。卞淑曼好言相劝，叫她去吃些东西，小心着凉。丁夫人挺身坐起，眼喷怒火："你这小贱人又生个儿子，成了曹家功臣，日后更是不知天高地厚了！"

卞淑曼忙躬身施礼道："婢妾不敢。"

丁夫人道："还说不敢，你这倡伎之人，本是狐狸精转世，专迷英俊男人的，迷得我的夫君不离你身了！"

卞淑曼垂手低头含泪道："大夫人息怒……"

丁夫人抢白道："休称我大夫人，曹孟德只有一个夫人，难道何时封你成了二夫人不成！"

卞淑曼忙改口道："夫人教训的是。婢妾常常催促家主到夫人处，只是他不听婢妾良言相劝，我自是无法。望夫人海涵！"

丁夫人怒气冲冲道："这样说来倒是我的不是了，给我滚，滚得越远越好！像你这样的贱人，我羞于与你为伍！"说完蒙头便睡，再不发声。

卞淑曼感觉像被丁氏用鞭子无情地抽打了几鞭，心在滴血。她强忍着仇恨说声告退，含泪离开了东厢房。此时，她真想咬丁夫人几口，或扇她几耳刮子；再不然，找个无人的地方痛哭一场也好。她做姑娘时真没想到日后做侍妾会这样难……她记住了今天的耻辱，暗想：“父母常说，做人得留余地，去年沧海地，今年阡陌田，难道你丁夫人就不会有个头疼脑热的时候。”

她没走多远，迎面碰见从另一客厅出来的曹操。曹操见她绷着脸流泪，便训斥她：“本是一场大喜，为何闷闷不乐？”

卞淑曼忙转悲为喜，道：“家主莫要惦挂，自是风沙吹进婢妾眼内，未曾不快。”

傍晚，客人散尽。曹操与父亲吃些便饭，说了扩招兵马的想法：“当今之世，天下大乱，民不聊生，唯有掌兵马之人才能得到皇帝重用。我想建不世之功，救民于水火之中，不招兵买马难成大事。”

曹嵩道：“我之所以辞官还乡，就是想安度晚年。既然你雄心勃勃，家中财产任你挥霍便是。”

曹操到东厢房，命人唤来长子曹昂，少不得又是一番教训。曹昂唯唯连声。

丁夫人冷冷地道：“在这儿不合你意，还是回东庄园去吧。”

曹操怒道：“你若温和，我还想见你。像这等冷冰冰蛮不讲理的模样，让我如何留你身边？”

丁夫人正色道：“没你在身边已经好几年了，我还不是照样活着。你还是守着你的狐狸精为好。”

曹操甩袖而出去寻卞淑曼，见卞淑曼抱着曹丕坐在车内落泪，曹知与曹嬷嬷守在车旁。曹操问：“淑曼晚饭可吃些东西？丕儿冷否？”

卞淑曼道：“我没一点饿的感觉……丕儿睡着了。”

曹操让曹知赶车，带着卞淑曼与曹嬷嬷回到了东庄园。

东庄园客厅里几盏通明的铜缸灯火，照着墙壁上的下山虎图画，下山虎好像变活了，显示出山呼海啸一般的气势。

曹操让曹嬷嬷做了晚饭，让他们吃，自己闷闷不乐地喝了点茶，心中仍是不快。他起身在院里练了一会剑术，又回到客厅读了会《诗经》，自觉无趣。他放下书长长地叹了口气。

卞淑曼忙递上茶：“家主为何不快？是婢妾哪儿做得不够妥帖，你尽管骂来便是。”

曹操怒道："这丁氏心胸针眼大小，桀骜不驯，着实可恼。"

卞淑曼强颜笑道："我感觉大夫人温文尔雅，不是家主说的那样。"

曹操又问及卞淑曼上午悲伤之事。

卞淑曼强压下心中不平之气，道："的确无事，我只是在想如何能得到大夫人的欢心。"

曹操道："日后你休要理她，她自己不会生产，还偏偏见不得别人生儿养子！"

卞淑曼道："家主多心了，没有的事情。她为长，我为妾，家主多陪夫人，以免让她挂念才是。"

曹操大怒道："我想陪谁还用得着尔等操心不成！原本感觉在你这儿心里舒坦，想不到你会如此三番讲这等混账话！"

卞淑曼看着曹操刀眉下的眼里喷射出火一样的光，心里不禁打个寒战，忙赔小心，说了半天好话，曹操才歇息了怒气。卞淑曼道："家主不要发怒，吓得我手脚无措了。"

曹操道："日后再敢说让我去她那儿的话，休怪我训你！"

卞淑曼道："婢妾不敢了。"说完，乖得像个小猫。

曹操道："往后说话不准再称婢妾贱妾的，你哪里比谁差了！"

卞淑曼忙应道："诺，家主！"

曹操道："日后不许叫家主，我听着刺耳。你要称我夫君。"

卞淑曼道："诺，夫君。"卞淑曼每听到一次曹操这样的训斥，便感觉自己的地位抬高了一步，就像院中的石榴树增生了一条暗根一样。

卞淑曼坐下来弹琴吟唱一曲，激起了曹操的雅兴，两人一同歌咏赋诗，曹操才转怒为喜。

临睡时，曹操看看儿子道："丕儿粗眉大嘴像我，只是比我眉毛倒立得分明。高挺的鼻梁随你，显得十分彪悍，可没你美丽动人。"

卞淑曼笑而不语。

"为何不回我话？"曹操翻过身子紧紧抱住卞淑曼，忽然停止了动作，"你听，外面有何响动……"

卞淑曼道："我也听见'咚'的一声，别管了，外面自有家丁把守……"

曹操迅速穿好衣服提起倚天宝剑出了房门："谁？哪里逃？来人！"随后是一阵杂乱的脚步声。卞淑曼赶忙穿衣出门，见曹操手捂胳臂，两个兵士搀着曹操进屋。卞淑曼举烛光一照，一只箭头正射中曹操臂膀三角肌处。随后军医来了，为曹操疗治箭伤。军医道：“箭未有毒，没伤到骨头，不日便能痊愈。”

曹洪来报，没抓住刺客。

曹知与曹嬷嬷连连赔罪，说没保护好少爷。

曹操道：“我赶到院里，只见两个人影晃动，他们一起向我射来飞镖，一晃便不见了。我躲过飞镖，远处又射来一箭……大家不必惊慌，定是几个蟊贼，你们各回本位。”

人们走后，卞淑曼小声诉说了前几天华三彪子的事。当时矮胖子瞪起凸鹰眼，“哼哼”着塌鼻子说“抢走我石榴树的人早晚会遭报应的”，她猜今夜一事应是华三彪子所为，提醒曹操日后对他应得多多提防。

曹操皱皱眉头咬咬牙，并未答话，“嘿嘿”笑了两声。这笑声在黑夜中让人感到恐怖。

迁住洛阳

东汉中平五年（公元 188 年），正月十八。晴空朗朗，彤云溢彩。

曹操经过二十多天的治疗，箭伤已经痊愈。这天他早早起来，冒着寒气在城东庄园院内练剑。尚是春寒料峭时节，他上穿白色宽袖盘扣衣衫，下穿宽裆敞腿白裤，手舞倚天宝剑，清风飕飕，银光闪闪。

城内曹府仆人气喘吁吁跑来禀报事情："少爷，老爷命您一会儿早早回府，来咱家宣读圣旨的钦差昨天已到谯县府衙。"

曹操收剑，早早吃过饭带卞淑曼去了城内曹府。曹嵩道："县衙的人昨晚传信，说是皇帝下旨让你进京做武官。你可愿去？"

曹操回道："愿去。"

半晌时分，钦差鸣锣开道，来曹府宣读皇帝圣旨。那位内侍官身穿前后胸上刺着盘尾蝙蝠图案的紫色冬服，头戴深灰色专用礼帽。他用细细的腔调宣旨："奉天承运，皇帝诏曰。济南相曹操，嗟尔志虑忠纯，才能卓著，雍和刚毅，克娴内则，淳德含章。着即册封为典军校尉，钦此。"

曹家一干人等，跪拜口称万岁。曹操上前接旨，把黄色圣旨绢字供在早已准备好的香案前。

对于改任武官，曹操还是比较满意的。特别是在京城当武官，他认为对实现自己的理想抱负是大有裨益的。他置办酒宴招待钦差，曹仁、曹洪奉陪。席间，那钦差对曹嵩、曹操说道："朝廷要组建一支新军。新军共设八校尉，上军校尉宦官蹇硕、中军校尉袁绍……大将军何进认为，孟德公能力卓越，品德可嘉，特推荐您做典军校尉，即刻择日启程赴任。"

饭菜已毕，曹嵩拿出些银两，打点钦差："钦差大人辛苦，一路喝点茶水吧。"

那宦官作揖："谢过曹大人了！"宣旨钦差骑马走了。

冬阳透过客厅窗户的绵纸，映出一片彤红的光亮来。曹府前院待客厅里，黑色卷尾条案上茶水溢出曲曲升腾的热气。

曹操与曹嵩、曹仁、曹洪、夏侯渊、夏侯惇等人，商量赴洛阳任职之事。曹嵩对曹操赴京尚有顾虑，道：“当今皇上为了收权置西园八校尉，才任命你为八校尉中的典军校尉。你原来棒杀蹇硕叔叔蹇图，加上过去我得罪的人，到京城恐有不少是非，还需从长计议。”

曹操道：“战乱年代仍应以领兵练兵为重，到京城做武官，比做地方官更容易得到皇帝信任。再说，皇帝降下圣旨，我理应赴任。自孩儿初举孝廉，入京为郎，不久任洛阳北部尉，迁顿丘令。自光和三年（180 年），被朝廷征召，任命为议郎。中平元年（184 年），黄巾起义爆发，拜为骑都尉，受命与皇甫嵩等人合军进攻颍川的黄巾军，结果大破黄巾军，斩首数万级，并将投诚后的黄巾军编为‘青州兵’。随之迁为济南相，及今一十四载，羽翼已丰，大人不必挂念。”

曹嵩道：“你到洛阳便宜行事，若看朝廷昏乱，行事不顺，自可辞官还府。”

曹操计划带着家眷与少数亲兵赴任京城洛阳，一有风吹草动便迅速回家。最后商定，曹洪、曹安民随他进京，曹仁、夏侯惇、夏侯渊在家继续操练人马，一有事情，他们立即进京接应。曹洪眨眨一大一小的鸳鸯眼道：“大哥，只要带着我曹洪，任何蟊贼都不在话下，可保大哥平安无事呢。”

“是，我的洪弟厉害。”曹操又对曹仁、夏侯渊、夏侯惇练兵进行了分工，叮嘱他们勤勉做事。

曹操离开客厅，到母亲念经的地方，述说了赴京计划，得到母亲应允。他再来到东厢房，屏退曹昂与清河，同丁夫人商议，想带她与孩子一起进东都洛阳。

丁夫人道：“你有卞淑曼陪着，自然快乐无比，我就不再跟着让人讨厌了。”曹操心中不快，道：“既然你执意不去，就让长女清河陪你，儿子曹昂我得带走。”

丁夫人道：“昂儿在家有人教他学文习武，不见他我心中挂念，不可！”

曹操怒道：“男儿志在四方，让他进京长长见识，整天守着你有何出息！”

丁夫人生气落泪：“既然你计议已定，还与我商量做甚！”便把头扭向别处不再说话。

曹操心中更是不快，他感觉与丁氏的关系就像涡河迂回处的水，他盼望风平浪静，但那水随着时间的流逝，却愈来愈化为惊涛骇浪了。他回想一下，在卞淑曼来曹家之前，丁氏知情达理，端庄美丽，他俩也算是恩爱夫妻。可自从他纳了卞氏，丁夫人整日像阴沉的天空，没给过他一个好脸色。相反卞淑曼来到曹操身边，料理各种事务，侍候他吃穿，让他称心如意。他感觉丁夫人虽是富家出身，却不懂为妇之道。他甩袖出了东厢房。

曹操回到城东庄园，与卞淑曼商量，说想带她一同赴京城洛阳，问她可愿意否。卞淑曼心想："离开了谯县，最起码能摆脱丁氏的压制，又能跟心爱的人在一起，哪有不乐意的道理呢！"于是笑道："婢妾自跟定家主，就是侍候您的。您在外我在家，终日闷闷不乐，哪有不愿随你之理呢。"她又拍拍襁褓中的曹丕："丕儿呀，咱跟你爹爹去京城了！"

曹操听后"哈哈"大笑。他拿出花朵、宝剑、印玺问："儿子想要什么？"卞淑曼随手也拿出了做活儿的纺线棒、顶针，让他挑选。曹丕玩会儿宝剑，又伸着手够印玺。曹操抱起儿子往上举了两举，笑道："我儿子还想掌大印哪！"

卞淑曼笑笑："我还有事给你说。我娘家父母下世，就剩卞秉一个亲弟弟。我得把他带走，可让他习文练武，做个家丁使用。"

曹操说："我答应你便是……"

曹操选定黄道吉日启程。一行人等，套着四辆大车，仅九酝春酒就拉了一车。临行前，曹嵩夫妇，曹操弟弟、堂弟、伯父、大娘、婶子等送行人站了一大片。丁夫人抓住曹昂的手，痛哭流涕："孩子啊，到外边……娘不在身边，你要学会……自己照顾自己……"泣不成声。

曹昂含泪嘱咐道："儿不在娘身边，您要多保重啊！爷爷奶奶多保重！放心，孩儿长大了！"

看的人纷纷落泪。

卞淑曼抱着曹丕，给公婆弯腰行礼，与众女眷道别，带着曹昂，上车坐下。曹嬷嬷与曹知随行。曹洪骑马提枪走在前面。曹操骑马腰挎宝剑，带着四辆大车走在中间。曹安民、卞秉骑马在后，大车前后均有骑马、步行的家丁护卫。曹操的家丁，不同于一般富户人家的家丁，他们都是征战的高手。

一路穿野越河陟岭，风餐露宿，鞍马劳顿。

这天傍晚，一行人来到邙山头下。曹操下令早早投宿，明日翻山。曹洪问路，一荷锄老者道："前面是邙山头，山路遥远，你们掉头回去住店吧。"

曹洪道："前面可有店住？"

"有，就在前面不远的地方，可万万住不得……"老者摇摇手，匆匆离开了。

曹洪狐疑，问曹操如何是好。曹操道："荒山野岭，最多有几个蟊贼，咱一百多人，都是能征善战之士，就是来上三四百盗贼，也不是咱的对手，就住前边的店里，看他能怎！"

队伍再往前走，不远处路边，有一片茅草房篱笆墙客店。曹洪前去交涉，一驼背老汉肩搭白毛巾道："官爷！本店饭菜可口，住宿舒适，请！"

曹洪道："我家主人说了，有多少房我们住多少房，我们自有锅灶烧水做饭，店钱、草料钱、饭钱我们照付。"

驼背汉子拿下毛巾抽打抽打身子，连说："好说！好说！除我们必用房间，全部腾出供给官人。多多照应。"他安排了两处大房子、几间小房、一座高雅的上等客房。曹操把卞氏等女眷安排住了进去。女眷们把银两首饰、值钱的东西，全拿进高雅客房里。

在外露营的军士刷锅做饭，简单吃过后，站岗的站岗，喂马的喂马。曹操给曹洪耳语一番，该休息的也就睡了。

后半夜，月亮下去了，只剩下一片亮晶晶的蓝天，大大小小的星星闪烁眨眼。凉飕飕的风儿吹得四外树林瑟瑟有声。

突然，篱笆墙外荡来一阵味道奇怪的尘雾，四辆大车处没一点动静。约过一个时辰，篱笆墙洞大开，进来十多个身穿夜行衣的人。他们用黑布蒙脸，手提阴森森的钢刀，四面张望着，来到大车前。四人分别上到四辆车上，往下递着东西，下面有人接住。

与此同时，屋里也有几个贼人悄悄行动。高雅客房当门是个方桌，方桌上摆放着佛龛。方桌移动，地上现出个洞口，洞口里钻出两个身穿夜行衣、手持钢刀的人来。两人悄悄地用刀尖拨开内门，一人刚进内间，早有一把宝剑凉飕飕地架在脖子上。曹操道："捆了！"曹安民、卞秉不由分说拿起事先准备好的绳子捆了。外间的人说声"不好"刚要转身逃跑，曹操把冷飕飕的剑锋对准了他的咽喉。

曹操押着两个贼寇出了房门，见一男一女正追逐两个贼人朝篱笆院墙跑过去。曹操“哈哈”大笑，对曹洪喊道：“曹洪，依计而行。”

院子里只听曹洪一声顿喝：“拿贼来！”随着喊声，墙四面冲出一班人来，挥动刀枪，杀将过来。那贼寇哪里是曹操兵士的对手，除两人逃跑，其余全被捉拿。

曹操道：“哈哈，几个贼寇竟敢跟我曹孟德斗法，还真是嫩了点。”

曹知与曹嬷嬷从墙外跑来，报：“少爷，跑了两个。”

贼人一听是曹孟德，全都“扑通”跪倒。内中年龄较大的人道：“曹将军，我们久闻您的大名，俺十来个兄弟，也是灾荒年走投无路才起歹意的。您原来棒杀的蹇图的儿子蹇力联合了贼人张闿，说在这里截杀贪官，好分给我们银两，我们不知是您。望曹将军收留我们，我们愿改邪归正，吃粮当兵。”

曹操“哈哈”大笑，再问了一遍逃跑人的情况。年龄大的人答道：“逃跑的有蹇图的儿子蹇力，还有匪首张闿，他俩说今晚杀了此位官员与你的妻儿，弄些钱两，就带我们远走高飞。”

曹操问：“他俩逃向了何处？”

年龄大的人答道：“他俩早就劝我们去泰山郡，说那里好混，也许去了那里……”

曹洪道：“大哥，我带人去追，不除二人，怕有后患。”

曹操道：“深更夜半，情况不明，不可盲动。”他处理完事情回到店房内，见曹丕瞪着眼睛忽灵灵地转动，问道：“这孩子咋还不睡？”

卞淑曼答道：“我猜，儿子是想看他爹怎样抓贼寇吧？”

曹操“哈哈”大笑：“这几个蟊贼，还想劫持我，真是有点太小看我曹操了。据他们交代，有蹇图的儿子蹇力，还一个叫张闿的头目跑了，他们原计划到泰山一带抢劫，日后我要想法捉拿他们。没事了，放心睡吧！”

太阳升落，月儿圆缺，风吹雨下，他们昼行夜宿，行二十多天，到了东都洛阳。

公元 188 年，曹操带领一家人来到洛阳，那天是二月二十。

洛阳城位于洛水的北岸，水之北乃谓“阳”，故名洛阳，又称洛邑、神都。它西靠秦岭，东临嵩岳，北依王屋山、太行山，又据黄河之险，南望伏牛山，自古就有“八关都邑，八面环山，五水绕洛城”的说法，因此得“河山拱戴，形胜甲于天下”之名，“天下之中、十省通衢”之称。从中国第一个王朝夏朝开始，到东汉末年，洛阳拥有1500多年建都史，“普天之下无二置，四海之内无并雄”。中国古代帝喾、唐尧、虞舜、夏禹等神话，多传于此。帝喾定都亳邑，夏太康迁都斟鄩，商汤定都西亳；武王伐纣，八百诸侯会孟津；周公辅政，迁九鼎于洛邑；平王东迁，高祖都洛；光武中兴，魏晋相禅；孝文改制，隋唐盛世，后梁唐晋，相因沿袭，共十三个王朝。洛阳自古被华夏先民认为是“天下之中”。

曹家在洛阳原有曹腾府邸。府邸处在皇宫西边，两进的院落，前院两边有厨房、家丁仆人住房，正房连带着书房，书房旁边是客房。第二进北面为上房，地势比院子高出四五级台阶，与北墙间隔有两米。中间的那间俗称格外尊贵的“大屋”，“大屋”两侧开有小门，通往旁边的厢房，那是主人的卧室。大屋旁边建着许多房屋。

第二进院子的后面是个大花园，两进院左边是柴场，家丁都住在柴场里。两进院右面是个练兵场，练兵场住着军官。

中春的天空真的是拨云见了日光。春阳就像胖娃娃的脸，微笑着。洛阳曹府庭院里枝叶葱绿的橘树、荻树排列有序，与琉璃瓦挑角楼阁相得益彰。房前摆放一溜栽种着牡丹的花盆，花盆里生机盎然的牡丹叶片，在等待着蘸满粉红颜料的画笔毛头样的花蕾光临。

卞淑曼心情舒畅了，不用再看婆母与丁夫人乌云密布的脸了。在谯县的日子，不管婆母与丁夫人脸色有多难看，自己的事情有多难办，她都得忍着，还得小心翼翼地尽一个侍妾对婆婆与大夫人应尽的本分。她像哑巴吞进了黄连，心里苦得厉害，背着人哭过无数次，可就是不能说出来。在谯县老家，对婆母她尚且还能忍受，对丁夫人她心里早有怨言。她想：“我为何换不到她的半点欢心？”这下好了，离开了她们来到了洛阳，卞淑曼心情自然舒畅了。

卞淑曼来到洛阳，每天的事情不再是纺花织布了，而是伴夫君左右，根据曹操的安排，主管家务，迎来送往。闲暇之余，卞淑曼把全部精力都用在了照管、培养孩子上。她对几个月大的曹丕像对大孩子似的，又是教诗又是讲故事。曹丕听着笑着，像听得十分开心。她对十来岁的曹昂如同亲生，教他读书、写字、唱歌。曹操又请专人教曹昂学文习武，曹昂进步明显。曹操每天身着戎装，早出晚归。卞淑曼感觉家庭和睦温馨，每天沐浴在煦暖的春风里，心情格外舒畅。

卞淑曼二月来到洛阳，到冬月曹丕刚满一岁便会走路了。他走路时俩胳膊驾着，像雏鸟驾着翅膀学飞。他走路早，话说得晚。他不爱笑，整天绷着脸看别人说话，自己不发声。

到公元 189 年三月春暖花开的时候，曹丕跑得稳，跑得快，话说得也利索了。

曹操忙完公务回来，逗他玩，与他捉迷藏。曹操规定，只要不碰到书，在三间书房里随便藏。曹丕藏好了，曹操假装找一下，站当门客厅说："看到你了，就在那里，出来吧！"曹丕从床下、桌案下、门后边……走出来。

曹丕惊奇地问："父亲真神，藏哪儿都找得到？"

曹操道："你爹我是神人，能掐会算啊！"说完"哈哈"大笑。卞淑曼在旁边也幸福地笑了，她知道，家主的"神"就在一个"那"字上。

曹昂来到洛阳后，刻苦勤奋，文武皆有长进。三十多岁的曹操整天像喝了蜜，眉毛胡须都蓄满了笑。曹操高兴，卞淑曼就高兴。曹操教一岁多的曹丕习字学诗，还教他玩枪弄棒。自己闲暇时抱着曹丕骑马，有时让仆人曹知将曹丕系到马上，牵着马走。这种安排的用意是明显的，就是希望儿子将来能成个纵马驰骋的将军。卞淑曼看在眼里，喜在心中，抿嘴而笑，石榴花红的脸上泛起了亮亮的光泽。

公元 189 年四月，卞淑曼又生了一个男孩。这个孩子的到来，并没给他们夫妻二人带来多少喜悦，因为京城开始骚乱了。

曹操想起临来时家父嘱咐"洛阳多险时时小心"的话，感觉时刻都有几双狠毒的眼睛在盯着他，盯着他的家人。曹操嘱咐卞淑曼时时要格外小心。这时候与原来不可同日而语了，原来祖父、父亲都身居高位，如今世道动乱，人走茶凉。

曹丕不知道大人的忧愁，笑眯眯地抚着弟弟的小脸："弟弟，快长大，做我的好帮手。"卞淑曼爱抚地摸摸曹丕的头。

为庆贺小儿子的生日，曹操在洛阳曹宅置办酒宴，借庆生作由头，宴请志同道合的重要客人，共商大计。宴请的有大将军何进，何进是推荐曹操做典军校尉的人，故曹操请了他。袁绍当时任中军校尉，又是曹操早年在洛阳居住时的好友，自然少不了他。应邀的还有京兆伊司马防，当年司马防曾推荐曹操当了北部尉。司马防来时还带了个十来岁瘦瘦的、眼神异常明亮的孩子。

曹操问："这俊才目光明亮、印堂发红，可是令郎？"

司马防道："次子司马懿，字仲达。"

曹操道："司马防兄好福气！赐座。"

司马懿挨着司马防在席垫上坐下。

大家落座，先说一些祝贺曹操生子的吉利话，再谈一些时局的大事。说话间，菜肴备齐。室外暖风透过门窗吹来，吹得菜香四溢。曹洪用挹酒勺从龟形器皿里舀出酒，倒在条案桌上矮胖的铜质三脚酒樽里。酒樽里清澈的酒映出壁剑橱书倒影。曹操举起酒樽："请！"掩袖仰面喝下。何进他们也仰面喝下。司马懿喝一点，呛得直流眼泪。

酒过三巡，菜过五味。曹操命曹洪抱来新生儿子，让大家见见。这是古人庆生必不可缺少的环节。三人近前观看，称赞一番，献些贺礼，自不在话下。袁绍道："这孩子鼻直口方，长大定有英雄气概。可曾取名？"

曹操道："《史记》云，得势益彰。我打算给他取名叫曹彰，字子文，就是希望他功名显赫。诸位意下如何？"

三人都夸名字起得好，响亮，且意义深刻。

曹操让曹洪把曹彰交给卞氏，司马懿向父亲司马防请示，想随曹洪出去，在曹府随意走动走动。曹操让曹洪领他去找曹昂玩耍。

曹操亲自执壶，道："此是我家自己酿造存放二十五年的九酝春酒，可开怀畅饮，保证心头暖，不上头，不伤胃。"

众人喝酒，品味，都夸："好酒！好酒！"

他们一边饮酒，一边抒发着对朝廷宦官专权的愤慨，四人商量了一些应对当前局势的办法。

曹洪先把孩儿交给曹嬷嬷，说了大哥起的名字，卞淑曼连夸名字起得好，拉着孩儿的小手不住地唤着"彰儿"。

曹洪带司马懿找到了曹昂。此时曹昂正领着曹丕在府内练兵场练习打跟斗，不时传来曹丕的笑声。曹洪向曹昂介绍了司马懿，作了一番诸如不要磕了、好好玩耍、莫吵嘴之类的嘱咐，便走了。

曹昂与司马懿互相见礼。司马懿看见了不满两岁的曹丕，只见他颧骨高峻，棱角分明；剑眉倒立，细目光亮。司马懿对曹丕产生了异样的印象。这印象是喜欢，还是惧怕，连司马懿自己都说不清楚。

曹丕看看司马懿，对曹昂说："大哥，这人眼睛像狼，贼亮贼亮的！"

曹昂训斥："弟弟不得无礼，休要胡说！"

司马懿对曹丕的话并没在意，因为不少人说他眼睛像狼。狼卧薪尝胆，同进同退，有傲骨傲气，不是受到了北狄胡人的敬仰吗？他产生了想征服曹丕，或者不是征服，是对曹丕表示一下友好的愿望。对，他是想对曹丕表示友好。他经得曹昂同意，高高举起曹丕，举了三举，往上空抛了三抛。司马懿是逗曹丕乐，还是吓曹丕，他自己感觉应该是兼而有之。

曹丕瞪着眼看着司马懿不哭不笑。这一举一抛，让曹丕记住了司马懿，记住了他贼亮的目光。同时司马懿也记住了曹丕，这让他日后隐忍四十年，保住了自己的性命与地位，也成全了曹家的地位与事业。当然，这些都是后话。

中平六年（公元 189 年）五月十三日，汉灵帝刘宏去世，谥号孝灵皇帝，葬于文陵。

这是曹操上任一年后的事。随着汉灵帝刘宏去世，宦官与外戚的斗争形势进一步恶化，京城开始骚乱。曹操舒展的眉头不自觉地皱了起来。洛阳城内一街两巷议论纷纷。

卞淑曼听说京城乱了，便深感不安，问曹操。曹操道："你只安心管理家务，莫问外事，我自会安排。"卞淑曼派仆人曹知与弟弟卞秉四处打探消息。二人回来报告，京城确实动荡不安。

公元 189 年，洛阳的冬天来得格外早，到九月下旬，北风阴冷，杨柳早早落叶了。

这天夜晚，卞淑曼教曹丕学习诗歌：

"驾六龙，乘风而行。

行四海，路下之八邦。

历登高山临溪谷，乘云而行。

行四海外，东到泰山……"

卞淑曼教一句，曹丕奶声奶气地学一句。几遍后，曹丕便会背了。曹丕问娘："为什么要驾六龙啊？"

卞淑曼笑笑，亲切地拍拍曹丕的头："我的孩子爱动脑子，很好。因为汉天子的车驾为六马，马八尺称龙，六龙是天子车驾的代称。你父亲这首诗歌表现了他行遍四海、踏遍天下的宏伟志向。"

曹丕说："我也要走遍天下。"

卞淑曼说："好，好孩子，你一定能走遍天下的。"

曹操回到家，卞淑曼向曹操复述了儿子曹丕的话。曹操"哈哈"大笑，举起曹丕原地转了三圈。

夜深人静时，卞淑曼忧心忡忡地劝曹操道："家主，时局动荡，官场险恶，依我之见，咱们不如回家过常人的日子。"

曹操叹息道："燕雀安知鸿鹄之志哉！我真没想到你竟然是个胸无大志之人。贾宜曾说过，为人臣者，当以富民乐民为功，以贫苦民为罪。当今时代，天下大乱，民不聊生，我在朝廷就更有机会完成安国富民的大计。"

卞淑曼道："我不过是个贫家女子，侍奉公婆相夫教子是我的本分，至于安国富民是你们男人的事情。"

曹操心想，这样也好，这样的内人不会生出褒姒样的祸患。他皱了一会儿眉头，道："要不，你带孩子先行回家也是上策。我做的事，成功了能光宗耀祖；失败了，随时都有被杀头的危险，也可能会危及家人。"

卞淑曼道："家主不走，婢妾便不走。"

曹操带领家人来到了洛阳顺利入居就任，开始也算是顺风顺水。但后面有诸多凶险遭际，在等着曹操及其家人……

曹操说如今时局动荡，怕有危险出现，也绝非玩笑话。不久，一场滔天大祸也就惹下来了……

洛阳遇险

过些日子，曹操眉头紧锁，在家的时间越来越少。卞淑曼的心好像天天被一根无形的绳子吊着。她问曹操朝中事情，曹操要么不言，要么训斥她。卞淑曼派曹知、卞秉再去街里打探消息。

曹知探后回来报告，听一街两巷的人纷纷传嚷，何进被宦官杀了。卞秉说，他听说丁原先前与被大将军何进招来的董卓在京西开战，丁原被董卓杀害。董卓进了京城，洛阳城内乱糟糟的。

“该死的董卓！”卞淑曼深深皱几下新月眉，长长地叹了口气。

阴历十月，下了一场小雪。

这天，曹操很晚才从官府回来。他带着酒气，看看熟睡的曹丕，又去书房看了曹昂，回来小声嘱咐卞淑曼：“只留几个年迈的家奴护院，准备一日，两天后务必迅速带领家人回谯县老家，越快越好。过不多久，我很有可能回老家找你们，也有可能再把你们接回来。”

卞淑曼看着曹操眉头紧锁的脸，感觉自己的头发一颤一颤的。她非常担心，预感有大事发生。她不愿独自回家，不想看老夫人与大夫人乌云密布的脸。她探问究竟，遭到曹操一顿训斥：“让侄儿曹安民与卞秉带领家丁保护你们，你只管依计而行，多问无益。”

天明，曹操早早吃了早饭，与卞淑曼告别。他嘱咐卞淑曼这几日公务繁忙，不能回家，让她一定按照昨晚他的吩咐行事，万万不可掉以轻心。他抱起曹丕亲了又亲。曹丕摸摸曹操怀里的七星宝刀，吵闹着要玩。曹操道：“这是用两坛九酝春酒才换来司寇王允大人所赐的，父亲有大事要用，你万万不可玩耍。”曹操又叫来曹昂叮咛了一通，嘱咐他听卞淑曼的话，帮卞淑曼照看好弟弟云云。

曹操让曹安民、卞秉带领部分家丁护家，自己带上曹洪及一些家丁走。卞淑曼嘱咐曹洪：“照顾好你大哥。”

曹洪道：“放心，有我在，大哥就会安然无事。”

曹操他们骑马而去。

天空乌云块块，云缝里露出一缕昏黄的日光。北风似刀，洛阳街里空空寥寥，曹操身后，荡起一阵夹杂着雪迹的土尘……

卞淑曼抱着曹彰，扯着曹丕，望着曹操远去的背影，止不住扑簌簌落下泪来。北风吹乱了她的头发，也吹痛了她的一颗惴惴不安的心……

当日，卞淑曼要求家人抓紧暗暗打点行装。

曹昂在洛阳曹府练兵场上耍剑。这剑叫倚天剑，这倚天剑是父亲的佩剑。曹操本来有两把宝剑，一把倚天剑，另一把名为青釭剑。只见曹昂握在手中的是一截剑柄，不见长剑剑身，但在北面墙壁上隐隐投下一个飘忽的剑影，剑影只存片刻。

曹丕拍手叫好："大哥，教教我……耍剑。"

曹昂收势，握着剑，道："这是咱父亲的心爱之物，他带着青釭剑，家中这把剑存在书房，不让任何人碰。再说。你还小，根本拿不动。"

曹丕不服，要过剑来举了两举，没抬起手来。曹丕便吵着闹着骑马玩。曹昂牵来自己喜欢的青鬃白骆马。曹丕看着十来岁的哥哥，伸出拇指："大哥，你真神了！我长大了，也要匹马儿。"

"弟弟大了，一定有匹骏马！"曹昂扶着曹丕抓好攀鞍踩住马镫，让他上了能行战马，自己在旁边牵着马走。曹丕骑在马上手舞足蹈地笑。那青鬃白骆马浑身雪白透亮，正昂首嘚嘚地前行，突然脚下一滑，昂头扬蹄一声嘶鸣。曹丕一惊从马上掉了下来，腿先着地，又坐在地上，摔得屁股火辣辣地疼痛，脚脖子瞬间瘀青肿起老高。曹昂哄哄曹丕，忙报告了卞淑曼，连连道歉："都怪昂儿粗心，磕了弟弟。"

卞淑曼安慰道："没事的。"她跑过来，抱起曹丕，看着儿子肿起的脚脖子，心疼得落了泪："丕儿，疼吗？"

曹丕咬着牙："不疼。"他不让娘抱，打挺着非要下来继续骑马不可，被卞淑曼强行抱走了。

家人来看曹丕摔得如何，卞秉看着曹丕的脚，心疼得落了泪："不知我外甥脚骨是否损伤？"

曹知道："听人说华三彪子在洛阳做了武官，华佗现在洛阳居住，我去找他，让他给小少爷料理一下。"

卞淑曼看看儿子肿起的脚，点头应允。卞淑曼派曹知到洛阳华佗住处请他，得到答复：“不在家。”到第三天，曹知才在华佗书房里找到了他。华佗坐曹府车来为曹丕敷药治疗，这样启程回谯县的时间误了三天。

到第四天黎明，卞淑曼刚要领家人出发回老家谯县，一看，早有官兵包围了曹府。半晌时分，一个羽翎军中尉军官骑着高头大马，身穿黑袍，腰挎宝剑出现。他带着两队士兵，闯进府内，连声高喊着“捉拿曹孟德，不许他跑了”，里里外外搜查。他们并没搜到曹操，因为曹操自从那天离家并未回来。

官兵不准曹家人外出。卞淑曼头皮发麻，心急如焚，暗恨自己没听家主嘱咐及时离开，以至于铸成大错。“家主现在在哪里？”她急得流了泪，暗暗埋怨自己。如果不能把家人平安带回谯县，自己有何颜面再见家主?

被围第二天傍晚，一个乞丐进到曹府，不要吃的，说要面见卞夫人，有要事禀告。卞淑曼在曹嬷嬷陪同下见了他。那人小声说：“我是后将军袁术的家人，袁将军与曹将军关系甚为密切，他让我来府报告，说曹将军行刺董卓未遂，改名换姓带家丁逃跑，半路上被陈宫捉住斩首。现在曹将军人头正挂在城墙外的高杆上，袁将军让你们想办法赶快逃回谯县老家去……”

卞淑曼蒙了一下，顿感天塌地陷一般，眼前一片黑暗。她强忍住眼泪，回到屋内，看着院中的古椿树，那棵树像是瞬间枯萎得黯然失色了。她感觉自己来到洛阳，生活刚刚泛起了浪花，又瞬间跌入了低谷。她心想，无论如何，要把孩子和家人带回谯县。她擦了把泪，不动声色，派曹知化装成乞丐到街里打探消息。曹知回来掉着泪说，少爷被砍头的消息在街里传得沸沸扬扬的。

卞淑曼把凤玉握在手中，抱着小儿子，在房中偷偷哭泣。曹丕拉拉她的衣襟，拍着自己的胸脯：“娘，别哭，有孩儿我哪！”

卞淑曼看看自己的儿子，颧骨高峻，棱角分明，剑眉倒立，细目光亮，顿感一丝安慰，拉着他的手：“娘没哭，有丕儿在，娘什么也不怕！”

家主走后，是一寒冷的冬天。

曹嬷嬷来报，外面有个军官模样的人要见少夫人。卞淑曼洗了把脸，出门去见那人。她估计应该是袁术派的人来通报消息。只见那人矮胖的身材，头戴长冠，身着袍服，腰挎宝剑；仔细看，那人凸鹰眼、塌鼻子、说话粗嗓门。卞淑曼有种很熟悉的恶心感觉，她很快认出，来人是华三彪子。

矮胖子华家三少从在百戏楼见到卞淑曼，到眼下在洛阳见她，十个年头过去了，距在曹家谯县东庄园大门前调戏她那次也有好几年了，可他感觉，眼前的卞淑曼虽然已经是个三十岁的女人了，可除了身体稍显虚弱之外，相貌、身材好像一点没变。她那红润的石榴花色的瓜子面，依然美得让他心动。那略显弯曲的新月眉毛下的杏眼里，依然流露着聪颖、善良、智慧的光芒。特别是她的身材，虽然生了两个孩子，却仍然有着姑娘扶风弱柳的苗条。

华三彪子瞪起凸鹰眼，哼了哼塌鼻子低声说："卞淑曼，我忘不了你。如今孟德兄已经不在人世，曹家身处险境，我愿意救你跳出水火。我救你没有他图，只想让你给我舞上两曲，万望答应。"

卞淑曼弯曲的新月眉毛皱了两下，一双杏眼里喷出火来："华老三，我宁愿为夫君而死，也不为你舞曲苟活，快滚！"

华三彪子"嘿嘿"一笑，怏怏而去。他回头瞪着凸鹰眼道："卞淑曼，你们一家人会困死在这里，你会后悔的……"

卞淑曼唤来曹安民、卞秉，道："送客！"

华家三少悻悻地走了。

晚饭后，天上的星星在不安地眨眼，远处传来狗吠声……

卞淑曼正对着孤灯垂泪，突然"啪"地一只飞镖正打在窗棂上。卞淑曼一惊，她出门查看，见一瘦子"嗖"地上到了屋顶，后有两个身轻如燕的身影追了过去。曹安民来到近前，道："婶子快回屋里去！"

卞淑曼进屋，抱住俩孩子。一会儿曹知与曹嬷嬷在窗外小声嘱咐："少奶奶放心……"

颧骨高峻、棱角分明、才两三岁的曹丕，吓得浑身哆嗦。他想到父亲不在家，倒立的剑眉皱了几皱，细眼射出锃亮的光芒，道："娘，别怕，有孩儿我呢！"

卞淑曼仍心有余悸，抱紧曹丕，她哪里安心得了呢？

春节过得没一点新年的味道。

开了春。

曹操遇难的消息在家中传开，侍妾们哭哭啼啼，几个门人准备打包行李走人。曹府大乱，曹操的几个部下打算解散家兵，让大家各自逃难。卞淑曼想："如果家丁一散，家人无人保护，特别是孩子，很容易遭遇不测。家人带不走，孩子带不走，她就成了曹家千古罪人。特别是家主极不容易得来的家丁，绝不能在她手里失散……”她不顾内外之别，走出房来对将要散去的众属道：“各位，请听我说，大家都是曹公的人，理当同甘共苦。《诗经》云：‘相鼠有皮，人而无仪！人而无仪，不死何为？’背主而逃是卑鄙无耻的行为。曹公的生死不能光凭流言断定。假如你们今天仅凭传言逃归乡里，明日曹公平安回来，诸位还有什么脸面去见旧主呢？为躲避未知之祸，便轻率放弃一生名节，值得吗？”

大家停止了吵嚷，静静地看着这位美丽沉稳的少夫人。曹安民对大家说：“家有千口，主事一人。我叔父不在，大家都要听我婶母安排。”

卞秉也说：“大家听我姐姐的。”

卞淑曼瞪一眼卞秉，不让他说话，对大家说：“我要亲自去找家主。活要见人，死要见尸。大家耐心等候消息，如果需要离开洛阳的话，我会带着你们一同返回谯县的。”

众属见卞淑曼如此镇定，都有了主心骨，顿时安静下来，皆说：“愿听夫人调遣，随夫人一起行动！”

董卓听说曹操已死，便撤去了对曹府包围的众多兵士，只留少数人把守，限制曹操家人出城，以待放长线钓大鱼。万一曹操没死再回到洛阳，以便迅速将其捉拿归案。

卞淑曼表面上从容淡定，实际上内心像被团烈火烧烤着一样。她决定按家主原来的安排，尽快带领家人安安全全地回到谯县，完成夫君的嘱托。曹安民说：“门外有官兵监视，城门已被封锁，官兵盘查严密，无法出城。”

初平元年（190 年）三月，董卓见关东联军气势甚盛，对洛阳形成威胁，决定要迁都长安。迁都之前，董卓先毒杀了前少帝弘农王刘辩；又因袁绍带头反对自己，便大杀袁氏家人，自袁绍叔父太傅袁隗以下，袁氏死者五十余口。董卓还胁迫献帝迁都长安，并驱迫洛阳百姓数百万口同行。途中百姓遭军队抄掠践踏，加以饥饿劳累，死者不计其数。董卓甚至下令将洛阳的宫殿、官府、民房等全部烧毁，方圆二百里化成一片灰烬。董卓本人屯兵洛阳，与关东联军对抗。董卓认为，曹操家人有利用价值，便放长线钓大鱼，一时并未对曹操家人痛下杀手。

时局危急，不容迟缓，可时间偏偏像钉在了毁弃的日晷盘上，过一天比一年还长。卞淑曼严令家人不准外出，不惹是非。家丁停止了练武，曹昂除了读书写字，卞淑曼不再让他在家里练兵场上领着弟弟戏耍了，只让他看着弟弟在屋里不要乱跑。她暗中派人四处打探曹操消息。有人告诉她，街里人们传陈宫杀的并非曹操，而是个死刑犯。还有人说曹操与袁绍起兵了。曹知打探消息回来说，人们传嚷，董卓也要撤离到长安了。几个侍妾提议，赶快离开洛阳这个是非之地。卞淑曼命家人秘密准备随时返乡。

四月初二的傍晚，随着“隆隆”的雷声，西北风刮来了满天乌云。几点大雨滴砸起路面缕缕尘烟，接着夹杂着冰雹的滂沱大雨铺天盖地而来，院中的树全成了光秃秃的和尚脑袋，洛阳城完全成了雨的世界。

一群难民在曹府大门口叽叽喳喳，央求到院里避雨。门军推推搡搡要赶走难民。卞淑曼见此情景，心中生出怜悯之情。救人才能救己，她感觉逃离洛阳返回谯县的机会来了。她劝住门军，让难民进到院内，让曹知把他们安排在西柴院士兵腾出的空闲房子里，让曹嬷嬷为他们准备吃的。

第二天早晨，虽然没有了冰雹，但小雨毫无停歇的意思。卞淑曼命家人穿上破衣烂衫，只带些细软银两、贵重东西，让士兵把武器用破被子包起来放车上，全混在难民群中溜出曹府。

官府派来监视曹家的几位兵丁，也不知去哪里避雨休息去了。

茫茫雨雾中的大街空空荡荡的，无人与车马行迹。卞淑曼抱着小儿子曹彰，拉着曹丕与曹昂坐在车上，领着这群“难民”，顶着细雨顺着大街来到了东城门。

东城门紧闭，几个门军身着铠甲手握长矛，威风凛凛地站立门洞两旁。

衣着破烂的卞淑曼下车上前说：“请军爷行个方便，我们都是伊水难民，洛阳城大乱，我们想回到老家去。

“这么多难民呀！”一个年长的兵卒喃喃地说着，向楼上喊，“校尉长，有一大群难民，要出城。”

城楼上回：“严格盘查，如果实属难民，尽可放行。”年长兵卒逐一检查，发现他们全都破衣烂衫，车上尽是些破被烂褥，便开门放行了。

出了城，卞淑曼提到嗓门的心落了下来。她发给那些乞丐一些盘缠，带着家人赶快上路。他们刚走二里多路，后面响起一阵急促的马蹄声。一群骑马的军人拦住了去路。来人中一个高瘦子咧咧老鼠嘴用尖嗓门道：“站住。想走？比登天还难。”矮胖子瞪着凸鹰眼，哼着塌鼻子用粗嗓门道：“嘿嘿，卞淑曼，看看我身后带来的兵丁，你想从我眼皮下逃走比登天还难。我安排好的，故意放了你，等你们出了城才抓你，就是想带你远走高飞，去过不愁吃穿、和平安定的日子，你还是答应我的请求吧……”

雨“哗哗”地下着，卞淑曼被淋得像从水里捞出来的一样。她一看是矮胖子华三彪子，抱紧孩子，一字一句地说道：“华老三，你好可恶！为何三番五次行苟且之事！”

曹昂握紧拳头，颧骨高峻、棱角分明、才三岁多的曹丕，握着拳头，倒立的剑眉皱了几皱，细眼射出犀利的冷光道：“大胆贼人，快快让路，小心我爹要你的狗命！”

华老三“嘿嘿”一笑：“卞淑曼若不答应我，想活着离开洛阳比登天还难！弟兄们，亮刀枪！”华老三带来的官兵围拢而来。

曹安民让家丁们从车上的破被子里抽出武器，护住了卞淑曼与其他女眷们。卞秉抽出刀来，挡在姐姐前面。

高瘦子管家华鼠嘴噘了几下老鼠嘴，用手一指，尖嗓门高声顿喝：“罪犯家属，把她给我拿下带走！”

曹知、曹嬷嬷分站卞淑曼两旁护卫。两个前来抓卞氏的兵丁，被曹知、曹嬷嬷打倒在地。

卞淑曼大声说：“安民，带你的人，开打！”家丁们个个身手灵活，人人英勇善战。在曹安民带领下，他们以一当十，经过一阵厮杀，华老三带的人有几个被打下马来，有几匹马的鲜血混着雨水直流。华老三一看不是曹家敌手，道：“撤，报告董丞相去。”他们丢下几具尸体落荒而逃。

当董卓听说曹操家人全部逃走，派人追赶，已不见曹操家人的踪迹了。

卞淑曼带领家人，日夜兼程，一路上见到的都是麦子东倒西歪、逃荒人流离失所的情景。卞淑曼领着家人，历经艰险，提心吊胆才回到了谯县。

卞淑曼身心疲惫地带领大家来到了曹府大院，长长地舒了一口气。一松劲儿，她感觉浑身像散了架一样，这时候她很需要在老院有个房间。有个房间不仅仅能快速消除眼下的疲惫，更重要的是这样就证明生了两个男孩的她在曹府有了一定的地位。

曹操家人听说她领着洛阳的人回来了，曹操父亲曹嵩与曹操的几个弟弟、堂兄弟出来迎接，现出愉快的神色。丁老夫人与丁夫人仍是一张滴水成冰的脸。她俩只对曹昂笑脸相迎，对曹丕、对卞氏新生的儿子都没正眼看一下。

曹昂留在了丁夫人身边。丁老夫人冷冷的，道："这里房间紧张，你还是回东庄园住吧。"卞淑曼含泪辞别了公婆，带曹嬷嬷与家仆曹知又回到了东庄园。

曹丕看着落泪的母亲，倒立的剑眉皱了几皱，细眼射出铿亮的光芒，道："娘，别哭，有孩儿我呢！"

卞淑曼更觉难过。

回到谯县的第二天，卞淑曼立即派人外出打探曹操消息，可一直没有打听到家主音讯。

她每天教曹丕吟诗写字，这一年曹丕四岁，自己骑在马上，有人牵马慢行掉不下马了。有时候曹昂来到东庄园骑马，抱着曹丕飞驰，曹丕在马上大声欢笑。卞淑曼抱着小儿子看着他俩骑马，一边落泪，一边会心地微笑。她禁不住暗想："难道日后真的只能依靠儿子生活吗？"

等曹丕骑马累了，下马喝水，卞淑曼给他讲了他父亲小时候的事情："你父亲年轻时，和袁绍两人常常喜欢做游侠。他们见一家富豪抢了良家女子结婚，夜间乘机偷偷进入主人的园子里，到半夜大喊'有小偷'！青庐里面的人都跑出来察看，你父亲与袁绍趁机抢走了新娘，打算把新娘子送到她家。他俩跑出来后，中途迷了路，陷入了荆棘丛中，袁绍跑动不了。你父亲又大喊：'小偷在这里！'袁绍惊恐着急，赶快自己跳了出来，两人终于得以逃脱……"

俩孩子听得手舞足蹈，曹丕用力挤两下细眼说："我爹真有办法！袁绍是谁？"

袁绍（？—202 年 6 月 28 日），字本初，汝南汝阳（今河南商水）人，东汉末年军阀司空袁逢的儿子。袁绍出身于东汉后期一个势倾天下的官宦世家"汝南袁氏"。从他的高祖父袁安起，袁氏四世之中有五人官拜三公。父亲袁逢，官拜司空。叔父袁隗，官拜司徒。伯父袁成，官拜左中郎将，早逝。袁绍庶出，过继于袁成一房。袁绍生得英俊威武，甚得袁逢、袁隗喜爱。他凭借世资，年少为郎，不到二十岁已出任濮阳县长，有清正能干的名声。不久，他因母亲病故服丧，接着又补服父丧，前后共六年。此间，袁绍虽自称隐居，表面上不妄通宾客，其实在暗中结交党人和侠义之士，如张邈、何颙、许攸等人。袁绍的密友中，还有曹操，他们结成了一个以反宦官专政为目的的政治集团。

卞氏对袁绍了解甚少，只是说："他与你爹关系甚密。"

娘仨正有说有笑，第二拨打探的人回来报告："那年九月，因为董卓专权朝政，废除少帝而立新帝，引起京都的政治动乱，家主刺杀董卓未成，弃官逃离了洛阳；随后散尽家财在兖州陈留招兵买马，发起义兵，倡议天下英雄共同讨伐董卓；后来还参加了关东诸侯讨伐董卓的行动。我们见到了老爷，老爷让我们回来报告家人，他平安无事……"

听说有了确切消息，家主并没发生意外，正在忙他的救国安民大事，卞淑曼心中整日悬着的那块石头终于落了地。她拍拍曹丕头，抱起小儿子举了又举，高兴地流出了眼泪："丕儿，彰儿啊，你爹快回来了！"俩孩子也跳着乐："爹爹快回来了！"

盼来曹操

公元 191 年年底，冷酷的冬风伴随着战马铁蹄的践踏，中原荒野被蹂碎了最后一片枯叶，迎新年的爆竹在寒云密布的空中炸响了。

此时是曹操逃离洛阳，参加反董联军后第一次返乡的日子。

这里需要补述一下东汉末年朝野斗争情况，简言之，就是“乱”。各派势力走马灯似的粉墨登场。

汉灵帝刘宏继位后，先是张让从宫中一杂役太监，逐步爬上太监首领的位置，任了常侍，以他为首的十常侍宦官集团独霸朝纲，权倾天下。张让怂恿昏君汉灵帝刘宏设立“四园卖官所”，公开卖官敛财，又在汉宫西苑设“裸游馆”，专供灵帝淫乐，哄得灵帝喜笑颜开。

张让率领十常侍，颠倒黑白铲除异己，捏造罪名滥杀朝臣，终于引起以何进为首的外戚集团的不满。

中平六年，公元 189 年五月十三日，汉灵帝刘宏去世，谥号孝灵皇帝，葬于文陵。汉少帝刘辩继位。由于刘辩年幼，暂由何太后临朝主政。

何进是少帝的舅舅，代表外戚势力。在灵帝死后，何进与司隶校尉袁绍谋计诛杀张让，遭到何太后强烈反对。

何太后早年嫉妒汉灵帝爱妃王美人的美貌，在王美人产下刘协之后，把王美人给鸩杀了。后来，因与婆婆董太后发生了口角，她就让哥哥把董太后逼出皇宫，并且偷偷地把董太后给杀了。

本来何太后还是想杀张让他们的，张让原来抱董太后的大腿看不起何太后，处处使绊子，限制何太后及其兄长何进等人的权利。汉少帝继位后，张让知道此一时彼一时，因此四处放出风来，表明自己对何太后的崇拜如同黄河之水滔滔不绝，多方给何太后家人送礼，何进的母亲舞阳君也收到了最心仪的首饰，何进的弟弟何苗一夜之间暴富。一时之间，何家人养尊处优，饮水思源，大家都夸张让好，且何进的妹妹还下嫁给张让的干儿子，张让曾经跪在干儿媳妇面前请求何进放过自己一马，自己再也不敢做对不起何家的事情了。

杀人不过头点地，何太后想，自己贵为皇太后，拥有极大的权力，自己的哥哥贵为大将军，自己的儿子是天子，整个天下都是自己的，大人有大量，就不再和张让较真。

何进便许给董卓好处，以圣旨名义召他立即进京讨伐张让，并以此来胁迫何太后。

董卓，字仲颖，公元167年出生。董卓原任羽林郎，在军中的职位是军司马，后来追随当时的中郎将张奂一起征讨并州，取得了讨伐战的胜利。董卓被晋升为郎中，同时还获得了许多物质奖励。

有了前，野心勃勃的董卓便积极招兵买马，拉拢权臣，他的地位逐渐得以提高巩固，终成一方诸侯。

董卓接到何进传来的命令后，大喜过望，此诏令与他膨胀的权力欲望相吻合。他立即召集人马，连日率军进京，并按何进的意思上书少帝，要求逐君侧之恶，收张让之军，以清奸秽。董卓却万没想到，在他没赶到洛阳之前，洛阳已发生了他意料之外的事情。

先是何进被张让骗进皇宫杀害，接着袁绍带兵将干预朝政的宦官全部杀死，皇宫内血流成河。虎贲中郎将袁术，也趁机领兵进入洛阳，听到何进被杀的消息后，放火烧毁了南宫，并追杀张让等人。

在袁绍带兵冲进皇宫前，张让与中常侍段硅慌忙劫持少帝刘辩和陈留王刘协，半夜出逃至黄河渡口小平津（今河南巩义西南）。

行进中的董卓远远望见京城一片火海，知道情况有变，打听到少帝在北芒，急忙率兵前往。少帝被蜂拥而至的大军吓得惊慌失措，泪流满面。董卓威风凛凛，大摇大摆地走上前去参见少帝，并且向他询问事变经过。少帝结结巴巴，语无伦次，站立一旁比少帝还小整整五岁的陈留王刘协主动向董卓讲述了整个事变的经过，条理清晰。董卓听说陈留王是董太后亲自抚养的，便大为欢喜。他平时听到谁姓董，对同姓人都备感亲切。中平六年（189年）九月，何进被太监杀害后，西凉刺史董卓进入洛阳，废少帝，立献帝刘协，后又杀何太后及少帝，自称太师，专擅朝政。十一月，董卓自封相国，便自封自己有赞拜不名（臣子朝拜帝王时，赞礼的人不直呼其姓名，只称官职，这是帝王给予大臣的一种特殊礼遇）、入朝不趋（臣子上朝时不用小步快跑）、剑履（挎着宝剑）上殿的特权。

曹操见董卓倒行逆施，不愿与他为伍，行刺未果，遂改易姓名逃出京师洛阳（今河南洛阳东北）。曹操离开洛阳后，没日没夜地跑了五百多里，路上被知县陈宫捉拿。陈宫性格直率，为人忠君爱国。他不满董卓把持朝政，祸乱朝纲，见曹操起身反抗董卓，认为曹操是一位忠义之士，便冒顶曹操处死一个死刑犯，放走了曹操。曹操一直跑到了陈留。至于路上杀吕伯奢，历史上根本没有记载，《三国志》里根本就没有出现过吕伯奢这个人物。历史记载，后来陈宫等人主张迎立活跃在陈留郡讨伐黄巾有功的曹操接任兖州牧，至于在曹操逃跑时他放走曹操，也只是一种传说。

当时，陈留一带从上到下都反对董卓，而且曹嵩在这儿有一定的根基，积累了一部分财产，很快，曹操就招募了五千义兵。

曹操到陈留后，首倡天下诸侯联合反董，率先举起“讨董”大旗。

董卓的不义行径遭到了各诸侯的强烈反对。

汉献帝初平元年（190年）正月，关东各州郡牧守起兵讨伐董卓，共推袁绍为盟主，推曹操为副盟主，大家联合起来参与讨伐董卓。二月，董卓胁迫献帝迁都长安（今陕西西安西北），自己留居洛阳抵御关东联军。董卓的凉州军骁勇善战，关东联军十余万人驻扎酸枣（今河南延津北）一带，无人敢向洛阳推进。

曹操认为董卓“焚烧宫室，劫迁天子，海内震动”，建议诸军各据要地，再分兵向西进入武关（今陕西丹凤东南），围困董卓，趁机与他决战。关东诸将不肯听从。

二月，曹操率领属下数千兵马向成皋开拔，自己领兵向西进发，决定占领荥阳。

荥阳在荥水北岸。据商代史料记载，荥阳当时称为“隞”，春秋时期曾更名为“敖”“嚣”等。战国时期荥阳属于韩国，韩国以荥水为名，正式将该地更名为荥阳。荥阳古城之东有一条人工开挖的沟渠连接淮河与泗水，成了荥阳东部的一道天然屏障，此沟渠便是汉末三国时期所称的汴水。古城临黄河，依邙山与嵩山相望。城西十余里便是广武山，山势峻峭挺拔，绵延数十里。荥阳这种背山面水的独特地形，使它成了一座天然的防御城关。荥阳具有非常重要的战略地位，自古是兵家必争之地。曹操计划占领荥阳，表现出他拥有很高的战略眼光。

东汉末期，董卓面对人多势众的关东联军，以洛阳为中心，布置了三道防线，其中，荥阳就是东部防线上的一个重要据点。董卓部下徐荣也就是看出了荥阳的重要战略价值和易守难攻的特点，率军向荥阳集结。当曹操领兵到来时，徐荣利用曹操立足未稳的有利时机，主动出击，双方随即在荥阳以东的汴水岸边展开激战。

徐荣所带部队有一万多人，大部分都是凉州士卒。凉州地处西北，长期受到塞外的羌、胡、鲜卑、匈奴等游牧民族的袭扰，青壮年形成了凶猛彪悍、好勇斗狠的性格。他们练就了在马上作战的硬功夫，素有“铁骑”之称，其优势在于冲锋。而在野外对付彪悍的凉州铁骑，恰恰是关东联军的短板。因兵力悬殊，曹操大败，士卒死伤过半。

曹操率部死力抵抗徐荣的凉州士卒，苦战到傍晚，才下令撤军。曹操甚是狼狈，失掉了坐骑，又被流矢所伤，面容憔悴。董军在后面舞戈呐喊，追袭甚急。曹洪见状跳下马来，把坐骑让给曹操，曹操推辞不受。

曹洪道：“天下可以没有我曹洪，但绝不能没有您孟德啊！”曹操上马，曹洪步行随曹操到了汴水边，水深流急，不能涉水过河。曹洪沿着河道搜寻，终于寻到一只渡船，曹操才得以渡河。

十八路诸侯联合讨伐董卓，看似兵多将广，声势浩大，不过，因为各个诸侯之间的利益难以一致，这就使反抗董卓的联军貌合神离。袁绍、袁术等人，并非真的忠于汉室，只不过希望借助抗董，扩张自己的势力罢了。话说回来，袁绍虽为盟主，也有自己的难处，对于各自心怀鬼胎的诸侯，他也没办法真正统筹协调，命令各方。

冀州牧韩馥希望维持现状，不愿意袁绍在讨伐董卓的行动中壮大，担心会威胁自己在冀州的地位。孙坚在与董卓的交战中，取得了一定的战绩。不过，有人乘机挑拨袁术，袁术便不给孙坚运送军粮。

在十八路诸侯讨伐董卓的时候，虽然曹操、孙坚等人主张讨伐董卓最为坚决，无奈孤掌难鸣，不成气候。这两位诸侯都被徐荣击败过。特别是曹操，更是在汴水之战中险些丢掉了性命。

在讨伐董卓的队伍里，孙坚也是表现出色的一个。孙坚（155 年—191 年），字文台，汉族，吴郡富春（今浙江杭州富阳）人。东汉末年将领、军阀，孙吴政权的奠基者之一，孙策、孙权的父亲。据传为春秋时期军事家孙武的后裔。

在曹操兵败汴水、袁绍迟疑不进、酸枣联军瓦解、天下人驻足观望之际，孙坚的孤军奋战却使藐视天下的董卓如芒在背、仓皇西窜。孙坚的英雄气概，也使得别的军阀心生忌恨。当他的孤军杀入京城，分兵函谷，兵戈西指，欲对董卓赶尽杀绝之时，联军中的群雄却各怀鬼胎，故意按兵不动，天下之势已经由一起对抗董卓，转为开拓群雄自己的领土。而即使孙坚再勇不可当，也难以挽回脆弱的、分裂的讨董联盟。

不久，讨伐董卓的联军由于各自的争势夺利四分五裂，互相残杀起来，其中主要的就有袁绍、韩馥、公孙瓒等部的混战，从此便形成了汉末军阀混战局面。

曹操写的《蒿里行》一诗即是对这一历史事件的反映。

关东有义士，兴兵讨群凶。
初期会盟津，乃心在咸阳。
军合力不齐，踌躇而雁行。
势利使人争，嗣还自相戕。
淮南弟称号，刻玺于北方。
铠甲生虮虱，万姓以死亡。
白骨露于野，千里无鸡鸣。
生民百遗一，念之断人肠。

这首诗写出了战乱时期军阀混战给士兵和百姓带来的深重的苦难，表现了战争中死亡的人无人埋葬，腐烂化为白骨，千里之内听不见鸡叫的悲惨遭遇，表达了曹操对劳苦大众悲惨命运的深深的同情。

在董卓横行时，曹操异常困难，后来得到了智深谋广的荀彧的帮助，才慢慢扭转了局面。

荀彧（163 年—212 年），字文若，颍川郡颍阴县（今河南许昌）人。永汉元年（189 年），荀彧被举孝廉，任守宫令（掌管皇帝的笔、墨、纸张等物品）。荀彧见朝政混乱，便弃官归乡。到冀州后，冀州已被袁绍所控制，袁绍见荀彧来了，待他为上宾。荀彧弟荀谌和同郡辛评、郭图都在袁绍手下做事。荀彧观察了袁绍的为人处事，认为他最终不能成大事。

初平二年（191 年），荀彧弃袁绍而投奔了曹操。曹操见到荀彧十分高兴，亲切地拉住他的手“哈哈”大笑，称赞道：“荀彧是我的子房（注：张良字子房）啊！我得一子房无忧矣！”荀彧感觉自己得到了明主，也很高兴。

献帝初平二年（191 年）七月，就在袁绍取得冀州的控制权不久，活跃在中原一带的黑山贼寇于毒、白绕、眭固等人，率领十多万人进犯黄河中下游地区，相继攻占了属于兖州的魏郡和东郡的大部分地区。

兖州刺史刘岱任命的东郡太守王肱庸碌无能，无力抵御贼寇入侵，与此同时，盘踞青州的黄巾军也开始进逼河北，大有与黑山军会合之势。袁绍估计，一旦黑山军与黄巾军成功会合，将让中原陷入一片战火之中，自己刚刚占据的冀州也将遭受严重威胁。

为了保证冀州的安全，为了削弱曹操的力量，袁绍许以好处，推举从小与自己关系一直要好的曹操率部进入东郡平寇。

曹操率部进入东郡后，听从荀彧的计策，在濮阳击败白绕，取得首战胜利；又在东郡大败于毒、眭固、於扶罗等人。不久，曹操又向黑山军于毒部发起进攻，在顿丘和内黄一带将其重创，终于缓解了兖州地区的局势。

袁绍甚是欢喜，为表彰曹操的功绩，他保举曹操担任东郡太守。曹操任东郡太守后，将郡治从濮阳迁到了东武阳，东武阳也就成了曹操集团草创期间的大本营。有了稳固的地盘，曹操计划回家接家人来。

以上是曹操在洛阳与卞氏分开后的情况梗概。

同年年底，曹操带一行人马回到了谯县。曹府上下喜气洋洋，杀鸡宰羊，饮酒相庆。

冷冷的阳光透过窗子照在客厅里，菜蔬的热气徐徐升腾。曹嵩上坐，曹操与众兄弟、堂兄弟们陪侍。亲人们喝着九酝春家酒谈论着政事。曹嵩问及反董联军与董卓的战事。

曹操叹口气：“咱家散尽家财在兖州陈留招兵买马，发起义兵，倡议天下英雄共同讨伐董卓。我与后将军袁术、渤海太守袁绍、冀州牧韩馥等十二路诸侯先后起兵，袁绍做盟主。十二路盟军各怀心机，我虽为奋武将军，却独木难支……”

众人不服，纷纷道；“明明是大哥首倡，为何盟主之位却是袁绍？”

曹操重重叹口气：“袁绍四世三公，咱家门第低微呀！所幸，我大败白绕，袁绍上表让我任东郡太守，朝廷应允。”

曹嵩问曹操：“你日后作何打算？”

曹操道："世道混乱，民不聊生，荥阳成皋一带人吃人的事情时有发生。咱家人在老家有一定危险，我打算在家留几个人守护，其余人全跟我去东郡任所，让昂儿也去入伍参战。我不在京城任职也好，可在地方独立行事，更宜于铲平乱臣，兴复大汉，救民于水火。"

曹嵩道："你刚上任，东郡尚不安定。我与你母亲先暂去琅琊郡投亲避难。曹昂孙儿才十多岁，如何安置，你还得与丁氏商议。就算是丁氏答应昂儿随你去了，你也要对他格外细心照顾，万万不可出甚差池！"

曹操点头应允。

事情商议已定，午宴进行到下午时分，众人散去。

曹操去了东厢房，见昂儿正给坐在床上的丁氏捶背，曹操长女清河给丁氏揉腿。三人说说笑笑，其乐融融。

曹操进到屋内。曹昂与清河慌忙给曹操见礼。丁夫人扭过脸去，面对壁墙，没动身子，不发一声。曹操示意孩儿退下。曹操在卧室内密草席榻上坐下，有仆人倒上茶水退下，房间就剩他们夫妻二人。曹操道："夫人呢，这几年你身体可好？"

丁夫人扭着脖子看着墙上那张下山虎图画道："多谢夫君惦记，我身体无病无灾，好得很呢。"

曹操很是关切地说："这些年你除了抚养、教育孩子，还要照顾老人，真让你受苦了。"

丁夫人"哼哼"鼻子："难得你还有这份关心。休要管我，你只要过得顺心如意就行了。"

话是好话，可曹操听着感觉十分别扭。他喝口茶道："咱夫妻分别有些时日，我想住你这里，有事情与你相商。"

丁夫人道："我原来有言在先，你若铁心娶那倡伎为妾，就离开我走得远远的，日后休来烦我！你还是去东庄园卞美人那儿吧，那里才是你的安乐窝。那里的人漂亮，有本事，又会博得你欢心。"

曹操强压心头怒火，道："既然你仍是此等态度，那就休怪我就直言了，说完我便去东庄园。"曹操看看丁氏，见她脸色并未半点少解，便道："曹昂这孩子聪明慈惠，女儿清河伶俐善良。如今世道混乱，我想让你们娘仨年后跟我去东郡任所。这样方便你照顾孩子，也方便让昂儿接受锻炼。你看如何？"

丁夫人道："过去你不是已经带走昂儿两年多了？上次在洛阳险些丧命……"

曹操道："昂儿与丕儿还有卞氏新生的小儿子曹彰不都平安回来了吗？再说卞氏也带着孩子去。"

丁夫人道："卞氏两个儿子，我就这一个；她舍得，我可舍不得……"

曹操道："你说这是何话？跟我走就一定会遇不测？"

丁夫人叹口气道："唉！反正是你儿子，自然听你安排。你把昂儿带走，若出半点差池，休怪我跟你没完。"

曹操道："这个你尽可放心，我自会好好照顾他。你也跟我去任所吧，兵荒马乱的，除留下酒坊劳作之人，其余家人全跟我走了，你与清河留在谯县我不放心。"

丁夫人道："我与女儿清河待在老家，哪儿都不去，看还有谁敢把我吃了不成。"

曹操感觉在这儿冷冷冰冰的，就离开了东厢房。曹操来到屋外，唤来了曹昂，他惊喜地发现，曹昂已经是个眉清目秀、威武英俊的小伙子了。曹操询问了他学文习武情况，夸赞了几句，讲了让他随父从军的事情。

曹昂面露喜色："孩儿悉听父命！"

曹操满意地拍拍他的肩膀，又嘱咐长女清河一些话，便离开了丁夫人。曹操想让爱子曹昂跟他去东郡任所，经受锻炼，好日后委以重任。

西边的太阳成了醉汉红红的脸膛，腊月滴水成冰的天气在红光里似乎并不冷。晴空中，谯县街道、铺户、房舍、路上的积雪、东庄园的柳子林，全都涂上了一层赤红的霞光，赤红的晚霞给人一种温暖美丽的素净感。

曹操心中想念卞淑曼，挂念俩孩子，便迅速赶往东庄园。他身着戎装，帽唇遮盖，只能望见他浓浓的刀眉。回到城东庄园时，曹操觉得这暖暖的红霞就是他的卞淑曼，他愿意让石榴红花样的霞光一直映照在他的身上。

曹操过了桥，牵着马停下脚步。他看到他的儿子们在玩耍。

四岁多的曹丕拿着秫杆领着两岁多的曹彰玩。曹丕说："你是我的将军，要听从我命令。"

曹操见儿子曹丕颧骨高峻，棱角分明，剑眉细眼，目光锃亮，禁不住心生欢喜，便勒马观看。

曹彰立正，皱一皱山根相连的眉毛，应道："诺。"

曹操看小儿子很利索，练舞有模有样的，也很高兴。

曹丕举起秫杆当空一刺："杀！"

曹彰学着哥的样子，也当空一刺："杀！"

曹丕对着曹彰一刺，曹彰被刺疼了，哭着骂曹丕。

曹丕训斥曹彰："将军不许落泪哭鼻子，不许骂人！"一脚把曹彰踹倒。扫院子的曹知忙放下扫帚，阻止曹丕。

曹丕拿起秫杆当剑，追着曹知"刺杀"，曹知左躲右闪，教着他："往这边刺，这样刺……"笑个不停。

这一幕，曹操正好看得一清二楚，他讨厌曹丕的蛮不讲理。"住手！"曹操大吼一声，把马缰绳递给曹知，对曹丕大声呵斥，"大胆，怎敢对家人无礼！"

曹丕皱皱倒八字眉，用手一指曹操："你是何人？休得管我！"

曹操勃然大怒，朝他屁股拍去一掌。

曹丕剑眉倒竖，用手一指，高声顿呵："大胆路人，随便进我家园，还敢打我！你知道我爹爹是谁吗？"

曹操感觉又好气又好笑，问："你爹是谁？"

曹丕抬头怒视着曹操，挥拳用力挤一下细眼，目露寒光："说出我爹的名讳，吓破你的狗胆！我爹是当今英雄曹操，字孟德……"

曹操道："大胆，怎敢随便提你老子名讳！你为何不尊重家仆？为何打你弟弟？"说着踢去一脚。曹丕往后一撤身子竟然躲过了。

曹知赶忙拦挡，忙说："家主息怒，小少爷与我们闹着玩呢！"

卞淑曼听到曹操说话的声音，忙跑出屋来，屈身问安，笑脸相迎。她怒斥曹丕："他就是你的爹爹，还不见礼赔罪！"

曹丕吓得直咬手指头，怯怯地施礼，连不迭地说："爹爹在上，孩儿赔罪了！"

曹操脱去铠甲递给卞淑曼，并不理睬曹丕，斥责卞淑曼道："我不在家，孩子这等顽皮，是你的怠慢！"

卞淑曼忙回："婢妾知错了。家主好不容易回来一趟，快进屋歇息，先别跟孩子一般见识了。"然后转向曹丕："快向你爹认错！"

曹丕吐吐舌头，忙屈身跪倒："爹爹在上，孩儿……知错了，孩儿这厢有礼了。”

曹操不理曹丕，抱起曹彰，仔细观察，对卞淑曼道：“这孩子为何如此消瘦？”

卞淑曼唯唯诺诺道：“婢妾对孩子非常上心，他也吃的不少啊。”

曹操道：“我没有怪罪你的意思。”

卞淑曼示意曹丕离开。

太阳接近了地平线。天空红得像着了火似的，红彤彤的一片。

曹操进到屋内，坐到待客厅黑色宽长的龙卷尾桌案下镶边的密草席榻上。卞淑曼放下曹彰，倒上刚沏的茶水。她感觉连墙壁上的下山虎图案也有了生机。

曹操道：“唤犬子曹丕过来。”

曹丕应声进屋，垂手站立。

曹操厉声道：“以后对家人，无论是你弟弟还是仆人，都要以礼相待，万万不可造次！”

曹丕垂手应道：“孩儿记下了。”

曹操问：“这一段时间，你可学到何等本事？”

曹丕抬起头来，眼睛露出得意神色：“回爹爹话，孩儿学会了骑马、舞剑、写字、吟诗……嗯……还学会了翻跟斗……”

曹彰说：“爹爹，我也会翻跟斗，我翻给你看……”他打挺从曹操怀抱中下来，在当门客厅打个车轱辘。

曹操拍着手道：“好！好！彰儿，这么小就会打车轱辘了，再给我吟诗来。”曹彰怔怔地看着曹操，张张嘴，吐不出声来。

卞淑曼道：“教他读诗，他偏要跟曹知学翻跟斗。”

曹丕忙抢话头：“爹爹，我会很多诗，待我给你吟来。”他仰起头，拉着长调：“嗯……涉江采芙蓉，兰泽多芳草。采之欲遗谁？所思在远道。还顾望旧乡，长路漫浩浩。同心而离居，忧伤以终老……”吟诵完毕，垂手站立。

曹操面露喜色，问道：“你还会什么？”

曹丕重新仰头，拉着长调吟道：“关东有义士，兴兵讨群凶……白骨露于野，千里无鸡鸣。生民百遗一，念之断人肠……”语调中颇露出几分慷慨悲壮之气。

曹操大惊，这是他的新作，诗中所言“白骨露于野，千里无鸡鸣”，是他亲眼所见的悲惨景象。他问卞淑曼：“我的新作他怎会吟？”

卞淑曼回：“前些日子，曹仁兄弟回家看望曹炽伯父，带来了你的新作。我抄后教他，几遍便会了。”

曹操“哈哈”大笑，拉过曹丕，揽入怀内，连连称赞：“我的丕儿聪明过人，好，好样的！”又怒斥曹彰道：“日后你若只会翻跟斗不会吟诗，爹爹就不喜欢你了。”

晚饭已毕，众人退去。曹嬷嬷把俩孩子领走。

曹操抓住卞淑曼手，携她进了里间。卞淑曼揭开草青色的帷幕，曹操把身挎的宝剑挂到床头的吊杆上，二人坐到梓木虬龟大床边。曹操揽过卞淑曼，道：“洛阳一别，让我好生挂念呀！”

卞淑曼落下泪来：“你离开洛阳，京城传来你许多流言，俺真是度日如年呢！”

曹操道：“我行刺董卓未成，逃跑的路上险境重重。我逃出洛阳后，董卓的抓捕令已经下到各郡县。到了中牟县，官兵见我形迹可疑抓了我，县功曹知道我是曹操，劝告县令，此时天下大乱，不应该拘捕英雄豪杰，于是县令放了我。”

卞淑曼连连念“阿弥陀佛”，道：“好人自会有好报的！”

曹操深情地看看卞淑曼，赞美道：“我的卞淑曼胆大心细，从洛阳为我带回了三个儿子与全家人，大家毫发无伤；又为我带回了洛阳的兵将，让众人安全回归故里。还是我的卞淑曼聪明过人，调度有方啊。”

卞淑曼道：“家主别夸了。我一直后悔，没能按你吩咐及时返乡，险些铸成大错。家主怎么知道洛阳之事的？”

曹操道：“我派人打探，为了救你们，我亲自带兵打回洛阳。军队走到荥阳汴水（今荥阳西南），与董卓大将徐荣交锋。因为兵力悬殊，士卒死伤过半，我被董卓手下徐荣的流矢所伤，幸得堂弟曹洪把他的战马给了我，日后千万不能忘了堂弟的救命大恩呀！”

卞淑曼感动得哭泣：“曹洪大恩难忘，家主心疼我，也实在令我感动。给家主当妾，死而无憾！这次回来，你把卞秉带走，一个男子汉大丈夫，让他在军前效力。”

曹操揽住她细腰道：“怎能随意言死，休得胡说，多不吉利！我把卞秉安排在曹仁掌管的军队里，让他参战。我脾气暴躁，但希望妻妾善良温柔，你的性情颇合我意。我小时刁钻顽皮，但希望子孙后代方正忠厚，你注意对他俩严加管教……”

卞淑曼唯唯连声：“婢妾记住了。”她小声述说了矮胖子华三彪子在洛阳的种种劣迹。

曹操听后刀眉展了两展，低沉地“嘿嘿”一笑，并未回应卞淑曼话语，只是嗔怒卞淑曼的称谓：“我三番五次说你，日后定要牢记在心！往后不准再称婢妾，要称臣妾！看我如何治你……”曹操拉过被子，同卞淑曼睡到床上。

卞淑曼望着七尺身材、粗眉毛、多髯，细长眼睛射出犀利深沉智慧目光的夫君，感觉他有一股不怒自威的力量，忙回应：“诺，夫君！”

曹操笑道：“这才是我美丽善良的卞淑曼。我现在被当今皇上任命为东郡太守，年后你随我去东郡掌管后府……”

卞淑曼听后一阵窃喜。她又一次感到，她像个雏燕得到了硕大翅膀的庇护；院中的石榴树又一次沐浴进了明朗温暖的春光里。常言说富贵妻荣，妻荣做妾的也会得到荣耀啊。

卞淑曼看夫君对华老三并未表示半点不满，不免有些生气，小声道：“夫君怎对华老三再三作恶一点也不气恼啊！”

曹操“嘿嘿”一笑，道：“《周易》中有言曰，积善之家必有余庆、积恶之家必有余殃。自古苍天绕过谁！”

卞淑曼看看外间宽敞的待客厅，西墙上张贴着的下山虎在烛光中好似发威了……

同去东郡

春节过后，临离家时，曹操看父母有些难过，故意装出轻松的样子，跪别父母：“父母大人保重！”其实他心里对父母很是放心不下，劝父亲道：“一旦我站稳脚跟，二老还是跟着我为好。”

曹嵩二人答应。

曹操生丁夫人的气，并未与她告别，就带领卞淑曼与曹昂、曹丕、曹彰及其众家兵丁，离开了老家谯县。

路两旁枯枝泛青，解冻后溪水涓涓流动。岸边，早早长出的青苔透露着生机。

卞淑曼带着孩子跟夫君曹操同去东郡治所东武阳。她在家不受老夫人与大夫人待见，能跟夫君曹操走，又一次远离了阴冷郁闷的空间。她的心情像早春空中飞动的鸟儿扑打着水面，水面上再次泛起愉快的浪花。

一路上彩旗飘飘，马蹄声声，车轮滚滚，脚步趵趵。行走数日无事，曹操领家人家丁，来到兵强马壮、戒备森严的东郡治所东武阳。

东武阳一名，最早出现在春秋时期，这里原是卫国莘邑的属地，战国时期被魏国占据。到了公元前 242 年，秦始皇攻陷魏国二十余座城池后设置东郡，在莘邑设置了阳平县，此后又在阳平县南二十余里处设置了一个县级单位。该地因在武水之北面、秦地之东，古取名为“东武阳县”。东武阳县隶属于东郡，具体位置在如今山东省聊城市下辖的莘县朝城镇境内，是一处扼守南北交通的渡津要地。

两汉时期，东郡的治所在濮阳县，曹操任东郡郡守后，为什么将治所移到了东武阳县呢？这其中的原因主要有两个。

首先，东郡地处冀、兖二州的交界处，属于中原地区的交通枢纽，境内遍布黄河渡口。曹操刚进入东郡时，实力相对较弱，如果驻扎在濮阳（当时濮阳和如今濮阳位置不同），一旦强敌入侵，势必呈现背水一战的不利局面。相对而言，在东武阳则较为安全，因为该地离冀州袁绍势力较近，这时他与袁绍关系融洽，若遇到强敌，前有黄河为天然屏障，后有友军可以迅速支援。

其次，根据《水经注》和《述征记》中的记载，东武阳附近有一处重要的黄河渡口——仓津亭。这处渡口是南北交通的要道，历来都是兵家必争之地。曹操将重兵屯守于东武阳，可以扼守这一军事重地，防止外敌经此进入河北地界。

按照曹操安排，家中来的兵丁让曹仁、曹洪领着进了兵营。他领家人进到一个雍容典雅的庭院。安顿停当，曹操唤出几个如花似玉的女人来见卞淑曼。卞淑曼才知道，在治所曹操还有几位侍妾。那侍妾都冰肌玉骨、婀娜多姿。

卞淑曼心里不高兴，却并未表现在脸上。她脸上立即现出愉快的神情。

曹操向卞淑曼一一介绍了几位侍妾。

秦氏（后生曹玄和曹峻），如仙女一般，是曹操在联军反董时纳的小妾。

尹氏原是东汉末代何太后的侄媳妇——自从丈夫死于董卓之乱，尹氏便带着幼子何宴一起生活。曹操对已为人母的尹氏的美貌很是着迷，便变着法子将她纳为妾室。曹操本打算将随母进入曹家的何宴收为养子，但是何宴年纪虽小，却认为自己的“何”姓身份高于“曹”姓，坚决不肯改姓。曹操爱屋及乌，也不与小孩儿计较，心甘情愿地帮何家养娃娃。后来，曹操与尹氏又生一子，曹操为他取名曹均。再后来，曹均娶了张绣的女儿。这是后话。

那环氏与杜氏最为出众，亭亭玉立、国色天香。环氏（后生曹冲、曹据和曹宇）聪明善良、天生丽质、秀外慧中，最被曹操所喜爱。

曹操抚着卞淑曼的背对她们说：“这位就是我常给你们提起的卞淑曼，她心地善良，最能体谅人。她为长，你们以姐呼之。”

几位侍妾向卞淑曼施礼：“姐姐在上，请受小妹一拜。”

卞淑曼满面带笑，拉着她们的手，以妹呼之，挨个问好，一点也没有丁夫人那种争风吃醋的态度。几个侍妾逗曹丕，抱曹彰，说说笑笑，大家在一起毫无生分的意思。卞淑曼对曹丕、曹彰说：“你俩叫二娘、三娘、四娘……”

曹丕瞪起泛着贼亮光芒的眼睛，直愣愣地看着这些女人们，心里很快活，觉着她们很亲切。

夜阑更深，营外传来击打更柝的声音，这增添了战争年代阴森凄凉的氛围。

曹操巡营回来，与卞淑曼说话。曹操道：“我在任所先后纳了几个小妾，没敢给你们讲，怕丁氏哭闹，怕你生气。”

卞淑曼道："如今，但凡家庭殷实的男人，哪个不是三妻四妾的，更何况将军您呢！"

曹操仔细看了好一阵他的卞淑曼，三十多岁的人了，头发还像青丝一样黑得发亮，眼角竟然无一丝皱纹。她红润的石榴花色的瓜子面上，略显弯曲的新月眉毛灵动在一双杏眼上，杏眼里依然流露着聪颖、善良、智慧的光芒。他抱住卞淑曼，深深吻了她："世上唯有我的卞淑曼最能体谅夫君！不像丁氏醋坛子一个。"卞淑曼蜷缩在曹操臂弯里，乖得像只在凄风苦雨的屋子里找到了主人的小花猫。一番云雨之后，曹操喝茶，卞淑曼为他擦汗。卞淑曼感觉自己的人生就像谯县涡河起伏不定的河水，对曹操纳妾，她心里隐隐有些吃醋，但这些妹妹们，比丁氏对她好。无论怎样，她这次来到东郡，是又一次从低谷的水波中泛起了浪花。

曹操带家人到东郡那年（初平三年即 192 年）冬天，天气阴多晴少，大雪铺地，整月不化。

这年冬天，青州黄巾军大获发展，连破兖州（治昌邑，今山东巨野东南）郡县，斩杀兖州刺史刘岱。消息传来，官兵、百姓人人自危。卞淑曼连连抱怨，才刚刚过上安稳的日子，又起了战事。

五岁的曹丕颧骨高峻，棱角分明；剑眉细眼，目光锃亮。他拍着胸脯："娘，别担心，有我呢！"

三岁的曹彰也说："娘，还有我呢！"

"对，有我两个儿子，娘就不担心了。"卞淑曼把孩子揽在怀里掉了泪。

随着黄巾军势力的发展壮大，初平三年四月，仅青州黄巾军已达百万余之众。他们向兖州进击，很快攻下任城（今山东济宁），杀死任城相郑遂。黄巾军向寿张（今山东东平西南）一带移动，青州黄巾军在兖州的顺利发展，使兖州的官吏人士极为恐慌，加上刺史刘岱被杀，州中无人主事，兖州震动，上下一片慌乱。

此时，兖州急需一位贤才统领。这时东郡太守曹操的部下陈宫，劝说兖州治中、别驾等人迎曹操入主兖州。陈宫认为，曹操是当下治理兖州的不二人选。他劝曹操道："当今兖州没有主人，朝廷与地方联系的通道断绝。我劝说州中各位郡守，让你接任兖州刺史，这样你就可以此为资本，进而囊括整个天下，成就大业。"

曹操对陈宫大加赞赏。陈宫本是东郡东武阳人士，素与曹操交好。他性情刚烈直率，又足智多谋。他原本只是一个小小的县令，当年曹操逃难时，他帮助过曹操。他见曹操是一位忠义之士时，便毅然弃官跟随曹操。

各州牧对陈宫提议纷纷表示赞同。与曹操素相友善的济北相鲍信也极力推荐曹操。济北相鲍信、陈宫和兖州的官吏万潜等人一起到东郡迎接曹操上任兖州刺史。

曹操进入兖州后，立即与鲍信联军堵击青州黄巾军于寿张东郊，两军展开激战。黄巾军久经战阵，兵皆精悍。济北相鲍信战死。曹操身先士卒，激励将士，经过激战，将青州黄巾军赶出了奉张。

当年九月，曹操率军追击，把士兵埋伏在济北一带，派少量部队引诱，将青州黄巾军全部引到伏击圈。将士们昼夜奋战，喊杀声震天动地，击败了黄巾军。黄巾军投降，曹操俘获降卒三十余万，男女百余万，随即挑选青州黄巾军之精锐者，组成一支军队，号“青州兵”。从此，曹操实力大为增强。青州兵的原身是黄巾起义军，大多是由穷苦农民组成，但也有不少土匪流氓的存在，军队成分驳杂，不同于曹操亲自选拔、直接组建的虎豹骑军纪律严明。而青州兵的最高统帅只有曹操，他们恨朝廷如虎狼，只降曹不降汉。曹操让山东将领臧霸帮自己管制。臧霸原是泰山一带贼寇，对曹操也是十分忠诚的。曹操后来逝世，青州兵马上发生了叛乱。当然这是后话。

公元 192 年九月，卞淑曼在东郡又生了一个男孩。曹操看着这孩子面如薄粉，唇若抹朱，完全是一副女孩相貌。他对卞淑曼说：“这孩子特别像你。”卞淑曼心中泛起一股暖流。曹操道：“我与鲍信合打黄巾军，大获全胜；军事取胜，又生一子，双喜临门啊！”

上午，冬日阳光暖暖剥开了久积的迷雾，湛蓝的天空似乎温和了许多。

曹操在任所置办了贺喜酒宴，大宴宾客，犒赏郡中官吏及三军将士。曹操端起酒杯道：“诸位同仁，诸位将军，这是我家自行酿造的九酝春酒，大家尽可开怀畅饮！首先为三军将士平定反叛、救民于水火、功劳卓著而干杯！”他说完一饮而尽，顺着胡须滴下一些零散的酒滴。

众将士举起酒杯：“干杯！干杯！”

“满上，满上。”有人给曹操斟上酒，曹操举起酒杯：“在大喜的日子里，我又得一犬子。植者，柱也。《墨子》曰，城上百步一植。我儿就叫曹植吧，取字子建，国家栋梁是也。”

众人齐呼：“曹郡守圣明！”

宴上，曹操吟诗：“……白虹为贯日，己亦先受殃。贼臣持国柄，杀主灭宇京。荡覆帝基业，宗庙以燔丧。播越西迁移，号泣而且行。瞻彼洛城郭，微子为哀伤……”他感慨时局动荡，老百姓生活于水深火热之中，以至怅然涕下。他再次端起酒杯：“干杯。”

众人举起酒杯：“干杯。”

卞淑曼怔怔地看着她的夫君，感觉他是顶天立地的英雄。她再次想：富贵妻荣，妻荣妾不一样荣耀吗？

趁着酒兴，曹操让曹昂骑马练剑，把他的坐骑“绝影”交给曹昂。曹昂人贴马身，马带人飞，人与马浑然一体。曹昂耍剑，剑光耀眼，风声嘶嘶。

曹丕闹着要骑马。曹操看着六岁的儿子，有些迟疑：“孩子，行吗？”

曹丕点头：“行！”

曹操命人牵来自己的坐骑“绝影”，曹操要把他抱到马上，曹丕推辞。曹操嘱咐道：“丕儿，抓紧马缰，登好马鞍，眼往前看，千万小心！”

“料事无妨！”曹丕抓住马缰，一纵身猴子似的上到马身。

“好！坐好了！”等六岁的曹丕稳稳坐好，曹操朝马屁股上连打两鞭。那马仰头长鸣，撒蹄翻飞，瞬间，便无了踪影。过一时，天边扬起一缕尘土，马蹄扬起土尘而飞。眨眼间，曹丕骑马来到曹操面前，连呼过瘾。众军士纷纷称赞。曹操仰天“哈哈”大笑。

四岁的曹彰，见哥哥出了风头，大嚷：“让孩儿耍剑来。”曹操这才看到仆人曹知领着曹彰在近旁不远的地方观看。曹操知道，曹彰不爱读书，偏爱习武，忙道：“好好，彰儿耍剑来。”

四岁的曹彰挥动木剑，如后羿射日嚯嚯作响；像蛟龙翻飞，唰唰有声；又如众蛇吐丝，银光闪闪。

众人一片欢呼。

曹操看罢，拊掌大笑，心中欣喜的浪花在翻腾：“彰儿啊，你厌文喜武，以后会变得四肢发达，头脑简单啰！”

曹操与将士喜气洋洋，却不知日后将有一场灾难降临曹家……

曹嵩遇难

上文写到，初平三年（192 年），青州黄巾军大获发展连破兖州郡县，阵斩兖州刺史刘岱。刘岱死后，济北相鲍信等人迎曹操，推举曹操担任了兖州刺史。

古分九州，每州置牧，为一州之行政长官。汉武帝设州刺史，督察郡国，巡视吏治；成帝时改为州牧，后复为刺史；灵帝时又改为州牧，东汉建武十八年重新改回刺史。由于汉朝出现了州刺史与州牧两次反复罢置，这两个官职一直并存沿用至三国时期。牧与刺史这两个官职，在相当长的一段时间内职能基本相同。那时的州相当于现在的省，州的长官叫州刺史和州牧，相当于现在的省长。郡相当于现在的市，郡的长官叫太守，相当于现在的市长。郡下有县，县的长官叫县令，相当于现在的县长。

很明显，曹操由东郡郡守改为兖州刺史，或者叫兖州牧，官职是升了。曹操的升迁不是朝廷的一道圣旨加封的，而是在州牧被杀后，经过地方官推举，曹操派兵厮杀夺来的。那时，皇权式微，地方申报，皇帝也便顺水推舟下了道封官的圣旨。其实下不下圣旨没有多大区别。曹操在领兵打兖州时，家人仍住在东郡。

曹操升了官职，兖州稳固了，便带领家人又一次搬了家，与部属等人从东郡搬到了兖州治所，他现在的职务与冀州牧袁绍相当。

卞淑曼感觉自己没有看错人，自己的男人的确是位顶天立地的英雄。他的兵马越来越多，官越来越大，这颇让卞淑曼引以为自豪，在人前，总是憋不住地想笑。

兖州自古以来都是大洲。汉代为了集中皇权，把全国重新划分为十四州，设十四州刺史部，兖州是十四州之一。东汉建武十一年（35 年），西汉时期的朔方归入并州，全国改为十三州。兖州治所在昌邑（今山东金乡西北四十里），下辖陈留、东郡、任城、泰山、济北、山阳（今兖州属山阳郡）、济阳、东平八个郡国，大体范围在今山东西部及河南东部。

公元194年春夏之交，曹操挂念居住在琅琊郡的父母，派人去接老人来兖州。卞淑曼忙着给公婆布置房屋，让七岁多的曹丕看着五岁多的曹彰与一岁多的曹植玩。曹丕领着俩弟弟到了训练场。

温暖的太阳挂在瓦蓝的半空中，把明艳的光芒洒在练兵场的柞树上。柞树树干奇特苍劲，树形优美多姿，枝繁叶茂，千姿百态，独具神韵。

曹丕学着父亲的样子，带着弟弟曹彰、曹植在柞树下操练。三人手握树枝，曹丕喊令：“进！”三人同时跨步。曹丕喊：“刺！”三人同时前刺。“收！”三人同时收步。

开始时，曹植感觉好玩，一会儿看见两个蝴蝶翩翩飞舞，飞入树旁花丛。他扔掉树枝追蝴蝶去了。

颧骨高峻、棱角分明的曹丕喊：“曹彰听令！”；

曹彰瞪起眼，展展山根相连的眉毛，答：“臣在。”

“曹植不听号令，擅自行动，抓来重打二十军棍！”

“诺。”曹彰抓来曹植把他按地上便打，打得曹植“哇哇”大哭。正好曹昂做军务从此经过，下马怒斥曹彰欺负弟弟。曹彰说是执行二哥将令。曹昂训斥曹丕，曹丕说曹植不听将令擅自行动。曹昂又问曹植为何不听将令擅自行动，曹植说他要当将军指挥两个哥哥。曹昂挠挠头，道：“你们仨都听我将令，站好，回家去！”

曹丕三人挺胸站立：“诺。”转身回府。

卞淑曼追打曹丕，曹丕剑眉倒立，细眼锃亮，一边跑一边抱怨：“子建不听军令，擅自行动，着实该打！”

卞淑曼追不上曹丕，便训斥曹彰不该打弟弟。曹彰朝旁边狠狠吐口吐沫，道：“我是执行二哥将令，要怪你怪他去。”

卞淑曼哄笑了曹植，对站在不远处的曹丕命令道：“丕儿，领你两个弟弟读书，我便饶你。”说完又忙别的事了。

曹丕领着两个弟弟回到了书房，开始教两个弟弟学“汉乐府”的诗句“青青园中葵，朝露待日晞……百川归到海，何时复西归？”曹植学得很认真，曹彰学一会儿就偷偷溜到外面耍剑去了。

曹丕呵斥：“曹彰擅自离位，该当何罪？”

曹植昂起头，道：“打二十军棍。”

曹丕道：“四弟无力，由我亲自执法。”说完，把曹彰按倒在地，打了二十柞树枝条，打得曹彰屁股留下一溜一溜的红印痕。曹彰咬牙不叫不嚷。

正好曹操回来，忙加训斥，知道了原委，并未怪罪曹丕，只训斥曹彰道："我多次教训你，你不向往学习圣贤之道，却只爱好骑马击剑，这些武艺都是只能对付几个人的本事，哪值得珍贵！"曹操督促孩子学习《诗经》《尚书》。

曹丕倒八字眉拉平了许多，一副得意扬扬的样子。

曹操派去琅琊郡接父亲的人已经去了多日，不见回音，心中不免有些担念。

两年前，曹操起兵以后，父亲曹嵩不愿跟他到东郡冒险，一个人带着最小的儿子曹德到琅琊郡朋友那里避祸去了。曹嵩在琅琊郡住了一段时间，感觉有长子曹操庇护十分必要。曹嵩收到曹操的信，当即打点行装，把全部金银财宝以及贵重家产装了满满一百多车，就带着夫人丁氏、最疼爱的小儿子曹德、侍妾，连同全家老小四十多口、家丁奴仆一百余人，浩浩荡荡向兖州方向而去。他们第一站是先过徐州，然后经过泰山郡，再到兖州。

曹操担心半路上出意外，又派人送信，让泰山郡太守应劭带兵前去接应。

曹嵩路经徐州，徐州太守陶谦便亲自去迎接，将曹嵩请到了自己府上，好酒好菜招待了两天。曹嵩走时，他还派手下都尉张闿、蹇力带着五百名护兵护送。

前文交代，张闿与蹇力曾在十多年前曹操赴洛阳上任，路过邙山头的夜晚抢劫过曹操，其他人全被逮住，两人身手非凡，逃到了泰山郡。因多次被官府捉拿，两人才带着一班弟兄投靠了陶谦。陶谦本来与曹操不睦，两人有过多次战事摩擦；张闿、蹇力都与曹操有仇。他们一直磨刀霍霍，想杀曹操、曹昂、曹丕，只是曹操兵将众多很难下手。曹操的父亲带的家兵少，杀他也就容易多了。

公元 194 年夏天，阴云密布，天气闷热，天边不时炸响"隆隆"的雷声。

曹嵩与家人带着一百多车金银财宝上路，从徐州赶往泰山郡。陶谦送出城门。走到泰山郡界，大雨骤至。曹嵩下令，投宿一古寺歇宿。

夜风萧萧，凄雨霏霏，周围水塘中鸭声惊叫，曹嵩忽闻四壁喊声大作。他以为是应劭前来迎接，没有防备。曹德出门查看动静，被人杀于住所门中。曹嵩听到小儿子的惊叫声，万分惊恐。他万没想到竟然有人敢来抢劫他。他过去的官位且不说，就当前儿子曹操任的官职、掌管的军队，就足以让人不敢直视。好汉不吃眼前亏，曹嵩一面命家兵抵抗，一面命人在后墙打出一个洞，让小妾先出去。小妾体肥，一时难以穿过。曹嵩见家丁抵抗不住，一伙强贼杀入，就忙避入茅厕。

陶谦的手下张闿与蹇力，派众多身手利索的兵士趁着夜色，不由分说，血红的手，手起刀落，“叽里咔嚓”杀将起来。陶谦派他俩护送曹嵩时曾叮咛，趁黑夜可偷些曹嵩的珠宝银两，回来平分。陶谦派来送行的那些士兵为了金钱，早已失去了理性，失控似的去满足自己杀戮的欲望。跟随曹嵩的家兵人少，根本不是张闿、蹇力他们的对手。顿时，空气中布满了血腥的味道，古庙里一片喊爹叫娘的号叫声。就这样，性情敦厚、为人忠孝，曾任司隶校尉、大司农、大鸿胪、太尉，位列三公的曹嵩，连同他的妻子丁氏、小儿子曹德、侍妾、家丁，一个个全都命丧黄泉，十多车财产化为乌有……

泰山郡太守应劭派人前去迎接曹操父亲曹嵩，那些人快到郡界时听说，曹嵩和曹德已死于非命。应劭担心自己撇不清关系，害怕被曹操追责，便弃官逃奔袁绍。临跑时，他派人报告曹操，路上他还没接到曹大人，曹操家人已被全部杀害……泰山郡太守应劭附带报告了陶谦设宴款待、张闿带五百士兵去护送曹父的事情。

曹操听后叫一声“可怜的父母啊”，一头栽倒在地。

众人惊恐地呼叫。军医救醒了曹操。曹操泪珠滴滴，血灌瞳仁，“呛啷啷”抽出青釭宝剑，举剑指天，大吼一声：“啊——”声音惊天动地。他咬牙切齿：“我与陶谦向来不谋，估计是他故意派张闿截杀我父母亲大人的，我与他不共戴天！不报此仇，誓不为人！”

报信人道：“应劭太守估计此事可能是陶谦所害，也可能是张闿见财起意。那张闿凸嘴龅牙，唇边两撮炸胡须，看面相就不是个好人……”

曹丕看着痛哭的父亲，自己也哭了。他深深记住了张闿“凸嘴龅牙、唇边两撮炸胡须”的话，他想起了家中喂养的黑豹犬就是这个熊样。

曹昂大哭，操起长矛，牵过马来，要上马出战：“不杀此贼，我誓不回还！”曹仁、曹洪等人，纷纷请战。

曹丕也举根棍子哭着喊：“不杀此贼，我誓不回还！”曹彰也叫着要去杀敌报仇。顿时，兖州刺史大院内，一片哭喊声、叫骂声、复仇声……

曹操拦住怒火万丈的家人，道：“先办完丧事，再报仇，各位放心，我决不会饶过张闿！也绝不会饶过陶谦！”

曹操用防腐的棺椁盛殓父母及弟弟尸体，与家人披麻戴孝陪伴父母的灵车回到了谯县。

亳州城南有曹家宗族的大片墓地，整片墓地，苍松翠柏，郁郁苍苍。

曹腾墓冢呈覆斗状，高七米，为大型砖石结构多室墓，墓南侧有圭形石碑，正面题“汉故中常侍长乐太仆特进费亭侯曹君之碑”。墓冢四周砌筑青石护冢墙，栽有松柏，更显庄严肃穆。石碑背面刊有诏策。石碑东西两侧有两对石马，石马高八尺五寸，雕刻粗拙。南侧有石阙双峙，石阙高一丈六尺，雕镂云矩纹饰。再南侧有其他庙堂。

曹嵩的墓穴，就在曹腾墓旁的不远处。墓穴前，纸烟缭绕，哭声阵阵，随着觱篥号角声声，棺椁下葬。

一大群穿麻衣的曹家孝子，一阵阵放声痛哭的声音如同惊涛惊人耳目。“报仇！报仇！”曹彬、曹昂、曹丕、曹仁、曹洪、曹纯、夏侯惇、夏侯渊，怒气冲冲……

曹操跪倒在地：“父亲大人，母亲大人，您二老等着，孩儿带着您的儿子、侄儿、孙子，给您二老报仇雪恨！”回头对曹昂、曹丕道：“跟我向战场去！”

丁氏因为失去丁老夫人这座靠山，哭得死去活来。

卞淑曼对失去公婆也很痛心，对杀害他们的仇人恨得咬牙切齿。公公弃官返乡后自己才见了他几面，卞淑曼感觉并没看出公公有任何嫌弃她的意思。婆婆虽说对她不够友好，但那毕竟是婆婆。公婆的下世，让卞淑曼心中也十分悲伤。她原想着把公婆接到兖州，好好尽孝，取得公婆的欢心，也好提高自己在曹家的地位……可万没想到会是这样的结果。

丁夫人头戴麻冠，身穿重孝，哭得死去活来。卞淑曼带着环氏、秦氏、尹氏到了灵棚前，远远看到夫君悲哀不止，看着七八岁的丕儿身穿孝衣哭泣，自己也不由自主地大放悲声。

她们哭着进了灵棚，有人给她们一人一块白布。卞淑曼的白布稍微大一点，这就是等级的差别。丁夫人是夫人，她们是妾，妾就是这种待遇，卞淑曼早来曹家，只是白布稍微大些罢了。她们几位随后行孝礼，并好言相劝丁夫人。

丁夫人回头怒斥：“你们几个真不是东西，这里哪有你们的立足之地！

滚！”

卞淑曼觉得自己一下子成了芝麻人，小得在曹家坟场里都没有自己的一点位置。她领着几个侍妾回到屋内。秦氏一边哭泣一边抱怨：“骂我们真不是东西，她算什么货色！”哭着闹着要回兖州。卞淑曼好言相劝：“各位妹妹息怒。现在家中行丧，闹丧会惹邻人笑话，是万万不可的。”她左劝右劝，好说歹说，总算把事情平息了。

七天丧事期满，曹操来到东厢房，见丁夫人正盖着被子蒙头睡在床上抽泣，安慰几句，又教训了她，说她心疼老夫人情有可原，但在行丧期间对他的几位侍妾不该那样无礼。丁氏对丁老夫人感情太深，因为曹操纳卞氏，她一直对曹操耿耿于怀。曹操任性，有公婆在，尚能对他有所节制。失去了公婆，她就失去了强大的靠山。丧事办完好些天了，她依然抽泣不止，鼻涕、泪水顺着嘴角拉成长条，滴在枕巾上：“老夫人……走了，还有谁……心疼我呢！我还……怎么活哟！”哭得曹操心里像百爪挠心一样难受。准确地说，自丁氏进曹家以来，他们夫妻二人感情还是十分和睦的。曹操厌恶她的执拗，同情她的悲哀，便含泪对她好言相劝，安慰了她好长时间。

曹操回到卞淑曼房间，见曹丕、曹彰正拉着母亲的手，劝她莫哭。曹操更感觉丁氏的所作所为对卞氏她们几人不公，便不住夸卞淑曼识大体，能在行丧期间平息事端。卞淑曼道：“丁夫人悲伤所致。只是婢妾没能为公婆尽孝深感不安。”

曹丕瞪着眼道：“就怨我大娘，凭什么不让我娘行孝？”

卞淑曼斥责曹丕：“小孩子，休得胡言！”

曹操拉住卞淑曼的手道：“你真是我的贤内助，心地善良的好夫人！丁氏不识礼数，你劝住了秦氏她们几人，使行丧期间没出大的纠纷，是你大功一件。还得由你劝她们几个，别跟丁氏一般见识。”

卞淑曼想到丁夫人的无礼，被曹操安慰得哭了：“婢妾不才，承蒙不弃，怎敢因为鸡毛蒜皮小事与大夫人斤斤计较呢？”

曹操暗暗佩服卞淑曼虽为女人，却有伟丈夫的胸襟。

曹操暗想：家庭夫人间摩擦事小，父仇事大。杀父之仇不共戴天。他要立即出兵讨伐陶谦，杀死张闿，抓住他们，凌迟车裂，千刀万剐！他作为一方诸侯，身在乱世，绝对有这个权力，也有这个实力……

攻打徐州

曹操办完丧事，话不多说，赘言少叙，直接发兵去讨伐陶谦。大军出动，群情激愤，人马滔滔，直逼徐州而来。

陶谦徐州的治所最早在彭城，也就是现在的徐州，后来移至郯城。郯城在现在山东临沂的位置，位于现在徐州的东北。

曹操原先攻打徐州时，双方围绕彭城大战。彭城最终被曹操攻破，陶谦军死伤数万，之后陶谦退守郯城。

陶谦听说曹操发兵攻打徐州，忙派人给曹操送书信一封，大意说，曹操父亲经过徐州时，他热情款待了他们，并在老人家离开的时候，派都尉张闿率领五百士兵护卫。谁知张闿本是贼寇出身，具有狼子野心，在半路见财起意，把你一家老小全部杀害了，他有用人不察之责，具体家人被害与他无关。陶谦隐去了蹇图儿子蹇力的事情。一说蹇力，他就百口难辩了。

曹操复信，说："据探马报，张闿现在仍在你的境内，望迅速捉拿送我，待我审问明白再行定夺。"

陶谦没有捉拿张闿，更没有押送他过来，一押一送不就真相大白了吗？

谋士毛玠、荀彧给曹操进言，道："我们原来对陶谦有过征伐，已经结下仇怨，人有可能是张闿所杀，但一定是陶谦用的借刀杀人之计。对陶谦决不能心慈手软！"

荀攸和程昱给曹操分析，杀父之仇不共戴天，若不打陶谦，天下人势必以为将军是一个软弱可欺的人，这样对日后平定天下是极为不利的。箭在弦上，不得不发。

曹操听从了谋士意见，并没因为陶谦的信而放弃攻打徐州。

陶谦自知不敌曹操，派糜竺到北海求助故交太守孔融，并派陈元龙到青州请好友田楷帮忙。孔融兵力有限，只好派太史慈去请刘备相助。刘备起先并不愿意出兵蹚这个浑水，但在孔融以大义劝导下，便同意了出兵前去解徐州之围的请求。

孔融原来曾请刘备帮过忙。

刘备（161年—223年6月10日），字玄德，东汉末年幽州涿郡涿县（今河北保定涿州）人。刘备的祖父刘雄被举为孝廉，官至东郡范令。刘备的父亲刘弘早亡，少年刘备与母亲以织席贩履为业，生活非常艰苦。刘备常说自己是中山靖王刘胜的后代，以赢得人们重视。

熹平四年（175年），刘备十五岁，母亲让他外出行学，刘备与同宗刘德然、辽西公孙瓒一起拜原九江太守同郡卢植为师学习。刘备不怎么爱读书，喜欢狗马、音乐、漂亮衣服。他身长七尺五寸，耳朵大双臂长，不爱说话，能善待下人，喜怒不形于色，喜欢结交豪杰。河东解良（今山西运城）人关羽，与涿郡人张飞，都是刘备虽未结拜却情同手足的好友。

中平元年（184年），黄巾起义爆发，二十三岁的刘备因镇压起义军有功被封为安喜县县尉。后来，朝廷有令，如因军功而成为官吏的人，都要被精选淘汰。幽州涿郡督邮要遣散刘备。刘备知道消息，到督邮入住的驿站求见。督邮称疾不肯见刘备。刘备怀恨在心，将督邮捆绑督起来鞭打两百下后，与关羽、张飞弃官逃亡。正赶上大将军何进派毌丘毅到丹杨募兵，刘备在途中加入毌丘毅的募兵，在下邳时与盗贼力战立功，任为下密县丞，后又任高唐尉、高唐令等职。不久高唐县被盗贼攻破，刘备于是往奔公孙瓒，被表为别部司马。初平二年（191年），刘备与青州刺史田楷一起对抗冀州牧袁绍，刘备因为累次建立功勋而升为试守平原县县令，后领平原国相。

黄巾余党管亥率众军攻打北海，北海相孔融被大军所围，情势危急，便派太史慈突围向刘备求救。刘备惊讶地答道："北海相孔融居然知道世上有刘备！"便立即派三千精兵随太史慈去北海救援。黄巾军闻知援军至，都四散而逃，孔融逐得以解围。

就这样，刘备与田楷、孔融都有关系。刘备随孔融帮陶谦打曹操，曹操原本同刘备无甚交际，这回才听说了刘备。

刘备自有兵千余人，到徐州后，陶谦又给他丹杨兵四千，刘备于是归属了陶谦。

孔融的兵马与田楷的兵马也都来到了徐州。刘备借了公孙瓒与赵云的两千兵马，加上自己本部的兵马一共五千人，也来到了徐州。

当时徐州的治所在东海郡郯县，曹操想以最小的代价取得最大的成功，便准备攻克整个州的政治中心郯城，最重要的是陶谦在里面。曹操要想攻下郯城，就必须先攻克彭城，彭城是东海郡郯城的天然门户，否则，自己的大军是飞不过去的，曹操先攻打的当然是彭城（现在的徐州）。

彭城属于丘陵地带，东有子房、骆驼二山，南有云龙、凤凰二山，西有楚王山，北有九嶷山，连同周围的城池，形成了一圈天然的特殊屏障。陶谦正是看准了这一点，把彭城主力放到了外围一线，再加上彭城的高墙坚壁、充足的粮草，自信万无一失。

曹操下令攻打彭城周际的城池，在仇恨的促使下，曹军作战迅猛。大将于禁攻克广威（小沛东），沿泗水直至彭城；前锋曹仁大败陶谦部将吕由，后与曹操合兵一处，也抵达了彭城。

当彭城周围的城池全部飘扬起起“曹”字军旗后，陶谦像热锅上的蚂蚁焦躁不安了。曹操集中了大部分军队，开始对彭城进行进攻。

陶谦以前虽然和皇甫嵩打过仗，也亲手镇压过徐州黄巾军，在军事上也算有点水平，但和曹操比起来，却略逊一筹了。曹操熟读兵法，足智多谋，久经沙场，指挥有方。曹操的军队喊杀声震耳欲聋，万箭齐发，霹雳车把石头、火球投向彭城。在枪刀的撞击声中，最后陶谦军队全线溃败，尸体像捆倒的谷子，遍布战场。陶谦不得不收拾残兵败将，逃离了彭城，退守东海郡的治所郯城。

躲到郯城的陶谦，迅速做出补救措施：第一，向与他结盟的公孙瓒发出了求救信；第二，重新集结徐州兵士，在郯城西南的武原（今江苏邳县西北）设下了布防，因为这里是曹操进攻郯城的第一站。武原若是被曹军攻下，郯城将彻底暴露在曹军的刀刃之下，所以武原不容有失。陶谦知道自己已经退无可退，身后就是整个州的政治中心，一旦失败，自己就走向了死地，所以必须死守。

曹军日夜攻打，陶谦亲自在城上指挥战斗，身先士卒。在陶谦的鼓舞下，防守官兵士气大振，连续打退曹操多次进攻。曹操进攻一度受阻，在城下徘徊数日，无任何进展。曹操放弃了对陶谦的正面进攻，领兵轮番攻打泗水南岸地区的取虑（今江苏睢宁西南）、夏丘（今安徽泗县）、睢陵（今江苏睢宁）诸地。曹操还派遣曹仁迂回到泰山郡进攻华县、费县、开阳等地，陶谦虽然派出部队救援各县，均被曹操击败。

再次接到加急求救信的公孙瓒命令与徐州相邻的庆州刺史田楷与刘备，一起率兵驰救徐州。刘备到了徐州，陶谦见他兵马不多，又给他增拨了四千丹阳兵。丹阳兵吃苦耐劳，能征惯战。不过，他们在曹操面前发挥的作用很小。曹操信心满满，攻破郯城只不过是时间早晚的问题。可正在这时，曹操内部出现了问题。一是粮草的供应不济，二是探马来报，兖州出了事。

原来张邈、陈宫趁曹操攻打陶谦的时机，在兖州反曹，暗中迎接吕布，在书信中反复强调：此时攻打曹操，实乃天赐良机，急击勿失。

吕布接到书信仰天大笑，他认为曹操派大军正攻打徐州，后方一定空虚，乘机攻下曹操的城池实为上策。吕布带兵攻打鄄城。当时荀彧和寿张令程昱守鄄城。当时的鄄城在今山东鄄城北，是兖州治所，曹操家人都住在这里。吕布到后，张邈派刘翊告诉荀彧："吕将军来帮助曹使君攻打陶谦，应该马上供给他们军备粮食。"众人疑惑，荀彧看出了吕布的欺诈之计，立即命令军队加强防御，并急召东郡太守夏侯惇。而兖州诸城皆响应张邈，降了吕布。当时曹操率大军出征，后方留守的兵力确实很少，而且很多人与张邈、陈宫交清深厚，暗中勾结做叛曹之事。夏侯惇到后，趁夜诛杀谋反者数十人，军心才稳定下来。

豫州刺史郭贡受吕布煽动，率兵数万来攻鄄城，城内军兵非常害怕。郭贡要求见荀彧，荀彧准备前往。夏侯惇等人忧心忡忡，道："我大哥不在，您是兖州的主心骨，如果前往恐遇不测，不可以去。"

荀彧冷静地道："郭贡与张邈他们，平素并没有多少往来，现在他带兵来得及，攻城计划肯定还没有定下来。趁他计议未定去游说他，就算他不能帮助我们，也最好让他保持中立。如果先怀疑他，那他就会由于恼怒攻打我们了。"于是荀彧出城会见郭贡，郭贡见他毫无惧色，认为鄄城易守难攻，便领兵而去。

后方出现问题是兵家大忌，更何况是兖州治所鄄城啊。恰在这时刘备来了封信，劝曹操退兵。曹操本来想回信讥讽刘备一番，但郭嘉劝他好言回复刘备，以瓦解刘备抵抗的心志。曹操与谋士商量，决定给刘备一个面子，暂且退兵去收复兖州。

陶谦表刘备为豫州刺史，叫他驻军在小沛。

荀彧与程昱定计，暂时保全了范县、东阿，最终保全了三城。吕布绕过三城占据了濮阳，控制了兖州大片地区。

曹操带兵迅速回到兖州之地，用声东击西之计，带人佯攻定陶和山阳，实际上是引吕布的部队从濮阳出来，与自己开战，同时派人把兵士运到巨野，然后收割那里即将成熟的庄稼。吕布果然中计，带兵离开濮阳前来救援，正好中了曹操大军的埋伏，损兵折将而逃。

曹操乘机带兵夺回了兖州各城，重新屯田生产粮食，很快攒足了粮草，兵强马壮。

初平六年（195 年）夏，曹操再征徐州，杀父之仇不能不报，一路杀来，攻城略地直至东海。

曹操队伍浩浩荡荡，再次直扑徐州（彭城）而来，先扫清外围，然后把徐州团团围住。

陶谦连惊带吓生了重病，对别驾麋竺说："非刘备不能使徐州安定。"其实陶谦知道刘备很有心计，早就把徐州（彭城）大大小小的官吏拉拢到了自己的身边，他也只是乐得做个顺水人情，临死前把徐州托付给了刘备。陶谦死后，别驾麋竺率徐州大小官员迎接刘备做太守。刘备推托不受。在陈登、孔融的再三劝说下，刘备代理了徐州牧。

曹操亲自坐镇指挥，派曹仁、曹洪、曹昂带三路大军同时发起进攻。曹仁、曹洪、曹昂率领大军，一马当先。士兵们群情激愤，奋勇向前。

徐州（彭城）各路军奋勇抵抗曹军，老百姓给士兵送粮送水，抢救伤员，攻城不顺。

晚上，曹操在军中大帐挑灯伏案读书，随行的卞氏看着曹丕、曹彰、曹植写字。曹昂前来拜见父亲，痛哭着自责，说自己无能，没有攻下徐州城。曹丕时年八岁，对大哥曹昂十分佩服，佩服他的人品、武艺、一言一行。见哥哥哭，他也跟着哭。哥哥说天明请战，他也跟着请战。

曹操拍拍曹昂肩膀："昂儿莫急，不需攻打几日，徐州自破。"

曹彰少曹丕两岁，个头儿跟曹丕齐。他说："二哥箭没我射得准，力量没我大，让我去杀敌，替爷爷报仇雪恨。"

曹丕狠狠地斜眼瞪瞪他，若不是父母在跟前，他保证会再揍他嘴啃泥，逞什么能！

曹彰握起拳头，皱皱山根相连的眉毛，朝旁边吐口吐沫，道："不服，比画比画！"

曹植三岁多，长得胖胖乎乎的，他昂起头说："城池坚固，易守难攻，应以智取为上。”小孩说大人话，说得有模有样的。曹操听后极为满意，唤曹植来到身边，亲切地抚摸着他的头，夸道：“还是我植儿聪明，长大定能成器。”他劝曹昂不要难过，不必性急，说自己正想着破敌之策。

曹丕对曹植小小年纪处处炫耀、博得父爱很是不满。要不是父母在旁边，他早把他揍哭了。

第二天继续开战，曹操亲自指挥。

曹军排好战阵，最前排是护盾手，铁盾耀眼，牛皮盾坚固。第二排是弓箭手，弓箭手手拉牛角强弓，肩背羽翎箭袋。第三排往后都是长戟队，士卒身穿铠甲，威风凛凛。长戟队里间杂着巢车、强弩机车、云梯、撞冲车、霹雳车。队伍两边与后面全是骑兵，战马昂首嘶鸣。

曹操身穿铠甲，站立“望楼”巢车上，高声呐喊：“天佑曹军，杀我仇人，擒拿凶顽，报仇雪恨！”

士卒齐呼：“天佑曹军，杀我仇人，擒拿凶顽，报仇雪恨！”喊杀声震耳欲聋，惊天动地。

曹操挥动旗帜：“进——军——！”

随着“望楼”巢车上旗帜的摆动，战鼓声、号角声齐鸣。

曹军弓箭手在盾牌手的掩护下，与城楼上陶谦军队的弓箭手对射。曹军弓箭手人多势众，飞箭像雨点一样压制住了城上的陶军。城下曹军士兵把作战的梯子架在护城河上、城墙上，一队队士兵扛着土袋往前冲，顺着梯子在城墙下堆出一个直达城墙高的大土堆。另有几拨士兵把高高的楼车推到城墙边上，大队士兵勇敢地挥戈，顺着土堆或者爬着楼车往上冲。城上陶谦的士兵不住地往下推滚木。滚木上布满长钉，两边绕好了绳子，被推下城头的滚木头快速转动，城下许多士兵被长钉扎碰得鲜血直流。城上士兵再用辘轳把滚木拉回城墙。大块的石头砸中爬到一半的士兵，前面士兵倒下来，后面的士兵们推着带轮的攻城云梯，再次把云梯架在城墙上。只见一队队穿着铠甲的士兵爬梯冲了上去。城上的士兵用箭射，用油烧，用滚木雷石砸，用枪挑。曹操的士兵一队队冲上去了……

曹操指挥各路军奋勇冲杀。激战中，曹昂冲锋陷阵，势不可挡。曹洪、曹仁、夏侯渊，个个奋勇当先，如狼似虎。

城门攻下，敌人溃散，骑兵喊杀着冲上前去。

关键时刻，刘备眼看不敌，带领他的人马荷叶包鳝鱼——开溜啦。

曹军占领了徐州城。曹操怒火中烧，下令搜查陶谦，人报陶谦已经病死。原来曹操再次攻打陶谦时，陶谦欲退往丹阳（今安徽宣城），不久，连急带怕真的病死了。曹操下令，尽杀陶谦家人。

小小的曹彰闹着要亲去行刑，亲手杀陶谦家人，报爷爷奶奶的深仇大恨。

杀过陶谦家人，曹操朝谯县方向跪倒，痛苦落泪，遥拜叩首："父母亲大人，孟德已杀陶谦一家，为您二老报仇了！"

杀黑豹犬

曹丕在曹操身旁也屈膝跪倒，痛哭流涕，道："还有张闿没有找到，爷爷奶奶放心，孙儿会为您杀死张闿，报仇雪恨！"

这句话提醒了曹操，他下令四下寻找张闿，活要见人，死要见尸。

众兵将四处寻找，始终没有找到。人报，张闿抢了财宝投靠了袁术，向袁术献财保命。袁术收留了他，他又替袁术杀害了陈王。

又有人报告曹操，探得张闿被陈兵杀了。还有人报告曹操说，张闿逃跑了，逃到了一个不为人知的地方，改名换姓……

曹操一直到死都没抓到张闿，心中一直有个很大的结……他余怒未消，默许青州兵在城里抢掠三天。青州兵里本来有一定数量的土匪，得到曹操默许，便大肆屠戮百姓，徐州血流成河……曹植见杀人如麻，掩面哭泣。复仇的力量是可怕的，曹军说的就是一个字，杀！

对曹操帮助很大的陈宫见青州兵杀人如麻，便拼命拦阻，曹操当时正怒火中烧，没有阻拦。再加上陈宫与陶谦是好友，曹操开始讨伐陶谦时他就极力反对，这回陈宫彻底恼怒了，一怒之下便投到吕布帐下。

颧骨高峻、棱角分明的曹丕，剑眉皱了几皱，细眼射出锃亮的冷光，咬牙哭道："还有张闿没有找到，日后我一定找到他，把他碎尸万段……"曹丕眼前又出现了张闿"凸嘴龅牙、唇边两撮炸胡须"的模样，他暗暗咬牙，一定要亲手杀了张闿。他忽然想到了家中喂养的黑豹犬。眼下找不到张闿，就先让黑豹犬代死，怪就怪它像极了张闿的相貌。

曹操攻破徐州这一年，八岁的曹丕心中有了不可消除的烦恼，他决心一件一件地除掉它。

一个是他开始讨厌黑豹犬。无论它怎样摇头摆尾，曹丕对黑豹犬咋看咋不顺眼。可那狗却是父亲的爱犬。

午饭后，秋阳晒得人懒洋洋的。曹丕看了一眼父亲与大哥，他俩正在书馆专心致志地看书，母亲在忙着料理家务，三弟四弟都睡觉了。曹丕带几块骨头唤着黑豹犬出了内府，经过前衙门。两排衙役身穿黑衣外罩的赤红马甲，马甲前写着大大的隶体“衙”字，他们手握戟矛，威仪非凡地站在通道两边。

曹丕带着黑豹犬走过前衙大门，顺着汉砖砌成的东墙来到衙后的水塘岸边。

他警惕地看看四周。远处，有几只水鸟起落飞动；湖里，波光动荡，无打鱼的船只；近岸，芦苇毛穗干枯，阵风吹来，绒毛飘飞，下面的叶子抖动，好像有不安分的水怪出没。

塘边有口废井，废井边长满枯草。官兵怕人误入，在井上绷两根横木，那横木外面有些腐烂。曹丕抬起横木一头，用力移出一个能漏下狗的井口来。曹丕在井台旁边放块骨头，唤黑豹犬来吃。那黑豹犬摇摇尾巴，去衔骨头，大概嫌骨头没肉，摇摇尾巴卧下了，用前爪友好地挠着曹丕的鞋子。曹丕又换块有肉的骨头，把这块骨头放在更靠近井口的地方。那黑豹犬摇着尾巴“呜呜”地啃起来。曹丕移到黑豹犬身后，咬咬牙，用足力气，使劲把狗往废井里踹。那黑豹犬掉到井口，使劲用前腿两爪死死抓住横木。曹丕又狠狠朝狗头上踹了两脚，才把黑豹犬踢到了井里。黑豹犬在下面的井水里“扑通扑通”地扒水，“吱吱”地惨叫着。曹丕忙盖上横木，又在横木上盖了些芦苇，撒腿顺东墙跑向刺史官邸。一路上他回头看几次，总感觉黑豹犬在后面追赶他。

他终于除掉了这个像张闿一样‘凸嘴龅牙、唇边两撮炸胡须’令他憎恨的家伙。

第二天吃早饭时，曹操问卞氏咋没见黑豹犬，卞氏说，她也正奇怪呢。她叫来曹丕、曹彰，让他俩找。曹丕领着弟弟装模作样地寻找了一会儿，当然没找到；卞氏又让曹知找，也没找到；曹操又派士兵找，闹得满城风雨：曹牧守家的黑豹犬跑丢了。

后来门军报告曹操，前天午饭后见二少爷带着黑豹犬出门了，回来时没见黑豹犬。曹操审问曹丕，曹丕目光躲躲闪闪。曹操一拍桌子：“还不如实交代？”

曹丕双腿一软跪下来，翻眼看着父亲，老老实实说他把黑豹犬踢到衙门后池塘边的废井里了。

曹操大怒，拿来戒尺要实行家法。

曹丕翻眼看看父亲，道：“请父亲暂歇雷霆之怒，孩儿有实情相告，说完再打不迟。”

曹操脸色铁青：“讲，要简短些。”

曹丕讲了爷爷奶奶死后自己如何悲伤，如何仇恨张闿，因黑豹犬的样子“凸嘴龅牙、唇边两撮炸胡须”最像张闿，所以……说完，曹丕声泪俱下：“孩儿知错啦，不知道杀了一个黑狗会让父亲如此生气，该打该罚，任凭父亲处置……”

曹操听后摔了戒尺把曹丕抱在怀里，父子二人想着死去的亲人，好一场痛哭……

曹丕的第二个烦恼，是曹彰的鲁莽和曹植的“小聪明”。曹丕比曹彰大两岁，论打架，他这当哥的现在竟然打不过这个弟弟了。他要想让曹彰办什么事情，还得拿好吃的哄着。

最气人的还是曹植，胖乎乎的，女孩模样，仗着聪明，处处邀宠，动不动告“黑状”，让爹娘揍曹丕。曹丕感觉爹娘有点偏心，时时宠着曹植，常挨骂挨打的就是他，他还得忍着不能说出来。他最不能忍受的是曹植竟然处处想压住他。

他怕爹爹，怕他的戒尺打得狠，打得疼。

他最喜欢哥哥曹昂。他感觉曹昂了不起，论文论武，都是他的楷模。

徐州是曹操自从在兖州站稳脚跟之后占据的第二个大州，对于曹操集团的兵源赋税粮草至关重要，不容有失。

曹操迁徐州刺史部于彭城，派车胄镇守，彭城这时才开始叫徐州。曹操率部回到兖州作短暂休整：论功行赏，补充兵员，操练人马。

曹操心情高兴，这天专门安排一桌酒菜，与儿子谈话，教他们礼仪。

鸡鸭鹅鱼，摆满桌上。曹操坐主位，曹植挨着曹操坐。曹昂在曹植对面端坐，曹丕、曹彰分坐两旁，最下面坐着曹均、曹拒等人。曹操要求俭省，平时曹家很少吃肉。

曹丕馋得直流口水，父亲没有发话，没人敢动筷子。他小声对曹彰说：“吃吧。”

曹彰拿起筷子夹一块肉放到嘴里，被曹操用筷子敲了一下手。曹操训斥道：“彰儿，不等长者动筷你先吃就是无礼。”

曹植昂起头，道：“我吃肉肉……”曹操夹一块送他嘴里。曹植香甜可口地嚼着，馋得曹丕、曹彰直流口水。曹丕翻眼看看父亲，伸伸脖子咽口唾沫，心里很是不快，又不敢发作，只是心里抱怨："不让我们吃却让他先吃，你看小四那狂妄的样子！若没大人在场，我就会狠狠揍他两巴掌。"

曹操教导他们道："在长者面前站时，要正身、平视，两手相合。在长者面前坐时，小腿不能交叠，脚不能乱动，身子俯视尊者。像你大哥曹昂坐相尚可，像丕儿、彰儿歪歪斜斜就不行。"

曹丕心里很是不服："看看曹植，胖得像个冬瓜似的，仰着身子你咋不管？"

曹操继续教导："尊者拿起筷子说'请'，尊者吃了，晚辈才能动筷……"

曹丕翻眼看看父亲，早就急不可耐了，他又附在曹彰耳边，小声说："可以了，父亲说能动筷子了，吃吧。"

曹彰拿起筷子就吃，又被曹操打一筷子。曹均、曹拒一拿筷子，也遭到曹操一顿训斥："我说让你们吃了吗？听我讲，喝茶、饮酒时，要用左手的大袖挡住杯子……"

"报，曹大人，谋士毛玠、荀彧有紧急军情请大人商议。"

曹操对曹昂道："昂儿，你教你几个弟弟。"言毕，他匆匆走了。

曹丕问曹昂："大哥，可以开吃了吗？"

曹昂拿起筷子，道："请！"

曹彰忙搛个鸡大腿，曹丕搛起另一个鸡大腿。曹植也要，但总共就两个，没了，他就哭。曹昂说："二弟，你大了，把鸡腿让给四弟。"

曹丕一直厌烦曹植，但大哥说话了，他敬重大哥，不能不听，就极不情愿地把鸡腿递给曹植。他故意递得快，没等曹植接牢就松了手，鸡腿掉到了地上。曹植不愿意，哭着非让曹丕捡起来不可。曹丕就是不捡，心里恨透了曹植。要不是大哥在场，他早一脚踹他个嘴啃泥了，再给母亲说是他自己绊倒的，又冤枉自己。还是曹昂捡起来洗净哄了曹植才算了事。曹丕只好搛个鸡翅吃。曹均、曹拒不说什么，随便搛菜吃。

曹昂见大家都吃得快饱了，举起酒杯让道："兄弟，喝酒。"而后用袖子掩住酒杯喝下。曹丕学着大哥掩住杯子挨挨嘴唇，故意晃晃酒杯泼出些酒来。曹彰喝完亮了酒杯。曹均、曹拒不喝酒，曹植用个小酒杯，尝一点辣出两眼泪，不喝了。曹丕劝道："四弟，能喝酒方为英雄。你看，大哥都喝了，你也得喝下。"

曹昂道："四弟尚小，不必强劝。你俩也小，随意，大哥我喝了哈。"又掩袖仰面喝下。

曹丕给曹昂、曹彰倒上酒，道："我十分敬佩大哥的人品，敬佩大哥的武艺学问，来，三弟，咱俩同敬大哥一杯。"说完，他仰面装着喝酒，故意抖动酒杯，酒洒了一多半。曹丕催促曹彰喝下。一会儿，曹昂、曹彰都喝得酩酊大醉。

曹丕一看，曹植还吃得津津有味，就跑到院里用棍子抹上鸡屎，拿到客厅问曹植："棍子上是啥东西你知道不？"

曹植昂着头，道："谁人不知，鸡屎呀！"

曹丕笑道："可这东西还有个名字你就不知道了。"

曹植好奇，问："何名字？"

曹丕认真回："叫'窝么得'，你学一遍。"曹植感觉好笑，就学了一遍。曹丕就把鸡屎涂到客厅人坐的席垫子上，又跑到母亲房间报告："娘，你四儿把客厅草席垫子上涂满了鸡屎。"

卞氏跑到客厅一看，席垫子上的确涂满了鸡屎，便问曹植："这是咋了？"

曹植刚学个新词，得意地回答："窝么得。"

卞氏脸气红了，愤怒地说："你再说一遍！"

曹植仍答："窝么得。"

卞氏拉过来曹植，道："你这孩子，平时觉着你小，处处惯着你，惯得越来越不像话了，竟敢往席垫子上抹鸡屎了。"说着恼，带着怒，"啪啪"朝曹植屁股上就是两戒尺，打得曹植捂着屁股哭。

曹植哭着说："是二哥弄来的。"曹均、曹拒也说是二哥弄的鸡屎。

卞氏明白了是咋回事，转身要打曹丕，曹丕坏笑着跑走了。但他哪里懂得，这一点一滴的小事，让父母厌烦了他，影响了他日后的政途。这当然是后话。

迁居许都

谋士毛玠、荀彧请曹操到府衙是商议军事大计的。两人向曹操提出了“奉天子以令不臣，修耕植而畜军资”的战略性建议，曹操深以为此策略非常正确。

公元192年，王允把董卓杀掉后，自己也被李傕等人杀掉。整个天下大乱，关东诸侯割地为据。

初平三年（192年）四月，袁术派长沙太守孙坚征讨荆州，攻打刘表。刘表派黄祖在樊城、邓县之间迎战。孙坚击败黄祖，乘胜追击，渡过汉水，包围襄阳。刘表闭门不战，派黄祖趁夜出城调集兵士。黄祖带兵归来，孙坚复与大战。黄祖败走，逃到岘山之中，孙坚追击。黄祖部将从竹林间发射暗箭，孙坚中箭身亡，享年三十七岁。孙坚十七岁的长子孙策继承了他的爵位。孙坚葬在曲阿，在丧事结束后，孙策举家迁到江都。

当时兵力最强的是袁绍，袁绍不承认董卓立的汉献帝，他想立汉光武帝刘秀之子东海恭王刘强之后刘虞为帝。长安内部也是一片混乱，此时把持朝政的是董承和韩暹，两人也像两只公鸡斗个不停。曹操要实行“奉天子以令不臣”的战略，董承发挥了很大的作用。

董承，冀州河间人（今河北献县）人。东汉末年外戚大臣，汉灵帝母亲董太后侄子，汉献帝嫔妃董贵人之父。为了压制韩暹，董承想让曹操来帮忙，汉献帝也乐意招来曹操。董承便秘召兖州刺史曹操觐见皇上。这样就促成汉献帝迁都许都的大事，董承是促成此事的最关键人物。

董昭对迎汉献帝进许都，也起了很关键的作用。

董昭，字公仁，济阴定陶（今山东菏泽定陶）人。三国时期曹魏谋士、重臣、开国元勋。原担任袁绍帐下参军。他多有战功，但是袁绍听信谗言，董昭不得已离开袁绍投奔张杨。张杨率军迎接汉献帝时，董昭随行，并拜为议郎。他通过张杨将印玺和绶带送还朝廷，被皇帝授官为骑都尉。

曹操派使臣见张杨，向张杨借路去长安，张杨不肯。

董昭劝告张杨道："袁、曹现在虽然还是一家，但其趋势是不会长久联合的。曹操现在虽然弱些，实在是当今天下的一位英雄，您应当有意和他结交。"

张杨听从了董昭的意见，这才向朝廷上表荐举曹操。建安元年（196 年），曹操在许县平定了黄巾军，派遣使臣到河东去。这时天子回到洛阳，韩暹、杨奉、董承及张杨相互间意见对立不和。董昭因为杨奉兵马最强而缺乏外部援助，便以曹操名义写信给杨奉说："将军您应当作为京城内的主要力量，我作外部的援军。现在我有军粮，您有军队，咱俩互通有无，足以互相接济，同生死，共患难。"杨奉接到信后眉开眼笑，于是众人一同上表荐举曹操为镇东将军。

解决了这些问题，曹操就派曹洪领三千人去了长安，结果受到了董承和袁术与周边的黄巾军的阻拦。

曹操亲自出马一路杀过去。建安元年正月，袁术属下的陈相袁嗣投降，二月曹操把阻止在道路上的黄巾军杀了个片甲不留。经过五个月的杀戮，曹操在当年的七月到达了洛阳，见到了汉献帝。汉献帝十分开心，给曹操假节钺，录尚书事。

董昭与曹操在洛阳相见，二人相见非常高兴。曹操知道董昭对他的帮助，很感激、信任董昭。董昭自此成为曹操的谋士。

董昭提醒曹操："你人微言轻，这里不是大人的地盘，别人是不服你的，回到你的地盘才最有利。"曹操被点醒，准备带皇帝回许都。当时杨奉实力很强，反对迁都。

董昭劝杨奉道："杨大人与曹操结成了联盟，他供给你粮，我们把天子迁到鲁阳，供运粮食方便。"

杨奉信了。汉献帝在曹操护卫下出发，曹操带天子加紧行进。杨奉看曹操行进路线不对，急忙追赶，可为时已晚，曹操已带着皇帝到了自己的地盘许都。曹操能顺利奉迎天子，董昭功不可没。

曹操当年七月把皇帝迁到许都，先后被封为司隶校尉、录尚书事、大司空、车骑将军。曹操建了大司空府。

建安元年，曹操采纳部下枣祗等人的建议，利用攻破黄巾军所缴获的物资，在许下募民屯田，当年大见成效，得谷百万斛。于是曹操命令在各州郡设置田官，兴办屯田。屯田制有效地解决了曹操集团的粮食问题，所以曹操

“哈哈”大笑，道：“把皇帝接到许都后，我们扩大了屯田的面积，粮食丰足能供给国用，有助于消灭群贼，护卫汉室，平定天下啊！”。

稳定局势后，曹操派人把险些做袁绍人质的家人从兖州全部接到了许都。

许都故城分内城和外城，内城在外城东南区，呈正方形，高出地面约三米，面积约 1.44 平方千米。内城是皇城，周围九里，一百二十九步，有皇宫。皇宫坐北朝南，皇宫大门南面有御苑，御苑西南隅有毓秀台，毓秀台是汉献帝祭天之坛。毓秀台再往西，大司空府在府前路南，坐南朝北。顺着宫前大道往西是官员居住区。外城十五华里，周围有护城墙、护城河。

卞淑曼带着曹操的书信，与家人来到了许都城东大门，由士卒领着进了内城，在司空府大门前见到了迎接他们的曹操。

卞淑曼一见曹操，泪珠便成串地往下掉落。她终于又有了稳定的居所，但令她胆怯的是这次丁夫人也来到了许都，就好像在她头上悬了一把利剑，或者说是在她身边卧了一只母老虎。想起来丁夫人，卞淑曼头皮就不住地发麻。

曹操领着家人进了威风八面的府兵把守的司空府大门。卞淑曼展目观察，只见司空府前衙，建在三尺高台上。府衙琉璃瓦四角高挑，像座寺庙。大院两边建有钟鼓楼、牌坊。汉代八砖铺成的通道上，持着长矛的卫士分站两边，气势汹汹。

曹操领家人来到后衙，进到了宽敞明亮的住室。曹操把侍妾都一一安排住下，来到卞淑曼住处。曹嬷嬷倒上茶水退下。卞淑曼小声说：“有人传言，你让家人去邺城袁大人那儿住，当时我都急哭了。那样家人不等于成袁大人的人质了吗？”

曹操小声对她说：“你算看透了。在我最困难的时候，袁绍提出，支援我钱粮兵马，还邀请家人都住他府上。他话说得很好听，明面上是帮我，实际上就是让我的家人做他的人质，我怎会轻易上他的当呢？”

吃饭时，曹操不住叹气。卞淑曼问他有何难事。曹操道：“迎来了皇帝，宫廷的事情、司空府前衙的事、军务大事，千头万绪，我日理万机。后府家事谁来主持呀？”

卞淑曼道：“当然应该由丁夫人主持内务啊。”

曹操道：“她心胸偏狭，脾气执拗，人心不服啊。你智慧聪颖，胸襟博大，能调理开事情，才是最合适的人选啊！”

卞淑曼连忙制止："不妥，不妥，有丁夫人在先，我怎可自由行事？"

"我有办法。"曹操领着卞淑曼到丁夫人住处，对她说，"家庭和睦顺畅，我才能安心处理国事。家有千口，主事一人。以后你主事，让卞淑曼帮你具体办理。"

丁夫人冷冷地说道："你的卞淑曼年轻漂亮，最会见风使舵，还是由她管事稳妥，再说我也懒得有那个兴致。"丁夫人虽然到现在也没能把卞氏撵走，也没能让曹操向她妥协，但她决心与曹操、卞氏死磕到底。她绝不会再反过来向曹操妥协了，妥协不是高贵的丁夫人的性格。

卞淑曼忙道："有丁夫人在此，婢妾怎敢造次。我听您的安排便是。"

曹操道："事情不宜多讲，以后家中之事，丁夫人当家，卞淑曼具体办理便好。"

自那日曹操安排后，卞淑曼事事问过丁夫人才办，小心翼翼，如履薄冰。丁夫人面若冰霜，完全是一副爱理不睬的样子。这让卞淑曼很难办，深了不是，浅了也不是，有时一天偷哭好几回。

这里回头交代一个关键人物，他就是司马懿，司马懿日后对曹丕继王位、登帝位都起到了不可或缺的作用。

曹操进了许都，迎来了皇帝，招来司马懿任属官。这样司马懿与曹操、曹丕才有了真正意义的交往。

司马懿公元179年出生，比曹操小二十四岁，比曹丕大八岁。他是曹家功臣，是日后帮助曹丕走上成功的重要人物，也是曹家最隐蔽的敌人。司马懿靠隐忍，忍了四十年，最后取代了曹魏。

曹操能审时度势，内忌而外宽，猜忌多权变。他能妥善处理曹魏内部纷争，带领部下开疆拓土。对于任何威胁他统治的因素，他都会早早剔除。曹操对后来夺取曹魏江山的司马懿，开始信任征召，后来心存忌惮。

曹操到死也没有杀司马懿。原因是，杀一个司马懿很简单，但若除掉整个司马家族就不太容易了。一旦司马家族有漏网之鱼逃出，倒戈相向，将会对他十分不利。主要是司马懿始终表现出的都是对曹家忠心耿耿的样子，当时也并没给曹氏政权带来什么威胁，再加上司马懿后来得到了曹丕的护佑，所以曹操只是怀疑，并未对他采取铲除措施。

当然这些都是后话。

司马懿，字仲达，司州河内郡温县孝敬里舞阳村（今河南温县招贤镇）人。他出身士族，年少便异于常人，聪明多谋略，博学多才，专心研究儒学。汉末大乱，他经常感慨、忧虑天下动荡，有济世救民的志向，魏明帝时期曾任职曹魏的大都督、大将军、太尉、太傅。他是辅佐了魏国四代的托孤辅政之重臣，后期成为掌控魏国朝政的权臣。

司马懿的高祖父司马钧是汉安帝时的征西将军，曾祖父司马量为豫章太守，祖父司马儁做颍川太守，父亲司马防任京兆尹。司马防育有八子，因字中都有一个“达”字，当时号称“司马八达”。

司马懿幼年时，诸侯并起，天下陷入战乱，他与十八岁的哥哥司马朗，随父亲离开长安返回故乡，率领宗族到冀州避难，当时他大约十六七岁。河内名士杨俊见到司马懿，称赞他是“非常之人”。司马懿在青年时期显示了不同凡响的才能和气度。

司马懿随哥哥到温县，在艰苦环境中学习锻炼，不久开始了更艰辛的游学生活，他与名士胡昭结成亲密的师友。司马懿到晋陕一带游学时，与他结怨的周生计划在途中伏击他。胡昭知道此消息，立刻涉险寻找周生，在崤山渑池之间找到了他，请求他放过司马懿。周生开始不肯，胡昭哭泣的诚意最终还是感动了他，化解了他和司马懿的矛盾。这样免去了司马懿一场灾难。

在曹操迎接皇帝到许都之前，司马懿过的是游学的生活。公元 195 年，曹操迎来皇帝，任大司空那一年，司马懿十六岁，已经很出名了。曹操思贤若渴，想笼络天下所有贤才皆为己用。

曹操听到司马懿的名声后，派人召他到司空府任职。司马懿见汉朝国运衰颓，不想在曹操手下做事，便借口自己患有风痺病，身体不能自由起居以推辞。曹操不信，派人夜间去刺探情况，见司马懿躺在那里，一动不动，像真患上风痺一般。

一直躺着装病，没贴心人侍奉不行，于是便有了司马家和张家的联姻。

司马家和张家，都住在河内。司马家是河内豪族，司马懿妻子张春华的父亲张汪，任过粟邑县令的千石之官。

张汪与司马防同乡且门当户对，都在大乱纷起之后辞官回乡。两人都是忠于朝廷、不肯附逆诸侯又能明哲保身的人。张家愿意把女儿嫁到司马家，说明他们乐于把两家捆绑到一起。张春华很早就有贤德智慧的美名，司马懿及其一家人唯一意外的，就是张春华小小年纪，竟会如此杀伐决断、心狠手辣。

司马懿与张春华新婚不久，到了七月七。七月七，是传说牛郎织女相会的日子。在汉朝，人们对这个节日已经颇为重视了。那时年轻女人们的主要活动就是“乞巧”和“守夜”。在七夕之夜，姑娘们、年轻媳妇们在庭院中摆些瓜果，祈求牵牛、织女二星降福，穿针引线求仙女帮助自己成为手最巧的女人。

张春华那天白天很高兴，带着家丁、女仆搬出衣物和书籍拿到太阳底下暴晒。

七月初秋，古人一向习惯称之为“朗景”“澄景”或者“清景”，就是说此季天高气爽，最适宜暴晒衣物和书籍。

近午时分，西南的天边飞来一片薄纱云，飘到头顶竟然下起小雨来。

书籍对于古代读书人来说，比黄金，甚至比命还重要，所以小雨一下，司马懿眼看着书籍被淋，猛地跳起来跑到院里帮着拾掇书。

司马懿刚一行动，就被一个丫鬟看到了。小丫鬟心里十分惊喜：“二少爷风瘫病好了！”

张春华预感到了危险，收完书，忙把小丫鬟叫到厨房帮忙，问：“你刚才看到什么了？”

小丫鬟答：“看到二少爷风瘫病好了，帮忙收书呢！”

张春华说：“你是不是看走眼了，二少爷患的是麻痹病，怎会收书呢？”

小丫鬟单纯，不懂事，还不懂得不该看到就不能看到的道理，仍坚持说看到二少爷出来收书了。

张春华叫小丫鬟帮忙择菜，等小丫鬟蹲下择菜的时候，她拿起菜刀，挥刀就砍。青春四溢、花枝招展的张春华那年才十四岁，居然说杀人就杀人，这让司马懿还怎么敢跟她同眠共枕！

张春华为保护丈夫才杀人，但司马懿却为身边有这样一个女人深感在惴惴不安。后来，司马懿宠爱柏夫人，张春华很难再见到司马懿了。

直到司马懿生病卧床，张春华前去探望病情。司马懿说：“你这人真讨厌，哪用得着劳烦你呢！”

张春华羞惭怨恨，便绝食，想自杀，她的几个孩子也都不吃饭。司马懿惊恐而赔礼道歉，张春华才停止绝食。

司马懿被人举荐，曹操征司马懿做了文学掾，从此司马懿就走上了辅佐曹魏的道路……

曹丕十岁前，生长于动乱年代。他十岁后便被曹操带在身边，生活在了军旅生活中。这一切对曹丕日后的成长都起了重要的作用。

第二卷：战火洗礼

报复荀彧

曹操迎来了汉献帝，引起了袁绍的强烈不满。曹操与袁绍小时候交往还算单纯，自联合抗董后，一直是貌合神离的关系。再加上袁绍想立幽州牧刘虞为皇帝，所以对曹操的行事就十分怨恨了。袁绍写信给曹操，言语中露着蛮横与傲慢。曹操阅后展展刀眉"嘿嘿"笑了几声。当时袁绍占据北方大部，曹操考虑若现在与袁绍生下嫌隙，担心南面张绣来犯。但他心里清楚，由于政见不合，与袁绍分道扬镳是迟早的事情。

曹操早饭后，在司空府后衙书房一边紧锁眉头考虑如何对付袁绍，一边看着曹丕、曹彰、曹植写字。他心情烦躁得像暑天正午时分阵雨打湿的沙土堆，冒着热辣辣的火气。无疑，袁绍的信就是那阵让他冒火的雨滴。他先斥责曹彰写字东倒西歪，像溃败的士兵，又怒斥曹丕字写的字虽然好于曹彰，但也像个重病恹恹的女人，面黄肌瘦没一点精神。曹操训斥时还看着他俩，如果发现他俩有一点不服气，便会拳打脚踢。见曹丕、曹彰低着头不发一声，怒斥："快写！"曹操最后拿起曹植写的字，连连夸好，说曹植写的字就像他本人，长得白白胖胖，十分俊俏，咋看咋顺眼。曹植得意地笑。曹丕用眼剜剜曹植，心想："得意得简直丈二和尚摸不着脑袋了！"

门口侍卫报："荀彧求见。"

荀彧可是曹操最信任的人，忙回："请！"

荀彧刚进门。曹植满面春风地施礼："荀彧叔叔在上，请受侄儿一拜。"

荀彧摸摸曹植脑袋："这孩子聪明，懂礼貌，日后必能成大器！"

曹操笑笑，向曹丕、曹彰一甩手："你们下去回避！"

曹丕翻眼看看荀彧，对他称赞弟弟曹植甚是怨恨，临出门时狠狠剜了一眼荀彧。哪知，偏偏这一眼让荀彧看个正着，曹丕那细眼射出的目光，像尖刀似的刺得荀彧心中一颤。荀彧可不是凡夫俗子，他阅人无数，只要让他看上一眼，这人的性格、智慧、发展的前景，都能了然于胸。正是这一天，这一天的这一眼，荀彧喜欢上了曹植，厌恶上了曹丕。

等曹彰、曹植走后，曹丕装作系鞋带在门口卫兵身边蹲下身子，听里面大人说话。

曹操命人上茶，把袁绍书信让荀彧查看，问道：“我准备讨伐不义，但力量无法与之匹敌，怎么办？”

荀彧道：“纵观历史，真有才能的人，纵然一时弱小，日后也必将变得强大；如果是庸人，纵然一时强大，也会变得弱小。刘邦、项羽的存亡，足以说明这个道理。现今与您争天下的人，只有袁绍了。袁绍这人貌似宽容而内心狭窄，使用才俊却疑心太重；您明正通达，不拘小节，唯才是举，有才是用，这在度量上已经胜过了袁绍。袁绍遇事瞻前顾后，少有决断，往往错过良机；您能决断大事，随机应变，不拘成规，这在谋略上胜过了袁绍。袁绍军纪不严，法令不立，士兵虽多，却不能巧为任用；您法令严明，赏罚必行，士兵虽少，却都能效死奋战，这在用兵上胜过袁绍。袁绍凭其名门贵族，要小技而博取名誉，所以士人中缺乏才能而喜好虚名者大多归附于他；您以仁爱之心待人，推诚相见，不求虚荣，行为谨严克己，而在奖励有功之人时无所吝惜，因此天下忠诚正直、讲求实效的士人都愿为您效劳，这在德行上胜过袁绍。凭借这四方面的优势辅佐天子，扶持正义，征伐叛逆，谁敢不从？袁绍虽强大又有何用？”

曹操听后“哈哈”大笑：“知我者，荀彧也。”

荀彧道：“我以为，眼下应先向南击垮张绣，然后河北可图。”

曹操道：“诚如先生所言。但我有所虑，若向南出兵，又担心袁绍侵扰关中，引发羌、胡作乱，那样的话我就要用兖州、豫州之兵，来对抗天下的六分之五了。该如何？”

荀彧喝口茶道：“关中将帅数以千计，没人能统一起来，只有韩遂、马超最为强大。他们见崤山以东地区发生纷争，必会各自拥兵自保。现在您如果诚以恩德招抚他们，派遣使者与他们通好，关西即使不能长久安定，但至少在您平定山东（函谷关以东地区）之前，足以不生变动。关西的事情可以托付给钟繇，这样您就可以放心出征了。”

曹操捻须连声应允。

门外的曹丕听完，慌忙离开，正好见荀彧从书房出来。曹丕把脸转向一旁，心里有了一个大胆的计划。这计划的产生与他刚才听见荀彧夸曹植、用眼瞪他有关，反正曹丕对荀彧这个人，心里早就觉得别别扭扭的不顺畅。他夸夸其谈的样子让曹丕心里极不舒服，好像天底下的人数他最能似的。还有最重要的一条，荀彧偏偏外露的门牙正好像害死爷爷的张闿一样，都是“凸嘴龅牙”，这一点最让曹丕心里不舒服。至于荀彧的门牙露的多还是露的少，真像还是假像张闿的“凸嘴龅牙”，都无关紧要了，反正他觉着像就够了。

荀彧出了司空府，坐上牛车走了。曹丕随后紧跟，见牛车顺着司空府北门的宫前道向西走，出了内城西大门，进了官员居住区的路北第一家门楼上写“荀府”的大门。曹丕笑笑回家去了。内城大门守门的侍卫也都认识曹丕，随他自由出入并不加以阻拦。

午饭后，五月的太阳毒辣辣的，聒噪的知了却叫得更加刺耳。

九岁的曹丕颧骨高峻，棱角分明；剑眉细眼，目光锃亮。他带着七岁的曹彰、四岁的曹植还有尹氏所生的曹均，出了司空府侧门。曹丕让他们三人站街旁的大柳树下，等路旁侍卫过去，小声道：“父亲整日东拼西杀、南征北战，我们是他的儿子，就要练好武艺，随父出征。现在，咱四个练练行军作战如何？”

“好！好！好！”曹彰首先响应，高兴得连连拍手。

曹植、曹均也纷纷表示赞同。

曹丕带着三个弟弟，排成一个单队，顺着司空府北门的宫前路往西走出内城门。门前侍卫拦住了他们。曹丕说，他们几个到西边转转。侍卫嘱咐不要走远，便放过了他们四人。他们来到官居区，拐两个弯儿，来到荀彧家高楼大院后墙。曹丕看左右无人，便道:“这家窝藏着强盗，现在咱们练习飞镖。”

曹彰脸黑黑的，扬扬山根连在一起的眉毛，连连拍手道：“二哥不早说，如果早说了，我就带来飞镖了。”

曹丕翻眼看看曹彰，道：“你猪脑子啊，我们拾些砖头、瓦片当飞镖不就行了。”

四人拾了些砖头、瓦片、土块。此时过来几个路人，曹丕忙拉起三人的手装着做游戏。等那些人过去，曹丕道：“一会儿听我一声令下，大家一起朝楼窗投，看谁投得又快又准，谁就是赢家。”

曹彰三人跳着脚欢呼：“好！好！好！”

曹丕示意小声，看看周围静悄悄的，便喊道：“一二三，开始！飞镖侍候！”

四个孩子纷纷向二楼窗户砸去。曹植、曹均投的瓦片刚刚碰到墙头。曹丕、曹彰投得远，只听那楼的窗户与墙面“啪啪”乱响。

这曹丕小时淘气，本图痛快，哪曾想，这次恶作剧日后差点儿影响了他的仕途。

正当四个孩子投得兴奋的时候，从后墙头上伸出两个士卒模样的脑袋。曹丕一看大事不好，忙喊：“收兵！”四个孩子拔腿就跑。曹丕、曹彰、曹均跑得快，曹植吃得胖，跑得慢，被俩士兵捉去。曹丕、曹彰、曹均气喘吁吁从西侧门进入司空府后衙，在墙边少停一会儿，曹丕道：“一会儿大人问起曹植，咱都说不知道，谁也不能承认今天的事情。”

曹彰、曹均应：“诺。”

到晚饭时，卞夫人到处寻找曹植，曹丕他们都说没见到。这下可把卞夫人吓坏了，她一面派人寻找，又赶快报告了曹操。曹操也吓坏了。

正当众人着急的时候，荀府派人送来了曹植，还让曹植带回许多好吃的东西。曹操问其原因，荀府家人道：“四少爷一人到我家去玩，荀夫人给他做了很多好吃的，派我俩把少爷送来了。”并未讲砸窗之事。

荀府家人走后，曹操觉得蹊跷，问起曹植，曹植一五一十讲了下午砸窗的事情。曹操一听，气得火冒三丈，当即叫来曹丕、曹彰、曹均，命他们跪下，用戒尺揍他仨屁股。

曹丕挨着打“呀呀”地叫着，他十分恼火：“这小四就是告密的小人，等父母亲不在身边时，一定收拾他一顿，小四胖墩墩的屁股最适合硬邦邦的鞋底了。”

曹彰挨着板子咬紧牙关，紧皱山根相连的眉毛，一声不吭。挨完打，他朝身旁狠狠吐口吐沫。

曹均叫得最响，哭得最痛。尹氏连连落泪，埋怨卞夫人道：“都是你家小二最为淘气，牵连我的均儿挨打。”

卞夫人向尹氏连连道歉，求曹操饶过曹均。

等惩罚过后，仨孩子屁股肿起老高，数曹丕伤得最重。尹氏抱着曹均哭着走了，卞淑曼流着泪把曹丕、曹彰揽在怀里，道：“你们两个最是淘气，丕儿坏心眼最多，着实气人！”

曹操打过曹丕怒道：“坏事皆有你而起，来人，把这家伙给我关进禁室！”

卞淑曼看着屁股肿起老高的曹丕，连忙求夫君饶过曹丕。

曹操展展刀眉怒道：“我军务繁忙，都是你没对他俩严加管教！如今日轻饶了这浑小子，日后还不知会闹出多大的乱子来。”

卞淑曼不由得打个寒噤，唯唯诺诺，点头称是，再也不敢说什么求情的话了。

曹操呵斥差役：“还不给我带走！把他打入禁室，严加惩处！”

“诺。”两位府差带走了曹丕。

曹操看着被带走的曹丕的背影，仍怒气冲冲地骂道：“看来日后出征，必得带上子桓了，这小子太坏了！”他惩罚完孩子，忙派曹洪代自己去荀府赔罪。

曹丕被带进禁室。禁室里，黑洞洞的，只有从天窗射进来一丝光亮，让人尚能模模糊糊看清里面的陈设：粗粗的栏杆里，空间狭小，地上铺着麦草……

曹丕躺在黑洞洞的禁室里，摸着肿得像馒头一样大的屁股，禁不住“哎哟哎哟”地呻吟。他今天是第一次见父亲发这么大的火，想起父亲瞪起的眼，还止不住发抖。

他梦见自己被抛在了一座孤岛上，四周黑黢黢的一个人也没有，他喊，他叫，仍不见来人。他感觉肚子里饿得厉害，嗓子干得像着了火。他一急醒来，发现自己仍躺在阴森恐怖的禁室里。他肚子咕噜噜乱叫，渴得嗓子直冒烟。他盼着有人能给送来点水喝，最好还能送口吃的。

忽然，他听到了两声他熟悉的话语，顿感一阵窃喜。

外面响起了脚步声。“谁让你来的？”是父亲严厉的声音。

“这么小的孩子，我担心饿坏了他……”是娘的声音。

“都是你把他惯坏的，回去，饿他两天……”

“求您了老爷，我怕饿坏了孩子……”

“回去！”

又过了一阵，门打开了。“儿啊，饿了吧？”卞氏哭着拉起来曹丕，摸着他的头，又抚了抚他的屁股。

曹丕好像见到了救星，抱住娘的腿哭泣。

“儿啊，饿坏了吧？快吃吧！”

他吃着娘送来的馍馍，感觉特别地香，特别好吃。

卞氏哭着嘱咐道："儿啊，再也不要给母亲惹祸了，你父亲训斥我，曹均娘埋怨我……"

曹丕翻眼看看娘，鼻子一酸，哭道："娘啊，孩儿让您受委屈了，丕儿再也不给您惹祸了……"

卞氏道："娘自来到曹家就受人鄙视，只盼你们几个能长大成人，我受再多的委屈也心甘情愿……"

"娘，孩儿确实知道对不住娘了，您打我几下，骂我几句出出气吧！"曹丕心中更加恨荀彧，更加恨丁夫人了。

曹丕在禁室被囚禁了三天，他感觉这三天比三年都长，这似乎让他成熟了许多。还是母亲与大哥把他接了回家。曹彰还给他说了句鼓励的言辞："二哥，一挨打就喊叫，不算英雄！"曹植看着他又蹦又跳，像过节似的欢喜。曹丕不露声色，早把曹植记恨在心中。

曹丕出了禁室，在母亲的照料下，过几天屁股才不疼了。但他从此更怕父亲了，只要父亲眼一瞪，或大声咳嗽一声，他的腿都止不住地打战。

曹丕很感谢母亲，极想为母亲做点事，他认为，做儿子的该报答一下母亲。他屁股消肿以后，拿来个盆，先倒上热水，再往里试添冷水，用手摸摸，感觉水不冷不热了，把水盆端到床边。

卞淑曼正缝补衣服。曹丕拉住娘说："娘，您过来。"

卞淑曼很疑惑，道："你又出什么幺蛾子了？"

曹丕拉着娘，让她坐到床沿上，给她脱下鞋袜，硬是把娘的脚拉进水盆里，给娘洗脚。他记得祖父祖母临去泰山郡时，爹就给祖父祖母洗了脚。

卞淑曼摸着曹丕的头，哭了。

事后，荀彧再来曹府，只是狠狠瞪了曹丕两眼。曹丕扭过头去，心里更恨荀彧了。可是他没有料到，砸窗事件，让荀彧对曹丕再也没生出好感来，日后差点儿影响了他的仕途。

曹操与众将商议战事，道："看来荀彧的意见还是正确的，刨树须刨根，先把袁绍盟友袁术、张绣等小军阀全部灭掉，最后再与袁绍决战。诸位意下如何？"

戏志才表示赞成，众将也纷纷表示赞同。戏志才是东汉颍川郡人，荀彧把他推荐给曹操当谋士。因为戏志才很有谋略，所以曹操十分器重他，他也是曹操早期身边最神秘的一位谋士。他的才智堪比鬼才郭嘉，有人曾戏言：“戏志才不死，郭奉孝不出。”

建安元年（196 年），曹操的谋士戏志才去世。曹操十分悲伤，写信给荀彧，让他推荐一位可以接替戏志才的谋士。荀彧就将好友郭嘉推荐给了曹操。

郭嘉（170 年—207 年），字奉孝，东汉末颍川阳翟（今河南禹州）人。

曹操召见郭嘉，共论天下大事。郭嘉目光高远，足智多谋。曹操道：“能帮助我成就大业的人，就是你啊！”

郭嘉提醒：“曹公早晚与袁绍有一战，袁公立足未稳，曹公趁机向南发展，建立南方坚强壁垒……”

曹操点头称赞。

郭嘉离开营帐后，也大喜过望地说：“曹操才是我真正的主人啊！”

建安元年（196 年），曹操认为刘备是个人才，想趁他无立足之地的时候帮帮他，定能得到他心，于是上表让刘备做了镇东将军，封宜城亭侯。袁术率大军进攻徐州，刘备迎击，两军在盱眙、淮阴相持。吕布偷袭了下邳，俘虏了刘备的妻子。刘备向吕布求和，吕布将刘备的妻子归还给他，刘备回到小沛。刘备再度招募了万余人的军队，吕布率军进攻小沛。刘备战败，前往许都投奔曹操。曹操给予刘备兵马粮草，让刘备做豫州牧。其后，人称刘备为“刘豫州”。

建安二年（197 年），曹操率部出征，他的第一个平定目标选的是张绣。大军一路浩浩荡荡向宛城进发。曹昂、曹丕、曹操侄子曹安民一同前往。曹操决定，这次特地要带上曹丕，一是怕他惹事，要带在身边要管束他，二也是为了培养他。曹操对曹丕教训道：“岁寒，然后知松柏之后凋也。你要记住温室花草命衰，雪顶苍松万年青的道理。”

随父出征，颇合曹丕心意。他连连点头称是。

队伍离开许都，许都南郊路旁的杨林中一群乌鸦盘旋着“哇哇”乱叫。

曹操万没想到这次出征会出现让他终生遗憾的事情，家庭继而出现了一系列变故。这是后话，谁也没长前后眼是不？

攻打宛城

时值中夏，太阳火辣辣地挂在空中，散发着巨大的热量，大地都快被烤焦了。

出了许都城，大军一路南行，路两边大片麦田金黄一片。

部队经过麦田时，曹操传令官兵们不准践踏麦地，否则杀头。战士们小心翼翼顺着麦田中的路一个接着一个行进。

老百姓望着曹操官兵的身影，跪在地上拜谢，赞不绝口。

曹操骑马正在前进，忽然，麦田里蹿出一只兔子，惊吓了他的战马。那马一下子蹿入了麦田，踏坏了一片麦子。曹操脸色铁青，非常气恼。自己刚刚下过军令，军令如山，偏偏自己违背了军令，不惩罚何以服众？他要执法官处罚自己。执法官为了难，杀了主帅，朝廷、军队咋办？曹操要举刀自杀，被众人拦下。于是，他用剑割断自己的头发道："我就割掉头发代替我的头吧。"

众人才松了口气。

在古代，头发被看得非常重要，人们认为，身体发肤受之父母，是不可故意毁伤的。曹操能以尊贵之身而割发，体现出严于律己。曹操割发代首，通过这种方法来体现出军纪严明，这深深教育了众将士。

大军向南一路行进，走得十分辛苦。过去行军除骑兵外，士兵都是步行。曹操的军队已经走了很多天了，战士十分疲乏。部队进入了荒山秃岭地带，没有人烟，方圆数十里没有水源。曹操派人四处寻找，始终都弄不到水喝。战士们头顶烈日，一个个被晒得大汗淋淋，许多人的嘴唇都干裂得渗出了鲜血，有的人头昏眼花，脸色蜡黄。曹操也口干舌燥，感觉喉咙里好像着了火。就连那些身强体壮的士兵也口渴难忍，提不起精神。

曹昂停下青鬃白骆马，等后面曹丕的马过来，把自己的皮水袋递给弟弟。曹丕咂咂嘴巴："大哥喝。"这个高挑少年竟然能受得了干渴。

曹昂关切地道："二弟尚小，你喝。"

曹丕接过水袋，抿嘴喝了一小口，又还给曹昂。

曹操目睹这样的情景，心里十分焦急。他策马奔向旁边一个山冈，在山冈上极目远眺，想找个有水的地方。但是他失望地发现，龟裂的土地一望无际。再回头看看士兵，早就渴得受不了了，前进的队伍歪歪斜斜，看上去怕是难以再走多远。

曹操心里盘算道："找不到水，情况就会很糟糕，行军速度慢，不但会贻误战机，甚至会渴死许多人。没有水，得想个办法鼓舞起士气，激励大家走出干旱地带。"曹操想了又想，突然灵机一动，想出来个好主意。他在山冈上，抽出令旗指向前方，大声喊道："各位将士，前面不远有一大片梅树林，树林里结满了又大又酸又甜的梅子，大家再坚持一下，走到那里吃到梅子就能解渴了！"

士卒们听了曹操的话，想起梅子的酸味，好像真的吃到了梅子一样，口里顿时生出了不少口水，精神也振作起来。曹丕也鼓足了力气。就这样，曹操率领军队走到了有水的地方。

到营地后，曹丕问父亲："您说有大片梅林，怎么没见到啊？"

曹操"哈哈"大笑："孩子啊，作为一个将军，平时，要千方百计让将士有明确的方向，有积极向上的动力；在困难的时候，要鼓起士兵的勇气。墨翟曰，志不强者智不达，尔等须悉心体会。"

颧骨高峻、棱角分明的曹丕，剑眉展了几展笑了，心里涌出一股暖流，直觉暖烘烘的。他感觉父亲是个智勇双全的人，在他身边，就是能学到不少的东西。

曹操此行攻打的张绣，本是一员猛将。宛城、淯水本来都不是张绣的地盘，这地方原是荆州牧刘表的属地。张绣叔叔张济本是凉州一带的军阀，在讨伐董卓的战斗中落败，一路逃到了荆州境内与刘表打了几仗，互有输赢。后来，张济战死，张绣接收了叔叔的队伍，却没有找刘表报仇。他与刘表似乎有了某种默契：刘表希望张绣军队在荆州北部防守北方的军阀南下；张绣希望得到一块立身之地。两人放下了仇怨，慢慢形成了战略上的合作关系。

张绣得知曹操前来攻打，心急如焚。谋士贾诩建议先投降曹操。贾诩（147年—223年8月11日），字文和，凉州姑臧（今甘肃武威凉州）人。他分析：他们夹在刘表与曹操中间，活动空间狭小，在乱世中想独立发展几乎是不可能的。曹操与刘表比较，曹操在人品实力诸方面都占优势。贾诩认为先投降曹操实是高明之举。他闪闪狡黠的眼睛，附张绣耳边道：“我们不妨如此，上策……中策……下策……”

张绣不住地点头称是。

张绣派人把降书送到曹操军营。曹操非常高兴，真是想睡觉张绣就送来了枕头。他喜欢张绣这员猛将，也喜欢贾诩这位谋士，便欣然接受了张绣的投降。

张绣宣布投降后，曹操让曹仁、曹洪、夏侯惇、夏侯渊帅部驻扎在宛城城外，自己带着亲兵一百多人进了宛城。曹昂、曹丕、侄子曹安民随往，贴心卫士典韦紧随曹操。

曹仁有几分忧虑：“大哥，您带的亲兵太少，怕遇不测。”

曹操道：“若我带兵太多，显着对张绣不信任，于事无补。”

曹操进了宛城，张绣设盛宴款待。宴上，曹操与张绣部的各位将领推杯换盏，气氛很是融洽，场面甚是热闹。曹操酒宴上宣布，对张绣和他的部将，均加官进职。

曹操贴身侍卫典韦持大斧立于曹操身后，他的斧刃长有尺余。典韦举斧迫视前来给曹操敬酒的每一个人。酒宴至终，张绣及其将帅均不敢仰面与典韦对视。

宴毕，众人散去。

夏天的夜晚十分静谧，一弯新月挂在梧桐树梢，脉脉地注视着行人，不时传来杜鹃的叫声。

曹操站在住所院内，想到自己由弱变强，所占地盘由小变大，现在又得到了张绣的人马，更是如虎添翼，便感慨万千。他有了乘着夜色趁着酒兴吟诗作赋的雅兴，这也是他多年的习惯，每胜必酒，每酒必诗。

忽然，一阵凄婉的琴声悠然传来。曹操也是懂得音律之人，听到琴声，自然心生欢喜，禁不住循着琴声而往。典韦想唤来卫队护卫。曹操阻止，只让典韦一人跟随。曹操哪里知道，张绣此时在他寓所周围布置了许多身手高强的兵士。

琴声从花园中一个优雅的小院里传来。曹操进得院内，院门并无人把守。曹操站在开满百日草的院内聆听。窗里射出的蜡烛光映在万紫千红的百日草上，点缀得花儿一片娇羞。

一曲《淯水吟》凄楚动人："我本飘零人，薄命历苦辛，离乱得遇君，感君萍水恩。君爱一时欢，烽烟作良辰，含泪为君寿，酒痕掩征尘。灯昏昏，帐深深，浅浅斟，低低吟……"曹操听了心有所感，不觉流出泪来。听见有脚步声响起，曹操转身要走。

从里面走出个丫鬟飘飘施礼，道："司空大人留步，邹夫人有请。"

张绣婶娘邹夫人是武威郡姑臧人，是当时有名的美人儿。当年许多英雄对她垂涎三尺。张济与荆州牧刘表开战，不幸中流矢身亡，邹氏便成了年轻的寡妇，时年二十二岁。

曹操随丫鬟进屋。邹氏离琴施礼相迎，让座，上茶。这邹氏，身体丰满，面容俊秀，秀丽端庄，温婉如水，彬彬有礼。邹氏道："久闻将军英名，今日相见乃三生有幸。张绣投靠将军，如鱼得水，乃我全家福分！"

曹操道："夫人过奖了。刚才夫人弹奏何曲？让我禁不住潸然泪下。"

邹氏道："奴家自夫君离去，常悲伤感怀，乃自创《淯水吟》以抒情怀。人们相传，三生才修得一知音，幸遇将军懂我心声，奴家有心长伴将军左右，弹琴吟歌，侍奉身边，不知可否？"

曹操大喜，当即纳她为妾。二人把酒言欢，弹琴歌咏，相交甚欢。

典韦手持八十斤重的双铁戟，腰背大斧立在门口，铜铃似的双眼注视着远近各处。

隔墙有耳，早有侍从把此事报告了张绣。张绣得知自己的婶娘被曹操纳为妾室，大骂曹操不仁。

张绣内部有人想取得曹操信任，故意把张绣骂曹操的话又报告了曹操。曹操大怒，道："那小儿若再胡言，定斩不饶。"

张绣得知了曹操对他的不满，找来了贾诩，商量对策。贾诩伏张绣耳边道："按原计划，行下策：反！"

张绣咬咬牙，点头称是。说反就反，张绣立刻增添精锐士兵包围了曹操寓所，又令部将胡车儿与负责曹操安全的猛将典韦喝酒。典韦不去赴宴，二人就在门内场地开怀畅饮。

胡车儿灌醉了典韦，偷走了他的兵器铁戟与大斧。

平时，典韦手提八十斤重的双铁戟，曾单手扶起几个士兵抱不动的军旗铁柱。一次他被老虎惹怒，追着老虎跑。

张绣派杀手进小院捉杀曹操，曹操尚在美梦中浑然不知。

此时，面对敌军围攻，醉酒的典韦镇定自若，没有武器，没有盔甲，他拔出短刀与进入小院的张绣士兵大战，大战不落下风。张绣的人越来越多，短刀已显得苍白无力，典韦手持两个死人代为武器，“呜呜”抡开，刮风似的，暂时抵挡住了张绣军士兵的进攻。

曹操卫队亲兵闻讯赶来，这些人都是上乘高手，武艺超人毫不含糊。梦中惊醒的曹操，见眼前情景，禁不住吓了一跳。有人送来曹操的坐骑绝影，曹操乘马仓促而逃。张绣追兵射来的箭雨点似的。在逃跑的路上，曹操的坐骑绝影身中三箭仍能奋蹄疾驰，最后看一眼曹操，鸣叫一声血尽而亡。曹操看看追兵，甚是无奈。

“父亲，休要惊慌，我来也。”危难之时，曹昂骑着青鬃白骆马与骑着红騂马的曹安民像天兵一样挥枪杀来。

曹昂跳下马，把缰绳让给父亲：“父亲大人，你骑马快走，休要惊慌，这里自有我们断后。”

曹操道：“昂儿快走，我率亲兵抵挡。”

曹昂、曹安民把曹操扶上战马，抽打马臀。青鬃白骆马驮着曹操飞奔而去。典韦、曹昂、曹安民带领亲兵卫士在宛城西城门前与张绣追兵激战。曹军卫兵以一当十，奋勇当先，硬是让张绣的兵士不能出城门半步。

张绣的士兵越战越多，典韦、曹安民、曹昂等人被围得水泄不通……终因寡不敌众，惨遭失败。典韦连杀数十人终究耗尽力气身亡，死了很久，张绣士兵都不敢从他的尸体前经过。后来，有个胆大的士兵把典韦头割下来献给了张绣。曹昂和曹安民也英勇战死。

曹操逃出了宛城，城外曹仁听到了城里的动静，率军前来营救。曹操死里逃生留得一命，他担心城内的儿子、侄儿，忙指挥曹仁前去营救。他急派曹洪、夏侯惇、夏侯渊攻打宛城。

生于军旅之间的曹丕颧骨高峻，棱角分明；剑眉细眼，目光锃亮。他自幼娴习弓马，熟读史汉诸子百家，在危难时刻，才十岁，却临危不乱。他看到许多人在厮杀，听到枪刀相撞声、喊杀声，夜宿的鸟儿吓得乱飞的“喳喳”声。战争自古都是异常残酷的。月光下，鲜血给街道、墙壁、树干、草丛涂上了斑斑暗红的血迹。曹丕骑上马，趁着混乱，绕过大街，穿进小巷，打马如飞。后面有两匹战马追来。曹丕回弓射箭，那两匹战马应声而倒。曹丕勒紧马缰往前飞跑，后面又追来四匹战马。他们越追越近，一面追还一面高喊："追呀！别让曹操的二儿子曹丕跑了哈！"一员武将突然从旁边冲出，拦住了那四人的去路，与四人战在一起。曹丕一人从南城门逃出张绣大营，回到城西曹军大营。

曹操调集人马与张绣作战。有人报告："曹昂、典韦终因寡不敌众，惨遭失败，英勇战死。曹安民为救曹丕也被杀害。仅有少爷曹丕，一人逃出宛城……"

曹操抱住曹昂的青鬃白骆马张嘴大哭。曹丕下马来站在曹操眼前。曹操看着逃出来的曹丕，这个十岁的孩子，身体瘦高，却骨健筋强，便把他紧紧抱在怀里，又是一阵痛哭。他认为早早地培养儿子骑马射箭的做法还是正确的。

曹丕才知道曹昂哥、安民哥，还有父亲的爱将典韦都死了，并死了许多卫队士兵。他翻眼看看父亲，止不住一阵哭泣。惊心动魄的激战，让曹丕领教了战争的残酷、生命的脆弱，让他明白，战场上，无论胜负，都须保持警觉，麻痹大意不得。他只觉得心中空落落的，悲痛得忘记了哭泣。晚饭他没吃，直到全体宿营，才放声哭起来，哭得任何人都劝不住，哭得许多人陪着落泪。

曹操也痛不欲生，他后悔不该轻信张绣……

曹操指挥部队打退了张绣进攻，张绣带兵回城，紧闭城门。曹操四面包围攻打，看一时很难取胜，办丧事要紧，便领兵回了老家谯县，掩埋亡人，哀悼逝者。曹操特地摆灵位对天祭奠绝影，泪落不止……

曹操再次尝到了失亲之痛，这次曹丕在大哥曹昂墓前，哭得悲哀不止。

失去了亲人，失去了典韦，曹操万分痛苦。不久，在谯县老家收了许褚，曹操的心情慢慢好转了。

许褚，字仲康，谯国谯人（今安徽亳州古城镇），与曹操同乡。史料记载，他担任谯县乡勇统领，身高八尺有余，膀大腰圆，容貌雄毅，勇力绝人。汝南葛陂贼，聚集贼兵万余人前来烧杀抢掠。许褚下令让男女分头寻找、搜集较大的石块来，代替箭矢御敌。乡勇和村民们把废弃的房屋、破墙都拆了，把拆下来的木头和个头儿较大的石块搬过来，堆在城防的角落里。贼兵发起了进攻，许褚命人拿起石块向他们抛去，石块四处溅射。贼兵一看许褚他们抛出来的石块威力如此惊人，吓得纷纷退却。双方僵持不下。后来乡勇粮食吃光了，许褚假意和贼寇议和，商量用牛来和贼寇换取食物。贼寇前来把牛牵走后，哪知那牛挣脱缰绳自己又跑了回来。许褚来到阵前，拉住牛尾，将牛倒着拖行了几十步。贼寇见状大惊，从来没见过有如此力大的人，哪里还敢再上前来取牛？贼寇吓得纷纷逃走了。

曹操失去典韦，整日闷闷不乐。许褚的威名，曹操早有耳闻。曹操办丧事回到了谯县，许褚率众归附。曹操一听是许褚来投，马上露出笑脸，让他练两手看看。许褚抱起一个石磙转了一圈，脸不变色，气不发喘。曹操看后大喜，此人果然力大无穷。曹操又让许褚表演武功，见他的武功也十分了得，禁不住”哈哈“大笑。曹操看着许褚威武的身姿，赞叹道：“这就是我的樊哙呀！”当即把许褚授为都尉官，让他做了自己的贴身保镖。而那些追随许褚的游侠和剑客们，也都被曹操收编为虎士。

此次与张绣作战失败，曹操失去了爱子曹昂、侄子曹安民、爱将典韦，家里还有一场风波正等着他。

家庭裂痕

阴历十月初一，曹操在谯县老家办完丧事。谋士建议，军队需要修整，曹操便回到了许都。

农历十月初一古时寒衣节，相传起源于周朝，也被称为“授衣节”“十月朝”“祭祖节”“冥阴节”。这天是进入寒冬后的第一天，古时有授衣、祭祀、开炉等习俗，提醒人们注意寒冬要来了。这一天，妇女们要拿出棉衣，送给在远方戍边、服徭役的亲人。这样，寒衣节慢慢演变成为祖先、亡人送过冬寒衣、烧纸祭祀的节日。民间将寒衣节（十月初一）与清明节、中元节（七月十五）并称为中国三大“鬼节”。

田野里，个个坟头压上白纸，弥漫的纸烟夹杂着凄惨的哭声。

失去亲人，曹操回到许都仍心如刀绞，痛苦难耐。他先到了丁夫人住处，见到她感觉心里像有十五只吊桶打水一样，七上八下的。他不知道该怎样给她说失去昂儿的不幸消息，更不知道怎样面对丁夫人。

丁夫人在灯下看书，灯光映着她一副疲倦的面容。曹操吞吞吐吐地讲了曹昂不幸的消息，丁夫人先是一怔，立刻像发疯似的放声痛哭，对曹操连骂带打：“是你害死了我的儿子！是你害死了我的儿子！昂儿随你上阵，我常做噩梦。想不到，他这次真的出了事，我的儿啊……”随着撕心裂肺的哭声，一串串泪水从丁夫人悲伤的脸上滚落下来：“就是你害死了我的昂儿！就是你害死了我的昂儿！你娶三妻四妾我都可以原谅，你害死我的儿子，叫我如何活在人世？你赔我昂儿！你赔我昂儿！”

曹操抱住丁夫人哭道：“夫人节哀，你心中有痛，自可打我骂我撒气。但你要知道，曹昂是我的长子。他聪明勇武，我对他最为喜爱，早早对他着力培养。不久前我才推举昂儿做了孝廉，让他随我作战也是为了让他经受锻炼。昂儿英年早逝，难道我不可惜，难道我不心疼……”泪水顺着曹操的鼻洼流到他的胡须上，再顺着胡须不住下滴，滴湿了曹操胸前衣襟。

丁夫人怒视着曹操：“你要疼爱他，还会让他随你作战吗？告诉你曹孟德，我对你已经忍无可忍了。咱俩从此各奔东西，老死不相往来……”

曹操转悲为怒了：“心疼孩子就不让他参战了？难道我不是长年在战场冲杀吗！”此时，要不是心疼昂儿，曹操早就忍不住甩给丁夫人两巴掌了。

丁夫人不顾曹操劝阻，带着纸钱，到许都郊外十字路口，朝着谯县方向烧纸祭拜，悼念曹昂亡灵……

连续数日，丁夫人只要一见曹操就怒目圆睁，也不管有没有其他人在场，总是又哭又骂：“送我回娘家去，在曹家我一天也不愿待了，我要回谯县看看我儿子的坟墓。”

曹操的其他几个小妾远远地躲开丁夫人，躲在屋内闭门不出。

卞淑曼牵着曹植，领着曹丕、曹彰来见丁夫人。卞淑曼哭着对丁夫人良言相劝：“夫人节哀，昂儿他们惨遭不幸，咱曹家上上下下人人悲伤。人死不能复生，曹丕、曹彰、曹植这三孩子随你认领一个。”

三个孩子按母亲教好的话，跪着哭着叫丁夫人“大母”。曹丕心里一百个不愿意给这个大母下跪，他看不惯大母那盛气凌人的模样，要不是看在她是大母的份上，他早在她住处的大门上抹鸡屎了。

丁夫人哭着大骂：“你的孩子我一个不要。你算是哪架上的鸡？根本无资格与我说话！我羞于与你为伍，你们给我滚，滚得越远越好！”

曹彰、曹植哭着“曹昂哥哥”，曹丕使劲拽起母亲往外就走。卞淑曼拉住他，催孩子叫丁夫人“大母”，让他们劝她莫哭。

丁夫人大吼：“你们都滚得远远的，要不是有你这个扫帚星，家庭还不至于出此灾难！”

一股热血“腾”地冲上脑门，卞淑曼极力压下心中的怒火，委屈地拉起曹植，扯着曹彰的手走了。走到远处，颧骨高峻、棱角分明的曹丕，剑眉倒立，细眼放光，咬牙切齿，道：“这大母平时看见俺兄弟三个，如同见了仇人一般，不见她也罢。”

曹彰皱皱山根相连的眉毛，朝身旁狠狠吐口吐沫。

曹操看了这等情景，止不住怒火填胸。他感觉丁氏这朵桃花早已失去了她原有的美丽。他很是替卞淑曼抱不平。

丁夫人连哭带闹：“没有了昂儿，我在曹家还有什么活头，快送我回娘家去！”

长女清河附在丁夫人身边哭着：“阿母难道不要清河了？”

丁夫人哭道："把你养大，还不是被你狠心的爹爹害死，我一心无挂，只想快回娘家去。"

曹操咬牙一挥手："既然你这等无礼，休怪我不义了。"他赌气派人把丁夫人送回到她娘家谯县丁溪。曹操当初真没想到，因为叫曹昂陪他出征，家庭竟然会出现如此大的变故。

卞淑曼心恨丁夫人，只是敷衍地劝丁夫人几句，并不刻意拦阻。

曹丕见丁夫人走了，又蹦又跳。他领几个兄弟在丁夫人院前玩，见院内只有一个年长的丫鬟，便哄着弟弟在门前撒尿。曹植不干，曹均说怕被父亲打，直到如今屁股还疼。

曹丕刚撒一点，曹植说，我去报告父亲。曹丕忙撒着尿躲到了前边树丛里去了。

曹操打发走了丁夫人，回到卞淑曼住处，见卞淑曼正哭着安抚着曹操长女清河："好孩儿莫要啼哭，以后跟着弟弟玩耍，我会照顾好你的。"

曹操心里也禁不住一阵悲伤，劝清河道："清河莫要难过，你娘走了，我与你二娘一定会加倍疼你爱你的。"他又安慰卞淑曼道："丁夫人在时，对你着实不太友好。她走了，家里大小事务，全由你做主，还哭什么？"

卞淑曼道："家主有所不知，婢妾习惯听从训示做事，并不喜欢自作主张，怕万一出些疏漏，影响家主大事。"卞淑曼说的并非真话，她早恨透了丁夫人，面对曹昂的死亡，面对丁夫人的离去，她真的不知道该高兴，还是该悲伤。

曹操道："你操持家务并非一日，能顾全大局，心系家人，勤快节省，治家有方。把家交给你，我可放心处理国事，你以后大胆做主，兢兢业业做好家庭事务。"

卞淑曼道："多谢家主，婢妾做事如有不周，你自可教训便是。"此时她心里好像敞亮了一方天空，头上悬着的利剑解除了，身旁的母老虎归山了。但她并非完全轻松，那把利剑时刻都会再次悬到头上，凶狠的母老虎随时都可能再次回到她的身边。

曹操讨张绣失败，袁绍来信羞辱他。曹操与郭嘉商议，仍采取"稳定袁绍，澄清东南"的方针，决定再次攻打张绣。

再打张绣

曹昂死后，环氏生一子，曹操为其取名曹冲。因为生子的喜事，曹家稍稍有了点喜气。

丁夫人回娘家后，曹操两次派人叫她回府，都无功而返。毕竟是多年的夫妻了，并且原来恩爱过，丁夫人在曹操心中还是有一定地位的。

建安二年（197 年），袁术占有传国玉玺正式僭越称帝。曹操派议郎王浦携带汉献帝的诏书给孙策，任命他为骑都尉，袭父爵乌程侯，兼任会稽太守，并命他与吕布、陈瑀等一起讨伐袁术。孙策觉得自己统领兵马，骑都尉的职务有点低了，想得到个将军的封号以自重，于是派人向王浦微露其意。王浦当即以皇帝的名义宣布孙策权代明汉将军。曹操以此行稳定江表局势。

公元 198 年九月，曹操为报杀子之仇再次南征攻打张绣。临走时，他告诉卞淑曼，打完仗他打算回到老家，把丁夫人接回来。

卞淑曼内心像突然被人戳了一槌。丁夫人离开的这些时间，她觉着自己就像那只卸去沉重稻草的骆驼浑身轻松。丁夫人一旦回来，她还得终日里看她那张吊丧似的脸。卞淑曼不是心里烦恼就表现在脸上的人，面上忙溢满欢笑："本该如此，早该如此。"她又嘱咐曹操，回到老家抽空到东庄园看看她亲手种的那棵石榴树。

曹操笑笑问："为何看那棵石榴树？"

卞淑曼回："我挂念它，想看它长得啥样。"

曹操应诺。给卞淑曼说，这次南征还要带上曹丕。

卞淑曼满口答应。

曹操率领大军，报仇心切，一路浩浩荡荡，日夜兼程。曹操带兵把张绣占领的宛城（今南阳）四面包围，围得铁桶一般风雨不透。

士兵四更吃饭。东天边刚泛起鱼肚白，攻城战开始。

曹丕与父亲站在观察敌情的"望楼"巢车上。见父亲亲自击鼓，指挥若定，曹丕对父亲有种发自内心的崇敬感与惧怕感。有时崇敬多于惧怕，有时惧怕多于崇敬感。此时，他感觉父亲就是天上的启明星，须仰视观望。

随着“望楼”巢车上旗帜的摆动，士兵们推着带轮的攻城云梯，把云梯架在城墙上。一队队穿着铠甲的士兵爬梯冲了上去。城上张绣的士兵用箭射，用油烧，用滚木、雷石砸，用枪挑。曹操的士兵一队队冲上去了，又被杀了回来。宛城西城门，是曹昂、曹安民、典韦战死的地方。曹军对着护城门城墙上的张绣士兵雨点似的狂射，压得上面的士兵抬不起头来。十人推动四周装有挡箭设施的冲车，整个车身以巨木为柱，前头削尖，四轮滚动着撞上城门，“咚——咣——”撞击声与号子声同在，又被城上守兵用油火烧退。另一辆冲车紧随而冲撞。

城外停放着曹操发明的十几台霹雳车。霹雳车利用杠杆原理，用器械把石头、油火球抛射过去。只见石块火球漫天呼啸飞过，落到张绣城墙上，城墙上不断传来哭爹叫娘的叫喊声。

护城河里漂浮着从木梯上掉下来的伤兵，一队队士兵挥动长矛往城墙上冲锋。城墙根处，有曹军士兵在下面堆起来沙袋土墙。许多士兵踏着土墙往上冲。

“报仇！”“报仇！”

击鼓声、号角声、喊杀声、枪刀撞击声、击城门“咚咚”的霹雳车撞击声与号子声、火球漫天飞动的呼啸声，飞动攻防的人影，飘动的旗帜，绘成一幅声色俱全、异常壮烈的战斗画面。

是的，战斗异常激烈，到午饭时间都没停止。曹丕不时地跳脚高呼：“打得好！看你张绣小儿哪里逃！”

下午，太阳躲在了云层里，城上城下涂满的鲜血，被日光映得一片红艳。红艳的色彩让人生出阴森恐怖的感觉。

面对曹军越来越强的攻势，张绣眉头紧锁。贾诩拉他到掩体垛口：“主公啊，宛城即刻就被曹军攻破了，快下令与曹操议和吧。”

贾诩（147 年—223 年 8 月 11 日），字文和，凉州姑臧（今甘肃武威凉州）人。东汉末年至三国初年著名谋士、军事战略家。原为董卓部将，董卓死后，献计李傕、郭汜反攻长安。李傕等人失败后，辗转成为张绣的谋士。曹操很看重他，后来成了曹魏开国功臣。

张绣叹口气，道：“上次咱们用计杀了他的儿子、侄子、贴身侍卫典韦，曹操与我血海深仇，他怎肯与我罢休，议和还不同样是死？再说，袁曹之争不可避免，袁绍强，曹操弱，我们如何能投靠他呢？”

贾诩阴森一笑，哂然道：“这正是我们应该投靠曹操的原因。曹操奉天子以令天下，名正言顺，我们投曹操就是投天子，是为忠臣。再说袁绍势力强盛，我们人马不多，前去投靠袁绍，他人高气傲，哪里会看重我们？曹操与袁绍相比，兵马处于劣势，我们诚心去投靠他，曹操定会大喜过望，也会特别看重我们；曹操有霸王之志，胸怀博大，肯定不会因为私怨杀害将军。我看曹操是个明白人，他肯定认为只有容下将军，才能布明德于天下。主公放心，我亲自斡旋，保你毫发无伤，还会给您加晋官爵。希望将军不要再犹豫了。”

于是，张绣下令投降。曹操摆动旗帜，曹军停止了攻城。

贾诩出面与曹操谈判。他身着呈喇叭状长边曳地的曲裾深衣，低低的交领，露出白色的内衣。他行不露足，四个小童紧随其后。

贾诩对曹军前卫士兵道：“两军交战不斩来使，烦劳将尉往里相传，就说贾诩求见曹大人。”

曹操闻听贾诩到来，亲迎帅帐门外：“贾诩兄，多日不见，一向可安否？”他亲切地拉住贾诩的手，把他迎至帐内，命人上茶。

贾诩施礼落座，道：“曹将军武士护身，难道还惧怕我这个文弱书生不成？”

曹操挥动袍袖，侍卫退去，道：“先生有何指教，请讲。”

贾诩道：“我有上下两策献你，不知曹孟德愿听否？”

“请讲，愿闻其详。”

贾诩道：“上策：接受张绣投降。你地盘扩大，还可得一员上将，我从此也做你谋士。张绣有一小女今年芳龄八岁，正好可与你妾生的曹均结成儿女联姻。你与张绣从此成为儿女亲家，亲情关系铁桶一般……”

曹操捻动胡须沉思不语。曹丕上茶。

贾诩见曹丕故意问道：“此子精明利索，何子也？”

曹操答：“犬子子桓。”

贾诩站起：“二公子厉害，十岁独闯军营如出入无人之境，真是虎父无犬子呀！”贾诩夸得曹丕心里暖洋洋的。

曹操道："子桓，下去。"

曹丕施礼退下。

贾诩知道曹操对失去儿子曹昂、侄子曹安民仍心存仇恨，便道："贤弟上次有失礼之处，不能全怪张绣。如若贤弟不肯释去先前之怨，就放贾诩回城，我愿带领全城军民与你血战到底。这实为你损兵折将之下策，望贤弟三思。"说完甩袖便走。

曹操拉住贾诩衣袖，道："我能舍张绣，怎能舍文合（贾诩字）呢！只是这次，张绣部队须全部撤到城外，由我军守卫。"

贾诩应允。曹操与众将军谋士商议，除曹洪、曹仁有异议外，其他人均赞同再次接受张绣投降。

于是，曹操宣布再次接受张绣投降。

无人时，曹丕怯怯地望着父亲，感觉天上的启明星似乎有了些障翳。他不安地问："父亲，孩儿不解，明明宛城指日可破，为何接受张绣小儿的投降？难道我两位哥哥的仇不报了？"

曹操爱抚地拍拍曹丕的脑袋，道："孩子啊，遇事要三分三讲。打徐州是因为徐州牧陶谦及其手下张闿无辜而杀人，杀亲之仇不能不报。与张绣之战，是为扩充势力范围。上次也有我行事不周之处。丕儿谨记，自古以来没有永远的敌人，只有永远的利益。敌友会随着形势的发展发生转化的。我接受了张绣投降，可得地得人，南线已经没有后顾之忧矣！陶谦与张闿都是不可用之人，贾诩与张绣是难得的可用人才啊……"

曹丕茫然地看着父亲，对这大人所遵循的高深道理，像是懂了，又像是没懂。

按照事先约定，张绣士兵全部撤出宛城。曹操部队进城，布满大街小巷。

曹操让夏侯惇、夏侯渊帅部留在宛城城外监督张绣部队，让曹仁、曹洪带着一部分部队守卫在宛城内要害位置。曹操亲率三千卫队守卫官衙，又带三百亲兵紧随左右，许褚更是不离其身。

曹操进了宛城，张绣设盛宴款待。宴上，曹操卫队站列两旁。曹操喜笑颜开，让酒让菜。张绣部的各位将领恭恭敬敬，拘谨小心，气氛显得十分严肃压抑。

曹操拉着张绣的手与他谈话，赐张绣为扬武将军，还与张绣结为姻亲，让他的小儿子曹均定娶张绣的女儿为妻，从此张绣和曹操结成了儿女亲家。

宴毕，众人散去。深秋的夜晚十分静谧，一弯新月挂在梧桐树梢上，银光朦朦胧胧。曹操站在住所院内，想到自己由弱变强，所占地盘由小变大，现在又得到了张绣的人马，更是如虎添翼，感慨万千。他重新生出乘着夜色趁着酒兴吟诗作赋的雅兴。

一阵凄婉的琴声悠然传来，曹操站在院内，心生欢喜。他想起上次的事情，毅然回到屋内……

“谁？”许褚厉声喝问。

前文交代，许褚，字仲康，谯国谯人（今安徽亳州）。长八尺余，腰大十围，容貌雄毅，勇力绝人，是曹操后来的贴身侍卫。许褚年轻时在家乡聚集了数千户人家，共同抵御贼寇。曾有一次因缺粮与贼寇用牛交换粮食，牛到了贼寇手中后又跑了回来，结果许褚单手倒拖牛尾走了百步，贼寇大惊，不敢要牛就走了。从此淮、汝、陈、梁之地，听到许褚之名都感到畏惧。

许褚的喝问声引起了曹操的注意。只听见回答的是个女子的声音：“我家女主人邹氏求见。”

许褚手持火云刀，厉声喝道：“不见。难道还嫌害我家主人不够惨吗？”

曹操慌忙向门外喊：“让她进来。”

门帘一挑，随丫鬟进来个二十多岁的女人。只见她身体丰满，面容俊秀，秀丽端庄，温婉如水，彬彬有礼：“曹将军，婢妾这厢赔礼了。”

曹操“嘿嘿”一笑，道：“你不见我，我正想找你，好狠毒的女人，还有什么招数尽可使来。”

邹氏扑簌簌满眼落泪：“上此出现变故，婢妾确实不知，让曹大人险些丧命。事后我同张绣吵闹三日。这次他能再次归顺于您，与我和他大吵大闹有关。婢妾心甘情愿侍候将军，如若将军不肯原谅婢妾，婢妾情愿以死谢罪。”说着，邹氏翩翩下跪。

曹操动容，上前将她搀起。原来邹氏的温柔体贴他至今还铭记心中。曹操道：“夫人请起，本相虽对你喜爱有加，怎奈怕引起张绣将军误会，影响国家大事。因私费公，不可……”

邹氏道：“奴家这次前来也是经得侄儿同意的。”

曹操“哈哈”大笑，搀着邹氏进了罗帏帐内。罗帏帐不住晃动，并夹杂着“哈哈”的笑声……

曹军班师回营，曹操问曹丕对此战有何益受。颧骨高峻、棱角分明的曹丕，剑眉展了几展，细眼射出锃亮的光芒，翻眼看看父亲，道：“跟父亲弄懂了敌友角色互换的道理，明白了灵活多变的处事方法……”

曹操拍着曹丕脑袋：“我儿虽然顽皮，悟性却是极佳，叫为父好不欢心！哈哈哈！”

事情总是有它的两面性，曹丕砸苟彧楼窗受到惩罚本是坏事，曹操对他不放心把他带在身边，促使曹丕成长，又化为好事。这次出征又促成了曹均的婚事，也算大喜事一件。

巧结姻缘

东汉建安三年（198 年）冬，曹操让张绣扼守宛城，自己亲率大军攻打吕布的驻地下邳。下邳就是现在江苏省睢宁县的古邳镇，别称邳国、下邳郡。

补充交代一下曹操攻打吕布前的背景。

前面有所交代，兴平二年（195 年），曹操在兖州争夺战中成功击败吕布，吕布率领部众投奔新任徐州牧刘备。建安元年（196 年），吕布趁刘备与袁术作战相持不下之际，袭取徐州，并自己宣布兼任徐州牧，刘备被迫投靠了吕布，暂时驻扎在小沛。

建安三年（198 年），刘备在小沛囤积了大量兵马，吕布深感不安，便再次与袁术修好，派高顺、张辽攻打刘备。刘备向曹操求救，曹操派夏侯惇援助，但被高顺和张辽击败。小沛最终在当年九月被高顺、张辽攻破，刘备妻儿再次被吕布军队掳走。刘备自己单身逃跑。张飞抱怨大哥不救嫂子与孩子。刘备痛哭落泪："实在被逼无奈。妻子如衣服，不提也罢！"

这次曹操亲率大军进击吕布，在梁地遇到刘备，二人都与吕布有怨，在彭城商定一起攻打吕布。

吕布（？—199 年 2 月 7 日），字奉先，五原郡九原县人（今内蒙古包头九原），东汉末年名将，汉末枭雄之一。先后任丁原、董卓的部将，后与司徒王允合力诛杀董卓，旋即被董卓旧部李傕等击败，便又依附袁绍。吕布与曹操争夺兖州失败后，袭取徐州，割据一方。

吕布部下陈宫劝道："将军趁曹刘二人立足未稳，立刻迎击他们，以逸待劳，可无往不胜！"陈宫的意见还是正确的。

吕布亲自率军，屡次与曹操交战，全都大败，只好退守城池，不敢出战。

曹操写信给吕布，向他陈述利害，劝他投降。吕布恐惧，打算投降。陈宫劝道："曹操远而来，势不能停留过久。将军如果率领步兵、骑兵屯驻城外，由我率领剩余军队在内守城。曹军进攻将军时，我领兵袭击他的后背；如果曹军攻城，则将军在外援救。不过一个月，曹军粮食用光，我们再行反击，可以一战破敌。”吕布大喜，决定留陈宫与高顺守城，自己率骑兵截断曹军的粮道。

曹操与陈宫原来是好友，后来化友为敌了。陈宫（？—199年2月7日），字公台，东汉末年吕布帐下首席谋士，东郡东武阳（今山东莘县）人。他性情刚直，足智多谋，年少时与海内名士相交。原先他曾救过曹操，还争取到济北相鲍信的支持，让曹操担任了兖州刺史。后来当曹操攻打徐州陶谦，陈宫与陶谦是好友，曹操攻下徐州，其下属屠城时，陈宫拼命拦阻，曹操当时正怒火中烧，没有制止，陈宫一怒便投到吕布帐下。

吕布妻子等陈宫离开后劝道：“陈宫与高顺一向不和，将军出城，陈宫与高顺必然不能同心协力守城。万一城池被曹操攻破，将军要在哪里立脚呢？再说曹操原来对待陈宫犹如父母对待怀抱中的幼儿那样好，陈宫还舍弃曹操来投靠我们；你待陈宫并没超过曹操，就把全城交给他，抛别妻儿家小，孤军远出。如果一旦有变，难道你想让我再做别人的妻子吗？”吕布便打消了出城的念头。

曹军攻打吕布前，关羽向曹操提出请求：“我的妻子无法生育，破城后，请让我以秦宜禄的妻子为妻。”

曹操不假思索地点头同意了。

杜氏，本是吕布部将秦宜禄的妻子。秦宜禄被吕布派去出使袁术，袁术赏识了他，把汉室刘家宗女嫁他为妻。秦宜禄的前妻杜氏带着儿子秦朗仍留下邳居住。

曹操挖掘壕沟包围了下邳城。

攻城开始，关羽一马当先，首破城池。吕布士兵死力作战，又夺回了城池，城池久攻不下。曹军兵士十分疲惫，曹操打算撤军。郭嘉劝道：“吕布有勇无谋，现在连战连败，锐气已衰。三军完全要看主将的情况，主将锐气一衰，三军斗志全消。陈宫虽有智谋，但机变不够。现在应该趁吕布锐气未复，陈宫智谋未定时，我们趁机发动水攻，可以一举消灭吕布，大获全胜。”

曹操认为郭嘉此计甚好，命军队开凿沟渠，引来沂水、泗水灌城。宛城被水淹没，过了一个月，吕布更加困窘。他登上城头对城外的曹军士兵道：“你们不要这样逼迫我，我要向明公自首。”陈宫制止。

此时，吕布部将侯成命一人照顾吕布十五匹战马，但马夫却带着马逃走了。侯成追还，马匹失而复得。众将凑钱置酒祝贺侯成，并在宴前先送给吕布一些酒肉食品。吕布大怒："我三令五申禁酒，你们不闻不问，全当耳旁风，依然举行酒宴，难道想对我图谋不轨吗！"

侯成既愤恨又畏惧，就与宋宪和魏续等人生擒了陈宫和高顺，率领部众向曹操投降。

吕布见军心涣散，纷纷反叛，便领麾下登上白门楼，又见曹军重重围困，自己插翅难逃，便含泪命令身边部下取其首级送给曹操，好加官晋爵。部下不忍心，于是吕布下城投降。吕布让部下把自己绑了去见曹操，见后便自夸能率兵为曹操效命，帮他平定天下。曹操爱将，听后心有所动，命人将缚绳松开。一旁的刘备立即劝阻："曹公慎行！吕布曾效力丁原和董卓，但最终二人都被吕布所杀。曹公啊，吕布乃反复无常的小人，不可轻信啊！"

曹操点头赞同，当即宣布斩杀吕布。吕布被斩时仍不住叫喊："曹公啊，失去我吕奉仙的辅助，你可损失了一员大将，可悲呀！"

曹操劝降陈宫道："陈将军啊，你曾有恩于我，咱们握手言和吧。"

陈宫道："只求留下我的父母妻儿，原来助你是我察人不明，我请求立即受刑，快送我上路吧！"

曹操挥泪斩杀了陈宫、高顺，并把他们的人头传送到许都。曹操为感谢陈宫先前对自己的恩德，从此悉心照顾陈宫的父母和妻儿。

曹操收降了吕布属下的张辽、陈登父子等人，又招降了原本依附吕布的孙观、吴敦、尹礼和昌豨等当地势力，将沿海数郡交给他们管理，进一步稳定了徐州的局势。

吕布被杀后，曹操消灭了吕布的残余势力，完全掌控了徐州，消除了后顾之忧，为官渡之战奠定了良好的基础。

这次曹操与刘备联合作战，关系转暖。但因为杜氏，曹操与关羽闹了不快。

下邳城被攻占后，关羽又几次请求与杜氏完婚。曹操怀疑杜氏长得最美，就派人前去看杜氏。探人回来报："杜氏果然天下无双。"

曹操派人把杜氏接到军中大帐。杜氏下跪问安。曹操将杜氏搀起，命人倒茶，屏退左右叹息道："杜夫人国色天香，知书达理，实乃令我爱慕，怎奈属下关羽将军早倾慕于你，不知你意下如何？"

杜氏掩面哭啼："想那秦宜禄着实心狠，娶汉室宗女为妻就把我们娘儿俩忘得一干二净，奴婢日子着实难熬。早闻关羽将军性情耿烈，怕容不下我儿秦朗。曹将军是体贴重情之人，婢妾愿意侍候司空大人。”

曹操大喜：“所言当真？”

“句句实情，不敢对大人谎言欺骗。”

“好，你可愿给关羽将军当面讲清？”

“奴婢愿意。”

曹操命人传过关羽。关羽进帐给曹操施礼。曹操指着杜氏道：“关将军，这位就是你爱慕的杜氏，我派人找了过来。你攻城作战勇冠三军，就以战前所言，将军把她领走完婚便是。”

关羽大喜，对曹操施礼谢恩，搀杜氏要走。

杜氏飘飘施礼相拜，道：“关将军容禀。曹将军向我传达了将军美意，婢妾问过我儿秦朗，秦朗怕关将军性情刚烈难以相处，哭闹不应，婢妾只好违拗将军美意了。”

当时弄得关羽脸色涨红，出气急促，甩袖离帐。

当晚，曹操纳杜氏为妾，相交甚欢。

关羽听说后心生恨意，有了叛曹的想法。

秦朗随母亲同往曹府，曹操对继子很是疼爱。他曾对别人说：“世间有像我这样喜欢妻妾和前夫生的子女的吗？”日后，杜氏和曹操生有二子一女，分别是曹林、曹衮、金乡公主。

曹丕跟随父亲作战，自我感觉长了见识，学了不少本领。十二三岁的曹丕，对人对事已经有了自己的看法。他感觉刘备一会儿投靠这个，一会儿投靠那个，失败了就不顾妻子儿女一人逃跑，有些不够爷们儿。他对父亲充满敬意，佩服他处事有方，指挥作战泰然自若。但私下里对父亲一年纳俩妾也心生不满，他考虑再三此话不宜明讲，便趁无人时翻眼看看父亲，道：“父亲大人，男子汉当纳三妻四妾，孩儿今年一十三岁，也想娶两个媳妇不知可否？”

曹操用异样眼光看看儿子，见他高瘦的身材倒也利索，颧骨高峻，剑眉倒竖，头发披散，细眼亮光，心生欢喜，不禁“哈哈”大笑：“我儿小小年纪就想要媳妇了，父亲答应你便是。”

曹丕本来是拐弯抹角“奏本”的，父亲这样回答让他无话可说。

曹操回军时拐到家乡谯县。因为曹昂出事总感觉对丁夫人有愧，他想把她接回许都。

曹操回到谯县，大宴宾客。县令、豪绅、宗亲父老、头面人物全都赴宴。曹操领曹丕、曹洪、曹仁挨桌敬酒，大家抚今话昔，亲情融融。

曹丕端着酒盘走到院中，猛地一个沙袋正打中他的头部，他一惊托盘落地，酒盅酒壶全都摔烂，九酝春酒洒了一地，满地酒香。曹丕大怒："谁人作恶？"

一十二三岁女孩来到近前并无怯意，瞪下眼，不慌不忙答道："我与春姐嬉闹，误投于你，万望赎罪……"说完，那女子把脸扭向一旁"滴滴"地笑了。

曹操赶来，看看那女孩。只见她身材苗条，容貌俊俏；忽灵灵的眼睛，小眼角上挑；红红的脸蛋，鼻洼里有几个似露不露的雀斑；站在那儿活像一枝美丽的花儿，完全是一枝脱俗的野花儿。曹操不免喜上心头。此时正好从客厅酒宴出来一人道歉，说自家女儿缺少教养，让曹丕多多原谅。

曹操一看，那人本是中牟县任峻任公，地方名士，当年曹操杀董卓没成功，逃亡时途经中牟，任峻曾出手相助。他是华佗表弟，是曹操回乡设宴专请之人。

曹操忙拉住任公的手："贤弟，她可是令爱？"

任公忙回道："丑女任芳。"

曹操笑道："任家贤弟，我有一事相求，不知当讲不当讲？"

"但讲无妨。"

"犬子曹丕今年一十三岁，与令爱年龄相仿，我想让咱两家结为婚姻，不知你意下如何？"曹操一生认为自家出身低微，对儿女婚姻，只求大人方正达理，并不求国老宰相之家。

任公大喜，他对曹操仰慕已久，感觉能与曹家结为婚姻是求之不得，当即表示愿意。两人击掌为信，定为婚姻。在场人纷纷祝贺。

那女孩回头望一眼曹丕，见他高挑身材，颧骨高峻，棱角分明，剑眉细眼，目光锃亮，极有精神，不觉心生欢喜，便挤出人外，笑嘻嘻地去了。

曹丕翻眼看看那女孩，心中大喜，寻思："真是不打不相识，一沙球投出个俊秀的媳妇来，实在是天大的好事。"他忙看那女孩，只记得她是一枝美丽的野花儿……

曹操在谯县住了几日，临回许都，带亲兵到丁溪去请丁夫人回曹府。

丁家本是谯县名门大户，上几代都与曹家连有姻亲，曹丁两家关系甚为融洽。

曹操见过丁夫人家人，对他们多有馈赠。然后去见丁夫人。他在门外远处就听到房内传来“唰唰”的织布声。曹操进屋一看，只见丁夫人一边织布一边落泪。

曹操也禁不住落下泪来，他亲密地抚摸着丁夫人的后背，劝道：“夫人呢，咱一起坐车回家好不好？”

丁夫人不理不睬，依然织布。曹操再劝，丁夫人回头看一眼曹操，道：“原来有言在先，你若纳那卞氏为妾，我便不再理你。更何况你又害死我儿曹昂，我的心已死了……”

曹操亲兵暗暗为丁夫人捏一把汗，担心曹操受到冷落会一时火起，怒杀了丁夫人。

曹操走到门口问：“我最后再问你一句，你可否跟我回去？”

丁夫人“唰唰”织布，不再搭理曹操。

曹操似乎看到原来鲜艳的桃花现在已经枯萎了，或者说变成了仙人球。他仰天长叹，骑马离去。半路上曹操又恼又恨，派人向丁家送书信一封，对丁家人说：“既然丁氏决心不回曹府，从此便可自行嫁人。”

曹操回到许都司空府，立即召集全家老少宣布：“丁氏固执不归，即日起，卞淑曼为正妻，诸家人等均以夫人呼之。”

众人皆应：“诺。”

曹操回到卞淑曼住处，见她正悲哀哭泣。曹操惊问：“我的曼儿为何哭泣呢？”

卞淑曼擦把泪：“我心疼咱的儿子曹熊夭折了。”

曹操抚着她的肩膀安慰：“夫人休要伤心，送信人告诉我了，熊儿自得病以后，你终日忧愁不安，御医也看过了，熊儿死是他命短，与你无关。”

卞淑曼泣不成声：“家主在外忙于军事，婢妾在家没能照顾好孩子，深感不安。熊儿都三四岁了又离咱而去，叫我怎不悲伤啊！”

曹操劝道：“你就是哭死，熊儿也活不回来，自己宽心便是。”

卞淑曼哭道：“曹嬷嬷告诉我，一乞丐来咱府行乞，熊儿给她送了吃的，那乞丐摸摸咱熊儿头颅，不久便病倒了。曹嬷嬷怀疑……”

曹操皱皱眉，激灵灵打个寒战。他疑心有人盯着他与他的家人，时刻都有可能伸出毒手害人。他嘱咐道：“我下令，日后不准外人出入内衙。你们也要格外小心！”他又对卞淑曼好一阵劝说，卞淑曼总算止住了哭泣。曹操道：“这次作战回来，我专程去见了丁氏，劝她回来，她执意不肯回府。我发话说任她嫁人。我在府上已经宣布，从今以后你就是正妻夫人，家中之事全由你做主。”

卞淑曼看看夫君，他已经过了不惑之年，粗眉的上额头增了几道水面的波纹。他的颧骨高了，高颧骨旁的须髯乱蓬蓬的，只有那双细长的眼睛依然射着犀利、深沉、智慧的光。卞淑曼感觉他依然英俊，她深深地爱着他：“家主抬爱，婢妾实不敢当。”

曹操道：“日后对我要称夫君，称自己为臣妾。再胡乱称谓成何规矩？”

卞淑曼含泪答道：“诺，夫君，臣妾记下了。”她心里泛起一股莫名的激动，激动中还含有一丝担心，心想：“就是那只母老虎能再回来，最多也只能与我是并肩夫人……不，丁氏仍有可能成为悬在我头上的一把利剑……”

曹操道：“我办的最不妥的事，就是纳杜氏为妾。这杜氏原来是秦宜禄的妻子，秦宜禄跟随吕布，但并不得看重。有一回秦宜禄带杜氏出席军宴，吕布见到杜氏大为心动。秦宜禄当天晚上把杜氏送到吕布帐中，第二天秦宜禄就升迁了，而他的老婆从此也就跟着吕布了。

“刘关张三兄弟被吕布打败，投奔了我。我帮助刘备出手反攻，把吕布包围在下邳城。战前关羽请求我城破之后，将秦宜禄的妻子杜氏赏给他。我当时随口答应。打下下邳城后，我见到了杜氏，她二十来岁，容貌出众，哭得泪流满面，求我留下她。我感觉得到了杜氏，也就等于征服了吕布与秦宜禄这等无耻小人，于是将她纳为小妾，实在不该把答应关羽的事抛到九霄云外！”

“又纳个小妾呀！”卞淑曼心里不快，表面仍笑眯眯劝慰道，“既然如此，再向关将军多说也毫无益处，以后做事对得住关将军便是。”

曹操斜躺在床上，看看卞淑曼，对她甚为满意。他一年纳俩侍妾，卞淑曼都毫无怨言。曹操拿起自己的凰玉，又从躺在身旁的卞淑曼胸前拿起她的凤玉，把两块玉合在一起，道：“这两块玉石本是雌雄对玉，那时送你一块，就预示着日后要让你当第一夫人的。”他揽过来她。

卞淑曼抚着他的背："多谢夫君！"卞淑曼笑着问喘着粗气的曹操见没见到东庄园那棵石榴树。

曹操回道："我专门去看了，那棵石榴树枝肥叶茂。"

卞淑曼推他一把："当真？"

曹操往下压压身子："哪个还能骗你不成？"

卞淑曼心想，自己就是那棵石榴树，石榴树旺盛，就能证明自己已经扎稳了根，成了正妻夫人。但少了个儿子，石榴树应该少一枝才对呀。她感觉自己虽然成了正妻夫人，但丁夫人还在，那个可恶的人，时刻都有可能再回到自己的头上来。人生路依然漫长，自己仍然险境重重……

"你想什么心事，好多日子不见了还心不在焉的？"

"哟，你能不能轻点……"

一会儿，曹操大汗淋漓，甚是痛快。

卞淑曼给他擦了汗，为他倒了水，递给曹操："喝吧，有功的人。"

曹操喝口茶，嘿嘿笑道："这次回老家，为咱丕儿定下一门婚事，本是中牟县任峻的女儿任芳。当年，我杀董卓未遂逃到中牟时，任公曾对我出手相助。你不知道，任峻还是华佗表弟。曹任两家结为婚姻，任峻是一代名士，可让他到官府任职，并且对弥补与华家的裂痕也是有一定好处的……"

卞淑曼侧过身去："夫君交人总爱考虑亲疏关系之类。我对华三彪子到死都不愿理他！"

曹操赞道："夫人真是有骨气之人！平时在家要多想想愉快的事情。"

卞淑曼想："眼下愉快的事情就是丕儿一定婚，自己就快做婆婆了。"

曹操很快想起了与袁绍的事情，他暗暗想道："与袁绍开战是早晚的事儿……"

官渡之战

曹操稳定了许都东南西三面，松了口气。他一直担心袁绍会突然袭击，自己首尾不得相顾。现在好了，若情况有变，他可全力对付北面的袁绍了。

他与袁绍早晚有一战，这是曹操早有心理准备的。一直以来，应该说曹操与袁绍的关系还是比较和谐的。开始，袁绍根本没把曹操放在眼里，他举荐曹操担任东郡太守，只是把曹操当作自己的附庸。吕布占领兖州，他又与曹操联手。如今，曹操迎汉献帝到许都，许都成了当然的政治中心，曹操也成了皇帝当然的代言人，随心所欲，号令四方，这是袁绍始料未及的，也是他所仇恨的，他实在后悔不迭。袁绍要求迁都鄄城，那儿离自己较近，便于控制。曹操一口回绝，下诏书责备他说："袁爱卿地广兵多，而专门树立私党；不见你出师勤王，但见你发兵与他人互相攻伐。"袁绍明知是曹操的意思，还得上书为自己申辩。曹操自任为大将军，任袁绍为太尉，改封邺侯。太尉虽尊贵，但地位在大将军之下，袁绍深感屈辱，上表不受封拜。他愤愤地说："曹操几遇险境，都是我出手相助挽救了他。如今天他反以天子的名义对我发号施令，我岂能忍受！"

开始，曹操的实力不如袁绍，且东有徐州吕布、西有南阳张绣、南有淮南袁术，皆虎视眈眈，曹操惧怕，只能采取克制忍耐的策略。现在终于东南西三面安全了，如果袁绍公开与自己宣战，他就可以放手一搏了。

此时，袁绍打败了幽州公孙瓒，成为北方最强大的割据势力，也做好了与曹操开战的准备。

建安四年（199 年）六月，袁绍领精兵十万，战马万匹，任命审配、逢纪主持军事，田丰、荀谌、许攸充当谋士，颜良、文丑担任将帅，一路南下，企图进攻许都，官渡之战序幕由此拉开。

军情传到许都，皇宫内一片惊慌，众多大臣面面相觑，议论纷纷。汉献帝手足无措，看看各位大臣："这……这可如何是好啊？我的袁爱卿真的会对我图谋不轨吗？"

孔融道："袁绍地广兵强，有田丰、许攸等谋臣替他出谋划策，有审配、逢纪等忠臣为他做事，有颜良、文丑勇冠三军，为他统领军队。我若与之抗争，恐很难取胜啊！"

荀彧道："袁绍兵虽众而法令不整，田丰刚愎自用而好犯上，许攸贪婪而不检点，审配专权而乏智谋，逢纪果决而听不进不同意见，他俩管理后方，审配、逢纪与许攸水火不容。我估计，许攸贪婪，他的家人做了许多谋财犯法之事，审配与逢纪一定不会放过许攸家人。到时候许攸必然叛变，叛变对我有利。至于颜良、文丑，不过匹夫之勇罢了，可以一战而擒！"一席话，坚定了曹操战胜袁绍的信心。

孔融道："自古以来，战争都是真刀真枪相战，不是动动嘴皮子就能击退三军的。就算是袁大人攻进到许都来，能奈我何？"

荀彧道："从前，晋文公迎周襄王返晋而诸侯服从，汉高祖东征项羽，为义帝穿素服发丧而天下归心。自从天子蒙难，曹将军首倡义兵护佑汉王，只是因为函谷关以东地区纷扰战乱，袁绍联盟大军未能及时远赴关右，曹将军仍分派将领，冒险与朝廷交通使节，心思无时不在汉室，这是曹将军诚扶天下的一贯志向。曹将军顺应时代与人望，奉迎主上而东归，是最大的顺应天意啊；他秉持至高的公心使天下英雄豪杰佩服，是最大的谋略也；他扶助弘扬大义来招致英雄俊杰，是最崇高的品德也。天下即使有逆臣贼子，也不能对曹公造成多大伤害，这是再明白不过的事了。袁绍猖獗想另立皇上已久，我如果不能及时扶持朝廷站稳，天下将生叛离，曹公一定要当机立断。"

曹操最厌弃皇宫的"舌战"，每有战事，他必须呈报皇上，还得耐心听取众大臣的高谈阔论。有时明明不妥、不对，甚至于事无补，他还得虚心听取各位大臣的意见与皇上的圣旨。幸好有荀彧应付着"嘴皮子"朝会。曹操微微笑道："我了解袁绍的为人，他志向远大却缺少智慧，外表严厉却胆略不足，爱猜疑却缺少威望，兵虽多却分工不明，将领骄狂却政令不一。他的土地广阔，正好扩充我的领地；他的粮食丰富，正好运来侍奉我军。我请求皇上下旨，命臣抵抗袁绍！"于是皇上发出圣旨：发兵迎战袁军。

天边滚来山连山似的浓浓的乌云，六月天，孩儿面，说变就变。

曹丕见父亲天天眉头紧锁，恨不得自己能撒豆成兵，替父亲解忧。

曹操对朝廷事情做了周密安排，让荀彧掌管朝廷大事，派夏侯渊押运粮草，派夏侯惇守卫黎阳，曹洪守卫官渡，曹仁守卫阳武，各将领迅速率部到了指定战略位置。曹操也要赶到许都正北的官渡，那儿是许都的门户，他要亲临前线指挥。

对家中事情，曹操给卞夫人做了安排，特别说明，自己要带走曹丕，这孩子自己如果不亲自看着他，一准会闹出事情来。

曹操告别家人，率部来到官渡前线，在军中大帐倒背双手，凝视着地图沉思。忽然传令兵气喘吁吁来到帐内："报！东南线传来消息：刘备起兵反叛，杀徐州刺史车胄，占据下邳，屯兵小沛，并暗中与袁绍联络，欲合力攻打许都……"

曹丕正在一旁看书，听到报告不禁大吃一惊。他高峻的颧骨动了几动，倒竖的剑眉皱了几皱，细眼里闪出锃亮冷光。十三岁的他也明白，眼前父亲处境异常艰难，北面一个袁绍就够他对付的了，又来个刘备捣乱，真够父亲为难的了。他想象不出父亲该如何应对。

"再探再报！"

曹操与郭嘉等谋士商定，在建安五年（200 年）年正月要亲率精兵去征讨刘备。无人时，曹丕吞吞吐吐地说出了自己的担心，担心父亲去征讨刘备会腹背受敌。

曹操用惊异的目光看着曹丕，亲切地拍拍曹丕瘦瘦的脊背，他感觉这孩子知道想事情了，甚是欢喜。曹操爱抚地拍拍曹丕的脑袋："我的儿子学会动脑子了，很好！丕儿记住，干任何事情都要了解对手。刘备，是个野心勃勃的人，如果不趁他立足未稳迅速打败他，日后必将成为祸患。袁绍虽有大志，却见事迟钝。现在我俩尚未兵戎相见，我隐蔽行动，不露声迹，他未探明虚实，必定不会轻举妄动。"

曹操分析得不错，当时袁绍要马上与曹操开战，心中尚有顾虑：内部尚需整顿，公孙瓒余孽尚需肃清，他还想联合曹操背后的刘表、张绣，对曹操形成两面夹击之势。

曹操招来夏侯渊，要他押送军粮，派曹仁严守白马不要出兵，让曹洪与夏侯惇两人死守官渡。

曹操让曹丕随行。父亲虽然那样讲了，曹丕依然暗暗替父亲捏一把汗。但曹操此时打刘备是有道理的。

建安四年（199年），车骑将军董承受汉献帝衣带诏，刘备起初未敢加入。他的参与是因为曹操的一句话。那天，曹操把刘备叫到许都司空府后花园饮酒。曹操与刘备“煮酒论英雄”，曹操道：“当今天下英雄，就是你跟我。”

刘备心惊，筷子掉落。曹操问他为何惊慌，刘备以响雷掩饰。刘备明白曹操难容自己，遂与董承等人同谋。恰逢当时曹操派刘备与朱灵一起攻击袁术，袁术在出战途中病死。刘备进军下邳，杀徐州刺史车胄，留关羽守下邳，行使太守的职责，自己回到小沛。东海昌豨以及诸郡县多从刘备，刘备有了数万兵马，于是向北联合袁绍共同抗击曹操。曹操派司空长史沛国刘岱、中郎将扶风王忠往攻，被刘备击退。

曹丕亲眼看着父亲率兵以迅雷不及掩耳之势去攻小沛。刘备亲率数十骑出城观察，果然望见曹军旌旗招展，士兵斗志昂扬，只得仓促应战。

此战只能速战速决，万万拖延不得。曹操挥动旗帜，各路军全线进攻，奋勇冲杀。小沛护城河很浅，有的地方断了水，曹军没费多少周折，很快攻破了小沛，击溃了刘备大军，俘获了刘备的妻子，又快速收复了徐州。刘备全军溃败，仅带少数兵马逃往河北投奔袁绍去了。

曹操俘获了刘备众多降兵，得到刘备许多粮草。曹丕觉得父亲真是个了不起的人，这事要是自己处理，怕早哭鼻涕了。他分析父亲应该快回官渡了，可曹操又带部队转攻下邳，包围了下邳的关羽。

关羽（161年—220年），字云长，河东解良（今山西运城）人，东汉末年蜀国名将。前文交代过，建安三年（198年），刘备与曹操共擒吕布于下邳，夺得徐州，关羽与刘备便跟随曹操班师回许都，曹操任车胄为徐州刺史。其实刘备早有异心，关羽由于杜氏事件对曹操也心存不满。恰巧袁术北上投奔袁绍，刘备奉曹操命令拦截袁术于徐州，野心勃勃的刘备便趁机袭杀车胄，命关羽守下邳、领徐州，刘备返回驻扎小沛。

曹操对于刘备的反复无常非常愤怒，打败了小沛的刘备，接着把下邳的关羽围得水泄不通，切断他的粮道、水源，加紧强攻。曹操再分兵进攻依附刘备的昌豨，将他打得大败。关羽孤立无援，又断粮无水，万般无奈，只好投降曹操。曹操大喜，抓着关羽手“哈哈”大笑：“得关将军一人，胜过得千军矣。”

关羽掩面而泣。

曹操获胜，迅速还军官渡。等袁绍知晓情况，曹操早回兵严阵以待了。

到这时，曹丕才替父亲松一口气。他万没想到，父亲在袁绍大军压境的情况下，还敢抽出兵力，击败刘备，俘获关羽，获得粮草，补充兵力。

刘备战败，关羽被擒。刘备逃往青州。青州刺史袁谭，刘备曾举荐他为茂才，他率领军队迎接刘备。刘备随袁谭到平原，派人告诉袁绍，袁绍离开邺城二百里来迎接刘备，停留了一个多月，刘备被打散的士卒也慢慢地集结于此。

建安五年（200年），孙策平定江东。曹操听此信叹息道："如今正与袁绍开战，不能跟小疯狗争胜啊！"于是，他把亲弟的女儿许配孙策的弟弟孙匡，又让自己的三子曹彰娶孙策的侄儿孙贲的女儿。他还命扬州刺史严象推举孙权为茂才，并发出征召命令孙策的弟弟孙权、孙翊到许都，以此牵制孙策的势力。

当时，曹操正与袁绍对抗，探马报："孙策准备渡江北上袭取许都。"曹操的将士十分惊恐。谋士郭嘉却说："孙策刚刚吞并了江东，所诛杀的都是些英雄豪杰，他是能让人效死力的人。但是孙策这个人轻率而不善于防备，虽然他拥有百万之众，却和他一个人来到中原没什么两样。如果有刺客伏击，那他就不过是一人之敌罢了。在我看来，孙策必定要死于刺客之手。"

建安五年（200年）四月，孙策在丹徒山中打猎。他骑的是一匹精骏宝马，扈从骑兵被远远地甩在后面。忽然碰到三人，孙策问："你们是什么人？"三人回答："我们是韩当的士兵，在这里射鹿。"孙策道："韩当的士兵我全部认识，从没见过你们"。说完，孙策向其中一个人射箭，那个人随着弓弦的声音而倒下。余下二人非常恐慌当即挽弓搭箭，向孙策射来。孙策在仓促间不及躲避，面颊中箭。后面的扈从骑兵寻找到孙策，将刺客都杀死了。

孙策中箭，创痛甚剧，自知不久于人世，便请来鼎臣张昭等人，托以后事。孙策面色灰青："中原袁曹二人正在大战，凭我们吴越的兵众、三江的险固，足以观其虎斗成败。你们好好辅佐我弟弟！千万不要回到北方去。"孙策担心孙权不能胜任，把孙权托付给张昭，并嘱托张昭："如果孙权不能胜任，请先生取代他的位置。如果无论如何都不能担当克敌制胜保卫江东的重任，先生您可以慢步返回江北，无须心中有所挂碍。"张昭痛哭流涕，道："臣下必竭尽驽马之劳！"

孙策死，许都来自孙策的威胁自解。

建安五年（200年）二月，袁绍亲率大军进军黎阳，派遣郭图、淳于琼、颜良进攻东郡太守刘延驻守的白马。曹操部将刘延兵力微弱，被颜良军围困，情况万分紧急，派人把求救书信接连不断地送到曹操大营。

曹操决定率兵救援白马，又让曹丕随行。曹操亲率骑兵去官渡西北的延津，扬言要渡河袭击袁绍的后方。曹丕很是纳闷，白马在官渡东北方向，怎么去了西北呢？

部队走到半路时，探马来报：“袁绍侦查到曹将军的动向，当即分兵西应。”

曹操“哈哈”大笑，率一支精锐骑兵队伍，隐蔽向东奔向白马。

曹操率骑兵隐蔽来到白马城外，让许褚往城里射几支带着自己亲笔命令纸条的箭，纸条上写：“刘延听令，若见城外曹军燃起了烽烟，便立即率城内人马杀出，内外夹击方可胜也。”

城内射出字条的箭回应：“得令。”

曹操看时机成熟，命令点燃烟火，自己亲自击鼓，发出进军命令。

曹操所带的骑兵队伍，是精锐之师。骑兵乘铠马，坐高桥鞍，后背箭袋，手执长枪。曹操进军命令一下，骑兵摆成“人字”阵形，犹如下山猛虎，出海蛟龙，先射一阵羽箭，继而抡枪刺杀。只听杀声震天。袁军像突然遇到了天兵天将一样，惊慌失措。

又听城内“咚咚咚”三声鼓响，西城门大开，冲出一哨人马，舞动刀枪，一阵乱打。袁军兵士没有准备，再加上腹背受敌，瞬间乱成一团。袁军大将颜良匆忙上阵，迎战关羽，只几个回合，被关羽斩杀马下。

战斗场面惊心动魄，曹丕张着嘴，瞪着眼，手足乱动，十分激动。他跃跃欲试，向父亲提出，要骑马冲杀。

曹操大笑：“我儿尚小，再过几年才可出战。”

曹丕想起了任芳，那女孩苗条的身材，站在那儿活像一枝美丽的花儿；忽灵灵的眼睛，小眼角上挑；红红的脸蛋，鼻洼里有几个似露不露的雀斑。他想，若是任芳在跟前，一定会为他的父亲而骄傲，也该为他十二三岁就能亲临前线而骄傲，女孩谁不爱英雄呀！

大将颜良被杀，袁军瞬时大败，死伤无数。

白马之围解除，曹操骑着通体黄白的“爪黄飞电”战马，那马绝对是马中的蛟龙，生得十分高大威猛，再配有纯黄色的四蹄子，气度非凡，犹如神龙。自从曹操“绝影”战马死后，他每打胜仗后凯旋而归时，都骑上“爪黄飞电”饮酒呐喊。这次也不例外，他身穿铠甲，在马上喝着酒吟唱：“……越陌度阡，枉用相存。契阔谈宴，心念旧恩……”

骑兵们都十分高兴，边吃边走。有人提议让爱唱民歌的许都士兵唱歌，曹操高兴，大喊一声：“唱……起……来！”

那士兵扯开嗓门唱起来许都一带流行的民歌：“曹公恩德高如山哪，兴兵讨贼赴潼关哎。疆场征战英且勇哟，杀敌斩将动上天呢……”

自打曹操来到许都，这首民歌就在民间传开了。这个士兵唱得激昂嘹亮。

曹操“哈哈”大笑，可是笑着笑着勒马停下来。他远远看见前面出现一片黑压压的袁军。士兵们也看到了，大家全都瞪大了眼睛，停止了说笑。曹操命令众骑兵将辎重丢弃在袁军来的路上，后撤，解鞍下马休息。

大家不解其意，有人私下认为，此令有可能导致本部骑兵陷入人仰马翻的险境。可军令如山，不得不从。曹丕也很是不解，难道父亲用的李广将军见到匈奴命令士兵解鞍下马的故事？

一会儿，袁军大将文丑带兵来到，见曹军丢弃的马匹、辎重，你争我抢，乱作一团。

曹操命五百多骑兵立即上马，向袁军冲杀。袁军顿时溃败，大将文丑被许褚斩首。

此次白马之战，曹军连斩颜良、文丑两员河北名将，袁军大为震动。袁绍下令退军阳武，曹操也还军官渡固守。

事后，曹丕问：“爹爹，您给我们讲过李广的事，回来时您见到袁军，是不是用的李广将军的计策？”

曹操捻动胡须，“哈哈”大笑：“我用的是我的计策。丕儿记住，任何好的布阵战法，都不能一成不变地照搬，都要根据实际情况谨慎应用。我了解袁绍的队伍，一是贪财，二是军纪涣散，所以才能取胜……”

建安五年（200）八月十五的夜，没有“月出皎兮，佼人僚兮”的意境美，反而多了一份“月明星稀，乌鹊南飞。绕树三匝，何枝可依”的哀愁。

袁绍兵临官渡，依沙堆立营，东西数十里。堆起土山，筑高橹，用箭俯射曹营，使曹军士兵只能蒙盾而行。曹操立营与袁军对垒。当时在官渡的曹军兵力不满一万，且十有二三为伤兵。曹操命工匠连夜赶造霹雳车，向袁军还以飞石，摧毁了袁军的橹楼。袁绍又命士卒挖地道袭击曹营，曹操命令在营内掘地壕，采用火攻水攻相对抗。

探马来报，袁军韩猛正押运着粮车，赶往官渡这边。荀攸建议曹操派兵去劫夺袁绍的粮车。曹操迎天子入许都之后，荀攸成为曹操的军师。荀攸被称为曹操的“谋主”，他擅长灵活多变的克敌战术和军事策略。曹操了解，押运官韩猛是个有勇无谋的人，打起仗来轻敌少备，便派部将徐晃和史涣率兵前往，在半路上打跑了韩猛，烧掉了他押送的全部粮车和军用物资。

后来，曹操几次主动出击，战斗并不顺利，只好退回营垒坚守。

官渡的九月，多了几分“秋日的风凄凄冷冷，百草凋零百花稀。颠沛流离痛苦深，何时才能回家里”的悲哀。曹军军粮将尽，士卒疲惫，不少将领提出退守许都的建议。曹操方面军队人数少，运送军粮十分很困难，战争如果旷日持久地僵持下去，将十分不利。曹操忧心忡忡，打算退守许都，尚举棋未定。

曹操问计于贾诩。贾诩道：“您在精明、勇敢、用人、决断四个方面都胜过袁绍，之所以相持半年不能过取胜，是想顾及周全啊！您现在需要个有利的时机，一旦抓住机会，便能很快取胜。”曹操口中称善，但对是退兵还是固守内心十分犹豫。河北平定后，曹操领冀州牧，改任贾诩为太中大夫。

荀彧来信，他认为这次战争是打败袁绍的好机会，他劝曹操要尽最大努力，争取最后胜利。曹操接受了荀彧的意见，坚定了和袁绍周旋到底的决心。他坚定地对大家道：“眼下我军粮虽少，但还比不上当年刘邦在荥阳、成皋之间与项羽对峙那样艰难。当时刘邦、项羽谁都不肯先退，先退的一方必定处于被动。我军用袁军十分之一的兵力，就地坚守，扼住敌人咽喉使他们不能前进，已经半年了。敌人的底细已经清楚，他们锐气已经枯竭，局面即将变化，这正是我军使用奇谋的良机，机不可失去啊！”他一面命令部队继续固守官渡，一面密切注视敌人的动态，寻找有利时机，与袁绍进行最后决战。

九月的早霜，打枯了官渡之地的绿草青茵。

军帐隐蔽处，几人窃窃私语：“徐他将军，你只要杀掉曹操与他的儿子曹丕，便是首功一件……”

这个叫徐他的，本是曹操贴身侍卫长，被人买通。徐他道：“曹军将领早心存疑虑畏惧，待我们杀了曹操、曹丕，送去他俩的人头向袁绍请功……”

徐他虽为曹操近侍，许褚总是伴随曹操左右，且曹丕总是不离曹操身边，徐他等人不敢下手。

这天许褚离开曹操回到自己的营帐休息，突然感到心神不宁，翻来覆去无法入睡。许褚担心会有大事要发生，便迅速起身回到了曹操身边。

徐他几人怀揣利刃进入大帐行刺曹操与旁边的曹丕，抬头见到许褚手执利刃站在曹操身旁，大吃一惊，面容失色。同伙几个人相互看了看，心中纳闷：许褚不是回营休息去了吗？怎么还在曹操大帐？

许褚察言观色，发觉状况不对，当即站在曹操前面。曹操"嘿嘿"一笑，大吼一声："给我拿下！"徐他等人见事情败露，拔出利刃与许褚搏斗起来。大帐周围"唰"地冲出十多个人来，围住了徐他几人。他们哪是许褚与曹操其他贴身侍卫的对手，不下几个回合，便全被许褚与侍卫斩杀。事后，曹操更加信任许褚，出入同行，不让他离开身边。于是军心大稳。

十月，袁绍又派人从河北运来一万多车军粮，囤积在大营以北四十里的故市、乌巢，还特派大将淳于琼带领一万人驻在那里保护。由于上次粮车被烧，沮授这次特别提醒袁绍，要他另派一员战将率领一部分军队驻防在淳于琼的外侧，以防曹军偷袭。

凛冽北风呼啸而来，夜间又下了一场大雪，河道结冰。

卫兵禀报："袁绍的谋士许攸求见。"

曹操忙迎到大营门口，携手与许攸进到军中大帐，命人倒茶，给他端上火炭盆取暖，亲自给他倒上一杯热茶。

许攸抹把鼻涕，喝口热茶，道："我建议袁绍派轻骑趁夜突袭许都，他不予采纳。我家中有人犯法，被政敌审配扣押，袁绍对我猜忌甚深，不知曹将军肯收留否？"

曹操"哈哈"大笑，命人摆上酒菜，给许攸夹菜倒酒，道："以你许攸之才，足可助我铲除逆贼，平定天下，曹某求之不得。现在将军亲来，我喜出望外矣！"

许攸感奋流涕，献上袁绍在乌巢藏粮草的地图，道："袁绍运来军粮，将粮囤积在袁军大营以北四十里的乌巢，命淳于琼率兵万余人守卫，曹将军可有意乎？"

曹操接图后"哈哈"大笑，与许攸连干三杯。他当机立断，命曹洪、荀攸守官渡大营，自己亲率步骑五千人，连夜出发。

曹丕要求同往。

曹操小声道："这次非同以往，本是生死一搏，丕儿尚小，留军中可矣。"

曹丕翻眼看看父亲，道："孩儿经过数战，能腿不发抖心平气静，料无大碍。"

曹操虎起脸："我走后听你曹洪叔叔调遣，若有违命，军法侍候。"又特别嘱托曹洪，看好曹丕。

曹操领兵走后。曹丕坐卧不安，便偷偷牵出自己的赤红战马，悄悄往营外走。曹洪正好巡营撞上了他，不由分说把曹丕带回大帐。曹丕不服，与他争吵。曹洪大怒："你出了事端，我如何向大哥交代？"

曹丕高瘦利索的身材晃动几下，高峻的颧骨颤了几颤，倒竖的剑眉皱了几皱，细目发亮，用力挤一下细眼，怒目斜视着曹洪，道："哪个用你交代！"

曹洪大怒："平时你脾气执拗，只是未曾惹我，今天敢给我顶嘴，算是让你碰到三只眼的马王爷了。"他大吼一声："来人。"

武士应声而来。

曹洪道："把曹丕给我捆将起来，掌脸！"

两个武士轻轻把曹丕捆了，可谁也没敢掌脸。曹洪大怒，对武士每人掌脸十下，又亲打曹丕两掌，打得曹丕脸一阵热辣辣的疼痛。他细眼怒视曹洪，目光咄咄逼人。曹洪治而不服，只好将曹丕关进禁室，派人把守，命令饿曹丕三天。

这屋子本是囚禁犯罪兵士的地方，黑黢黢的看不清东西。下面铺着麦秸，有几床烂被子。曹丕铺上被子躺下来，心里恨恨的，思考着怎么报复曹洪，等出来禁室后是偷偷尿他碗里还是在他必经之路挖个坑，上面棚些树枝绊折他的马腿。想着想着，他睡去了，睡梦中他梦见了任芳，任芳那苗条的身材，忽灵灵的眼睛，小眼角上挑；红红的脸蛋，鼻洼里有几个似露不露的雀斑，站在那儿活像一枝美丽的野花儿。他拉住她的手，那手软软的、热乎乎的……

曹丕被关了一天多，根据曹洪的命令，无人送来吃的。曹丕又饿又冷，还没有自由，如同坐牢。他心里感到委屈，恼恨，又有了几分怯意。他暗暗想道：有朝一日，曹洪犯到我手，非杀了他不可。

"曹公子，曹公子……"

曹丕从迷糊中被唤醒，一看，黑暗中站着贾诩。他认识他，打张绣时，贾诩来找父亲议事，他给贾诩倒茶时，贾诩夸他机灵利索，直夸得他心里暖洋洋的。

贾诩在囚室外，隔着木扎柱的缝隙，能看到曹丕头发披散，颧骨高峻，棱角分明；在黑暗中，剑眉下的细眼里放着锃亮的光。也就是从曹丕给他倒茶倒酒时，贾诩就对曹丕有了好感。他断定，日后曹丕必成大器。贾诩见曹丕被关起来了，心中对他有了怜悯之情。贾诩给曹丕端来了热菜热馍，亲切地让曹丕吃。

曹丕翻眼看看贾诩，喝着热饭，吃着热菜热馍，泪水止不住往下流。

曹操带领骑兵一路扮作袁军，骗过袁军几道哨卡。

夕阳怕冷似的早早藏起来嘴脸。趁着夜色，曹操远远望见乌巢，下令："一部分围住淳于琼军营，另一部分负责进粮囤放火。单等夜半时分以火为号，围军营兵士鼓噪射箭，援军不出，不往里进兵。另一部军士斩杀门军，尽杀守仓兵士，抓紧时间在粮囤放火。如有违令者，定斩不饶。"

"诺！"众将皆受命。

夜风飕飕，枯草凄凄。

夜半，曹操命人燃起冲天大火。负责放火的兵士冲进入袁绍粮仓大院，粮仓大院负责守卫的兵士见来人是自家军人装束也并未阻拦。曹军进入粮仓院内并不声张，只是一味砍杀，把少数投降的袁兵集中看管。两千兵士拿出来时带的油料，泼到粮仓囤穴，点燃火种。大火熊熊燃烧，映红半个天空。

袁军军营中瞭哨的兵士发现了火光，报告了将领淳于琼。淳于琼命人出军营进入粮仓救火。袁军尚未出营，早听见四面有喊杀鼓噪之声。淳于琼不知来军虚实，命令闭门不出，只在营内迎战。到天明淳于琼才见曹军兵少，便命令出垒迎战。曹操指挥骑兵冲进袁军兵营挥动刀枪斩杀袁军。袁军抵挡不住，四处溃败，退回营垒几处院落坚守。

有人报信袁绍，袁绍一面派骑兵救乌巢，一面命张郃、高览攻打曹军官渡大营，企图使曹操退无所归。

当增援的袁军骑兵逼近乌巢时，探马报告曹操，有将领提议分兵抵挡。曹操大怒道："现在不管援军，只全力杀眼前敌人！等援军到了我背后再说。"

曹军士卒殊死拼杀，大破乌巢守军，擒杀袁将淳于琼。乌巢守军死的死，伤的伤，活着的大多投降。

曹操乘势指挥兵士回头攻打袁绍援军。袁绍援军被打得四处逃散，一败便不可收拾。

曹操率领骑兵，回攻突袭袁绍大本营，曹洪、曹仁、夏侯惇纷纷领兵与袁军作战。曹军将士以一当十，奋勇冲杀。袁军士气一落千丈，已经完全失去战斗力，像山崩一样地垮下来，正所谓“兵败如山倒”。袁军将士无心应战，只顾争着为保命而四处逃散，互相冲撞践踏，鬼哭狼嚎，死伤的人不计其数。袁绍与儿子袁谭只带了八百余骑，仓皇逃往河北，从此一蹶不振。

攻打曹军大营的张郃、高览见袁军大败，而袁绍对他们二人早有疑心，遂在阵前投降了曹操。曹操“哈哈”大笑，拍拍张郃、高览二将肩膀：“上天赐予我神勇之将矣！”

曹操大获全胜，战后统计，共消灭袁军七万余人。曹操论功行赏，用缴获的物质，犒赏三军。将士开怀畅饮。

来人报：“报曹将军，我们从袁绍的大本营里搜到了许多封咱们的人给袁绍写的私信。建议将军认真审查，揪出来挨个问罪，让那些墙头草们为昔日的短视付出代价。”

在场的不少人都面如土色。其实这事曹操早就知道，他是故意在此场合做公开处理的。他听后“哈哈”大笑，道：“当初，袁绍兵力远胜于我，连我自己都觉得不能自保，更何况他人。与袁绍通信只是他们被迫无奈的选择啊。把信件一律烧掉，我统统不看！”

“诺！”报告人当着文武大臣的面，一把火把那些信一封不留地全都烧掉了。在场人全都面带微笑，感叹曹操胸襟的宽广。

结识密友

官渡之战结束，荀彧组织史官编写历史：“官渡之战，经过一年多的对峙，以曹军全面胜利宣告结束。曹操以两万左右的兵力，出奇制胜，击败袁军十万。此战例成为以弱胜强、以少胜多的典型战例。曹操以其非凡的才智和勇气，写下了他军事生涯最辉煌的一页，奠定了他统一中国北方的基础。”

官渡之战袁绍战败，刘备前去投靠统治荆襄九郡的刘表。刘表亲自到襄阳郊外迎接刘备，待以上宾之礼，让刘备屯于新野。荆州豪杰都前往归附刘备，引起刘表的猜疑，便暗里提防刘备。

建安七年（202 年），刘表命刘备带军北上，到叶县。夏侯惇、于禁、李典率军抵挡。刘备军力过少，知道相持下去占不到便宜，于是退军。刘备在荆州数年，自觉老之将至而功业未建，遂有“髀肉之叹”。刘备向刘表提出趁曹操进攻乌桓时偷袭许都的建议，刘表没有采纳。

曹洪向曹操报告了曹丕的事情。曹操对曹丕大加训斥。曹丕只服父亲，对曹洪的仇恨暗记心中。

河北平定后，曹操领冀州牧，对官渡之战中立下功劳的人进行赏赐，改任贾诩为太中大夫，任许攸侍御史。

曹丕问父亲为何烧信而不是加以追查。曹操道：“现在局势上不稳定，不追查能让我们稳固，一追查就会人心不稳，引起暴乱。”

曹丕不得不佩服父亲目光独到，能掌控大局。曹丕被曹洪关进囚室，贾诩给他端来热饭热菜。曹丕对贾诩感恩戴德。他想，日后自己得了地，一定厚报贾诩，斩杀曹洪。他想，自己十四五岁了，日后得多结识亲友，最关键的是，该娶个漂亮媳妇了。在困难时候无人相助是万万不行的，平时也得有人关心着啊！

曹丕在司空府不断见到荀彧，一见到他的唇边两撮炸胡须，马上想起了他踢到废井里的黑豹犬，它“凸嘴龅牙、唇边两撮炸胡须”的样子很像张闿。他恨张闿，父亲曾派人四处寻找，可惜仍没找到杀害爷爷曹嵩的凶手……

建安七年（202 年）五月，荀彧向曹操举荐了陈群、杜畿、司马懿等人，这些人都是当时的名士。

司马懿最早是在本郡任上计掾，这年是建安七年，他二十三岁，经过数年的游学，他在政治上和谋略上都非常成熟，曹操也是在这时开始重视了司马懿。曹操刚刚控制河内郡，接来了汉天子，需要大量人才。

原先，曹洪听说司马懿好学，曾聘司马懿做他的家臣。司马懿假装腿出毛病，拄拐没上任。曹洪记恨司马懿，多次向堂兄曹操说司马懿的不是。曹操相信荀彧，再加上事务繁忙需要人手，就征召司马懿做了司空掾。司马懿立刻扔了拐杖去见曹操，答应为他效命。

司空掾本是司空府的属官，相当于现在的秘书。司马懿上任不久，便显示出了他处事灵活、思维敏捷的个性，甚得曹操喜欢。

陈群出身于士族大家，祖上世代为官。刘备在豫州任刺史时，征召陈群做别驾（官名）。后来，刘备不听从陈群的建议，陈群觉得刘备并非明主。当曹操征召时，他毫不犹豫地改仕曹操，与司马懿一样，任属官。陈群为人正直，忠诚勤勉，也深得曹操喜欢。

司马懿任司空掾后，很想见见曹丕。他对第一次在洛阳见到的两岁多的曹丕印象非常深刻。那时曹丕瘦挑身材，剑眉细眼，目光袭人。当时，司马懿举他三举，抛他三抛，曹丕不惊不叫，连眼皮都没眨一下，颇有一股胆气。

这天下午，曹操外出，司马懿与陈群早早完成了公务。司马懿提出想见见曹丕，陈群也正有此意。正好曹知路过，司马懿让曹知给卞夫人说一声，想邀二公子去文绣馆赶个文会，作作诗文看行否。

不一时，曹知领一个十四五岁的瘦小伙儿过来。只见他瘦条身材，颧骨高峻，棱角分明；剑眉细眼，目光锃亮。曹知向司马懿这边指指，瘦小伙儿蹦蹦跳跳地跑过来，扬扬宽袖行平礼道：“司马大人，陈大人，曹丕这厢有礼了。”

司马懿、陈群忙迎上前去还礼：“曹公子好？”司马懿特地拉住曹丕手笑道：“当年在洛阳我同家父去你家做客，在你家练兵场见了你，那时我十来岁，你才两岁多，眼睛雪亮。我当时举你三举，抛你三抛，你竟然不惊不叫，连眼皮都没眨一下，颇有一身胆气，给我的印象十分深刻啊。”

曹丕笑道：“我一直记着你，瘦而精干，目光锐利，你往上抛了我，感觉很有趣。”

三人说说笑笑到了司空府旁边的文绣馆。文绣馆本是洛阳文人喝酒作文会的名雅之所，馆内全是隔音房间，房内窗户明亮，文房四宝俱全。

三人落座。曹知放下一坛曹家酿造的九酝春酒，道：“夫人安排，饭菜钱全付过了，你们尽管尽兴吟诗作赋。”

陈群道：“不妥，我俩请少爷来赴文会的。”

曹丕翻眼看看司马懿与陈群，道：“日后我们经常交往，下次你俩打点不迟。”

不到一时，菜肴上齐。曹丕执壶给每人倒上酒，端起酒杯，道：“久闻二位大名，如雷贯耳，皓月当空。今日相见，三生有幸！司马大人、陈大人，请！”曹丕用衣袖掩口喝下。

司马懿与陈群也仰面喝下。酒过三巡，菜过五味。司马懿道：“曹公子，咱们很对脾气。只是我比你空长几岁，我俩高攀，咱以兄弟相称如何？”

曹丕道：“丕不敢自行造次。”

司马懿道：“久闻曹公子文武双全，文才更是出众，今日咱仨幸会，不妨以今天天气为题，各自作诗一首，也好品赏玩味一番，岂不快哉？公子请！”

“恭敬不如从命。”曹丕欣然起身，看看窗外，此时夕阳余晖映红远近房屋树木，西北天色似有些阴沉。他净手挥毫写出漂亮的隶书：

西北有浮云，亭亭如车盖。
惜哉时不遇，适与飘风会。
吹我东南行，行行至吴会。
吴会非我乡，安得久留滞。
弃置勿复陈，客子常畏人。

司马懿与陈群站桌案旁观看，见曹丕文思敏捷，一挥而就，诗歌内容与眼前情景十分吻合，借游子之口于思乡中暗含自己对现状的不满，表达了要一跃而起、直冲云霄之意。二人不禁拍案叫绝。

司马懿笑道：“以曹公子之才，就该有袁绍次子袁熙那样的美夫人甄宓相伴，自古英雄配美人嘛！”

司马懿不经意间的一句玩笑话，让曹丕心头不禁一颤。他从十来岁起，就朦胧生出娶个漂亮夫人的美好愿望。一次，他笑着给母亲说了自己的想法。母亲笑着刮了他的鼻梁，连连道："没羞！"当时弄他个大红脸。后来母亲笑着把他的话学给了父亲，他又遭到父亲一顿训斥："你小小年纪，不该早生淫念，要学英雄霍去病，树立'匈奴未灭何以家为'的伟大抱负……"

就从那次挨训后，他再没说过娶媳妇的话。不说不等于不想，只是不敢而已。打张绣回来，他为了给父亲进谏言还说过一次娶媳妇的话，想不到得枝野花儿。也不知任芳与甄宓谁美？今天司马懿一句话又勾起了他的心事，让他记住了袁熙美妇人甄宓。他想：任芳就很美了，若再娶了比任芳还美的甄宓，晚上睡觉一边一个岂不快哉？

曹丕一愣神，忙拱手致谢，在水盆洗手擦净，道："请二位长兄献上墨宝，供子桓研习。"

司马懿推让陈群，陈群推让司马懿。司马懿思索一番，净手挥毫写书：

天地开辟，日月重光。

遭逢际会，奉辞遐方。

…………

司马懿写得一手小篆，远看像花，近看是字，更博得曹丕、陈群二人喝彩。

曹丕让陈群献上墨宝，陈群固辞，作践自己头脑麻木，手指笨拙，不堪侮诗。

三人重新落座，继续饮酒。司马懿道："洛阳人传，曹司空大人身手了得，他曾夜入张放后人宅院打探虚实，被人见到，他转眼间跳出墙外，走得无有踪影。他可教曹丕兄弟些武艺否？"

曹丕道："家父公务繁忙，很少有空亲教我们。他安排专门武师教我们兄弟几人，有时家仆曹知教教我们，父亲对我们弟兄几人只是督促罢了。"

司马懿道："曹司空武艺绝伦，并非最要，他精通排兵布阵，灵活多变才是上乘。人立世靠定位，战争取胜靠民意。民力、国力、灵活多变的战术，取决于民心向背。曹司空取胜，定位好，得民心是也。"

曹丕听后，顿感耳目一新，心里溢满快意，不停敬二人喝酒。

陈群道："人活一世，既要重武，更要学文；武能安邦，文能定国。"

曹丕感觉与二人喝酒谈话亲切融洽，大有相见恨晚之意。他越喝越想喝，越喝越想说话。三人不知不觉一坛酒快要过半。曹丕还要回家取酒，被司马懿二人阻拦。

曹丕道："我最佩服我爹；最同情我娘，我娘处处忍让；最烦小三曹彰与小四曹植；最恨张闿，是他害死了我爷爷，到现在还没抓住他，我要把他碎尸万段……我家的黑豹犬'凸嘴龅牙、唇边两撮炸胡须'的样子很像张闿，我把它踢到井里面淹死了……我还恨荀彧，他唇边两撮炸胡须；还恨曹洪……"曹丕言未完毕，哭得牤牛喇叭似的。

司马懿与陈群面面相觑，不知如何是好。

仆人曹知一直守候在门口，听见曹丕喝醉了，忙向司马懿、陈群表示歉意，催促道："奉夫人之命，请小少爷回府。"曹知搀着曹丕，司马懿、陈群也扶着曹丕，与曹知一同把他送回后衙。曹丕一路大喊大叫，吐得一塌糊涂。司马懿与陈群见了卞夫人连连道歉。卞夫人笑笑让他俩回去，又打发曹丕喝了醒酒汤。曹丕闹了半宿，吐了几次才睡安稳了。

曹丕结识司马懿与陈群，对他日后的仕途颇有帮助，但酒后无状惹来了麻烦。

第二天下午，曹操回府，听曹植向他汇报了曹丕昨晚醉酒的行状，脸瞬间虎起来。他皱着眉头把曹丕训斥了一顿："酒后发疯是小人，酒后失言是蠢人，是无心机之人，无心机之人是注定不能成大事的。日后，让我如何把大事托付于你……"

一番训斥，吓得曹丕直吐舌头。他后悔得直打自己，连忙向父亲认错。

事后，司马懿、陈群向曹操解释、赔罪。曹操先皱皱眉头，后微笑着拍拍二人肩膀："谢谢二位对曹丕的教诲。"

说得司马懿与陈群一愣一愣的，两人到底猜不透司空大人真实的想法，是夸还是贬……

午饭后，曹丕练了会儿武，读了会儿书，挨了父亲的训斥，心里十分烦闷，也很委屈。曹丕听说任公当了掾属官，任芳一家搬到了许都，住在荀彧家西边。他很想见见任芳。他想起了她小时的模样：忽灵灵的眼睛，小眼角上挑；红红的脸蛋，鼻洼里有几个似露不露的雀斑；苗条的身材，站在那儿活像一枝美丽的花儿。其实，自那次见了她，曹丕在梦中见她好几回，有一次梦中竟然抱住了她。曹丕产生了个大胆的想法：他没法见邺城的甄宓，但他可以找到任芳的家，去会会她。

曹丕看看父亲没在家，母亲正忙着家务，就悄悄地溜出司空府后衙。自从小时他领三位弟弟砸了荀彧的窗子，也是为了安全，曹操便命人把西侧门封上了。曹丕只好从司空府前门出了门。司空府与皇城西大门的侍卫都认识他，曹丕并未受到阻拦。

曹丕顺着宫前大道往西走，在荀府大院西边有个小院，大门上写着“任府”。曹丕估计这个小院应该就是任芳的家了，心止不住怦怦直跳。

本是五月天气，午后的阳光虽不算毒烈，曹丕还是满头大汗了。

大门虚掩着，曹丕平静一下心跳，敲敲黑漆木大门。里面出来个三十多岁的女人，迟疑一下问道：“你是……”

曹丕早想好了措辞：“我是谯县人士，姓曹，前往司空府投亲，走到此处，口渴了，想讨口水喝。”

那女人眼睛一亮：“公子请进。”

曹丕四面观看，四合院并不大，三间上房，东西各两间配房，一间过道。院里很干净，堂屋门口旁摆放着两盆说不上名字的花儿。正当院花树下摆着一张低矮的胡床，胡床旁摆着一张低矮的桌子。那女人让曹丕坐了，从厨房提出一个刻花铜錾瓷壶，拿一只蓝花边瓷碗。女人倒上茶亲切地说道：“公子请慢用。俺与曹家本是姻亲，咱不是外人。你是何人？”

曹丕吞吞吐吐：“我是曹家仆人……”

“早先我就看出是你了，你不就是曹老二曹丕吗？想见我就来呗，还撒什么谎啊！”屋里出来个十五六岁的女孩，苗挑的身材比原来高了许多，脸仍是红扑扑的，鼻洼里还有几个似露不露的雀斑，小眼角有点上翘。那女孩瞪着眼看着他，说完把头扭向一旁“呵呵”地笑了。曹丕一看，她正是任芳，说得满面通红。

女人疑惑地看看女孩，女孩说：“他就是曹丕……”

一句话弄得女人有点手忙脚乱：“任芳还没过门，公子你怎么就来了？若传出去咋行……”

曹丕一看任芳娘变了脸色，转身就走，感觉自己犯了重大错误，像做贼似的出门就跑。身后传来任芳无邪的笑声：“呸！胆小如鼠……”

曹丕回到家，心还止不住地跳，好些天他都小心翼翼，担心父亲训斥他，或者行家法揍他，那板子的滋味可不是什么好味道。

过两天，他听父亲对母亲说，任公说孩子大了，催办喜事了。母亲说，那就办吧，她早想当婆婆了。

曹丕听了松一口气，幸好这次任家没有告状，却来催婚，他止不住又“嘿嘿”地笑了。看来媳妇真的快来身边了。

鸿雁之喜

建安七年（202 年），袁绍因兵败忧郁而死。

袁绍一死，曹操松了一口气。对于袁绍儿子袁谭、袁尚，曹操根本不把他俩放在眼里。他决定先发展经济，让百姓得到休养生息；休整部队，以待时机，再彻底消灭北方军阀势力；然后，图谋南方，进而统一汉室天下。

曹操为了加强对黄、淮之间地区的控制，疏通水路交通，命令军士在睢阳县（今河南商丘南）境利用古睢水修治水渠，开通汴（今河南荥阳南之掌河）、淮（淮河）水运。因水渠在睢阳县内，谓之睢阳渠；这段水渠后来成了大运河的一段。

因丧乱以来，学校多废，后生不见仁义礼让之风。曹操遂下令郡国各修方学，县满五百户，即置校官，选乡中俊才教学。公卿、六百石以上官吏及将校子弟为郎、舍人者，皆可近博士受业。能通一经以上，由太常分等级授官。

曹丕去任芳家的事情不久被父亲知道了，又挨了一顿板子、三顿训斥，并不断受到曹彰、曹植的耻笑：“媳妇迷！不害羞！”常常弄得曹丕大红脸。

这一年，曹丕十六岁。十六岁的曹丕身躯凛凛，相貌堂堂，气度轩昂。一双眼光射寒星，两道剑眉浑如黑漆；白衣黑发，衣和发都飘飘逸逸，不扎不束，微微飘拂，衬着悬在半空中的身影，简直是神明降世。他是大小伙子了，该娶媳妇了。

晚饭后，曹操与卞夫人商量，纳六礼为儿子曹丕娶妻，娶中牟县任公的女儿任芳。“六礼”创制于西周时候，是缔结婚姻必经的六个步骤，曹操公务繁忙，六礼全由卞夫人一手操办：“纳采”，请媒人带上礼物到许都任家提亲；“问名”，问女方的名字和生辰八字，然后占卜吉凶；“纳吉”，卜得吉兆后，媒人通知任家，送上婚礼，正式缔结婚姻；“纳征”，送聘礼到女方家；“请期”，六月初六定的八月初六为喜期；“亲迎”。

曹丕颧骨高峻，棱角分明；剑眉细眼，目光锃亮，对娶媳妇朦朦胧胧的，心中高兴，也说不出高兴的原因。只记得那女孩是苗条的身材，忽灵灵的眼睛，红红的脸蛋，站在哪儿像一枝美丽的野花儿。他平时想着娶媳妇的事情，觉得浑身有一股热辣辣的劲儿……

在曹丕的期盼中，时间到了八月初六。司空府格外热闹，官衙大门张贴着大红喜字，后院也张贴着大红喜字。新房、卞夫人住的院子，全都贴满了红字对联。院内、胡同、新房，到处挂着贺喜的大红灯笼。

曹操这年四十八岁，年富力强，精神矍铄。这是他第一次办理儿子婚事，因此格外重视。曹操头天晚上安排好了接待事宜，明确了弟弟、堂弟各自的接待任务。卞夫人安排了女眷的任务：环氏、杜氏、秦氏、尹氏、王氏，或陪女眷客，或接新娘子。曹彰、曹植、曹均、曹冲、曹林、曹琁、曹矩，也都领了点爆竹、燎车等任务。曹操女儿们无论大小，全都陪伴新人。

中秋八月，桂花飘香。八月初六，雄鸡欢啼。一轮红日挂在东城门楼的楼角，天空彤云密布。爆竹“噼里啪啦”炸出一片喜气。

不大的四合院黑漆大门上，一块红布遮住了“任府”二字。三间上房张贴着红对联，东西各两间配房挂着红花红灯。一间过道。院里很干净，从堂屋门里走出披着红纱身材苗条的任芳，两边分别有伴娘搀送。任峻夫妇跟着出了屋门。女儿十六年来朝夕陪伴，一旦离去，老人心中难免恋恋不舍。任芳走过当院旁摆放的两盆花旁，蓦地转过身来，摘下红绸，扑到娘的怀抱，哭道：“女儿舍不得离开爹娘，女儿不嫁人了！”

任母擦擦眼泪斥责道：“女儿尽说傻话，婆家才是你的家……”说着给女儿戴上头彩虹绸。

任芳哭着在亲人陪伴下上了曹家花车。

伴着三匹骏马马蹄的“嘚嘚”声，披红戴彩的高轮婚车驶入司空府院内。卞夫人安排生子多的环氏与儿女双全的杜氏迎接新人下车。

曹彰点响了爆竹，“噼噼啪啪”带着喜气。爆竹刚停，曹均、曹冲、曹林、曹琁、曹矩“轰”的一声挤过去抢拾没炸响的爆竹。

秦氏、尹氏、王氏，清河长公主、安阳公主、金乡公主、临汾公主，分站新人入门通道两旁。曹彰连放两个爆竹，曹植吟了两句诗：“……尊卑列叙，典而有章。衣裳鲜桔，黼黻玄黄……”

司空府司仪头戴黑色礼帽，身着黑色章服，声音洪亮：“韶华美眷，卿本佳人。值此新婚，宴请宾朋。云集而至，恭贺结鸾。吉时已到，请新郎入场。”

曹丕胸戴红花，脸红得像块老红布，在秦氏、尹氏陪同下走到婚车前，慌乱中被下面翘起的一块红色虎形图案花砖绊了一跤，险些摔倒。

姐妹们捂嘴窃笑。曹丕回头训斥：“笑什么笑！”几个女孩忙正了脸色。

司仪又用洪亮的声音喊道：“昔开辟鸿蒙，物化阴阳。万物皆养，唯人其为灵长。盖儿女情长，书礼传扬。今成婚以礼，见信于宾。不离不弃，一曲鸾凤求凰；同心同德，不畏华岳仙掌。比翼鸟，连理枝，夫妻蕙，并蒂莲。”

曹丕在秦氏指引下，向司仪拜谢，司仪回礼。

司仪高喊：“迎新娘入堂。”“堂”字腔亮音圆，尾声悠长。

曹丕在秦氏指引下，给新娘一揖，这揖作得拖泥带水的。身着大红彩衣蒙着红头盖布的新娘任芳，在女眷的簇拥下款款来到正堂前，亭亭玉立。

看的人啧啧称赞：“好苗条的新娘子呀！”

曹彰道：“俺二哥娶了媳妇就该我了，日后我的新娘子比他的还漂亮。”

曹均道：“三哥，还有我呢！”

曹彰道：“你还比我小一岁呢！”

曹植嗤笑他俩无羞。

司仪亮嗓：“迎新人回家。”

曹丕作揖。环氏与女方的伴娘拿上红巾，分别交给曹丕与任芳。二人用红巾相牵，缓缓上台。待二人站好位置后，环氏与伴娘上前将红巾接下来拿走。

司仪高喊：“新郎新娘行沃盥礼。”

曹丕与新娘子坐在台中蒲团上。

杜氏端出盖有红盖巾的洗手盆，行至二人近前， 伴娘上前掀去新娘子盖巾。

司仪喊：“为新郎浇水盥洗。”

伴娘上前接洗手盆，为新婿浇水盥洗。

司仪：“为新娘浇水盥洗。”最后字音总是拖长，再拖长。

伴娘再接洗手盆，为新妇浇水盥洗。

司仪喊：“新郎新娘行同牢礼。新人举箸食肉。”

任芳举筷子夹肉，吃了。

司仪喊：“新人饮酒。”

任芳喝了一杯，呛得直咳，惹得周围人哄笑。

司仪喊："新郎饮酒。"

曹丕小口喝了一半。自从上次喝醉被父亲训斥之后，他与司马懿、陈群又做过几次文会，再也没醉过。

司仪喊："新郎新娘行拜堂礼。"

司仪喊："拜天地，拜尊长，尊长入席……"

曹操脸放红光，与卞夫人坐左边。任芳父母坐右面。

曹丕与任芳随着司仪的指挥，给双方父母磕头。

司仪喊："夫妻对拜。"

任芳向曹丕下拜，秦氏让曹丕磕头。曹丕立而不跪，道："男子汉大丈夫，上跪天，下跪地，中跪父母，怎可向内人下跪。说不跪就不跪，打死也不跪！"

秦氏道："你一辈子才给你媳妇跪这一次，怎可不跪？"

曹丕看看天空的太阳，道："大丈夫当如太阳，光照四海……"

曹操怒道："大胆，今天大喜日子，本不想训你，你怎可不遵守天地人伦之道！"

曹丕这才勉强磕了头。

司仪高喊："新郎新娘行结发礼。"

曹丕与任芳各剪一绺头发，伴娘将两绺头发系在一起。

司仪喊道："上锁。"

司仪："婚礼礼成，新郎送新娘入洞房，伴娘入座。"

环氏、杜氏、秦氏、尹氏、王氏，曹彰、曹植、曹均、曹冲、曹林、曹璇、曹矩，及曹丕姐妹们，簇拥着新娘子进了洞房。

天近午，满朝文武官员、诸侯王爵纷纷送礼，前来祝贺。司空府练兵场停满车辆。曹仁、曹洪、曹宾援引客人入席，分席倒酒。

曹操陪任家家人。任芳父亲、华佗、华老三，都在座。华老三见到了卞淑曼，感觉她还像年轻时一样美。由于华老三在场，曹操感到别扭，但他绝不会表现出不愉快来。他与亲家任公很谈得来，再兼顾华佗。喝到一半，曹操脸色发白，直淌汗珠，他不言不语。

众人大惊，问长道短。曹操强笑道："我自小患头疼疾病，一会儿便好，大家自管吃喝，不必挂心。"

华佗忙取出银针："曹公，怕银针否？"

曹操笑道："刀枪不惧，何况一针乎！只疑扎针无用耳！"

"扎针不疼无害，即可一试。"华佗在曹操头上、脸上、手上扎了几针。一会，曹操便轻松了。华佗在谯县医术有名，自古外来和尚会念经，华佗太熟，曹操从没正眼看过他。今天当场救治，曹操才信服了华佗，道："华兄，有你这高超的医术，可留在许都任御医官。"

华佗道："华曹两家乃世交，以前若有过节，既往不咎。我可留京，求曹公给三子找个好差使。董卓一死，他便无营生可做，终日无事生非，不成形状。"

曹操"哈哈"大笑，随口答应。

曹丕给许多人敬酒，自己也喝了不少，但没醉。他不敢醉，怕父亲训他。

夜间，在母亲催促下，曹丕打着饱嗝进了洞房。洞房内，蜡烛明亮，红光摇曳。伴娘见新郎进来，飘飘施礼："曹公子，等你揭去任姑娘盖头红布。"说完离去。

曹丕看看新床，床上一沓沓被褥。看看满屋子的柜子、桌案，想想自己成了有媳妇的人了，不免喜气洋洋。他走过去，轻轻揭开任芳的红头布，看看她。她脸红扑扑的，瘦高挑身材，就像一枝美丽的花枝。任芳长长的睫毛，忽灵灵的眼睛正死死地看着他，看得曹丕不知说什么是好，也不知道下一步该干什么。

任芳笑道："那时你猴急火燎地去俺家找我，今天来到你家，还充什么假斯文哪！"一句话更说得曹丕无了话说。他便没话找话问道："你今天吃饱了吗？"

任芳道："没。"

曹丕道："你等着，我到厨房给你偷点肉吃。"

任芳把脸扭向一旁，"噗"地笑了："在自家怎可言偷？我带着随嫁点心，香甜可口，你可吃点？"她拿出了一盒点心，递给曹丕一块，自己也吃一块。

曹丕一嘴吃一块，又拿两块，问道："是你老家中牟县的吗？吃着就是香甜！"

任芳"呵呵"笑道："从中牟县到许都一趟得走十来天，现在的天气带来老家的点心早坏了。再说，家里也没人回中牟呢！"

曹丕翻眼看看任芳，道："你还很爱说话的，我讲一句，你说一大堆。"

"省得你当哑巴把我卖了。"

窗外"砰砰"被人敲两下："让我们吃点点心！""哈哈……"

曹丕一开门，曹彰他们哄地跑走了。

曹丕喊："几个弟弟妹妹都过来，每人发一块糕点。"

曹彰、曹均道："不许说谎再打我们。"

"过来吧。"曹丕拿来点心，一人发两块，"你们都走，不许再捣乱！"

曹彰吃着领着他们走了。姐妹们也走来领糕点。

曹丕怒斥："女孩家凑什么热闹！"几个小妹妹被他吓哭了。

曹丕回到屋里，任芳让他闩住门。曹丕闩住门，道："我忙一天了有点累，睡吧。"说完，没脱衣服在床那头蒙头睡了。

任芳在床这头坐着，脚蹬蹬曹丕："喂，我肚子疼，你过来，给我揉揉行不？"

曹丕爬到床那头，坐她旁边，问她："哪儿疼？"

任芳指指胸口："这儿。"

"你想要个孩子吗？"任芳问完，把头扭向一旁，"呵呵"地笑了。

曹丕道："要个孩子挺好玩的。可不能让我娘带孩子了，她把我们三人养大，还养别的弟弟妹妹，吃的苦够多的了。也不能让曹嬷嬷带孩子了，娘说以后不让她吃苦了。有了孩子只能你带着。"

任芳道："你呢？你不能带孩子吗？"

曹丕道："大丈夫志在四方，我要跟爹打仗，你要让我带孩子，那咱就不要了。"

任芳"呵呵"笑道："逗你玩呢，有了孩子我带着还不行？"

曹丕道："那行，咱就要个孩子。其实，想要孩子很容易的，你睡床这头，我睡床那头，只要咱俩的脚底板一对，一年后就有孩子了。"

任芳"噗"地笑了，笑得直喊肚子疼。她笑着问："能的你！听谁说的？"

曹丕道："听家仆曹知说的。不是这样才有的孩子吗？你比我大一岁，比我懂得多，你说怎样才能有孩子？"

任芳指指曹丕鼻子："你真傻！"

纳到美妾

公元204年正月，曹丕随父出征。这次出征攻打的是邺城。

袁绍有三子：长子袁谭、次子袁熙、三子袁尚。袁绍活着时宠爱后妻刘氏，对刘氏所生的袁尚特别宠爱，有意让袁尚为嗣，因此让长子袁谭做青州刺史，让次子袁熙做幽州刺史，让外甥高干做并州刺史，只留袁尚在身边。且袁尚与袁谭因争世子之位早就不和。

曹操趁袁尚出兵攻打袁谭的机会，进军围攻邺城。袁尚率军回救，依滏水（今滏阳河）为营，曹操采用“围点打援”的战术，将袁尚的营寨团团包围。袁尚害怕，请求投降，曹操不许。袁尚趁夜色逃跑，袁军溃散。袁尚逃到中山（今河北定县）。曹操命曹丕拿着缴获袁尚的印绶节钺招降邺城守军。

曹丕这年十八岁。他胸脯横阔，身着戎装，颧骨高峻，棱角分明；剑眉细眼，目光锃亮。他登上指挥楼车，含吐千丈凌云之志气，有万夫难敌之威风。他心雄胆大，骨健筋强，似撼天狮子下云端，如摇地貔貅临座上。他想起文会时司马懿说“袁熙之妻甄宓天下无双”的话，心里有了想法，等攻破邺城，要千方百计见见甄宓。

曹军纷传，少将军亲临前沿，在楼车上指挥，士气大增。他们按照曹丕号令，齐呼：“投降免死！投降免死！”吼声如雷，地动山摇。很快城中袁军士兵斗志崩溃，纷纷出城投降，邺城遂被攻破。

一场长达八个月的攻城战结束了。

八月，秋高气爽，蓝天白云下的邺城一片狼藉。

曹操派中尉官徐处带领五千人前往邺城大街设立警戒线，严防乱兵，趁机滋扰。曹操还不放心，又派长子曹丕前往袁氏府邸巡视督查。

真是想瞌睡给个枕头。曹丕心中高兴，带一行人兴冲冲地来到袁家府邸，他一心要见甄宓，看看这美人儿到底有多美。

袁绍府邸可以用富丽堂皇形容。宅院呈现前后三个院落，旁侧还建有两个别院。院里青石铺地，高台上建有层楼叠榭，高台下长着绿竹与桂树、海棠树。

曹丕他们穿过大客厅堂进入内院，发现有两名妇女在东面的房廊隐蔽处站立垂泪。两人发觉有人进来，吓得全身发抖，满脸惊慌。

许褚曾是袁绍的部下，他小声向曹丕介绍这两名妇人的身份：年约五十的老年妇女是袁绍的夫人刘氏，而另一位二十来岁的少妇，是袁绍次子袁熙的夫人甄宓。这甄宓，原本史书无载名字，因后来曹植写的《洛神赋》女神名叫甄宓，人们传说曹植写的正是甄氏，世人便称她甄宓。甄宓生于 183 年 1 月 26 日（光和五年十二月丁酉）。自她出生后，家人每天晚上都看见有人把玉衣盖在她身上，便十分惊奇。甄宓三岁的时候，她父亲甄逸去世，谥号慕。人们觉着她可怜可爱，更加看重她了。相士刘良曾为甄宓以及甄逸其他子女看相，刘良指着甄宓说："这个女孩贵不可言。"甄宓从小到大，都没人敢戏弄她。八岁时，院子外来了要杂技的人，甄宓的家人及几个姐姐都上阁楼观看，只有她没去。几个姐姐奇怪地问她，甄宓回答："这些杂要难道是女人该看的吗？"

她很喜欢读书，九岁时，看过的文字便过目不忘。她常用哥哥的笔砚写字，哥哥对她道："小妹该学女工。你读书学习，想当女博士（官名）吗？"

甄宓眯着眼看看远方，答道："听说古时候贤惠女子，都学习前人的诗文，用来借鉴。不读书，拿什么借鉴呢？"

汉末天下大乱，灾荒连年，百姓为糊口活命，纷纷卖掉家中值钱的东西。当时甄家有大量的谷物储备，趁机收购了很多金银宝物。甄宓当时才十几岁，看到这种情形便对母亲说："乱世求宝，可不是善策啊！一个人本来没有罪，但因拥有一件珍宝便可能被定为有罪，这便是人们通常所说的因财丧身。再说眼下众多百姓都在饥饿中，不如将我家的谷物开仓赈济四方乡邻，这才算是一种惠及众人的德行。"全家人都认为她说得有理，便将家中的粮食全部无偿分发给邻里乡亲。

甄宓十四岁，二哥甄俨去世，二嫂非常悲伤，还不停忙做家务，照顾孩子，非常慈爱。甄宓母亲严厉，对几个儿媳妇时打时骂。甄宓几次劝母亲："二哥不幸早逝，二嫂年纪轻轻守寡，照顾唯一的孩子。按理说，您应把她要当成自己的女儿疼爱。"

母亲听了甄宓的话惭愧地流泪，之后对待二嫂的生活起居就像对待甄宓一样。

建安年间，袁绍为他的次子袁熙聘娶了甄宓。建安四年（199 年），袁熙出任幽州刺史，甄宓留在冀州侍奉袁绍的妻子刘夫人。

曹丕听罢介绍，心花怒放："真是天赐良机！假如她跟袁熙去了任所，我怕就无缘见到这心地善良、通达事理的美人了！"曹丕高兴地向婆媳二人走去。

刘氏以为死期将至，捧手不停地作揖，口中不住地哀告："少将军饶命！"

曹丕和颜悦色地说道："我是曹丕，字子桓，家父嘱咐我向夫人转达问候之意。"说罢，曹丕走到甄宓面前，伸出右手，轻拂甄宓脑后的长发，让她抬起头来。甄宓抬起头，眯着眼看着远方的天空，曹丕看直了眼。他感觉司马懿说的"袁熙的夫人甄宓天下无双"的话果不虚传：她头梳折叠灵蛇髻，瑰姿艳逸，端庄高雅，眼含泪花，朦胧迷人。

曹丕向许褚摆摆手，示意让他带走袁绍的夫人刘氏。曹丕拉过甄宓的手，亲切地说："你莫怕，我早听司马懿与陈群说过，你是天下第一美人，今日一见，果然名不虚传……"

甄宓眯着眼怯怯地道："将军过誉了……"

曹丕道："未曾过誉，我想讨杯水喝，不知可否？"

甄宓把曹丕领到客厅，亲手给他倒了一杯水，递给曹丕。曹丕接了，捧住甄宓的雪白的手不放。甄宓满面羞红，眯眼看着远方的天空。曹丕放下茶碗，托住甄宓的双腕："甄宓，我对你心仪已久，我想纳你为妾……"

甄宓眯着眼看着窗外的天空，绵绵地说："将军，别……"

曹丕摘下自己的戒指，套在甄宓柔润的无名指上。那戒指，纯金铸造，中间凸起的部分是个菱形龙凤图案，戒指凸起的正中，镶嵌着一颗绿光闪亮的钻石："甄宓等着，你已经是我的人了，我禀过父亲一定娶你！"

甄宓小声哭泣。

曹丕抓着她的手："我曹丕会一辈子待你好的。"他派亲信护好袁府，兴冲冲地返回城南大营，径直进入中军大帐去见父亲，报告了巡查结果，最后提出要纳甄宓为妾的要求。

曹操看看曹丕，儿子身躯凛凛，相貌堂堂，一双眼光射寒星，两道剑眉浑如黑漆，头发不扎不束飘飘逸逸。他想，儿子长大了，虽然娶了任氏，想再纳一房侍妾也不为过。曹操道："既然儿子有了心仪之人，我应允你的请求便可。但甄宓只是小妾，万不可与任氏生分。你岳父任公对我有救助之恩。"

"多谢父亲大人！"曹丕翻眼看看父亲母亲，不轻易地露出了笑容，甚至想吹个口哨，或者来个倒滚翻。

曹操攻占邺城以后，决定把府衙迁来，再为曹丕办理婚事。

他回到许都，见过皇上，陈述了迁移府衙的几大好处，最重要的是有利于对许都的护卫。汉献帝应允。

曹操上表，封荀彧为万岁亭（在今河南新郑市内）侯。担任尚书令的荀彧看到表文，认为自己没有战功，把表压了下来。

曹操劝他："咱俩共事以来，你纠谬辅政，荐举人才，提出计策，周密谋划，事情做得已经很多了。立功不单靠作战，望勿推让。"

荀彧这才接受万岁亭侯的封爵，并直言相劝曹操："二公子纳甄宓为妾似有不妥，年纪轻轻何不纳门当户对人家女儿？"

曹操有些犹豫，回到家，在书房叫来曹丕，给他说了荀彧的话。

曹丕很生荀彧的气，坚决要纳甄宓。曹丕感觉，自从小时候第一次见了荀彧，带领三个弟弟砸了他家后窗之后，荀彧一直没正眼看过自己。曹丕心中最恨的人，有杀死害爷爷的张闿，甩他两巴掌的曹洪，看不起自己的丁夫人，他感觉荀彧外露的门牙正好像张闿一样的"凸嘴龅牙"，像他踢到井里的那只狗。明确地说，荀彧也是他最恨的人之一。当然，对处处与他争宠的小三曹彰、小四曹植，他也很不感冒。

曹操回到后衙卞夫人住处，屏退左右，对卞夫人说了给丕儿纳妾的事情。卞夫人表示赞同儿子的意见："只要儿子喜欢就行，门第观念自可不问。"

曹操对荀彧固有的门第观念本来有点反感，见夫人同意，决定答应丕儿的要求。他又给夫人讲了往邺城迁府衙的事情，故意考她，问迁徙府衙的益处。

卞夫人笑笑："说出来怕你笑话。"

曹操道，但讲无妨。

卞夫人道："一是邺城城防坚固。二是便于你行事不受羁绊。三是……"

曹操微微点头："讲。"

卞夫人小声说："离开老臣势力，示弱韬晦，脱离随时被害的险境……"卞夫人在许都私下里听说了有关董承、刘备、华佗等人谋杀夫君的事情。她理解，男人每天都如履薄冰、战战兢兢的。

曹操"哈哈"大笑："我的卞淑曼绝非常人所能比也！"

曹操并非虚夸，卞夫人成为正妻后，内府大大小小的事情都需要她过问打理。她仍然谨慎从事，一如既往地辅助丈夫，教养儿女，善待姬妾。原来丁夫人的举动让她生厌，在自己的言行中，她努力剔除丁夫人那种令人憎恶的态度与做法。曹操儿女众多，姬妾中像刘夫人那样早逝者也不少，很多年幼的孩子失去了生母的照顾，都由卞夫人抚养。

曹操对卞夫人的贤能豁达十分了解，也非常赞赏，就放心地将这些孩子托付给卞夫人。卞夫人十分乐意接受丈夫的托付，她心疼这些孩子，对他们如同己生，尽心尽力地抚养教育。这让曹操得到了极大的安慰。

卞夫人整天起早贪黑，忙忙碌碌，但也并不感觉有多劳累，反而觉得生活得轻松、充实。她感觉自己在曹家的地位渐渐有了提高，慢慢得到了巩固，这让她欣慰。她常常梦见东庄园里那棵石榴树开了一树花，却常常遭到大风的袭扰，让她惊出一身冷汗。

曹操军务繁忙。卞夫人眼看着丈夫取得的辉煌成就而替他高兴。她想到了丁夫人，虽然对她以往做事的态度一直不满，甚至可以说是极其厌恶，但还是有点可怜她的处境。卞淑曼多次派人给她送钱送物，只是送钱送物也包含监视丁氏的意思。

卞夫人在204年十月，再次随夫君搬了家。她把那些不顺眼的姬妾、丫鬟都安排在了许都看守老院，带领家人到了邺城。

邺城，始建于春秋齐桓公时期，其主体位于现在的河北省临漳县境内。作为六朝古都，邺城曾一度闻名天下数百年。邺城周边，有山水环绕。它西边是太行山，山脚下有一条大道，素有"天下之腰脊，河北之襟喉"美称；东部是黄河，北边与南边也有四条颇为可观的河流支脉。

在秦汉魏晋时期，邺城便是河北地区首屈一指的战略要地。汉末，袁绍从韩馥手中夺来冀州，这座被称为"天下重资"的富饶之地。而位于冀州核心的邺城，也自然而然成了袁绍的大本营。

曹操的发家之地在兖州。在谋士荀彧的北方战略中，兖州是曹操起家发展的根据地，就像汉中对刘邦、河内对刘秀一样重要。后来曹操迎奉天子，便是将汉献帝直接迎到了许都，从而保证自己在政治上占据不败地位。但随着曹操势力逐渐壮大，此时的许都已经不再适合曹操的统治了。一方面曹操为冀州牧，常住邺城，府衙当然要建在邺城。另一方面曹操必须远离汉献帝，他在许都，会受到许多限制，还常常有被暗杀的危险。为避免皇帝干涉，曹操就必须离开许都。他搬到邺城就不一样了，坚固的城堡可有效预防各种势力对他的暗害。

曹操修缮改建了袁绍原有的宫殿、城郭，还修建了“三台”。其中一台，便是颇有名气的铜雀台。

汉代后期，邺城平面呈长方形，东西长七里，南北宽五里。有两重城垣：郭城和宫城。郭城有七座城门（南面三座，东、西各一座，北面两座）；城中有一条东西干道连通东、西两城门，将全城分成南北两部分。邺城北城是政治中心，分左、中、右三个区域。中间地带，主要有社稷宗庙、听政殿与文昌殿等；干道以北地区为官员所用地区，正中为宫城，内有举行典仪用的建筑和广场。宫城以东为宫殿、官署。官署东的地方叫戚里，是王室、贵族的居住地区。左侧区域叫作禁苑区，大名鼎鼎的铜雀、金虎、冰井三台便修建在这里。禁苑区有粮仓、武器库和马厩，平时供游览和检阅城外军马演习之用，战时作为城防要塞。右侧区域是曹魏集团主要成员的居住区。南城主要为多功能性质的生活与贸易区域。站在古代城市发展的角度上，曹操入居后邺城出现了明显变革：在此之前，“城”与“市”是两个完全不同的概念。而邺城的南部，主要由“坊巷”“里闾”与“市”构成，说明那时候“城”与“市”已经初步结合在了一起。

曹操彻底扫除袁氏余党后，便开始在邺城修建玄武池，用以训练水师。

曹操搬到邺城后，十月，便安排了曹丕纳妾的婚礼，婚礼由卞夫人全权办理。卞夫人张罗曹丕与甄宓婚事，按照曹操训示，这次是纳妾，能省则省。但她想起了自己初进曹门的尴尬，暗下决心不能让同为小妾的甄宓再受委屈。卞夫人在前几日就派人将丁氏接进了府内，这样做实际上是有深意的。儿子正婚她没叫丁氏，儿子纳妾叫她来，就是让她看看自己是怎样对待纳妾的。

丁夫人来了，卞夫人仍把嫡妻座位留给丁氏，对她非常厚道。

丁氏不安地道：“原先我对你对孩子不够宽厚，你不计前嫌，派人送物送钱慰问，现在仍把尊位留给我，回想起往事让我很是惭愧……”

卞夫人极快地笑笑，给丁氏找台阶下，便道：“那时候曹家并不十分发达，夫君也无好的前程，你是担心他沉迷酒色，才心情不畅。我理解大夫人的良苦用心，对你心存感激。”这些体谅人心的话说得丁氏满眼含泪：“想不到卞夫人竟然如此明理，我自愧不如。”卞夫人心想：“你终于说出了这样的话来，我刚进曹家门，你的脸能扛到天上去，我岂能与你一样……”

二人有说有笑。曹操进来，丁氏把脸扭向旁边，不再说话。

婚礼那天晌午，曹操官府格外热闹。朝廷派尚书令荀彧带着贺礼前来祝贺。军中文臣，如司马懿、贾诩、荀攸……武将如曹仁、曹洪、夏侯惇、夏侯渊、张郃、徐晃……纷纷祝贺。但气派与娶任芳相比，规模气派要小得多了。

卞夫人与丁氏、环氏、秦氏及女儿清河、平安等人，陪甄宓吃饭。任芳没来。卞夫人明白任芳怀有妒意，便派丫鬟去叫，见她执意不来也没勉强。

席间，众女眷纷纷夸奖甄宓：“瑰姿艳逸，翩若惊鸿，婉若游龙。”并说些祝愿之语。

甄宓起身施礼道：“奴家本中山无极人氏，汉太保甄邯的后代。父亲甄逸曾任上蔡令，母亲张氏是常山人。我自小缺失教诲，望诸位大人日后对我多多指教。”

卞夫人看看甄宓：头梳折叠灵蛇髻，瑰姿艳逸，端庄高雅，谈吐不凡，连连称赞甄宓蕙质兰心，倾城倾国。她感觉甄宓不仅貌美，还谈吐不俗，比任芳文雅多了，不禁心生欢喜。

甄宓并未动筷。卞夫人礼让：“媳妇尽可无拘无束用餐，席间并无外人。”

甄宓眯起眼，看看窗外的天空，叹道：“想不到曹府餐饮竟会如此简单……”言下之意含有嫌曹家轻视她的意思。

卞夫人听了很是不快，感觉甄宓颇为自命清高，新月眉皱了一下，劝道：“丕儿父亲提倡节俭，今天还是迎接你特意做了些荤菜，平时家人只是吃些素食。”

甄宓看婆婆有生气的意思，暗暗埋怨自己心直口快出言不逊，以至于惹烦了婆母。她忙表歉意，搛口菜轻轻嚼动，连夸好吃……

送走亲朋宾客，晚上，曹丕来到新房。映着蜡烛，曹丕揭开甄宓红盖头，左看右看，亲了一口，夸她是天下第一美人……曹丕暗自思忖：假如把任芳比作花枝，她最多能算是一枝不俗的野花，野花免不了会有俗气；甄宓则是高雅吐芳的国花，让他心动。

烛光下，甄宓偷偷看看曹丕，只见他，肌肤上隐隐有光泽流动，眼睛里闪动着一千种琉璃的光芒，完全是潇洒美少年，举觞白眼望青天，皎如玉树临风前，朗眉星目，流露出一丝才气，不觉便多生出几分喜爱。

“啊呀！”窗外喊叫的是曹植、曹彰、曹均。曹植白天见了二哥纳的小妾，实在太美了，简直可用貌若天仙形容。他暗想，自己长大也得娶个这样美的妻子。晚上他又叫曹彰、曹均过来，用舌尖舔开一点窗纸往里看，禁不住“啊”了一声。

曹丕很窝火，开门往外追，他们仨笑着跑走了。

曹丕自纳了甄宓，对她十分宠爱，每天厮守着她，要不是害怕父亲，书不想读，武也不想练，公事不想干，整日就想守着甄宓。不比不知道，曹丕把甄宓与任芳作了比较，才感觉甄宓像高雅花瓶里的牡丹，高雅引人；任芳就像长在谯县老家田野中的鸭跖草花，普通而粗俗。他再也不想去任芳房间。任芳开始生闷气，后来又哭又闹。卞夫人劝她道：“他俩新婚甜似蜜，过些日子，自然会想到你了。”

任芳噘着嘴：“你儿纯粹是见新不要破，就像苍蝇见了粪……”说完，把头扭向一旁，“咳咳”咳嗽几声。

卞夫人听着任芳粗俗的话，心里感觉很不舒服。

甄宓并不因为得宠就忘乎所以，总是孝敬公婆，忍让任氏，善待家人。她对弟弟妹妹都非常好，特别喜欢逗曹植玩。她来到曹家时，曹植十一二岁，腼腆得像个女孩，貌相也似女孩。她一逗曹植，曹植脸红得像块老红布。聪慧的甄宓牢记一句俗语“女大三，抱金砖；女大四，没意思”。她考虑自己比丈夫大有四岁，日后的日后，一旦年长色衰，失宠在所难免。她看任芳绝非善茬，就明白自己在曹家应有的行事策略，那就是善待公婆，让二老做她的靠山。

甄宓对婆婆卞夫人每天嘘寒问暖、体贴照顾、陪坐端茶，无一日短缺，甚至超过了卞夫人的亲生子女。甄宓希望日后万一失宠，婆婆能成为自己的坚强靠山。任芳心直口快的秉性，与甄宓对比，简直上不了台面，所以她一天天不受公婆与曹丕的待见。这样就形成了恶性循环：越不受待见她便越使性子，越使性子便越不受人待见。就这样，任芳最后闹出了一场灾祸……

曹丕发现了任芳的一个致命弱点，就是不知收敛，这往往会出事的。许攸多有本事啊！曹操取得官渡之战的胜利，占领冀州，许攸功不可没。但许攸自恃功高，屡次轻慢曹操，每次出席，不分场合，直呼曹操小名，说："阿瞒，没有我，你得不到冀州。"虽然曹操表面上嬉笑，说"你说得对啊"，但曹丕明白，父亲心里早对他存有芥蒂。一次，许攸出邺城东门，对身边人说："这家人没有我，进不得此门。"有人把他的话报告了曹操，许攸被收押，最终被杀。

曹丕暗暗埋怨，你任芳有许攸的本事大吗？竟敢在父亲母亲面前一点也不收敛，不倒霉才怪呢！曹丕私下里与任芳吵了好几次，哪知任芳嘴噘起老高："你眼里只有你爹娘，对你的正妻瞧都不瞧。"

北征乌桓

逃跑的袁熙听说曹丕把他的妻子甄宓纳为小妾，火冒三丈。袁尚与袁熙前往投靠乌桓首领蹋顿，袁氏同乌桓结合，形成一股强大的战力，屡次骚扰。乌桓攻破幽州，俘虏了汉民十余万户。

建安十二年（207 年），曹操为了肃清袁氏残余势力，也为了彻底解决三郡乌桓入塞为害问题，决定远征乌桓。其实，曹操早有北征乌桓的打算，在建安十一年时，他就命董昭修建了两条漕运：一是平虏渠，由今河北省饶阳县至沧州市；二是泉州渠，在今天津市宝坻、武清二区。这样做就是为了北征时便于运送军粮。

北征之前，很多将领、谋士提出了异议：袁氏兄弟已是秋后之蟥，不值得孤军深入，怕刘备会劝刘表乘虚进攻许都，这样，将会出现首尾不得相顾的被动局面。

郭嘉道："乌桓恃其边远，疏于防范，我们出其不意，即使孤军深入也定能击败尔等。况袁氏与乌桓关系非同寻常，而河北百姓对袁家尚有感情，一旦放过袁氏兄弟，等他日后形成气候，则'民夷俱应'，再想制住他就难啦！固今日当迅速灭掉袁氏。至于刘备那厮，不足虑也。现在他依附刘表，刘表不重用他。我们即使'虚国远征'，也万万不用担心……"

郭嘉（170 年—207 年），字奉孝，东汉末颍川阳翟（今河南禹州）人，曹操重要谋士，他常能为曹操制定出奇制胜的计策。

曹操采纳了郭嘉建议，决定北征乌桓。

这次出征，曹操与卞夫人商量，让曹丕、曹彰、曹植都上阵出力。这年，曹丕二十一岁，曹彰十九岁，曹植十六岁。曹操安排，让曹丕与夏侯渊负责押运粮草，让曹植随曹操左右管些文书档案。曹彰要求上阵杀敌，曹操高兴地应下了，因为曹彰力大无穷，武艺超群。

曹丕对这样的分工，心存疑虑。上一年，十五岁的弟弟曹植随父东征海贼管承到达淳于，建安十二年（207 年）一月回师邺城，深得父亲喜欢。曹植在父亲身边做事，容易得到父亲信任。曹彰力量大、武功好，在阵前杀敌易建奇功，唯独自己干押运粮草的差使，最易出力不讨好。

曹丕与甄宓告别，千叮咛万嘱咐，恋恋不舍。甄宓扑到曹丕怀里，紧紧地抱着他："盼夫君建功立业，早日凯旋！"

离开家门时，他望一眼为他送行的甄宓，只见甄宓不住擦泪，心中甚是难过，对甄宓有种难分难舍的惜别情怀。曹丕清楚，作为一个顶天立地的男人，最重要的是建功立业，他必须舍弃过分的儿女情怀。

曹丕拜别了母亲，刚出门，见任芳哭哭啼啼，抱怨道："夫君奔赴战场，也不与我话别，万一有个三长两短，难道让奴家遗憾一辈子不成！"

曹丕听她话说得很是刺耳，道："你说的是何等丧气话！父亲戎马一生，历经险要三次受伤。与董卓大将徐荣作战，父亲被弓箭射中，骑的马也受了伤；在攻打吕布的时，父亲从马上坠落，左手掌被火烧伤；攻打宛城张绣时，被弓箭所伤。可父亲哪次不是平安归来呀？我做晚辈的，即使丢弃生命，又有何妨！"说完，曹丕拂袖而去。

任芳朝曹丕身后吐口吐沫，愤愤道："不知好歹的家伙！"

建安十二年五月十八，曹操率领大军一路浩浩荡荡，向东北进发，荡起的尘土遮蔽天日。

曹丕颧骨高峻，棱角分明；剑眉细眼，目光铿亮，腰挎日月双刃剑，骑着自己的赤红战马走在运粮队伍前面。他神清气爽，眼见队伍一路顺风抵达无终（今天津市蓟县），猜测部队不日将兵临塞口，出滨海道，过碣石，进攻乌桓占领的柳城。曹丕仿佛看到了一场血战，是那样地惊心动魄。

曹丕看看队伍，来的都是骁勇的骑将：张辽、徐晃、张郃、张绣、韩浩、史涣、鲜于辅、阎柔、曹纯。他们个个都是善骑马的斗士。另外还有谋士牵招、郭嘉等人。

曹丕感觉这乌桓也太可恶了！好端端的捣什么乱，让人不能过安生的时光。

但他感觉，打一仗也好，打败了乌桓，可保国家稳定；消灭了袁尚与袁熙，省得有人跟他争媳妇了。

乌桓亦作"乌丸"，原与鲜卑同为东胡部落之一。自匈奴击破东胡后，乌桓亦属于匈奴。后来汉将霍去病击破匈奴左地，趁机把乌桓迁徙到上谷、渔阳、右北平、辽东、辽西五郡塞外，并在幽州设置护乌桓校尉，监领乌桓，使他们不能与匈奴勾交。王莽新政，乌桓又降于匈奴。东汉初年，乌桓常与匈奴联兵扰乱代郡以东各地。汉末，辽西、辽东、右北平三郡与乌桓结合，时称“三郡乌桓”，其首领为辽西部的蹋顿。三郡乌桓与袁氏关系一直很好，并屡次侵扰边境，掳掠内地人口财物。

曹丕恨这些不让人安生的家伙，满盼着大军到达无终，出塞杀敌，可万没想到进军辽西的滨海道不能通行了。

时值秋季，无终夏秋两季常阴雨连绵。曹军到达无终时正赶上这样的天气，浅水不通车马，深水又载不动舟船。有一辆粮车的车轮陷进了泥里，前面的马拉，后面的人推，粮车一动不动。

曹操训斥曹丕：“遇到这事，你就没法了？”

曹丕焦急地抹一把脸上的雨水，恨不得生出三头六臂来。

曹彰骑马从此经过，他下了马，把浑铁戟插在路旁，道：“我扛住车帮，你们再往前推。”他拔了许多草垫到脚下的烂泥里，双脚站草上，膀子顶住车帮大喊一声：“一二三，起！”他的双腿一点一点往下陷进泥里，车轮慢慢抬起来地面。前面的马一拉，后面的人一推，粮车出来了。

士兵们个个赞叹曹彰：“好！三将军好力气！”

曹操“哈哈”大笑。曹丕满面通红，像正吃饭时菜盘里吃出个臭虫一样很不是个味，还有点恶心。

进军时间不得不一拖再拖，一直到了秋八月。曹操听从无终人田畴的建议，改从一条久已断绝但“尚有微径可寻”的路线进军。

田畴道：“自古以来，从无终到辽西有两条路：一条是滨海道，位于狭长的滨海平原，也叫‘辽西走廊’。这条路从蓟地出发，经土垠、海阳，过碣石取辽西。这条路在没有坏天气的情况下，塞外游骑就直插右北平和渔阳的内地郡县。一旦遇到夏秋季节的大雨，这条路又成了不可行的泥泞路，你们偏偏就遇到了这种情况。”

田畴指指西北方向：“另一条路就是卢龙塞。卢龙塞道出卢龙，直达柳城。自建武年间，道路陷坏断绝很长时间了。我走过那里，有一条小路可以通过。那条路就叫‘卢龙塞’。”

郭嘉建议抛弃辎重，轻装部队千里奔袭。曹操捻捻胡须，微微颔首，命田畴当向导，大军从无终出发；又命曹丕带马队驮运粮草跟随。

临行前，曹操命人在滨海道旁立个牌子，上写：“当今雨季，道路不通，见字回军，且等冬日，方才进军。”

曹丕猜测，这牌子表面是通令全军的路标，其实是为了麻痹敌人的。

乌桓谍报人员看到后，信以为真，认为曹操大军离去了，蹋顿接报后便放松了警惕。

大军在田畴的带领下，避开滨海道，走上了人迹罕至的卢龙塞。

大军一路逢山开路，遇水造桥，尤其是塞外“五百里”绝地，极大地延缓了行程。军队粮草成了问题。曹丕马队驮的粮吃完了，曹操派曹丕带五十匹快马接夏侯渊的送粮大队。

曹丕带着五十个轻骑兵，按粮队规定的行军路线一路回奔，走了两天一夜，未见夏侯渊粮车踪影。

天色又黯淡下来。头顶，星星不安地眨眼，北国八月的夜风凉飕飕的。

曹丕望着迷茫的田野，心中不免有些凄凉。他命令大家在树丛里解鞍下马，燎烤生肉，轮喝白酒。熊熊火焰照着曹丕英俊的脸庞，他咬口烤肉：“今晚在树林内稍事休息，明早继续寻找粮队。”

“诺。”

秋露不住从树枝上滴落，夜风凄凄。马儿“咯吱咯吱”吃着野草。

“少将军，有情况。”警戒士兵叫醒了曹丕。

曹丕起来听听，不远处传来刀枪相撞声与兵马厮杀声。他将兵士叫起来，带领他们骑马出了树林，朝着厮杀的地方走去。曹丕走上高坡，往下看，星光下，能望见圈里停着一溜粮车，车子外面护卫粮车的人拿着刀枪与外面的人厮杀。外面骑马的人分成三层，一拨一拨交替着向里面冲杀。

曹丕道：“我估计是咱们的粮车遇乌桓兵袭击了。咱们趁着夜色大声鼓噪着冲上去，解救粮车。”

“诺。”

曹丕一声令下，五十个骑兵如猛虎下山，高声喊着“杀呀”冲下坡去。曹丕身先士卒，挥动日月双刃剑，一路砍杀。车外面人马大乱，他们不知来了多少人马，落荒而逃。

里面的人正是夏侯渊带的粮队，大家一看是曹丕领人来接，倍受鼓舞。曹丕要带队伍去追。

夏侯渊阻拦，道：“穷寇莫追，护粮要紧。”

粮车马不停蹄，一路前行。他们顺着原定的行军路线，一路追赶大军，可到底没赶上大队人马。原本一天多的行程，直到第五天，他们才在平冈一带追上了队伍。

曹操训斥曹丕行动缓慢，贻误战机。夏侯渊辩解，遭曹操训斥："部队缺粮几日，杀战马充饥……"

这次行军路况极端恶劣，沿途有长达二百里的地段干旱无水。当粮食吃光以后，曹军将士又不得不先后杀了几千匹战马充饥，才艰难抵达目的地。因为水土不服，气候恶劣，再加上日夜急行又操劳过度，郭嘉患疾病去世。曹操非常伤心，把气全洒到曹丕身上。

曹丕暗暗叫苦，正如表叔夏侯渊所说，运输粮草的确是出力不讨好的差使。他抱怨，他带五十骑解围父亲不重视，他指挥攻打邺城的事情父亲都忘记了……

曹军一路急行军到白狼山（今建昌县城东的大黑山）附近，二袁与蹋顿、辽西单于楼班、右北平单于能臣才仓皇集结数万骑向西迎敌。两军在白狼山遭遇。当时曹军辎重在后，披铠甲者的人不多，而敌军军势甚盛。

这是一场惨烈的遭遇战，也是场惊人的大决战。如果曹军战败，势必全军覆没于辽西，因为他们没有退路。如果乌桓战败，那么他们的柳城必定失守。

当时乌桓的优势是兵盛马众，以逸待劳，但他们面对曹军的突然到来也有些措手不及，而且和其他游牧民族一样，他们单兵能力强，但整体作战弱。

曹操的优势是出其不意，手下都是勇冠三军的猛将和百战余生的精锐骑兵"虎豹骑"。不过"虎豹骑"经过十几天的山路和急行军，士兵体力衰弱。重装主力步兵在后，面对多于自己数倍的乌桓军有些人腿直发抖。

曹丕也有点犹豫，考虑是否带着粮车先退，因保粮是头等大事。

曹操登白狼山观敌阵，看到乌桓军阵不整、阵形松散，他"哈哈"大笑。

张辽劝曹操开战，意气非常兴奋。曹操看看张辽气吞山河，勇猛无畏的气概，赞扬他："狭路相逢，勇者胜，张辽好样的！"他命令张辽、张郃为前锋冲阵，亲自把所持麾旗递给张辽。

曹彰皱山根相连的眉毛，朝旁边狠狠吐口吐沫，挥挥混铁戟请战。

曹操"哈哈"大笑："我彰儿好样的！"

张辽拍马下山，直冲敌阵。张郃、曹彰也拍马冲下山去。在张辽的带动下，曹军的精锐骑兵与乌桓骑兵在白狼山下一场血战。

曹丕也向父亲请战。曹操道：“你的武功没法与你弟弟相比，还是管好你的粮车吧。”

曹丕翻眼看看父亲，心里很不舒服，由于粮车来得晚，挨了父亲训斥。从父亲的口吻里，他听出了父亲的不满，不免十分伤心。

往阵前观看，只见张辽、张郃、曹彰、韩浩、史涣，个个英勇作战；鲜于辅、阎柔、曹纯人人奋勇争先。曹操数千骑兵杀入乌桓军阵大混战，枪刀相撞声、喊杀声、惨叫声，凸显了战斗的惨烈。地上的血迹染红了长满衰草的茫茫荒原。

乌桓军队原本人心惶惶，一看曹军如此勇猛，其阵行开始崩溃。混战中，张辽挥戟斩单于蹋顿首于马下，蹋顿头滚了两圈，瞪着的眼还眨了两眨。

乌桓群龙无首，乌桓军队四处溃逃，被杀得七零八落，死者像收割后的捆谷子散满田野。三郡乌桓的主力骑兵在这场决战中开始全面崩溃，《三国志》记载，胡、乌桓投降的人有二十余万。袁尚等人逃奔割据平州的公孙康。

曹丕看得热血沸腾，劝父亲乘势进击公孙康，斩杀袁尚、袁熙。他暗想，杀了袁熙，免得日后有人与他争甄宓。

曹操仰头“哈哈”大笑，道：“根本不用出兵，我要让公孙康斩下袁尚、袁熙的头给我送来。”遂率军还师，远远扎营。

曹丕嘴里不敢说，心里想：“公孙康怎会杀袁尚、袁熙呢？”

不久，公孙康果然斩杀袁尚、袁熙，并将其首级献与曹操。曹丕纳了闷，问父亲：“怎么会这样？”诸将也不明原因。

曹操道：“公孙康平时担心袁尚、袁熙会取代他，我们如果加紧进攻，他们就会团结一心；迟缓进攻，他们就会自相图谋，事情就是这样简单。”

到这时，曹操这才下令进攻公孙康。公孙康哪是曹操对手，遂惨败，曹操大获全胜。

北征乌桓得胜回师经过碣石山时，身为主帅的曹操，登上当年秦皇、汉武帝曾登过的碣石山。正当秋风萧瑟之际，他饮酒吟诗，心情像沧海的水涛一样难以平静。他将自己宏伟的抱负、阔大的胸襟融汇到诗歌里，借着大海的形象表现出来。

他喝口酒，吟道：

东临碣石，以观沧海。

水何澹澹，山岛竦峙。
树木丛生，百草丰茂。
秋风萧瑟，洪波涌起。
日月之行，若出其中；
星汉灿烂，若出其里。
幸甚至哉，歌以咏志。

当吟到“日月之行，若出其中；星汉灿烂，若出其里”时，曹操感情激动到极点，声音高昂，泪流满面。众人一片肃穆，曹丕也深受感染，心里泛起一阵激动的潮水，就像眼前波澜起伏的海潮。

曹植给父亲斟上酒，道：“父亲，乘此雅兴，我献诗一首。”

曹操“哈哈”大笑：“我植儿做文案事务，井然有序，作诗无人能比。不妨吟来。”

曹植看看大片的战马，吟道：“白马饰金羁，联翩西北驰。借问谁家子，幽并游侠儿。少小去乡邑，扬声沙漠垂。宿昔秉良弓，楛矢何参差。控弦破左的，右发摧月支。仰手接飞猱，俯身散马蹄……”

曹操问：“写白马何意？”

曹植道：“我是借白马，表达自己像霍去病那样英勇杀敌、建立千秋功业的决心。”

曹操连夸：“好诗！好诗！”

周围人鼓起了热烈的掌声。

曹丕感到自己又一次被冷落了，埋怨父亲没重视他助力夏侯渊杀敌护粮的功劳。

回到邺城，曹丕认为司徒赵温是个老臣，德高望重，便写信派人送去求他，让司徒赵温向父亲表述他运粮之功，指挥攻打邺城的才能，举荐自己。曹操收到了司徒赵温的举荐信，犹豫不决，接着又收到了荀彧的信，荀彧报告，曹丕求司徒赵温推荐自己，司徒赵温不得已而为之。曹操大怒，他痛骂了曹丕，说他求人推荐自己，竟然不知天高地厚到了无耻的地步。曹操认为司徒赵温举荐曹丕，并不是因为曹丕真的有才能，就派侍中、守光禄勋郗虑，持节奉策免去司徒赵温官职。

曹丕心里十分难过，难过中夹杂着羞辱。曹丕对自己的人生是有规划的，规划的人生这一次受到了挫折，给他带来极大的痛苦。他慨叹自己偷鸡不成反倒蚀把米。他认为，假如荀彧不来信揭穿此事，说不定会有好的结果，也不会给他带来巨大的羞辱。他对荀彧一天比一天仇恨。

甄宓赶忙劝慰，劝他把眼光看远些，不能患得患失于一时。曹丕感觉甄宓最能体谅人，两人更是如胶似漆。

任芳噘着嘴嘲笑他不知羞耻！他牙齿咬得“咯吱”响，把任芳杀了的心都有了。

文姬还乡

在平定乌桓后，曹丕遇到了一件令他感慨不已的事情，他感觉父亲是个重视文化历史且重情重意的人。蔡文姬的遭遇让曹丕得到了丝丝安慰，他明白，人的命运，本来就是变幻莫测的，人就得不计一时之得失。

平定了乌桓，南匈奴随即派使者来到中原，请求归附，年年进贡。曹操应允。曹操给孩子说过蔡文姬的事情，听说南匈奴左贤王的王妃是中原人。酒宴上，曹操向南匈奴使者打听左贤王王妃的情况。南匈奴使者道："左贤王王妃姓蔡，名文姬。"曹操又问了那王妃相貌，最后确定南匈奴王妃果然是蔡邕的女儿蔡文姬。曹操捋须大笑，笑得南匈奴使者一头雾水。

这蔡文姬可不是平凡之辈。她名琰，字文姬，陈留郡圉县人。她的父亲是大名鼎鼎的文学家、书法家、历史学家蔡邕。曹操与蔡邕本是莫逆之交，且与蔡文姬早就认识。曹操在洛阳为官时，与蔡邕彼此引为知己。比蔡邕小二十二岁的曹操，敬慕蔡邕的才学和信义。蔡邕也推崇曹操的文韬武略，二人过从甚密。蔡文姬，幼年貌美早慧，才学过人。蔡文姬六岁，蔡邕在隔壁弹琴，无意中弹断了一根琴弦，蔡文姬居然能听出是第一根弦弹断的声音。蔡邕惊讶之余，又故意把第四根弦弄断，竟然又被她听了出来。蔡文姬长到十三四岁，饱读诗书，才貌俱佳，求亲者踏破蔡家门槛。蔡文姬十六岁时，由蔡邕作主，把女儿嫁给了大学子卫仲道。婚后，夫妇二人谈论诗词、时政，彼此敬重，恩恩爱爱。可惜好景不长，不到一年，卫仲道便咯血而死了。蔡文姬不曾生下一儿半女，卫家人嫌她克死了丈夫。才高气傲的蔡文姬，不堪受辱，不顾父亲反对，毅然回到娘家。回到娘家后，蔡文姬原本可以平安无忧的过寡居生活，可是，她的父亲蔡邕却出事了。董卓掌权后，听说蔡邕名气大，便极力笼络，以灭族相威胁，非让他出来做官不可。无奈，蔡邕只好走入仕途，一日之内，竟连升三级，最后获封高阳侯。然而，塞翁失马，安知祸福。后来，董卓被吕布所杀，蔡邕作为董卓一党，难逃噩运，死在狱中。家族获罪，大厦倾倒。原本想在娘家过安稳日子的蔡文姬，从此无家可归，开始了人生中一个又一个的劫难。无依无靠的蔡文姬，只身一人回了老家。那时，关中地区战乱不断，人民流离失所，蔡文姬只能随着难民到处流亡。曹操听说了蔡邕、蔡文姬遇难，曾派人寻找过蔡文姬，没有找到。

当时，关中战乱，羌胡番兵趁机掠掳中原。他们抢夺金银财物，抢掠中原的年轻妇女。每每抢掠完毕，便“马边悬男头，马后载妇女，长驱入朔漠”，满载而归。在胡兵的一次抢掠中，混杂在难民的蔡文姬，与许多被掳来的妇女，一起被带到了南匈奴。年轻貌美的蔡文姬，被献给了匈奴的左贤王，作了左贤王的妃子。这年，蔡文姬二十三岁，从此开始了长达十二年的胡邦生活。左贤王对蔡文姬恩宠有加，在南匈奴的十二年中，蔡文姬为左贤王生下了两个儿子，大的叫阿迪拐，小的叫阿眉拐。蔡文姬十分想念故国，希望能够重回中原。

建安十二年（207 年），刘备前往隆中拜访诸葛亮。三顾茅庐之后，诸葛亮向刘备献上了隆中对。

公元 208 年六月，曹操废三公，恢复丞相制度，并自任汉朝丞相。此时的曹操，逐鹿中原，扫平了北方群雄，天下初定。曹操想到了死去的忘年交蔡邕，想到了蔡家唯一的后代蔡文姬。她一个孤身女子，如今流落何方呢？曹操几次派人到洛阳、关中一带，四处查找她的下落。直到公元 208 年初，曹操的大军平定了乌桓，才打听到了蔡文姬的确切消息。

曹操“哈哈”大笑，立即派周近作为使者，携带黄金千两、白璧一双，跟随匈奴使者前往南匈奴，要把蔡文姬赎回来。左贤王舍不得放走蔡文姬，但却不敢违抗曹操的意志，只好答应让蔡文姬回去，但两个儿子一定得留下。能回到日夜思念的中原故土，蔡文姬十分高兴；但要离开两个天真无邪的儿子，她不时悲从中来，泪如雨下。

蔡文姬被接到了邺城。曹操召见了她，对她嘘寒问暖，问道：“听说夫人家有不少书籍文稿，现在还有吗？”

蔡文姬感慨地说：“我父亲生前留给我四千多卷书，但是几经战乱，已全部遗失。不过，我还能背出四百多篇。”

曹操大喜，道：“我派几个官吏到夫人家，让他们把你背出来的文章记下来，你看如何？”

蔡文姬婉言谢绝，道："我自己便可抄录下来。"曹操派人送去纸笔。那时造纸术刚刚普及，告别笨重的竹简，用纸和笔来写作，对于一位才思横溢的女诗人，是莫大的援助和支持。蔡文姬凭记忆，默写出四百多篇文章，文无遗误。曹操看了，十分满意，大加赞赏。

曹操问蔡文姬有何愿望。蔡文姬答："愿归故土。"

曹操派周近护送蔡文姬回到了故乡陈留郡。经过多年的战乱，故乡早已是断壁残垣，哪里还有栖身之所？

在曹操的安排下，蔡文姬第三次出嫁了。她的新任丈夫，是屯田都尉董祀。董祀刚刚二十岁出头，正当青春年少，生得一表人才，且通书史，谙音律，是一位自视甚高的人物。而此时的蔡文姬，却已经三十五岁，饱经离乱忧伤，已是残花败柳。从朔漠归来以后，因为思念胡地的两个儿子，她时常神思恍惚。对于蔡文姬，董祀自然有些不满，但迫于丞相的授意，只好免为其难地接纳了她。蔡文姬的第三次婚姻，虽然看似安定，却并不十分和谐如意。

就在他们婚后的第二年，董祀贪污粮款犯法当斩，曹操判他死罪。蔡文姬再一次面临失去丈夫、流离失所的悲苦命运。她决定亲找丞相，救赎丈夫。

当蔡文姬走进丞相府时，曹操正在举行宴会。朝廷里的一些公卿大臣、名流学士，都聚集在这里。听说蔡文姬求见，曹操知道在座的宾客中，有不少人都跟蔡邕相识，道："蔡邕的女儿在外流落多年，这次回来了。今天让她跟大家见见面，如何？"宾客们都欣然应允。

蔡文姬披散着头发，赤着双脚，一进来就跪在曹操面前，替丈夫请罪。她的声音清脆，言辞悲戚。宾客中一些蔡邕的朋友，看到蔡文姬这个样子，心里都十分酸楚。蔡文姬是家学渊源的千金大小姐，饱读诗书，礼仪周到。但是现在，她披着头赤着脚，站在一群男人面前，一步一磕头上到堂来。

当时，正值数九寒天。曹操见蔡文姬穿得单薄，心中大为不忍，忙命人拿来一顶头巾和一双鞋袜，叫她穿戴起来。

蔡文姬了解曹操执法如山，也深知曹操对自己父亲的感情，不如此便不能博得曹操的怜惜，不如此便不能撼动曹操的法令。曹操看到昔日才女如此可怜，念及昔日与蔡邕的交情，又想到蔡文姬悲惨的身世，倘若处死董祀，蔡文姬势难自存。曹操犹豫了，于是托词道："你说的情形的确值得同情，但是判罪的文书已经发出去了，有什么办法呢？"

蔡文姬央告说：“丞相马房里的骏马不下百匹，手下的武士多如树林，只要您派出一个武士，骑一匹快马，把文书追回，董祀就有救了。”

曹操无言以对，只好亲自批了赦免令，派了一名骑兵追上去，赦免了董祀的死罪，并让她在董祀归来之前，住在自己家中。

董祀获救后，感念妻子的恩德，带着妻子溯洛水而上，隐居山林。若干年以后，曹操狩猎经过这里，还曾经前去探视。

曹丕对父亲处事非常感动，他认为一个男子汉就应该如此。他尤其感慨蔡文姬命运，这样坎坷尚且有用于国，更何况自己富于春秋，前途更是无量。他向父亲表达了赞美的意思。

曹操道：“丕儿年轻，你不懂。我故意给蔡文姬一个救丈夫的机会，好让董祀感谢蔡文姬，让他们夫妻和睦……”

哦，曹丕若有所思地点点头，这件事促使他更加走向成熟。

送父南征

建安十三年（208 年），曹操任了丞相。荀彧提议应重用人才，再次推荐了司马懿。曹操便发起文书，任司马懿为文学掾，让司马懿陪伴辅佐儿子曹丕；没让他辅佐自己最喜欢的曹植、曹冲。因为曹操看着司马懿犹疑不定的眼神时刻闪烁着深不可测的阴沉的光，始终对他有疑心，感觉他有“雄豪异志”。

原先司马懿做曹操司空掾时，虽很少与曹丕见面，但与曹丕关系甚为友好；这次做了文学掾天天陪伴曹丕，二人关系更为密切，这对曹丕日后承王位、登帝位都是极其有用的。

其实，任文学掾与司马懿的理想是相悖的。他的理想是主管军务或行政，对此任职，他内心很不痛快，只是没表现出来罢了。曹操让他与曹丕交游，主要是看中了他的文学才能，不让他参与军事与政事。

司马懿与当时名士崔琰、杨俊、程昱私交甚好，他辅佐曹丕，让他们仨也支持曹丕。司马懿到曹丕身边反而增强了曹丕的力量。司马懿勤于职守，废寝忘食。当时曹操手下的门阀官僚拥汉者很多，司马懿私下多次向曹操表示坚决支持他，渐渐让曹操对他减少了戒心。

曹操平定北方后，在建安十三年（208 年）正月回到邺城后，立即开始了向南用兵的军事上和政治上的准备：派蔡瑁、张允邺凿玄武池训练水军；派遣张辽、于禁、乐进等驻兵许都以南，准备南征；令马腾及其家属迁至邺城，让其做了实际上的人质，以减轻西北方向的威胁。

在做好了南征准备后，曹操要亲率雄师，饮马长江，让环氏、曹彰、曹植随大军出发南征，派曹丕在后方筹集粮草。

曹丕从父亲的分工中，再一次感到自己在父亲心目中地位的无足轻重，整日闷闷不乐。

司马懿劝曹丕道：“这次随丞相南征未必是件好事。若丞相稳扎稳打尚能建立奇功；若想一举平定江南，必遭失败。你可把此话提前说给丞相听，只安心做好筹粮一事就行了，事后必定能得到丞相的欢心。”

早饭后，曹操出征。临行，一家人送曹操到内府门口。卞夫人对丈夫千叮咛万嘱咐。曹操劝她回房休息。

其他小妾哭哭啼啼。曹操怒道：“哭什么？等我凯旋而归。”

内人回府。府外，许多官员来为曹操送行。

曹植跟父亲出征，高昂着头，得意扬扬，在各官员面前慷慨激昂，吟诗一首：“群雄正翕赫（盛怒），双翘自飞扬。挥羽激清风，悍目发朱光。嘴落轻毛散，严距（雄鸡爪子后面突出像脚趾的部分）往往伤。长鸣入青云，扇翼独翱翔。”

曹操“哈哈”大笑，自豪地赞美曹植诗才过人。

曹丕翻眼看看父亲，小声道：“父亲照顾好身体。孩儿有句要紧话不知当讲不当讲。”

曹操看看瘦条身材、颧骨高峻、棱角分明、剑眉细眼、目光锃亮的曹丕，心中疑惑他还有什么话说，道：“但讲无妨。”

曹丕便小声学说了司马懿的原话，嘱咐父亲到江南稳扎稳打，千万不能贪功图大，若想着一举平定江南，会不利的……

曹操没等曹丕把话说完，便大怒：“我今日出征，想不到你竟然说出此等混账话来！还不下去！”

“诺！”曹丕一时手足无措，瞪眼张嘴不知如何是好。来送曹操的司马懿附曹丕耳边提醒：“公子该哭才是。”

曹丕一急，泪水真的夺眶而出，哭得十分真诚。

曹操与百官都认为曹丕孝顺。

公元208年七月，曹操挥军南下。八月，荆州刘表病死，曹操按出发时荀彧提的建议，抄捷径轻装前进，迅速到达宛、叶之地，直逼继承刘表官爵的次子刘琮而去。

章陵郡太守蒯越和东曹掾傅巽等人劝刘琮投降曹操：“逆顺有一定道理，强弱有一定形势。以臣属的身份去抗拒天子，是对国家的叛逆；以刚接手的荆州去抵御朝廷大军，必会陷入危险；依靠刘备去对抗曹操，必定失败。这三方面我们都不行，拿什么去对付曹操大军？将军您自己考虑一下，您比得上刘备吗？如果刘备挡不住曹操，那么你即使投入荆州的全部力量，也不足以自保；如果刘备挡得住曹操，他就不会再屈于将军之下了。”

曹操一路势如破竹，到达新野，刘琮听从章陵郡太守蒯越和东曹掾傅巽的意见，派人用朝廷过去颁发的符节去迎接曹操，把荆州献给了曹操。

开始，曹军将领都疑心刘琮是诈降。

曹操道：“现在天下分裂，各地割据势力都贪图用代表王命的符节来抬高自己的身份。这次送来符节，这必定是真心诚意。”曹操接受了刘琮的投降。

对于曹操南下的消息，依附刘表、屯兵樊城的刘备开始一无所知，直到曹军到达宛地附近时他才发现，就派诸葛亮询问刘琮。刘琮没见诸葛亮，派下属宋忠转告了他降曹的决定，让诸葛亮转告刘备。刘备听后既惊骇又气愤，只好立即弃樊城南逃。

曹操听说江陵储有大量军用物资，担心刘备先到，占据了江陵，就留下辎重，轻装前进。曹操到达襄阳后，听说刘备已经落荒而逃，他亲率五千精锐骑兵急速追赶。刘备一天一夜跑了三百余里，在当阳县的长坂坡又被曹军追上。刘备抛下妻子及儿子，与诸葛亮、张飞、赵云等数十人骑马逃走。曹操俘获了大量的人马、辎重。

曹操占领了江陵，任命刘琮为荆州刺史，并封他侯爵，连同蒯越等人，被封为侯爵的一共有十五人。曹操下令从狱中释放了刘表别驾、曾建议刘表遣子入质降曹的韩嵩，用朋友礼节接待了他，让韩嵩评价荆州人士的优劣，被韩嵩评为优秀的人士都得以曹操提拔任用。曹操任命韩嵩为大鸿胪，蒯越为光禄勋，刘先为尚书，邓羲为侍中。

曹操出师南征，捷报频传。刘备不堪一击，再次抛下妻子及儿子，与诸葛亮、张飞、赵云等数十人骑马逃走的消息不胫而走。荆州一带人们纷纷评论刘备私心太重，在危急时刻，不应该多次抛妻舍子独自逃命。

许都与邺城不断收到南征将士奋勇杀敌、曹彰屡建奇功、曹植深得赞赏的消息。朝廷上下一片赞誉之声。曹丕听到消息，既高兴又担心。他为父亲出师告捷高兴，为弟弟守着父亲建奇功担心。在后方，征粮有荀彧与夏侯渊操心办理，其实自己整天无所事事，倍感不安。

曹操占有了荆州的土地。中原部队十五六万人，新收降的刘表军七八万。曹操南征荆州时，从十五六万北方军人中抽调出步兵八万人、骑兵一万余人，调集来南征的军队没有全部参战。旱路运输限制了出战的兵力。在一条线上，上限兵力只能是五六万人。超过此数，不仅道路拥塞，后勤也无法保障。

荆州兵总数可达七八万，但长沙、桂阳、零陵、武陵等南四郡刚被抚定，曹军能动用的仅有集结在襄阳等地的二万多人。曹操留徐晃驻扎樊城，令曹仁镇守江陵，亲率约七八万东征军向东吴进发。曹操打败刘备，设想一举拿下孙权，统一江南大部。

当时，谋士荀彧、荀攸、贾诩、程昱都在曹操身边，他们个个都是能独当一面的战术大师。可面对曹操的急功冒进就像集体失声一般，没有任何存在感。按理说曹操还是非常喜欢听取谋士意见的，但在赤壁之战时的曹操已经不是官渡之战的曹操了，谋士的进言似乎变得不那么重要，甚至是到了被冷落的地步。

深秋的天空一碧万顷，秋雁高飞。江水滔滔，浪花飞溅。

此时，曹操的东进军好不威风。江两岸走着步兵，江中行进着曹军水师与刘表所训练的水军的舟船，包括数以千计的艨艟战船，可谓旌旗蔽日。舳舻千里，沿长江而下，水军步兵，水陆并进，浩浩荡荡，威武雄壮。

当天晚上明月皎洁，习习的风颇有些凉意。江水中倒映着如巨龙似的战船的影子。曹操在江中船上置酒备乐，欢宴诸将。酒酣，曹操取槊（长矛）立于船头，慷慨而歌：

青青子衿，悠悠我心。但为君故，沉吟至今。
呦呦鹿鸣，食野之苹。我有嘉宾，鼓瑟吹笙。
明明如月，何时可掇？忧从中来，不可断绝。

刚打胜仗，人人受赏，士气高昂。岸上、水中，诸将欢呼，掌声雷动，一片欢庆胜利的欣喜。

曹丕听说了孙权与刘备联合的事情，又听到父亲要领兵攻打东吴的消息，便想起了司马懿的话，不免为父亲担心起来。父亲攻打东吴，如果司马懿预言成真，事情可就惨了。曹丕不禁为父亲捏了把汗。

赤壁之战

江东孙权（182 年—252 年 5 月 21 日），字仲谋，吴郡富春（今浙江富阳）人，生于下邳（今江苏徐州市邳州），三国时代东吴的建立者。他父亲孙坚和兄长孙策，在东汉末年群雄割据中创下了江东基业。建安五年（200 年），孙策遭刺杀身亡，孙权掌事，成为江表（长江下游以东地区，即今皖南、苏南、浙江）一带的诸侯。

这日，孙权在宫府正与几位重臣议事，人报，曹操率大军来犯。孙权紫髯炸开，碧眼放出异光，方下巴大嘴咬了两下嘴唇，发出“哇呀呀”一声怪叫。他立即派鲁肃到夏口去，一是窥探虚实，二是让鲁肃找刘备，联刘抗曹。若在平时，孙权根本看不上刘备那小子。现在，曹操来犯，刘备素与曹操不和，根据“敌人的敌人就是朋友”的自然法则，他联合了弱小的刘备，也能填上一点力量。

鲁肃接令迅速动身。

鲁肃（172 年—217 年），字子敬，临淮郡东城县（今安徽定远）人。他出生于士族家庭，幼年丧父，由祖母抚养长大。他体貌魁伟，性格豪爽，喜读书，好骑射。东汉末年，他眼见朝廷昏庸，官吏腐败，社会动荡，就召集乡里青少年练兵习武。他仗义疏财，深得乡人敬慕。当时，周瑜为居巢长，因缺粮向鲁肃求助，鲁肃将一仓三千斛粮食慷慨赠给周瑜。从此，二人结为好友，共谋大事。不久，周瑜东渡长江，投奔孙策，鲁肃与他同行，把家留在了曲阿。见到孙策后，鲁肃很受孙策赏识。孙策死，周瑜马上向孙权推荐了鲁肃，说他有才干，可做辅佐之臣，并且建议孙权应该多方搜罗像鲁肃这样的人才，以成就大业，不能让他们流散外地。

孙权立即约见鲁肃，与鲁肃交谈，非常高兴。等在场宾客起身退出时，鲁肃也告辞而出。但不一会儿，鲁肃又被孙权悄悄领了回来，合榻对饮。孙权道：“当今汉室如大厦即倾，四方纷乱不已，我继承父兄创立的基业，企望建成齐桓、晋文那样的功业。既然您惠顾于我，请问有何良策助我成功？”

鲁肃道：“过去汉高祖耿耿忠心想尊崇义帝而最后无成，这是因为项羽加害义帝。如今曹操，犹如过去项羽，将军您怎么可能成为齐桓公、晋文公呢？以鲁肃私见，汉朝廷已不可复兴，曹操也不可能一下子就除掉。为将军考虑，只有鼎足江东，以观天下变幻形势。天下局势如此，据有一方自然也不会招来嫌猜忌恨。为什么呢？因为北方正是多事之秋。您正好趁这种变局，剿除黄祖，进伐刘表，尽力占有长江以南全部地方，然后称帝建号以便进而夺取天下，这如同汉高祖当年那样建立大业啊！”

鲁肃率领部属投奔孙权，为其提出鼎足江东的战略规划，因此得到孙权的赏识。

鲁肃抵达南郡，听说刘琮已投降了曹操，急得像热锅上的蚂蚁一般，便直接去找刘备。鲁肃在刘备逃跑的路上见到了他，便询问刘备日后的打算。

刘备满脸胡楂，一副倦容，长长地叹口气道：“唉！曹操势大，我人少力薄无力对抗。苍梧郡太守吴巨是我的老朋友，我打算投奔他去。”

鲁肃态度十分诚恳，道：“孙权将军聪明仁惠，重贤爱才，江表英雄豪杰都乐意为他所用。现在孙权占有六郡土地，兵精将广，粮充物丰，足以成就一番事业。常言道，良禽择木而栖，良臣择主而事，愚以为，将军不如派遣心腹之人到江东与孙权将军共商大计，孙刘联手对抗曹操，大业可图也。”

刘备听后愁眉舒展，捋须大笑，连说好好好。

鲁肃拱手打揖离去。

诸葛亮对刘备道：“如今形势危急，我愿奉命去向孙将军求救。”刘备派诸葛亮前往。

诸葛亮（181 年—234 年 10 月 8 日），字孔明，号卧龙（也作伏龙），汉族，徐州琅琊阳都（今山东临沂沂南）人，他头戴纶巾，手持羽扇，身长八尺，容貌甚伟。

诸葛亮在汉灵帝光和四年（181 年）出生在琅琊郡阳都县的一个官吏之家，诸葛氏是琅琊的望族，先祖诸葛丰曾在西汉元帝时做过司隶校尉，诸葛亮的父亲诸葛珪在东汉末年做过泰山郡丞；诸葛亮三岁时母亲章氏病逝，八岁时丧父，与弟弟诸葛均一起跟随由袁术任命为豫章太守的叔父诸葛玄到豫章赴任。东汉朝廷派朱皓取代了诸葛玄职务，诸葛玄就去投奔荆州刘表。

建安二年（197 年），诸葛亮的叔父诸葛玄病逝，汉献帝已从长安李傕手中逃出，迁到了曹操的许县。诸葛亮此时十六岁，平日好诵读《梁父吟》，又常把自己比成管仲、乐毅。当时的人对他都不屑一顾，只有徐庶、崔州平等好友相信他的才干。

他与当时的襄阳名士司马徽、庞德公、黄承彦结交甚好。黄承彦曾对诸葛亮说："听到你要选妻，我家中有一丑女，黄头发、黑皮肤，但才华可与你相配。"

诸葛亮应许这门亲事，迎娶她。当时的人都以此作笑话取乐，乡里人传言"莫作孔明择妇，正得阿承丑女"。可见，诸葛亮妻子是个才女，不怎么漂亮。

刘备结交诸葛亮时，正依附刘表屯兵新野。司马徽与刘备会面时，道："那些儒生都是见识浅陋的人，怎会了解当世的事务局势？能了解当世的事务局势的俊杰，只有卧龙（诸葛亮）、凤雏（庞统）。"刘备希望徐庶引见诸葛亮，徐庶建议："这人可以去见，不可以令他屈就到此。将军宜屈尊以相访。"

刘备便亲自前往拜访，去了多次才见到诸葛亮，史称"三顾茅庐"。刘备与诸葛亮二人相见，刘备向他提问："现今汉室衰败，奸臣假借皇命做事，皇上失去大权。我没有衡量自己的德行与能力，想以大义重振天下，但智慧谋略不足，所以直至今日，时常失败。不过我志向仍未平抑，先生有没有好的计谋可以帮助我？"

诸葛亮手摇羽扇，遂向刘备陈说了三分天下之计，分析了曹操不可取，孙权可作援的形势；又详述了荆、益二州的州牧懦弱，有机可乘，而且只有拥有此二州才可立足天下；更向刘备讲述了攻打中原的战略。这篇论说被后世称为《隆中对》。刘备听后大加赞赏，力邀诸葛亮相助，于是诸葛亮便出山助刘。

此乃往事补述。

诸葛亮来到柴桑，见到了孙权。

柴桑，古县名，西汉设置，因县西南有柴桑山得名，治所在今江西省九江市西南。诸葛亮私下打算用激将法激怒孙权，道："天下大乱，孙将军在长江东起事，刘备在汉水以南地区召集属众，与曹操共同争夺天下。现在，曹操基本统一了北方，南下攻破荆州，所向披靡，威震四海。在曹操大军面前，英雄无用武之地，刘备不得已逃到这里，希望将军量力而行。如果将军能带领江东人马，与中原的曹操相抗衡，那就及早与他断绝联系；如果不能，那就早早地解除武装，向曹操俯首称臣。”

孙权怒眉倒竖，碧眼圆睁，紫髯炸开，讽刺道：“我不能拿吴国全部土地和十万精兵拱手奉送曹操，被他控制。刘备刚刚战败，逢败必逃，估计他断然不能担当联吴抗曹的重任。”孙权虽然内心想联合刘备，但面对高傲的诸葛亮哼哼鼻子，表现出一副不屑的样子。

诸葛亮摇摇羽扇，冷笑道：“刘备虽然长坂坡大败，军队溃散，但现在陆续回来的战士和关羽的水军加起来精兵不下万人，依附刘备的刘表长子刘琦集结在江夏郡的士兵，也一万有余。曹操率领轻骑兵一天一夜奔驰三百余里，军队远道而来，已经疲惫不堪。这正是人们所说的‘强弩射出的箭，到了力量已尽的时候，连鲁国产的薄绸都穿不透’啊。再说，北方的士兵，不擅长水战。荆州地区的民众归附曹操，只是因他军队的威逼，并不是心悦诚服。如今，孙将军如果真的能够统领数万大军，与刘备齐心协力同战曹操，一定能取得胜利。曹操失败后，必然退回北方，这样荆州与东吴的势力就强大起来，形成鼎足三分的局势。成败的关键，在此一举！”

诸葛亮此番话说到了孙权心眼里。他捋捋紫髯，碧眼放光，拊掌大笑道：“好！好！”

曹操听探马来报，孙权打算联合刘备与他对抗，不免心中一沉，便写信派人送给孙权：“我奉天子的命令，讨伐有罪的叛逆，军旗所指，夺荆州，败刘备，势如破竹，刘琮降服。如今，我统领水陆军八十万，将与将军在吴地一道狩猎。何去何从，请孙将军早作打算。”

孙权阅后，道：“这分明是下的战书。”他把曹操的来信递给部属，部属们传递观看，都大惊失色。长史张昭道：“曹操是豺狼虎豹，挟持天子以征四方。今天我们如果与之抗拒，则名不正言不顺。况且将军可以用来抵抗曹操的，是长江天险。现在，长江天险已由曹操与我们所共有，双方力量的众寡又不能同日而语。因此，依我之见，最好是迎接曹操，投降朝廷。”众人纷纷响应，只有鲁肃皱眉瞋目不发一言。

孙权碧眼一轮，炸炸紫髯，起身到宫外吐了几口长气，他万没想到，他的部下是这样的软弱。鲁肃追到房檐下，深深叹了口气。孙权明白鲁肃的心思，握着鲁肃的手说：“刚才那些人的说法，真是让我大失所望了。”

鲁肃道："将军有神武英雄的谋略，又凭借父兄的基业割据江东，良将精兵足够使用，英雄乐于为您效力。以我的意见，决不能降曹，而应当与之抗衡，横行天下。如今曹操尚未完全平定北方，马超、韩遂驻兵函谷关以西，对曹操虎视眈眈，是曹操的后患。而曹操舍弃北方人用惯的鞍马，改用他们不习惯的船舰，匆匆赶来与我们生长在水乡的江东人在江面上决一胜负，胜负的结局早已判明了。时至严寒，他们的战马缺乏草料。中原地区的士兵远道跋涉来到江湖地区，不服水土，必然会发生瘟疫。这几方面都是曹操用兵的大患，他却贸然行事。将军可抓住有利时机，与之对战，战胜曹操就在今日。我请求率领精兵数万，进驻夏口，一举击败曹操。"

孙权颔首称赞，道："鲁肃将军主张迎战曹军，正合我意，是上天把你交给了我呀！"

孙权回到议事大厅，拔出佩刀，"啪"的一声砍下去，砍断了面前奏案的一角："各位将领官吏，日后谁若胆敢再说应当投降曹操的，就与这个奏案的下场一样！"

众人一愣，面面相觑，鸦雀无声。

此时，以中护军的身份与长史张昭共掌军事的周瑜奉命守卫番阳，鲁肃劝孙权把他急召回来。

周瑜（175年—210年），字公瑾，东汉末年名将，庐江舒县人。洛阳令周异之子，堂祖父周景、堂叔周忠，都官至太尉。正史上的周瑜，绝非《三国演义》里气量狭小之人，本是性度恢廓、实奇才也。宋范成大誉之为"世间豪杰英雄士、江左风流美丈夫"。他资质风流，仪容秀丽，聪明过人，智勇双全，又精通音律，江东有"曲有误，周郎顾"之语。周瑜年轻时与孙策交好，二十一岁起随孙策奔赴战场平定江东。周瑜、孙策攻破皖城，得到桥公两个女儿，皆国色天姿。孙策自娶大乔，周瑜娶小乔。

后孙策遇刺身亡，孙权继任，周瑜率兵赴丧，以中护军的身份与长史张昭共掌军事。

星光闪烁的夜晚，周瑜奉命急匆匆回来在宫室见了孙权。宫室中灯火通明，孙权一摆袍袖，侍女离去。周瑜道："听说众人提出向曹操投降，我甚为恼怒。其实，他们鼠目寸光，只看到曹操信中说有水、陆军八十万，没分析曹操的虚实。我据实计算过，曹操所率领的中原部队不过十五六万人，而且长期征战，早已疲惫；新接收的刘表的部队，至多有七八万人，并且心怀猜疑。这些兵再分散到各处驻守，来攻打我们的最多不会超过刘表部队的数目。以疲惫分散的士卒，驾驭心怀猜疑的部众，人数不多，没有什么可怕的。我只要五万精兵，就足以制服曹军，望将军对曹操加紧攻击，不要失去这大好时机。”

孙权拍拍周瑜的肩，朗声欢笑：“公瑾哪，你与鲁肃的见解，正合我意。张昭、秦松等人怀有私心，各顾其家，太让我失望了。我已经挑选好三万精兵，战船、粮草、武器全都备齐，你和鲁肃、程普率兵先行，我继续调集人马，多运辎重、粮草，当好你们的后援。你们若能战胜曹军，就当机立断；如果失利，就退到我这里来，我再亲与曹操决一胜负。”

孙权任命周瑜、程普为左、右督都，各带领万余人与刘备合力迎战曹操；任命鲁肃为赞军校尉，协助筹划作战。

刘备在湖北省西部武汉东侧长江南面的樊口驻扎，心急如焚，每天派巡逻的士兵在江边眺望孙权的军队。他很担心孙权给自己下套，把他的部队放到炉火上烤，以至于被曹操吃掉，孙权好坐收渔利。

这天，瞭哨的士兵终于看到了周瑜的船队，立即乘马从江边回樊口军营报告刘备。刘备喜出望外，忙派人到江边前去慰劳周瑜。

周瑜对慰劳的人道：“我有重任在身，又不能委派别人代我与刘备会晤。如果刘备能屈尊前来江边会面，实在是我所盼望的。”

刘备就乘一只船去见周瑜，二人在周瑜的指挥船上见面。周瑜细细打量刘备，只见他身高七尺五寸，两只耳朵似乎有点过长，下耳垂几乎能挨肩上的衣服。他的双手也比较长，估计垂下来能摸住膝盖。他的脸皮白生生的，红红的嘴唇上长着一些稀疏的胡须。周瑜暗笑道：“一派书生模样，能打仗吗？”

刘备彬彬有礼，道：“现在我们联合起来抵抗曹操，实在是很明智的举动。不知东吴有多少将士？”

周瑜道：“三万人。”

刘备面露难色：“可惜人数太少了。”

周瑜轻摇羽扇，道：“三万足够用，将军被曹操吓怕了，且看我如何击败曹军，你只作壁上观即可。”

刘备极为尴尬，干咳两声，并未搭话。

同年十一月，孙刘联军逆水而上，行至赤壁，与正在顺江而下的曹军相遇。当时，曹军中不少人已患瘟疫，新编水军及新附荆州水军还没训练好，士气不足，初战被周瑜水军打败。曹操想起临行时曹丕说的话，感觉儿子所言似乎有一定道理，便命令水军退到江北与陆军会合，把战船靠到蒲圻县西一百二十里的长江赤壁北岸乌林一侧，继续操练水军，等待良机再行出战。

周瑜把战船停靠南岸赤壁一侧，隔江与曹军对峙。

曹操因为北方士卒不习惯坐船，就听从徐庶建议，将舰船首尾连接起来，人马在船上如履平地，这样有利于北方士兵在船上作战。

周瑜部将黄盖道："如今敌众我寡，我们不能同曹军长期对峙。一旦曹军站稳脚跟，练好水军，士兵服了水土，到那时一经开战，我们必将惨败。现在曹军正把战船连在一起，首尾相接，我们可趁机用火来攻，战败曹军。"

周瑜十分赞赏火攻战法，连夸妙计。二人秘密商定计策，周瑜令黄盖依计而行。黄盖先给曹操写一封投降信，派人送给曹操，称自己被周瑜打伤，心存不满，打算带着粮食武器投降曹操。

曹操看信后"哈哈"大笑，答应接收黄盖投降。

黄盖选取艨艟战船数十艘。这类战船是专门用作冲撞的，黄盖在艨艟战船上装上了干荻和枯柴，又在干荻和枯柴里边浇上油，外面裹上帷幕，帷幕上边插上旌旗，预先备好乘坐士兵的快艇系在艨艟战船船尾。

第二天，江面上正好大雾弥漫，东南风一阵紧似一阵。黄盖把装上干荻和枯柴的战船排在前面，到江心时升起船帆，大的战船在小船后面依次前进。周瑜站在主帅战船上，他头扎纶巾，腰挎宝剑，率领大量战船、精锐战士紧随火船之后。

曹操没加任何防备，早早带领将军站在船头等着黄盖投降。迷雾中，他隐隐约约看到一队打着"黄"字旗帜的船正向这边驶来，便以为黄盖投降来了，"哈哈"大笑："黄盖将军助我破东吴矣！"曹军的官兵指着东吴的船欢呼："看！看！黄盖真的来投降了！"

东吴的几十条小船上装着浇油的干荻和枯柴，里面盛着火药，外面裹上帷幕，船后面拴着十几条小船。眼看离曹军的船只有半里远，黄盖便下令点起了柴火。火点着后，点火的士兵跳进后面系着的小船里。等大火燃起，周瑜猛力击鼓，东吴艨艟猛冲进曹军船阵中。着火的船连在一起像一条威力无比的火龙飞驶过来。艨艟利用己方坚船高速冲向曹军舟船要害部位，使曹军战船失去战斗力。

干荻和枯柴被点燃后火势凶猛，再加上刮着东南风，瞬间把曹军战船燃着了。

突如其来的进攻，使曹军将领手忙脚乱。曹操忙指挥士兵用水浇，用衣物扑打救火。由于事先没有做好准备，曹军临时弄些沙土、盆水救火，面对东吴用油硫黄燃起的大火，简直是杯水车薪、无济于事。古代战船是由易燃的木头制成的，再加上曹操战船连在一起，无法单独移动，战船全被撞坏或烧毁。

火势又蔓延到了曹军设在陆地上的营寨。营寨的帐篷、军草等物，顷刻间被燃成一片火海。只见赤壁江里、岸边，全都浓烟烈火，遮天蔽日。

东吴后面战船上的将士，随着震天的战鼓声，奋勇冲杀。

张辽驶一只小船接应曹操，把小船靠在曹操大船边，引曹操下到小船上。黄盖指挥战船来追。张辽拉弓一箭正射中黄盖。

曹操上岸后忙指挥士兵在岸上与吴军奋力厮杀。周瑜也指挥大军冲上岸来，他早先已经派人把岸边后面的曹营也烧着了。新攻上岸的吴兵继续放火，火势顺着东南风迅速蔓延整个曹营。双方用戈、矛等兵器展开激烈的肉搏战，直杀得天昏地暗。

刘备军在后面摇旗呐喊。

曹军兵士许多不服水土症，患着瘟疫，军力不整，士气不高。周瑜突然来袭，士兵没有做好准备。大火一起，烟烧火烤，战马受惊后乱跑。经过激战，曹军伤亡过半，曹操下令撤军。

孙刘获胜。周瑜知道曹操退兵善于断后，便收兵回营。

曹操率军从华容道撤回到江陵，命曹仁、徐晃等继续留守南郡（治所江陵），派文聘守江夏，委任乐进守襄阳、满宠代理奋威将军，屯于当阳。曹操担心赤壁失利政权不稳，率军立即赶回北方。

曹操心情沉重，自起兵以来，他经历了大大小小的战役不下百次。颍川之战大破黄巾军，荥阳之战追赶董卓，徐州之战报父仇，濮阳之战战胜吕布，汝南之战杀何仪，洛阳之战救出汉献帝，宛城之战损失典韦、曹昂、曹安民先败后胜，下邳之战擒吕布，寿春之战破袁术，小沛之战破刘备，白马之战斩颜良，延津之战诛文丑，官渡之战破袁绍，邺城之战破袁尚，柳城之战损失郭嘉、斩了蹋顿，荆州之战降刘综、破刘备……像这样损失如此惨重的战役仅有这一次。他反思，孙权才能卓越除外，主要是自己对困难估计不足，轻敌冒进，想着尽快统一天下，太急于求成了。他想起临行时儿子曹丕的劝告，感觉丕儿很有政治远见，对曹丕多了一份信任，增添了喜爱的感情。

曹操回来对曹丕感叹：“生子当如孙仲谋（孙权字）啊！”

曹丕听了十分不爽，他皱皱倒八字眉，咬咬牙，暗暗下决心，日后要寻找机会，与孙权一战。他对孙权一百二十个不服气，日后有机会，他要把孙权打得溃不成军，好让父王看看，自己的能力远在孙权之上。

铜雀台赛诗

赤壁之战，曹操惨遭失败，回邺城丞相府后，终日闷闷不乐，酿成一场重病。这一年，曹操五十三岁，身体有些消瘦，胡子头发添了些许点点霜雪，只有眼睛依然犀利明亮。

曹丕二十二岁，已发育成熟。他身高七尺五寸（约合现在一米七三）身体依然瘦削，颧骨更显高峻，棱角越发分明；剑眉倒立更是分明，细眼亮光更显犀利。对于赤壁之战的失利他倒看得开些，他私下里盘算，赤壁之战失败，是坏事，但从某角度看，对自己好像也有有利的一面。战事失利，所有的参战将士都无功而返，当然，出征的曹彰、曹植也是耷拉着脑袋。并且，曹丕从中吸取了"不可贪功激进，战而应有充分准备"的教训。他及时安慰父亲。曹操嘱咐道："刘备不足虑，日后对东吴孙权当十分留意。"这句话刻在了曹丕心里。

曹丕翻眼看看父亲，安慰道："刘备在关键时候连他的妻儿都能抛弃，此人不足为虑。在您失败后，听说关羽能在华容道对您出手相助也算是义薄云天了！"

曹操道："我对关羽还是很赞成的。人们说他在华容道因感恩我放过了我，那纯粹是一种传言。真实的情况是，我军强大，孙刘弱小，他们只求我军不得渡过长江，不被我灭，好保全自己的势力范围，根本无力抽出兵力设伏。但失败后我心中仍十分难过。"

曹丕对父亲又是一番劝慰。

卞夫人对曹操关心照顾得无微不至，煎汤侍药，多方劝解安慰，很是尽了贤妻的义务。曹操感激地拉着卞夫人的手："夫人呢，我这一病，你受累了。"他看着他的夫人，虽然已经四十八岁，但瓜子脸上仍然布有浅浅的红晕，新月眉毛下的一双杏眼还像姑娘时一样，流露着聪颖、善良、智慧的光芒。特别是她的身材，虽是生四个孩子的母亲了，仍是细柔的柳腰，便备感喜爱。

公元210年，曹操在邺城左侧禁苑区修建的邺城铜雀台竣工。铜雀台高十余丈，台上又建起了层台累榭。那丹楹刻桷、亭坊殿宇，在周围新栽的翠柳黑松的衬托下，更显得雕刻精细、鬼斧神工。铜雀台四周绿树成荫，成荫的绿树外面是一周神秘的荷塘，荷塘里碧绿的荷叶滚圆清洁。早早扬起的花骨朵像马良举起的支支神笔，期待画出满塘美丽的画卷。

四月四日，是黄道吉日。曹操在铜雀台用自家酿造、存放十年的九酝春酒大宴宾客。文臣武将、平民百姓济济一堂，男男女女呼朋唤友，好不热闹。曹操让登台在座的文士以“眺临”为题，饮酒作诗献赋。曹操更是意气风发，诗兴大发。他当场吟道：

老骥伏枥，志在千里。
烈士暮年，壮心不已。
盈缩之期，不但在天；
养怡之福，可得永年。
幸甚至哉，歌以咏志。

依然雄姿英发的曹操慷慨激昂，由于激动禁不住怅然泪下，他在诗歌中流露了建功立业、壮心不已的情怀。

“好诗！”“好诗！”曹操吟诵完毕，众人纷纷鼓掌，赞不绝口。

坐在铜雀台上的文士们挥毫运笔，想一吐为快。整个场面非常寂静，像后代举子参加殿试一般。等着吟诗的人停止了说笑，像怕惊扰了文士一样，全都静静地看着文士挥毫写文。当大家还在奋笔疾书时，十九岁神清骨秀的曹植第一个上台吟赋：“……建高门之嵯峨兮，浮双阙乎太清。立中天之华观兮，连飞阁乎西城。临漳水之长流兮，望园果之滋荣。仰春风之和穆兮，听百鸟之悲鸣……”曹植昂着头，面放红光，他的一篇《铜雀台赋》一蹴而就，才思敏捷，文采斐然，气势惊人。这越发显示出他的英俊潇洒，文气脱俗，惹得人们交口称赞。曹操很重视儿子的文才，听后心中大悦。

曹植的才名，一时传为美谈。

曹植，字子建，七八岁便能诵读诗论及辞赋数十万言。曹植十岁，对诸子百家广泛涉猎，能诵读《诗经》《论语》及先秦两汉辞赋。他相貌像卞夫人多，两弯眉浑如黑漆，一双大眼闪闪放亮，更显文雅帅气、敦厚善良。此时曹植崭露头角，吐千丈凌云之志气。

相比曹植、曹彰，曹丕处于比较尴尬的地位。曹操对儿子的每次考试，曹丕常常武不如曹彰，文不如曹植。曹操夫妇更喜欢曹植。

曹操有一次看了曹植的诗文，称赞他说：“植儿是个优秀的孩子啊！”卞夫人见夫君喜欢曹植，自然十分高兴。因为自己也特别喜欢他，七八岁时的子建一副女儿模样，特别像她。父母对曹植的偏爱，常常让曹丕心生妒意。

铜雀台赛文时，卞夫人带领曹府女眷临席观赏。甄宓听了曹植的诗文，心中甚为喜爱，止不住落下泪来，忙背过脸去，看着荷塘深处。自从进了曹家门，她喜欢曹植白白胖胖、微笑敦厚的模样，喜欢曹植行云流水的诗文。

曹丕也上台献了一篇《登台赋》：“……飞间崛其特起，层楼俨以承天……”这两句最为出色。甄宓感觉丈夫的诗句虽然也美，但与曹植的诗文相比，显然略逊一筹。

甄宓看着直愣愣的任芳，笑道：“姐姐觉着子桓与子建，谁的诗文美？”

任芳“呵呵”笑道：“我不懂诗文，但感觉还是子桓的诗文俊美。咱的男人，咱不夸谁夸……”

甄宓抿嘴而笑，眯起眼看着远方的天空，不置可否。

很多文人纷纷献赋，不断博得众人的喝彩声。

铜雀台上，众文士觥筹交错，对酒当歌，吟诗作赋，又有歌舞相伴，其盛况渲染了天下太平之乐。

此时，曹操统一了北方大部，对于稳定社会、解救人民的疾苦确实起了很大的作用。曹操“设天网”罗致文学之士，虽有他的政治目的，但是客观上给东汉文学的发展提供了优渥的条件。在这样的文学环境中，曹植及众文人的才华才得到了哺育和发展。

日后铜雀台的出名就源于它建成以后，成为建安文学的一个基地。邺城文学集团的代表人物曹操、曹丕、曹植、王粲、刘帧、陈琳、徐幹等人，常常会聚于此，用笔抒发雄心壮志，歌词诗赋多有流传，被后世称为“建安文学”。曹操对于发展北方的文化事业也是功不可没的。

铜雀台众文人献艺的当晚，晚饭后，曹操仍兴致勃勃。

习习的夏风透过窗子吹进卞夫人的卧室，不远处传来杜鹃的歌儿。

曹操放下书叹口气：“杜鹃的叫声很凄惨哪！”

“凄惨？”卞夫人不解，“杜鹃叫声不是很美吗？”

曹操道：“你看过杨雄的《蜀王本纪》吗？书中记载，蜀王杜宇把王位传给了鳖灵，使蜀地哀鸿遍野，妻离子散……”

卞夫人歉意地笑笑：“为妻说的是眼下，没想古人。”

他问卞夫人：“你看咱的几个孩子谁最优秀？尽可实言相告。”

卞夫人答道：“丕儿沉着冷静，瘦得精神；彰儿机灵英武，能徒手斗虎；植儿英俊多才，丰腴善良。他们都继承了你的优点，我说不准谁更优秀，都优秀吧。”她言语中一点也没流露出对曹植的偏爱。

曹操听后“哈哈”大笑：“纵然他们个个优秀，最后继承我爵位的只能一人。我想听听你对孩子的看法，但说无妨。”

卞夫人道：“哪个孩子都是咱的孩子，大事安排由您做主。我一个妇道人家哪有夫君看人准确，全听您的安排也就是了。”

卞夫人平时对孩子要求极为严格。她嫌丕儿聪明却有些阴沉，嫌彰儿英武却有些鲁莽。其实她心里最喜欢的还是曹植。卞夫人认为子建性情简单不治威仪，舆马服饰不尚华丽，是个孝顺诚实的孩子。她感觉这孩子相貌、性情更像自己。喜欢归喜欢，她只能通过事情表现出对曹植的支持，但万万不可明讲。卞夫人担心自己说的不合夫君心意，会弄巧成拙，或欲速则不达。她认为，像这种大事自己不便多说什么，只要有个姿态也就行了。

其实，曹操也有些偏爱曹植。因为曹植前来问安时，曹操每有问难，他总能随口答出令曹操十分满意的答案，显着他思维敏捷，智力过人。曹操宠爱他，早早就封他做了平原侯。

曹操对卞夫人不露声色的态度十分满意，他认为在大事上，一个妇道人家不应该说三道四。他小声对妻子说：“孟子曰，天将降大任于是人也，必先苦其心志。对此语懂者不多。用人欲以重之，必先轻之。”说完，曹操神秘地笑笑，笑得卞夫人一脸茫然。

曹丕前来问安，夫妻俩话题中断。

卞夫人想起曹丕给她说的华三彪子担任随军校尉的事，这消息很是让她吃了一惊。她没想到，自己反复给丈夫讲矮胖子华三彪子的可恶，夫君竟然不明是非，乱用小人，继而心里有些生气。她故意向曹丕说起此事。

曹丕跪安后，给父母倒上茶水，然后低头沉思，不置可否。

卞夫人抱怨道：“夫君忘了华老三作恶多端了？我怀疑，那天晚上，就是他派人射你的一箭……”卞夫人说着都落了泪。可以这样说，这是她进曹家门后第一次当着儿子的面对夫君表示不满，她也是有意让儿子记住仇人。

曹操“嘿嘿”一笑道：“你治理家务是个内行，处理政务却是外行了。对于凶残的坏人要像猎人对付野兽一样，要么把它处死，要么把它看管起来……再说，我与华佗本是同乡，我的头痛病还需要他料理呢。他之前参与衣带诏事件想害死我，是因为原来曹洪、曹仁打了华三彪子，我都饶恕了他。丕儿学着点，对人对事都要看得远些，但是绝不能让奸邪小人有好下场。”

卞夫人若有所思，曹丕点头称是。他暗中咬咬牙：“华三彪子若犯到我手，定把他碎尸万段！”

留守邺城

建安十五年（210年），曹操为了抑制世族，巩固自己的统治，发布了《求贤令》。原文："自古受命及中兴之君，曷尝不得贤人君子与之共治天下者乎？及其得贤也，曾不出闾巷，岂幸相遇哉？上之人求取之耳。今天下尚未定，此特求贤之急时也。

"孟公绰为赵、魏老则优，不可以为滕、薛大夫。若必廉士而后可用，则齐桓其何以霸世！今天下得无有被褐怀玉而钓于渭滨者乎？又得无有盗嫂受金而未遇无知者乎？

"二三子其佐我明扬仄陋，唯才是举，吾得而用之。"

曹丕读了，当然理解大意："自古以来开国和中兴的君主，哪个不是得到有才能的人和他共同治理国家的呢？他们得到人才的时候，往往不出里巷，这难道是偶然侥幸碰到的吗？不！只是执政的人去认真访求罢了！当今天下还未平定，这是特别要访求人才的最迫切的时刻。

"孟公绰做赵、魏两家的家臣才力有余，却不能胜任像滕、薛那样小国的大夫。如果一定要所谓廉士方可使用，那么齐桓公怎能称霸当世！现在天下难道没有身穿粗衣而怀揣真才干，像姜子牙那样在渭水边钓鱼的人吗？又难道没有像陈平那样蒙受'盗嫂受金'污名还未遇到魏无知的人吗？

"你们要帮助我发现那些地位低下而被埋没的人才，只要有才能就推荐出来，让我能够任用他们。"

曹丕明白，父亲在借中兴的历史经验与历史典故，突出表明"唯才是举"的重要性、正确性。他感觉父亲的文章虽短，但写得起伏变幻，感情如层峦叠嶂，行文似游龙戏水，且文章语言简明、洗练，要言不烦，颇具说服力。他只觉得好，在父亲面前夸奖了几句。

曹操道："写此文并非想让世人夸好，时局要求我不得不多提拔下层人，来限制士族。"

曹植读了这篇《求贤令》，写了《七启赋》，文中假托一个"镜机子"

对另一个“玄微子”赞美了饮食、容饰、羽猎、宫馆、声色、友朋、王道等七个方面的妙处。此赋以招隐求贤、辅君济世为主旨，据曹操《求贤令》中“今天下得无有被褐怀玉而钓于渭滨者乎”兴感抒论，分类铺叙肴馔、容饰、羽猎、宫馆、声色之妙及游侠、俊公子之奇节异行，赞颂圣宰（即曹操）之“翼帝霸世”“举不遗才”“国富民康”建“霸道之至隆”的功绩，说服玄微子“从子而归”，表达了“君子不遁俗而遗名，智士不背世而灭勋”的积极用世、建功立业的政治态度和理想抱负。全文篇制宏大，铺陈夸饰，辞采瑰丽，气势慷慨。

曹操看后连连称赞：“建安七子，子建居于首位啊……”

这种赞誉，让曹丕感觉自己很没面子。

建安十六年（211 年）秋，行了冠礼的曹植慨然请缨，随父西征。他一路上跋山涉水，晓行夜宿。当西征大军辗转到帝都洛阳时，曹植被眼前的一幕惊呆了：饱受战火的洗劫，洛阳城往日的繁华消逝得无影无踪，到处都是残垣断壁，荆棘丛生。昔日气势雄浑的皇宫已成一片废墟，湮没在杂草间，片片黄叶满城乱舞。满腔热血的曹植怀着一颗立功垂名的心，随西征军离开洛阳，继续向西进发。一路上，他向父亲提出许多良策。曹操经过一年多的兼并战争，使西部最终结束了一盘散沙的混乱局面，迎来了稳定与安宁。凯旋的曹植受到了丰厚的奖赏。

曹植又一次出了风头，对曹丕来说，不得不说是一个不小的打击，因为他在暗暗与弟弟们较劲。他佩服哥哥曹昂，可如今哥哥已经遗世，他就成了事实上的嫡长子。按道理，他应该继承父亲的爵位，但是，如果自己不被立为储子，是不能继承爵位的。

这年春天，曹操带着曹丕和曹植回药都谯县祭祖。

老家药都的春天别有风致，风儿吹起，伴着两岸泡桐树上紫白相间的喇叭花香、四处怒放的芍药花香，清绿的涡河水像温柔的妙龄处女扭动着美丽的身姿，优美地躺卧在河床上。在药都城南郊的祖茔祭扫之后，父子三人便策马向北，沿涡河游观。曹操诗兴大发，令曹丕和曹植每人写一首《临涡赋》。

过一时，曹丕来到曹植面前，索看其赋。只扫一眼，他便惊讶道：“怎么不谋而合！”

曹植两弯眉浑如黑漆，一双大眼闪出惊疑。曹丕便道：“我拿给你看。”

便从侍从手中拿来文稿。曹植一见："荫高树兮临曲涡，微风起兮水增波；鱼颉颃兮鸟逶迤，雌雄鸣兮声相和；萍藻生兮散荆轲，春水繁兮发丹华？"墨迹未干，豁然而言。"既是一样，我的赋就不呈父亲了。"曹丕道。于是，曹丕扬鞭打马，追上父亲，呈文让父亲看。曹操看罢，眉飞色舞："果不辱我曹氏门第！"

这句夸奖让曹丕高兴了好些天，在诗文方面，他终于胜出曹植一局。

凉州马超、韩遂造反。

公元211年七月，曹操上表，升曹丕为副宰相兼任五虎中郎将，让他与甄宓留守邺城；让卞夫人与儿子曹彰、曹植随自己西征。

任芳瞪眼噘嘴，对曹丕说："看父亲母亲对子建喜爱有加，每次征讨，都带着子文（曹彰字）、子建（曹植字）。子文武功超群随征有因。子建文才优秀，也随父出征就有深意了。你得想法讨得父母欢心呢。"

曹丕听了很不高兴，道："你休要胡说，如今父亲还是很看重我的。"

甄宓眯着眼道："老人安排自有老人的道理，强求无益……"

曹丕感觉甄宓眼光远大。

任芳把脸转向一边，她早抱怨曹丕重视甄宓轻视自己，暗想："他这人自以为是，慢慢轻视我了，日后不能再给他出主意了。"

卞夫人在随君出征的路上，见到路上年长多病的老年人，便让车停下来。她下来车，赏赐他们些衣服吃食，哭泣着说："看见你们就让我想起我可怜的父母，他们吃苦受罪，没能活到你们这个年龄就去世了，盼你们健健康康地活着啊。"

黎民百姓纷纷赞誉："宰相夫人就是能体谅百姓疾苦。"

大军行进到孟津，卞夫人患了病，曹操把她安排在驿馆里疗治。

信使来邺城报告曹丕："随行的卞夫人途中生病留在了孟津。"

甄宓感觉这是难得的尽孝的好机会，对曹丕说："我不能及时照顾侍候婆母，一定会寝食难安的，我想去孟津照顾她老人家。"

信使对曹丕说："转曹丞相话，丞相只让报信于大人，让大人克勤克俭，管理好邺城事务，不让任何人前去探视。"甄宓听后不住哭泣。

甄宓屏退丫鬟，眯着眼小声对曹丕说："父亲大人不让探望，说不定也是对咱的考验。依我之见，还是去看看为妥。”

当时曹丕对任芳有些冷淡，对甄宓宠爱有加，怕路上遇到不测，执意不让她去。甄宓急得直哭。曹丕哄她，宠她。

任芳瞪眼看看甄宓，冷冷道：“谁人看不出，我最看不惯讨好献媚之人……”

曹丕两道倒立的剑眉浑如黑漆，细眼睛里射出寒星般的光泽。他狠狠瞪了任芳一眼。为了安慰甄宓，他就派人去看望母亲，暗中嘱咐探视的人回来就说，母亲大人的病已经痊愈了。等探望的人回来说老夫人病情痊愈，甄宓仍然不信，道：“夫人在家，一犯腰酸腿疼病，每次都得很久才能痊愈。离家在外多有不便，怎不让我担心呢？”说着不住哭泣。

任芳噘嘴猛地把脸扭向一旁：“谁人看不出，我最厌恶装模作样的人！”

曹丕狠狠瞪她一眼，派人再次前去孟津探望，带回了一封卞夫人的亲笔信。卞夫人在信里说她已经安然无恙，甄宓才放了心。

建安十七年（公元 212 年）正月，曹操冒着猎猎朔风，带领大军得胜返回邺城。曹丕与任芳在父亲车旁施礼问安。甄宓悲喜交加，施礼后快步走上前去，拉住卞夫人胳膊嘘寒问暖，竟然流出泪来：“婆婆患病，实在让俺挂心了。”

卞夫人见甄宓这样关心自己，也忍不住落下泪来：“我只是偶感风寒，腰腿痛老毛病犯了，没过几日便好了。”她对迎接她的侍妾说：“你们看，我的气色不是很好吗？”众侍妾纷纷祝贺。

甄宓道：“公婆安康，是俺小辈的福分。”

卞夫人当着众人面夸她：“丕儿不断派人看我，听探望的家人说，儿媳甄宓，因为牵挂我寝食难安，真是让你们挂心了。她是位孝顺的媳妇啊！”

曹操的侍妾看到她们婆媳这样亲密连连赞美。牵马的仆人曹知与跟车的曹嬷嬷等许多人，被感动得落泪不止。

曹操高兴得捋捋胡须“哈哈”大笑，对曹丕夫妇的表现甚为满意。

曹丕的正妻任芳将脸扭向一边，对甄宓的“占尽上风”很是嫉妒。她感觉自己被冷淡了，朝路边狠狠吐口吐沫，连招呼都没给婆婆打，带着丫鬟往前走了。

曹操与卞夫人都很不痛快。

回到家，甄宓亲自为公婆做饭，饭后又陪夫人聊天。卞夫人看着甄宓，感觉她就像个贴身的小棉袄，比清河公主还体贴人，任芳更是无法与她相比。

任芳几年没有生育，甄宓为曹丕生下了儿子曹叡、女儿东乡公主，更得到了曹操与卞夫人的喜爱。卞夫人夸她："丕儿说，你对他的宠妾多有劝勉，对失宠的任芳安慰开导，还常常在闲宴上劝丕儿多纳贤淑的女子，好使子嗣繁盛。你是个识大体的媳妇呀，不像别人尽吃醋，简直是醋坛子一个。"

任芳知道婆婆说的"别人"是谁，听着就噘着嘴喘了粗气红了脸，心里憋一肚子火气就想发出来。

曹丕纳了甄宓便冷落了任芳，任芳不断到婆婆那儿告状。卞夫人每次都耐心劝任芳多体谅丈夫，别与甄宓争风吃醋。任芳生气，不理曹丕，连向公婆问安都懒得去了。

任芳心里有苦无处发泄，就哭着骂了甄宓好几次，说她夺走了夫君对自己的宠爱。卞夫人劝曹丕去看望任芳。晚饭后，曹丕去了任芳那儿。任芳对曹丕又哭又骂。曹丕道："你啥时学得温柔了，我才到你这儿来。"

任芳又到卞夫人那儿告状，瞪着眼，噘着嘴，又哭又闹，说了一句不知深浅的话："儿子不懂事都是你们老人教育得不好，上梁不正下梁歪，种瓜得瓜，种豆收豆……"她说着猛地把脸扭向一旁。

曹操正好回来，看到这一幕，气得"啪"地一拍桌案："来人，今晚把她打入冷宫，明天把她送回中牟县，去伺候生气弃官回中牟的任公！"卞夫人对任芳早有成见，将脸扭向一旁，也没阻拦。

曹丕只是冷落些任芳，对她心里还有情义，就跪倒父亲脚下求道："任芳有错，我有失教之责，但愿受罚，只求轻罚任芳……"

曹操大怒，儿子竟然敢公开违拗自己，狠狠踹曹丕一脚，把他踹倒在地，仍余怒未消。曹操发这么大的火气，也不全是因为任芳。任芳她爹任公，耿直不知变通，公开反对曹操晋爵国公。当时曹操冷笑三声没听从他的意见。前些天，任公一气之下辞官回了中牟县，这不是公开与他叫板吗！

第二天，曹操早早派人打发任芳走。

任芳瞪着眼，噘着嘴，手把车门高声喊道："曹子桓，你听着，当那次沙包砸着你时，我就喜欢上了你！求你留下我！我只准你喜欢我一个……"

曹操怒道："如此野性，如此粗俗，成何体统！带走！"

曹丕追到丞相府大门口，扒开车门帘对任芳说："任芳暂且回家，等父亲消了气，我再向父亲求情，把你接回来。"这时候，曹丕对任芳竟然有些不舍了，他觉着任芳虽脾气虽然不好，其实她的心地还是善良的。她生气其实与自己冷淡她有很大关系。她终究是一枝美丽的野花，虽有点粗俗，但却有着率性自然的美丽。

任芳哭着说："现在你不给我求情，就滚远点，我到死不再进曹家门！"说完，她瞪着眼噘着嘴，猛地把脸扭向一旁。

任芳走了，曹丕听不到天天埋怨的糙语，心里反而空空落落的。

曹丕新忧

曹操欲晋爵国公、加封九锡(九锡是古代帝王对大臣的九种赏赐，有车马、衣服、乐器、武士、弓矢等，这是对大臣的最高礼遇)，可遭到不少大臣反对，于是找荀彧商量，希望得到他的支持。

曹操请荀彧来邺城谈他晋爵国公的事情。曹操为了便于谈话，为了表示对荀彧的重视，把他安排在自家的书房里住，当家人一样接待。曹丕想弥补一下与荀彧的裂痕，取得荀彧的支持，对荀彧鞍前马后的侍候。可荀彧对曹丕仍是冷冰冰的，对曹植却非常亲密。

那晚，曹丕听到了荀彧与父亲的谈话，开始内容像谈他们弟兄的，荀彧还是那种不紧不慢不高不低的腔调："……唯有才有德之人才能继承您的爵位，成就大事……"

曹丕觉着荀彧这句话像吐出了一口气，把他吹到了距父亲的爵位百里开外的地方……曹丕清楚荀彧的说话特点，从不外露他的目的指向，而把他说话的目的指向藏在话锋里让人揣摩。其实有才有德之人的指向就是十分明确的，在父亲与荀彧眼里，弟弟曹植就是这样的人。在他们眼里，他曹丕才德似乎略有欠缺，甚至还有点坏、赖、诈……

接着他听荀彧道："(曹公)本兴义兵以匡朝宁国，秉忠贞之诚，守退让之实；曹公已居丞相之位，君子爱人以德，对皇上国公的诏封辞退为好，不宜再晋爵国公。"

曹操没言语。曹丕知道，父亲心里不是滋味。

荀彧走后，曹丕进到书房，他想趁机火上浇油。曹丕道："如今是谁挑起了大汉的栋梁！是他荀彧吗？还是当今皇上刘协？除了父亲您，奉当今天子为帝的尚有几人……"

曹操摆手示意不让他再说，长长地叹口气对曹丕说："到现在我才明白，荀彧忠诚的是汉室，真心保的并不是我曹孟德啊！"

曹丕暗暗高兴，父亲疏远了荀彧，对自己是有很大好处的。

212 年，曹操起兵四十万，亲自南征孙权。开始，曹操攻破孙权江北的营寨，孙权亲自前来抵御曹军，二军相持月余。

曹操再征孙权，让荀彧到谯县劳军。荀彧到了以后，曹操笑道：“荀令君智足谋广，当前战事吃紧，为方便议事，烦请留在军中。”荀彧应允。曹操封荀彧为侍中、光禄大夫，持节，参丞相军事。

曹操行军到濡须，荀彧因病留在安徽寿春。曹操派人带一个礼盒看望荀彧，荀彧打开礼盒一看，空的，便大吃一惊。不久，荀彧忧郁而死，时年五十岁，谥号敬侯。其子荀恽继嗣他的官位，后官至虎贲中郎将。

荀彧四兄荀谌，字友若，原为袁绍部下，曾与高干一起劝说冀州刺史韩馥投降袁绍。他见到荀彧尸体，血灌瞳仁，痛哭不止，怒道：“曹孟德害我弟弟，不报此仇，我誓不为人！”不久，便不知去向。

曹操与孙权都无所获，孙权请求归顺。曹操见孙权军容严整，自己难以取胜，于是顺水推舟，答应和好，暂时撤军北还，等待时机再说。

曹丕听到荀彧死去的消息，感觉压在心中的巨石掀去了，顿时轻松了许多。

还有一件事让曹丕心中很是疑虑，也可以说是忧心忡忡。

曹操出征回邺城后的第二天，曹操刚刚用过早餐。有人禀告，吴国孙权送来一头大象，大象已经被运到了毛象坡。曹操“哈哈”大笑，他认为，这大象不仅是北方稀罕之物，还代表了东吴归顺的诚意，显示了他对孙权施压策略的成效。曹操带领文臣武将和儿子们，一同前去观看。

众人没见过大象。它头大，耳大如扇。粗大如圆柱的四肢，支撑着巨大身体。鼻长呈圆筒状，几乎与身体长度相等，且伸缩自如；鼻孔开口在末端，鼻尖有指状突起，能自如地拣拾地上的树叶。人走到大象近前，头还够不到它的肚皮。曹操问道：“谁能知道这头大象到底有多重呢？”他的意思是说，大象代表的东吴归顺诚意是无价的。下面的人如果回答赞美的话，曹操当然就很高兴。不过在场的大臣都当成了曹操真是问大象的重量，都认为它太大了，根本无法测量，因为眼下没有那么大的秤。

当时曹丕在场，父亲发问，他的脑子也在飞快地转动，可没能想出测量大象的办法来。

一个大臣说：“想称量大象，只有造一杆特大的秤来，把称吊到高高的铁架子上，然后……”另一个大臣打断了他的话：“这得造多大一杆秤呀！再说，大象是活的，也没办法称呀！”

一个人说：“活人还能让尿憋死？这事还不好办，先把大象宰了，再切成块，一块一块地来称。”

他的话刚说完，所有的人都“哈哈”大笑起来。有人说：“你这个办法可不行啊，为了称象，就把大象活活地宰了，不可惜吗？”

这时，人群里走出来个容貌姿美、风度翩翩的少年，他对曹操说：“父亲大人，孩儿有个法儿，可以称量大象的重量。”

曹操一看，正是他心爱的小儿子、环夫人所生的曹冲，就笑着说：“你小小年纪，能有什么法子？倒是说上一说。”

曹冲附在曹操耳边，小声说了一阵。曹操听了连连叫好，吩咐左右立刻准备称象。他对大臣们说：“走！咱们到河边看称象去！”有人牵着大象向河边走去。

众大臣跟随曹操来到河边。河里停着一艘大船，曹冲让把象牵到船上，等船身稳定了，命人在船舷上齐水面的地方，刻了一条长线。曹冲再叫人把大象牵到岸上来，让兵士把河岸边大大小小的石头，一块一块地往船上装，船身就一点儿一点儿往下沉。等船身沉到与刚才刻的那条道线的水面一样齐了，才让停止。

大臣们睁大了眼睛，起先还弄不明白是怎么回事。

曹冲道：“把船上的石块称一下。”

看的人不由得连声称赞：“好办法！好办法！”现在谁都明白了，把船里的石头都称一下，把重量加起来，就知道大象的重量了。

曹丕虽因嫉妒而不高兴，但暗中还是很佩服曹冲的，他这个办法真的很高明。曹丕心中暗暗想到：“日后这个小弟弟是万万不可小觑的。”

曹操眯着眼睛看着小儿子，得意扬扬地望望大臣们，心里在说：“你们还不如我的小儿子聪明呢！”

曹操这时候在众多儿子中，最喜欢的就是他这个宅心宽厚、智力超群的小儿子曹冲了。

曹冲十二三岁，年纪不大，却辨察仁爱，经常利用自己的智慧和地位，做了许多救人性命的大事。当时东汉处于多事之秋，国家用刑严重。凡应罪戮而被曹冲辩理救活的，前后有数十人。曹冲悯天怜人的性格中还隐藏着极为果断勇武的一面，这让他得到了曹操的喜爱。有人私下议论，曹冲年纪虽小，却被曹操暗中选成了继承人。

卞夫人对丈夫喜欢曹冲，嘴上不说什么，心里早感觉有把尖刀扎进了心脏。明眼人谁不知，若曹冲被立为嗣子，她的夫人之位就不牢固了，说不定还会受到丁夫人给她的那样的气受。她猜测，别看环夫人平时低眉顺眼、说话慢条斯理的，她的儿子一旦登上了大位，她为人处事啥样那就很难说了。卞夫人明白，经过战火洗礼，自己的三个儿子都茁壮成长了。可他们互不服气，又有个曹冲崭露头角，一场争夺储子之位的斗争正在暗流涌动，让她好不揪心。

随着年龄不断增长，随着父亲在朝中地位日益提高，曹丕心中整天都绷着一根弓弦。他清楚，在眼下近二十个兄弟中，自己虽年龄最大，但“嗣子”桂冠不一定能落在他的头上。正所谓，绿草丛中花一朵，不知春来开谁家？

唉！曹丕深深地叹了口气。

第三卷：夺嫡之争

一梗曹冲

公元213年五月，汉献帝派御史大夫郗虑册封曹操为魏公，把冀州、并州等十郡作为魏国封地。

颧骨高峻、棱角分明的曹丕，剑眉不住飞动，细眼射出愉悦的光亮，浑身的血都在涌动。他一心想当储子，父亲地位的高升给他的未来奠定了良好的基础。

但是想到自己在父母心中的地位，他不免身体一阵阵发凉。现实是残酷的，父母似乎根本没看上自己这个事实上的嫡长子。除了自己的两个亲兄弟曹彰、曹植之外，还有个同父异母的兄弟曹冲，他们仨都明显优于自己，这让曹丕心里很是郁闷、苦恼、伤心。人生苦短，他认为，自己既然来到了这个世上，就得大有作为。他决心为实现自己的理想做出一番努力，哪怕是被碰得头破血流也在所不惜。

曹操继续寻找战机，215年，曹操见刘备取得益州，汉中是益州门户，分析刘备必然要攻取汉中，于是曹操决定抢先一步，带兵攻击汉中张鲁。张鲁逃往巴中，最后不得不投降曹操，汉中为曹操所有。

建安二十年（215年），孙权认为刘备已经占据益州，想要要回荆州。刘备回道："等得了凉州，就把荆州给你。"

孙权愤怒，于是派遣吕蒙袭取长沙、零陵、桂阳三郡。

刘备于是率兵五万下公安，让关羽入益阳。

同年，曹操定汉中，张鲁逃往巴西。刘备听说后，一方面与孙权议和，平分荆州，另一方面派遣黄权去迎接张鲁。

曹操留夏侯渊、张郃等镇守汉中。

建安二十年（215年），在马超归降刘备、韩遂病逝的背景下，曹操决定亲率十万大军征夺汉中。秋天，曹操大军抵达阳平关。阳平关南倚鸡公山，北濒嘉陵江，地势极为险要。南可入川，北通略阳，西至陇南，东达汉中。

得知曹操征讨汉中的消息，割据汉中的张鲁打算投降曹操。张鲁的弟弟张卫不肯投降，张鲁想让张卫抵挡一下曹操，试探一下曹操军队的实力。张卫率数万人马坚守阳平关。曹操兵力占据优势，一阵冲锋击败了张卫。张鲁非常紧张，于是率军前往巴中郡。临行前，张鲁身边的人想把仓库里带不走的宝物全部焚毁。张鲁道："我早有归顺朝廷的意愿，一直未能如愿。今天我们离开，并没有别的意图，不过是想避下锋芒。宝货仓库，应归朝廷所有。"于是将宝物都妥善藏好才离去。

曹操到达巴中南郑后，对张鲁的行为大加赞赏，又因为张鲁早有归顺朝廷的意思，所以派人前去慰问。张鲁便带着全家谒见曹操，曹操以客礼相待，任命他为镇南将军阆中侯，食邑一万户。

曹操时年六十一岁，出师大捷，眉毛胡子乐得乱动。酒宴上他端着酒杯吟诗一首：

愿登泰华山，神人共远游。
经历昆仑山，到蓬莱，
飘摇八极，与神人俱。
思得神药，万岁为期。
歌以言志。愿登泰华山。
天地何长久，人道居之短。
天地何长久，人道居之短。
世言伯阳，殊不知老。
赤松王乔，亦云得道。
得之未闻，庶以寿考。
歌以言志。天地何长久。
明明日月光，何所不光昭。

这首诗写的都是虚幻的内容，写游仙时的情境和心态。先写与神人远游，诗人有感于"天地何长久，人道居之短"，希望得到神药，延年益寿。但人生短暂，对有无神药、能否长寿将信将疑。于是笔势陡转，由神仙世界直转世俗人间，写日月普照，"贵者独人"。在人间，应当尊君王，行仁义，守礼乐，不必追求长寿，需要忧虑的是乱世还没有得到治理。诗人虽然年老，但雄心不灭。"不戚年往，忧世不治"，在普遍的忧生意识中融入了作为一个杰出的政治家独有的生命价值观。但这种情思没有持续下去，最后笔势再次陡转，写想过随心所欲的放纵生活而又于心不安的矛盾心态。

建安二十一年（216 年）夏四月，鉴于曹操南征的功劳，汉天子册封曹操为魏王，邑三万户，位在诸侯王上。他可奏事不称臣，受诏不拜，以天子旒冕、车服、旌旗、礼乐郊祀天地，出入得称警跸，宗庙、祖、腊皆如汉制。魏国国都在邺城。魏王子皆为列侯。此时曹操名义上为汉臣，实际上已经拥有了皇帝的职权与地位。

到十月，汉天子更进一步准许魏王曹操使用的王冕规格与皇帝等同。

庆典这天，曹操头戴黑色垂有玉制十二冕旒的王冠。冕冠两侧，各有一孔，用来穿插玉笄，与发髻拴结。笄的两侧系有丝带，在颌下系结。丝带上的两耳处，还各垂一颗珠玉，名叫“允耳”。“允耳”不塞入耳内，只系挂耳旁，象征义是用来提醒戴冠者勿听信谗言。他身着绘有章纹的黑色上衣，下穿佩有蔽膝、佩绶、赤舄的冕服，乘金根车、六马驱策。这些穿戴、车具与天子等同。

卞夫人头上梳着插髻的云鬓，身着上青下浅黄的蚕服，坐在副车上。她感觉自己的夫君八面威风，自己也是威风八面的。她朦朦胧胧地想，自己从小盼望的也许就是眼下的情景，也许不是。她隐隐约约地好像看到了丁夫人、环夫人正虎视眈眈地盯着自己，心里不禁激灵灵打个寒噤。

从父亲成为魏公时起，曹丕做储子的心就像阳光下的向日葵一般蓦然开放了。他自己从小的心思就是总盼望能胜过别人，到现在就更具体化了，就是想当魏太子，继而成为魏王。曹丕这样想自有他的道理：“如果哥哥曹昂在世，哥哥做储子，自己绝没任何怨言。曹昂已经下世，自己是嫡子中的‘老大’，本该属于自己的东西如果被别人拿去，世人会如何看待自己？用老家谯县人的话评价，这人非呆即颠，若是草药也是二货渣滓。”他不蒸馒头要争口气！

曹操虽然获得封王殊荣，却整日闷闷不乐。卞夫人问道：“夫君呢，现如今，国泰民安，家庭兴旺，您却终日闷闷不乐所为何事？”

曹操道：“夫人只知其一，不知其二。如今诸侯割据，群雄逐鹿，天下鼎沸。人活在世就是一场残酷的博弈。我虽封为魏王，汉室尚未统一，黎民依然生活在水深火热之中。我的爱子曹昂离我而去了。现在需要考虑在子桓、子文、子建、仓舒（曹冲的字）之中选魏太子的事情，年长的他们仨虽然比其他诸子优秀，但都缺点明显，曹冲虽聪明仁厚，但担心他年幼驾不了辕，这很是让我忧愁不安啊。”

称象的曹冲（196年—208年5月），字仓舒，东汉末年人，曹操和环夫人之子。他从小聪明仁爱，与众不同，深受曹操喜爱。

卞夫人听后激灵灵打个寒战：“仓舒当了储子那还得了，不翻了天吗？”她看着七尺身材、细长眼睛射出犀利深沉智慧的目光、不怒自威的丈夫，他稀疏的头发、粗粗的眉毛与三绺长长的胡须已经多杂斑白，悲悯的情绪像一股涓涓溪水流满心田：“一定防止重权旁落啊！夫君已经进入耳顺年龄了，确实需要一个儿子替他扛一扛了……可这事还有什么为难的吗？现成的人就在那儿。曹植聪明伶俐，学富五车，仁心宽厚，不是响当当的魏太子人选吗？显然是绝不能让曹冲当上魏太子的。”她心里这样想，嘴里可不这样说：“这是家国大事，还须夫君定夺，臣妾无能相助了。”话说回来，她也很想得开，可口的柿饼子不能让自己全吃了，但是她得努力保证两条：第一，让自己三个儿子的任何一个做魏太子，自己就能立于不败之地；第二，最好能立自己最喜欢的儿子曹植做魏太子，以后的日子更是称心如意了。事在人为，她得尽力达到目的。

卞夫人趁曹操去许都，叫来曹植，小声嘱咐他：“你要小心翼翼地做事，千万把嗜酒的毛病改了，以博得你父王的欢心，这内中缘由可自行体味……”

曹植给母亲捶着背，道：“母亲教诲的极是，孩儿定会铭记于心。母亲大人，您老人家年轻时吃了许多苦，现在我们长大了，可别再劳累了。”

卞夫人看看自己最喜欢的儿子，只见他两弯眉浑如黑漆，一双大眼闪闪放亮，更显文雅帅气、敦厚善良。曹植最像自己，她打心眼里喜欢他，就爱抚地说：“这才是我知冷知热的好儿子！”

卞夫人又着意安排了曹丕、曹彰，大意是让他们弟兄三人团结一心，做好事情：“你们弟兄三个任何一个能担负大任我都高兴！一定防止重权旁落……”

曹丕从嘱托中体味到了母亲的护犊之情。不能让曹冲当太子，他曹丕也是这样想的。但是他不能完全接受母亲的安排，好像他们亲弟兄三个谁都可做魏太子似的。曹丕认为，做魏太子的只能是他曹丕，这是不容更改的结果，一定的！魏太子之位就是个宝座，他很清楚，在兄弟中，盯着这个宝座的不在少数，他得千方百计护着，不能让曹彰、曹植抢去，别的同父异母兄弟更不行！

曹丕要做魏太子，就要胜过那一大群兄弟。曹丕二十来岁时，感觉对他最大的威胁居然是小小年纪的曹冲。曹冲是曹丕同父异母的弟弟，容貌俊美，仪表不凡，聪敏早熟，五六岁时就展现出成年人的才识和智慧，因而最得曹操欢心。曹操经常在朝臣面前称赞他，夸他既有才识，又有仁心，言辞中毫不掩饰地透露着要立曹冲为嗣子的意思。

曹丕对父亲这样的评价不以为然："一个小屁点大的庶出弟弟，能接父亲的爵位？他一万个不服气！"

曹冲称象后不久患了急病。

当时曹操还在许都，从邺城来的一个快马骑士带来了一个令他不安的消息：他最喜爱的儿子曹冲得了重病，卧床不起，危在旦夕。曹操有点不相信，他离开邺城时，曹冲还好好的呢。曹操着急得竟没有进宫向皇帝辞行，就匆匆返回了邺城。

曹操回到邺城王府环夫人住的春棋苑，见曹冲躺在床上，出气急促，牙关紧咬，不省人事……这让曹操看了揪心似的难受。

床榻前围了一群人，曹操的侍妾、丫鬟，还有请来的王宫医生……

环夫人哭得眼睛红肿得像两个红桃子，拉着曹冲的手，连连呼唤："冲儿，冲儿，娘在这儿呢！冲儿，可怜可怜娘吧，快醒醒跟娘说句话吧……"这一声声带着祈求的呼喊像用利刃一样剜着曹操的心。

曹操奔进屋内，环夫人才住了声，众人顾不得礼节，鸦雀无声，都呆愣愣地盯着曹操。曹操从众人的表情中，猜出自己喜欢的曹冲一定病得不轻。他快步走到床前，看着曹冲红烫烫的脸，心里"咯噔"一下。他忙俯下身子，轻轻抚摸一下曹冲的额，额头滚烫滚烫的。曹操轻轻唤了几声，曹冲干裂的嘴唇抖动着，发出琐碎急促像说悄悄话似的絮语。

曹操把耳朵贴在他的唇边，听了好一会儿，眉头皱成了疙瘩。

环夫人忙问："他说了啥？他哪里不舒服？"

曹操摇摇头，问道："冲儿几时得的病？我才走几天，怎么一时竟病得这么重？"曹操疑心有人做了什么手脚，要害他的儿子。

环夫人道："前个夜晚在书房里读书写字还好好的呢，读了半天书，说到园里转转，时辰不多就回来了……谁想夜里一夜昏睡……"

曹操问了把脉的医生。医生见曹操脸色阴沉，更加惶乱，只是木讷地回："邪阻清窍……神明被蒙……所致，脉沉滑……有力……"

曹操示意环夫人与他同去书房，细问了一遍曹冲这几天的情况，特别问了有没有外人来，他与生人接触过没，问他是否吃了谁给的东西。

环夫人说，一切照常，也没有出现什么奇异的情况。

曹操又请来王宫医术最高的医生来为曹冲治病，十来个名医奉命来到，聚在屋子里，轮番到曹冲卧榻前，望闻问切。医生都表情严肃，生怕说错了话，惹来祸端。曹操令医生立刻开方子，马上煎药，为曹冲灌服。医生商议着，开过几个方子，用了些奇奇怪怪的引子，配了些神神道道的药。有个大胆想邀功的医生，提出用针刺艾灸之法。曹操都一一过问，和医生探讨明白了，选了几个方子的药，为曹冲煎服了。曹操亲自一口一口喂药，药液顺着曹冲的口角往下流，曹操的泪也顺着嘴角往下流。环夫人接过碗来喂。曹操见曹冲喝药很少，又让那个医生用针刺艾灸的方法给曹冲治疗。

曹冲沉沉睡到日落。

环夫人提出让道士驱魔。

日落后，几个道士来做法。根据道士的安排，满院燃起庭火，火苗在墙上映出道士手舞宝剑摇摆不定的影子。环夫人住的春棋苑如同白昼，人走路都要屏声敛气。

建安十三年七月初九戌时，年少的曹冲走了。曹操、环夫人、道士、御医、都没能留住曹冲的命。好比一阵狂暴的风雨，吹折了林中的佳木，枝头最宝贵的果子坠落了。曹操不住落泪，环氏哭得死去活来。

丧事完毕，曹操哄着环夫人，劝到半夜，环夫人才止住了哭泣。曹操迷迷糊糊刚进入梦中，听到异声响动，忙翻身起床，抽出倚天宝剑来到院内，见卞夫人、曹丕、曹植三个院落屋顶上，都有打斗的身影。曹操随声唤道："典韦何在？"没有人应，他才记起典韦已在第一次攻打张绣时战死了，便又唤道："许褚何在？"也无人应。眼见着人影打着散去。

不一会儿，曹知与曹嬷嬷来到近前报："许褚带人追刺客去了。"

尽管许褚下属的警卫部队中，很多都是身手非凡的剑客，但曹操仍然有种挥之不去的阴影，要不是他亲眼所见，他无论如何都不会想到，竟然有人敢闯进他的王府行刺。他感觉，暗地里似乎有个神秘的组织被某人的大手掌控着，随时都会向他，或者向他的家人行刺或者下药。他怀疑，自己的曹冲就是死于非命……

曹彰听说有人行刺，气得“哇呀呀”怪叫。他抽出剑来：“有种的公开与我曹彰战三个回合！背后下手算什么本事！”

曹丕听说有人行刺，恼怒中有些胆怯，禁不住出了一头虚汗。

二梗曹彰

曹操对曹冲的死十分伤心，不吃饭，不睡觉，不说话，只是泪流不止。

聪明伶俐的儿子曹冲十三岁就病死了，两次失去爱子之痛让曹操难过了好长时间。

卞夫人对于曹冲的死，感情是复杂的，是悲喜参半吧。无论怎么说，自己的三个儿子失去了强有力的竞争对手，她心情晴朗了，但对于曹冲的死她也很难过。那孩子很懂事，见她都是“大娘，大娘”地叫。卞夫人流着泪劝环夫人了好几回。

曹丕对于曹冲的死，生出一种悲伤的轻松。他对曹冲并不厌恶，曹冲虽聪明，但很谦虚，不像曹彰那样倔强，也不像曹植那样恃宠放纵。曹丕劝慰父亲节哀。

曹操痛哭流涕：“昂儿、冲儿离我而去，是我的不幸，却是你们兄弟三人的大幸。”

曹丕从父王的话里听出了潜台词，就是说，在他们三个兄弟中，虽然他年龄最长，但也只是空长几岁。他最多算是与曹彰、曹植一起的三位候选人的其中一个。

曹操在立嗣问题上犹疑不决，时间一长，下属间渐渐形成了拥丕派、拥彰派、拥植派。拥丕派有桓阶、邢颐、吴质、贾诩、司马懿等人，拥彰派是一些豪爽义气的武将，拥植派有丁廙、丁仪、杨修、孔桂、杨俊等等人。杨修是个智谋过人的奇士，又身为曹操的主簿，消息灵通，对曹植十分有利，在他出谋划策帮助下，曹植占着优势。

曹丕、曹彰、曹植都是卞氏所生，全有曹操的风姿，皆英武多才，均天下闻名。曹丕在曹昂去世后，成为事实上的嫡长子，他自认为文武双全，博闻强识，擅长诗文辞赋，自我感觉良好。用现代人的语句形容，叫理想很丰满，现实很骨感。曹丕瘦长身材，颧骨高峻，棱角分明；剑眉细眼，目光锃亮。虽为嫡长子，虽然文武双全，但他文不如曹植，武不如曹彰，在继承王位的问题上实际处于比较尴尬的地位。

曹植也是曹操嫡子，他聪明仁厚，才思敏捷，出口成章，诗词歌赋造诣极高，是建安文学的代表人物以及集大成者，他的脍炙人口的文学作品流传甚多、甚广。

曹操被封为魏王以后，在立嗣问题上举棋不定，是因为儿子都太优秀了。原本，立嗣应以嫡长子为先，但曹操认为曹丕为人不露心志，心装秤砣，说话阴阳怪气；还嫌曹丕为人阴沉，且嫉妒心太强，不够厚道。一句话，曹操不太喜欢曹丕的性格。他与卞夫人都比较喜欢曹植。曹操心里仍然犹豫，还没最后下定“废长立幼”的决心，他要根据具体情况而定。

曹丕自小不甘人下，该属于自己的他一定要获得。对父亲，他可以俯首帖耳，如果曹昂哥哥在世，他敬佩他，自会全力保他。曹丕认为，眼下太子位本该属于自己，谁想夺走，他都不答应。他有自己的计划。他认为要登上太子宝座，要先想法压住弟弟曹彰。弟弟曹彰粗暴，头脑相对比较简单。他若当了太子，日后再继承了魏王大位，对自己绝对不会客气的。曹植只是有些逞能，他的性格要优于曹彰。

记得父亲一次问诸子志向时，曹彰说“好为将”，得到父亲曹操的赞赏。曹彰的绒毛、胡须呈黄色，被父亲称为“黄须儿”。曹操劝曹彰多读《尚书》《战国策》，仅“好为将”不行，劝诫中饱含一个父亲对爱子的殷切期望。

曹彰臂力过人，武艺惊人，徒手擒虎，能征善战，意志慷慨。在著名的曹刘争夺汉中的战役中，曹彰一人力战张飞、马超、黄忠、赵云、向宠、严颜、阳群、张苞、王平、马岱十人，且愈战愈勇，打得两军将士都瞠目结舌。

曹彰黑脸，眉毛相连，山根低陷，使一条混铁长戟呼呼作响，让对手望而生畏。他大败刘封，杀死蜀将吴兰。曹彰常奉父命领兵出征，打胜仗后，往往超过常例几倍地犒赏将士，全军没有不高兴的，没有对他不服气的。

乐浪郡曾献来一只猛虎，纹理斑彩，用铁笼关住。有名的大力士都不敢近前观看。曹彰抓住虎尾，缠在自己胳膊上，猛虎贴着耳朵不敢出声，大家都佩服他的神勇。后来南越国献一头白象给曹操，曹彰用手捏住它的鼻子，大象乖乖地伏在地上不敢动。曹彰能左右开弓，剑术于百步之内断人须发。“不服咱就比画比画”是曹彰的口头禅。

曹操夸曹彰神勇。曹彰道：“孩儿听父诏令，奋勇杀敌！”曹操不由得“哈哈”大笑。

北乌桓无臣氏造反时，曹操任命曹彰担任北中郎将，行使骁骑将军的职权。临出发以前，曹操告诫曹彰说：“在家里我们是父子，接受了命令就是君臣了，一举一动都要按王法行事。若有违命，定受处罚，你要引为警诫呀！”

曹彰北征进入涿郡的境内，叛变的乌桓族几千骑兵攻到，当时曹彰的兵马尚未集结，随身只带步兵一千人，战马几百匹。曹彰对身边的人说：“大丈夫应当效法卫青、霍去病那样的大将军，率领十万之众在沙漠上驰骋，驱逐戎狄，建功立业，哪能做个文人博士呢？”

曹彰用田豫的计策，坚守要冲。等敌人溃败逃散时，曹彰追击，拉弓状如满月箭射敌骑，应声而倒的前后连成一串。曹彰的铠甲中了几箭，气势更加雄壮，乘胜追击，一直追到桑干河边，距离代郡有二百多里。军中长史和众将都认为部队远道而来，人困马乏，又有曹操“不许过代郡、不许深入敌境”的命令，劝曹彰切莫违令轻敌。

曹彰相连的眉毛皱了几皱，黑脸一嗔，挥动长戟道：“各位将士，我率军出征，只是为了取胜，为什么要接受我父王限制呢？敌人尚未跑远，追上去就能击溃他们。服从父王命令就会放跑敌人，放跑敌人绝不是良将。继续追杀！建功立业！”他在马上挥动长戟，气宇轩昂，命令部队：“落后者斩！”他率领军士一天一夜追上了敌人，大获全胜，斩首乌桓首领，俘虏兵士几千人。

当时鲜卑族的首领轲比能率领几万人马观望双方强弱，看到曹彰奋力冲杀，所向披靡，便请求臣服。曹彰这次率军征讨乌桓，又趁机降服辽东鲜卑大人轲比能。

这样北方便平定了。

曹操召曹彰回来休整。

曹洪劝曹彰道：“侄儿刚立了功，现在去面见主公，注意不要骄傲自夸，回答问题要表现得谦虚，功劳多归于将士。”

曹彰日夜兼行，到了长安按照堂叔曹洪教的，把功劳都归于众将。

曹操很高兴，捋着曹彰的胡子说：“我的黄须儿居然大不简单！”他先后封曹彰为鄢陵侯、北中郎将、行骁骑将军等职。曹操东还后，让曹彰代行越骑将军，留守长安。

这些情况，曹丕看在眼里，惦在心中：汉代由于武功卓著被立为王的大有人在，韩信、彭越、英布是也。曹彰武功卓著，又深得父亲喜爱，这不得不让曹丕担心。原来小时候，他还打得过曹彰，现在两个曹丕怕也不是他的对手。若立了他为魏王，曹丕的日子就没法过了。

怎么对付他呢？曹丕认为对付子文的法就是充分让他“膨胀”，自己的任务就是促化他的“膨胀”，一直让他“膨胀”到父亲厌恶为止。

三梗曹植

曹丕要做魏太子，曹冲早逝，眼下最大的竞争对手除了三弟曹彰，就是他的四弟曹植了。

曹植生于公元 192 年，比曹丕小五岁，比曹彰小三岁。他自小就善于作诗写文；十岁，能诵读诗及辞赋数十万言。曹植两弯眉浑如黑漆，一双大眼闪闪放亮，更显文雅帅气、敦厚善良。他虽为王子，却性情坦率自然，能容人容事，不讲究庄重的仪容，不摆架子，平易近人。他的车马服饰，不崇尚华丽。这自然很合曹操的口味，深受提倡简朴的曹操与卞夫人的喜爱。

曹植是在跟随父亲四处征战中逐渐成长起来的。他文武双全，胸怀大志，并且才思敏捷，比曹丕更有文才，更有名气。前文有过交代，公元 210 年，曹操在邺城（河北临漳县）筑铜雀台，就是后来唐代大诗人杜牧在《赤壁怀古》中写“铜雀春深锁二乔”的那个铜雀台。曹操带着儿子们登台做赋，其时曹植一挥而就，文辞通达优美，令曹操惊异赞叹。曹植把心思一股脑儿全放在政事上，也意在魏太子之位。

曹植思路快捷，谈锋健锐，进见曹操时，每被提问政事，常常应声而对；每当问及文学，常常脱口成章；每当问及军事，也能对答如流。

一次，曹操看曹植的文章，捋着胡须赞道：“我植儿的文章像美人一样讨人喜欢！”

曹植跪下道：“父亲大人，我言出为论，下笔成章，自可当面测验，为何说孩儿文章像美人呢？”

还有一次曹操看了曹植写的文章，惊喜地问他：“你是请人代写的吧？”

曹植昂着头答道：“父亲可当面考试！”

曹操“哈哈”大笑。

在家中有母亲卞夫人做他的后盾，曹操也偏爱曹植。曹植从小胖乎乎的，性格敦厚善良孝顺，很讨人喜欢。曹植从小就乖巧，给父亲捶腿，给母亲揉肩，一揉就是二十年，揉得父亲欢心，揉得母亲宠爱。

曹丕也试图给父亲捶腿，给母亲揉肩。父亲嫌他捶得不解乏，母亲怨他揉得太重。

卞夫人说植儿像她，曹操说植儿像他。曹丕暗恨自己长得谁都像一点，但又谁都不太像。

在政界中，杨修、丁仪和丁廙兄弟、贾逵、王凌都是曹植的铁杆支持者。丁仪、丁廙兄弟与曹丕原本就有私怨，事件的起因是因为丁仪的婚事。曹操有感于丁仪父亲劝自己迎汉献帝的功德，便想把女儿清河公主嫁给丁仪，征求曹丕兄弟的意见。曹丕劝阻，说丁仪眼睛一大一小，并且斜视，邺城人叫“阁僚眼”。曹丕顺便说了邺城人的顺口溜：“阁僚眼，去赶集，偷人的柿子拿人梨。”他又解释说，顺口溜的意思是说，眼斜的人心术不正。曹彰、曹植不置可否。

曹操听后笑笑作罢。

曹植为了让丁仪不恨父亲，就把二哥曹丕的原话学给了丁仪。丁仪因为没能娶到清河公主，便对曹丕怀恨在心，开始大力支持曹植夺嫡。杨修作为曹操身边的亲信，当然必定是曹植和曹丕的争夺对象。曹植作为一个名闻天下的才子，性格爽直随性，更合杨修的胃口。再加上曹植“特见宠爱”又主动向杨修示好，杨修便顺水推舟站到了曹植一方，参与了这次残酷的夺嫡之争。

曹洪本来就喜欢曹植，厌恶曹丕。曹洪与荀彧是儿女亲家，曹洪风华绝代的女儿嫁给了荀彧一表人才的小儿子荀粲。荀彧大儿子荀恽，娶了曹操的女儿安阳公主。安阳公主自小就喜欢四哥曹植，烦二哥曹丕。安阳公主因为小时候闹曹丕的新房因要点心吃，挨过曹丕的训斥，从小就不大喜欢沉言寡语的曹丕。荀恽也喜欢和善的曹植，也成了曹植的铁杆盟友，不喜欢曹丕。由于这种种错综复杂的关系，加上平时的印象，曹洪与荀彧都支持曹植，厌恶曹丕。

曹操因而对曹植很满意，再加上平时曹洪、荀彧、夏侯渊、杨修、丁仪兄弟等许多重臣都劝魏王立曹植为魏太子，自曹冲死后，曹操对曹植的喜爱更是溢于言表。在诸位儿子中，曹操就最先封了曹植做平原侯。

曹操曾在给曹植的书信《戒指植》中写道：“吾昔为顿丘令，年二十三，思此时所行，无悔于今。今汝年亦二十三矣，可不勉欤！”信中透露着他对曹植的殷切之情。

这一年，曹操东征孙权，令曹植留守邺城，又一次告诫曹植："当年我担任顿邱令的时候二十三岁，回想起那时候的所作所为，至今都不曾后悔。如今你也是二十三岁，怎能不发奋图强呢！"同样鼓励的话反复说上两遍，体现出了父亲对儿子的喜爱、寄托、鼓励……

曹植心存感激，长跪叩头致谢："谢父亲大人！"

曹植因为多才而受宠，并有许多大臣的支持。

曹丕困惑、难过、忧虑，他感觉自己在登一座高山，路旁荆棘丛生，但他必须毫不畏惧，毫不气馁。他常暗暗鼓励自己，人生本来就是坎坷不平的。现在父母虽然偏爱曹植，只要没最后确定他为储子，自己就得努力与他掰掰手腕。对曹植，曹丕也反复权衡过，四弟并不是铁板一块，无懈可击。他的缺点就是爱喝酒，一喝醉酒就会暴露出他狂傲率性的天性，就会做出傻事。他只需要放大他的喝酒嗜好就行了……

曹彰失宠

晚饭后，甄宓到曹丕书房给曹丕倒上茶，曹丕把脸转向郭女王，与她亲密说话，甄宓叹口气离开了。郭女王，安平广宗人，是曹丕新宠。曹丕有了新宠，便冷落了甄宓。郭女王小声说曹彰从西边回来休息，且立了很多战功，这件事立刻引起了曹丕的注意。曹丕对曹彰打仗立功博得父亲好感早就非常担心了。他看着父亲亲切地叫曹彰"黄须儿"，气就不打一处来。他得想法让老三膨胀。曹丕认为这种机会是有的，因为老三本身就具备膨胀的性格。

曹彰打仗归来，在邺城休息，过了几日，心中郁闷不乐起来。曹彰自幼跟父亲东征西杀，或许也正是在这种多年的耳濡目染中，享受到了冲锋陷阵的乐趣。是的，对于一个久经沙场的将帅来说，他的志向、他的乐趣、他的爱好，全在沙场上。沙场上，他看惯了边关的秋月、雪山、大漠、孤城、风沙等苍凉荒寒的情景；听惯了金鼓敲击、旌旗猎猎、烽火燃烧、戈矛剑戟相击、飞箭走马的声响；睡梦中还在骑马驰骋、奋勇杀敌。对于曹彰来说，没有仗打，生活便像一碗白开水那样淡然无味。

曹彰娶的是江东大户孙氏，又有美妾小玉相陪，但他依然感觉日子空虚难挨。早起他与孙氏一起给父母请安回来，命小玉炒几个菜。

孙氏知道他又要喝酒了，劝道："夫君，早起喝酒会伤身的。"

他瞪起眼，拍拍胸脯："在军中我每天都喝酒，你看，我壮得像头牛。倒酒来！"

小玉也劝道："家主现在是在邺城，不是在军中。再说，公婆大人特别讨厌喝酒，训斥了子建好几次，你还是不喝为好。"

曹彰皱皱山根相连的眉毛，狠狠朝身旁吐口吐沫，道："你俩别婆婆妈妈的，我作为一个将军，难道能让你俩管住不成！"

孙氏看劝不住曹彰，索性躲了起来。

小玉打个寒噤，忙给他倒上曹家九酝春酒。

早饭后，曹彰看了会儿兵书，可无一点兴趣；想一觉睡到太阳偏西，可就是无半点睡意。他走出府门，在邺城练兵场上练几套拳脚，耍几路兵刃，仍不尽兴，感觉有用不完的劲儿没地出。他看到兵场门口台阶旁那对石狮子威风凛凛的，便走过去，弯下身子一用力，抱起一个石狮子围兵场转了一圈，再轻轻把石狮子放回原处。他脸不变色，气不发喘，惹得站岗士兵拍手称赞。

曹彰仍心情不爽，身着便装，走出邺城练兵场，顺着王宫街大道信步走去。他一扭脸发现身后跟着孙氏派来跟随他的两个侍从，便呵斥他俩回去。他止不住想笑，心想：在魏王脚下，会有人敢对他三将军图谋不轨？

曹彰一路上走走看看。大街两旁，铺户买卖，茶馆酒肆，男女老少，挑担推车，好不热闹，但这些都引不起他多大兴趣。

忽然他眼睛一亮，见一人骑一匹骏马从身旁经过。那骏马通身蜡黄，头如满月，小耳直立，耳旁长有白毛，从头顶到鼻头生有白色剑形图案；肚子和两肋处多有白点；下有健腿利蹄。曹植听说过此类马，名曰“透骨龙”，可日跑千里，夜行八百。

曹彰生性爱马，忙拦住那人：“兄长且留步。”

那人下马，拱手道：“兄弟有何见教？”

曹彰道：“我是军人，军人打仗需要好马，兄长可否将此马卖我？”

那人道：“此马是我所爱，决不卖外人的。”

曹彰问：“你可多要金银，随便出数。”

那人摆手。

“可要古玩？”

那人摇头。

曹彰爽朗说道：“我有三个美妾可与你交换，随你挑选一个，如何？”

马主人本是好色之徒，听到美女，便眼睛放光，说他要看看值不值得。

曹彰领他来到自家庭院，叫出三个美妾，道：“兄长可随意挑选。”

马主人眼珠骨碌碌乱转一阵，最后眼都瞪得如铜铃铛。他指定一妾，那妾正是小玉。

曹彰对小玉道：“我看上了这匹骏马，要骑它驰骋疆场，奋勇杀敌。可这位兄台不要金钱古玩，只爱美女。我虽爱你，但作为一名将帅更要杀敌立功。你随他去吧。”

小玉一听大哭："家主，我自来到曹家，勤勉做事，细心照料将军起居。家主看我哪些事情做错，自可惩罚，只求家主千万别把我卖给旁人。"

曹彰朝身旁狠狠吐口吐沫，道："小玉莫怪我心狠，我并没有厌弃你。只是男子汉立于人世，当爱戎装，岂能终日抱着美妾快活！"

小玉哭道："家主若执意如此，婢妾宁可一死！"

吵闹声、哭啼声惊来看客。恰巧曹操管家曹知受曹丕优待，专门替曹丕盯着曹彰、曹植，早饭后他在曹彰府前转悠，正好遇见此事，忙汇报曹丕。曹丕催曹知快去报告父亲。

曹丕忙到曹彰府门，对曹彰耳语道："三弟爱战马胜过爱美女，真英雄也！弟快让那人把小玉带走，免得吵吵嚷嚷影响不佳。"

小玉跪倒在曹丕脚下："求兄长救我！"

曹丕对她小声道："你且又哭又闹执意不走，一会儿父王便到。"

曹操相信曹知不会撒谎，便勃然大怒，忙快步赶来，正好见到不堪情景，即命亲兵道："把子文那厮捆起来！"

亲兵把曹彰捆了，随曹操把他押到卞夫人庭院。曹操怒目射出剑似的寒光，曹彰心中不觉一紧，两腿只是颤抖。

曹操喘着粗气，道："大胆蠢才，给我跪下！"

曹彰看看母亲，母亲望着旁处，自己感到莫名其妙。既然父亲有令，也就稀里糊涂地跪下了。

曹操怒道："你四肢发达，头脑简单，做事最欠思量。良马可用金银珍宝买取，怎可用人交换？"曹操把曹彰好一顿臭骂。骂得曹彰抬不起头来。

曹彰黑脸上相连的眉毛皱了几皱，山根低陷的鼻子哼了几哼，拧拧脖子道："孩儿换马，也是为了驰骋疆场，并非为了个人。"

"大胆，还不知错！来人，重打十刑杖！"

"只要孩儿有错，父亲莫要生气，尽可打来便是……哇……"曹彰吐了一地酒菜。

曹操气得一挥手："带走！"

曹彰挨了十刑杖，虽然行刑武士手下留情，但是他感觉丢了脸面，怒气难消，晚饭又喝了些酒。饭后，他强忍着伤痛，偷偷溜出府来到魏王卫队住处，找到那位行刑武士，狠狠朝身旁吐口吐沫，道："我在长安，身为主帅，怒吼一声可使风云变色，却让你小子揍十刑杖，实在可恼！"

行刑武士道："我奉王命行事，没有过错。再说，行刑时我已经对三将军留情，再来责我，好无道理！"

曹彰趁着酒劲，怒火中烧，他喘着粗气，皱皱山根相连的眉毛，吐那武士两口吐沫，"啪啪"甩他两个嘴巴。那武士半个脸迅速青肿起来。

行刑武士怒道："我奉王命行刑，你对我有怨，就是对魏王不敬。"他马上进王府报告了魏王。

曹操大怒，派人把曹彰押来，亲自行刑。曹操把曹彰打得屁股肿起老高，又把他押进狱囿，当场提拔行刑武士为左都候。

曹操回到后衙，想起在曹彰年幼的时候，曾问过他的理想是什么。那时他回答得非常干脆，就是要做个将军。曹操原本以为他和其他的孩子一样，只是羡慕马上将军的威风，可是儿子曹彰接下来的话却让曹操惊讶不已。"做将军，就要临危受命、披坚执锐，身先士卒，还要做到奖赏分明。大丈夫应当效卫青、霍去病那样做大将军，率领十万之众在沙漠上驰骋，驱逐戎狄，建功立业，哪能做博士呢？"

当时曹操既惊讶又高兴，现在想来却重重叹口气。彰儿虽然有练武的天赋，自小就擅长骑射，还能左右开弓，剑术也是极强的；虽然他力大无比，徒手就能与猛兽搏斗；但是现在看来，他只能做个将军，仅此而已。曹操回想起曹彰的行事，明白这个儿子是真的有当将军的天赋，但是不具备驾驭群臣的本领，因此根本不能让他驾驭群臣。

曹彰在父亲心中形象轰然倒塌。曹彰从小淘气，不被卞王后待见。曹操对卞王后说曹彰四肢发达，头脑简单。卞王后不置可否，没替曹彰说一句好话。

颧骨高峻、棱角分明的曹丕，倒立的剑眉拉平了许多，细眼里射出喜悦的光亮。他听说了父母对曹彰的态度，暗暗想道："自己少了一个强劲的竞争对手。"他轻松地吐了口气，但马上又皱紧了眉头，因为四弟曹植，才是个最难对付的人。

曹丕挨训

曹丕，字子恒，中平四年（187 年）生于沛国谯县（今安徽亳州谯城）。他不大得到父母待见，又遭曹洪、荀彧、夏侯渊、杨修、丁仪兄弟等许多重臣的反对，这并不能代表他一无是处。其实，曹丕自有他辉煌的一面。他五岁就开始学习骑马射箭，跟随父亲曹操南征北战，在马背上长大。他后来的卓越学识许多都来自于这一段马背上的生活，他超人的胆识也与戎马生涯磨炼有关。前文交代，建安二年（197 年），曹操与张绣作战，曹军被围，曹操的长子曹昂和侄子曹安民，以及他手下猛将典韦都战死了，随军出征的曹丕却骑马突围脱身，那年他才十一岁，实在令人称奇。在第二次攻打邺城时，曹丕曾亲临前线指挥。在北征乌桓时，他曾经带领五十个骑兵救援夏侯渊。

曹丕身材瘦高，颧骨高峻，棱角分明；剑眉细眼，目光锃亮，给人一种利索干练的印象。他十七八岁就开始领兵打仗，并屡建奇功。像他这样文武双全的青年英雄、高官后代，在历史上也并不多见。要说曹丕一点也不讨父母喜欢，也不太符合事实，只不过父母的天平更倾向于曹植罢了。

曹操“挟天子以令不臣”，以汉丞相的名义征讨四方。在剪除异己的过程中，曹操实力迅速壮大，成了实际上的中原霸主。曹丕的其他兄弟也是在征战中成长的。他们与曹丕一样，都文武双全，且都有政治野心，并且父王已经初步确定要立曹植为魏太子。对于这些情况，曹丕都明白于心。曹丕曾偷偷流过泪，怨过，恨过，彷徨过，消沉过，在好友的劝勉下，才有了信心。

曹丕是王子，也并非人人反对，他也有他的好友。司马懿、陈群、吴质、朱铄等人忠心耿耿地辅佐他。几个好友见曹植风头正盛，便认真规划曹丕上位的行动方案。曹丕听从好友建议，投魏王所好，厉行节俭，待人宽厚，做事兢兢业业。

“万事都有可变的一面，事情不到已经成为既定的事实前，就得努力！”好友这些热切鼓励的话语说到了曹丕心坎里，鼓舞着他奋勇前行。

曹丕为了夺得储王之位，努力讨取父王的欢心。曹操崇尚节俭，曹丕就穿带补丁的衣服。床帐破了也不换新的，让甄宓补一补再用。曹操喜欢诗文，曹丕就博览群书，发奋写作。曹操喜欢军事，曹丕就练习武功，潜心研习兵书战策。

曹丕善击剑骑射，好博弈下棋。他在《典论》的自序中自诩有非凡箭艺，能“左右射”，努力把自己打造成文武兼备的典范。

曹丕很注重结交武官。有一回，曹丕和平虏将军刘勋、奋威将军邓展共同饮宴。曹丕一向听说邓展精研武术，擅于运用各种兵器，而且还能空手夺白刃，就和邓展谈论起剑术来。曹丕想试试自己的剑术，就直率地道：“我对剑术也略有研究，小时候跟家仆曹知学剑，长大后也得到过高人的指点。我觉得你刚才所说的反剑术有失妥当。”

邓展一向高傲，听了曹丕的话，瞪起了铃铛大眼，喘起了粗气，要求和曹丕在实练中较量一下。此时，正是酒酣耳热之时，友人正在吃着甘蔗，两人就以甘蔗为剑，到殿下平地上对打起来。几个回合下来，曹丕连续三次击中邓展手臂，左右皆大笑起来。

邓展不觉脸红，更不服气，要求再来一次。

曹丕故意道：“我的剑快而集中，很难击中邓兄的面部，因此只是打中了你的手臂。”

邓展道：“别说废话了，我们再来一次！”

曹丕估计这次邓展一定会突然间向中路猛攻，就假装毫不经意地向邓展进击。邓展果然如曹丕所料，猛地冲杀过来，曹丕却迅速退步闪过，出手如风，从上方截击，一下打中邓展的额角，这一下使得一同喝酒的人都禁不住惊叫起来。

这一幕比剑结束后，曹丕和邓展二人入座继续畅饮。曹丕笑着对邓展道：“从前有一个叫杨庆的名医，他曾让淳于意把自己的旧秘方全部抛弃，另外教授他新的秘术。我看邓将军还是把旧技抛弃，接受新的击剑方法吧。”

话音刚落，满座都不禁欢笑起来。

曹丕对他的剑术有了自信，嘱咐司马懿与陈群把这事说给父王听。

曹操听说了曹丕这件事，仰面“哈哈”大笑，安排曹丕到永始台修文习武。

永始台原是汉魏故都丞府建筑群的一部分，经过曹操修建变得更加雄伟壮丽了。曹丕在永始台学文习武，还带来个美人陪在身边。美人相伴，促进了他的勤奋努力，也促进了他的进步。这美人叫郭女王。

郭女王，安平广宗人。安平在现在的河北威县东。她家族世代为官，父亲叫郭永，官至南郡太守，母亲董氏被封为堂阳君。郭氏从小就特别聪明伶俐，才智超群且有心计。郭永惊叹道："此女是女中之王。"故为她取名为郭女王，意为女中佼佼者。

汉末，北方战乱期间，郭永受到迫害家破人亡。郭女王与弟弟郭任曲在战祸中颠沛流离，后来没入铜鞮侯家为奴，寄身在侯家。太行与太岳交会处的有一座小山叫铜鞮，这铜鞮侯就住在铜鞮山附近的县城里。

曹丕结识郭女王纯属巧合。一次曹丕执行公务在铜鞮侯家偶然见到了郭女王，深深被她的妖娆美丽舞艺歌喉所折服。她比甄宓小两岁，极有心计。甄氏美，但不大会唱歌跳舞；郭女王不仅秀慧艳丽，而且歌声甜润，舞姿迷人。铜鞮侯见曹丕看郭女王目光呆滞，眼睛发亮，就明白了八九分，让曹丕带她到家中做侍女。

曹丕喜出望外，回到家就报得父母同意，把她纳入府中为妾。

曹丕纳郭女王之后，便将她安置在永始台，让她时刻伴于身边。曹丕自从纳了沉静练达的郭女王，在政治生涯中得到了她许多帮助，便如虎添翼。郭女王与曹丕情义相投，恩爱有加。但时间一长，郭女王愁容渐生。曹丕问为何故。郭女王闪闪长而细密的睫毛，道："妾出身寒微，自知不配伴君，今虽乐，恐难长久。想起这件事便担心。"

曹丕向郭女王立誓："吾爱卿出自诚心，今生与你生死与共，永远如初，有此台为证。"这座殿台遂被人称作永始台。

一天，曹丕见郭女王泪眼蒙蒙，便问她出了何事。

郭女王闪闪长而密集的睫毛，道："舍弟郭任曲担任周县吏，被揭发盗窃官布，按法应该处弃市之刑。奴婢如今就这一位亲人，万望家主救他一命……"

曹丕想："父王不在邺城，背着他给鲍勋写信，就凭我王子的身份，量那鲍勋不可能不手下留情。"曹丕写亲笔信给鲍勋，大意希望鲍勋私下能高抬贵手，饶郭任曲一命。写好信，曹丕派快人快马把信送给鲍勋。

不久鲍勋回信说，自己身处下位，魏王又执法如山，不敢纵容罪犯……

郭女王看了信唉声叹气，撇撇嘴道："求家主送鲍勋些财物，求他手下留情。"

曹操定的每月家庭开支都有定数。曹丕走上了官场，要交往人事，还要给鲍勋送礼，手头拮据。他思前想后，决定趁父王不在家，正好堂叔曹洪在家休息，私下里向曹洪借些丝绢。向曹洪借丝绢还有一层深意，曹丕想通过此事与曹洪和睦一下关系。假若他能借给，无论多少，曹丕日后就可以有意念叨曹洪的恩德，对他表示感激。

曹操堂弟曹洪，读书不多，却英勇善战。由于战功卓著，受赏颇多。再加上他任骠骑将军，还兼任着都阳侯，又善于敛财，家境十分富裕。但曹洪为人却很吝啬，是个标准的守财奴。当曹丕提出借丝绢的事，曹洪一脸不屑，找理由道："这事你婶子当家……"

曹丕心里像被人塞进一袋子麦糠，饱胀胀的。他知道，这只是曹洪不借给他丝绢的借口。他猜测，荀彧与曹洪是儿女亲家，荀彧可能给曹洪说过自己的坏话，他怎么都想不通，曹洪为啥讨厌自己而喜欢曹植。因为这事，曹洪日后险些丢了性命。当然，这是后话。

曹丕高峻分明的颧骨棱角不住颤动，剑眉倒立成八字，细眼射出犀利的光亮。他回来不住发牢骚。郭女王眨眨眼，道："曹洪这人太抠门了，夫君要想法治治他。"

甄宓劝曹丕别生气，说曹洪是万万得罪不得的。

鲍勋最后还是将郭任曲所有罪证上呈朝廷，最后郭任曲被处死了。因为此事，郭女王跟曹丕闹了好长时间。

曹丕倒八字眉皱着直喘粗气："曹洪，鲍勋，这笔账我记下了！日后你俩若犯到我手，我十倍奉还！"

甄宓眯着眼看着窗外远方的天。

曹丕骨子里率性自傲，有件事情办得欠思虑，让他后悔不迭。

曹丕好友王粲（177 年—217 年 2 月 17 日），字仲宣。山阳郡高平县（今山东微山两城镇）人，东汉末年文学家、"建安七子"之一，是建安子之中最具有才华的人。他的《登楼赋》，摒弃了汉赋铺张扬厉的传统写法，以简洁明快的语句，忧愍世道，怀念故乡。赋中写景与抒情紧密结合，是他诗歌的一大艺术特色。在抒情小赋的发展过程中，这篇作品具有重要地位。但这个学识很高的人却有一个很怪的习惯，在每次遇到驴的时候，他就会认真地倾听驴的叫声，还会经常模仿驴的叫声，甚至模仿得惟妙惟肖。

王粲不幸死于瘟疫，曹丕与王粲感情深厚，对于好友的离世感到非常伤心。曹丕亲自为王粲举行了隆重的葬礼。在哀乐声中，王粲的棺木下进墓穴。曹丕对来祭奠的好友陈琳、徐干、阮瑀、应玚、刘桢说：“人到世上，其实就是来经受磨难的，王粲不幸遗世，也是一种解脱。他生前爱学驴叫。我提议，咱学声驴叫来为他送行。”他的好友纷纷表示赞同。曹丕先学，他拉着直倔的音调一声长鸣，倾吐了内心的无限悲哀，让人听着不但没有一点可笑的意思，还感觉特别地凄楚、哀伤，悲凉。周围人无不为曹丕所感染，甚至随之啼哭落泪。

当时人们传为佳话。

甄宓听说了这件事，眯着眼说他行事欠妥，恐遭父亲责怪。曹丕不以为然。

郭女王闪闪长而密集的睫毛，撇撇嘴道：“我觉得挺有趣的……”

曹植把此事连同他探听到的二哥向堂叔曹洪借丝绢求鲍勋的事情，添油加醋地报告了父王。

曹操听后暴跳如雷，唤来曹丕，大骂他肆意妄为，引喻失义：“如此形状，怎堪担当大任！”

卞夫人在一旁也皱着眉头不住抱怨：“真是不成体统！”

曹丕翻眼看看父母，吓得直吐舌头，很是垂头丧气。真是屋漏偏逢连阴雨，感觉残酷的现实与自己美好的理想之间的差距越来越大了。

曹彰舞动着山根相连的眉毛，高兴得呼朋畅饮。曹植昂着头，欢喜得作诗吟诵。甄宓眯起眼，高冷地看着远处的天空。郭女王眨眨眼，抚着曹丕的背安慰……

出城测验

七月，金风习习。曹操在邺城大殿正式立卞夫人为魏王后。魏王宫内，文武大臣，拱手站立两旁。曹操发布文书昭告天下："夫人卞氏，数年来辛勤抚养各位王子，大有慈母之风范。今特晋位为王后，特命诸侯王与各大臣陪位，百官为之上寿。国内犯人罪责各减一等，以示庆贺。"

卞王后头戴山形额饰，身穿龙凤图案的长冠服，坐在曹操身旁，一脸幸福的微笑，她终于能与夫君并肩而坐了。她回想着自己从二十岁进到曹家，受婆婆轻视，遭丁夫人压制，遇众多人的冷眼……她成了夫人，又成了王后，不禁流出了幸福的眼泪。她忘不了，自己生了儿子，给祖上磕头都得让着丁夫人，为公婆戴孝，自己连穿麻布孝衣的资格都没有……

她坐在宫殿上想到了丁夫人，继而就想到了立魏太子的事情。她再一次坚定地认为，别看自己已经被立为王后，但依然有危险存在。无论如何，都要保证自己的亲生儿子被立为储子，只有这样，她才能避免其他夫人的复起带来的危险。她更盼望能立子建（曹植），她感觉这孩子的秀面、细腰、宽膀，仿她的地方多，只有声雄力猛才仿他爹。子建不像子桓（曹丕）那样阴沉，也不像子文（曹彰）那样粗心，子建的善良阳光让她喜欢。母亲被立为王后，曹植眉飞色舞，因为母亲偏爱自己。

颧骨高峻、棱角分明的曹丕在母亲成为王后后，倒立的剑眉皱了几皱，细眼中的情绪焦虑大于开心。母亲偏向弟弟曹植，她地位升高，曹植的地位就会随之升高，对自己就更不利。但他还是坚信那句话，事情不到最后，就绝不服输。

丞相府内，曹操最信任的是主簿杨修，军国大事都让杨修具体办理。当时曹植结交了许多文士名人，同父王的一些亲信幕僚十分交好。那些与曹植关系好的文士名人们不断在曹操面前称赞曹子建的才能。曹操每有询问，他们都先向曹植通报消息，让曹植有所准备。受众人影响，曹操也常常夸奖曹植能成大事。

曹丕结交的武将比较多。他苦恼自己不被父母待见，常问计于友人。曹丕的支持者吴质让他剑走偏锋，以短制长。贾诩与司马懿也给曹丕出了不少主意。从此但凡魏王出征，诸子为父送行，有的关心父亲健康，有的体贴父王饮食，曹子建称述父亲功德，出口成章；唯曹丕辞父，只是流泪而拜。左右都被感动，评论曹丕孝心厚重。曹丕听郭女王的嘱咐派人买通父王的近侍，近侍都对魏王夸奖曹丕富有盛德。

这一天，曹操命令曹丕与曹植出邺城办事，私下派人吩咐看守大门的卫士，不准他俩出城。

曹丕先到，被门军阻拦，他好说歹讲，卫士就是不让通行。曹丕只得无奈退回。

曹植听说后，向杨修请教。杨修分析，魏王可能是考验他们兄弟二人的机智果断，就给敦厚善良的曹植出了主意："军令如山，令行禁止，你应该先发制人，不择手段来达到目的。"曹植问具体应该如何做。杨修道："你奉王命出城，如果有敢阻拦的，尽可斩首。"

曹植听了手直发抖，一双大眼闪闪放着惊疑的亮光，敦厚善良的他从没杀过人，甚至连只鸡都没杀过。

杨修道："欲成大事者必须心狠手毒……"

曹植点点头，为了自己的政治仕途，他同意了杨修的意见，若门军阻拦他，那他就第一次尝尝杀人的滋味，这也是不得已而为之。他腰挎宝剑，高昂着头走向了南城门。

曹植到了南城门，遇到了士兵的阻拦。他硬着头皮叱骂道："我奉王命出门，谁敢阻拦，我定斩不饶！"那士兵遵从魏王命令，坚持不准通行。曹植手颤抖着斩杀了一个坚持拦他的士兵，出了城。

曹操知道了二人的结果，虽然表面上不置可否，但心里很不满意。他既不喜欢曹丕的无奈而返，更不赞成曹植的杀人出城。曹操想着文雅帅气、敦厚善良的曹植，简直不敢相信这就是他的子建做出的事。

曹丕的侍妾郭女王，妖娆美貌。她与甄宓全然不同，她不光聪明伶俐，是个美女，还通晓歌舞书画，会弹琴歌唱；智多谋广，工于心计。曹植与曹丕争夺储子之位，郭女王为了与甄宓争宠，投曹丕所好，帮他想了不少办法，被曹丕引为心腹。甄宓原先给曹丕出过不少主意，可看他常常固执己见，不听劝告，便失去了为他出谋划策的热情。郭女王的出现，让曹丕渐渐疏远了甄宓，她心里郁闷得像昏暗的天空。

对曹植的屡屡得意，曹丕看在眼里，心忧如焚。晚上，郭女王闪动着长而密的睫毛附在曹丕耳边道："夫君可在内府多下点功夫，凡是父亲大人喜欢的姬妾、侍从、婢仆，都给些馈赠，她们可为你进些好言，或通报一些有用的消息，以便筹划对策……"

曹丕很欣赏地看着她，抱起她来原地转了几个圈儿，把她放到床上，羊羔吃奶子似的拱了她好一阵。

第二天，曹丕给父亲最宠爱的环夫人、王夫人，每人送一副双身兽面玉璧、两只金凤凰发钗。曹丕着意亲近王夫人的儿子曹干，从曹干那里听到了不少父王的内幕消息。

郭女王闪着长而细密的睫毛，又向曹丕献计，请朝歌令吴质进邺城为他出谋划策。吴质（177 年—230 年），字季重，兖州济阴郡（今山东菏泽定陶区西北）人，汉末三国时代著名文学家。官至振威将军，曾假节都督河北诸军事，后被封为列侯。起初因文才而被曹丕所喜爱。在魏文帝曹丕被立为太子的过程中，吴质出谋划策，立下大功。他与司马懿、陈群、朱铄一起被称作曹丕的"四友"。此时，吴质官任朝歌县令。

朝歌以前是商纣王的别都，在现在的河南淇县。曹丕急欲与朝歌长吴质商量对策，但无父王命令，朝歌令吴质无法进入邺宫。他担心请吴质会被父王发现，就把吴质藏在运货的竹篓里，以买东西为名，用大车运进邺城。吴质藏在货车里，进入曹丕府中。

二友相见，格外高兴。曹丕抓住吴质双手，眼含热泪："吴兄，我武不如子文，文不如子建，父母又不看重于我。我兄曹昂下世，我是嫡长子，却极有可能丢人现眼，不能立为太子，求吴兄务必助我一臂之力！"

吴质反握住曹丕双手："公子不必客气，咱俩情同手足，只要我能帮上忙的，定会竭尽驽马之劳！"

二人饮酒密谈，兴致如春天的流水，温暖而涓涓不断。吴质建议曹丕设法揭穿杨修、丁仪、贾逵、王凌等人串通曹植的不法行为，让魏王不再信任杨修，继而怀疑曹植。

曹丕就派人报告父亲："丞相问策，子建每次都能对答如流，是杨修、贾逵、王凌、丁仪等人赐教的原因。"

曹操大怒，对曹植有了成见。杨修出主意让曹植杀人出城也让曹操很不满意。曹操考察的是他们弟兄二人的品行与心智。那次曹丕受阻而返，并没有苛责下人，表现出了宅心仁厚的善良品质，只是心智欠缺。曹操虽不太满意曹丕的无能而返，也勉强接受了他的仁德；而曹植视人命如草芥，表现出了夜叉般的残忍，让曹操十分吃惊与不满。曹植像一个应考的学生，由于做错了题目而失分不少。

杨修打听到了曹丕请吴质问计的事，马上报告了曹操。曹操刀眉展了几展。他最恨自己的儿子和外臣勾结，立即派人严查曹丕的杂物车。

杨修道："我估计现在吴质出完主意早已走了，但我断定他不久一定还会再来的。"

曹操让杨修留心察看，命令卫队校尉，若发现异常便可借机搜查曹丕府。

曹丕听王夫人说父亲生了气，吓得面色煞白，忙向吴质问计。吴质沉着地说道："王子不用怕，这很好应对。过十多天，您再让杂物车拉相同的东西，继续用竹筐载着丝绢入府，杨修必然再次去向魏王报告，到时候卫队什么也查不到，魏王就会怀疑杨修了。"吴质马上乘空车回了朝歌。

过了一段时间，曹丕的货车出发时就被杨修盯上了。曹丕的货车回来刚进府院，货车连同曹丕的宅院都受到了魏王卫队的仔细检查。篓子里只有绸缎，没有吴质，曹丕府内也没发现吴质踪影。

结果同吴质预料的一样，杨修成了诬告，引起了魏王对他的怀疑。魏王联想到有人报告的事情：杨修、贾逵、王凌同为主簿，他们预先揣度自己的意思，提前给曹植作好答教，自己一旦询问事情，曹植便立刻回出一个成熟的答案。现在想来，曹植的回答确实过于快捷。魏王便立即对此事进行了追查，才发现他们果真是合伙作弊，便十分厌恶杨修、贾逵、王凌他们这些人，曹植的受宠自然也打了折扣。

卞王后暗地里训斥了曹植好几回："你父王是可以随便糊弄的人吗？你对他耍心眼只能是搬起石头砸自己的脚……"她再三劝曹植稳重诚实，不能轻信别人的话。

晚饭后，郭女王闪着长而细密的睫毛，附在曹丕耳边得意地撇撇嘴笑道："老四让杨修他们帮着答辩，不料弄巧成拙了……"

曹丕咧开嘴小声"嘿嘿"笑了两声，见甄宓给他倒茶，马上忍住笑虎起脸来。

曹丕暂且舒了口气。但他明白，一时的有利并不能代表最后的胜利。

曹植醉酒

公元 217 年，曹操乘胜再次南征孙权，率军猛攻击败孙权。孙权派人求降，曹操同意，孙权弟弟的儿子娶了曹操女儿，结为姻亲。

建安二十三年（218 年），刘备率兵派遣吴兰、雷铜等夺取武都，亲率大军进攻汉中，与夏侯渊对峙。

曹操收到战报，马上颁下命令，派出几路援军。曹操喜欢曹植，想让他锻炼一下，派曹植率兵出征。曹操把兵符印信都交到了曹植手上，封曹植为南中郎将，行使征虏将军的权力，领兵救援曹仁。曹操交代了相关事宜，令曹植率领三军三天后辰时起兵出征。

曹植的妻子是河北崔氏，系名门之后。其叔父崔琰任曹魏尚书，为曹操选拔官员秉公无私。这崔氏最是温柔体贴。收到出征的兵符印信，崔氏对曹植嗜酒最是放心不下，千叮咛万嘱咐，叮咛夫君照顾好自己的起居冷暖，嘱咐丈夫不要喝酒。曹植昂着头，两弯眉浑如黑漆，一双大眼闪闪放着兴奋的光亮，对崔氏的嘱咐，点头满口答应。

曹植马上到官署忙活。临出发事务繁多，有很多事情他必须亲自处理。出征前一天，他须忙完最后的事务，还有很多个人私事要办：给父母跪别，与朋友告别，然后才能与妻子话别……总之，曹植认为，此次父王让他出征独当一面，是对自己的重用与考验。他雄心勃勃，要指挥好军队，出战告捷，建立奇功，实现自己伟大的政治抱负。

曹植一直忙到快吃晚饭时，来了丞相府的两个差役，说副丞相有请。曹植有些狐疑，这个时候二哥传唤有何事情。曹植昂头道："麻烦二位差役回复副丞相，说我正准备出征事宜，等胜利归来再去看他。"

二位差役离开没一时，曹丕亲自来到官署，抓住曹植的手，道："四弟上阵杀敌，不知何时回还，因此，想与弟一叙，万望赏光。"

曹植不好再行推辞，简单安排一下军务，与曹丕去了。

曹丕客厅里十分洁净，简案素席，粗杯劣盘，显着十分寒酸。盘碗里鸡鸭鹅鱼，菜香色艳。

兄弟二人分主宾入座。曹丕执壶，亲自倒酒："来来，咱兄弟二人平时各有事务在身，很少一聚。今日四弟出征，愚兄略备薄宴为弟弟送行，请！"曹丕展袖掩面喝下，"还是咱老曹家九酝春酒好喝！"

曹植也展袖掩面喝下，道："好喝！好喝！想必二哥这酒是陈年老窖，浓香可口！"

曹丕颧骨高峻，棱角分明；剑眉拉平许多，细眼闪出温和的光亮。他道："实不相瞒，这是几年前伐北时，我与夏侯渊叔押运粮草，粮草运迟挨罚，我带轻兵帮助夏侯渊表叔破敌有功，父亲奖我一坛存放二十年的陈年老窖，平时不舍得喝，今天为弟弟饯行才拿出来喝的。来，咱哥俩一醉方休！"曹丕又仰面喝下一杯。

曹植连夸好酒，也仰面喝下。曹植生性贪杯，又有好酒，不知不觉便喝高了。但他心里始终想着出征的事情，便道："兄长，军务……繁忙，我先……告辞了。"不觉，说话舌根已经发硬了。

曹丕道："四弟刚刚当了征虏将军就瞧不起哥哥了，日后兄弟若是当了魏王，恐怕连哥哥站的地方也没有了，还能顾同胞手足的情意吗？"

甄宓进来倒水，看看曹植道："我说句不该说的话，你兄弟俩都别喝醉了，醉酒误事。"

曹植瞪着眼看着二嫂，看得忘记了眨眼睛。甄宓眯起眼看向远方的天。

曹丕道："你这样关心俺俩，你陪四弟喝上一杯呗！"

一句话说得甄宓满面羞红，她眯起眼看看窗外，道："喝酒是你们男人的事，我要是男的，陪自家兄弟喝一杯也无何不妥。"说完忙转身走了。

曹植在曹丕的府中本来打算少喝一点就退出来，可曹丕把话说到这个份上，也只好留了下来。兄弟二人边喝边回忆小时候一块玩耍的日子，快乐的情景如在昨天。从小时候的快乐又说到了诗歌，各有各的见解。兄弟二人越说越投机，越喝越兴奋，曹植又是性情中人，爱酒如诗，爱诗如酒，不知不觉喝得酩酊大醉。曹丕派人把四弟送到军务处，他一直陪在四弟身旁，喂水灌汤，打扫呕物。到后半夜曹植睡踏实了，曹丕嘱咐兵士好生照顾征虏将军，不要影响他的休息。

第二天，规定辰时出发，将士们早已在校场排好了队列，专等着主帅一到就启程出征。

太阳升到一竹竿高了，还不见主帅踪影。将士们等得不耐烦了，军容开始不整，出现些骚动。监军向曹操做了汇报，曹操气得胡子乱炸，他来到队伍前，派人去叫曹植，准备在队伍前处罚曹植，立一下军威。曹操派人连催几次，曹植酒醉未醒。

有人报告魏王，昨晚二公子找四将军喝酒。曹操派人找来曹丕，气恼地责问他："昨天晚上你为什么找他喝酒，居心何在？"

曹丕忙跪下道："父王冤枉儿臣了，昨天晚上四弟说出征前要与我喝些酒。您知道四弟脾气，一喝起酒来拦也拦不住，喝得烂醉，又哭又闹。大人可问一下他的侍卫，我最怕四弟发酒疯，一直陪在他身旁，喂水灌汤，打扫呕物，半夜未睡……"

曹操问明情况，确如曹丕所言，便命人把曹植唤来，曹植醉成了烂泥，被人搀着走得歪歪斜斜，站都站不稳，根本不能接受命令。曹操传令把曹植抓绑到高杆上，要取曹植项上人头。

程昱等谋士面色大变，劝说，曹操不应；又有几名军官替曹植讲情，曹操不允。全体将士下跪求情，曹操才饶了曹植死罪，怒道："曹植喝酒延误行军，看在全体将士面上，免去死罪，但活罪难免，重打他四十军棍！由左都候行刑！"

四个武士架着曹植，把他按到杖刑板上，左都候举起刑板。那左都候本是行刑的行家里手，"啪啪"连打四十大板，听着声响，实际手下留情，但看曹植屁股已然肿起老高。四个武士按照曹操吩咐，把曹植送回他的住处。

曹操传令，让曹彰代替曹植领兵出征。曹彰自从上次挨罚，一直情绪低落，这次父王命他出征，他顿感欢喜，心内乌云一扫而空。

卞王后听说曹植挨了板子，忙跑到曹植住处，见崔氏正哭着，便抚摸着曹植肿起的屁股也哭了。卞王后让人叫来宫廷医生。医生查过，道："皮外伤，三五天便好了。"给他上了药。

曹植醒过来追悔莫及，恨得直打脑袋。

卞王后哭着训斥他半晌，骂他因为嗜酒误了多少事情："任性而行，不自雕励，饮酒不节！你成事成到诗上，败事败到杯上，难道离了酒你不能活命？"卞王后告诫曹植，啥时戒了酒啥时就不做傻事了，并嘱咐他赶快带伤向父王赔罪，表下决心，从此一定戒酒。

曹植追悔不已，按母后安排，让仆人架着，找到父王。曹操正怒气冲冲，曹植低下了沉甸甸的脑袋，跪到地下，哭着连连赔罪。

曹操又训斥了曹植半晌，讲了最高指挥机关“霸府”管理中卫军、地方军、屯田军的“十七禁律”“五十四斩”。讲了元帅升帐，误一卯（第一次点名不到）要打四十军棍，误两卯要打八十军棍，误三卯要斩首，元帅误三卯与将士同。曹操越说越气，最后声泪俱下：“植儿啊，你……你……你辜负了我对你的信任呀！”

曹植哭着抱住父亲双腿：“千错万错怪我一人，孩儿让您生气了。只求父王别生气，父王若还生气，再打我四十军棍……”

曹操听了此话，抚摸着曹植的头，泪流不止……

曹植写了悔过书，发誓：“从此滴酒不沾。”

几天后，卞王后劝曹操：“植儿除了爱喝酒，还是很优秀的。他已经知错，你就饶恕他，别再记恨他了吧。”

曹操默然。曹操在卞王后劝说下，消了气，饶过了曹植，把他官降一级，让他以先锋官的身份又去了前线。

曹丕感觉，四弟曹植的表现似乎还不够“火候”，自己还得“加把火”。他认为以曹植的性格，一定会给他这个机会的。

卞王后在遴选魏太子的大事上不越雷池半步，一直秉持只管家庭内务不参与政事的态度，置身事外沉默不语，没有为自己喜欢的曹植去明着争取，没向曹操吹过一次枕头风。欲速则不达，心急吃不了热豆腐。一个人做事往往都是，你越不怎样，越能怎样。

曹操对卞王后很是满意。卞王后劝他道：“夫君，这事别听外人言语，外人各怀心思。按你的想法安排就行了，相信我的夫君是最明智的。”她嘴上这样说，心里比她最疼爱的儿子曹植还着急。因为最后只有确定了她的儿子坐了储子之位，她的地位才能得以巩固。

自从夫君被确立为魏王之后，曹操又在长安、洛阳建了两处王府，连同原来在许都、邺城、谯县老家的共有五处。根据战争的需要，魏王说不定在哪个宫殿居住。卞王后常常一两个月见不到他的人影，她的心始终都是悬着：“说不定哪一天魏王喜欢上了哪位夫人，喜欢上了哪位夫人的儿子，事情随时都会发生变数。唉！”

卞后护植

卞王后常常瞒着曹操派人赠送丁夫人东西。一是她有时候觉得丁夫人挺可怜的，还有一层意思，这样做也是对丁夫人的一种暗示，暗示她老实本分，不要生出异心。

卞淑曼被册封为王后后，便随即派人把丁夫人接到邺城王府。卞王后亲自到魏王府后庭大门口迎接丁夫人，搀她下了车，携着丁夫人的胳膊走进自己的屋里。还像以前那样，自己坐下位，让丁夫人坐上位。

丁夫人连连谦让："这可万万使不得！"

"您是大夫人，怎么使不得？"卞王后心想：庆祝丕儿两月生日时，你铁青着脸不往前站；现在，我是笑着让你往前面站的。常言说得好，风水轮流转，转成我是主人你是客了……

丁夫人很歉意："我本是被废之人，卞王后如此待我，让我诚惶诚恐……"

卞王后对丁夫人这句话还是很受用的，表面故作谦恭地说："大夫人先进曹家门庭，我理应如此。"卞王后心想：原来我称呼你大夫人，你就斥责我。现在我叫你一声大夫人，也算是高看你了。你不是夫人了，我却成了王后。这人哪，得意时就得悠着点，不能太张狂了。

曹操别的侍妾由于厌恶丁夫人，都对她避而不见。卞王后还像以前那样侍奉丁夫人。用完晚餐，卞王后亲自把丁夫人送到给她安排的临时住处，脸上的表情，既有慈善、甜蜜，还有几分惬意。

曹操对卞王后的处事非常满意，其他侍妾都夸卞王后胸襟博大，她们一点也不用担心王后会对她们有什么恶意了。曹府上下纷纷称赞卞王后心地和善。

曹嬷嬷小声对曹知说："哥，我们王后是在回应先前被羞辱之怨呢！"

曹知说："妹妹休要胡说，我比你能看透事情，咱卞王后根本不是那种小心眼的人。"

卞王后依然自律，依然俭省，家人感觉卞王后还是以前的卞夫人，还像以前那样和蔼可亲。

卞王后的日子总是在与夫君不断分别与团聚的变化中度过的。

那天一早，喜鹊就站在院外柳树枝上“喳喳”地叫。

半下午，魏王出征回府，喜气洋洋地叫卞王后：“卞淑曼，夫君要送给你们些礼物。你看，我带来了什么？”他打开一个精致的掐丝宝盒，映着窗外的阳光，盒子里的宝珠荧光闪闪。

卞王后正在做针线，忙放下手头活儿给夫君倒茶。

曹操爱抚地拉过夫人的手：“夫人先选。”

卞王后笑笑道：“我有你原来送我的凤玉，一直佩戴在身，无论再好的宝物，我都不稀罕了。”

曹操坚持让她挑选，她随便选两个中等的宝珠，而后把盒子盖上递给魏王：“多谢王爷抬爱。”

曹操问她为什么不挑选最好的。

她回道：“选上等的显着贪心，选下等的那是虚伪，所以选中等的。”

曹操听后亲切地抚着她的后背赞道：“我的卞淑曼真是通达事理的人呢。”

晚饭后，曹操读了会儿书，拉着夫人入睡，看见床上换了新被褥，问道“咱以前用的被子呢？”

卞王后笑笑：“那些被子太旧了，我自己用。今天魏王回来了，我特意换了新的。”

曹操坚持用原来的旧被子：“夫人知道我的习惯，对自己用过的衣服、被褥像对自己反复把玩过的诗歌一样，越久越有感情，从来不想轻易舍弃。衣服、被褥破了烂了，我总是让你洗洗补补，接着再用。怎能说换就换呢？”

卞王后怎么会不知道呢？许多普通官员人家都燃烧香料来除秽气，可魏王府却不准家里燃熏香料，把香料搁在衣服里面也不行，只许用廉价的枫胶、蕙草作为香料的替代品。卞王后总是夫唱妇随，她从来不穿上等丝绢衣料。从嫁给曹操时起，卞王后一直待人热情大方，不争强好胜。她衣服上从来都没有什么花边装饰，房间从来不摆珠宝玉石。她认为，简朴的处事风格有益于树立丈夫在乱世中的清廉形象，对成就夫君的事业能起到一定的辅助作用。与其他侍妾比，她是最俭省的，曹操对她十分满意。

她叠好新被子放起来，又拿出晒好的旧被子铺到床上。

曹操捋着胡须夸她："我的王后怒不变容，喜不失节，见宝不贪，实在是难得。"

一阵亲热之后，卞王后揉着夫君的腹部，仍无睡意。她心里有事要给魏王讲，这件事她已经考虑了好些天了，她想着一定得给魏王说说。

那天她的弟弟卞秉来看望她，卞秉神情凝重地向姐姐诉苦："我一直随魏王南征北战，军功卓著，官职却一直得不到提升。功劳不如我的人都封了侯，我却只当了个别部司马。"

卞王后看着满脸皱纹的弟弟，心里很不是个滋味。

弟弟看望她几天后，她到弟弟家去了一趟，安慰了弟弟。那天，她见弟弟由于官职卑微生活也十分拮据，卞王后很不忍心，止不住流了泪。这可是她的亲弟弟呀!

现在夫君出征回来了，她忍不住向丈夫提出了给弟弟加官的请求："我就一个苦命的弟弟，请夫君照顾……"

曹操抚摸着她的背："他是我的妻弟，所以我不能给他太大的官爵。"

卞王后也不好再说弟弟官职的事了，她又试探着对曹操说："魏王，既然不能授卞秉与他功劳相符的官职，就赐给他些财物吧。"

曹操说道："你暗地里给他些东西也就行了。要我公开赏赐，似有些不妥，孤担心众将不服啊。"

卞王后看曹操是这种态度，心里感觉很委屈，但又不能当真自行做主给弟弟什么财物，委屈得背过身子落泪了。

曹操抚着她的背安慰："我的卞淑曼不要难过，我会选择合适的机会处理这件事的。"

卞王后睡着后做了个梦：他弟弟卞秉与儿子曹植同时掉进了涡河里。两人都一露头一露头地喝水，都奄奄一息。她手拿一根长竹竿，想同时救出他俩，可两人分别在两处。最后她把竹竿递给了儿子曹植。梦醒后，她发现鼻洼里还有两道热泪……

第二天，她派曹植到弟弟卞秉府上做了抚慰，没再向魏王替弟弟求情，生怕说多了魏王生气。

曹操对卞王后的处事很满意。

卞王后看曹操高兴，就拿出两颗山参说："这是植儿作战回来捎给你的，让你保养好身体，求你原谅他……"

曹操又沉默良久。

曹丕去给父母问晚安，走到门口，听到父亲母亲正在说话。只听父亲说：“我对你做事非常满意，这件事让我进一步看到了你宽容善良的心……”

母亲说：“有句话我早想给你说，说了怕你生气。”

“放心讲。”

“咱植儿仿你爱喝酒，优点还是很多的。你原谅他了吧？”

“自己儿子，还有不犯错的，我早原谅他了……”

“你感觉咱植儿和其他儿子比怎样？”

“除了爱喝酒，比其他孩子还是优秀的。”

接着是母亲欣慰的笑声：“上次出征误事，植儿非常难过。夫君哪，你该安慰一下他了。”

曹操沉默良久：“要不，就改任他临淄侯吧。临淄在平原郡的东边，比他以前的封地平原郡富庶多了。再说，临淄是个古老的城市。西周时，临淄是齐国的都城，当时就是一个人口稠密、经济繁荣的大城市……”

曹丕高峻的颧骨动了动，剑眉皱了几皱，细眼里露出忧郁的光亮。他心里“咯噔”一声，母亲始终偏向弟弟曹植，这将对自己登上魏太子之位非常不利。他感到很委屈，反思自己对父母一直小心谨慎行事，为什么就不能取得父母的欢心呢？曹丕想起父亲常说的“人生就是一场残酷的博弈”的话，感觉自己在博弈中总是处于下风。他生出一种悲伤的情愫，用力睁两下眼，使眼泪没有掉出来。

司马助丕

司马懿真正的人生转折点，是被曹掾毛玠与崔琰举荐。

毛玠（？—216年），字孝先，陈留平丘（今河南封丘）人，东汉末年大臣。年少时为县吏，以清廉公正著称；后来投靠曹操，提出“奉天子以令不臣，修耕植而畜军资”的战略规划，得到曹操的欣赏。

崔琰（？—216年），字季珪，清河郡东武城（今河北衡水故城县）人，出身清河崔氏。体态雄伟，相貌俊美，美须髯，师从于大儒郑玄。最初跟随冀州牧袁绍，拜骑都尉。曹操平定河北后，授冀州别驾，迁丞相东曹掾。最先教导魏太子曹丕，后来崔琰侄女崔氏嫁给平原侯曹植，就倾向了曹植。

曹操十分羡慕崔琰的人品。曹操统一北方后声威大振，北方各游牧民族部落纷纷依附，实力很强的匈奴也派使者朝拜，送来了大批奇珍异宝。匈奴使者请求面见曹操，曹操不好拒绝，就把崔琰招来，让他代替自己接见使者。接见时，崔琰正中端坐，接受了匈奴使者的拜贺，曹操扮作侍卫模样，手握钢刀，挺立在坐榻旁边。接见完毕，使者赞道：“魏王俊美，丰采高雅，而榻侧执刀之人气度威严，非常人所可及，乃真英雄也！”

汉献帝来到许都后，曹操特别委派他最信任的毛玠与崔琰负责举荐人才。两人可不受曹操干预，享有充分的人事权。毛玠与崔琰主持选拔人才，所举用的都是清廉正直之士。毛玠为人廉洁，弘扬了天下廉洁之风，一改朝中奢华风气。曹操获封魏公后，毛玠改任尚书仆射，再主持选拔人才。曹操曾感叹毛玠与崔琰用人能让天下人自治，自己省心省力。

司马懿一直受到崔琰赞誉。崔琰十分耿直，赞誉司马懿只是看中他的才智。在这背景下，司马懿先从闲职议郎被崔琰推举担任了丞相东曹属，又经过崔琰推举不断升迁，担任了曹操的主簿。此时曹操身为丞相，主簿也是很有实权的要职，曹操器重荀彧和毛玠、崔琰，也开始重用了司马懿。

曹操征讨张鲁，让司马懿做随军参议。司马懿暗暗高兴：一是满足了他从事军务的愿望，二是他可接近曹操，便于取得曹操信任，有利于日后的仕途晋升。他私下里计划，一定要充分施展才能，取得曹丞相信任。司马懿常主动替曹操勤谋国事，多出奇策。

司马懿详细研究了南方各派势力的各种情况，给曹操提出建议："刘备用诡计俘虏了刘璋，在蜀人没有归附的情况下又去争夺遥远的江陵，这是破蜀的大好机会。今若在汉中陈兵示威，益州就会震惊不安，再进兵威逼，蜀兵势必瓦解，趁这个好机会，大事可成。圣人不能违时，机会不可失去，相同的时机不会再来。"

曹操望着闪着凌厉眼光的司马懿，冷冷道："人苦于不知足，既得陇，复欲得蜀。"未从其计。

司马懿感觉满腔热火被一盆冷水泼灭了，内心凉凉的。

建安二十四年（219 年），刘备放弃阳平关，南渡沔水，于定军山扎营。曹操亲率大军来争汉中，张鲁出降曹操，汉中遂为曹操所占有。

刘备率军拒险，黄忠、赵云又在汉水截取曹军粮草，曹军奔走逃亡的越来越多，不得已退军。刘备取得汉中之战的胜利，并派遣刘封、孟达等占领上庸。同年，刘备进位汉中王。

结果，曹操失去了破蜀的良机。刘备夺去了江陵，扩大了掌控的地盘，站稳了脚跟。

司马懿趁机劝曹操：荆州刺史胡修粗暴，南乡太守傅方骄奢，他俩不适合驻守边防。

曹操未予以重视。

七月，孙权欲攻合肥，魏军大部调动淮南防备吴军。镇守荆州的关羽，趁机率主力北攻荆襄。胡、傅二人果然降蜀。

曹操暗暗赞叹司马懿有眼光。

当时关羽声势"威震华夏"。因汉献帝在许都，距樊城很近，曹操感受到了威胁，为避关羽锋芒，准备迁都黄河以北。

司马懿劝阻说："于禁被水军所淹，不是战守上的失误，对于国家的大局并没有多大的损失。为此而迁都，既显示了向敌示弱，又会使淮河汉水一带人心不稳。刘备、孙权外亲内疏，现在关羽坐大，孙权必定不高兴。把这事告诉孙权，用计让他牵制关羽，则樊城之围自解。"

这次，曹操听从了司马懿的计策。

曹操刚刚从汉中撤出。刘备大将关羽就从荆州向他的东南防线襄、樊一带发动了进攻。曹操闻知，立刻派大将于禁率兵往救樊城。

八月，关羽趁洪水泛滥之机，大破于禁所统七军，擒于禁，斩庞德，乘势进军，将樊城围住。当时樊城曹军只有数千人，城被水淹，水面离城楼仅有数尺，曹仁率军死守，曹操又派徐晃领兵去救樊城。

十月，曹操从关中赶到洛阳，亲自指挥救援樊城。

孙权因关羽处在他的上游，很不愿意让关羽发展势力，而且他早已有攻取荆州之心，于是联合曹操，准备派大将吕蒙偷袭荆州要地江陵。

曹操接信后，将这一消息通知了曹仁，命他继续坚守，自己进至摩陂（今河南郏县东南）临近指挥，又派兵十二营增援徐晃，命他反击关羽。不久，吕蒙偷袭江陵得手，关羽大败撤兵。

曹操在孙权取得荆州后，表孙权为骠骑将军、荆州牧。孙权遣使入贡，向曹操称臣，并劝曹操取代汉朝自称大魏皇帝。曹操拒绝称帝，私下对心腹道："仲谋（孙权字）是想把我放火炉上烤啊！"

曹操将孙权来书遍示内外群臣，考察大家，众人都说汉祚已尽，劝曹操称帝。

司马懿顺着曹操的意思讲了一通不称帝的好处，称赞了周文王的圣德，暗与曹操想做周文王的意思相投。司马懿怕说得不合曹操心意，又表示他赞成魏王代汉，话说得左右逢源，得到了曹操进一步的信任。曹操也因为司马懿谋略超人和才能出众更加倚重他。制定联合孙权对抗刘备的大计，使他成为曹魏最重要的谋臣之一。

曹操认为司马懿利用孙、刘二人争夺荆州的矛盾，充分运用外交谋略，坐收渔利，挫败关羽的强大攻势，解除樊城之围，而且也使诸葛亮原定的一路向宛洛、一路出秦川的两面钳击中原的计划无法实现。更重要的是破坏了孙刘联盟，改变了当时的战略格局，使自己掌握了主动权。曹操很赞赏司马懿的料事如神，不久提升他为丞相军司马。

秦朝与汉初，只有统兵时才可以设司马这个职务。司马懿此时是仅次于将军的幕僚，专门负责军事。荀彧被解除司马职务后，曹操对司马一职专用宗族担任，直到此时曹操才任命司马懿接替夏侯尚担任了司马，让他负责军事。曹操还特意设立了督军职务由司马懿担任，地位高于御史中丞。司马懿也更尽心竭力辅佐曹操，多次献良策，帮助曹操。

司马懿建议屯田解决粮食问题，得到曹操的采纳。

曹操认为荆州遗民及在颍川屯田的军民离南方寇贼较近，想把他们迁走。

司马懿认为：“荆楚的人轻率，容易骚动而难以安抚。关羽刚被击溃，各种为非作歹的人正藏匿逃窜观望。现在命令那些良善的人迁徙，不仅伤害了他们的感情，也会让那些逃亡在外的人不敢回归故里。”

曹操听从了司马懿的建议，没有移民。之前藏窜逃亡的人果然都回乡从事本业。

司马懿得到曹操信任之后，曹丕、曹植、曹彰都向司马懿示好，崔琰让司马懿多帮曹植。

司马懿私下里很关心魏王立储的事情。他感觉曹彰头脑简单，脾气暴躁，难成大事，且在他手下既得不到应有的尊重，也施展不开自己的才能。曹植文采好，忠厚，又是自己恩人崔琰的快婿，司马懿理应帮助曹植。但司马懿看出了曹植的致命弱点：酒后轻狂。这一点反映了他内心的轻狂。内心轻狂是注定要惨败的。司马懿感觉，曹丕文不如曹植，武不如曹彰，他被立为魏太子的可能似乎十分渺茫。可司马懿从小时候与曹丕的交往里，从他的忧郁的眼神里看出他有很深的城府，还充满智慧、毅力，并且在与曹丕的交往中，自己受到了尊重、信任。司马懿坚定地选择支持曹丕，不断地向曹丕回报魏王的近况与想法。

魏王要去许都面见皇上汇报战事，临离王府时，司马懿见魏王身边无人，下跪在魏王面前，含泪道：“魏王，有些话卑臣不吐不快，望大人千万莫怪！贵公子曹丕仁德忠厚，聪明稳重，文武全才，擅长政治，富有城府，您有这样的儿子，是大汉之幸、魏国之幸啊！”

曹操捻须沉思良久，又狠狠瞪司马懿一眼：“起来吧！”曹操有些生气，认为司马懿此番话似乎有点越俎代庖：这些事情难道是尔等应该考虑与过问的吗！

八月桂树飘香。

曹操与卞王后一同上车去了许都，路上望着两边威风凛凛的卫队，心里还犯嘀咕：“看起来司马懿这小子不安分啊，日后可不能让他掌管军队……”

两场酒宴

八月中秋夜晚，玉兔东升，碧空万里，银丝飘动。

曹丕客厅里，烛光闪耀。

父母亲两天前去了洛阳，曹丕趁机暗暗约来了司马懿、陈群、吴质、朱铄。这四人在曹丕身边号称“四友”。司马懿、陈群的政治才能以及谋略，公认是汉魏谋士和大臣中的上上人才。吴质心计深沉，文才俱佳。朱铄的官位是中领军，身居要职。

父亲平时在家，严禁王子与朝臣私交。古人很讲究中秋团圆，今晚五位挚友难得一聚，又恰逢中秋，便格外兴奋、激动。烛光映着五人放着光亮的额头。随着筷子的摆动与酒杯的起落，客厅里伴随着“吧唧吧唧”咀嚼声与“哧溜哧溜”的饮酒声，五人悄悄地话语像窗外习习的秋风不断。

消瘦的朱铄“咕咚”饮口酒，咧开嘴“哈”了一声道：“我守卫邺城，最看不惯杨修、丁仪，自以为结交了临淄侯子建，眼睛都翘到天上了，一副谁也瞧不上的模样……”

司马懿拉拉朱铄衣角，吴质摆了一下手，两人几乎同时制止朱铄：“小声，以防隔墙有耳。”

司马懿讲了魏王的情况，以及他在魏王身边时大臣对曹丕褒贬不一的态度，说没看出魏王对副丞相（曹丕）有什么过分讨厌的神情。

御史中丞陈群谈了他向魏王提建议加重刑罚时，趁机讲了副丞相治理邺城的成效。

迁为元城令来邺城述职的吴质，透露了曹植曾写《与吴季重书》，期冀自己能为他出力。吴质即作《答东阿王书》，申明“伏虚槛于前殿，临曲池而行觞”，借“儒墨不同，实难从命”搪塞过去。

在烛光里，曹丕高峻的颧骨更显高峻，分明的棱角更显分明。他细眼泛着温和明亮的光波，忽灵灵地转动着眼珠看着大家，倒立的剑眉拉平了许多。他给每人倒酒表示感谢。

人情亲密，喝酒开怀，气氛融洽，曹丕不知不觉喝高了。他喟叹由于瘟疫，徐干、陈琳、应玚、刘桢遭受不幸，都相继去世，说着说着竟然号啕大哭起来，哭得鼻涕扯得长长的："我空活三十多载，徒有一腔大志，到现在得不到魏王信任，一事无成……"

四人忙开导他，劝他节哀，万不可放声痛哭。司马懿劝道："曹公子才能出众，仁慈宽厚。魏王只是觉得你的诗赋不如平原侯，我会趁合适的时候把你写的《燕歌行》与《与吴质书》给魏王看，看了他就不会小看你的文学才能了。"

曹丕马上抑制住了哭泣，只让朋友喝酒，自己滴酒不进了。

司马懿夸道："二公子就是有一种能成大器的性格。"其他三人点头称是。

同一天晚上，曹植的客厅里，也是烛光摇曳。

客厅里坐着杨修、邯郸淳、丁仪、丁仪弟弟丁廙。曹植带头喝酒，五人兴致高，谈兴浓，欢笑不已。

曹植昂着头，两弯眉浑如黑漆，一双大眼闪闪放光，更显文雅帅气。他一边饮酒一边吟诗，慷慨激昂："……戮力上国，流惠下民，建永世之业，流金石之功……羽檄从北来，厉马登高堤。长驱蹈匈奴，左顾凌鲜卑……捐躯赴国难，视死忽如归。"

杨修、邯郸淳四人拍手叫好，举杯相庆。

杨修赞道："好诗好诗！不加雕琢，音节婉约，情致流转，诗中含有伟大的理想和抱负，洋溢着乐观、浪漫的情调！"这杨修在曹操身边做事，对曹操的言行举动、思想感情最为了解，深知曹植的文才受到了曹操赏识。曹植也知道杨修的地位和作用，并钦慕他的才智。双方主动靠拢，建立起不同寻常的友谊。曹植曾在给杨修的信中说："数日不见，我无时无刻不在思念你，我们两人别后的愁思应该是相同的。"

邯郸淳赞道："子建聪明通达，学富五车，才华卓异，文章绝伦，又深得魏王信任，前途无量！"

邯郸淳，字子淑，颍川阳翟（今河南禹县）人。三国时代魏国文学家、书法家，邺下文人之一。邯郸淳的文字成就除散文外，还撰有《笑林》三卷，对后世影响很大。《笑林》是我国古代最早的关于笑话的专书，内容大都是一些短小精炼的讽刺性笑话。赤壁之战后，邯郸淳随曹操来到邺城，曹操的两个儿子曹丕、曹植争着与邯郸淳结交。曹丕请父亲让邯郸淳做自己的文字侍从，曹植也求邯郸淳甚急。曹操偏爱曹植，命邯郸淳前去见曹植。曹植大喜过望，热情隆重地接待了邯郸淳。

丁廙夸道：“临淄侯的诗歌，前无古人后无来者，临淄侯本人又有一副宽厚仁慈的胸怀。魏王百年之后，临淄侯若能为王，实乃魏国臣民之福哇！”

曹植”哈哈“大笑：“喝酒，我敬各位一杯，先喝为敬，我干了，诸兄随意。”言毕掩袖仰面喝下。

丁仪道：“我一直倾心于临淄侯，不断向魏王进言，劝他立子建为魏太子。我弟弟丁廙很有才学，深得魏王赏识，他也不断向魏王进言，‘普天之下的贤人君子不问少长，都愿意为临淄侯效死。这是上天的赐予，要大魏事事绵延，永无穷尽’。这话说到了魏王心坎上，说得他哈哈大笑。”

这丁仪可是个了不起的人物。丁仪（？—220 年），字正礼，沛国（治今安徽濉溪）人，丁冲之子，丁廙之兄。丁仪的父亲丁冲，向来和曹操要好，曾经劝曹操迎接汉献帝，被曹操所采纳。他为曹操立下大功，曹操也一直感激丁冲。建安中期，丁仪与曹操的长女清河曾有婚约。这丁仪倾向曹植，是出于对曹丕的怨恨。曹操本打算把爱女嫁给丁仪。一次，曹操征询曹丕、曹彰、曹植的意见。清河长曹丕几岁，小时候常领他玩耍。曹丕认为应该对姐姐的婚事负责任，见父亲问，便道：“丁仪有只眼睛斜视，姐姐嫁他不会幸福的。我觉得不如嫁给伏波将军夏侯惇的儿子夏侯楙，这样亲上加亲更合适。”曹操就把清河嫁给了夏侯楙。后来，曹操召见丁仪，交谈之后，十分钦佩，相见恨晚，事后给卞夫人说：“像丁仪这样的人才，就是两只眼睛都瞎了，也应该把女儿嫁给他。”丁仪也确实了得，有才干，又颇有思想家的风采。他写过一篇《刑礼论》，文章兼取儒、法两家之说，一方面强调先礼而后刑，同时又指出，所谓礼决不仅仅是叔嫂不亲之类的伦理规范，而是必须别男女，定夫妇，分土地，班食物，要先行把这些维持社会生活正常运转的种种必要条件创造好，然后才去惩罚那些不合于正常秩序的言行。

丁仪听曹植说了关于自己婚事的前后情况，恨曹丕从中作梗，婚事未谐，于是便倒向了曹植一边。哥哥倾向曹植，弟弟丁廙也自然倾向曹植了。

这时候丁仪深得曹操信任，很是得势，群臣怕他，不敢与他正眼相视。后来崔琰自杀，毛玠获罪，丁仪在曹操身边起了很大的蛊惑作用。丁仪给曹植所讲的话绝非妄语，他们兄弟确实不断向曹操举荐曹植。曹植得到了丁仪兄弟二人的支持，确实十分有利。

曹植昂首道："今天中秋之夜，花好月圆，良辰美景不可虚度。我们到院中一边饮酒一边赏月岂不快哉！"

众人响应。

曹植命人把酒菜移到院中葡萄架下。

月上中天，蓝天一碧如洗。月华如水，空中似有千万根银丝飞动。

曹植两弯眉浑如黑漆，一双大眼闪闪放光，更显文雅帅气。他手把酒杯，吟道：

明月照高楼，流光正徘徊。
上有愁思妇，悲叹有余哀。
借问叹者谁，自云宕子妻。
夫行逾十载，贱妾常独栖。
念君过于渴，思君剧于饥。
…………

吟毕，举杯喝酒，酒顺着嘴角流下，下面的衣衫湿了一大片。

邯郸淳鼓掌，杨修叫好。丁仪道："趁此机会，我献诗一首，烦请诸位雅正。"他咳嗽一下，清清嗓门：

初秋凉气发。
庭树微销落。
凝霜依玉除。
清风飘飞阁。
朝云不归山。
霖雨成川泽。
…………

丁廙摆手阻住丁仪："哥，这首诗是临淄侯赠你的诗，如何拿来装潢门面？"

邯郸淳道："丁仪的做法与我《笑林》中《山鸡献楚》一个味道，不辨真伪，以假乱真。”

众人大笑。

曹植昂首道：“今夜好不……尽兴，走，随我乘车……赏月，彻夜不眠，如……何？”

四人纷纷响应：“好主意！”他们搀着东倒西歪的曹植，随他到魏王宫门前。守门卫士向前拦阻，曹植道：“你敢拦我，我……杀城南门卫士的事，你难道……没听说过吗？”

守门卫士让他们进入。

曹植领大家来到魏王宫后庭，命公车令套上王室的车马，要出门赏月。公车令不听，杨修道：“连子建王子你也敢拦阻？他的命令不想照办是吗？”

后庭侍卫套上车马，扶着曹植上车。曹植命侍卫驱车直奔邺城魏王宫西大门司马门而去。

杨修一看不妙，忙与邯郸淳、丁仪兄弟共同拦阻：“魏王有令，司马门是禁门，只有帝王与魏王举行典礼才能行走。走此门，犯死罪。”

曹植昂首“哈哈”大笑：“诸位莫怕，皇帝……魏王走得，我们……为何走不得？但走……无妨！”

丁仪一看劝阻不住，就知道曹植又喝醉了，如不阻止，就会满盘皆输。他与杨修极力劝阻，遭到曹植高声谩骂。邯郸淳早派人叫曹丕去了。现在魏王夫妇不在家，估计能管住曹植的，唯有曹丕了。

曹丕接到来人报，临淄侯要夜闯司马门，不免心中一急，出了一身冷汗：“此门如何走得！”又一想：“此门四弟如何走不得？他一走，正好暴露了他的张狂，必定受到父王的惩罚……天要下雨，是不用刮东南风的。”于是他对报信人道：“临淄侯性格乖张，我管不了，你们也不必拦阻，就任他索性吧……”

曹植乘马车行至邺宫西面司马门，口吐白沫，手持宝剑，喝令开门，道：“我是……王子，快……开门！”

城门卫士道：“魏王禁有令在先，我们不能再听王子令为您开门了。”

曹植舞剑：“谁敢阻拦，格杀勿论！”

杨修四人看劝说不住，怕牵连到自己，趁侍卫拦阻的工夫悄悄离曹植而去了。

曹植先前曾杀过南城门卫士，尽人皆知。公车令相信他说杀人，绝非儿戏，害怕被他杀掉白白丢掉一条性命，命侍卫不再拦阻，打开了司马门。公车令见曹植乘车而去，立即向曹丕报告。

曹植借着酒兴，私自坐着王室的车马，擅开邺城魏王宫西大门司马门，在禁道上纵情驰骋，一直游乐到金明门……

曹植被凉风一吹，呕吐了两次，头脑清醒大半，发现自己已经从司马门跑到邺城的金明门了，吓得东倒西歪赶紧回府。

中领军朱铄，根据副丞相曹丕的旨意，急派快人快马到许都报告魏王去了。

怒罚曹植

曹操被封为魏王，共有五处王宫，分别建在洛阳、长安、许都、邺城和谯县。魏国被封的都城开始在邺城，到公元 198 年，曹操又把魏国都城迁到了洛阳。由于曹操原来的丞相府在邺城，魏国实际上的权力中心也在邺城。东汉皇都在许都，魏王来许都有大事奏报皇上，卞王后提出随夫君来到了许都。实际上卞王后是想看看原来的老院落，散散心。但她来到许都并不十分开心，相反的，一直惴惴不安。说到底，跟着夫君，她最牵挂的还是曹植，对曹丕她并不牵挂。曹丕不声不响的一般不出娄子。曹彰在长安，她担心他脾气暴躁，杀人太多。主要牵挂的还是曹植。这孩子并未去封地临淄，她不舍得让他走。卞王后感觉曹植不在身边，心里就挂念他。她的植儿两弯眉浑如黑漆，一双大眼闪闪放光，十分文雅帅气、敦厚善良。如果不喝醉酒，曹植要多懂事有多懂事。用卞王后骂曹植的话形容，这孩子四两猫尿酒一下肚，黄帝是老大，他就想盖住黄帝了，要多让人担心有多让人担心。

这天傍晚，卞王后左眼不跳右眼跳。她正心神不安时，邺城有人骑快马来报，说曹植醉酒后私自打开了禁止通行的司马门，在天子与魏王专用的驰道上纵车飞奔。卞王后听了，吓得头蒙了一下，腿脚止不住哆嗦起来。私开司马门，在天子与魏王专用的驰道上纵车飞奔，这可是大逆不道之罪，该杀头啊！

曹操听了气得浑身发抖，喘着粗气：“可恶，任性而行，不自雕励，饮酒不节。该死！”

卞王后看到墙上壁画中的下山虎似乎发出了啸叫。她知道魏王发怒了，要发威了，脸色顿时煞白：“魏王能否饶过子建？”曹操脸色铁青，胸脯不住起伏，看着窗外不吐一字。

卞王后“咚”的一声跪倒在曹操脚下，哭着哀求：“万望魏王看在我五十多岁的份上，看在我已经死了熊儿（曹熊早死）的份上，求您饶过子建……”

曹操搀起来卞王后："来人，起驾回邺城。"

曹操一行人马滔滔回到邺城，曹植早哭着跪倒在父王脚下。曹操朝他脸上甩了几巴掌，一脚把他踹倒在地，训斥道："男子汉大丈夫立于天地之间，任何人都不能整垮你，能整垮你的永远都是你自己。都怪你娘把你惯坏了，简直不知道天高地厚了！"

曹植耷拉着沉甸甸的脑袋，跪到王府大门外，品味着父亲"能整垮你的永远都是你自己"的话，不禁打了个寒战。

卞王后哭着训斥了他半天："嘱咐你多少遍了？不让你喝酒，把我的话权当成耳旁风了，你偏喝醉！司马门是你走的？皇宫车是你坐的？"

曹植抱着娘的脚，哭着哀求："娘啊，千万救我，那晚喝醉了，我啥也不知道了。要是知道，借我十个胆子也不敢任意乱行啊！"

卞王后斥道："上次喝醉你咋说的？以后滴酒不沾。你不仅喝酒，还喝醉，你……你！"卞王后无奈，让曹丕替弟弟求情。曹丕在曹植旁边跪下了，曹植的妻子、儿子、女儿全跪下了。

曹植的支持者全出来求情，曹丕的支持者不言不语，静观其变。

卞王后哭着再一次跪倒在曹操脚下："子建千错万错，全是我这当娘的过错，是我惯了他。如果魏王不饶子建，那就连我一同处死好了，省得我悲哀地活在人世上……"

曹操眼睛湿润了，他搀起来这位陪他风风雨雨走了几十年的妻子，这位现如今已经有了丝丝白发的王后，这个善良宽容的女人。他长出了口气，下令处死了掌管王室车马的公车令……

在大臣、家人的苦苦哀求下，曹操下令打曹植四十大板，打得曹植躺了几天，屁股还不能着地。

曹操重新下了一道对诸子、诸侯限制的条令，对权贵们一律严加管教，让他们守规遵矩。因为这件事，曹操竟然在发布的命令里公开说："临淄侯曹植私自出行，开司马门到金明门，让我对他彻底失望了。"

他在另一篇令文里说："诸侯长史及帐下各吏，知道我外出时为何把儿子们带在身边了吧？自从子建私开司马门以后，我都不敢再相信他们了。我担心我刚刚离开，他们就会惹出大乱子，因此只好把他们带在身边了。"

这件事后，无论曹植怎样给曹操赔罪道歉，曹操再也没有给过曹植一个好脸。

曹操举行大阅兵。在典礼上，一排排步兵手执兵器从观礼台下走过，意气自如；一队队骑兵威武雄壮……突然，曹操用余光扫见一个衣服艳丽的女人。他仔细一看，是曹植的妻子崔氏，她华丽的衣着，在众多女眷中尤为醒目。曹操力主节俭，不喜好华丽之物。他规定家属不准穿锦绣衣裳。他曾经南下江陵，得了一批各种花色的丝鞋带给家人，但明确规定，穿完为止，不准仿作。曹操站在铜雀台上不由得怒火中烧，曹操因为"司马门事件"虽然免曹植一死，降了曹植官职，减少了曹植封地，但他仍然怒气未消。崔氏叔叔崔琰反对他立王，自他称王以后，崔琰处处与他作对，让曹操十分恼火。

前文交代，曹植的妻子崔氏可不是普通人家的女子，而是出自清河名门崔家。崔氏叔父本是名门望族出身的崔琰。崔琰原来深得曹操信任，先做丞相府的东西曹掾，后做过尚书。这崔琰是当时公认的美男子，史载他体态雄伟，声音洪亮，眉目疏朗，须长四尺，很有威重，朝廷百官对他很是敬仰。

东汉时期，正是世世代代都在朝廷里有话语权的名门望族主宰着东汉的命运，崔家就是世家大族的一部分。曹操曾教导儿子，在名门望族主宰国家的东汉，要建功立业，成就一番事业，不结交名门望族是不行的，但最终要削弱他们的力量。曹操起家就是这样做的，一开始结交袁绍、袁术等高贵身份的人。曹操军事上精通兵法，重贤爱才，是东汉末年杰出的政治家、军事家、文学家、书法家，曹操担任东汉丞相，后加封魏王，但他的出身仍是被时人鄙视的官宦家庭。名门望族对曹操的鄙视在他内心刻下了痛苦的痕迹。曹操一直在与名门望族做斗争，用人政策坚持唯才是举，尽量提拔平民。

此一时，彼一时。崔琰此时成了曹操的对立面。

曹操一直倡导勤俭节约，约束家人不得铺张奢华，他认为奢华的生活会摧毁人的斗志。曹操在观礼台上看到如此华丽的崔氏，心里就不禁厌恶。而这个时候的曹植已经得不到曹操的喜欢了。曹操就抓住崔氏衣着华丽违背家规的行为，在台上直接传令：赐死崔氏，保留全尸。他想通过这件事，打击名门望族，敲打崔琰，出一口恶气。曹植有治家不严之责，曹操再次下令责罚曹植。

崔氏换上了朴素衣服，跪在曹植脚下："望夫君向魏王求情，饶我一死，我日后永不穿华丽衣服，一定俭省节约……"

曹植感觉对妻子的处罚太让人不可思议了。那时嫂子任芳惹怒了父王，也只是遭到了谪弃啊！等到自己的妻子就直接下令处死，这是怎么了？夫妻二人抱头痛哭。

曹植找到了母亲卞王后，央求母亲替崔氏向父亲求情。

卞王后道："为了保你性命，我跪求你父王两次，这次，我没脸再说什么了。再说你媳妇平时高高在上，只觉得她出身士族，高贵无比，哪看得上我这个出身低微的婆婆啊！"

崔氏身穿素白，让曹植不要悲伤，让他出去一会儿，说她想休息一会儿。曹植回来再看她时，崔氏已悬梁自尽了。曹植万分悲痛，再次抱着死去的崔氏大放悲声。

两次惩罚下来，曹植一下子颓废沮丧，萎靡不振了。

崔琰听说亲侄女崔氏被赐死了，大骂曹操。曹操把他押进大牢，经过审问，以"傲世怨谤"的罪名毫不客气地把他杀掉了。

曹操了解当时名门望族力量的强大，亲见他们的傲慢，如果不加以打压，自己下世了，自己的后代一定会再与士族经过几场激烈和残酷的政治斗争，才能稳固统治。他要提前为后代解决这个棘手问题。

曹操的思想受儒家影响，根基属于儒家思想范畴。他崇尚仁义礼让，并试图用仁义、道德、礼让施政治民，即"治定礼为首"。另一方面，曹操重法尚术，严刑峻法，这构成了曹操思想的另一重要侧面。

曹操非常痛苦，深感孤独。他看着曹植，甚至感到很是陌生，不相信这就是他优秀的儿子。在曹操的天平里，他认为继承王位者必须是具有文韬武略、知识储备面面俱到的人才，是具有全面统筹能力、能稳定局势的英才，还须是建国立业魄力过人的雄才，最终应该是厚德之人。这时候曹操渐渐感觉曹植性格过于张扬，有些恃才傲物，缺乏指挥若定的气魄和平定天下的武略，在当时魏国局面并未全面稳定的局势下，让曹植当魏太子，很可能得不偿失。

另外，曹操还认为，曹植文人气较重，才子气太浓，常常一时兴起，饮起酒来毫无节制，任性而行，不注意修饰约束自己，不拘小节，也不懂得掩饰自己的缺点。"司马门事件"让曹操对曹植感到失望，对曹植的宠爱像一阵烟雾，瞬间化为乌有了。

曹操分析，曹丕与曹植相比，虽然曹植在文学才华上占优势，但在政治和军事才能上应该说曹丕要略胜一筹。而且两人身边智囊集团的构成也不一样，曹植的智囊清一色的是文士，没有什么政治和军事经验，远不如曹丕的智囊司马懿、陈群、吴质老谋深算，这样在斗争中自然就差了一截。

曹操的天平开始倾向了曹丕，让曹丕高兴得浑身颤抖。曹丕努力压制住兴奋，怕别人看出他的得意，装出一副痛苦的表情来，躲在书房故意不见人，故意不与父母多说话。他心里愉快的浪花在翻腾奔流……

确立太子

这次魏王在邺城住的时间比较长，随着自己年龄的增大，他是铁了心要解决魏太子之位的事情。

司马懿认为火候到了，应该对曹丕再次伸出援手了。魏王总认为曹丕文不如曹植，司马懿把曹丕写好的两篇文章早早存好。那日，他趁魏王高兴的时候，跪下道："启禀魏王，臣见到两篇字字珠玑令人拍案叫绝的文章，特奉献给大人，请赐教！"司马懿献上曹丕的两篇文章。其中一篇是曹丕在担任五官中郎将期间所做的七言诗《燕歌行》：

别日何易会日难，山川悠远路漫漫。郁陶思君未敢言，寄声浮云往不还。涕零雨面毁容颜，谁能怀忧独不叹。展诗清歌仰自宽，乐往哀来摧肺肝。耿耿伏枕不能眠，披衣出户步东西，仰看星月观云间。飞鸧晨鸣声可怜，留连顾怀不能存。

此诗从"思妇"的角度，反映了东汉末年战乱流离的现状，表达出被迫分离的男女主人公内心的怨愤和惆怅。全诗词不雕琢，音节婉约，情致流转，细腻清越，缠绵悱恻。明清之际的王夫之曾盛赞曹丕诗"倾情，倾度，倾色，倾声，古今无二"。

曹操观看品味，捻须颔首。

司马懿不失时机地又向曹操献上了曹丕的《与吴质书》：

二月三日，丕白。岁月易得，别来行复四年。三年不见，《东山》犹叹其远，况乃过之，思何可支！虽书疏往返，未足解其劳结。

昔年疾疫，亲故多离其灾，徐、陈、应、刘，一时俱逝，痛可言邪？昔日游处，行则连舆，止则接席，何曾须臾相失！每至觞酌流行，丝竹并奏，酒酣耳热，仰而赋诗，当此之时，忽然不自知乐也。谓百年己分，可长共相保，何图数年之间，零落略尽，言之伤心。顷撰其遗文，都为一集，观其姓名，已为鬼录。追思昔游，犹在心目，而此诸子，化为粪壤，可复道哉？

观古今文人，类不护细行，鲜能以名节自立。而伟长独怀文抱质，恬淡寡欲，有箕山之志，可谓彬彬君子者矣。著《中论》二十余篇，成一家之言，词义典雅，足传于后，此子为不朽矣。德琏常斐然有述作之意，其才学足以著书，美志不遂，良可痛惜。间者历览诸子之文，对之抆泪，既痛逝者，行自念也。孔璋章表殊健，微为繁富。公干有逸气，但未遒耳；其五言诗之善者，妙绝时人。元瑜书记翩翩，致足乐也。仲宣独自善于辞赋，惜其体弱，不足起其文，至于所善，古人无以远过。昔伯牙绝弦于钟期，仲尼覆醢于子路，痛知音之难遇，伤门人之莫逮。诸子但为未及古人，自一时之俊也，今之存者，已不逮矣。后生可畏，来者难诬，然恐吾与足下不及见也。

建安二十年（215年）后，陈琳、应玚、刘桢、徐干等人先后被疫病夺去生命，曹丕手编陈琳等人的文集。编完，他不胜感慨，作《与吴质书》。这篇文章，谈到"建安七子"中的四位以及其他亲友忽然遭瘟疫而死的情况，表现了直面死亡的勇气与内心更深一层的痛苦。一方面，他倾诉了对人间痛失才俊、自己痛失知音而感到难以抗拒的孤独与悲哀；另一方面，"既痛逝者，行自念也"，他想到了自己的人生。年龄已经增长，心中所要办的事情千头万绪，时常有所思虑，以致整夜不眠，志向和意趣什么时候能再像过去那样高远呢？只不过自己已经变成没有白头发的老翁了。

此文贯串了《典论·论文》的精神，哀叹人生的短促，字里行间，充满着怀旧的真情实感。当然，在父王掌握着大权且对他不怎么看好的时候，曹丕只能向吴质这位同类披露胸怀。

曹操看了曹丕的文章，深深被打动了，不觉流下泪来，对曹丕有了新的认识："子桓文才不输子建啊！"他对曹丕的文才武略开始有了深一层的了解与喜欢……

曹操总感觉曹丕为人刻薄寡恩，阴沉多变。这一点，曹操从曹丕飘逸的头发、剑样的立眉、寒星般的眼光看出一二。

曹操仍然犹豫。贾诩，老成持重，不偏不倚。于是曹操招来贾诩，屏退左右，询问贾诩意见：“我想立后嗣，当立者谁？”

贾诩城府甚深，平时内心倾向曹丕，就从他初投曹操，曹丕给他倒那杯热茶时开始，他就喜欢了曹丕。他暗暗思忖：“现在魏王当面发问，如果一味替曹丕说好话，结果会适得其反。”他便默然不答。

恰在此时，曹丕儿子曹叡拜见爷爷奶奶。曹操指着贾诩道：“孙儿，你可认得他是何人？”

曹叡道：“这位长者本是智多星贾诩贾大人。”

曹操大惊：“你怎么认得他？”

曹叡道：“凡是见上一面的官员，我都熟记于心。”

曹操大喜：“有我孙儿，魏国至少可传三代矣！”

卞王后把曹叡唤走了。

曹操笑笑回过头来，问道：“贾先生，我向你请教立嗣之事，你为何一言不发？是我的品行不能让先生信服吗？”

贾诩道：“岂敢，岂敢。启禀魏王，臣下正在思考一个严肃的问题呢，固没能立即回答您。”

曹操问道：“你思考什么严肃的问题呢？”

贾诩说：“臣下一直在想，当初袁绍、刘表由于立储不当，而使各人的儿子反目成仇，导致后来失败的事。魏王应当吸取他们的教训啊。”

袁绍有三个儿子：袁谭、袁熙、袁尚。袁绍偏爱小儿子袁尚。袁绍死，未立嗣子。逢纪、审配与袁谭不谋，伪造遗命，立袁尚为主。到后来，兄弟分裂，袁谭、袁尚兵戎相见，互相攻杀，终于被曹操消灭。

刘表有两个儿子：刘琦、刘琮。刘表先是偏爱刘琦，后来又不喜欢他了。刘表死，立刘琮为嗣主，刘琦十分不满。曹操南征，刘琮投降，刘琦追随了刘备，兄弟俩分道扬镳。

对于袁绍父子、刘表父子之事，曹操洞若观火。贾诩含而不露，意思却十分明确：一是及早立嗣，避免是非；二是立长子，立嫡子，自然选择，避免争夺。

曹操听后“哈哈”大笑，他明白贾诩的意思是劝他不要像袁绍那样废长立幼。

他反复思考，认为治理国家需要的是政治家，子桓的性格也许更符加合治国的要求。再加上曹操出于长幼有序的考虑，最后确定了曹丕做王位的继承人。

曹丕听说了贾诩的话，他感到贾诩是他的坚强支持者。在曹丕感到了曹植的威胁时，他曾经向太中大夫贾诩询问巩固自己地位的方法。贾诩给他出主意说：“愿将军能发扬德行和气度，亲身去做普通人的事情，早晚孜孜不倦，不违背做儿子应该遵守的规矩，这样就可以了。”曹丕听从了贾诩的话，暗自深深地磨炼自己。正是听了贾诩的话，他才没败下来。他对贾诩一直心存感激。

晚饭时，曹操叹息着再次对前来问安的曹丕说：“昂儿、冲儿早早离我而去是我的不幸，却是你的大幸啊。”

曹丕听了，感觉头皮发麻，心里像大冬天塞进了一块糖水结成的冰块，冰冷中自有一点甜甜的味道。

卞王后叫来曹植，训斥他，不住叹息她的植儿，叹息他不自重、不珍惜、不长记性……

曹植明白了父亲要立二哥为储子，手脚冰凉，面若灰土，浑身颤抖……

领受要义

建安二十二年（217 年）十月，天高云淡。魏王七尺银安宝殿内，大臣跪坐两旁，宫内一派肃静。

曹操头戴串珠冠帽，气宇轩昂地安坐在龙凤鸟兽纹路的银饰宝座上，发布了立魏太子令："立曹丕为魏国魏太子。"

"魏王英明！"

"恭贺魏太子！"

曹操立曹丕为魏太子，何夔为魏太子傅。史书记载，何夔与毛玠是好朋友，都是曹丕的支持者。

这篇令文中的几句话，好像是说给曹植等人听的："当初诸子都被封为侯爵，唯独子桓没有受封，而任命他做了五官中郎将，这其实就是暗示他要被立为魏太子啊！"

东汉建安二十二年，三十一岁的曹丕终于登上了魏太子之位。他高峻的颧头一片红颜骨，分明的棱角由于激动而不住颤动；倒立剑眉下的细眼里放射出明亮、喜悦、犀利的光亮。他长时间为理想努力奋斗，受了多少委屈，付出了多少心血，一旦理想实现，虽然在众大臣面前装得风平浪静的，可内心汹涌澎湃。他想哭，想笑，想唱，想喊，想跳……等散了朝会，众多大臣向他表示祝贺，他只是木然地点着头，腿走得极不自然。到了家，见到郭女王，他抱住她哭了，哭得十分伤心。

郭女王闪闪长而密集的眉毛，给他揉着背祝贺他。甄宓走过来本想说些祝福的话语，看着亲密的两人，眯起眼把脸扭向窗外。曹丕忙止住哭，洗了把脸，读书去了。他感觉甄宓没以前美了，甚至还比不上他偶尔想到的任芳。

建在魏王宫内的太子宫早已竣工，在等着它的主人入住。曹丕第二天早饭后，早早来到专门为他建造的太子宫。他身着太子冕服，玉质的冕旒珠在眼前晃来晃去，晃得他晕晕乎乎的。穿上这身太子服，他心中有一股几乎要溢出来的欣喜的潮水。他努力抑制住自己的激动情绪：自己在博弈中终于胜出，这本该属于他的，不应该也不能让人抢走的东西，终于还是来了。

侍中辛毗第一个来到太子宫，向他表示祝贺。很多人都帮了曹丕，辛毗是他坚定的支持者之一。曹丕看看四周无人，激动得抱住了他，兴奋地说："辛先生，谢谢大家对我的支持与帮助！"

太子宫并不豪华，宫内不太宽敞，正对门靠墙是一个一尺高的台子，台子上摆着雕刻着虬尾图案的条形文案，文案上放着文房四宝。台下面两边靠墙分别摆着两条长形文案，这是魏太子贴身属官办公的地方。

曹丕在席垫上坐下，抚抚文案，试试座席，文案座席只是新的罢了，还没丞相府的高雅。

"嗯忒"门口有咳嗽声。

"魏王驾到，闲人回避……"

侍中辛毗慌忙回避。

曹丕慌忙迎父亲到门口，屈膝跪倒："不知父王驾到，有失远迎，望父王赎罪！"

曹操道："平身。"他径直走上台子，在太子正座上坐下。

曹丕忙倒上茶水，一旁侍立。

曹操随手翻看一下桌案上的文书，但见长条文案摆着自己写的著作《孙子略解》《兵书接要》《曹操诗文集》，另有《诗经》《汉乐府》《左传》《国语》《战国策》《史记》《周礼》《汉书·艺文志》……他禁不住微微一笑，频频点头，嘱咐道："除了看这些书，儿要重点研究周公旦所著的《周官》（《周礼》）。此书记载了秦朝以前社会政治、经济、文化、风俗、礼法各种制度，所涉及内容无所不包。要多学习研究，学以致用。"

曹丕垂手站立："父亲教训的极是，孩儿一定铭记在心。"

曹操道："你过来靠近我坐。"

曹丕在父亲身旁坐下，感觉特别别扭。从记事起，他都是一旁垂手站立，后来长大了，也从来没离父亲这么近坐过。

曹操"呵呵"笑道："我儿莫拘谨。孤有意让他们晚来一会儿，就是想教教你如何做好太子的。现世流行术类著述繁多，农术、兵术、天文术、药术……这些是实用技术。至于《史记》《汉书》《后汉书》《纵横术》《厚黑术》……才是治国为人处事之术。时下人议论：厚者，脸皮厚，刘备、吕布是也，二人到处投主；黑，心黑，心坏，奸诈，残忍，说刘邦与我是‘黑’的鼻祖；还云，孙权是又黑又厚，大谬矣。厚是在不利时能隐忍退让，顺势而化。我出身低微，讨厌贵族，提倡唯才是举，重用贤人，因此我讨厌鬼谷子、刘备之流依附权贵的做法。我根据古人行事与自己的体会，集几十年的心血，用隶书写成《隐控术》一书。书内包括七十二控术、八十二要义，并包含对各控术词条的详解、细则、案例……我平时给十七个儿子七个女儿都讲过。给男子讲的多，给女孩只讲些孝、顺，省、温、容等很少的内容，只是你们未曾留意罢了。今天给你讲一下《隐控术》一书的纲要大意。此书不求流传于世，只求单传太子。我与你母亲保管，日后谁继承魏王位，此书才传给谁。”

曹丕两道倒立的剑眉浓如黑漆，细眼睛里射出寒星般的光泽。他听到此话，心中一凉，才明白，别看现在自己是太子，但最后继承王位的还不一定是谁呢！这样一想好不悲伤。他唯恐父亲看出，赶忙压压不快。他又想，自己毕竟登上了太子宝座，父亲毕竟给自己传授家书秘诀了，先胜的一步还是应该庆贺的。

曹操看看曹丕，见他并无不快，便道：“万事皆有变数，如果一味等着好事砸到自己头上，那是顶级傻瓜。”

曹丕暗想：“这一点你不讲，我也在努力做着，例如，争做太子，登王位，我一直暗暗积极主动努力地追求着。”

曹操道：“孤所著《隐控术》第一条要义曰‘广涉猎’。读书使人睿智，此条不用多讲，你文案上摆了很多书，你们兄妹大都能做到发奋读书。第二条曰‘思想控’。天下有关对人事的掌控学问，如孔子、孟子、庄子、墨子……还有从海外传来的佛教，都是用思想对世人的控制的学问。欲成大事者要选用一种圣人思想或者自己创造出的一种思想，用来教育国民、部下，从而达到对其思想掌控的目的。我的体会是以孔孟‘积极治世’主张为主，兼用庄子‘顺其自然’意识。三曰‘七仁三法控’。韩非子的法治与孔孟的礼治仁治各有利弊。法治统治见效快，但如果无才能的人用之容易很快失败；礼治仁治控制见效慢，但统治长久。只用法治显着没有人性，只用仁治礼治则显着无有威力。我的施政体会，七分礼治仁治三分法治较为稳妥。”

曹丕大惊，他越来越感到了父亲的伟大。这些说辞无论在哪本书上都是未曾见过的。曹丕担心忘了，忙提笔铺纸做记录。

曹操摇手，道：“只能心记，不能外传。”

曹丕放下笔。

曹操接着讲道："隐控术四曰'大向控'。就是说一个人的一切行动都要围绕着自己确定的大目标努力，连同自己治理下的国家、部门也都一样。凡有益于大目标的一切政策措施，甚至包括言行都是正确的，凡不宜于大目标实现的一切政策措施，甚至包括言行都是错误的。我的大目标就是华夏一统，我想在有生之年完成统一。如果大业未竟，你们兄弟还要继续努力。你看名徒众多，被称为谋略家、纵横家，有通天彻地智慧的"鬼谷子"王诩先生，他的学问虽有排兵布阵之法，但最根本的是通过控制国君后施行的分化联合之术。今天控制这个，明天帮助那个，无始终如一的大目标，他的门徒注定不会建立长久伟大的基业。"曹操停下喝口茶。

曹丕用惊奇的目光看着父亲，他没想到父亲竟然思考得如此深刻。不过，他想，自己始终都是围绕着大目标努力的呀！

曹操继续说道："隐控术五曰'瞒心志'。汉高祖刘邦最能掌此术要义，遇事爱问'为之奈何'，不轻易表露自己心志。其实他在问时心中早有主见，是让别人替自己讲出自己要说的答案罢了。办一些悬疑之事，更要表明是某人的意见。此法易遭世人诽谤为'奸诈'，你看，那些直筒之人（指性子直率，说话不委婉的人）有不失败的吗？隐控术六曰……"

曹丕暗暗想到，自己从来没给外人说过自己想继承王位……

"启禀魏王，司仪属官到齐了。"

曹操"嘿嘿"一笑道："先让他们在门外等候——隐控术六曰'分化控'。就是说，你的部下如果全都团结一心未必是件好事。要让他们之间有些罅隙，才能人人忠心事主。如果部下团结一心，他们就会逆上谋反了。隐控术七曰'四项控'。就是说行事前先权衡"利""弊""得""失"孰大孰小。"利""弊"再各分成顺、逆两项，便为四项。对于"利"这一方要想办法如何助顺而克逆，对"弊"这一方要想办法如何克顺而助逆。利大者或经过克逆而能转化为利者就为之，反之则不为，或等可行时再为之。隐控术八曰'扬长控'。凡是自己想用之人，无论丑俊、好坏、勤懒、强弱、静躁……都有可用之处，用人要扬长避短。隐控术九曰'催短控'，此项也叫'捧杀控'。就是把你心恨之人使劲往高处抬举，让他飘飘然尽显丑态。常言云，天狂有雨，人狂遭祸，不用你动手，他会自取灭亡。你要永远记住，别人谁也整不垮你，整垮你的只能是自己。"

曹丕仔细审视父亲，看他的细眼里射出的是刀似的光芒，发自内心对他有种怯意，或者说比以前对他的畏惧感更多了。他原先曾暗暗得意自己的才能，今日听了父亲教诲，才知道自己与他相比，简直是天壤之别，或者说不可同日而语也。他后悔原来没有用此法对付子文与子建，若早用此法对付他俩，他俩早完蛋了，还用得着自己费这样多的心血！

曹操往儿子身边更近些，小声道："隐控术十曰'隐忍控'。就是在环境条件、人际关系诸方面都不利时，定要潜龙勿动。"

曹丕心想，这一条就算父王不讲，自己早就如此做了，他隐忍了多少委屈……

曹操"哈哈"笑道："隐控术十一曰'综合控'。就是做事要综合考虑诸方情况，包括天、地、人文、环境等，将之均考虑在心，不能顾此失彼，不能疏漏一隅……"

曹操看看沙漏，道："隐控术十二曰'香料鞭子控'。驾驭大臣与驭马有一定的相似性……隐控术十三曰'分人品性控'。世上万人万性，控人之法不可一成不变。世上之人均有弱点，有人君子，有人小人；有人怕软，有人怕硬；有人仗义，有人疏财；有人贪钱爱色，有人梦登高位，有人喜爱雅名……做首脑者要控人，必先了解属下品性，让君子做事，让小人害人，对怕软者多说软话，对怕硬者施以恫吓，对贪财者奖钱，对……

"先说这些纲要条目，你要悉心体会。总之，要运用隐控术，综合控制人与局面，才能最终走上成功。我遍观世人所著治国掌控之学，虽各有千秋但都有偏颇。现世各位诸侯豪杰，做事均有欠缺。例如刘备、诸葛亮之流，用"厚脸皮"之术四处投靠新主。一旦条件成熟，他们便言而无信，突然袭击，获得一席之地。还有刘表、马岱、蹋顿都是偏激之人，用偏激之法立于天地之间，不足患也。当世最需要防范的人就是孙权，他这人有刘备的厚脸皮，看着不行就送表求和，有利时就袭击荆州。其实他有我隐控的一面，他善于用'七仁''三法'之法治理，能存长久。但他仍属偏激之人，不是最终能成大事者……以后根据我对你的观察体会，若你有治国方略，可堪重任，我便把此书传给你，你再慢慢品读……"

曹丕翻眼看看父亲，从内心感觉父亲确实是个伟大的人。

曹操让曹丕下高台，对外喊道："传属官与仪式章服人等晋见。"

"诺。"随后，侍中辛毗、魏太子傅何夔，魏太子中庶子鲍勋，司空掾属陈矫到魏太子府垂手两边站立。

这侍中辛毗、魏太子傅何夔都是饱学之士，中庶子鲍勋更是大有来头。鲍家对曹家有大恩，当年青州黄巾军进攻兖州，刺史刘岱不听鲍信所劝贸然出战，兵败战死。随后鲍勋的父亲鲍信把曹操迎为兖州牧。后在与黄巾军交战期间，鲍信为救曹操不幸战死，曹操追记功绩，赐封鲍勋为丞相府掾属。再加上鲍勋为人刚正不阿，秉公执法，自身清正廉洁，因此曹操特命鲍勋为魏太子中庶子，以辅佐曹丕。这陈矫，字季弼，广陵东阳人，平时脾气好，随和，临大事，聪明谋略过人，被世人称为豪杰。

司仪官跪倒："觐见魏王！"

曹丕、侍中辛毗、魏太子傅何夔、魏太子中庶子鲍勋、司空掾属陈矫纷纷跪下："觐见魏王！"

曹操对司仪道："晋太子仪式现在开始吧。"

司仪高声拖着长腔喊道："魏太子给魏王叩拜——"

曹丕站起身再跪倒叩头。

司仪高声拖长音喊道："魏王赐太子印玺——"

由属官传给曹丕印玺。

"太子叩头拜谢魏王。"

曹丕两道倒立的剑眉浑如黑漆，细眼睛里射出寒星般的光泽，再叩头。曹操离位。

"魏太子就位。"

曹丕入座。

"属官觐见跪拜魏太子。"

属官跪拜："魏太子安好！"

曹操道："尔等属官精心事主，魏太子要忠心国事！"

"诺。"

"送魏王。"随从跟曹操离开了太子宫。

曹丕望着远处的天空，晴空一碧如洗，几只雄鹰在展翅飞翔。他感觉，自己就是那只雄鹰，有更美的前景在等着他……

曹丕成了太子后，曹操的侍妾连同用人纷纷向卞王后表示祝贺。卞王后正在寝宫缝补曹操的风衣，她咬断线头很平静地说道："子桓被立为嗣子，是他父亲培养教育的结果。我作为母亲，在教导儿子方面没有犯什么过失就足够了。他是长子，被立为太子也是极自然的事，我们母子都没有什么功劳，没有值得让大家祝贺的。”

晚寝时，环夫人把卞王后的这番话传到了曹操的耳朵里，曹操动情地嘱咐道：“你们都要学习卞王后博大的胸襟，她具有母仪天下的风度啊……”

司马懿早前升任太子中庶子，佐助曹丕。曹操允许他参与太子大事。司马懿“每与大谋，辄有奇策”，更加受到曹丕的器重和任用。

有人给曹操说，司马懿有“狼顾”之相，曹操便有了疑心。一天，司马懿走出太子宫往前面走，曹操正好从他后面大门出来，便故意叫他一声：“仲达，慢行。”

司马懿身子没动，头扭过来。曹操便大吃一惊。这的确是人们常说的“狼顾”之相。相传，有“狼顾”相的人，心狠狡猾。曹操便对司马懿有了猜忌。

见司马懿的晚上，曹操做了一个梦，梦见三匹马在同一个槽里吃草。醒来后，他心中像被人捅了两刀一样难受。

曹操听说周宣擅长解梦，第二天，命人把他找来。曹操见周宣年龄并不大，心中多了几分轻视。既然把他找来了，曹操便随便说了梦境。

那周宣闭上眼睛，手掐中指，口中念念有词，后睁开眼睛，道：“‘槽’‘曹’‘草’谐音，‘三马同槽’正意味着朝中有三个马相或马姓之人，要对曹家形成威胁。”

曹操脸色骤变，紧皱眉头，他认为这是个不祥之兆。他左思右想，姓马的，名字含马的，包括属马的，最后想起司马懿同他父亲司马防再加上他哥司马朗三人同在朝中做官，正好就是“三马”。

周宣走后，曹操便私下郑重地叮嘱儿子：“据我观察，司马懿不是甘为臣下的人，日后怕会干预我们的家族之事。他有能力，只能让他做属官，不可以让他掌管军权，也不能让他当行政主官。”

曹操立曹丕为太子不久，将司马懿由太子中庶子改任黄门侍郎、议郎。这一改任，让司马懿一肚子不高兴，因为议郎是闲职，等于被弃用。可他又不敢表现出来，在离开魏太子府与曹丕告别时，司马懿眼含泪水，在收拾自己的书籍时一句话也说不出。

曹丕也很伤感。他送司马懿到太子宫门口，道："仲达兄，我离不开你的辅佐，我会想方设法再把你调到我身边的。"

司马懿感激地说："您是太子，千万别再叫我兄长了。"司马懿"狼顾"一眼曹丕，离开了太子府。

曹丕看着司马懿离府的背影，心烦意乱，感觉自己失去了一条胳臂，太子府也变得空空洞洞的。

晚上，夜很静。郭女王满面春风，闪闪长而密集的睫毛，附曹丕耳边道："老四又一次给父亲认了错，父亲赏他三千户，加上他原有的封地已经达八千户。老三曹彰打了胜仗，父亲母亲喜坏了……"

曹丕似乎看到了谯县涡河的水在翻滚奔流，自己在浪花里漂流……

"啪！"窗外打来一只飞镖，飞镖前头带张纸条。曹丕点灯观看，上写：德不配位，将得而复失……

曹丕抽出宝剑，一个箭步跳到门外。侍卫报："一人贼头贼脑，打一飞镖跑了。"

曹知也跑过来，报："是两个人，一前一后跑了。"

曹丕禁不住出一头冷汗。他感觉在四周似乎有一群闪着凶狠黄色眼光的狼群时刻都盯着自己，他必须小心翼翼，保持高度的警惕性。

第四卷：登上帝位

曹植续弦

哥哥被立为魏太子，这消息对曹植来说无异于五雷轰顶。这天晚上他又把自己灌得酩酊大醉，醉后哭成了泪人。他浓如黑漆的两弯眉毛紧皱，一双大眼闪着悲哀。任凭丫鬟青宁劝说、安慰，他都止不住哭泣。他痛苦，认为自己失去的不仅仅是继承权，一旦父亲不在人世，哥哥继承了王位，他和他的支持者们极有可能会面临灭顶之灾。他难过，感叹自己不仅失去了权力、地位，还失去了美丽的崔氏。曹植叹息自己的人生是失败的人生，他十分留恋被父母宠爱的日子。他反思，自己勤奋读书，勤勉做事，孝敬父母，厚待朋友，不知是哪里做事不周，以至于失去父亲的信任，让自己的政治生命跌入低谷，自己的生活也随之陷入难以自拔的苦闷和浓浓的悲愁中。

太阳升起两竹竿高。曹植还迷迷糊糊蒙头大睡，听丫鬟青宁高喊："王后驾到！"曹植慌忙整衣下床，迎着母亲双膝跪倒："母亲在上，曹植晚迎一步，望母亲见谅！"

卞王后道："起来吧。"见丫鬟青宁正领着曹植两岁多的儿子曹志等曹植用餐，那小小的曹志被丫鬟教着跪下了。卞王后联想到了曹植长子、自己的长孙曹苗夭亡，崔氏也死了，眼前的孙子曹志好可怜呀！她弯腰抱起曹志，一声孙儿还未出口，早已是泣不成声，哭成泪人了。

卞王后一哭，惹得曹植、曹志连同丫鬟青宁哭成一片。曹植抱着娘的腿哭道："植儿不长记性，仍改不了嗜酒的毛病，让母亲为孩儿操心了。"

卞王后哭着哄孙儿曹志，安慰曹植道："植儿正富有春秋，普天下之人没有不犯错的，有错能改，善莫大焉。"

曹植低垂着沉甸甸的脑袋，哭泣道："母亲教训的是。"

卞王后挂念曹植，特来安慰他一番，让曹植与孙儿吃饭。饭后她抱走了曹志，又嘱咐一个上年纪的丫鬟一些事情，回到了自己的庭院。

等曹操下朝回来，卞王后让曹志按她教好的叫去做。曹志哭着抱着曹操的腿连声叫"爷爷"，叫得曹操满眼落泪。曹操揽过曹志，把他抱在怀里，心里也很难过。

卞王后屏退左右，劝曹操道："咱的子建没被选中太子，你又赐死了他心爱的妻子崔氏，他此时很难过。手心手背都是肉，他毕竟是咱的亲生儿子，平时植儿敦厚孝顺，咱做父母的给他再娶个妻子吧？你看咱孙子曹志多可怜呀！"

曹操现在想来，当时看到崔氏衣着华丽，一时怒火中烧。其实他是恨崔氏的叔父崔琰，再加上怨儿子曹植胆大妄为，才赐死了崔氏。过后，他十分后悔。他平时是对家人很严，但他赐死人也是第一次。曹操亲切地抚摸着孙儿曹志的头，对夫人道："这几天我问过了，召陵县县令谢公公正无私，政绩卓著。他膝下有一女儿名谢莲，貌美端庄，温柔敦厚，可托媒人与谢公结为姻亲，你看可好？"

卞王后大喜。

曹操托贾诩保媒，向召陵县县令谢公求婚。这召陵县县令谢公平日与曹操关系甚好，当即应允。贾诩选了个黄道吉日，也就是曹丕立为太子那一年的十一月初六，定为曹植与谢莲的婚期。曹操让卞王后为曹植办理婚事。曹操要求，曹植娶谢氏，本是纳继妻，不必过于铺张。卞王后应命。

喜期来临，十一月初六那天一早，冬阳通红，微风如丝。虽然曹操一再强调不张扬，但参加喜宴的人还不少。人们不看僧面看佛面，谁也不好意思不参加眼下走背运的曹植的婚礼。首先是曹操家人，特别是女眷不能少，他们必须得参加。还有曹植的文友，尽管没往日亲密了，但人情礼数还得有。朝廷官员、王府官员，无论是"助丕派"还是"助植派"，该来的照样来。他们看的是曹操的面子。那天魏王府后院人来人往，欢声笑语，一片喜气。

曹植身着新装接待客人，仍眼泪不干。客人纷纷向他祝贺，曹植强颜欢笑，可一想起与崔氏的恩恩爱爱，泪水不禁在眼眶内转圈。

新娘子谢莲被曹丕媳妇甄宓、郭女王搀扶着，款款下车。谢莲身材苗条，行步安稳、灵活。新郎新娘行结婚礼，个头儿般配。

各种仪式进行完毕，新娘被女眷搀送进房内。

曹植心情烦乱，躲在书房内看书。

"子建可在？"甜甜的声音响在门口。

曹植起身一看，喊他的是二嫂甄宓。这甄宓头梳折叠灵蛇髻，身材苗条，面色红润，含情脉脉，瑰姿艳逸，端庄高雅，倾城倾国。曹植从小就喜欢她，此时一见，便看直了眼。

甄宓眯眼笑笑，道："子建这样看我，我们之间好像有点生分了。"甄氏在建安九年（204 年）走进曹家，那年她二十一岁，长曹丕四岁，长曹植九岁。那时她常与还是儿童的曹植说说笑笑。自从曹植长大，结婚生子，弟兄分院居住，曹植经常随父出征，再加上父亲给家庭定的规矩框框，二人就很少见面了。甄宓依然喜欢曹植，感觉曹植瘦了，不是小时候胖墩墩的他了，且精神疲惫得很。她有些怜悯这位弟弟。记得曹植在铜雀台，第一个上台，文思敏捷，英俊潇洒……可眼前的子建与那时相比，简直是判若两人了。现如今，他头发散乱，面色灰暗，身体瘦弱……甄宓感觉鼻子酸酸的，有种想哭的感觉。她感觉自己与曹植在"不得志"方面似乎有相通之处，对他的同情更深一成。她忙抑制悲伤，变成笑脸："子建，快拿酒来，与新娘子喝交杯酒去。"

曹植不解："二嫂，你与二哥办喜事时也没喝交杯酒啊！"

甄宓笑笑，把眼转向远方的天空，道："俗随世通，是我提议的，你愿去不去。"

曹植道："既然是二嫂提议，那我……"

"你在此作甚？"甄宓循声望去不禁吓了一跳，原来是曹丕不知何时站在身后。只见他剑眉倒竖，目露凶光。

曹植忙解释："二嫂让我去喝交杯酒去，不，让我与谢莲喝交杯酒……"

曹丕道："父亲已经发怒，让我传你，命咱俩一同给客人敬酒。"

曹植道："既然这样，二嫂，我先与太子给客人敬酒，回来再听从二嫂调遣不迟。"

甄宓眯眯眼去了。

曹植与曹丕、曹均等兄弟连同众家女眷忙了一天，一天下来他无一点醉意。一是心情不佳无意喝酒，二是出了两次大事，曹植长了记性。

晚饭后，卞王后扯着孙儿曹志，叫上曹植，一同来到新房，让曹植揭开新娘子的红头盖。卞王后见谢莲果然衣着朴素，貌美端庄，温柔敦厚，不觉欢喜。道："谢莲，你父亲与魏王关系不薄，你心地善良，容貌端庄。能娶到你是俺曹门幸事。"

那谢莲慌忙叩头："王后在上，儿媳这厢有礼了。"

卞王后道："孩子请起身说话。实不相瞒，植儿是我最喜欢的孩子，他哪样都好，就是喝酒不加节制，醉酒误事。日后你要多多限制他才是。”

谢莲低头连说“不可”，道：“作为妻子应该以夫君为天，我怎能以下犯上管他呢？”

卞王后搀起谢莲，道：“年后，你要随植儿去临淄上任，我得嘱咐你几句。我有意当着你夫妻二人的面说明，你是代表我限制他喝酒的，并非你意。他敢不听，我给你把尺子，你以家法侍候便是。”又转向曹植：“你可曾听见？”

曹植垂头忙答：“孩儿记下了。”

卞王后又看看谢莲。谢莲忙道：“尺子就不要了，儿媳遵命对他耐心劝说便是。”

卞王后满意地笑笑道：“还有一事须守着你俩当面说清楚。我的孙儿曹志，是崔氏所生，过了年才够三岁。若你俩能带他去临淄那是最好；若不能带他，我便亲自抚养。”

谢莲低下头来，脸红得像块老红布，忙道：“王后不必担心，既然嫁给子建，曹志是他的孩子，也便是我的孩子，自然应由我抚养。”

“此话当真？”

“当真。”谢莲看看卞王后，郑重地点点头。

卞王后便对曹志道：“孙儿，快跪下，给你娘叩头！”

曹志人小懂事，跪下道：“母亲在上，孩儿有礼了。”

曹志一个头磕下去，只磕得谢莲眼含热泪，磕得曹植放声大哭。谢莲红着脸忙抱起曹志，把他紧紧地抱在怀里。卞王后流着泪笑着，接过来孙儿道：“今天是你俩大喜日子，不必哭泣。忙了一天，我把孙儿领走，你俩安心说话……”

卞王后走后，谢莲忙给曹植擦泪。过了一时，曹植才止住哭。道：“刚才莲儿所讲，句句当真？”

谢莲道：“为妻所言句句当真，这也是我分内之事，哪个还能骗你不成！”

曹植抱住谢莲，又是一阵哭泣：“真是上天眷我，让我娶到你这样贤惠的妻子啊。”

室外风儿阵阵，屋内蜡烛摇曳，红绫被内温暖如春……

私见甄宓

娶了贤惠善良的谢莲，儿子曹志有了照料，曹植心情好多了。

晚饭后跪安时，卞王后道："你父王说，你从平原侯任上回邺城居住有些日子啦，让你准备一下去临淄任上。你父王说，改任你为临淄侯，也是对你的照顾。临淄在平原郡的东边，比你以前的封地富足得多。临淄是个古老的城市。西周时，临淄是齐国的都城，当时就是人口稠密、经济繁荣的一个大城市……这也是对你厚爱了。"

曹植忙叩头谢恩："多谢父王！感恩母后！原来不是说让我年后赴任吗？听说我三哥快回来述职了，我这一走，山高水长很难再见，母后给父王说一下，我见三哥一面再去临淄不知可否？"

卞王后道："你还不知道你父王的脾气，从来说一不二。你已经惹他生两次大气了，还是少说为妙。"

曹植垂手道："多谢母亲教诲。"

卞王后笑笑："你父王在前宫有事，你回去准备行装吧。"

曹植要离开邺城了，感觉心里空空荡荡的。他与要好的朋友一一告别，心里感觉还缺点什么，有一双含情脉脉的眼睛总在他面前飘来晃去的。他想去二哥家，但又怕见到二哥。

他难忘小时候的岁月。二嫂甄宓嫁到曹家时，他还是个十二岁的少年。那时他与二哥经常怄气，每次二嫂都护着自己，劝二哥珍惜兄弟之情。那时候二嫂很是受到了父母的赏识，称赞她"此真孝妇也"。少年的他也感觉二嫂美、贤惠、可人心。

小时候，他与二嫂不断相见相处，对二嫂产生了依恋。在他的眼里，这位嫂嫂不仅漂亮，更是他心目中慈善的女神。那时候，从他少年的感觉，二嫂也喜欢自己。当然，那种喜欢是母亲一样的情怀。他临走时，想与二嫂告个别，像小时候一样无拘无束地说说话。

半午时分，他估计二哥一定在太子府处理公务，脚就不听使唤地迈向了曹丕院落。

曹丕小院并不比他的院落宽敞，甚至和自己院落的布置也是一样的，都是五尺大门、几间住房、仆人住房、书房、厨房……可曹植感觉非常陌生。他站在院里咳嗽一声："太子在家吗？"

"子建哪！你二哥出去了，你先坐书房喝水等他。"甄宓笑眯眯地应声而出，曹植从她的笑里读出了亲密、善意、怜悯……甄宓把曹植领到曹丕书房，给曹植倒上茶，递过来："子建哪，你学富五车，出口成章，聪慧敦厚，以后千万别再饮酒无度了，那不仅仅会伤你身子，还会影响你的仕途。"

曹植接茶杯，正好触到了甄宓的手指，滑溜溜的，温暖暖的。他感觉二嫂是最体谅他的人："谢谢二嫂，我今后一定饮酒有度，我会注意的……"

"子建，小心烫到了手。"甄宓松了茶杯，看看曹植。这个弟弟小时候容貌俊秀，如同女孩；现如今气宇轩昂，彰显着俊男气度。原来子建潇洒睿智，深得公婆喜爱赏识；现如今他满面焦虑，精神疲惫，实在是令人惋惜啊！她眯起眼转向窗外。

"哟！真是稀客哟！"郭女王闪闪长而密集的睫毛，系着围裙走进来："不知临淄侯驾到，有失远迎，见谅！"

曹植低头道："父王安排我去临淄，不日就去封地，特来与二哥话别。正好二哥不在，改日再来。"

他正要离开，曹丕从外面走进来，翻眼看看曹植，笑着携住曹植胳膊："四弟要去封地，一走不知何时才能相见。今晌午愚兄安排便宴与弟弟话别，真是有缘，凑巧弟弟就来啦！"

曹植有些尴尬，本想二哥成了太子会整天忙得天昏地暗的，不料想他仍十分清闲，还不到正午时分就能回家来。他忙道："哥哥贵为太子，哪能劳你大驾？"

身材瘦挑、颧骨高峻、棱角分明的曹丕，展了展两道倒立的浑如黑漆的剑眉，细眼睛里射出寒星般的光泽，道："四弟这样讲就有些生分了。咱弟兄相处，什么太子不太子、侯爷不候爷的，只有兄弟，没有官职。"曹丕拉着曹植并肩坐到书房里。

曹植对上二哥的眼光，禁不住打个寒战，内心很是不安，忙侧身就座："岂敢岂敢！太子毕竟是太子，子建怎敢造次！"

曹丕拉住了他，道：“四弟千万莫要生分。”正好侍中辛毗、魏太子傅何夔、魏太子中庶子鲍勋也说说笑笑一同到来。曹丕让他们坐下。曹植有些诧异，更要离开。曹丕道：“他们三人是我邀来陪你吃饭的，你走了，岂不冷场？”

不一时，丫鬟端来菜肴，两荤四素，都是一些家常菜，一鸡一鱼，炒白菜、豆腐、鸡蛋，一个蒜调粉皮。

曹丕道：“不是二哥小气，实在是父王提倡节俭，不敢铺张浪费。酒菜简单，送别情谊深厚，请各位不要见怪。”

曹植道：“多谢太子！”

他们三人也随声附合：“节俭好，节俭好。”

曹植虽然与辛毗、何夔、鲍勋并不生疏，但心里总感觉有些别扭。一是他从小对二哥就不喜欢，再是跟侍中辛毗、魏太子傅何夔、魏太子中庶子鲍勋平时少有来往。曹植是率性之人，跟自己合得来的人从不计较，放肆说笑；跟不熟悉的人相处总觉得浑身像捆绑着绳子，别别扭扭、拘拘谨谨，浑身不自在。

本是冬天，曹丕命人温上酒。几人边吃边聊。

曹丕道：“四弟风华正茂，写诗文信手拈来，倚马可待。你不妨以今天酒筵为题，生发开去作诗一首，如何？”

“太子有令，臣弟怎敢不从？”曹植虽然有诗人情怀，但对二哥成了太子，很是惆怅郁闷。不过，君臣名分已定，在表面上他还得恭恭敬敬，对自己没当上太子表现得若无其事。曹植略作沉思，便昂头吟诗一首，为兄长奉上了《侍魏太子坐》：

白日曜青春，时雨静飞尘。
寒冰辟炎景，凉风飘我身。
清醴盈金觞，肴馔纵横陈。
齐人进奇乐，歌者出西秦。
翩翩我公子，机巧忽若神。

诗歌大意：太阳照射在明媚的春天，一阵雨洗净了飞舞的红尘。阳光和煦得融化了冰雪，凉丝丝的春风吹拂着我身。金杯斟满甜甜的春醪，美味佳肴错杂横陈。齐国美女献上曼妙的舞蹈，西秦的歌手纵情歌唱。风度翩翩的曹家公子，敏捷的才思犹如天神。

一个“侍”字表明双方再也不是亲密无间的兄弟，也不是你争我夺的对手，而是君臣关系。曹植不得已把自己摆在卑微的地位，正是当时曹植的心态，也让这篇诗歌充满着复杂的情绪。曹丕文才的名气在当时不如曹植，曹植却偏偏称赞哥哥“机巧忽若神”；明明是仲冬天气，曹植故意写成春天，也正流露出了曹植的无奈郁愤的感情。

“好诗！”“好诗！”辛毗三人纷纷叫好，连连敬曹植酒。

曹丕对弟弟的诗也颇为满意。不管是真心还是假意，曹丕从诗歌中体会出了曹植的无奈与郁愤。这就够啦，曹丕要的就是曹植的这种情绪，这是他取胜并引以为骄傲的资本，是他作为胜利者想要的一个失败者应有的情绪。曹丕道：“诗是好诗，不过季节不对。”

曹植道：“有魏太子的情义在，虽是冬天，却胜是春天。”

曹丕举起酒杯：“既然四弟如此说，二哥便为四弟高超的诗才干杯！”

本来曹植就感别扭，几杯酒下肚，不觉话头稠了，他想放声痛哭。

“吱”的一声，门开了。甄宓眯眼满脸歉意：“我听到高声话语的，当是子桓醉了，特来照看，原来是你们几位呀！呀，还有四弟。我刚才去见母后，她说有事找你哪。正好给你说一声。”

曹植忙道：“既然母后有唤，臣弟就告辞了。”说完他起身作揖离席，一歪一扭地去了。

曹丕他们并未远送，回到书房继续饮酒。曹丕对甄宓的出现，一肚子不高兴，倒竖的剑眉皱了几皱：“这个贱人！”他感觉甄宓那贱人的出现，又让曹植失去了一个“表演”的机会，实在有些可惜了。

曹植见到母亲，垂手问唤他有何吩咐。卞王后颇为惊异，道：“我并未叫你呀。”

曹植马上明白了甄宓的良苦用心，心中甚是感激，感激中还含着一种暖暖的意味。他只想着感激二嫂甄宓，却不知日后酿出大祸……

长亭送别

曹植去临淄那天，是十二月初九。这一年入冬以来干燥少有雪雨，天气并不十分寒冷。

曹植出行十分简单，骑匹黄骠马，带三辆车。曹植平时喜欢乘坐轺车，轺车轻便，有伞盖，四周敞露，由一匹马拉着。他一人驾车游玩，信马由缰，可赏景，可吟诗作赋。今天母亲为他安排了三辆车。一辆安车，安车有帷幔，有窗子，曹植让谢莲带着儿子曹志与丫鬟青宁在舆内安坐。两辆四周设有帷幔的辎车，车子较大，里面载些银两、铺盖、衣物。曹植特别安排曹知坐到了辎车里。曹知年近古稀，耳不聋，眼不花。曹家早不把他当仆人看待了。曹操让曹知跟着，主要是让他监督、限制曹植喝酒。

曹知前一天对曹丕深情地说道："老奴年龄大了，魏王又派我跟着四少爷，不能照顾太子了。太子事事小心，时时注意，要想着，危险每时每刻都在身边……"说得曹丕心里很是难过。临行，曹丕安慰了曹知几句，让他保重身体。

家人送曹植到内府门外。卞王后抱着曹志落泪，对谢莲千叮咛万嘱咐，让她看好曹植，还特意嘱咐了曹知。曹操亲自送到门口，拍拍曹植臂膊道："植儿到临淄一定要关心民生，顺从民意，安邦保民……"

曹植垂手施礼道："父王教诲的是！"

曹丕道："临淄物产丰饶，民风淳朴，风景优美，盼兄弟写出好诗来。"

曹植道："不辜负太子美意。"

安车旁，曹丕的原配夫人任氏没来。前文有过交代，她是乡党名族，很早就嫁给了曹丕为妻。只从甄宓进门，任氏性格便狷急不顺，多与曹丕不和，还顶撞婆母，所以在甄宓嫁入曹家后二年，被曹操驱逐返回娘家了。现在来送行的有曹丕的夫人甄宓、郭女王，还有曹丕在邺城的其他弟弟、弟媳。

甄宓从卞王后怀里接过曹志，逗着他叫谢莲"娘"。曹志亲切地叫了声"娘"，谢莲本来在家答应得挺顺畅的，可来到门外听曹志一叫，羞得满面通红。甄宓含情脉脉地看看曹植，对曹志道：“到临淄要听你爹娘的话。”

郭女王闪闪长而密集的睫毛，给曹丕使个眼色。曹丕把脸扭向一旁。

谢莲跪别父母，曹植跪在地上，眼泪汪汪的：“爹娘年龄大了，孩儿不能在二老面前尽孝了，望保重贵体！”他起身与大家挥手致意，上了车马，出了邺城东城门一路向东去了。

出了邺城，遍地枯草，路旁树上残留的枯黄的叶儿在干巴巴的枝条上微微颤动，给人一种凄凉的感觉。头顶上哀鸣而过的大雁更渲染了悲戚的氛围。曹植作为诗人，见秋叶飘落而落泪，见秋月泛黄而含悲。那种无病呻吟的哀怨情怀与今日命运多舛的悲哀相交融。

曹植来到十里长亭，听有人喊道：“临淄侯止步。”曹植一看，杨修、丁仪、丁廙、邯郸淳站在路口。杨修道：“临淄侯稍停片刻，到亭内小叙再行不迟。”

曹植下马，安排曹知让车马与随从兵丁在路旁稍作停息。

五人在亭内坐下。亭内石桌上，摆着邺城名吃李家卤牛肉、赵家烤鸡之类。

丁仪倒上酒。杨修举杯道：“子建去临淄，今日一别，德祖（杨修字）要跟随魏王发兵汉中，不知何时才能相见！来，来，咱兄弟几人痛饮三杯。”

丁仪、丁廙、邯郸淳也举起酒杯：“临淄侯富于年华，才高八斗，到临淄定能脱颖而出，干杯！”

曹植没想到他们四人会在十里长亭给他送行，情绪颇为激动。他想起汉将军李凌的一句话“人之相知，贵在知心”。在他患难时候能为他来送行的人，难道还不是他的知心朋友吗？他举起酒杯，与他们连喝了三杯，颇有些悲壮的豪气。

杨修道：“静下心来，我常思索。人之一生总会跌宕起伏，不足于为一时或起或落而或喜或悲。子建万万不可从此一蹶不振，俺们四人永远是你坚强的后盾！”

曹植昂首挺胸举杯表示感谢，敬他们四人每人一杯。

丁廙道：“子建兄诗才沛然，何不在分别之时献诗一首呢？”

曹植端起酒杯，起身踱步，俯仰远近，吟道：

欢坐玉殿。

会诸贵客。

侍者行觞。
主人离席。
顾视东西厢。
丝竹与鞞铎。
不醉无归来。
人远精魂近。
寤寐梦容光。
明灯以继夕。

曹植吟毕，泪如泉涌。

杨修、丁仪、丁廙、邯郸淳先是不语，继而发出啧啧赞叹之声。

杨修道：“诗中既有眼前之情，又饱含雄伟之志，妙哉！妙哉！”

丁仪、丁廙、邯郸淳齐赞：“妙哉！妙哉！”

丫鬟青宁在远处喊道：“四少爷，小少爷拉了一摊。少奶奶活路生疏，又不让我碰小少爷，让你快回。”

曹植自从崔氏走后，一心全在曹志身上，当下忙拱拱手，道：“让四位见笑了，小子有事，我不得不往。再会！”

杨修四人不觉“哈哈”大笑：“才高八斗的子建泯然成为一拾掇屎尿的妇人矣！”

曹植跑到车前，见曹志静睡。谢莲道：“奴婢担心夫君醉酒误事，差丫鬟唤你，要怪怪我便是，与青宁无关。”

曹植道：“夫人好意，我岂能怪你？赶路要紧。”曹植登上黄骠大马，向送行人拱手告别。

杨修他们仍大笑不止。拾掇屎尿的插曲缓解了分别悲伤的情绪，增添了“苦中乐”的欢愉。

曹植拱手再三回首，路拐弯，不见了四人身影，方默然前行；又前行约五里路程，只见身后黄尘弥漫，飞过一哨手执马刀的人马。头人身着戎装，飞奔而来。

曹植抽出宝剑，道：“一准是黄毛小贼前来抢劫骚扰。随从兵丁听令，操起刀枪，准备应战。”

“诺。”

头人绕到车前：“四弟慢走，三哥为你送行了。”

曹植一听声音一看戎装，不禁“哈哈”大笑：“三哥，别来无恙乎？”

兄弟二人跳下马来，相拥而泣。曹彰道：“汉中告急，曹洪叔让我搬兵。到家戎装未解便拜见父母，知道你刚离家不久，经得父母同意，特来为你送行。”

曹植拉曹彰远处说话，道：“二哥升为太子，三哥可知？”

曹彰皱皱山根相连的眉毛，朝旁边吐口吐沫：“令旨传到了军营，我甚是不服。从小时候，二哥便欺负咱俩，他一肚子花花肠子……”

曹植忙制止：“三哥低声，小心被人听去，咱俩遭殃！”

曹彰黑脸，眉毛相连，山根低陷，一脸不屑，道：“不怕，烦他的不是我一人。曹洪叔、夏侯渊叔都烦。他们说，日后若是子建掌事便尽全力相保。若是子桓掌印，我们便请辞了……”

曹植示意小声。

曹彰道：“四弟莫忧心，塞翁失马，焉知祸福。你看我，那次被父王责罚，降我为先锋出征。现在我仍被父王信任，已升为主帅了。四弟喝醉两次酒算什么鸟罪！我最赞成四弟，咱俩从小联手对抗二哥，放心，我啥时都支持你！”

曹植听后，顿感热血沸腾。他看看天空，感觉天空广阔无垠，天边处，尚有一缕光明。就像阴沉的黑夜，东天边升起几片橘红的霞羽……他深深感到路没有直通到底的。父王也常教诲，万事都不会一帆风顺，一个人，知错能改，善莫大焉。他需要的是崛起。中原逐鹿，鹿死谁手，犹未可知……

曹丕对四弟离开邺城，高兴之外还有点不爽。高兴当然高兴，在他的十多个兄弟中，除了年龄偏小的，都去了封地。唯有四弟曹植，依仗父母的宠爱，随父出征回来，大部分时间都住在邺城，在他眼皮子下面晃来晃去，晃得他头疼。今天，他去了封地，曹丕心里怎能不高兴呢？要说不尽如人意，一是仍然有“铁友”为他送行。对四弟的“铁友”自己要放在心上。再是自己的贱内甄宓看四弟的眼神，朦朦胧胧的，好似含有恋恋不舍的成分，让他心里恶心得想吐。对比甄宓，曹丕想起来了第一任妻子任芳。那女人虽然有点野性，不大温柔，还不大明白宫廷礼数，但她纯洁，纯洁得心里只有他一个男人，对另外的男人连眼皮都不抬。曹丕心里产生了接她回来的想法。

他想，父王不是几次叫大娘丁氏回来吗？那个可恶的人！自任芳被赶回她的老家封丘，自己一次也没去叫过她，这似乎有些说不过去。

当晚曹丕给父母问安时，装作不经意地提起任芳，说仆人曹嬷嬷说到了任芳，她提议应该把任芳接回来……

曹操狠狠瞪曹丕一眼。曹丕翻眼看看父王，禁不住打个寒战。他再看看母亲，见母亲把脸扭向了窗外，心里就明白个八九分：任芳依然是个不受欢迎的人。

曹丕走出母后宫门，看看满天闪闪眨眼的星星，看看暮夜下院中冬风里摇晃不定的树枝条，也止不住激发了诗人抑郁悲伤的情怀：

别日何易会日难，山川悠远路漫漫。
郁陶思君未敢言，寄声浮云往不还。
涕零雨面毁形颜，谁能怀忧独不叹。
展诗清歌仰自宽，乐往哀来摧肺肝。

搬去石头

曹丕被立为太子，也就高兴了几天，新鲜了几日。他感觉一切还都是老样子。太阳照样东出西落，皇帝照样上朝退朝，文官各就各位各办各事，武官分地防守。就连父亲最近指挥的汉中之战，分给自己的任务仍是筹集粮草，保证供应。他高峻的颧骨、分明的棱角似乎被拉平了不少；细眼里射出的锃亮目光也似乎黯然了许多。

他细细想想父亲那天的教诲，感觉自己需要在诗文方面写出惊人之论，压过四弟曹植。至于别的方面还有什么缺欠，他认为自己也得查点一番。作为一个智者，不能为一时的顺利而沾沾自喜，必须经过千虑以求一得。

他认为，自己最缺的还是综合控制能力，在求得支持者方面还需下大功夫。

曹休、曹真、夏侯尚是宗室第二代，曹休的父亲和曹洪是同一个祖父，曹真本姓秦，是父王的养子，夏侯尚是夏侯渊的亲侄子，三人同自己年龄相差不大，交往甚密，都支持自己，要继续保持与他仨的亲密关系。

堂叔曹仁、表叔夏侯惇对自己多有亲近，自己与表叔夏侯惇的次子夏侯楙关系甚好，日后应该通过他俩取得更多武将的支持。看不出表叔夏侯渊支持谁，不过他的次子夏侯霸是曹植的支持者，对表叔夏侯渊自己还得努力争取。最起码让他在对待自己与四弟曹植的问题上，即使不能倾斜自己，也能够保持中立。

这天，又有人重新给他说起了那件令他欣喜若狂的事情：父亲送给荀彧一个空饭盒子，对自己不利的头号人物荀彧就一命呜呼了。这说明什么？说明任何人都不会是个常胜将军。《周易》云：“君子以思患而预防之。”人就得时刻居安思危。那时曹丕对荀彧是怎么死的并没多么关心，现在他只关心荀彧与曹洪是儿女亲家，曹洪早对自己不感冒转而支持曹植。那时荀彧或许是因为曹洪的关系支持曹植，或许是因为小时候自己曾领着三兄弟砸过他家的窗户。荀彧一死，自己不用再考虑如何应对他了，应该重点考虑怎么应付曹洪。对曹洪那斯，自己虽是太子也无能力扳倒他，只能努力想办法改善与他的关系，最好取得他的支持。甚至对支持四弟的丁仪二兄弟也要想办法拉拢一番，进而达到缓和关系的目的。还有三弟曹彰与四弟关系甚好，这也是日后必须注意的。孟子说得好，天时不如地利，地利不如人和。对于这些问题，曹丕不是今天才想到，他早就考虑无数遍了。至于杨修，就算“人和”再重要，对他也不做什么无谓的努力了。杨修一是傲，二是与四弟关系太铁了，对他只能捧杀。

曹丕认为，对不友好的人应该采取几种不同态度：拉拢、和睦、捧杀、绕开、移开、铲除；态度不同，对他们使用的手段也是完全不同的。真正争取不了的，就得想办法绕开、移开或铲除。

不久，曹丕收到了一封让他欣喜不已的信，自己前进路上最坚硬的绊脚石杨修，在汉中之战倒了霉。可以说，这块石头被彻底移开了，真真儿让他兴奋不已。

建安二十三年（218 年），刘备亲率大军行进至阳平关，夏侯渊等人与刘备夹关对峙，曹军多次击退刘备军队的凶猛进攻。

同年七月，曹操亲率大军赶往关中，坐镇长安，指挥汉中之战。

两军对垒，曹洪初战获胜。曹操起兵之初，曹洪对曹操帮助很大，这种帮助，不仅仅表现在金钱上，更重要的是在人力上。曹洪把自己的私兵和招募的士兵共五千兵马，全部交给了堂兄曹操，这对刚刚起步的曹操而言，帮助是巨大的。曹洪的武力也不容小觑，他曾经用拖刀计斩杀了“截天夜叉”何曼，还曾力抗马超四五十回合而不分输赢。但曹洪也有曹洪的欠缺，就是暴躁易怒。历史上凡是暴躁易怒的人，往往难成大事。此前曹洪镇守潼关时，他只坚守了九日，就被马超冲开城门，最终溃逃，差点儿被曹操斩首。曹洪领兵到汉中，令张郃、夏侯渊各据险要，他亲自进兵抗敌。

刘备手下大将马超领兵到下辨，令先锋吴兰领军出哨，正与曹洪军相遇。吴兰欲退，吴兰牙将任夔道：“贼兵初至，可趁机挫其锐气。”于是骤马挺枪搦战曹洪。曹洪亲自提刀跃马出战，经过三个回合，曹洪斩任夔于马下，乘势突袭冲杀吴兰军。

消息传来，曹丕闷闷不乐。他感觉堂叔曹洪立功越大，对自己越是不利。他也清楚，自己这种感觉是十分狭隘的，但闷闷不乐的情绪似乎不可抑止。

夏侯渊率军来抢夺刘备驻守的军山，与刘备对峙。这夏侯渊也毫不含糊，早年跟随曹操征伐四方，先后任骑都尉和陈留、颍川二郡的太守，参加了官渡之战，前文有交代，他与曹丕负责督运粮草。夏侯渊擅长千里奔袭，作战出其不意。他先后平定了昌豨、徐和、雷绪、商曜等叛乱。渭南之战后，夏侯渊率军剿灭了关陇地区的韩遂余部以及羌、氐部落，威震关右地区。夏侯渊凭借功勋，累迁征西将军，受封博昌亭侯。张鲁投降曹操后，夏侯渊负责镇守汉中。

刘备派军队趁夜火烧夏侯渊军队的外围鹿角。夏侯渊派张郃守东围鹿角，自己率兵守南围鹿角。刘备调一万多兵马分为十部，猛攻夏侯渊部将张郃。张郃亲自搏战，刘备一时难以攻克。夏侯渊不顾自己兵力少，分兵去救援张郃。刘备派黄忠攻打南围鹿角。夏侯渊有些轻敌，他贸然跑到南围鹿角。当黄忠来攻打鹿角时，夏侯渊正率领四百名曹军修复鹿角。黄忠趁着人多占有地势高的优势，鼓噪进军，率领士兵一路冲杀过来。在力量玄虚的情况下，一代名将夏侯渊拼死一搏，最后被斩杀在南围鹿角。夏侯渊阵前殒命的消息传来，让曹丕心里既难过，又似乎有点宽慰，因为夏侯渊好像同四弟曹植更亲近些。

夏侯渊阵前殒命，曹操大怒，率领大军进驻阳平关。

刘备在山上扎营，占据险要，固守不战，与曹操对峙。曹操将数千万囊粮草搬运到北山囤积。

当时黄忠在赵云营内。黄忠见曹操运来了这么多的粮草，建议赵云去抢夺曹操粮草。赵云认为曹操的囤粮重地，必定有重兵把守。他与黄忠约定期限，然后让黄忠领兵去劫粮。黄忠逾期未归，赵云率领轻骑前往接应，正好遇到了曹操的埋伏。赵云大败，曹军紧追不舍，直追到赵云营前。

刘备栖军于山头之上，命刘封下山救助赵云。

曹操骂道："你这个卖草鞋的小子，竟然派你的义子领兵来抗我，看我叫我亲生的'黄须儿'来战你。"于是下令招来曹彰助战。

曹彰星夜兼程五天五夜马不停蹄，赶至汉中。曹操见曹彰千里援助，大喜道："'黄须儿'远来，破刘备在即日矣！"

曹彰眼放光亮："有孩儿在，父王尽可宽心！"他说完，目中燃火，挥动混铁戈，催马来到阵前。曹彰三合速败刘封。吴兰在乱军之中正好碰见了曹彰，两人交战没几回合，曹彰把吴兰斩杀马下。曹彰挥戈朝旁边狠狠吐口吐沫："哪个不服，来比画比画！"

曹军将士犹如出海蛟龙，一阵冲杀，刘备军大乱，士兵纷纷逃命。

曹军获胜，进攻到斜谷，安营扎寨。

曹操亲率大军屯兵斜谷界口。不巧，许都传来马岱趁机作乱的消息，再加上曹操不慎被魏延射中一箭，心中郁闷不乐。入夜，曹操在军中大帐独自思考破蜀之策，庖官送来鸡肉。

夏侯惇进帐秉请夜间口令。曹操正一边沉吟一边啃着鸡肋，随口答道："鸡肋。"

夏将军出帐急唤传令官向下传禀，夜间口令为"鸡肋"。

正在帐中书写文书的主簿杨修一听口令为"鸡肋"，马上步出帐外，低声嘱咐华三彪子，让他吩咐下去，让军士悄悄收拾行装，准备打道回府，免得魏王传令回营时慌乱，以至于忙中出错。华三彪子当即让贴身侍卫华鼠嘴做了安排。

此举正好让夏侯惇碰见，他十分惊奇，不知杨修为何让士兵悄悄收拾行装。他了解，这杨修聪明过人，能力出众，忙问主簿让收拾行装、准备打道回府的缘故。

杨修说："以今夜的口令，便知魏王不日将退兵矣。鸡肋者，食之无肉，弃之有味。今进不能胜，退恐人笑，在此无益，不如早归，来日魏王必班师也。故先收拾行装，免得临行慌乱。"

夏侯惇不信，二人争吵几句。

当夜，曹操苦思闷想破敌之策，在头昏脑涨时遂步出帐外透口新鲜空气。他到军营，见军士们嘈嘈杂杂打点行装。曹操见状脸色铁青，急问士兵是谁让收拾行装的。士兵答"华鼠嘴安排的"。曹操叫来华鼠嘴查问原因。华鼠嘴答是华三彪子布置的。曹操又追问华三彪子，华三彪子说是主簿杨修部署的。曹操一直让华三彪子做监军协办，帮监军整顿军风军纪。这华三彪子高人一等惯了，平时对士兵打打骂骂，很是不得人心。

曹操传夏侯惇问话。夏侯惇将其原委从实说来。

曹操听后，连连顿足道："杨修怎敢造言，乱我军心，坏我大事！"曹操早对杨修抱有成见。曹操曾建造一所花园，完工后前去观赏，取笔在门上写一"活"字走了。人们皆不懂其意。杨修道："门内添活字，丞相嫌园门太大太宽阔了。"于是匠人重新筑门，改造停当，请曹操查看。曹操问："谁让这样改的？”工匠回话：“杨修。”曹操连夸杨修聪明，心里却隐隐有种对他逞能的厌恶。曹操曾收到塞北进贡的由牛、羊乳所做的酥食，随手在盒上写了“一合酥”三字。杨修见了，便叫人把那盒酥吃了。曹操问他缘故，杨修答：“盒上写明‘一人一口酥’，丞相之命怎敢违反？”曹操嘴上没说什么，心里很不痛快，厌杨修放肆。

曹操面对今晚之事，禁不住“嘿嘿”冷笑几声。他传来曹仁、夏侯惇等将帅，问众将官杨修、华三彪子、华鼠嘴私传军令该当何罪，应如何处置。

这杨修平时恃才放旷，人缘不好；华三彪子也颇不受人待见。大家见问，纷纷答道：“私传军令扰乱军心者，当斩。”

曹操让夏侯惇传令：“对三人立斩不饶！”

夏侯惇喝令刀斧手，将杨修、华三彪子、华鼠嘴拉出斩首，且号令将其三人首级高悬辕门之上，以儆三军。

曹操厚葬了杨修与华三彪子，把华鼠嘴尸体直接喂狗吃了，然后班师北还。撤退时，曹操把汉中百姓北迁。

曹丕听到此消息，两道倒立的浓如黑漆剑眉抖了两抖，很是开心，暗叹父王处事手法高明，感觉自己人生路上的石头又少了一块，这大概是上天对自己的眷顾。杨修之死，死得必然。像他那样张狂自是、锋芒外露，倒霉是咎由自取。一次次挫折，让曹丕早改掉了骄傲恣肆的毛病，可惜，很多人还在盲目地自高自大。至于华三彪子、华鼠嘴的被杀，更是对恶人应有的惩罚，实在是大快人心！

曹丕眉头刚刚舒展，却又皱在一起，因为曹洪与曹彰的立功对他是十分不利的。

曹植听说杨修被处死，痛哭落泪，一日不食。贤妻谢莲殷勤相劝，曹植仍不吃饭。家仆曹知说道：“如果四少爷不吃饭，我便派人报告卞王后。”曹植不得已，才勉强吃了些饭。

葬丁夫人

卞皇后正在后宫缝补自己的内衣，曹嬷嬷笑眯眯对她说：“我听说，魏王杀人了。”这曹嬷嬷是卞王后进曹家门时的女佣，今年七十来岁，早成了女管家。她平时勤快，不离卞皇后左右，听见稀奇事最爱向卞王后汇报。卞王后得知的许多消息大都来源于她。

卞王后停下活计问：“杀谁了？”

曹嬷嬷道：“听说杨修私传军令，再加上他平时骄傲放肆，魏王就以‘前后漏泄言教，交关诸侯’的罪名将他处死了。”

卞王后左手中指被扎破了，渗出来一点血。她心里明白，是因为杨修干预了选太子的大事，或者是魏王担心杨修日后会对太子有不轨行为，就借他在汉中的“鸡肋”口令事件将他处死了。对于魏王斩杀杨修，卞王后感觉有失稳妥，对杨修的死甚至感到有些怜悯，因为杨修是自己喜爱的子建的支持者，他为曹植尽了心，出了不少力。卞王后感觉杨修的结局很是可悲，对他生出无限的悲悯之情。

曹嬷嬷道：“还有让您高兴的事呢！听说矮胖子华三彪子也参与了假传魏王将要收兵回营的将令，魏王下令一并斩杀了他与他的管家高瘦子华鼠嘴。魏王同时斩杀他们的事，让军队上下、朝廷内外许多人心惊胆战，早传得沸沸扬扬了。”

卞王后听说魏王杀了华三彪子与华鼠嘴，心里隐隐觉得绷紧的那根绳子断了。就像猎人失去了要捕捉的凶残的野兽一样，出了一口恶气之后，自己心里反而放松得空空荡荡的。

她觉着自己应该为杨修做点事情，便以魏王夫人的身份给杨修母亲、杨彪夫人袁氏写了一封信：

卞顿首：贵门不遗，贤郎辅位，每感笃念，情在凝至。贤郎盛德熙妙，有盖世文才，曹家阖门钦敬，宝用无已。方今骚扰，戎马屡动，主簿乃股肱近臣，征伐之计，事须敬咨。官立金鼓之节，而闻命违制，明公性急愤然，在外辄行军法。卞姓当时亦所不知，闻之心肝涂地，惊愕断绝，悼痛酷楚，情自不胜。夫人多容，即见垂恕。故送衣服一笼，文绢百匹，房子官锦百斤，私所乘香车一乘，牛一头，诚知微细，已达往意，望为承纳……

卞王后用清秀的文笔代丈夫补充说明了斩杀杨修的具体原因，那就是“官立金鼓之节，而闻命违制”，虽于情不忍，却势不得已，不杀不可。她这次大胆动用了自家私财，拿连自己亲弟弟卞秉都不舍得赏赐的东西赏了杨修的母亲，可见她对夫君杀杨修事件的看重。

写好信后，卞王后派人骑快马送给曹操。曹操看信后“哈哈”大笑，捋着胡须连夸文采斐然，情意恳切。曹操回复：“可当即派人送去。”

这天，卞皇后在永寿宫正看曹植给她来的书信，问来人曹植与孙儿曹志的情况。

送信人答：“小少爷曹志聪明活泼，少爷曹植平时也就写写诗倒没什么，就是爱喝酒，醉酒后长发酒哭闹，曹知让您专门给他写封信嘱咐他一下。”

卞王后深深叹口气，这植儿还是不让她省心。她慌忙勾勾点点写书信一封，对曹植千叮咛，万嘱咐，连训斥，带吓唬，很是尽了慈母对儿子的责任。

临淄曹知派来的送信人刚走，曹嬷嬷慌慌张张跑来报告：“有人送信来，老家那棵桃树枯死了。”曹嬷嬷小声道：“丁夫人下世了。”

卞王后一愣神，针又扎住了左手无名手指。她吸吮了一下指头。这一连串让她动心的情绪都来得太突然了，太赶趟了。赶趟的好事坏事接连出现，也未必是幸运的事情。卞王后高挑一下嘴角又迅速拉直了，她说不清自己此时的心情，除了高兴之外，似乎还有点淡淡的哀伤。她忙放下活计，迅速给曹操去了信，信中极力赞美丁夫人尊老养幼的功劳，提出自己要亲自主持办理丁夫人的丧事。她没等夫君回信，便着手安排丁夫人的后事。她相信，夫君不会责备她。

曹操接到丁夫人下世的消息的确很难过，心里像赤壁之战后退军时站在空旷的原野上，又遭遇了一场朔风那样感到孤独、凄冷、悲伤。赤壁之战失败后，他独自呆坐了好长时间。现在，他简直想找个无人的地方痛哭一场。他想到自从纳了卞淑曼后丁夫人所表现出的种种蛮横、强势、无礼……当时丁夫人的作为确实让曹操感到吃惊、不满，甚至讨厌……可由于曹昂的出事，让这一切情绪化为乌有了。他疼爱昂儿，继而对养育儿子的母亲就产生了歉意。这也许正是人们常说的由于爱那座屋子，就连带怜悯了那只站在屋子上的乌鸦吧。对丁夫人的去世他非常痛心，感慨曹昂的死自己负有很大的责任。丁夫人一死，自己再无赎罪的机会了。一直到丁夫人去世，曹操还常常梦见她，常常梦到曹昂。听到丁夫人去世的消息，大滴的泪水顺着曹操的长髯一滴一滴往下滴落，他想："日后我到了阴曹地府见到子脩（曹昂的字），他若问我'我的母亲在哪里'，我该如何回答他呢？"曹操，作为三国时期的政治家、军事家、诗人，刘备被他追来赶去，孙权被他逼得出不了江东，智计百出的诸葛亮也拿他束手无策。然而，他的糟糠之妻丁夫人，不但不怕他，反而在他面前蛮横无理，却仍然让他抱憾终身。曹操当即复信，让卞王后料理丁夫人的丧事，予以厚葬。

卞王后对丁夫人的一切抱怨、警惕、仇恨，随着她的去世像云团遭遇一场大风那样瞬间无影无踪了，心里时常直绷得那根绳子也彻底地松懈下来了。她安排人把丁夫人的尸体移到许都，亲自为丁夫人挑选了墓地，安排了祭祀活动，忙了整整二十多天，把丁夫人安葬在了许都城南向阳坡。把她埋在此处，卞王后是有用意的。

这样安排显着对她重视，但决不能把她葬在老家谯县，也不能把她埋在邺城，因为她已经离开了曹家，她不再是曹家人了。

葬礼完毕，卞王后站在丁夫人蒙着新土的墓前，心中默默念叨："人死为大，最后再叫你一声大夫人吧。那时，你做事也太过分了。我们几个是妾，但是我们一样有给婆母上坟的权力。你不该那样侮辱我们，现在轮到我给你上坟了，你终究不能再……"

卞王后想，人就是很有些怪怪的，在丁夫人活着的时候，她天天小心翼翼，担心丁夫人随时会代替自己的位置。这种担心反而让她时刻保持一种动力，一种精气神，正是这种动力与精气神催促她努力把事情做得更好。现在她死了，自己本来该十分轻松了，可为什么又无缘无故多了一份空虚感？她感觉人一旦全身轻松了，也许未必是一件好事……

她坐下身来拍着丁夫人的新坟痛哭了一场。她在为自己一路走来的坎坷而哭泣。她觉得，自己的荣耀、自己头上的光环，都应该是丁夫人的。就像谯县东庄园中的那棵石榴树，本来它生长在那棵桃花树下，石榴树的开花结果都受到了限制。可桃树不自重，不遵守大自然法则，在一番怒放吐芳之后，经过衰败、枯萎，最后自然而然地枯亡了，这又能怪谁呢？

许都一街两巷看出殡的人，纷纷谈论着原先卞王后与丁夫人的关系，不住称赞卞王后确实是不计前嫌、宽怀大度的人。

按照父亲的安排，曹丕代替哥哥曹昂参加了丁夫人的葬礼。说实在的，在众人面前，他想让眼睛有些湿润，或者像他想象中的哥哥那样哭得死去活来的，可眼睛就是不听使唤，他连一滴泪都没流出来。相反的，当他回想起办爷爷奶奶丧事时的情景，对于丁夫人的逝世甚至还感到有几分快意。

曹丕轻轻搀起来在坟前哭着的母亲，感觉母亲这次很风光，得到了众人的赞赏。曹丕认为，这对自己未必有利，因为母亲总是偏向曹植。他想趁此机会给母亲说说，日后，您老人家不一定守着哪个儿子过日子哪！但好几次张张口，他都没敢说出口来。

卞王后办完丁夫人的丧礼后，给曹操去信叙述丧事办理情形，最后趁机劝道："夫君呀，历数夏商周三代，夺嫡之争都是极其残酷的，历史的教训不可不取。无论优秀的孩子有多少，最后的继承人只能选中一个，要防止我们百年之后丕儿会对植儿有所报复。"

曹操看信后捻须良久，他并不想看到日后儿子之间出现骨肉相残的事。他长长地叹口气："是得采取些措施啊……"

曹丕慰军

颧骨高峻、棱角分明的曹丕，倒立剑眉下的细眼里泛着深思的目光。他在太子府紧皱眉头，来回踱步。他反复思考父王的教诲，反思自己的差距，计划写一部有关政治、社会、道德、文化等方面内容的书，来博得父王的欢心。他感觉，写成了这部书，就能在文笔方面超过四弟曹植，他缺少的就是文论著述。曹植是他的弟弟，同时也是他强有力的竞争对手，这是毋庸置疑的事实。世人评价曹植才高八斗，他听着心里就难受。人多嘴杂，薄唇轻言，似蜂巢窝眼，由他们去吧。若自己写成文论一部，看世人再如何评价他曹丕？

曹丕非常想看看父王写的《隐控术》一书，准确地说是想得到它。按父王规定，想得到这本书，就得继承王位。他太想继承王位了，这种盼望可以说是他人生追求的最大理想、铁定目标。他甚至还计划超过父王。这本是心中所想，是万万不能表露出来的，否则，便会让父王及外人认为自己是个野心勃勃的人。事成于密而败于露，他曹丕不是胸无城府之徒。

他趁向母亲问安时委婉提出，想借看父亲《隐控术》一书，看完马上归还。母亲冷冷地说，她从来没见过此书，也没听说过，更别说保管了。

曹丕感到心里塞进了几块冰块，冰凉冰凉的。他知道，母亲所谓没见此书的措辞是不想让他看。不想让他看不正好说明对让谁继承王位的大事，母亲另有主见吗？但也许是他自己想多了。

曹丕只好发奋读书，查阅海量资料，废寝忘食，奋笔疾书。太子另有太子的诸多事务，再加上挤时间著书，连郭女王都抱怨曹丕冷落了她。甄宓不抱怨，每天围着母亲转，逗老太太开心，也不知道她是咋想的。曹丕想，要是任芳在家，早闹翻天了。

日月在天宇中穿梭，时间随着穿梭的日月一天天过去，原来冬日里光秃秃的树枝现如今已长出碧绿的叶儿。是的，春天来了。太子府院中的紫薇，小枝纤细，枝干扭曲，绿叶对生，树冠上开出一串串的百日红花。

曹丕扬起手臂舒舒服服地伸个懒腰，出口长气。这部有关国体、法令、政治、文化、礼仪等内容的论著，包括《奸谗》《内诫》《酒诲》《自序》《论文》等二十四篇章的文集《典论》终于完成了。《论文》是《典论》中最重要的一篇，它专章论述了文学批评的态度、作家的个性与作品的风格、文体的区分、文学的价值等文学方面颇为重要的问题，涉及了文学批评中几个很重要的方面，把包括诗、赋在内的偏重抒情的文学作品提高到与传统经典一样相等的“经国之大业，不朽之盛事”的重要地位。

《典论》一书写成，首先太子府的官员争相传看，大家纷纷称赞。侍中辛毗伸起大拇赞道：“《典论》一书，自秦汉以来无人超越！”

魏太子傅何夔捋着胡须：“建安七子落在后矣！”

魏太子中庶子鲍勋小声道：“怕只怕临淄侯也甘拜下风了。”

曹丕在赞美声中很是兴奋，自己呕心沥血地写作，总算有了成果。

汉中传来战报：汉中之战失利，魏王身体欠安……曹丕激灵灵打个寒战。他想去看望父亲，趁机再拜访一下军中大将，缓和一下与他们的关系，从而取得他们的支持。他与几个贴心的人商议，都说可以出行。他便派驿站使节给父亲送信，得到批准。曹丕决定，先去慰问几位重要将帅，再去看望父亲。曹丕马上安排好有关慰问的事务，告别母亲，带动一哨人马，一路向南进发。

曹丕的第一站是看望樊城的曹仁。曹仁带五千人守城，关羽带一万多人久攻不下，令曹丕对这位堂叔实在敬佩。再说，曹仁战功赫赫，实在是父亲麾下的翘楚将军，深得父王信任。

樊城区位于今湖北省西北部，在汉水中游，这里历来是兵家必争之地。西汉时期在筑襄阳城的同时开凿了长约 1.7 公里，东西宽 1.5 公里的护城河，护城墙十分坚固。护城墙上的滚木礌石成堆成垛。不远处的城头上，写有“曹仁”大字的军旗在劲风中卷舒飘动。

曹丕来到北城门外，看见一位中等身材的将军，衣着深灰色铠甲，披灰色战袍，骑宗色战马，威风凛凛地站在城门外。再走近些，只见他脸部消瘦，一拃长的胡子随风微微飘动。曹丕一眼看出正是曹仁出城迎接他，忙下得马来，疾步向前，大声道：“叔父贵体安康？”

曹仁弯腰施礼：“欢迎太子！”

曹丕忙向前托住曹仁胳膊：“叔父折煞子桓了！”

曹仁道：“太子咋到这来？辛苦了！这里非常危险的。”

“叔父在这都不怕危险，我怎能独怕危险？”他搀扶曹仁上马，自己也骑上马，对半跪在地上施军礼的将士拱拱手道：“各位将军辛苦了，挺身！”

曹仁道：“关羽部距我不远，正虎视眈眈，太子，这里确实危险呢！”

曹丕笑笑：“叔父放心，我十岁骑马冲出张绣众兵包围的宛城，十八岁还亲自指挥过攻打邺城呢！前线吃紧，我理应慰问。”

来到樊城内城，这里原本是刘表治所，建造自是美轮美奂。酒宴早已摆上。曹仁让主座，曹丕在偏座坐下，曹仁在曹丕的催促下在上位落座。

曹丕命道：“随从侍卫听令，将慰问征南将军的礼品抬进帅府。”

侍从人员从车上抬下坛坛罐罐摆在厅堂。曹仁一看有九酝春酒、银两之类慰问礼品，连连摆手：“邺城到此六七百里，行途多有不便，把这些东西送给其他将帅吧！”

曹丕笑道：“此乃慰问堂叔礼品，哪个敢领！”

曹仁示谢，收下礼品。

席间曹仁没让外人相陪，饭菜简单。曹丕执壶，叔侄二人相谈甚欢。曹丕问及守城之事，想学些本事。曹仁笑道：“魏太子任务不在考虑一城一地得失，而在于考虑一国之得失。”曹仁嘱咐曹丕，据他所知，有一帮歹徒，早就有刺杀太子的意思，要重点防好自身安全。

曹丕听后感到脊梁骨有些发凉，笑笑道：“叔叔别是吓我的吧？魏王府外有护兵，内有内侍，曹家哪个男人都不是白给的，还能怕几个蟊贼不成！”

曹仁道：“你平时一定百倍警惕，小心无过犯。我已给你父王说好，现在你即了魏太子之位，特派我的次子曹楷做你的内侍。”

曹丕心里十分感动，对曹仁叔没有什么可说的。他心里清楚，曹仁是自己的坚强支持者。在曹仁这儿，他感到了真诚。在魏国，在父王帐下，这位数一数二的堂叔无一点虚情假意。他忙离座作揖，道:“多谢叔父对我的关爱！我这次出行带的人，全是高手。”

…………

曹丕在曹仁处住了两天，第二站要去河南召陵见夏侯惇表叔，曹楷随行。

华北平原，一路风景秀丽，绿野茫茫，一望无际，到处草绿花红。农人或行路，或播种，一派安居乐业的画面。

快到召陵，曹丕先派随从提前到召陵报信。刚到城门就见到一队人马屈膝跪倒一片：“迎魏太子！”

曹丕两道倒立的剑眉浑如黑漆，细眼里射出寒星般的光泽，在马上拱拱手道："挺身！"

"谢太子！"内中一个小头目牵住曹丕马缰，"夏侯惇将军在营外迎候。"

刚到军营门前，远远看见夏侯惇站在营门迎接，曹丕赶紧攀鞍离蹬下马，走向前去。

夏侯惇屈膝跪倒："迎魏太子！"

曹丕快步向前跪下搀起夏侯惇："夏侯将军，您是长辈，行如此大礼真乃折煞我也！"

夏侯惇道："军前无长幼，理应如此，魏太子请！"

到军中大帐，酒宴早已摆上。夏侯惇让曹丕坐上座，曹丕在偏座坐下，夏侯惇也在偏座坐下。曹丕再三推他上坐，夏侯惇执意不肯。

曹丕命道："随从侍卫听令，将慰问伏波将军的礼品抬进府内。"

侍从人员从车上抬下坛坛罐罐摆在厅堂。夏侯惇一看有九酝春酒、银两之类慰问礼品，忙站起谢恩："多谢魏王鸿恩！谢魏太子恩德！"

酒宴气氛甚是融洽。

酒足饭饱，夏侯惇安排曹丕住下。当晚叔侄二人谈兴颇浓。夏侯惇给曹丕谈论汉中战况，曹丕慨叹不已，道："汉中之战先胜后败，损失并不太大，父王为何就把汉中之地拱手让给刘备老儿了呢？"

夏侯惇道："我猜魏王一定另有深意，军令如山，我们只能执行。"

曹丕请教了夏侯惇许多问题，夏侯惇知无不言，并嘱咐曹丕许多事情。二人谈至深夜。夏侯惇忠厚勇敢，最得父王信任。在他这里，曹丕体味到了什么叫谦虚。无疑，这位表叔虽有败仗，却是十分谦虚的。他身居高位，战功显赫，却无一点架子。

曹丕在夏侯惇军营休息了两天，继续赶路。曹丕决定，曹休、曹真那儿就不去了，他时间有限，距他俩居住地路途遥远，骑马拉着车行动多有不便。最根本的问题是，这些人都是自己的忠实支持者，不用安抚。

曹丕下一站要去凉州见都护将军曹洪。从召陵往西北进入到渭河平原，有了山岭，路径盘旋，渐感荒凉。

他一路不停地思考，不知道曹洪这位堂叔为何很早就不喜欢自己而喜欢弟弟曹植。话说回来，曹丕对他也很不感冒。他当副丞相时，向他开口借些绢都没办成，可曹洪叔又是他要登上王位迈不过去的那道坎。这位堂叔，在初平元年（190 年）二月，父王失掉坐骑，而董军追袭甚急时，把战马让给了父王，父王推辞不受，他道：“天下可以没有我曹洪，但不能没有您曹操啊！”

这位堂叔曾领家兵千余人与好友扬州刺史陈温一起募得庐江上等兵二千人，东到丹杨，又募得数千人，把这支队伍，全部交予龙亢的父王指挥。

建安元年（196年），这位堂叔奉命率军西迎汉献帝。迁都许都时，他获授谏议大夫一职，又作为别部征讨刘表，击败刘表的将领于舞阳、阴叶、堵阳、博望。他因有战功，迁为厉锋将军，封国明亭侯。他屡次追随父王征伐，拜都护将军。都护将军是监督将军的将军。

在汉中之战，建安二十三年（218年），他大破吴兰，斩其部将任夔等人……

曹丕心中虽然十分烦他，但又动他不得，对曹洪只得曲意逢迎，也只能如此。曹丕盼望通过此行，能取得曹洪的好感与支持，最起码消除一些误会，减轻一些敌意。

曹洪驻扎在甘肃中部的凉州，凉州本是战略要地。都护将军府门高墙固，卫兵持戈分站两旁，在大门旁张嘴獠牙的石狮子衬托下更显威武雄壮。

曹丕派信使信兵打前站，通知曹洪，魏太子马上就到。

曹丕坐在马上，看门口的架势根本没迎接他的意思。侍中辛毗高声喊道：“门军往里相传，就说魏太子驾到，让都护将军出门迎接！”

门军进得一时，出来个都护侍从小官道：“都护将军让传，不闻有魏太子到，只知道有二侄儿曹丕来，让我引领诸位进府。”

曹丕感觉脸上一阵火烧火燎的疼痛，只得硬着头皮下马跟随侍从官往里走。大堂内，曹洪威风凛凛坐在长条文案后，案前将领更无一人对曹丕施礼。曹丕犹豫再三，按家法，他该给堂叔磕头问好；按国法，曹洪该给他施礼跪拜。曹丕略略思忖，便弯腰行个常礼：“堂叔在上，侄儿曹丕这厢有礼了。”

曹洪略欠欠身子道：“侄儿请起，恕叔父身患小恙，不能到门迎接，一旁落座，上茶！”这曹洪眼睛一大一小，鼻子扁平，络腮胡须刺猬似的四外炸开，看到他的外貌，就让人不寒而栗。曹丕在官渡之战时曾挨过曹洪巴掌，到现在还隐隐作痛。

曹楷也给曹洪见礼。曹洪道：“侄儿，你父亲在樊城可好？一旁落座攀话。”

曹丕命道：“随从侍卫听令，将慰问都护将军的礼品抬进府内。”

有侍从人员从车上抬下坛坛罐罐摆在厅堂。曹洪一看有九酝春酒、银两之类，马上离座大笑道："好好！我慰劳将士正缺好酒，收下。"

晚上，曹洪大摆酒宴，曹洪坐主座，让曹丕陪侍，唤来歌女穿着薄纱衣踏鼓。那纱衣薄得几乎能看清歌女肌肤的纹路，在场人大笑。由益州刺史改任武都太守的杨阜，刚直不阿，见魏太子在位，就斥责道："今魏太子在场，这是国家的大节。男女有别，怎能在大庭广众面前让舞女裸露形体呢！即使夏桀、商纣败乱，也不至如此！"于是愤然离席。

曹楷张张嘴，没发出声来。

曹洪见曹丕也略现愠色，就下令女伎停演，派人请杨阜还座。

曹丕对杨阜印象十分深刻，过后打听，他姓杨名阜字义山，天水冀县（今甘肃甘谷东南）人。献帝建安初年，任凉州从事，不久，就担任了安定长史，韦康任刺史后辟为别驾，改任州参军。因讨马超有功，赐爵关内侯。父王征汉中，杨阜现任益州刺史。

曹丕只在曹洪都护将军府过了一夜。宴会结束后，曹洪只说身体欠安，回内衙安歇，再没见曹丕。曹丕感觉在这冷冰冰的，第二天早起便离开了凉州，也未见曹洪送行。如果夏侯渊表叔在世，他一定得去看望，可他老人家在不久前，被刘备大将黄忠袭杀了。

曹丕带领侍从去摩陂见父王。去摩陂的路上他反复思考，自己日后若能继承王位，是把曹洪这位堂叔直接杀了，还是捧杀他？反正这次见他，曹丕进一步了解了这位堂叔的态度，他决不会支持自己的。

远处出现一道凸陵，四周一片荒凉，不时传来"咕咕嘎嘎"的鹰叫声。西天烧起了红霞。探马报，过去前面的凸陵，摩陂就快到了。

曹丕队伍刚进凸陵，两边冲下两队人马来，把他们围在正当中。为首的骑马提抢，其余的全部操刀。他们也不多言，冲来便杀。曹丕皱皱倒八字眉，抽出日月双刃剑，咬牙高喊："曹楷领人护车，其余人跟我截杀贼寇！"说完勒马挥剑冲上骑马贼首。只见曹丕宝剑上下挥动，左右寒光闪耀。那贼首一枪刺来，曹丕挥剑拨开，反手一剑刺去，那贼首勒马撤身躲过。

"快护驾！"曹楷骑马挥枪过来，把曹丕挡在身后。

曹丕所带的卫队，都是上等侍卫，功夫十分了得，不消片刻，就把贼子杀得喊爹叫娘。贼首一看，自己与曹楷作战也不占上风，打个呼哨跑走了。

曹楷抓个山贼，审问他们的头领是谁。那贼寇答：“山贼郑甘受人指使，远远赶来追踪太子已经很远了，追到凸陵才出了手……”曹楷要带兵追赶，曹丕拦住：“不要追赶，我们快快赶路，小心中贼人埋伏。”

曹丕他们快到摩陂时，往后看看，果见凸陵远处有三三两两晃动的人影。他不住暗想：“在距父王不远的凸陵一带，这帮贼匪竟敢行刺杀人，他们真是胆大包天啊！”

摩陂见父

摩陂亦称龙陂，故地在今河南省中部偏西的郏县长桥镇境内，向西北距县城十五公里。《水经注》云：白沟水南迳龙城西，城西北即摩陂也，魏太和七年有青龙见（通现）摩陂井中，魏主临观，纪元曰青龙，改摩陂为龙陂。

为方便指挥汉中之战，魏王曹操在摩陂设置行宫。

曹丕一路风餐露宿，鞍马劳顿，颧骨更显高峻，棱角更加分明，剑眉下的细眼中带有倦怠。曹丕早春从邺城出发向西南的樊城，仲春从樊城去西北的凉州，再从凉州往东来到摩陂，时节已经是初夏了。古人出行的真实情况是比较艰苦的，并非古白话小说中省略行程只描写战争那样容易。

有人报，魏王行宫到了。曹丕传令，所有人下车下马，全体徒步行走，去见魏王。

夕阳照耀着远山近树，小麦泛黄，黄鹂呢喃，一派安详景象。

城大门口，侍卫威风凛凛，枪刀银光闪闪。贾诩早早迎在门口。贾诩字文和，武威姑臧人，东汉末期曹操著名谋士。有兵士接过车马。贾诩弯腰施礼，曹丕迎上前去，托起贾诩双臂："贾老先生，身体安好？"

曹丕两道倒立的浓如黑漆的剑眉展了两展，细眼睛里疲倦的光泽增添了几丝热切的光彩。他一向尊重贾诩，贾诩待见曹丕，是曹丕的忠实支持者。

曹楷给贾诩见礼。贾诩问曹仁身体情况，曹楷回答安好。

进得行宫，曹操安坐，两旁站有董昭（东汉末年曹魏谋士、重臣、开国元勋）、程昱（字仲德，原名程立，三国时期东郡东阿人；身高八尺三寸，有漂亮的胡须鬓发）、刘晔（字子扬，淮南成德人）等人。这些人都是曹操麾下最优秀的谋臣。

曹丕翻眼望去，父亲有些憔悴，白发增多，胡子暗红泛白，眼睛虽依然有神，但眼眵混着泪痕，呈现出一副老态龙钟的模样。曹丕心想："父亲都是六十多岁的人了，依然在前线操劳……"想起自己年纪轻轻走三个地方就不胜劳苦了，鼻子不禁一酸，流出两行泪来。他走上前去屈膝跪倒：“父王在上，孩儿子桓给您问安了。”刚刚经过与贼人一场厮杀，如今见到父王，曹丕感觉格外的亲切！

曹操道：“吾儿起身，一旁落座攀话。”

曹丕起身弯腰给诸位长者施礼。诸位谋士慌忙给曹丕行见魏太子大礼。曹操拦阻，道：“休说他是魏太子，就是日后立为魏王，他在诸位面前也是晚辈，不必客气。”

曹丕道：“父王所言极是，盼诸位长者对丕多多教诲。”

曹操吩咐：“丕儿一路乏累，盥洗之后用餐，饭后早早歇息。”

曹丕小声给父王说了他在凸陵与贼人的厮杀。

曹操横横刀眉，“嘿嘿”笑了两声：“军营在此，他们完全是冲着孩儿你来的，我一直感觉暗中有几双罪恶的黑手，时刻准备对我们下黑手，我们入睡都得半睁着眼睛。”他小声对传令兵耳语几声。传令兵挺身立定：“诺！到凸陵追杀贼人，一个不留！”

饭菜上桌，众人围坐，但见桌上摆着素菜鲜汤。菜用小盆盛着，韭菜炒鸡蛋、咸菜炒蘑菇、烫煮山药，还有炒鸡炖鱼，热腾腾的老鸡汤放在正中。

曹丕知道，父亲平时饭食极其简单，今日很可能是为招待他加了两样荤菜。

曹操道：“丕儿倒酒。”

贾诩道：“魏太子一路劳顿，怎好让他执壶？”

曹丕忙给众人斟酒：“我年轻，理应如此。”

众人边吃边谈。贾诩道：“魏王兵退斜谷，很多将领不解，估计朝臣也未必明其深意。用不多久，结果自明。”

董昭道：“庸人目盯鼻尖，无远大思虑。他们不懂魏王撤兵北回，为何又带来汉中百姓。刘备占领汉中，就背上了沉重的包袱。汉中空虚，刘备只好把蜀地百姓征调汉中，蜀地便日陷乏困。刘备种的粮食成了我军口粮，刘备的士兵成了我军俘虏。”

程昱道：“魏王还有一层深意，刘备壮大，必定招来孙权嫉妒，易于打破孙刘联盟，实乃上上之策。”

曹操叹息道：“ 圣人之用兵，戢时而动，不得已而为之。当时兵退汉中实乃无奈之举。西北马腾造反，如不能及时平息，必然引起四方动乱。”

刘晔道：“三将军子文（曹彰字）作战英勇，攻打西北韩遂、马腾，出师告捷。撤离汉中也算回拳打人……”

大家都停止了说话，只见曹操紧皱眉头。他起身道：“你们吃，我偶感风寒，想提前歇息。吃完饭，你们忙完手头事情可早早休息。呀！让丕儿随我住宿……”

曹操离席。曹丕匆匆用过饭，急忙去父王宿处。只见父王伏在床上，双手掐头，浑身颤抖。曹丕一惊，就知道父王头疼病又犯了，忙叫军医。

曹操急道：“快给我掐两眼旁边凹处，揉头顶，华佗在时，用银针扎刺。他告假还家，你掐掐揉揉也顶用处。你不在，我让许褚……快！”

曹丕按父王指教，掐掐揉揉一个时辰。曹操头疼减轻了，静下来喝口茶，头上脸上布满汗珠。曹丕感叹，从自己记事起，父亲就一直操劳，自己对父亲没能多尽心照料，实在感到有愧。他端过来一盆不热不凉的水，拉过来父亲的脚，给他脱下棉鞋棉袜子，把他的脚放进水里，轻轻地揉搓。老人家的脚瘦瘦的，露着青筋，布满老茧。这是他戎马奔波的见证啊！

曹丕止不住怨道：“这华佗咋说走就走呢？”

曹操道：“他说华夫人得病，不得不回谯县……我让他把华夫人接来，他执意不肯，这次请假回家……唉！我又不能不准。”过了一时，曹操头疼减轻，道：“你可睡那小床，我给你说说国家大事。”

曹丕道：“父王头疼减轻了，我想让您给看看我不久前写好的文章《典论》，以求斧正。”

曹操乐意，接过文章大致翻看，后停下细看。曹操重点看了《典论》中《论文》一章：“文人相轻，自古而然。傅毅之于班固，伯仲之间耳，而固小之，与弟超书曰：‘武仲以能属文为兰台令史，下笔不能自休。’夫人善于自见，而文非一体，鲜能备善，是以各以所长，相轻所短。俚语曰：‘家有敝帚，享之千金。’斯不自见之患也。

“今之文人：鲁国孔融文举、广陵陈琳孔璋、山阳王粲仲宣、北海徐干伟长、陈留阮瑀元瑜、汝南应玚德琏、东平刘桢公干，斯七子者，于学无所遗，于辞无所假，咸以自骋骥騄于千里，仰齐足而并驰。以此相服，亦良难矣！盖君子审己以度人，故能免于斯累，而作论文。

“王粲长于辞赋，徐干时有齐气，然粲之匹也。如粲之《初征》《登楼》《槐赋》《征思》，干之《玄猿》《漏卮》《圆扇》《橘赋》，虽张、蔡不过也，然于他文，未能称是。琳、瑀之章表书记，今之隽也。应玚和而不壮，刘桢壮而不密。孔融体气高妙，有过人者，然不能持论，理不胜辞，至于杂以嘲戏。及其所善，扬、班俦也。

“常人贵远贱近，向声背实，又患暗于自见，谓己为贤。夫文本同而末异，盖奏议宜雅，书论宜理，铭诔尚实，诗赋欲丽。此四科不同，故能之者偏也；唯通才能备其体。

“文以气为主，气之清浊有体，不可力强而致。譬诸音乐，曲度虽均，节奏同检，至于引气不齐，巧拙有素，虽在父兄，不能以移子弟。

“盖文章，经国之大业，不朽之盛事。年寿有时而尽，荣乐止乎其身，二者必至之长期，未若文章之无穷。是以古之作者，寄身于翰墨，见意于篇籍，不假良史之辞，不托飞驰之势，而声名自传于后。故西伯幽而演绎，周旦显而制礼，不以隐约而弗务，不以康乐而加思。夫然则，古人贱尺璧而重寸阴，惧乎时之过已。而人多不强力；贫贱则慑于饥寒，富贵则流于逸乐，遂营目前之务，而遗千载之功。日月逝于上，体貌衰于下，忽然与万物迁化，斯志士之大痛也！

“融等已逝，唯干著论，成一家言。”

曹丕在《论文》中首先反对自古以来的“文人相轻”的积习，并用“审己以度人”的态度分别指出了“建安七子”在各体文章创作上的长处和短处。

在论文体上，他指出：“夫文本同而末异，盖奏议宜雅，书论宜理，铭诔尚实，诗赋欲丽。此四科不同，故能之者偏也。唯通才能备其体。”各种文体所“同”的“本”是什么，他没有说明，但是他指出了文体四科互相区别的特点，也就为各体文章的创作和批评提出了一个初步的客观标准。而“诗赋欲丽”一点，更显示了建安文学渐向词采华丽发展的新风尚。

曹丕在《论文》里把文章看作“经国之大业，不朽之盛事”，并且鼓励文人们积极地创作，希望他们不要“遂营目前之务，而遗千载之功”，这是很有远见的。他这一论点集中鲜明地表现了建安时代作家自觉的创作精神，对当时及后世文学的发展起了一定的促进作用。

曹操看罢“哈哈”大笑：“这是一部关于政治、社会、道德、文化的精论啊！文意磅礴无人所及。”他从《典论》中，看到了曹丕的政治才能。曹操近日身体欠佳，晚上彻夜难眠。有很多时候，他都在思考最后选定继承大位的人选。他最疼爱的曹昂、曹冲离他而去，曹彰只有武功，欠缺治国的文才。曹植有治国的文才，但嗜酒成性，率性略欠谋略。曹丕是现实的嫡长子，文武全才，颇有城府，工于心计……魏王总感觉曹丕似乎私心太重，还有点偏狭。曹操的心定了，也该确定了，所谓“人无完人，金无足赤”，最后的继承人只能是有缺点的曹丕了。选他最起码不会驾驭不了辕子，这就足够了。

曹丕正垂手站在父亲身旁，翻眼看看父王，准备听他对文章的指点。

曹操坐正身子道：“吾儿曹丕听令！”

曹丕没承想父王一声听令，忙屈膝跪倒：“曹丕在，细听魏王将令！”

曹操一派严肃的神色：“近前，此话只准记在心里，不可对任何人说起，可做到否？”

曹丕道：“做得到！”

曹操正色道：“我戎马一生，只求天下一统，让百姓免受战乱之苦。然而功业未就，发秃齿豁，艾发衰容。我下世后，丕儿定要秉承父志，兢兢业业，全力赴任。万不可贪图享乐，成为夏桀商纣之辈也。儿能做到否？”

曹丕咬牙应道：“孩儿遵命！不过，父王身体安康……”

“人固有一死……”曹操摆手，进而嘱咐曹丕，用人纲领是打击世族，重用士人。他特别强调，要善待长辈及亲人，不可残害兄弟姊妹。他还向曹丕推荐了一批忠勇重用之人：曹仁、曹洪、夏侯惇、曹真、曹休……反复嘱咐对能力卓著的司马懿只能是利用，万万不可假以军权、政权重用。曹操语重心长：“为父有个担心。我杀人多，仇人也多。荀彧死后，他的四兄荀谌不知去向。我隐约感觉有只大手长期控制着一个阴谋集团，这个阴谋集团时刻图谋戕害我们曹氏父子，要慎之又慎，防之又防。你们弟兄几人要寻找杀害你爷爷的仇人张闿，报仇雪恨！对外先灭刘备，玄德只是面厚而已，本事了得。灭刘后再灭孙权，孙权既黑又厚，甚难对付……”

曹丕长跪，叩头：“孩儿谨遵父命！”

曹操语重心长：“丕儿啊！父王某天下世，千斤重担托付给你了……”

“父王……”曹丕哽咽，“孩儿离不开您呀！”

厚葬关羽

第二天，曹丕与父亲用过早饭。

曹丕翻眼看看父王瘦削的身子，不禁鼻子一酸。他与父亲商量，要背他到议事厅去。曹操不肯："你这样不显着我老而无用了吗？"

曹丕垂手道："丕儿不敢，丕儿求父王让我尽下孝心！"说完，他几乎是强行将曹操拉上了背。他记起自己小时候父亲背他玩耍的情景，一晃，父亲老了，他感觉自己背着的不是叱咤风云的英雄，而是一个瘦老头……

路上的兵士、议事大厅的官员，见到儿子背父的情景，纷纷流着泪跪下给曹操叩头，泪水是为曹丕的孝行流出的。

众人刚刚坐下议事，有探马来报："孙权差人送来一封密扎帛书。"曹操展看，不由得"哈哈"大笑，随手把信递给曹丕："我计谋收效矣！"

曹丕看了，原来是孙权写信给魏王曹操，请求允许他讨伐关羽，为朝廷效力，并请求不要把消息泄露出去，以免关羽有所防范……

曹操询问谋士将领，对孙权的请求如何处理是好。众多谋臣将帅都说应依孙权之言，为其保密。董昭却冷笑道："军事行动，要注重权变，合乎时宜。我们不妨先答应为孙权保密，再暗中将消息故意泄露出去，让关羽知道孙权来信的内容。关羽若回兵保护自己，他对我部构成的威胁就解除了。这样还能把东吴与西蜀两家的仇怨做实，让孙权、关羽像两只被按住脖子的斗鸡一样，等他们仇视至极，再让他们相互敌对搏斗而动弹不得，我们便可坐收渔翁之利。若我们保守秘密不泄露，孙权有可能只说不动，我们的将士不知道有援军来了，计算城中粮食不足以持久作战，心中就会惶恐不安。倘若自家军内有人再生其他想法，危害定然不小，还是泄露出去为好。况且关羽为人强悍，自恃江陵、公安两城防守坚固，必然不会很快退兵。"

曹操捻须道："董昭先生虑事周密，言之凿凿，甚好！"又征求一下贾诩、程昱、刘晔等人的意见。最后曹操看看曹丕："丕儿意下如何？"

曹丕垂手道："各位长辈见解高明，子桓受教了。"

曹操“哈哈”大笑，下令徐晃把孙权的书信给曹仁部送去，道：“孤要出兵响应孙权，对其支持，力战关羽。”曹操又派人把孙权打算攻打关羽的消息派人报告了关羽。

关羽听到孙权欲来攻打他的消息，微微一笑，认为此乃曹操挑拨离间之计。他放下书信，手捋长髯“哈哈”大笑：“曹孟德欲不费一兵一卒让我撤军矣！且作为后营的江陵、公安两城坚固，防守严密，纵然孙权当真来战，又奈我何？故不能撤兵离去。”

关羽军队主力驻扎在围头，其他部队驻扎在四冢。

曹操下令徐晃声东击西，扬言欲攻围头，却出其不意突袭四冢。关羽见四冢将失，亲自率步骑五千迎战。徐晃与关羽原来同属刘备的河东郡同乡好友，在他离开刘备与关羽投奔曹操十年后才在阵前相见。两人远远对话，只说以前友谊，不说军情。

徐晃是今山西省洪洞县人，早年曾与关羽同在刘备手下做事，后来归顺曹操，曾参加了徐州之战、官渡之战、攻打冀州、白狼山之战、南郡之战、渭南之战、凉州之战、汉中之战等重大战役。徐晃是有名的猛将，在曹操手下屡建功勋。

关羽，字云长，河东解良（今山西运城）人，东汉末年蜀国名将。早期跟随刘备辗转各地，曾被曹操生擒，于白马坡斩杀袁绍大将颜良。

二人寒暄几句，徐晃宣布军令：“魏王有令，关羽不重恩义，斩杀曹魏将领，罪恶深重，得关云长首级的人，赏金千斤。”

关羽大骇，问道：“大哥，何出此言？”

徐晃道：“这是国家之事，不能因私费公。”

两军混战，关羽被徐晃击败，退入营寨。徐晃率军穷追不舍，紧随其后冲入关羽营内。当时关羽营寨，外围深壕与鹿角设置十道，障碍设施极为严密。若从营外强攻极为困难。现在徐晃领兵趁着关羽的部队军混乱败退之际随关羽攻到了营内，再由里向外突袭，就容易多了。徐晃斩杀了曹军降蜀的胡修、傅方二人。关羽撤围逃跑，他对樊城形成的包围之势遂被解除。

关羽被徐晃一战击破，而后向江陵、公安两城撤退。当关羽靠近自家后营时，才知后方果然遭到孙权派兵的袭击，只好再向南撤退。关羽军队的家属多在荆州，得知荆州失陷，士卒渐渐溃散，只好退守麦城。哪知不久麦城也被孙权部队团团围住，实乃形势严峻，如火烧眉毛。公元119年12月，关羽看麦城难以坚守，便率军突围。临到城外仅剩几十个骑兵出逃，关羽一路逃到距益州不过十多里的临沮（今湖北省襄樊市南漳县），遇孙权大将潘璋部将马忠的埋伏，被捕。孙权与谋士商议，如果把关羽送给曹操，曹操必然不舍得杀死关羽，这样对东吴甚为不利。于是孙权下令把关羽与他的儿子关平一起斩杀在临沮，并派人将关羽首级星夜送交曹操。孙权这样做，一是向刘备表明斩杀关羽是曹操的主意，二是向曹操表明归附汉室的诚心。可谓一箭双雕。

曹操命人打开盛殓关羽头颅的木盒，近前观看，只见盒内关羽的头颅瞪着双眼，张着大嘴，头发胡须被掀盖风吹得微微颤动。曹操含泪道："关将军哪，你义薄云天，我原本要留你一条活路，让你撤军的，谁知你盲目自信，大意失荆州，败走麦城，以致于此。可惜呀！可惜呀！"曹操脸色蜡黄，对曹丕道："扶我内堂休息。"

曹丕忙搀起父王来到内廷，但见父亲大冬天头上冒汗，浑身颤抖："快！掐太阳穴，揉头顶……"曹丕忙掐揉按摩，好一阵忙活。曹操渐渐好转，传令夏侯尚、徐晃，令他们招降蜀汉宜都太守孟达，大破刘备义子刘封。

夜间，传来消息：关羽被杀后，孟达害怕刘备治他罪，又因为刘封夺取了自己演奏鼓乐的乐队，十分生气，干脆率领部曲之地四千多家投降了曹操，还领着夏侯尚、徐晃去攻打刘备的上庸之地。

曹操"哈哈"大笑不止，派夏侯尚依计而行。

征西将军夏侯渊堂侄夏侯尚特善用兵，派奇兵隐蔽行军突然袭击上庸的刘封，把刘封主力部队打得打败，又一举攻下上庸三郡九城十万人口。

曹丕垂手道："父王，前线辛苦，你身体欠安，让我在此，您回去疗养吧。"

曹操道："你回邺城吧，估计吴蜀必有一场恶仗。我在此住一阵再说。"

曹丕给他倒上茶水，双手递给曹操。曹操喝口茶道："我已过花甲之年，身体欠佳，你速回邺城稳定大局。若情况有变，我会提前安排好一切，让曹彰、曹植、曹均诸子速回我身边，我会一一叮嘱，让他们辅佐于你。你不可犹豫，迅速继承魏王之位……"

曹丕颧骨高峻，棱角分明；剑眉细眼，目光锃亮，两道倒立的剑眉浑如黑漆，细眼睛里射出寒星般的光泽。他"咚"地跪倒在地，不觉落下泪来："父王休说不吉之语，您身体安康，来日方长，我们正待您的教诲……"

曹操拍拍他的头笑道："人有生必会死，不可畏惧。我预先安排好后事，省得你一时手忙脚乱。古人为了不影响粮食收成，墓地必定选在瘠薄的土地上。我的墓地就选在邺城西门外的高原上吧，我对邺城有特殊的感情，更敬仰西门豹在邺地投巫开渠的英明果决，希望我的墓地与西门豹祠相邻，便引以为自豪。”

曹丕答道：“孩儿记下了。”

“如果我死了，按随身所穿的衣服入殓。玉器珠宝铜铁之类的物品，一概不要陪葬。”

曹丕不觉潸然泪下，内心感慨异常：“父亲俭省一生，后事仍考虑节俭！”

曹操道：“我死后，让你母亲把《隐控术》一书传给你，你定要细心研读，对治理政事大有裨益。若你胡作非为，不行正道，我会赐你母亲一道遗旨，罢免你的王位。”

“孩儿悉听父命。”

曹操道：“我走后，丕儿要善待诸母，善待尔等同父异母兄弟姐妹与义子兄弟。曹真，他原本是我部将的儿子，也是咱同族人氏，他父亲为救我战死，我念旧情把他收为义子，待他如同亲生。他有极高的军事天赋，我每逢战事就把他带在身边，亲自教导他并向他传授领兵心得。他成年后，我就派他在军中精锐虎豹骑做统领。他立下无数战功，现在做镇守西凉边关的统帅。我百年以后，你定要信任曹真，他是我们曹家年轻人中最有军事天赋的人。”曹丕含泪点头应允。

曹操道：“我孙儿曹叡有过目不忘的智慧，即便一些小臣，名字、简历，甚至父母兄弟之类，他一见之下，就不会忘记。我甚异之。有了他，曹家家业至少可继承三代矣。原来我在邺城时，常让他伴宴左右。你要对他着力培养。”

曹丕感觉，这时父亲已经不是个叱咤风云的英雄，而是一个普普通通俭省节约而又啰里啰唆疼爱后代的老翁。听着父亲教诲，曹丕感觉有一道冰河在心里汩汩奔流，禁不住双目泪如雨下。他给父亲拉展褥子，铺好被子，服侍父亲睡下。曹丕想起曾子的话：“父母全而生之，子全而归之，可谓孝矣。（父母把孩子完整地生出来，孩子就应该把自己再完整地归还给父母，这样才叫孝）”可是父亲戎马一生，很多时候自己都做不到像父母疼爱后代一样保全奉养父母啊！这实在是令他悲哀的事情。

三天后，曹丕离开摩陂时，曹操例外送曹丕到大门外。曹丕看着父亲略显佝偻的身躯，牵着马缰绳几乎是三步一回头一步三滴泪地往外走。

曹操向曹丕招招手：“回来！”

曹丕连忙回来，躬身站着，道：“子桓恭听父王教诲。”

曹操叹口气：“我时常留意寻找杀害你爷爷的凶手张闿，至今未果，活未见人，死没见尸，难道他变作空气飞了不成！杀父仇人，一个十恶不赦的强盗，没受到惩罚，我心有不甘……”

曹丕离开父亲，满脑子想的都是“凸嘴龅牙、唇边两撮炸胡须”的张闿，这个人就是杀害他爷爷奶奶的凶手。继而他又想起了被他埋在兖州府衙后水塘边枯井里的那只黑豹犬，它也是凸嘴龅牙，嘴边有两撮炸胡须……曹丕暗暗发誓：“父王多次嘱咐，若张闿尚在人世，定亲手割下他的头颅，报仇雪恨！”

曹丕人马顺山路行走，远远看见山路尽头，几棵弯腰松树之间有一横披红绸布带的庙门，上写“摩陂山神庙”。门口陆陆续续有上山坡或下山坡的人。

曹丕心中有事停下马来，让人打探此庙神灵是否灵验。打探人报：“据烧香人说，此庙山神十分灵验。”

曹丕下马让人护住庙门，带两队侍卫进到庙里，买得香箔纸钱，进入庙内。三间主庙，主庙东西南三面均建有廊房。主庙内当门，长条香案上有两个香炉，香炉前桌案边横布幅上写有汉隶体四字：许三愿灵。正墙左面，站立着兽身人面的山神。他头戴六块瓦升毛，帽檐露出银丝头发，长长的须髯，也是银光闪闪。这山神头后长着两个怪异的兽角，一脸怪异的怒气，手托一只活灵活现的长蛇，让人感到惊异。山神左边站着山神奶奶，她宽膀细腰，满头秀发，眉清目秀，一脸慈善。

曹丕在山神奶奶的香炉里烧了三支香，在山神爷爷前的香炉里烧了六支香。他估计山神也应该像自家一样，他虽然当家，但对山神奶奶也是怠慢不得的。

曹丕虔诚地跪在山神爷爷面前，经过一番思索，许下了三宗大愿：山神爷爷山神奶奶，保佑我父王与母后身体安康！保佑我曹丕能顺利继承王位！保佑我的妻子、孩子及天下人都无病无灾！曹丕许下三宗大愿，连磕四头，眼睛有些湿润了。

曹丕万没想到，这次摩陂之行，竟是和父亲的最后一面。

曹丕走后，曹操随关羽灵车回到了洛阳。曹操命人设猪牛羊肉祭祀，命工匠迅速刻一沉香木躯体，与关羽头颅配在一起，用埋葬诸侯的礼节把关羽葬于洛阳南门外依山傍水的密林之中，关公墓按照宫殿的布局建造。曹操率领文武百官，大供牺牲，为关羽送葬。曹操还亲自在灵前拜祭，并追赠关羽为荆王，派专门官员长期守护关羽之墓。

刘备在成都为关羽建衣冠冢，以招魂祭祀。关羽族人在今山西运城也给关羽修了一座墓。

民间称关羽“头枕洛阳，身卧当阳，魂归山西”。

临终遗嘱

公元199年年底，曹操病情加重，从汉中前线返回洛阳，因为这个时候曹操把魏国都城定在了洛阳。曹操估计自己身体情况不佳，传令卞王后从邺城起驾来洛阳王宫伴侍；传令曹丕留守邺城；并让曹彰、曹植与其他儿女速来洛阳。他特派人传曹彰令，来洛阳带兵不得过千，进王宫侍卫不得超过二百人。

曹操考虑再三，为了教育后代写了一篇文辞恳切的《遗令》：“吾夜半觉小不佳，至明日，饮粥汗出，服当归汤。吾在军中持法是也。至于小愤怒，大过失，不当效也。天下尚未安定，未得遵古也。吾有头痛，自先著帻。吾死之后，持大服如存时勿遗。百官当临殿中者十五举音，葬毕便除服。其将兵屯戍者，皆不得离屯部，有司各率乃职。敛以时服，葬于邺之西冈，上与西门豹祠相近，无藏金玉珍宝。吾婢妾与伎人皆勤苦，使着铜雀台，善待之。于台堂上安六尺床，施穗帐，朝晡上脯糒之属。月旦、十五日，自朝至午，辄向帐中作伎乐，汝等时时登铜雀台，望吾西陵墓田。余香可分与诸夫人，不命祭。诸舍中无所为，可学作组履卖也。吾历官所得绶，皆著藏中。吾余衣裘，可别为一藏，不能者，兄弟可共分之。”

卞王后整天不离魏王左右，对他细心侍候。随行官员、洛阳留守官员、许都过来看望的官员，全部分班守候。不时有军中将领地方官员前来探望。

这天，冬阳露出红脸，无风。

曹操病情好转，招来群臣，道：“我接受谋士毛玠提出的‘奉天子以令不臣，修耕植以蓄军资’的战略方针，兴起义军，为汉室铲除奸佞，为天下人平定暴乱，安抚穷困百姓。我几次回故乡，见原来熟悉的人，死得几乎都没有了。在谯县境内行走一天，没见到几个我认识的人，这让我万分悲痛。孤现在下令，郎官记下。自吾兴起义军以来，魏国将士断后的，可找其亲戚的子弟继承爵位官职，并授给继承人田地，国家给予耕牛。国家设立学校，请老师专职培养教育为国捐躯的将士的子弟。替活着的人修立祠庙，使这些人能祭祀先人。如果死者有灵魂，我百年之后还有什么遗憾呢！”

众臣答曰：“谨受教。”

曹操道：“自古以来就是大奸似忠，大伪似真，忠义和奸恶都不是从表面能看出来的。世上有异志之人昨天看错了我曹操，今天看错了我曹操，孤仍然是曹操，千秋功过自有定论。虽然董昭、陈群、夏侯惇等人一再劝进，但我从未动心，仍效忠汉室。若天命在吾，吾愿为周文王矣。”

众臣道：“魏王光明磊落，堪比日月，仰目可见。”

曹植得到了父亲患病传唤的命令，顿时感觉像一棵大树被狂风吹得摇摇欲坠。如果失去了这棵大树，他就失去了遮挡酷暑的阴凉。他让曹知看家，带领谢氏与儿子曹志匆匆上路，踏着春节的爆竹声，迎着天寒地冻的朔风冰雪，来到父亲身边。谢氏向曹操问安后退后。

曹植走到父亲病榻前，望着消瘦的父亲，不觉泪流满面。他跪下身子，抓住父亲青筋暴露的手，痛哭出声。

谢氏抓着婆母冰冷的双手也落泪不止。曹操唤来孙儿，抓住孙儿的手，老泪纵横：“孙儿啊！爷爷下世了别害怕，爷爷会在阴间保佑你们的……”曹志叫一声“爷爷”，便大哭不止。谢氏怕公公伤心过度，忙把曹志抱走了。曹植也止不住放声痛哭。

曹操用微弱的声音说道：“植儿莫哭，死亡是世人最后的归宿，就像过去了夏秋冬三季，最终要走进温暖和煦的春天里一样，不必悲伤。”

曹操命卞王后拿出《遗令》递给曹植：“我不让你二哥回来了，你三哥正征讨西北韩遂，至今未归。你看看这份《遗令》，我百年之后，你安排诸兄弟照此办理。朝廷我已安排给了董昭。”

“孩儿……谨遵……父命！”曹植接过《遗令》观瞻：“半夜里我觉得有点不舒服，到天明吃粥出了汗，服了当归汤。我在军中实行依法办事是对的，至于容易发怒、犯的过失，你们不应当学。天下还没有安定，不能遵守古代丧葬的制度。我有头痛病，很早就戴上了头巾。我死后，下葬时就穿现在穿的衣服，别忘了。

“文武百官应当来殿中哭吊的，只要哭十五声即可；安葬以后，便脱掉丧服；那些驻防各地的将士，都不要离开驻地；官吏们都要各守职责。入殓时穿当时所穿的衣服，埋葬在邺城西面的山冈上，跟西门豹的祠堂靠近，不要用金玉珍宝陪葬。我的婢妾和歌舞艺人都很勤苦，把他们安置在铜雀台，好好地对待他们。在铜雀台的正堂上安放一个六尺长的床，挂上灵幔。

“早晚供上肉干、干饭之类的祭物，每月初一、十五两天，从早至午就向着灵帐歌舞。你们要经常登上铜雀台，看看我的西陵墓田。我遗下的熏香可分给诸位夫人，不要用香来祭祀。各房的人没事做，可以学着编织丝带子和漱鞋子卖。我一生历次做官所得的绶带，都放到库里；我遗留下来的衣物、皮衣，放到另一个库里。如果需要，你们兄弟可分掉穿用。”

曹植看完，泪如泉涌。他遍观古书，没有一位诸侯郡王对自己的后事安排得如此简单。

一个行将就木的老人，反复叮嘱儿子要节哀，要听从哥哥的吩咐，好好孝养母亲卞王后。曹操嘱咐曹植：“未闻无能之人，不斗之士，并受禄赏，而可以立功兴国者也。植儿定要在政事方面帮你哥哥曹丕出一臂之力，不可有异志也！”

曹植哭着点头应允。

卞王后哭道：“自古帝王之家兄弟相残的事情多了，咱四儿曹植生性敦厚，我担心他日后会受曹丕欺负。”

曹操当即叫来董昭、贾诩，让他们记下：加封临淄侯食邑三千户。这次加封连以前所封已够万户。

曹植满含热泪，长跪不起：“多谢父王！多谢王后！曹植万户侯足矣！”

曹操问：“我的‘黄须儿’安在？”

董昭回：“在路上。”

曹操下令加派驿马去接，让曹彰只身前来，再令曹彰带军入洛阳城内士卒不得超过百人。

曹操命董昭、贾诩、史官落笔记上：除临时改封的官员外，原来的所有官员官职不变，委任大将许褚为骠骑大将军，统领虎豹营，负责王宫安全；将部队近一半的主力交由夏侯惇掌管；升任徐晃为车骑将军，总领边疆事务；曹彰战功卓著，封曹彰为关内侯，食邑万户。

曹魏名将许褚对曹操忠心耿耿值得信赖。夏侯惇是曹操起兵时的将领，也是曹操的表兄弟，作战时被流矢射伤左眼，他在魏军中名望甚高，被人称为“盲夏侯”。曹操这样安排自有深意。

晚上，众属官在外庭守候。曹操将环夫人、王夫人、秦夫人等所有妻妾全部叫到床边，道：“我原先没钱没权，终日东拼西杀，居无定所，你们跟我曹操吃了不少苦。现在情况虽然好转，但你们仍要居安思危。孤走后，尔等平日在家里闲得无聊可学编草鞋、织草席，即使哪天失去依靠，也能自己养活自己。一旦我不在了，你们可回娘家或另嫁他人。”

“魏王……”众女眷哭声一片。

曹操示意让她们退下。

众妻妾散去。曹操无力地抓着卞王后的手，泪眼汪汪地说：“夫人呢，你自进了曹家门，跟着我风风雨雨过了四十载，吃了许多苦，受了诸多委屈。我要到阴曹地府为我的祖先去尽孝了，我最牵挂的人是你呀！”

一句话说得卞王后老泪纵横。她看着夫君，泪眼中，夫君身体虚弱，稀疏的头发、刀样的粗眉毛、三绺长髯，全都黄中透白。他那细长眼睛射出了的光不再是智慧犀利、咄咄逼人了。她背过身子擦了把泪水，强装笑颜：“魏王千万不要乱讲，你贵体壮实，我离不开您呀，还得侍候魏王呢……”卞王后极力抑制自己，她给曹操倒上茶，转身离开，到无人的房间，用被子捂住头，浑身颤抖，止不住哭出声来……

魏王遗世

晚上，灯光不安地摇曳。魏王曹操咂咂嘴巴道：“淑……曼……倒……九酝春……”卞王后拿来一只三脚青铜酒杯给他倒了三分盅，滴在他张着的由黄白间杂胡须包围着的嘴巴里。曹操咂咂嘴巴美美地咽下，眼睛放出了明亮的光亮。他哆哆嗦嗦递给卞王后一只宝玉，宝玉上面雕刻着一只掐丝飞凰。曹操无力地抓着卞王后的手，语气低沉微弱：“你刚到我们曹家时……我送给你一只……凤玉，凰玉凤玉原本是一对……我一直戴着这……凰玉，现在送给你……见玉如人……我死后……把那书……交给子桓，你要看好……子桓与诸儿，不要让他们……走邪路……”

卞王后捧着这块宝玉，伏在夫君身边，身子颤抖得像狂风中的石榴树，悲痛的泪水犹如开闸的洪水喷流而出。她哭泣道：“平时……都是你管着……这千斤重担……我……如何能担得起……”

建安二十五年（220 年）正月二十三日，天空乌云密布，无风，夜里下了一场大雪。到天明时分，天地皆白，万物穿孝，树木枝条不住飞落着雪丝。

黎明，曹操精神格外好。他唤来文武大臣与史官，安排了诸多事情，并留下遗言：“传位于魏太子曹丕……望百官衷心事主，完成汉室统一大业……”

“诺！”诸官跪应。

曹操抓着许褚手嘱咐道：“日后跟定太子……”

许褚含泪点头。

前文交代，许褚，字仲康，谯郡谯县（今安徽亳州古城镇）人，东汉末年曹操部下猛将。许褚容貌雄毅，勇力绝人，早年聚亲朋数千户共同抵御贼寇，后率众归顺曹操，负责曹操的护卫工作，累迁武卫中郎将，别号“虎侯”。

曹操略停，又嘱咐了自己的后事：“穿随身衣裳入殓……孤穿十多年……不忍舍弃。随葬品……只选些陶木之器，不得用……金玉珍宝；国人、兵将……不必服丧……各尽本职……各行其是；后宫……无后嗣之姬妾婢伎……都遣送娘家另嫁……”

曹操此诏，开启魏晋一代薄葬务实之风。此后魏及两晋的皇帝皇后，乃至贵戚重臣，都效仿曹操实行薄葬，既不殉葬珍宝，也不修筑大墓，无子女的姬妾也不用守寡做“活明器”了。

曹操道：“天下尚未安定……天下未达到古风之教化……孤之罪过也……丧事完毕，皆除孝服，不必遵古人守孝三载之礼节……守戍屯垦将兵……都不能离开驻扎之地方……主管官员……各尽其职……”

曹操头痛病发作，痛苦难忍。专职的名医华佗，在华三彪子被斩之后，心情悲痛，又遇上妻子患病，便请假回了谯县，再也没有回来。公元220年正月二十三日辰时，曹操病逝于洛阳，享年六十六岁。

曹操，字孟德，于公元220年正月二十三日辰时薨。汉朝末年，天下大乱，群雄并起，袁绍实力强盛，虎视眈眈觊觎四州，天下人难以与之抗衡。曹操运筹帷幄，以武力征服天下，用战国申不害同商鞅所主张的法治，并兼用古时名将白起和韩信奇妙的策略，根据每个人的能力授官。曹操不念旧恶，唯才是用，总管朝廷大事，终成大业。曹操是卓越的军事家、超世杰出的人才。他在军事上战略战术灵活多变，著有《孙子略解》《兵书接要》等书。曹操一生光明磊落，富有韬略，足智多谋，奉迎天子来责令不服从皇命的人，做好耕织储蓄军资，消灭了袁绍、袁术、吕布、刘表、马超、韩遂等割据势力，降服南匈奴、乌桓、鲜卑等部落，统一了中国北方。

曹操实行了一系列政策，恢复北方经济生产和社会秩序，创立屯田制，命令不用打仗的士兵下田耕作，解决了战时军粮大事。他兴修水利，奖励农桑，重视商业手工业，安置流亡人口，实行租调制（新的赋税制，以定额田租代替汉代的定律田租，以户税代替汉代的人头税），使中原社会渐趋稳定，经济出现腾飞，人民安居乐业，商旅通行，军队大兴，对于经济生产的恢复和社会秩序的维系有着重大贡献。

曹操重视教育，创办官学。他善诗歌，受乐府影响，继承了古诗词“感于哀乐，缘事而发”的精神，自辟蹊经，不受束缚。他用诗歌抒发自己的政治抱负，反映汉末人民的苦难生活。他的诗歌形式创新，气魄雄伟，慷慨悲凉，对世人影响极大。他的散文亦清峻整洁，开启并繁荣了建安文学，史称“建安风骨”。曹操还擅长书法，尤工章草。

董昭泪珠滚落：“魏王可与大地共存，与日月齐辉也。全体跪，为魏王送行！”

“魏王！”文武官员跪倒，王宫内外哭声一片。

董昭宣布：“魏王入棺……”

早有官兵抬来为曹操打造的棺椁，把棺椁安放到魏王议事宫内。有专职官员把曹操尸体入殓棺内，盖上黑漆天板，天板站上稻草，撒上五谷。

“父王……”曹植悲痛欲绝，一声撕心裂肺的哭喊敲击众人心灵。曹植跪地厉声哭泣：“您丢下子建走了，孩儿如何艰难度日啊……”曹操众儿子女儿无比伤心，跪下悲声痛哭。

“爷爷……”曹志等孙儿跪下哭泣。

许褚“扑通”跪倒号啕大哭，哭一声“魏王”，随之吐出几口鲜血，昏厥在地。

众妻妾悲哀的哭声此起彼伏……

众官员哀悼。

曹操下世，卞王后跪在棺旁泣不成声，不吃不喝，晕倒好几次。侍妾们纷纷劝慰，儿孙们跪着请求她节哀，到侧室休息。卞王后到侧室床上躺下，擦把泪安慰大家道：“我没事，你们都忙吧，别误了正事。我一人静一静就好了。”

人们离去，卞王后压抑不住，再次放声痛哭：“夫君呢！咱俩风风雨雨走过了四十多载，再难我没感觉难，现在你撇下我一人走了，我还有什么活头……”

曹植听到母亲痛哭不止，过来跪着安慰母亲，哭道：“植儿没有了父亲，不能再没有母亲了，万望母亲保重身体。”

卞王后哭道：“植儿慈善敦厚，都是任性嗜酒害苦了你。如今你父王走了，你一定要守规蹈矩。儿啊！你千万莫轻举妄动，会招来杀身之祸的，儿定要牢记在心……”

“植儿记下了。”

雪花飘落，刮起了大风，冷风凄凄，漫天皆白，群山呜咽……

暗流涌动

曹丕在邺城接到噩耗后，父王的离世本来是预料之中的事，但他内心还是受到了极大的震动。他感觉倒了一座山，不由自主地号哭不已。众属官不知如何是好。司马懿的兄弟中庶子司马孚劝道："魏王晏驾，现在最重要的是赶快处理好继承魏王之位的事情，魏太子号哭无益。"

曹丕两道倒立浑如黑漆的剑眉紧皱，细眼睛里伴着寒星般的光泽泪珠滚滚，哭了很久曹丕才停止了："卿言极是。"

曹丕颧骨高峻，棱角分明；剑眉细眼，目光锃亮，紧锁眉头。他在魏太子宫来回踱步。窗外的天空是阴沉的，他的心情阴沉得如同窗外的天空，甚至比天空阴沉得更加厉害；魏太子宫外的冬天是寒冷的，他的心情比宫外的冬天更冷。身为魏太子的曹丕遵照父王遗命留在邺城。甄宓挂念婆母，提出由她带着曹叡去洛阳代夫行孝。曹丕应允，当下派人送甄氏母子去了洛阳。曹丕还想到，要不要派快人快马将任芳接过来。任芳被父王撵回娘家已经好些年了，曹丕还不时地想起她。她是一株野花，野花自有野花特殊的美丽。他想，如果接来任芳，甄宓与郭女王一定不乐意；还担心没经过母后批准，自己擅自把她接来，母后不喜欢任芳，一定会惹得她老人家生气，想想也就作罢。

邺城到洛阳相距七八百地。魏王的去世，让洛阳城中那些高官慌乱不已。

按常理说，曹丕已是魏太子，曹操去世，又有魏王遗命，他继承王位自然是顺理成章的事情。可事实远非如此简单。影响曹丕顺利继承王位的因素很多，譬如曹植、曹彰、卞王后、朝中大臣、家族望族与朝外势力，事情还是一个变数。曹丕急需要办的事情是迅速即王位并为父王发丧。

曹魏在邺城的大臣对曹丕进言："如果魏太子不能顺利即位，大魏就有可能出现重大灾难……"

曹丕深入地思考：非常时期，那些拥护曹植的官员、那些将军，会不会就此造反，拥立曹植为王呢？四弟曹植一直踌躇满志，虽说先前栽了两次跟头，但也不能就此断定他就完全断绝了做王的念头。三弟曹彰，他曾经当着父亲的面表示一生的志向，是当一个统率千军万马在边疆杀敌立功的大将军，后来他果然在幽州、并州建立功勋，平定乌桓。可是，常年在外统兵的生涯，会不会让他的志向发生变化？一个手上拥有十多万军马的大将军，怎会轻易地心甘情愿交出兵权对他俯首称臣呢？

外部情况也是不容乐观的。曹魏经过汉中大战、襄樊大战，实力大减。昔日三分天下占有其二的魏王，谁曾料到他会首先倒下。此时，刘备没准会趁机进攻，西北韩遂也许会再度骚扰，孙权也极有可能打破本来就不稳定的曹吴联盟，出兵攻城略地……

洛阳来报，对魏王去世一事暂且保密，等到邺城魏太子完成继位仪式再行发丧。曹丕认为这样是比较稳妥的。但消息还说，谏议大夫贾逵提出了反对意见。

贾逵（174 年—228 年），本名贾衢，字梁道，河东襄陵（今山西临汾）人。汉末三国时期曹魏名臣，初为并州郡吏，迁渑池县令，拜弘农太守，谏议大夫一职是魏王在一年前任命的。此时，贾逵以谏议大夫身份负责主持曹操丧事。贾逵道："这种事情是瞒不住的。"经过商议，洛阳发布了魏王去世的消息，让各地官员来洛阳祭拜。

讣告发布后，随即引发了较大规模的骚乱，而且这种骚乱来源于曹操起家的核心——青州兵。前文交代，青州兵是曹操原先在青州平定黄巾之乱后，从百万黄巾军中挑选出来的精锐士兵。这支部队是曹操千军万马中的核心。他们只服从魏王，不服从朝廷。

公布魏王死讯后，青州兵竟然击鼓闹事，许多士兵都说当初是跟着魏王的，现在魏王下世了，他们不干了，于是成群结队开始分行李散伙。如果青州兵全部解散了，曹魏战力便会锐减。倘若刘备、孙权趁机来犯，危险局面将会降临。

曹丕闻讯大惊。他此时只是魏太子，还没有决策权力。平息此事还得靠魏王宫的官员。

魏王宫官员中有人建议强势制止，对拒不服从命令的将士直接派兵镇压，格杀勿论。仍是谏议大夫的贾逵提出来高人一筹的策略。他认为这些闹事的青州兵都劳苦功高，魏王去世，他们只是担心前途无着，不是真心造反；对他们不但不能镇压，反而还得对这些百战老兵加以安抚，好吃好喝地照顾。经过讨论，大家认为贾逵的意见稳妥，于是按贾逵的意见命当地官员对青州兵进行一番抚慰，一场危机才算平息。

平息了这场危机，邺城的曹丕心还是绷得紧紧的，他感觉如今大魏局面就像他随父北征时见到的渤海水，下面暗流涌动。他最担心的还是自家人。

灵堂设在洛阳王宫内，大厅正中摆一副不算大的棺椁，棺椁前长明灯怕冷似的摇摇晃晃。棺椁两旁铺着草席子，草席上跪着身穿重孝的曹操的子孙们。灵堂前，依然像往日一样站立两排执戟的武士，只是他们全戴上了白孝。不时有文武官员及曹氏亲属赶来祭奠，灵堂里传来阵阵哀悼之声。

父王死后，曹植一直陷入巨大的悲痛中。他跪在灵棺旁，悲哀哭泣。他劝过母亲，看母亲有谢莲与嫂子甄宓陪同，也就放心了些许。

晚上，灵堂两墙桌案亮着碗灯，碗灯照着长跪的孝子们。

门外进得一人，头戴孝帽，身穿孝衫，到棺椁前，“扑腾”一声跪下身子就哭，哀声震耳，惹得灵堂内一片哭声。白事礼宾好一阵劝慰，那人才止住了哭，磕头行礼起身沾沾泪水，擦擦鼻涕。曹植听哭声就知道来人是堂叔曹洪，忙与曹均等人向曹洪磕头谢孝。

曹洪，字字廉，曹操从弟。他眼睛一大一小，鼻子扁平，络腮胡须刺猬似的四外炸开。他到曹植近旁，小声道：“植儿随我来。”曹植随他到了王宫西面偏房。曹洪坐下，侍卫倒上茶水，曹洪对他带来的侍卫吩咐道：“任何人不准靠近！”

“诺！”然后摆袖让侍卫退下。

曹洪睁开一大一小的眼睛，看看曹植道：“植儿，人死不能复生，看你眼睛红肿，别傻哭！”他示意曹植坐下。

曹植垂手站立：“在叔叔面前，植儿哪有坐的道理。”

曹洪道：“你从小敦厚善良，聪明多才，叔叔喜欢你。但坐无妨。”

曹植侧身坐了：“父王走了，他在世时待我那样好，我没侍候他老人家一日……”他止不住地抽泣。

曹洪道：“你父王下世，咱曹门上下人人悲痛。要是能把他哭活，咱都痛哭。侄儿节哀，该吃饭吃饭，该睡觉睡觉，不能一味傻哭。”

曹植擦把泪，道：“多谢叔叔关怀！我二哥从小就欺负我，有父亲在，他还收敛些。现在我父王下世了，我的好日子怕到头了。想起这些我心里就难过，我是失去靠山的人啊！”说着，又是一阵哭泣。

曹洪道：“你大哥曹昂忠厚善良，你俩相似。你二哥从小又孬又淘，我早就厌他。现在你在洛阳，他在邺城，我找董昭、贾诩，若你父王有遗命立你为王，你可迅速继承王位。”

曹植思忖良久，道：“叔父亲近我，我由衷感谢。无奈我为人子，得遵父命。父命在兄，我不能为一己之私，违父命而不顾孝道做出悖理之事。”

曹洪道：“你心地善良却读书读傻了。我听你父王说过，连孔子都认为，遇到该行仁道的机会，对老师也不必谦让。望你三思。我现在就去找董昭、贾诩去。”

曹洪拍拍曹植肩膀，起身而去。

曹植回到灵堂，忧郁不安。不一时，又有两人来灵堂祭拜，哀悼过后，起身。曹植见是丁仪、丁廙二位兄弟。三人自从去临淄时一别，今日相见，甚想一叙。这丁仪兄弟由于能力非凡，又忠于曹操，依然掌管着中枢文书。他们弟兄俩一直是曹植的铁杆支持者。因为清河公主出嫁一事，丁仪与曹丕结下仇冤，平时可没有少在曹操身边说曹丕的坏话。

曹植见了丁仪兄弟，很是激动，只是身穿重孝，行动多有不便。他向两人颔首致谢，依然伏跪灵堂。

丁仪向曹植示意，邀他出来，曹植跟他俩到无人处。丁仪兄弟劝曹植节哀，并传达了曹洪的意思，他俩是受曹洪的嘱托同曹植深谈，说曹洪正与董昭、贾诩、史官查验魏王遗命，了解当时详情，继而探究魏王临终时真实的想法，立王是按长幼有序考虑，还是按德才方面考虑，看魏王心中到底喜欢你们兄弟何人。丁仪道，他们正联手办理此事。

曹植听了感到有一股热血从脚底升腾，一直升到头发根梢。他昂起的头又低下了，露出忧心忡忡的模样，深深地叹了一口气。

丁仪兄弟二人以为曹植拘于义理，便苦口婆心劝曹植不能拘于常理，否则后悔晚矣。

曹植文采好，也颇有城府，对于王位他向往已久，但他信奉孔子信条：“富与贵，人之所欲也，不以其道得之，不处也。”曹植认为，对于富贵的获取必须合乎道义。于是他道：“若史官记载父命确实在我，我便从命；若母后有命，我自可从命。”曹植这番话里面回旋余地很大，二人听后甚喜。他俩理解了曹植的心思，他愿意登上王位，只求“合法化”。丁仪相信就凭曹洪、曹彰的身份地位，再加上他们的通力相助，就有充分的把握让曹植“合法”继承王位，便匆忙回去见曹洪复命。

曹植犹豫再三，决定探探母后口风。他来到了东侧室，见二嫂甄宓，正劝母后喝茶、节哀。曹植也安慰了母亲几句。

卞王后道：“植儿安心守孝，你父王临死时对诸事都做了周密安排，植儿万万不要生出任何异念，要谨从为娘教诲……”

曹植听后打个寒噤，他明白母后话外的意思。他清楚，父王与母后对继承王位的人选计议已定。除非有人能说服母后，让母后发出懿旨，指定他曹植继任魏王……

甄宓还像他小时候一样眯着眼看着他，劝他节哀。

曹植点头应允，感觉守丧期间，不宜跟二嫂有过多结交，便转身回到灵堂。

曹彰在汉中之战后，被父王命任越骑将军留守长安；在父王身体不适回了洛阳后，不久又收到召他速回洛阳的命令。接到父王病重召他回洛阳的命令后，曹彰带领十万大军由西部边陲火速赶到了洛阳。

多年来，曹彰一直率军在北部及西北边陲平定外患。他统兵日久，对于王权有些渴望。当父王去世的消息传来，曹彰考虑再三，还是不顾父王命令，带领大军到了洛阳城外。有了部队，就有了胆量，他要见机行事。

曹彰眉毛相连，山根低陷，黑黑的脸上显着明显的焦虑。他带大军一来，让城中官员很是恐惧。打开城门，如果曹彰不听魏王遗命，带兵进城窥视王位怎么办？如果不开城门，又用什么名义来阻止曹彰带兵入城呢？当时，洛阳城内虽然有些兵马，可是曹彰是魏王的儿子，在军中带兵多年，威望极高，如果曹彰造反，谁敢拦阻？城中这些虎豹侍卫，哪能阻挡得住曹彰十万铁骑！

又是谏议大夫贾逵挺身而出。他来到城楼上，问道：“三将军，魏王有令，你入洛阳城带兵不能过百。你身为王子，为何不遵王命？”

曹彰皱着眉头，回道：“我奉魏王命令而来，现有王命在身。我担心有人作乱，故带大军前来。”

贾逵道：“魏王有遗令，城内守卫由许褚领虎豹士军负责，你速把军队发回原部。不听王命，魏王府便昭告天下你图谋不轨。”

曹彰表示，自己只是前来奔丧，并无他意。贾逵下令放曹彰进入洛阳，但军队一路辛苦，只能在城外远远驻扎休息。

贾逵准其兵留在城外。

曹彰让军士驻扎城外休息，命令部下随时听命。他自带一百人入城。曹彰到了洛阳王宫灵堂，“扑通”跪到魏王棺椁前，好一阵痛哭，任何人都劝不下。他一哭惹得卞皇后也大哭起来。甄宓劝道：“三弟莫哭了。母后两天没吃好饭了。”

曹彰才止住了哭，到侧室劝慰一番母后。

卞皇后哑着嗓音道：“你父王在世时为你们费尽心血，到他病重时，你们都没在床前尽一天孝心。他走了，守丧期间，你们要不离棺椁！切记！”

曹彰应允：“孩儿记下了。”他到外间，在棺椁旁跪坐一会儿，轻轻拉曹植到宫外墙角僻静处，道：“先王命我带大军前来，就是让我辅佐你继承王位的。我带领的大军如今就在洛阳城外，只要我一声令下，他们可上山擒虎下海捉龙。现在只要四弟一声令下，我可保你继承王位。”

曹植昂起头，道：“多谢三哥对我一片诚心，有三哥在，我就不怕了！但我继承王位，得有父王或母后之命啊，三哥万万不可鲁莽行事。”

曹彰道：“还是四弟虑事周全，我先去问下董昭、贾诩、贾逵他们情况，一定会让四弟合法登上大位的。”

曹植感激地看看三哥，他绝对相信三哥的武力。

曹彰来到东大殿，见董昭、贾诩、贾逵等朝官正在东大殿议事，曹洪也在。

曹彰进厅大叫：“我父王印玺在哪里？”

贾逵道：“先王玺绶并不是君侯所应该问的。”

曹彰黑着脸，拧拧相连的眉毛，山根低陷的鼻子哼了两声，道：“我是王子，父王故去，印玺本应该由我保管。”

董昭道：“魏王有令，命我等把印绶交给魏太子曹丕。”

曹洪道：“他们都是魏王儿子，三将军担心印绶有个闪失对不起魏王，不妨先交给三将军保管。魏太子来了，再由三将军转交给魏太子不迟。”

董昭同贾诩、贾逵商议，认为曹彰是少有的武将，一度率军在北方边境作战，打得鲜卑、匈奴等部落俯首称臣，曾一人力战刘备八位将军，对他不可小觑。董昭便道：“许褚听令，不要辜负两位将军厚望，派你的虎士侍卫保护好魏王印玺，如有差池，提头来见！”

"诺！"

曹洪、曹彰见说话无人肯听，其实明白董昭的意思，要想拿走魏王印玺，除非刀兵相见。若两人掌管的人马能进到城内，仅凭城内守军，不足以与他们抗衡。两人愤然离席，脸色都一样阴沉，像乌云滚滚即将雷霆大作、暴雨倾盆的天空……

曹丕即王位

魏王去世，曹丕在太子宫召集邺城官员议事。

陈矫首先提出，现在是非常时期，不能走接到魏王遗诏或接到皇上圣旨才继承王位的正常程序，一旦有人在魏王灵前作乱，后果将不堪设想。

太子宫内众大臣低头不语。有的人互相对视两眼，又闭上了嘴。处在权力交替的敏感时期，关于立王的事情就像一把荆棘条，实在是不易把握的棘手问题。

陈矫用余光扫视了一下身旁的官员，态度十分坚决，道："大王在洛阳逝世，魏太子又远在邺城，邺城距洛阳七八百地。面对魏王下世巨变，天下人惶恐不安。魏太子应当节哀，马上宣布即王位，并且越快越好，以安定天下人心。况且太祖宠爱的儿子就在洛阳，如果发生争夺王位的灾变，国家就危险了。"

陈矫虽然慷慨陈词，语气激昂，但响应者了了。

陈矫，字季弼，广陵东阳人也，太祖征召陈矫做司空掾属。他临大事，智慧胆略常常过人，被人一时称为豪杰。

这个建议颇合曹丕心意，他平时很看重侍中辛毗、魏太子傅何夔，魏太子中庶子鲍勋，对司空掾属陈矫并不怎么重视。陈矫平时也没有特别的功绩，想不到他明略过人，在关键时候说了很关键的话，显示了他与众不同的智慧。曹丕暗想，如果三弟曹彰或者堂叔曹洪控制了洛阳，他们就会拿出一份所谓的"魏王遗诏"，宣布四弟成为大魏的新任魏王。为防止此情况出现，自己只能匆忙继承王位：先正名，然后再以魏王命令号召天下。

侍中辛毗、魏太子傅何夔、魏太子中庶子鲍勋三人意见很一致，他们坚持认为魏太子继承王位必须有魏王或者当今皇上诏书的任命。众多大臣拘泥于常规礼法，大都随声附和侍中、太子傅、中庶子三人的意见。很快，陈矫成了"孤立派"。

曹丕抬头看看司马懿，司马懿低头不语，对两种意见均不置可否。曹丕私下认为，自从听父王讲了隐控术，自己成熟多了，他体会最深的就是“瞒心志”。还记得父亲当时说汉高祖刘邦最掌此术要义，遇事爱问“为之奈何”的话。他原先遇事总是抢着讲话，好像话说晚了会把话头落在地上一般。听了父王教诲，再遇事情他就不轻易表露自己的心志了。其实对于立王的事情，他心中早有主见，应该马上即王位，以防夜长梦多。他并没有公开表示支持司空掾属陈矫，只是想让别人替自己把话说出来。可这次就不行了，他不能说“既然诸位都认为得等圣命，那就如此处理吧”，因为陈矫代表的是少数派，他得想办法创造个“大多数的意见”的条件。曹丕看看左右道：“既然大家意见不一，先散朝会，之后再议吧。”

众答：“诺。”散去。

在魏太子府内，曹丕来回踱步。他心里明镜一般。父王下世，朝臣内部或宗族内部就会出现诸多事情。曹家许多人对自己上位并不十分满意，因为他们更看好曹植。还有一些家人仗着自己的老资格，不把自己放在眼里。得推出一人先制衡在邺城的官员，使陈矫的意见成为多数人的意见。选谁呢？曹丕想起一个人来，就是司马懿。这人鬼点子颇多，善于周旋。在他任魏太子不久，司马懿由魏太子中庶子改任黄门侍郎。这一改任，让司马懿一肚子不高兴，因为当议郎是闲职，等于被弃用。曹丕当时也感到空空落落的。曹丕想重用司马懿，但同时记起了父王对司马懿不可重用的叮嘱。他思虑再三，认为自己对司马懿就像汉高祖对萧何那样不赋兵权，不赋政权，就是给他个丞相长史又能怎样？

于是，曹丕派人找来了司马懿。自从司马懿离开魏太子府，因为魏王反对官员私下交往，两人很少见面，但依然心心相印。司马懿年近不惑，像鹰一样犀利的眼睛闪烁着深不可测的阴沉的光亮，透露着睿智与干练。曹丕忧心忡忡地讲了眼下情况，问该怎么办。

司马懿道：“魏王临走时对于各方面的问题都考虑到了，并已经给你铺平了道路，现在你只需要在邺城宣布继承王位，其他一切问题都迎刃而解了。”司马懿又谈了预防出现问题的几个方案，曹丕用赞许的眼光看看司马懿，认为他分析正确，措施切实可行。

曹丕招来在邺城俸禄一千担以上的所有官员来太子宫议事，曹丕宣布仍让司马懿担任魏太子中庶子。并让众官员继续讨论昨天未决的议题。

司马懿首先发言：“自古以来，一切事情都要顺势而化。司空掾属陈矫主张魏太子在邺城立即宣布即魏王位，这主意非常明智！这样做，可以有效阻止朝内有可能发生的一切意外事情。魏王病重让魏太子守住邺城就是怕出意外，再说洛阳已传来魏王传位于魏太子的诏令，并传来卞王后让魏太子即位的懿旨。现在上上策就是让魏太子马上继承王位。如果有谁认为不妥，那就请你拿出解决有可能出现的意外事件的完美方案来。例如，有人假传魏王遗令怎么办？有人武力夺位怎么办……"

司马懿侧身转向看看侍中辛毗、魏太子傅何夔，魏太子中庶子鲍勋。众官员面面相觑，说不出对策。

司马懿接着说道："魏太子一即王位事情就不一样了，他可以以新王的身份发号施令，谁再有任何的异动就是谋逆……"

曹丕颧骨高峻，棱角分明；剑眉细眼，目光铿亮，两道倒立的浑如黑漆的剑眉展了两展，细眼睛里射出寒星般的光泽扫视一周，不失时机地说道："既然大家没有异议，就按照诸位的意见办吧。诸位下去准备吧！"

"诺。"

洛阳城内，曹洪与曹彰加紧了行动的脚步。他俩很自信，就凭两人指挥作战的能力，无论是说服卞王后，还是让董昭、贾诩他们交出魏王印玺都不是特别难办的事情，比指挥一场恶仗容易多了，也轻松多了。两人最后商定，卞王后身体衰弱，还是向董昭他们要来魏王印玺，让曹植先宣布继承王位，生米做成熟饭。卞王后一直偏向曹植，事情过后，估计她也不会再说什么了。如果董昭、贾诩执意不给，就兵刃相见。曹洪、曹植把他俩随身带的侍卫悄悄安排在王宫后树丛里，以曹洪口哨为令。

为防止夜长梦多，曹洪与曹彰再次到了东大殿。他俩计议已定，如果董昭、贾诩他们不交出魏王印玺，两人就使出铁手腕，果断采取武力措施。

东大殿夜灯明亮，文案室有一内侍官当值。

曹洪道："内侍官，把魏王印玺交出来，交给三将军保管。"

内侍官道："统领虎豹营的骠骑大将军许褚有令，没有董昭、贾诩的许可，魏王印玺只能在上锁的印玺盒子里，任何人不得拿出。"

曹洪也抽出宝剑，架在内侍官脖子上："大胆，魏王印玺由谁掌管本是曹门家事，哪由得外人说话，交出来！"

曹彰看看身旁的王宫侍卫，"唰"的一声抽出宝剑，黑着脸，拧拧相连的眉毛，山根低陷的鼻子哼了两声，道：“哪个不服，来比画比画！”

内侍官面如土灰：“这……这……”

“谁人大声喧哗！来人！”统领虎豹营的骠骑大将军许褚一声令下，从内室里冲出一群带刀侍卫。

曹洪打个呼哨，只听“唰唰唰”一阵脚步声，跑来二百多名曹洪与曹植的侍卫。

许褚怒目圆睁，手执鼓槌“咚咚”敲了两声战鼓，虎豹营的侍卫又从外面包围了曹洪与曹植的侍卫。

“住手！魏王刚刚下世，怎能出现内斗！”贾诩从内室里走出来。

曹洪道：“贾诩兄，咱俩相处并非一日，且交往颇多，感情深厚。魏王下世，魏王印玺本该由曹族人掌管，这是我们家事，望贾兄献上，你就立了大功一件。”

贾诩笑笑，道：“双方罢手！我昨日就给董昭商议，早想把魏王印玺交给两位将军了，那老儿固执，就是不交。现在不该他轮值，你俩也不是外人，一个是魏王儿子，一个是魏王堂弟，我去拿给你俩便是。”

许褚一摆手，虎豹营的侍卫退去。曹洪一摆手，曹洪与曹植的侍卫退去。

贾诩进到内间一会儿回来道：“听内室当值人员报，根据魏王遗嘱，魏王下世后，内廷就派人把魏王印玺送往邺城了。”

曹洪瞪大小眼，问道：“此话当真？”他心想：贾诩老奸巨猾，他的话怎可轻信？

贾诩一脸严肃：“哪个敢骗二位将军不成！如若不信，二位将军请去内厅随便搜查。”

曹洪与曹彰小声商议一阵，魏王内廷文案室可不是自家的后花园想进就进的。若搜出印玺还好，让曹植即了位，诸事平安；若搜不出，曹丕继承王位后便会获灭门大罪。面对贾诩外柔内刚的一脸微笑，二人很是无可奈何。现在只有找卞王后这唯一一条路了。只要卞王后发出懿旨，让曹植即位，事情也会顺理成章。两人来到灵堂东侧室，这侧室是魏王平时在大厅议事时累了临时休息的地方。卞王后身体虚弱，又不想离开灵堂，就在此处倚靠着墙壁落泪。她感觉，魏王一走她的整个天都塌了。

曹洪信心满满。他清楚，卞王后很喜欢曹植，只要他提出来让曹植继任王位，估计卞王后没有不答应的道理。卞王后一答应，剩下的事情有他曹洪处理，他完全有能力处理好这件事。他认为，就凭他的威望，还会有哪个敢不服不成？曹洪与曹彰入内，甄宓与曹嬷嬷赶忙回避，二人给卞王后跪倒叩头。

卞王后声音微弱，道："你俩免开尊口，先听我交代一些事情，再给我说话。魏王临终前，对他身后可能出现的各种事情都预先想到了，需要补的漏洞他全补上了。他咽气后，我根据他的遗命把印玺连同让太子继位的诏命都送去了邺城，估计现在已经送到了。魏王给董昭、贾诩上了锁的盒子根本没有印玺，就连没有印玺的盒子，董昭他们也送到邺城了。魏王临终前委任大将许褚为骠骑大将军，统领虎豹营；将魏国部队近一半的主力交由夏侯惇掌管；升任徐晃为车骑将军，总领边疆事务。就在彰儿带十万大军一来洛阳时，我就根据你父王的遗命把诏命送给了曹仁，你的兵权现已被解除。你俩啥也别说，什么也别给我讲，快回去守丧。丧事办完，彰儿可继你的郡侯之位，曹洪兄弟还去当你的都护将军。假如你俩话一出口，就有牢狱之灾。"

曹洪一听，头皮直发麻，好像大哥犀利的目光正盯着自己，不由得暗暗惊叹："大哥毕竟是大哥，他的心智永远在我曹洪之上。"曹彰像小时候刚刚挨过一顿暴打一般，浑身灼疼。两人面如土灰，浑身颤抖着磕头谢恩守孝去了。

邺城众官员按司马懿的安排，各负其责，忙着准备曹丕登基大事。各项准备工作一天就筹办好了。

曹操下世的第三天，魏太子傅何夔主持，以魏王与王后的命令，册封魏太子曹丕继承魏王、丞相、冀州牧之位，大赦天下。

曹丕即魏王位后，立即下诏："陈矫面临大事，头脑清醒，谋略过人，确实是一时的俊杰。他关键时刻的一句话，就让魏国受益，授陈矫尚书一职。司马懿能力卓越，理事有方，由中庶子转任丞相长史，负责向洛阳传达移魏王棺木来邺城发丧的诏命，并全权负责处理魏王丧事。其他官职不变，各负其责。"

"诺。"

曹丕向洛阳传去王命，命贾逵与家人护送父王灵柩来邺城。

司马懿管理丧葬诸事，内外肃然。

曹丕遵照父王遗嘱，将其遗体运回邺城安葬。墓地就选在邺城西门外的高原上，与投巫开渠的西门豹祠相邻。曹操入殓时穿的是补过的衣服，曹丕安葬父亲时穿的也是有补丁的衣服。

下葬时，卞皇后浑身是泥，哭着爬向墓穴。曹丕、曹彰、曹植搀着母亲哭泣，众多的儿孙围着墓地哭声动天，周围的将领士兵身皆穿孝泪流不止，痛哭失声……

墓旁一片白衣人，烧香箔纸的烟雾缭绕，纸钱随着料峭的春风飘飞……

曹植眼睛通红，几天下来，原来胖胖的身子瘦了一圈儿。他趴在墓旁哭得死去活来。

甄宓眯眼望着远方的天空流泪不止，她很想去劝慰曹植一番，但考虑此时不合适，于是便罢。

汉献帝特意下诏褒奖了曹丕的历次功劳，引经据典证明曹丕应该继承魏王大位，不得推辞；尊卞氏为王太后。

曹丕埋葬了父王，昏睡了过去。忽听有人高喊，他睁眼一看，窗外透来一片雪白的光，室内的碗灯火苗摇曳跳动。郭女王浑身颤抖，结结巴巴：“刚才冲进来三人，对你行刺，幸亏许褚、曹楷及时拦挡。他们追刺客去了……”

曹丕想起父王临终遗言“……有一双黑手掌控着一班人，时刻都会行刺……”，他的倒八字剑眉皱了几皱，大吼一声：“呀呀呸！大胆蟊贼！胆敢到王宫行刺，难道我的三尺宝剑是吃干饭的不成！”曹丕提起日月双刃宝剑出门。侍卫阻拦：“大王勿动，许褚他们已经追去了。”

不一时，许褚来报：“抓住三个，跑掉两个。”

曹丕道：“送来我看，他们是何人，究竟与我有何怨何仇！”

随着脚步声，许褚、曹楷与侍卫押着三人走来。曹丕要来火把举起来照三人面目，一个都不认识。曹丕只感觉他们仨像被他踢在兖州府衙后枯井里的黑豹犬。曹丕举起宝剑对着一人咽喉道：“你们与我有何仇何恨，竟然入王府行刺？”

三人浑身抖动，昂头不语。

曹丕道：“不说，我现在就杀了你们！”

其中一人恶狠狠地说道：“我与你不共戴天，不劳你动手了！”

曹丕对许褚道：“把他们仨打进死牢，交有司官员细加审问，审清再斩。”

曹丕话刚说完，三人倒地而亡。曹楷检查后报：“三人脸色乌青，估计他们仨是‘衔毒绝杀士’，被逮住后就服了毒药……”

曹丕叹口气，追查父王所担心的行刺黑手的线索断了。

曹丕新政

魏王曹操下世，曹丕三十三岁继承魏王大位。

丧事完毕，下一天早朝会时，成熟稳健的曹丕端坐在高高的宫台上。宫廷内的碗灯一片光明，灯的光亮映着曹丕眼内闪闪的瞳光。曹丕颁布了几道诏书：“古代帝王之道，用功勋使亲人和睦，并分封母弟，建立邦国以继承家业，以此保卫大宗，抵御侵略，防止灾难。越骑将军曹彰曾奉命数次征战，北伐平定朔方，功勋盛大，封关内侯，增加食邑五千户，连同以前的共一万户。即日起赴封国，不得停留。”

“临淄侯曹植思虑敏捷，文采飞扬，数次随魏王出征，功绩卓越，加封临淄侯食邑三千户，连同以前所封共万户。即日起赴封国，不得停留！”

其实，新王曹丕的分封只是重申一下父王逝前的遗命，但也有很少的变动，这里面掺杂着个人的喜好成分。

他封夏侯惇为大将军，封贾诩为太尉，封华韵为相国，封王朗为御史大夫，授陈矫尚书一职。司马懿由中庶子转任丞相长史。他并且设置了散骑常侍，侍郎各四个人；要求宦官不能干政，每次有重要的政令都放到一个宦官不可进入的石室。

魏王曹丕对贾逵感恩戴德，即王位后任贾逵为魏郡太守，让他掌管中枢地带。

曹丕把以前的重臣子嗣加以册封，其中包括毛玠、王脩、凉茂、袁涣、谢奂、万潜、徐奕、国渊等人的子嗣。这些大臣曾经帮助过他。

魏王葬礼结束后，曹彰根据王令办理了兵权交接手续，到诸侯任所上任了。曹植泪别母后，回了临淄。诸多长辈、同辈诸侯各自去了封国，百官就职。

董昭、贾诩告丁仪兄弟在行丧期间有图谋不轨行为，曹丕便以“行事不端，包藏祸心，滋事生非，图谋不轨”的罪名命丁仪兄弟自杀谢罪。丁仪兄弟不肯自杀，曹丕派人将他兄弟二人及丁家男子全部杀死。

处理完毕迫在眉睫之事，曹丕下令，将邺城宫作为别宫，承父王仍立洛阳为魏国国都，把家人及邺城除留守的众多官员外，全迁到了洛阳。

迁家时甄宓提出留在邺城，无论谁劝，坚持与几个老丫鬟看守老院。

曹丕劝道："一家人都去了洛阳，你自己留在这儿怎行？"

甄宓眯着眼看着远方的天空："我不在人眼前，省得让人讨厌。"

曹丕让母后劝她。甄宓对婆母哭道："儿媳在这儿住惯了，在陌生地方睡不着，求母后原谅。"

甄宓的做法让曹丕与卞太后都很不高兴。

曹丕即魏王位，卞淑曼从王后成了王太后，王府上下一律以"太后"尊之。这个称谓让她感觉陌生，让她难过。殡葬后的很长一段时间里，她都终日泪水涟涟。卞太后望着凰玉，往昔与夫君一块儿生活的日子像褪了色的图画一样，一幅一幅展现在眼前。她感觉，夫君就是一棵伟岸的大树，无疑，他是个英俊卓越的男人。自己不过是大树下一株微不足道的石榴树，或者说，她只是一个普通的女人。她感觉，没有了这棵大树，自己这棵小石榴树也失去了原有的美艳。为了完成夫君的嘱托，她还得坚强地活下去。不过，以后的路变成了与以往大相径庭的全新的行程。她失去了坚强的靠山，没有了夫君及时的提醒，以前听话的儿子、顺从的群妾，不知以后会成什么样子。自己也许会像出塞的苏武那样独坐北海哀叹……

她对着铜镜顾影自怜，自己石榴花色的瓜子脸上已经失去了原有的红晕，灵动弯曲的新月眉毛下的杏眼里原来聪颖、善良、智慧的光芒如今已变得暗淡模糊。只有头发依然是黑色的，腰围依然略显纤细，不像有的六十多岁的妇女腰都粗成筲瓮了。

曹丕来到洛阳，把诸事安排停当，晚饭后，带着郭女王、曹叡前来问安。郭女王劝卞太后吃饭，曹叡拉着奶奶的手："王后奶奶，王祖不在了，我会待你好的……"

一句话说得卞王太后张嘴大哭。

曹丕高峻的颧骨动了两动，倒八字剑眉下的细眼里锃亮的目光扫过曹叡，训斥道："叡儿忘了，嘱咐你别提伤心之事，我们很多晚辈都会待你王祖母好的。"郭女王又是一番劝慰，卞王后才止住了哭声，眼睛还是泪水汪汪的。

曹丕跪倒在母后面前，哭道："母后，父王下世，您老心里难过，丕儿心里明白，丕儿感谢母后对我的支持！没有母后，就没有丕儿的今天，丕儿一定百般孝敬母后！”

卞后又是一阵痛哭，道：“为娘只盼你别伤害家人，把国家治理好，别无他求……”

“爷爷、奶奶、我父王，至亲的几位长辈中仅有您老人家了，丕儿只盼侍候母后侧旁，让您老人家安康快乐……”曹丕让郭女王他们先行离开，宫内只有他们母子二人。曹丕向母后谈了对曹族亲人的封赏，其实都是父王以前安排好的，自己不过是再下一次诏命罢了。

卞太后点头，表示满意。

曹丕跪道：“丕儿有治好大魏统一天下的雄伟志向，却缺少父王安邦定国的经世之才。求母后把《隐控术》一书传授给曹丕，便我研习运用……”

卞太后把盛装曹操著的《隐控术》一书的木匣子亲手交给曹丕，曹丕再次跪下双手接过：“多谢母后！”

卞太后再次嘱咐道：“要善待你的兄弟姊妹，忠心国事，忠于汉室……”

曹丕点头应过。

卞太后看一眼曹丕，严肃地说道：“我存着你父王给我的一道旨意，若你敢恣意妄为，戕害兄弟姐妹，我便……”

母后的话没说完，曹丕感觉到自己头上被套上了一道金箍，箍得蒙蒙地疼。他走出了母亲后宫，感觉自己毕竟继承了王位，蒙蒙的疼感渐渐消失，随之有一股让他轻松兴奋的力量从腿部上升到心里。这种力量像一泉热浪在心里回旋生发，久久不散。

四月庚午日，夏侯惇被封为大将军不久，因病去世。夏侯惇是西汉太仆夏侯婴之后，夏侯渊的兄长，曹操的表弟。他勇猛善战，十四岁时有人羞辱他的老师，夏侯惇的怒气如火山一样爆发了，他手起剑落，将那人杀死。曹操举兵讨伐黄巾军时，夏侯惇随曹操征讨，担任裨将。夏侯惇跟随曹操屡建奇功，并全力支持曹丕。

曹丕闻听夏侯惇下世，悲伤如同随风而至的银针，直刺得他痛苦难忍。他要身穿素服亲自去邺城东门吊丧。众多大臣劝他此举有僭越之嫌，不合礼制。曹丕不听，坚决为表叔送行，表示不忘他对自己的支持之恩。曹丕赐夏侯惇谥号为忠侯，夏侯家也获得曹丕优厚的封赏。

曹丕此举，温暖了一大批他的支持者的心。

一天南方快马来报：孙权率大军西进直逼樊城、襄阳而来。

曹丕望望诸位朝臣询问："诸位公卿以为如何是好呢？"

官员大都认为樊城、襄阳缺乏粮草，抵御不了吴军，请召守将曹仁回驻宛城。

司马懿奏道："魏王，愚以为，孙权刚刚打败关羽，他此时正想与魏国结好，一定不敢为患。襄阳是水陆交通要地，不可放弃。"

曹丕私下里盘算，一开始，要给众位大臣从谏如流的印象，便下诏道："就以众卿所见，命曹仁放火烧毁二城，回驻宛城"。

不久探马又报：孙权率军向西，没动樊城与襄阳的一草一木。"

曹丕不仅满面通红，内心悔之不及，一即位就出现此等事情，让他感觉颜面丢尽。他下决心采取行动把失去的面子找回来。

探马又传来军报：西北河西酒泉郡的判将黄华与张掖的张进等人趁着魏王刚上位不久，绑架当地太守叛乱。

曹丕展几展两道倒立浑如黑漆的剑眉，细眼睛里射出寒星般的光泽，大怒，立即派遣金城太守苏则进军讨伐。

不久，传来捷报：苏则进军获胜，杀掉了张进；黄华投降。

曹丕大喜，下诏：既然黄华投降，就对其采用宽慰政策，改封判将黄华为兖州刺史。曹丕此招十分高明，既显示了自己的宽怀大度，让黄华离开西北，同时让他失去了原有的基础，这样就有利于对他的掌控。

地方传来奏报：冯翊地区的山贼郑甘，王照骚乱，惊扰一方。

延康元年六月，曹丕在东郊治兵，治兵不久就开始南征山贼郑甘。他要向国人展示他在武功方面的能力。郑甘这山贼原来曾截击过曹丕，他要亲自带兵征讨冯翊地区的山贼郑甘、王照。

曹丕率大军一到，初战告捷，冯翊地区的山贼如鸟兽散。山贼首领郑甘、王照等人率众投降。曹丕大悦，向文武官员展示了他们的投降书，引经据典解释了二位山贼投降的重大意义，并表示理解山贼聚众造反乃出于无奈，封他二人为官。

曹丕即王位后的一系列行动，甚得民意。不久，喜事接二连三。先是东吴孙权向曹丕进贡称臣。不久位于北至松嫩平原南至朝鲜半岛北部的广大区域内的濊貊、扶余单于与西域的焉耆王、于阗王前来表忠心。曹丕均予以安抚。而后，武都的地方部落也归降于曹丕。武都归附的地方部落被迁徙到汉阳郡。曹丕一一对其首领封官加爵。孟达也再次投降了魏国，曹丕封他为新城太守，对于孟达的归降再次表示欢迎。

同年十月初一朝会，曹丕在魏王宫泪眼朦胧。大臣问为何事。曹丕道：“今日是冥阴节，要祭祀祖上。如今世道混乱，魏连年征战，战死的士卒有很多尸骨还未收敛，孤深感到伤心。传令各郡各县收敛尸骨，将其尸骨送回他们家乡。各县官吏设置祭典，让阵亡士兵魂归故里。”

曹丕此行，极大地鼓舞了广大将士。

曹丕见官务运行不畅，就整顿官吏，要求百官各司其职。他重新明确了各种章令制度，甚至包括地方官员的政务和考试制度。并建立了监督制度。

曹丕在朝堂上宣布，所有官员都要严格按照章程办事，武将严格执行兵法。曹丕即王位一载，政通人和，军民和乐。一年的执政生涯，体现出了曹丕作为政治家的稳健、成熟、睿智。

曹丕对即王位一年的成就还是满意的，他感觉认真研读了父王《隐控术》一书，自己的确成熟了许多。他来到了许都西南三十多里的曲蠡，久久看着东北方向的许都，眉头凝聚，心事重重。他暗下决心，自己既然来到了人世，一定走上人生顶峰，以不愧对日月……

延康元年，曹丕决心效法汉高祖刘邦的懿行，率领人马慰问老家谯地。曹丕出巡的队伍虽没秦皇车马的庞大，但精气神儿毫不逊色。

曹丕在谯城曹家东庄园与父老乡亲聚会，大摆宴席，酒宴场面宏大。他宴请了地方官吏、曹氏同宗与在谯县的所有亲朋好友、父老乡亲同来喝酒。参加酒宴的有上千人。为渲染喜庆气氛，曹丕特命乐伎演出。宴会上觥筹交错，乐声悠扬，欢声笑语此起彼伏。

喝到酒酣的时候，曹丕领着曹叡挨桌敬酒：“谯县父老乡亲，这里是我的家，我们祖祖辈辈生活在这里，无论何时，孤决不会忘记家乡，决不会忘记谯县的乡亲父老！”说到这里，他慷慨激昂，眼泪盈眶。

每到一处，人们都站起来，口称魏王，举杯敬酒。

曹丕举起酒杯敬父老喝酒，赞美谯县三老在风俗教化方面功不可没，道：“谯地是魏国之根本，即日起，免除谯地两年的赋税。”

谯地人敲锣打鼓欢庆，称赞新王曹丕有汉高祖怜悯乡民之遗风，颇有“大风起兮云飞扬”的雄壮、喜庆、欢乐。

登上帝位

曹丕要起驾返回洛阳，谯县送行的乡亲摩肩接踵。街两边站满王家车马卫士，大街里人山人海，像谯县涡河水翻涌的浪花。

许褚报，术士殷登求见。曹丕下车。术士殷登说有奇怪天象要向魏王曹丕报告。殷登，东汉末内黄（今河南内黄西北）术士。

曹丕接见了殷登。殷登奏道："汉灵帝熹平五年（176 年），谯县上空出现了黄色的云龙，光禄大夫桥玄问太史令单飏，这是何吉兆？单飏回答：'以后必有称王的人在这里诞生，不到五十年，还会再有黄龙出现。天象经常和人事相应，这就是天人感应。'当时我在场，把这话默默记了下来。四十五年后的今年（220 年）三月，黄色云龙再次出现在谯县上空，你即魏王之位并来到谯地，此大吉之兆，值得庆贺！单飏的话，现在果然应验了。"

棱角分明的曹丕满面春风，高峻的颧骨微微颤动，倒立的剑眉拉平了许多，细眼里尽闪欣喜的光亮："孟子说过，每过五百年，必定有圣君兴起，还必定有声望很高的辅佐者。黄龙出现于谯地，必定有原因呀！"

曹丕赐给殷登三百斛谷物，并派官车把他送回了家。这些行动似乎向人们昭示着什么。

不久，西安附近饶安县上报出现素鸟，并把素鸟献给了曹丕。

这素鸟一身缟羽，晶莹剔透。后代晋张载在《扇赋》中赞之曰："有翔云之素鸟，体自然之至洁。飘缟羽於清宵，拟妙姿於白雪。"可见素鸟之美。

曹丕把素鸟供奉到寺庙里，赏赐饶安县一些佃租，并把渤海郡进奉的牛肉美酒赏赐来人，允许饶安县官民欢庆三天。

月后，古县与石邑县（今石家庄市区西部一带）县令上报，他们当地均出现了凤凰。凤凰，又作凤皇，亦称凤鸟、丹鸟、火鸟、鹍鸡、威凤等，是中国古代神话传说中成对的类神兽组合的鸟，分有雌雄之别，雄为"凤"，雌为"凰"，合称为凤凰。据《山海经》记载，凤凰全身上下长满五彩斑斓的羽毛，头上的花纹像“德”字，翅膀上的花纹如是“義”字，背部的花纹似“礼”字，胸部的花纹宛若“仁”字，腹部的花纹仿佛“信”字。故人们普遍认为，凤凰是“德”“義”“礼”“仁”“信”的化身。

魏国臣民普遍认为，魏国出现凤凰是祥瑞之兆。

曹丕即魏王位后出现了许多祥瑞，自古以来最美好的吉祥物，如黄龙、凤凰、麒麟、白虎、甘露、醴泉、奇兽，纷纷现身。

左中郎将李伏根据人们传说的祥瑞征兆，坚定地认为曹丕应该登上帝位，于是众大臣争先恐后地上表强烈要求魏王曹丕登上帝位。

曹丕看过奏表后，一脸惊恐，立即下达王令，把这封表公布于众，并强调，自己德行浅陋，实不敢当，日后若再有劝进之语，定严加惩罚。

刘廙、辛毗、刘晔、陈矫、陈群等人情绪激昂，不顾受到处罚的危险，纷纷上书曹丕，苦苦哀求魏王曹丕以天下苍生为念，登上帝位。

曹丕对他们上表劝进并未惩罚。

司马懿、郑浑、鲍勋、羊秘庄重严肃，第三拨上表，恳切劝进。

曹丕摊开双手，一副诚惶诚恐的样子，回过头对侍从官耳语几句，又转过身对文武百官下达王令：“我德行浅陋，实不敢当，任何人不准再提登帝位一事。”

主管天时、星历的太史丞许芝在朝堂上不顾曹丕呵斥，诚恳表奏。在奏表中，他回顾了夏朝、商朝、大汉的国祚，联系“帝王之兴，不常一姓”的圣言，再结合“阴阳五行”的原理，最后郑重提出，魏王曹丕登上帝位本是天意，天意是不可违背的。

“五德终始说”的理论是战国时期阴阳家邹衍提出的，后代术士用它解释王朝的兴衰、更迭。其实，此理论最早来自于民间流传甚广的“阴阳五行说”。“五行”就是人们所熟知的金、木、水、火、土。汉为火德，按照五德相生说，火生土，秦为火，汉就为土德。东汉末年，汉朝统治已经十分腐朽，无论是农民起义，抑或是诸侯中的野心家，都打出土德的招牌，以示行动合乎天意。

汉献帝向魏王曹丕下诏书请求禅让。

曹丕接诏后浑身颤抖，他断然拒绝：“当年周文王已占有天下的三分之二，还向商朝称臣，受到了孔子的称赞。周公实际上已经行使了君主的职权，完成使命后仍把象征最高权力的斧钺归还给成王。我的德行远远不如古之圣人，像许芝所奏，让孤王内心惊怕，手脚颤抖，写字缺勾多点。我意已决，要辅佐汉室治理天下，功成后交还政权，辞官还乡。”

大臣们连篇累牍地劝进。东汉朝廷的官员，魏国的官员都争先恐后地加入到了劝进的行列中。大千世界的事情往往就是这样邪性，你越拒绝的事情，往往越拼命地粘住你。

曹丕不是不想当皇帝，可以说当皇帝是他梦寐以求的事情，但他没计划一登上魏王之位就当皇帝。曹丕到许都以君臣之礼拜见了汉献帝刘协，作为魏王拜见皇上本是再正常不过的事情了。许都宫廷依然宏伟，宫廷卫士依然威风，但每天文武官员的朝会形同虚设，朝官已经寥寥可数了。

刘协，字伯和，生于洛阳，汉灵帝刘宏的三子，汉少帝刘辩的三弟，他也是汉朝的最后一任皇帝。公元 189 年，董卓逼迫何太后废黜了汉少帝刘辩，拥立了当时的陈留王刘协为帝，是为汉献帝。汉献帝的一生都如提线木偶一样被人操控，董卓生性爆裂，心眼又如针鼻一般小得可怜，在东关联军的逼迫下，他放弃了洛阳，带着献帝就逃到了长安。到长安不久，董卓就被吕布、王允杀害了，献帝本以为脱离了董卓的控制就海阔天空了，只是他不知道的是，大争之世，不争则亡，而他就是争夺的最好的筹码。王允、吕布两人只手遮天，然而王允正骄傲的时候，董卓的旧部李榷击败了吕布，杀了王允。东汉的政权又掌握在李榷的手里，过了不久，郭汜与李榷发生争斗。献帝派人调解不下，两人竟然各自带兵打了起来。这场战争持续了数月，长安城中一片硝烟，汉献帝也趁乱逃出了长安，先到安邑，最后被严州刺史曹操迎进洛阳……

曹丕与刘协，官场属于君臣，私人属于郎舅关系。曹丕同父异母姊妹中，一个姐姐，五个妹妹，曹丕其实对她们的嫁人都不满意。姐姐清河由于他的干涉嫁给了夏侯楙，但哪料想夏侯楙毫无表叔夏侯惇的风范，他就是一位公子哥，无才又无德。因为这事姐姐清河整天以泪洗面，后来连父王都后悔了，自己挨了他几顿骂。

老五安阳嫁给了荀彧的儿子荀恽。荀彧一直对曹丕不感冒，荀恽跟曹植的关系非常好，这让曹丕很不高兴。

六妹金乡由父王当家把她嫁给了养子（大将军何进的孙子）何晏。不错，何晏是一位帅哥，非常有才华。但可惜他跟夏侯楙一样，纳了好多妾，致使夫妻关系非常紧张。

随着父王权力越来越大，而围绕在汉献帝身边的反对势力也越来越猖獗。父王便把曹丕二妹曹宪、三妹曹节和四妹曹华都嫁给了皇帝刘协。曹丕清楚，这三个妹妹都是父王派去监视汉献帝的。三个妹妹都嫁给了皇上，比清河她们仨处境要好许多，但曹丕对这个小自己两岁的妹夫太了解了。他表面上看虽能言善辩，实际上却胆小懦弱无能，但不可否认，这个妹夫内里还怀有不屈的性格。

曹丕到了许都，拜见了刘协与三个妹妹。

刘协赐座，携手道："朕当皇帝终日如坐针毡，要不是魏王曹大人救朕一命，辅佐朕继续当皇帝，汉室早就不存在了。"

席间，曹丕诚恳表示，自己只愿做魏王，坚决不登帝位在火炉上接受烤炙。

汉献帝自知汉朝气数已尽，名存实亡，连下三道禅位诏书，恳切请求曹丕仿效虞舜，登上皇帝御位。

曹丕继承魏王位后与曹操时代已经不一样了。曹操对于汉朝，对于追随自己多年的部下，是有感情的。他高举"兴复汉朝"的大旗，建立了自己的势力营垒，他当然要顾及到自己言行的影响。而曹丕则不同，曹丕的权力是建立在父亲的基础上，他手下的臣子也多是只忠于魏王（曹操和曹丕），经过几十年的风风雨雨，朝中已经没有了强大的反对派，没有哪位有足够的军事力量、政治力量可以和曹丕抗衡了。

汉献帝已无人可靠，在大势已去的情况下，也是为了给自己找一个最后的虽然凄惨但至少比较安稳的归宿，刘协只得明智地提出禅让。

曹丕一脸凝重，道："闻此诏命，孤五内震惊。我宁可跳东海自尽，也绝不接受诏书。"

魏国朝中的文武大臣一边给曹丕上书劝进，一边在颍阴县曲蠡（今许昌一带）筑起受禅台。

经过九个多月的精心准备，大臣们数十次的上表劝进，汉献帝前后四次下达禅位诏书。十月二十八日，曹丕在桓阶等人所奏报的"登坛受命表"上，批下了"奉行天意"四字。曹丕不说不笑，皱眉摇头，完全是一副被迫无奈的表情。

延康元年（220年）十月二十九日，曹丕经过三辞四让，最后登坛受禅。参加禅让典礼的有数万之众。除了曹魏的公卿、列侯、武将等满朝文武，还有匈奴单于等周边部族的首领、代表。

受禅台位于今天的河南省漯河市临颍县繁城镇，高台以泥土夯筑而成，覆斗状，高约十三米，长宽各约三十米，台上的殿堂建筑，雄伟壮观。

在受禅坛上，“禅让行事官”御史大夫张音，把汉献帝的玺绶传国玉玺奉送给新皇帝曹丕。曹丕接过汉献帝的玺绶，以此象征曹丕接受了皇帝的权力。

“燎祭天地、五岳、四渎”，仪式以此方式将曹魏受禅之事告知上苍。“燎”就是通过焚烧薪柴、祭品来祭祀天地。祭祀时，曹丕还亲自向上苍诵读祭文：“皇帝臣丕敢用玄牡昭告于皇皇后帝：汉历世二十有四，践年四百二十有六，四海困穷，三纲不立……唯尔有神，尚飨永吉，兆民之望，祚于有魏世享。”

延康元年（220 年）十月二十九日，曹丕登坛受禅称帝，立国号为大魏，史称曹魏，改元黄初，改雒阳为“洛阳”，定都于此。魏文帝曹丕的年号是“黄初”，表示自己是土德，可以代汉称帝。

曹丕是为魏文帝，并尊曹操为太祖武皇帝，封祖父曹嵩为太皇帝；尊卞夫人为皇太后，居住永寿宫。倡家出身的卞淑曼，在她六十花甲之年，成为天下第一贵妇人：皇太后。她头戴翡翠毛羽的凤冠，上穿三重低领九花深衣，下着紫红绫裤。卞太后看看自己的服饰，感觉无论怎样都没有原来当王后时俊雅洒脱，现在自己已经垂垂老矣。

曹丕封儿子曹叡为武德侯，同时分封了诸位大臣，分封了自己的兄弟及其他亲人。

曹丕根据卞皇太后懿旨，下诏书将仍住在邺城的甄宓立为皇后。圣旨传到邺城，甄宓来函坚决辞让，说自己病了一段时间，又不够贤良淑德，决意不接受册封。上文交代，魏王丧事完毕，在一家人都搬来洛阳时，甄宓因为被曹丕冷落，执意留在邺城王宫，连卞王后也没劝动。

卞太后去信严厉责备了她：“你仁慈孝顺，皇后之位非你莫属，为何推辞不受？”

甄夫人来信向卞太后谢恩：“我怕处事不周，有辱皇太后推重。”卞太后对甄宓的行为很是不满，埋怨她道：“只怕过了此村，难寻彼店，后悔晚矣！”

新帝曹丕对前朝汉献帝，仍然优待礼遇。曹丕封刘协为山阳公，领河内之山阳邑万户，位在诸侯王之上；给汉献帝以国宾的待遇，允许他行使汉朝正朔和使用天子礼乐，以天子之礼郊祭；承诺刘协上书不称臣，受诏不拜，以天子车服效祀天地，宗庙、祖腊，皆如汉制，都城山阳浊鹿城；封刘协之四子为列侯。这是曹魏政权合法化的重要善后工作，以尧舜旧例，通过“禅让”得天下，必然要像舜礼待尧一样优遇汉室。

刘协离开都城前去山阳的时候，曹丕送至城门，道：“天下之珍，吾与山阳公共之。”

刘协挥泪别，协同家人去了封地。

其实所谓汉家天下，早在汉少帝那会儿就只剩下洛阳这么个空壳子了。出了洛阳城，东汉天下早已经处于军阀割据的状态。

而汉献帝在位这么多年，所谓汉家天子的诏令，只在曹操实际控制区有效。曹操的地盘，都是曹操这么多年真刀真枪打下来的。

汉献帝所禅让给曹丕的，还真不是江山，而是一个名正言顺的招牌：有汉献帝的禅让诏书，曹丕称帝才顺理成章，否则就是不讲规矩、正儿八经的乱臣贼子了。至此，历时一百九十余年的东汉正式结束，三国时代的魏朝正式建立。

刘协的山阳浊鹿城在今天的焦作市区，居住的浊鹿城在修武县李固村。

曹丕为什么把刘协贬到山阳呢？一则这儿离曹魏的首都不远，便于监视；二则刘协有个皇子曾被封为“山阳王”。

汉献帝刘协生于公元 181 年，死于公元 234 年，活了五十四岁。即刘协被封为山阳公十四年后，病死，获得“孝献皇帝”的谥号，以天子礼仪安葬。这个山阳国传了三代，共七十五年，西晋时依然沿袭，一直持续到永嘉之乱。

曹丕登上帝位，匈奴南单于前来朝拜。曹丕威风凛凛地坐在洛阳宫殿下诏，授匈奴南单于呼厨泉魏国玺绶，并赐青盖车、乘舆等。

曹丕两道倒立的剑眉浑如黑漆，细眼睛里射出寒星般的光泽，望着下面跪倒的文武百官，想着自己三十三年走过的路，可谓千沟万壑、崎岖难行。他受了多少委屈，吃了多少苦，忍了多少常人忍受不了的屈辱，才有了今天。他容易吗？继魏王以前，他整日提心吊胆；继魏王以后，情况发生了根本性的变化，他掌握着“生、杀、予、夺、富、贫、贵、贱”至高无上的权力。

从魏王到皇上，他感觉自己就是乘着一片祥云，没费吹灰之力，就飞到了天空，登上了金龙宝座。

他深深地吸了一口气："这绝不是最后的驿站，前面的路还很长很长……他要首先治理好内部，还要继承父王遗志，消灭刘备、孙权，完成统一大业，让华夏都飘扬起曹魏的大旗……

前面的路坎坷难行，他必须义无反顾地走下去。

第五卷：巩固内部

集中皇权

曹丕登基后，祭祀天地，派遣使者去谯县祭祀祖父曹嵩太皇帝，去邺城祭祀父亲武皇帝，自己亲到洛阳东郊祭祀日月。

新帝登基，五羊开泰，万象更新。阳光透过窗户照在魏国宫殿里，显得十分敞亮。朝拜新主的百官全都流露着一派喜气。

颧骨高峻的曹丕，分明的棱角泛着红光；倒八字剑眉下的细眼里流露着锃亮的目光。他身着冕服，也就是汉代皇帝式样的衣服，黑色的上衣，大红色的下裳。他头戴黑色垂有玉制十二冕旒的王冠。冕冠两侧，各有一孔，用来穿插玉笄，与发髻拴结。笄的两侧系有丝带，在颌下系结。在丝带上的两耳处，还各垂一颗珠玉，名叫“允耳”。“允耳”不塞入耳内，只系挂耳旁，具有提醒皇上勿听信谗言的象征义。曹丕威武地扫视一眼朝臣，见文武百官比魏王宫的官员多了一倍，场面宏大，止不住露出欣慰的微笑。

初登帝位手握生杀大权的曹丕，因心里激动脸上布满红云，因志得意满而意气洋洋。但他静心细品，感觉当皇帝与当魏王好像并没有多大的区别，只不过是现在众臣称自己陛下，以前叫魏王罢了。面对从父王手中接管过来的江山，他深感完成父王复兴国力实现统一的遗志，将是自己今后人生中任重而道远的目标。

给事黄门侍郎高声宣布：“朕以钦承宝命，绍缵鸿图，霈纶綍之恩，诞敷庆赐。封陈群为侍中、兼任丞相东西曹掾！”

“谢陛下！”陈群叩头谢恩。

曹丕忘不了，他的成功，与他的“四友”司马懿、陈群、吴质、朱铄等人关系密切，可以说他的“四友”居功至伟。曹丕登基后，立即对“四友”进行了“投我以桃，报之以李”般的答谢。

陈群是名门之后，正统儒家弟子，是正人君子，也是不可多得的治世之才。曹丕在与曹植等人夺嫡之时，陈群从正统“立长”角度出发，虽然出于公事公办的真心，但毕竟帮了曹丕很大的忙。曹丕即位后，也始终相信依靠陈群。

曹丕采取了陈群提出的“九品中正制”，认为按照九品中正制提拔官员有益于自己的统治。九品中正制的内容一是先在各郡、各州设置中正官。州郡中正只能由本地人充当，一般是九品中的二品或上品。郡中正初由各郡长官推选，中正的任命权掌握在司徒府手中。州郡中正设有属员。提拔一般官职可由属员评议，提拔重要官职则由中正亲自评议。二是中正的职权主要是评议人物，其标准有三：家世（被评者的族望和父祖官爵）、道德、才能。中正对人物的道德、才能只作概括性的评语，称为“状”。中正根据家世、才德的评论，对人物做出高下的品定，称为“品”。品共分为九等，即上上、上中、上下、中上、中中、中下、下上、下中、下下。

采取“九品中正制”提拔官员，可缓和因父亲魏武帝曹操重视庶族、打压士族而引发的巨大的社会矛盾。的确，实行“九品中正制”是曹魏统治较顺利的一个最重要的新政，将用人权从地方收归了中央。曹丕还通过延续其父的诸多经济、军事政策，打击宦官势力，排除亲戚中的威胁来稳定自己统治。

给事黄门侍郎继续高声宣布：“封吴质为北中郎将，封列侯，持节督幽州、并州的军事，治所在信都……”

“谢陛下！”吴质叩头谢恩。

曹丕看看叩头谢恩的吴质，忘不了原来争储时，吴质替他出了很大的力，但官职却很低微。他曾私下对吴质说：“当年我与你及曹休、曹真游于南皮，如今他们有的封侯、有的拜将，只有你还身居下僚。你我休戚与共，我岂能不心怀惭愧？”曹丕说的是心里话，他绝不会忘记吴质。

“封朱铄为中领军一职，执掌禁军……”

“谢陛下！”朱铄叩头谢恩。

曹丕看看朱铄，对他心存感激。原先朱铄是行伍出身，名气不大，大多时间在外镇守，因他的关系，曹丕在军中获得不少支持者。曹丕称帝后历朝历代能执掌禁军直接保卫皇上的人，大多是皇上最信任、最亲近的人。此次封官，足以表现出朱铄在他曹丕心中位置的重要。

给事黄门侍郎继续高声宣布：“封司空掾属陈矫为尚书……”

“谢陛下！”陈矫叩头谢恩。

曹丕忘不了陈矫的功劳。父王去世，陈矫主张他在邺城立即宣布即魏王位，深得他的信任。后来曹丕又封陈矫为高陵亭侯，任吏部职，升任尚书令。

“封贾逵为魏郡太守……”

“谢陛下！”贾逵叩头谢恩。

贾逵在给魏王曹操治丧期间的贡献，曹丕不会忘记。他凭着智慧果敢，为平息由曹洪、曹彰挑起的事端立下了汗马功劳，曹丕对贾逵感恩戴德。魏郡太守可是京城所在地的重要官职，相当于北宋开封府尹。贾逵在未往郡府赴任时，不少官属听闻皇上信任的贾逵即将担任魏郡太守，都提前来到贾逵府邸庆贺。贾逵领着长史出门上任时，郡属官员全部挡在门外，在贾逵的车下参拜。贾逵制止道：“等我到达治所郡府正式上任后再拜不迟，各位尊台有点操之过急了！”

曹丕为报贾诩之恩，拜贾诩为太尉，晋爵魏寿乡侯，增食邑三百，前后共八百户。又分食邑二百，封其幼子贾访为列侯，任命其长子贾穆为驸马都尉。

大殿里给事黄门侍郎宣读圣旨的声音宛如洪钟：“封辛毗、刘晔为侍中。封华歆为御史大夫，相国。封贾诩为太中大夫，太尉。封董昭为军师祭酒，将作大匠。封夏侯尚为黄门侍郎，散骑常侍。封王朗为司空……钦此！”

曹丕登基后，对于信任依靠的人，大加封赏。魏文帝曹丕感觉四弟的好友邯郸淳是个人才，想把他拉到自己身边，就任他做了博士给事中。邯郸淳为报曹丕知遇之恩，献一篇《投壶赋》：“古者诸侯间于天子之事，则相朝也。以正班爵，讲礼献功。于是乃崇其威仪，恪其容貌……”洋洋洒洒千余言。曹丕认为写得好，赏赐邯郸淳绸帛千匹。

曹丕根据各官品德能力做了具体安排，让百官各得其所。

因为司马懿与鲍勋劝他登帝位时间较晚，曹丕故意冷淡一下他俩，对他俩的加封也故意晚一点。司马懿原来在丞相府属掾，后做太子中庶子，最后封司马懿为司马，封鲍勋为御史。

武官方面，封曹仁为车骑将军，准其持节行使都督的权力。封曹真为征蜀护军，准其持节行使都督督军镇西将军的权力。封曹休为中领军、领军将军。封张辽为征东将军、前将军。封张郃为荡寇将军、左将军。封徐晃为平寇将军、右将军。封曹洪为都护将军，准其自行征用战马、粮草、帑赋……

曹丕对厌恶的曹洪决定采用捧杀的办法，继续任命他为都护将军，又给了他可自行征收军赋的权力，派人盯着他，随时准备将他撤职查办。曹丕暗暗想笑，他心中有数，就凭堂叔曹洪雁过拔毛的性格，让他直接征收军赋，他不贪就不是他曹洪了。好戏在后头呢，就等着瞧吧！小时候，他害怕那位堂叔，害怕他刺猬毛似的炸开的胡子，现在想来，那胡子没有什么可怕的。曹洪四肢发达头脑简单，就凭着自己的智慧，战胜他可以说是小菜一碟。一旦把他的罪状坐实，把他打入死牢，看他还怎么目空一切！曹丕拉直了嘴角，立即掩饰了自己的笑意。

魏文帝曹丕从东汉末年纲纪紊乱的历史中吸取教训，登上大位迅速把权力集中在自己手中。他感觉，只有把权力完全掌握在自己手中，他才能吃踏实饭，才能睡踏实觉。他很快稳定了政治局势。黄初元年，曹丕设立中书省，官员改由士人充任，原由尚书郎担任的诏令文书起草之责转由中书省官员担任，机要之权渐移于中书省。曹丕深知，只有巩固自己的集权，才能巩固自己的皇帝宝座，这其中首要的是从内部权力制衡着手。他重新分配权力，笼络和扶植自己的政治势力，打击排除异己。

曹操在位时已经逐渐对官职有所改革，改革主要体现在设置新职位、更改职位内容、职位虚实变动等方面。曹丕称帝后在父王改革的原有基础上，也开始了自己的改革。曹丕把相国改为司徒，御史大夫改为司空，奉常改为太常，郎中令改为光禄勋，大理改为廷尉，大农改为大司农。总之，他或者是将魏官平行转移职能，或者将职能分割整合，适当保留一些旧朝老臣，故意把封国打乱，把汉朝其他诸侯王降为侯，或把汉室封的列侯降为关中侯。这样做有利于防止他们串通造反，同时也给予受封者一定的心理压力，从而全面掌控了整个朝廷。

曹丕遵照父王“思想控”原则，他意识到了汉武帝以来儒学的指导性作用，登基后立即下诏，在诏书中明示孔子是大圣之才，正名孔子是传播正统文化的祖师。诏书充分肯定了孔子的《春秋》与《诗经》中风雅颂的历史价值与文学价值，表现出传播孔子思想的坚定意志。曹丕将孔子的子嗣、当时的议郎孔羡封为宗圣侯，让他食邑百户，专职祭祀孔子。诏令在孔子的老家鲁郡为孔子重修庙宇，在庙宇附近要求有百户职位的军官日夜看守，在庙宇外建造更多的房屋以供学者们学习居住。现如今孔府的建筑格式，尚能见到曹魏时期建造式样的影子。

曹丕喜爱文学，身边聚集了一大批饱学之士，在选择政策的时候均以“礼”“仁”为指导思想。为了巩固政权并不断扩大实力，曹丕对外缓和关系，对内改革制度，大力发展经济。虽然曹丕执政时间并不长，但在曹丕任内，曹魏政治稳固，经济发展迅速。

有一夜曹丕做了个梦，梦见了汉景帝的母亲窦太后，她在明晃晃的宫殿里突然提出让她的小儿子梁王刘武做储君，弄得汉景帝十分尴尬。在梦里，慢慢地，窦太后变成了曹丕的母后卞太后，他吓得出了一头汗，醒后心还怦怦直跳。曹丕有感于前朝窦氏干政困扰汉景帝施政的事实，尤其是前朝窦太后一句话险些改立储君的事情，天明便下了后宫外戚不得干预朝政的诏令：群臣不得奏事太后，后族之家不得当辅政之任，又不得横受茅土之爵。

曹丕采取一系列措施削夺藩王权力。曹魏藩王的封地时常变更，藩王没有治权和兵权，他们的一举一动都要受到中央指派的官员的严格监视，这样就有力地避免了藩王与内宫乱政、扰政。

魏文帝曹丕整肃朝纲，于黄初二年（221 年）颁布《日食勿劾太尉诏》，以革除无辜归咎股肱大臣的弊端；次年颁发《禁诽谤诏》和《百官不得干预郡县诏》，以改变相互诬告与朝臣颐指的世风。

局势稳定后，曹丕亲自率领大军南下，假意征讨刘备，实则是勒兵四处巡游制造威势。曹丕又命深得他信任的贾逵任丞相主簿祭酒随军出行。大军向南到达黎阳，哪知军士渡河时争先恐后毫无秩序，乱成了一锅粥。威武果敢的贾逵立即斩杀了违反军纪的数人，秩序很快得以恢复。到达曹氏故乡谯县后，豫州出事，曹丕又任命贾逵为豫州刺史前去处置。

曹丕即皇位后，反而忧愁不安起来。但确切地讲，这时的忧愁与原来的忧愁完全不是一码事。父王在世时，他整天忧愁如何得到父亲与众大臣的信任，如何不被自己的兄弟压住，好顺利登上王位。如今他不仅继承了王位，还登上了皇帝的宝座，可仍然忧愁不安。他晚上总爱做噩梦，梦见自己孤零零一人被群狼围攻，醒后常常出一身冷汗。他告诫自己，坐在皇位上，每天都有无数双毒辣辣觊觎的目光在盯着他，自己必须时刻保持头脑清醒。他无意伤害任何人，但也不允许任何人伤害他，特别是危及皇权的事情他定要千方百计杜绝发生。谁敢碰他的皇权，他绝不饶恕！

藩王新政

司马懿在曹丕代汉时四十一岁，他身体依然干瘦，但瘦得精神干练。在拥戴曹丕代汉时司马懿不是最积极的支持者，这让原本信任他的曹丕疏远了他。曹丕认为父王看人还是非常准确的，司马懿这人就是有点像夜行鬼一样难以捉摸。

其实，曹丕误解了司马懿，他对曹操父子一直忠心耿耿，小心谨慎不敢有一点差池。他并不是不支持曹丕称帝，只是当时认为称帝是件大事，得看看众官员的反应，然后才做出相应的表态。他没想到曹丕称帝比他继承王位还顺利，顺利得简直没有一点“坎”儿。司马懿感觉自己原先低估了曹丕，看曹丕之前屈己待人不矜不伐的模样，认为他是软弱无能的人，真想不到他会如此“老辣”。司马懿看着曹丕眼中射出寒星般的光泽，不禁打个寒战。他明白，自己在曹丕时代又要接受新的锻炼和考验。他暗想，要想获得曹丕完全的信任，依然得靠他杰出的才能与始终如一的勤政、忠诚与隐忍。

曹丕比司马懿小七岁，之前曹丕完全是用对待师长的态度来对待司马懿的。司马懿做太子中庶子的时候，不像杨修那样锋芒毕露，而是不显山不露水，处处小心翼翼，恪守本分，连喂牛饮马的小事都亲力亲为，让曹丕觉得他是个能力非凡而又能勤勉做事的忠臣。在曹丕曹植争夺嫡位的时候，司马懿“辄有奇策”，诚心帮助曹丕。曹丕自从得到司马懿的辅佐，一般情况下都能事事水到渠成，处处得意顺心。遇到坎坷，司马懿总能献出良策让曹丕化险为夷，因此两人关系一直是很好的。或者说，曹丕心里对司马懿一直是感激信任的。

眼下曹丕故意冷淡司马懿，就是为了体现对下属“好料加皮鞭”的治理方法的妙用。父王在《隐控术》一书中说：“使用下属如同御马，只用好料或只用鞭子都不行，兼而用之才能掌控大臣于股掌之间。鞭子让料显得更香，好料让鞭子抽打后马疼而不仇……”这是对属下的一种高境界的驾驭方法，得巧妙地掌握香料与鞭子的配额。

曹丕即帝位之初，西汉“七国之乱”的画面常出现在他的梦中：吴王刘濞联合楚王刘戊、赵王刘遂、济南王刘辟光、淄川王刘贤、胶西王刘昂、胶东王刘雄渠等刘姓宗室诸侯王，以“清君侧”之名发动叛乱。西汉时期的藩王，拥兵自重，富可敌国，所以对西汉王朝形成了巨大的威胁。他必须吸取前朝的教训，决不能让汉景帝时期“七国之乱”的悲剧重演。

魏文帝曹丕要防患于未然，就得制定和实施限制藩王的政策。在冷淡司马懿一段之后，曹丕经过深思熟虑，决定选司马懿担当起此项重任。

上弦月挂在宫殿西楼角，天际的几颗星神秘地眨着眼睛。

曹丕秘密派人叫来了司马懿。在通明的尚书房里，在冒着香气的酒桌前，曹丕亲自给司马懿斟酒，十分诚恳地列述了司马懿的能力功劳，表达了对他的信任，司马懿被感动得一塌糊涂，禁不住落下泪来。

两人亲密交谈到深夜，根据历史教训充分估计到了藩王可能造反的一切可能，最后敲定了“藩王新政”的方策：（一）时常变更藩王封地；（二）藩王没有统治权和兵权，也不能管理封地内的百姓；（三）所有藩王一律由朝廷派去一百名侍卫，这些侍卫受当地官府节制，藩王的安全由地方保护；（四）皇帝指派官员担任诸侯王的相，对他们限制与监督。按照此法治理，曹魏时期的藩王一举一动都受到朝廷的监视，在封地形同在囹圄度日。

魏文帝曹丕的“藩王新政”，客观地评价，确实有效地解决了藩王作乱的问题。但任何事物都具有两面性，这样不可避免地导致了曹魏宗亲势单力薄、日后无力阻止外臣夺权的严重后果。对这严重后果，精明的曹丕既未估计到，更没有看到。

尚书房灯光通明，待与司马懿定下策略后，曹丕心情无比开朗，他长长地舒了一口气。

第二天早朝，众大臣奏过事情。曹丕宣布：任命司马懿为尚书主政。司马懿接旨谢恩。

曹丕展了展两道倒立的浑如黑漆的剑眉，细眼睛里射出寒星般的光泽，道：“各位爱卿，各位朝臣，藩王一事时常让我寝食难安。历朝历代都封藩王，不封不行。封藩王又会影响地方官员理政，士族人士常对藩王心怀不满。这样的结果是朕不愿看到的。朕广泛接受了众位大臣好的建议，决定推行藩王新政……”曹丕这番话，有效地转移了矛盾，向文武百官表明，藩王新政是众位大臣的主张，并非他一人的意见。

而后司马懿公布了新政内容，按昨天晚上二人商定的意见，逐条阐明。并解释了此举要义：藩王劳苦功高，朝廷推恩，造福藩王及其家人，让藩王尽享清福，颐养天年……士族官员听诏令后，眉开眼笑，纷纷称赞：“吾主圣明！”那些该封王的曹丕最亲近的人强烈反对。这道命令，无疑是在朝堂上点燃了火药桶，一时间宫殿里乱成了一锅粥。

这是曹丕预先都估计到了的。他不慌不忙扫视一下群臣，宣布再议，退朝。

还议吗？当然不议了。皇上说再议，那只是一种缓解矛盾的策略。曹丕的亲人亲戚们看皇上动真格要限制他们的权力，就联合起来跑到曹丕那里吵闹。

曹丕坚定不移，紧绷的脸表明：想阻止推行“藩王新政”，那是搬着梯子上天——没门。曹丕有强大稳定的心理。前朝削藩引起的乱子还小吗？眼前吵闹几句还能如何？任何政策，任何制度，危害到谁的利益谁就不痛快，甚至强烈反对，这是最基本的人性。曹丕要彻底解除诸侯王带来的威胁，就得痛下决心，就得有坚定的信念迎接挑战。他亮明底线：只要不怕口渴，有本事你们可尽情地吵闹。但是，你们无论怎么吵闹，要么不受封，当你的庶民去；要么乖乖地去你的封地……

那些王爷们又跑到卞太后那里哭闹诉苦，阐述藩王新政的利弊得失，希望太后出面干预，不要推行新政。

卞太后顾盼左右而言他，用家长里短来搪塞：“谁家锅灶不冒烟？谁能一把圪针捋到头……”

曹丕十分感激母后对他的支持。

第三天，司马懿发布政令：执行皇帝诏命，推行藩王新政。司马懿知道曹丕是一代明君，他愿意为此一搏。

王爷们搬来了曹洪，曹洪从防地回到了洛阳，带着曹彰、曹真等宗亲王，跑到司马懿的尚书府大吵大闹，把箭射到了司马懿的府门上。

司马懿冷冷地说道：“大概各位将军是不怕皇上的责怪了？竟然做出对朝廷官员无礼的事情！尔等如此，可是犯了欺君大罪！难道尔等希望当今皇上所统治的朝廷充满内乱吗？”

曹洪炸炸黄中带红的胡须，斜楞两下一大一小的鸳鸯眼，道：“你去报告那曹丕小儿，就说我曹洪来尚书府闹事了，看他能把我怎样！”

司马懿微微一笑，道：“都护将军，我是看在您是皇叔的份上，才暂且不降罪于你。请不要忘了‘玉带诏事件’，董承他们是怎么受到处罚的？你们不要忘了，前朝因为放荡不听从朝廷安排而被杀的将军可不在少数……”

曹洪他们见司马懿不为所动，怕闹大了皇帝真的发怒，又到永寿宫找太后撑腰。卞太后好言相劝，让他们回去，说自己跟皇上谈谈。卞太后跟皇上谈了吗？当然没有。那也是她的推脱言辞。

司马懿推行新政确实是以一缕之任，系千钧之重，上悬无极之高，下垂不测之渊，但他坚持下去了。在曹丕出征时，司马懿故意犯错把自己送入自己掌握的牢房里。

典狱长大惊，忙跪倒叩头：“大人为何自己把自己送进监牢里？”

司马懿笑道：“在这里我可以安稳睡觉，可以放心处理政事。”

推行新政举步维艰，司马懿在曹丕的支持下最终得以实施。

魏文帝曹丕对母后心存感激，对干练果断坚持原则的司马懿十分满意。通过此事，曹丕再一次感觉司马懿应该是个忠臣。以往，司马懿曾经向自己向父皇提出过很多好的建议。原先，父皇说司马懿有狼子野心，不管战争局面多么艰难，都不让司马懿带兵，只向司马懿询问过应敌之策。父皇不止一次嘱咐他们弟兄几个：“司马懿鹰目狼顾，不可赋予兵权，久必成国家大患。”那时曹丕私下认为，司马懿野心可能多少会有点，但世人没有野心的能有几人？直到眼下，曹丕依然认为，父皇的遗嘱还是很有道理的。既然父皇有嘱咐，作为儿子对他的话就不能不听，对司马懿提防一些还是很有必要的。只把司马懿当作军师，让他出谋划策也就是了，最多让他做一个像郭嘉那样的谋士。话说回来，就算司马懿野心再大，隐藏得再深，他又能怎样？能撼动曹魏江山吗？“狼顾”也好，“鹰睽虎视”也罢，他还能翻得了天？量他不敢！

曹丕处理好了藩王问题，但他依然不能安睡床榻。要巩固好内部，他还有许多事情要做……

曹彰暴死

曹丕即魏王位后，为了稳定住三弟曹彰，把他晋爵为鄢陵公。曹丕即皇位后，再封曹彰为任城王。黄初二年（221 年），曹彰万般无奈地赴任城国做起了“闲王”。

任城现在隶属于山东省济宁市，地处鲁中南部沂蒙山麓倾斜平原与鲁西南黄泛平原交接洼地的中心地带，那里风景秀丽。西周时期，这里为任国；春秋战国时代，先后属于鲁、宋、齐国。

曹丕毫不吝啬，一直给三弟曹彰加官晋爵，可曹彰既不领情，也不痛快。在他看来，二哥登皇位以后改了规矩，政事军事都由地方官员管理，他当王爷，身为万户侯，自有美人相陪，有美酒相敬，金钱任花，吃穿不愁，却无事可做，闲得他头昏脑涨。曹彰原本不是个游山玩水安享清福的人，他不像四弟曹植闲暇无事时会吟诗作赋，也不像堂叔曹洪那样会纵情享乐，他只喜欢打仗，只会打仗。你看他黑脸黄须，眉毛相连且山根低陷的模样，就能看出他的性格来。有的人天生就是打仗的料，曹彰就是。他年少一心为将，志向非凡。曹彰曾对手下的人说过：“大丈夫一旦做了卫青、霍去病那样的大将军，披坚甲，握利器，面临危难不顾自己，身先士卒，有功必赏，有罪必罚，好不痛快。”他臂力过人，武艺精湛，力大无穷。曹彰曾把老虎的尾巴缠在胳膊上，硬是拖住了凶猛的老虎，使老虎寸步难移。曹彰曾把大象按在地上，那大象也动弹不得。他征乌桓，身先士卒，冲锋陷阵，直杀至桑干，与敌人搏斗，箭射敌骑，应声而倒的前后连成串。曹彰神勇无比，曾一人力战刘备十员大将，曾让鲜卑族首领轲比臣服。

如今，他不是不勇，也并非无能，可坚甲不让他披了，利器不让他握了，擒虎俘象的能力无处施展。

无疑，任城是十分美丽的，任城王府更是美轮美奂。可任城王曹彰天天眉头紧锁，眉毛集中在低陷的鼻根处；他日日唉声叹气，就像一只斗鸡，虽然英勇好战，却被囚禁在了鸡笼里。他决定，再也不能这样浑浑噩噩地生活了，他要找二哥，找当今皇上。他要当将军，哪怕做个百夫长，只要有仗打就行。

可曹丕偏偏不让他执掌兵权。一是曹魏当时无战事，可以说是平安无事，二是即使有战事，大千世界就是这样，无论离开任何人，太阳都照样东出西落，江河都照样滔滔奔流……

曹彰就是曹彰，他不顺心，宁愿死！他要去洛阳面见皇帝，请缨出战。他不顾爱妻孙氏、爱子曹楷、爱妾小玉的百般劝阻，牵出了自己的能行战马，那马“咴儿咴儿”乱叫，抖动鬃毛，频踏四蹄，如出水蛟龙，好不威风。

爱妻孙氏哭道：“无诏赴京可是死罪，万万去不得的！”

曹彰皱皱山根相连的眉毛，朝旁边狠狠吐口吐沫，安慰孙氏道：“当今皇帝是我二哥，我进京又是请命奔赴疆场，何罪之有？”

曹楷抱腿，小玉拽袖，孙氏阻拦，硬是把他阻在家中。曹彰无奈，只好窝在家中。他悄悄写表一封，派家丁送到洛阳，慷慨请缨。由于曹彰文化水平有限，书信中自然少不了错字病句，但浩然之气尽在其中：“愚弟虽生性鲁莽，但做卫青去病之志一日未灭，杀敌报国之心时时不忘。臣弟可旬日无饭，不可两日无酒一日无战矣，望王兄察之……

家丁走后，曹彰左等右盼，半月有余，家丁方回。打开皇文看了，赫然写着：“皇弟精神可嘉，单等战事吃紧，再请任城王上阵杀敌……”曹丕撕了皇文，踩在脚下，骂道：“什么狗屁皇帝，昏昏癫癫，早该废了！”

吓得孙氏直捂他的嘴巴，对他耳语道：“小心，皇帝安插着暗探。”

曹彰眼睛喷火，喘着粗气大声道：“不怕，看他能把我怎样！与其行尸走肉般地活着，还不如咔嚓一刀来得痛快！”

曹彰心急如焚，说什么也不能再等了，他要亲赴京城，当面向皇帝表明心迹。现在曹魏还是半壁江山，国家正是用人之际。他要获得皇帝应允，好上阵杀敌，他要擒拿孙权，血战刘备，荡平天下，为国立功。头天晚上，他暗暗告诉马夫，把马喂饱了，又嘱咐几名家丁严守机密。第二天鼓打三更，他带着几名家丁骑上战马，朝着洛阳一路飞奔走下去了。

曹彰不去洛阳倒也罢了，这一去洛阳，滔天大祸也就惹下来了。

曹彰带领家丁，晓行夜宿，一路无事。到第七天傍晚，他们主仆几人来到洛阳城。远看城楼高三丈，四个角里挂风铃。眼前的洛阳城经过修缮，城墙高峻坚固，护城河宽阔水深，雄伟壮丽，确实比父王下世他来奔丧时威风多了。城内甚是繁华。挑挑的，担担的，铺户买卖一街两巷；各类商品琳琅满目；男的，女的，老的，少的，大街小巷行人络绎不绝。

曹彰心中有事，无意观看城内美景，让家丁先住进一家客栈，自己顾不上吃饭连忙赶往皇宫。

曹彰围着皇城转了一圈，皇宫四门紧闭，门外站立几位凶神恶煞般的执戟武士。曹彰在东大门下得马来高声呐喊："开门来！"

城门城楼上探出一颗卫尉官的脑袋厉声呵斥："谁人大胆敲门？"

曹彰回："我乃任城王曹子文是也，快开城门！"

"吱"的一声，大门开出一扇小门，冲出一哨侍卫，宫内弓箭齐对着他。内中一小头目认得曹彰，屈膝跪倒："不知任城王驾到，有失远迎。可皇宫规定，无皇帝传召，任何人不得入内，恕罪。"

曹彰皱皱山根相连的眉毛，朝旁边狠狠吐口吐沫道："呸！废话少讲！往里相传，就说我曹彰有要事面见皇帝。"

过了很长时间，小头目出来回复："皇帝有旨，命任城王暂住驿馆休息候旨。"

那小头目领曹彰几人到了东城驿站住下。住宿吃饭，佳肴美酒款待，全由皇宫开支。一日两日，不见皇帝有召见的传告。曹彰性急，第三天一大早到皇宫大门口让侍卫送给母后一封信，上写"曹彰思母心切，求见太后"。不多时出来一位公公宣："太后有旨，宣任城王进宫。"

曹彰一路欢喜，心想："还是母后疼我。"

公公在前，曹彰在后，顺着宫廷甬道，一直来到永寿宫门前，只见太后站在门外，看见曹彰便连声哭道："我的彰儿啊，叫为娘想得好苦啊！"

曹彰趋步向前，"扑通"一声跪倒在地，一个娘字未出口，早哭成了泪人。他还像小时候一样爬到母亲跟前，抱着娘的腿哭道："娘啊，孩儿每时每刻都惦念母后安康！担心父王走后，您老吃饭不均，睡眠不足啊！"

卞太后泪流满面，哭着问孙儿可活泼，问儿媳孙氏可好。曹彰搀着母亲连回话的机会都没有。进了永寿宫，卞太后道："彰儿自小莽撞，你身为王侯，没有皇帝圣旨怎敢私自进京？儿犯的可是杀头之罪呀！"

曹彰道："我二哥虽是皇帝，咋能不顾兄弟情分斩杀于我哪！"

卞太后道："大魏国法岂能儿戏？我给你准备好了召你进京的懿旨，你就说奉我懿旨进京。以后万万不可再行造次。"

曹彰叩头谢恩，起身后，心急见皇帝，就让母亲领他去见二哥曹丕。卞太后道：“彰儿不必性急，他自会安排与你相见。”母子二人说些别后之语，亲情浓浓。卞太后反复嘱咐曹彰，务必修心养性，顺时应命，万事不可强求，也不可鲁莽行事。”

曹彰连连点头称是。

午时，永寿宫正待上饭，曹丕亲来，接母后与任城王去曹丕宫里用膳。曹彰忙到门口迎候。“陛下！”曹彰欲叩头行君臣大礼。曹丕拦阻：“你我兄弟，不必见外。”言毕，曹丕曹彰搀着母后，沿着皇宫内蓝色八砖砌成的宫道前行，宦官彩女随行。从卞太后住的永寿宫到曹丕住处很近。早有郭女王与几个侍妾迎在门口。曹丕搀着母后与曹彰来到书房，让母后上坐，他与曹彰陪侍。侍女倒上茶水站立两旁。

书房内，壁立着许多书柜，书架上摆满竹简、帛书、纸书，就连桌案上也摆满竹简。曹彰对书并无多大兴趣。郭女王端一盘红枣进来，满面春风：“母后，任城王远道而来，这枣子本是凉州郡守送来的，又脆又甜，您请品尝，任城王也请尝尝。”

曹彰起身施礼：“谢过皇嫂！”

颧骨高峻的曹丕，倒八字剑眉下的细眼里射出一片热情愉悦的光亮，道：“有母后在此，都是一家人，三弟不必多礼。”说着，拿起一颗就吃。卞太后吃了一颗，连夸枣甜。曹彰也吃了两个，枣子的确很甜，但他无意吃枣，见曹丕只是为了说出征之事。他刚张嘴，曹丕道：“母后在此，咱兄弟分别一载有余，今日相见，只谈兄弟情谊，不谈国事。”

曹彰皱皱眉，把张开的大嘴又合上了。

郭女王亲自端来菜肴，侍立一旁。菜肴上齐，三荤三素，肘子、鱼、鸡冒着香味。曹丕亲给母后倒上茶水，又执壶倒酒给曹彰满上：“若在平时，遵母后教诲，只吃些粗茶淡饭。今日兄弟来了，特为母后与三弟做了荤菜。请！”

曹彰忙接过酒壶：“有弟弟在场，怎劳陛下大驾。”

卞太后让郭女王落座。郭女王道：“有母后在此，哪有奴婢坐处？奴婢供奉茶水也就是了。”

“也罢。”卞太后嘱咐曹丕曹彰，酒要少饮，话要多说。三人边吃边谈，骨肉至亲，相亲相爱。

饭后，卞太后累了，要回去休息。曹彰留下想与二哥说说上阵的事。郭女王送卞太后回宫。

曹丕问道：“兄弟可还想喝酒？”

曹彰笑道：“还是陛下了解愚弟，母后回宫，正好我可与陛下开怀畅饮！”

曹丕给曹彰倒上一爵。曹彰倒上一茶碗：“陛下喝一爵，我喝一碗。”他说完便饮，“咚咚咚”连饮三口，嘘一口气，“哈——真带劲！”曹彰不等曹丕劝让，连喝三碗。

曹丕劝道：“三弟日后要少饮酒，注意，日后要严守大魏国法。”

曹彰皱皱连山根的眉毛，瞪起眼，道：“我安守本分，不曾犯法。”

曹丕正色道：“你来京城可曾有朕的传唤？无旨来京闯宫，该当何罪！”曹丕刚才还和蔼可亲，母子三人说笑言欢，母后离开，他却突然发怒，简直判若两人。

曹彰拿出母后懿旨，不慌不忙，道：“是母后唤我，才赴京城的。”

曹丕道：“既是母后唤你，又有母后懿旨，朕不怪罪于你，住上两日，赶快回任城封地吧。”

曹彰道：“陛下知道我的禀性，一天不打仗手就痒痒，望……”

曹丕截住了曹彰话头：“现在国泰民安，邻邦和睦。如有战事，打虎亲兄弟，朕自然会想到皇弟的，弟回封地候旨吧！”

曹彰“咚”地跪倒，哭道：“请陛下看在一母同胞情义的份上，派愚弟到阵前杀敌！我情愿辞去王的封号，只求给我一个军队官职，哪怕是千夫长也行，我好为国尽忠，为……”

曹丕搀起曹彰，微微一笑，道：“皇弟一心为国，实在令朕钦佩！现在国泰民安，没有战事，日后必将请皇弟出山。”

曹彰执拗地再次跪下，拧着脖子，坚持道：“二哥别当了皇帝就忘了兄弟情义，没人夺你的皇位，别……”

曹丕“啪”地一拍桌案：“本来朕不想把话挑明，亏你还能提什么兄弟情义！朕是怎样对待你的？你是怎样对待朕的？别以为你与曹洪叔所做的事情朕全然不知，朕只是不愿说破罢了。为父皇服丧时，你带十万大军入洛，向贾逵打听魏王的印玺，与曹洪叔串联丁仪弟，两次找董昭、贾诩索要魏王印玺，居心何在？以后，你有事去找子建好了！他比朕本事大！”曹丕说完，拂袖而去。

曹彰哪受过此等奇耻大辱，他怎能受得了此等奇耻大辱！他皱皱连山根的眉毛，瞪起喷火的眼睛，喘着粗气，“啊……”的一声，吐了一口鲜血。他站起来，酒劲上来，歪歪扭扭走到永寿宫门口，自知醉歪歪的模样一定会让母后怪罪，便在门口磕头后径直离开皇宫走了。

他来到驿站，倒头便睡，越想越气，越气越想。他想捅天，想撞墙。随行的家丁知道他的脾气，一旦发怒，远躲为妙。家丁倒上水，远远看着，不敢近前。曹彰睡到傍晚时分脸色铁青，忽然坐起大吼三声，又连吐几口鲜血，暴死了。黄初四年（223 年）六月十七日，曹彰英年早逝，享年三十五岁。

午饭后，卞太后回到永寿宫，想小憩一会，可辗转反侧难以入眠。过一会儿，她派曹嬷嬷到曹丕宫中探看虚实。曹嬷嬷回来报道：弟兄二人相谈甚欢。卞太后到傍晚，不见彰儿回来，便派曹嬷嬷再到曹丕尚书房查看。郭女王说，任城王早离席了。恰在这时，有太监来报：“任城王（曹彰）在驿馆暴病身亡了……”

卞太后踉踉跄跄跑出宫外，哭了一声：“我的彰儿啊……”跌倒在地，不省人事。

太监忙报告了曹丕，曹丕着实吓得不轻，赶忙过来抓住母后的手，连呼带叫。太医急忙施救，好一阵卞太后才苏醒过来。卞太后哭着骂道：“我离开后，你又让他吃了什么？你一定在酒里做了手脚，一定是你害死了我的彰儿……”

曹丕忙跪倒：“母后啊！您可冤枉子桓了。对任城王，我虽有些怨他，但他毕竟是朕亲弟弟，朕怎会轻易害他呀！您再想想，我也是读过《六韬》《三略》（姜太公撰的《六韬》与旧题黄石公撰的《三略》）与父亲《隐控术》一书之人，手掌生杀大权，不会笨到如此地步……”

卞太后一生气，把她对曹丕看不惯的事情全向外抖落开来：“你，你看看你登上帝位做的事情！实行藩王新政，叛乱时谁还能保你！你，你连我都信不过！你父王刚刚晏驾时，我若一歪嘴，还会有你的皇位！你当我想管你的事情呀！你父王下世时安排我看住你们兄弟姐妹，谁胡来我都不答应！我问你，你下一道后宫外戚不得干预朝政的诏令，意欲何为？这还不算，你，你竟然纳汉帝女儿为妃，你……”

曹丕清楚，母后对他有很大的成见，不是一句两句话就能给她解释明白让她信服的。他赌气道：“刘协能娶曹节、曹宪、曹华三个妹妹，朕就不能娶伏寿皇后所生的两个女儿吗？母后息怒，弟弟暴死，朕也万分难过……”

卞太后越哭越恼，对曹丕连训带骂。曹丕无奈，哄劝不住，便叫郭女王带着曹叡和几个妃嫔都来劝慰。卞太后心疼曹彰，哭着说：“曹家东庄园的那棵石榴树又折了一股大枝啊……”对曹丕仍然不依不饶。

曹丕无奈，只好跪在母后身旁，好言相劝。

曹彰暴毙，曹彰爱妻孙氏、爱子曹楷、爱妾小玉，哀哭不止。

曹丕下诏，追曹彰谥号曰威王。下葬之时，仿照汉朝埋葬东平王刘苍的旧例，朝廷赐他銮辂龙旗、陶瓷虎贲勇士一百对。曹彰的儿子曹楷承袭了爵位。

曹丕晚上问安时，卞太后怒道：“你休要再害我其他诸子！”

怒贬曹植

魏文帝曹丕对于三弟曹彰的死，心里还是十分难过的。难过中夹杂着不安，不安的因素主要是来自母后的压力。

曹操离世，已经让卞太后身体大不如前了，再加上曹彰的死，对卞太后来说，更是雪上加霜，她整日以泪洗面。

颧骨高峻棱角分明的曹丕，面对哭泣的母后只能百般安慰，万般劝解，倒八字剑眉下的细眼里满是抑郁。他苦苦思索，怎样让母后理解支持自己呢?

曹丕很是不解，明白事理的母后为何怀疑他在饭食里做了手脚。他身为皇帝，权力至高无上，可对曹彰捧杀、刑杀或让他上战场孤军送死……他绝不会笨到把亲弟弟叫到自己家里下毒药害死他，没这个道理。一是没必要。抛开亲兄弟不说，就是仇人，他也不至于傻到不避嫌疑公开害人的地步。二是不值得。毕竟是亲兄弟，眼下曹彰对他也没造成什么威胁。但细想起来，曹彰的死，似乎自己也逃不了干系。小时候，他能揍他，年龄一大，他就打不过曹彰了。看他那脾气，傲、狂、暴，四肢发达，头脑简单，一言不合，就会暴跳如雷。自己故意冷落他，就是想杀杀他的傲气，让他长个记性、懂点规矩。如今自己是皇帝，曹彰有事得看自己的脸色，不能再处处跟“小四”曹植走得太近。他敢肯定，三弟的死一定与他生气有关。万万没想到，几句气话就能把他气死呢!

同父异母的兄弟都好说，他们都随和听话。同父同母兄弟眼下就剩下子建了，其实，掏心窝子说，他对子建的厌恶远远大于子文。子建有智慧、有城府，是最有可能与他“死磕”到底的人。在他继承王位后，子建时年二十九岁，他勉强写了《上庆文帝受禅表》《魏德致论》表达了对自己登上王位的祝贺。但从他的祝贺言辞中，能看出许多凄凉、无奈、抱怨的情愫。一句话，曹丕感觉子建并没有彻底死心。现在自己登上帝位了，日后对子建务必严加防范，绝不能让他再成气候。关乎皇权的事情是没有商量余地的。

曹植听说三哥走了，大吃一惊，他无论如何也没想到壮如铁塔的三哥会突然下世，没给他打声招呼，说走就走了。同病相怜哪，这噩耗带给曹植的不仅仅是痛苦、如雷炸顶的吃惊，更是同病相怜的悲哀。他猜想，三哥走了，下一个就要轮到自己了。那简直是一定的！原来白白胖胖的曹植如今显着有些虚肿，原来直挺的身子变得有些驼背。他的额头蜡黄，两弯浑如黑漆的眉毛变得有些稀疏，一双闪闪放光的大眼有些红肿。原来意气风发的王子如今变得颓丧萎靡。

父王的下世，政局的变动，让曹植的生活发生了巨大的变化，让他的人生出现了重要的转折。曹植从一个过着优游宴乐生活的贵族王子，变成处处受限制受打击的对象。如今的藩王与那时意气风发的王子相比，简直判若两人了。

原来曹植受父母宠爱时，仪表不凡，聪慧过人，爱琴棋书画诗酒茶，兴趣高雅。他曾被人赞为学富五车，才高八斗，文采风流。是的，那时他热情而不事伪饰，任性而不周世务。自如今一切得意荣华不再，余下的只有终日百般苦闷，整天借酒浇愁。

老家仆曹知托人给卞太后捎来书信说，子建每天借酒浇愁。说曹植对朝廷派来的大臣满不在乎，有时甚至与之发生严重冲突，已经做了许多出格之事。曹知让卞太后来信劝劝曹植，免得他弟兄二人伤了和气，以至于让他做奴仆的里外落不是。

卞太后又多了几分深深的忧虑。她几次做梦，梦见自己最喜欢的儿子曹植也惨遭不幸，梦醒后枕巾哭湿一片。她决心一定要保住曹植。她写信派人给曹植送去，劝他一定适度饮酒，言行有度；劝他一定安分守己，奉行国法……同时，她对曹丕憋着一肚子气。心想，你尽可撒蹄奔跑，难道能上天不成！

遵命监视曹植的人向曹丕报告，说曹植醉酒后态度傲慢，违背事理，硬逼着皇帝派去的官员喝酒。官员不喝，曹植就把剑架在他们脖子上，逼着喝，不喝就杀头。

曹丕看了举报信后紧皱剑眉。他认为，曹植的行为按曹魏律法完全可以定性为大不敬之罪。大不敬包括不尊重皇帝及钦差大臣的行为，属于十恶的第六条，为不可赦免的死罪。曹植在封地屡屡犯法，让曹丕极不舒服，杀了他的心都有了。曹丕担心杀了曹植会惹怒太后，就让太后娘家侄儿卞兰到太后那儿吹风，说了曹植所犯下的大不敬之罪。

卞太后知道卞兰与曹丕很要好，就冷笑着敷衍卞兰道：“我真没想到子建这孩子会做出这样的事来，你去跟皇帝讲，就说不能因为我坏了国法，任皇帝处置吧……”

听了卞兰学母后的话，曹丕细眼睛里射出寒星般的光泽，内心充满忧虑，他明白母后说的是反话。晚上给母后问安时，他又趁机说了曹植目无国法恣意妄为的事情。

卞太后冷冷地道：“亲兄弟，就不应该派人暗中监视他！”

曹丕思虑再三，只是把曹植贬为安乡侯，并未斩杀。事情过后，卞太后派人带着自己的亲笔信训斥了她的子建。

黄初二年（221 年），三十岁的曹植由原来的万户侯被贬为安乡侯（封地在今河北晋州侯城），邑八百户；此侯爵所领范围，已经降至乡级。也就是说，曹植仅仅能统领一个乡的侍奉了。

那个时候，全国交通十分不畅，如此大跨度的改封，不仅仅是侍奉问题，曹植还要频繁在多个省份中来回奔走，这种生活简直可用颠沛流离形容。

晚上曹丕给母后请安时，卞太后由怒转悲，哭着对曹丕说：“手心手背都是肉。我亲生儿子就剩下你和子建了，天天守着你，现在很挂念子建，我想去安乡看看他去，顺便看看我的孙儿曹志。”

曹丕心里明白，母后是在为她的子建鸣不平。卞太后多次说要去看望曹志，不得不让曹丕重新考虑对曹植封赏的事情。

黄初三年（222 年）四月，曹丕为了安慰母后，封三十一岁的曹植为鄄城王，邑二千五百户。

曹植在去鄄城的路途中，写下了著名的《洛神赋》。在《洛神赋》中，他描摹了一位美丽多情的女神，把她作为自己美好理想的象征，寄托了自己对理想中美好人物的仰慕；他虚构了向洛神求爱的故事，象征自己对美好理想梦寐不辍的追求；最后通过描写恋爱失败，表现自己理想追求的破灭。

余从京域，言归东藩。背伊阙，越轘辕，经通谷，陵景山。日既西倾，车殆马烦。尔乃税驾乎蘅皋，秣驷乎芝田，容与乎阳林，流眄乎洛川。于是精移神骇，忽焉思散。俯则未察，仰以殊观，睹一丽人，于岩之畔。乃援御者而告之曰："尔有觌于彼者乎？彼何人斯？若此之艳也！"御者对曰："臣闻河洛之神，名曰宓妃。然则君王之所见也，无乃是乎？其状若何？臣愿闻之。"

余告之曰：其形也，翩若惊鸿，婉若游龙。荣曜秋菊，华茂春松。仿佛兮若轻云之蔽月，飘摇兮若流风之回雪。远而望之，皎若太阳升朝霞；迫而察之，灼若芙蕖出绿波。秾纤得衷，修短合度。肩若削成，腰如约素。延颈秀项，皓质呈露。芳泽无加，铅华弗御。云髻峨峨，修眉联娟。丹唇外朗，皓齿内鲜，明眸善睐，靥辅承权。瑰姿艳逸，仪静体闲。柔情绰态，媚于语言。奇服旷世，骨像应图。披罗衣之璀粲兮，珥瑶碧之华琚。戴金翠之首饰，缀明珠以耀躯。践远游之文履，曳雾绡之轻裾。微幽兰之芳蔼兮，步踟蹰于山隅。

于是忽焉纵体，以遨以嬉。左倚采旄，右荫桂旗。攘皓腕于神浒兮，采湍濑之玄芝。余情悦其淑美兮，心振荡而不怡。无良媒以接欢兮，托微波而通辞。愿诚素之先达兮，解玉佩以要之。嗟佳人之信修，羌习礼而明诗。抗琼珶以和予兮，指潜渊而为期。执眷眷之款实兮，惧斯灵之我欺。感交甫之弃言兮，怅犹豫而狐疑。收和颜而静志兮，申礼防以自持。

…………

此诗当时流传甚广。郭女王拿来给曹丕看，她闪闪浓而细密的长睫毛道："其形也，翩若惊鸿，宛若游龙……仿佛兮若轻云之蔽月，飘摇兮若流风之回雪。远而望之，皎若太阳升朝霞；迫而察之，灼若芙蕖出绿波……"她又撇了撇嘴道："皇上没听到人们的传言吗？没从子建的诗中看出点什么端倪吗？"

曹丕皱着眉头没有言语，瞪着眼睛疑惑地看着郭皇后。

郭女王闪闪长而细密的睫毛，压低声音道："皇上，有些话我说了你休要怪罪于我。"

曹丕道："讲，朕不怪罪你便是。"

郭女王撇撇嘴，道："我听人说，铜雀台比文时，甄宓便喜欢上了子建。人们风言风语，纷纷传说子建诗中描绘的洛神，实际上就是写的甄夫人……挺恶心人的。"

曹丕愤怒得瞪大了眼睛。他接过来看了。"我从京都洛阳出发，向东回归封地鄄城，背着伊阙，越过轘辕，途经通谷，登上景山。这时日已西下，车困马乏。于是就在长满杜衡草的岸边卸了车，在生着芝草的地里喂马。自己则漫步于阳林，纵目眺望水波浩渺的洛川。于是不觉精神恍惚，思绪飘散。低头时并未看见什么，一抬头，却发现了异常的景象，只见一个绝妙佳人，立于山岩之旁。我不禁拉着身边的车夫对他说：‘你看见那个人了吗？那是什么人，竟如此艳丽！’车夫回答说：‘臣听说，这里有位河洛之神。现在君王所看见的，莫非就是她！她的形状怎样，臣倒很想听听。’”

“我告诉他说：她的形影，翩然若惊飞的鸿雁，婉约若游动的蛟龙。容光焕发如秋日下的菊花，体态丰茂如春风中的青松。她时隐时现像轻云笼月，浮动飘忽似回风旋雪。远而望之，明洁如朝霞中升起的旭日；近而视之，鲜丽如绿波间绽开的新荷。她体态适中，高矮合度，肩窄如削，腰细如束，秀美的颈项露出白皙的皮肤。既不施脂，也不敷粉，发髻高耸入云，长眉弯曲细长，红唇鲜润，牙齿洁白，一双善于顾盼的闪亮的眼睛，两个面颧下甜甜的酒窝。她姿态优雅妩媚，举止温文娴静，情态柔美和顺，语词得体可人。神服饰奇艳绝世，风骨体貌与图上画的一样。她身披明丽的罗衣，戴着精美的佩玉。头戴金银翡翠首饰，缀以周身闪亮的明珠。她脚着饰有花纹的远游鞋，拖着薄雾般的裙裾，隐隐散发出幽兰的清香，在山边徘徊徜徉……”

郭女王闪闪眼，神秘地贴近曹丕耳朵压低声音，撇撇嘴道：“陛下，不瞒你说，我好几次见他俩在一起含情脉脉的。怕给你说了，你嫌我嚼舌头，那一年，我听见你书房有人说话，走近一看，只见他俩……算了，不给你说了。”

“住口！”曹丕剑眉倒竖，浑身颤抖，嘴唇发青，早已是怒不可遏了。他“啪”的一声摔碎了茶碗。茶碗的碎片，被溅飞老高……

曹丕发了怒，就会让曹植遭殃。曹植不倒霉才怪呢！

屡迁曹植

魏文帝曹丕颧骨高峻，棱角分明；剑眉细眼，目光锃亮怒气冲冲地起身去了永寿宫，趁向太后请安的机会说了甄宓的事：“子建在《洛神赋》里用夸张的诗句撩拨那女人，以前，他与那贱人多次在一起含情脉脉的，怎不叫我生气！您看他这是写的什么……”曹丕把曹植写的《洛神赋》递给母后。

卞太后接过来看看，皱皱眉头道：“休得胡说，甄氏善良贤惠孝顺，你弟弟敦厚诚实，率性自然。要说他叔嫂二人在子建小时候亲近还是有的。甄氏进咱曹家门，你四弟年龄小，她总是带着你四弟玩，二人亲近也是很正常的事。我看皇上身边一定有蛊惑是非之人！你万万不可偏听偏信，否则，社稷不保啊。甄宓安分守己，你疏远了她，她有怨言也是很自然的。若说她与植儿有染，纯属于捕风捉影，一派胡言。我看过子建写的文章，开始命名《鄄城赋》，内里翩若惊鸿，宛若游龙的话语，分明是写他自己的；子建写洛神就是写他自己的。你媳妇姓甄，洛神就不能姓甄了吗？子建小时候人们不都是夸奖他像个女孩吗？诗文里可能含有对留在鄄城的抱怨，但绝对没有别的意思。你父王临终时嘱咐我，好好看住你们兄弟几个，谁也不许胡来。你对甄氏要好一些，毕竟从你开始娶她到如今已经十多个年头过去了。你与子建是亲兄弟，万万不可生出纠纷。你把甄氏封为皇后，把你四弟调入京城辅佐你，看能出啥事！”

曹丕嘴里没说啥，心里却感觉很是别扭。他离开母后，心里还不住抱怨：“自己虽然当了皇上，母后就像悬在他头顶上的一把剑，在许多事情上，还得不时受到太后的干预。”头上悬的剑他惹不得，但他可以恨甄氏那贱人，也可以恨曹植。曹植从小就得宠，高高在上，对他这个当哥哥的满不在乎，跟他争王位，还胆敢抢他的女人。曹丕认为，这事放到谁身上都受不了。叔嫂偷情该当何罪？图谋不轨该如何处置？有太后罩着，对烦人的子建杀也杀不得，放也不愿放。他可以让子建居无定所。子建在鄄城，那贱人在邺城，假如两人在没有圣旨的情况下偷偷摸摸混在了一起，即使自己安插的密探发来驿报，惩罚了他俩，名声也是很不雅的了。于是曹丕又下了一道圣旨：封曹植为雍丘王，即刻归到封地，不得延迟。

三十二岁的曹植，原来白白胖胖的曹植如今显着有些虚肿，原来直挺的身子变得有些驼背。他的额头蜡黄，两弯浑如黑漆的眉毛变得有些稀疏，一双闪闪放光的大眼有些红肿。原来意气风发的王子如今变得颓丧萎靡。这一年他被封为雍丘王。此时他的封地从山东又转到了河南。曹植在几年内，几乎每天都过着颠沛流离的生活。主要原因，是曹丕担心曹植在一个地方待得久了会酿成大患。

曹植两次被贬后写了《野田黄雀行》。

高树多悲风，海水扬其波。
利剑不在掌，结友何须多？
不见篱间雀，见鹞自投罗。
罗家得雀喜，少年见雀悲。
拔剑捎罗网，黄雀得飞飞。
飞飞摩苍天，来下谢少年。

诗歌大意：高大的树木常被狂风肆虐，平静的海水被风吹起层层波浪。宝剑虽然锋利，却不在我的手中。自己孤立无援，无权无势，交再多朋友也没什么用。篱笆间的麻雀为了躲避鹞鸟的攻击而坠入猎人的网里。布网的人见到网中的麻雀十分开心，一旁的少年却为这可怜的麻雀悲伤不已。少年拔出手中的剑，挥剑把网划破，麻雀得以逃脱。麻雀逃出网后飞向广阔的天空，这获救的麻雀又飞下来感谢救他的少年。

这首《野田黄雀行》是曹植对眼下困境的反映，他无力反抗皇上，只有用诗来表达内心的幽怨。此时的曹植就像是被狂风肆意吹虐的小树，又像被狂风吹皱的水面。他无权无势，他的好友杨修和丁氏兄弟在一年内接连被杀，邯郸淳与原来看好他的很多人如今都偏向了二哥曹丕。人都爱扶竹竿，哪有人愿扶井绳的呀！二哥当了皇帝，自己变得孤立无援也是很自然的事情。曹植无力拯救好友，也无力维护自己，只有把自己的感情寄托在诗中了。

曹知托驿站使者把曹植的诗句，连同曹植被迁谪到雍丘的事情报给了下太后。曹知的信，字写得歪歪扭扭，大意是说，太后交代他的事情没能做好。曹植心里苦，不顾这边一家人的劝阻，常常喝得酩酊大醉，醉后就哭。曹知说曹植近来身体有些不适……

这曹知与曹嬷嬷是她进曹家门就使用的家仆。曹嬷嬷大字不识一个，曹知略认识些字，二人都善良勤劳，都对卞太后忠心耿耿。卞太后早让他俩做了家务主管。

卞太后收到驿使送来的老家仆曹知的信，心情十分沉重，心里像塞进几块冰，被冰得冷冷地疼。自己亲生儿子就剩曹丕、曹植兄弟二人了，自己抚养的孩子都懂事听话，就这两个亲生儿子让她天天操心。她感觉，她的植儿常常喝得酩酊大醉，醉后就哭，甚至对朝廷派的官员不敬，这确实不妥。但话说回来，他的植儿这一切不都是由于皇帝心胸狭窄、疑神疑鬼造成的吗？皇帝就不该屡次三番改自己亲弟弟的封地，以至于让他居无定所，栉风沐雨，鞍马劳困。

卞太后训斥了曹丕好几回，哭着非要去河南雍丘不可，要去看孙儿曹志。曹丕有些不理解，那时父王在世时，母后非常温和，他们弟兄几人只要不犯大错，母后很少发怒。自从父王走了之后，宽宏大量的母后变成小性子了，动不动就生气，又哭又闹的。他想不通，是自己变了还是母后变了？他态度和蔼地对母后劝慰了一番，又派郭女王等妃嫔劝慰了母后好几次。

赐死甄氏

曹丕要去洛阳即帝位的时候，后宫宠幸者有三：贵嫔郭女王，位次皇后；李贵人，生有皇子曹协；阴贵人，东汉大族南阳阴氏女。

曹丕刚即魏王位时，得母后懿旨，他不得不封甄氏为王后，可甄氏予以推辞。曹丕就进封郭女王为夫人，封号等同甄宓。曹丕早就不太喜欢甄氏了，因为郭女王比甄宓年轻，比甄宓随和，他非常宠爱郭女王。曹丕称帝后，就把郭女王进封贵嫔，地位仅次于皇后；甄宓仍为夫人，没把她立为皇后。曹丕让甄宓随他来洛阳，甄宓不听劝告，执意留在邺城。曹丕向母后提议，接来任芳，母后没吱声，把脸扭向一旁。曹丕带来了曹叡，携郭女王、李贵人、阴贵人一起来到了洛阳。甄宓见家人走了，又感到很失意。

在如今曹丕心里，在某些方面，甄宓甚至比不上任芳。任芳虽然有些粗俗，但她纯真，对他一心一意，绝不会做着他的媳妇再想着别的男人。

曹丕来到洛阳，后宫新添了许多年轻漂亮的妃子，久而久之曹丕自然更加冷落了年老色衰的甄宓。曹叡是长子，又深受郭女王喜爱。郭女王不能生育，曹丕让曹叡尊郭女王为母亲。卞太后认为，曹叡对郭女王、李贵人都是称大娘二娘的，叫娘合情合理，又能增进亲人之间的感情，也就应允了。这样，曹叡与郭女王的母子感情也日渐亲密。

甄宓听说了这些事情更感失意。随着时间的推移，失意的甄宓便因此对曹丕的不满情绪像雨中池塘里的积水越来越多。她心中苦闷，还经常说些怨恨的言语，苦不堪言，便作诗抒怀。

蒲生我池中，其叶何离离。
傍能行仁义，莫若妾自知。
众口铄黄金，使君生别离。
念君去我时，独愁常苦悲。

诗中明显抱怨有人进谗言伤害自己，还有曹丕对自己渐行渐远的哀怨。

这诗句让郭女王安排在邺城专门监视甄氏的侍女见了，侍女通过驿站信使把甄宓的新诗送给了洛阳的郭女王。郭女王见了此诗，忙拿来让曹丕看，添油加醋地说了一大堆："连三岁的孩童都能看出诗中朔风般的怨意，陛下更是一看便知了。"

曹丕颧骨高峻，棱角分明；剑眉细眼，目光锃亮。他看后皱起了眉头，两道浑如黑漆的倒立的剑眉展了几展，狠狠地咬咬牙，细眼睛里射出来火一般的愤怒。他趁向母后问安时，拿出来甄宓的诗："母后您看，甄宓怨气甚重，缘由何在？"

卞太后看过道："这哪里有什么怨言？分明是写秋草的衰落。甄宓是个好媳妇，皇帝要心胸怀宽广些，不能无端猜疑。你该册封甄宓为皇后，她心地善良，有母仪天下的情怀。"

曹丕怨道："我册封她两次，她都拒绝，到现在宫内都无皇后！"离开母后时，曹丕一肚子怨言，母后偏向甄氏。要不是有母亲挡着，他早杀了那贱人，让郭女王当皇后了。

曹丕走后，卞太后写信派信使送去，嘱咐甄宓："日后你有什么苦痛，可来信向我诉说，对外人要慎言慎行，小心被人抓住把柄。"

东汉以来鼓励孝行，汉代有好几位太后都临朝称制。曹丕当政后，想方设法阻止母后插手政务。黄初三年（222 年），他再次下达了防止太后摄政的禁令，明文禁止太后摄政并禁止外戚家族干涉政治的政令："夫妇人与政，乱之本也。自今以后，群臣不得奏事太后，后族之家不得当辅政之任，又不得横受茅土之爵。以此诏传于后世，若有违背，天下共诛之……"

卞太后听说了此事，心中像是被儿子刺了一刀。她暗自思忖，自己就是管管不让他们兄弟相残，这也是魏王嘱咐她的事，别的并未多言呀。她心想，你父王让我看着你们几人，该管的事情，我能不管嘛！

当曹丕晚上问安时，卞太后面带怨气道："你父亲在世时，朝中事情我一概不闻不问。你以为我专爱管你的闲事！你父亲临终时担心他死后你们会兄弟相残，嘱咐我管着你们。要不，我哪有这份闲心？你不是小时候的子桓了，儿大不由娘啊，日后我不再管你，你只要不怕丢了江山性命，任意所为便是……"说完便把脸朝向窗外，不再言语。

曹丕忙道："母后教训得极是，儿子谨记在心，日后还望母后多多教训才是。”

把曹植调到了雍州，曹丕的怒意并未减轻多少。那甄宓不安分守己也就罢了，还写诗嘲讽，他最恨的还是郭女王给他说的，那贱人与子建眉来眼去的！本是残花败柳，还水性杨花。你是我曹丕的女人，我能允许你出轨嘛！你自己不对，还怨气甚重。甄氏的言行，已经让他忍无可忍无法再忍了。这次，曹丕铁了心要与甄宓作个了结。

黄初二年六月丁寅日晚饭时，驿差给曹丕送来一个紫红漆绘画宝盒。曹丕打开一看，只见里面放着一枚金光灿灿的宝石戒指。这戒指纯金铸造，中间凸起部分是个菱形龙凤图案，正中心镶嵌一颗绿光闪亮的宝石。曹丕一眼便认出是甄宓的戒指。他记得清清楚楚，那天，他奉父命与许褚前往袁氏府邸巡视督查。到了袁府，他一眼便看上了那贱人，在她室中喝茶交欢之后，他将这定情之物送给了她。

曹丕拿出戒指下面的信，展开观看：“子桓见字如面。妾本浅陋罪妾，承蒙看中，遂进曹家，侍奉舅姑（公婆），生一子一女……妾不才，屡遭夫君厌倦……今病日重，怕不久人世矣……”曹丕看过书信，心如同被人击了两锤。

晚饭时，郭女王闪闪长而细密的睫毛，撇撇嘴道：“前两天邺城的侍女还来信告我，甄宓健健康康，对陛下屡贬曹植多有怨言。见她哭着写信，疑是给曹植写的……”

“住口！”曹丕“啪”地摔了茶碗。

夜间，天空飘来几片乌云，天边几颗星星不安地闪烁。

朦胧中，曹丕见甄宓款款而来。只见她体态适中，高矮合度，肩窄如削，腰细如束，秀美的颈项露出白皙的皮肤，既不施脂，也不敷粉；发髻高耸入云，长眉弯曲细长，红唇鲜润，牙齿洁白，一双善于顾盼的闪亮的眼睛，两个面颧下有甜甜的酒窝。她姿态优雅妩媚，举止温文娴静，情态柔美和顺，言谈得体可人。翩然若惊飞的鸿雁，婉约若游动的蛟龙。容光焕发如秋日下的菊花，体态丰茂如春风中的青松。她时隐时现像轻云笼月，浮动飘忽似回风旋雪。想着她眯着眼看天的窈窕的模样，他不免多了几分喜爱。

突然甄宓变成了恶鬼，伸着长长的舌头，满脸是血，用她带血的利指，掐住他的喉咙……曹丕想跑，双脚难抬；想喊，叫不出声音……

“怎么了陛下……”曹丕醒来，浑身惊汗湿透了被褥。郭夫人为他擦汗，给他倒上茶水。

天明，曹丕早膳无味，在寝宫坐卧不安。室外传来的火辣的夏风与知了的吵嚷声，这一切让他心烦意乱。他传旨叫来解梦大师周宣，问道：“我昨晚梦见一股青烟拔地升天，是何征兆？”

周宣眯眼掐指，口中念念有词：“天下恐怕会有一位贵夫人含冤而死了！”

曹丕听了周宣的话脸色煞白，两道浑如黑漆倒立的剑眉皱了两皱，细眼睛里射出惊恐的光泽。因为他已派黄门侍郎官送去了让甄宓自裁的诏令。他担心甄宓并未与子建有染，自己冤枉了她。曹丕小声对太监耳语了几声，连忙派人去追赶传旨的使者。可惜已经来不及了，没几天，黄门侍郎官回复：“甄夫人夏六月丁卯崩于邺。”

魏文帝曹丕惊道：“这么说诏书未到，她已经死了？”

《魏书》载：“时盛暑，帝欲俟秋凉，乃更迎后。会后疾笃，夏六月丁卯崩于邺。”翻译过来就是：“当时是盛夏，曹丕想等到秋凉时再把甄皇后接到洛阳。恰逢甄皇后患了急病，在夏天六月二十三日，死在邺城。”

后世疑点在于甄宓是接到让其自裁的诏令后自杀而死，还是患病而死，如今有两个不同的版本。由于年代久远，也就无法确定了。

对于甄宓的死，曹丕的心情是复杂的，好像本应该如此，好像又不应该如此。只有郭女王露出称心如意的笑，那笑的表情很快又消失了。

加封舅父

卞太后的儿媳，曹丕的第二个夫人，那位倾国倾城的美女甄宓死了。曹植听说了，一股巨大的悲伤如潮水猛冲过来，他失去了心中的女神，生活变得更是一片凄凉、一片空虚……

卞太后听说儿媳甄宓死了，她以往对自己的孝敬疼爱，一桩桩一件件呈现在眼前。她怒火中烧，脸色大变，嘴唇颤抖，她伤透了心。是可忍，孰不可忍！她派人传来了曹丕，哭着指着曹丕的鼻子，对他好一顿责骂："你当了皇帝，就不再是从前的子桓了？你就可以为所欲为了？"

曹丕吓坏了，他从没见过母后发过这么大的脾气，忙跪下否认："是她自己病死的……"

卞太后坐在床上，哭道："甄宓是个好儿媳，善良孝顺，你有她行事不端的证据吗？你有子建与她有染的证据吗？是谁给你学嘴饶舌，挑拨是非的？你说出来，我要施行后宫宫法予以处置！你偏听偏信，草菅人命，这是一个明君圣主所应有的作为吗？"

颧骨高峻、棱角分明的曹丕低下了头，他上翻一下倒八字剑眉下的细眼，看看母后道："没人给我进谗言，是我看他俩的诗胡猜的。我派去赐死的文告未到，她就暴疾而亡了。"曹丕低着头，心里也有些后悔，心想："的确没有她与子建有染的证据啊，只是传言，郭女王的传言……"但他不敢说出郭女王，吞吞吐吐地道："事已至此，覆水难收……我一定善待叡儿，逢清明、寒时给甄氏多送香箔纸钱……"

卞太后怒斥道："你别以为我只能训斥你，是你父王让我管教你的。看看你自登基以后，我的三儿曹彰早早走了，我善良的儿媳甄氏也离我而去了，你说，你还想害谁？你父王还给我留着一道旨意，我可以罢免你……"

"母后，你可真是错怪我了……"曹丕感觉母后这次真的是气坏了，便跪下来痛哭，哭着安慰她，劝说她……

卞太后把脸扭向一边，无论曹丕怎么好言相劝，她依然不依不饶。

曹丕心中有愧，拿个盆来，不让任何人帮忙，先倒上热水，再往里试添冷水，用手摸摸，感觉水不冷不热了，把水盆端到床边："娘，您过来，让儿子给您洗洗脚。"

卞太后道："我哪里还敢麻烦皇帝！"

曹丕拉着娘，让她坐到床沿上，要给她脱下鞋袜。

卞太后缩过来脚，就是不让他洗。

过两天，晚饭时，曹嬷嬷向曹丕禀报，卞太后仍然不吃不喝，流泪不止。

曹丕赶快去长寿宫给母亲问安，再次跪着向母亲赔罪，安慰她，劝说她。真实地讲，曹丕心里也真的很后悔。一旦甄宓离开了他，曹丕又想起甄宓的许多好处来：甄宓美丽善良、善解人意，孝敬父母。他甚至连带着想起来那朵野花任芳，他的第一任妻子。与他过了很长日子的女人，都是他的亲人，亲人嘛，还是团聚好……

如何能消去母后的怨恨哪？曹丕突然想起一个人来，他就是一直随父王南征北战、战功显赫的舅父卞秉。曹丕想，能让母后消气的只有舅父了。他忙派人把舅父请来，让他对母后进行了一番苦口婆心的劝解。经过舅父的一番劝导，卞太后的情绪稳定了不少。

曹丕决定尽快为舅父做点实事，以博得母后的欢心。

卞秉（163 年—约 226 年），琅琊开阳人。三国时期魏武帝曹操妻子卞氏的亲弟弟，出生于齐郡，家世贫寒，年少就失去双亲，依靠姐姐养活才长大成人。光和六年（183 年），曹操纳卞氏为妾，卞秉与姐姐随曹操到洛阳。董卓之乱，卞秉伴随姐姐留守洛阳曹宅。

建安初年，卞秉跟随曹操征战，建有不凡的功绩，凭战功被封为都乡侯。但后来职位没有升迁，一直担任别部司马。卞秉为人严谨，性格和顺正直。他自幼丧父母，是由贤良淑德的卞氏带大的，性格随他姐姐。他一辈子为官谨慎，没有因为曹操的权势触犯任何法律，也从没因为曹操没升他的官职有丝毫怨言。他培养出为人正直的儿子卞兰。

夫君在世时，卞氏替弟弟感到委屈，曾向曹操倾诉过怨言。曹操回答道："只要他做我的内弟，就不能给他封过高的官职。"卞氏见曹操不肯升卞秉的官职，就提出多赐卞秉些钱粮布匹作为补偿。曹操回答说："你把咱家里的钱粮赠他些就行了。"过后，卞氏又向曹操提出为卞秉盖座像样的房子。曹操痛快地应道："好！我会尽快办理的……"可一直到曹操去世，卞秉的官位没有高升，财产也没有增加，房子也没有扩建。

卞秉非常疼爱外甥曹丕，支持曹丕继承魏王位，后又拥护曹丕称帝。

曹丕想起前些日子，母后曾嘱咐过他为舅父建造府邸的事情。当时母后还提出一同奖赏其他有功大臣，他认为这时应该如母后所愿。他下旨进封卞秉为开阳侯，食邑一千二百户，任命卞秉担任昭烈将军，并在洛阳皇宫北洛河南岸为卞秉建所昭烈将军府。

曹丕派将作大匠董昭负责建造，并派官员检查监工。安排好此事，曹丕及时告知了母后。竣工之日，曹丕让母后前去察看，看是否满意。

卞太后减了些许恼怒，脸上有了微微笑意。她乘车带着环夫人、杜夫人、秦夫人、尹夫人和晚辈前去祝贺。

卞秉领着一家老少迎到广亮大门，见卞太后过来，忙跪倒叩头。

卞太后下车向前搀起卞秉："咱老姐弟了，不必多礼。"回头给晚辈人说："都来给你们舅父舅姥爷，给你们舅母舅姥娘叩头见礼。"

"唰唰"跪倒一片。

卞秉慌忙招呼大家起身。

卞太后在前，她的侄儿卞兰与她的孙子曹叡，一边一个搀着她，一群人随后，走过花草丰茂的甬道，走过流水潺潺的小桥，走进两进新建的美轮美奂满是楼宫亭阁的庭院。大家都指指点点，说说笑笑。

卞太后看着看着不觉落下泪来："想起我们齐郡开阳白亭卞家，世代以歌伎为业，田无一垄，四处漂泊，兄弟那会儿又瘦又小，咋能想到如今卞家会有这样好的住处啊！"

卞秉张嘴大哭："姐姐呀，要不是有你照顾着我，我不知道早饿死到哪里了。"

在场人都纷纷陪着落泪。

曹叡哭着给奶奶擦了泪，道："皇祖母，我父皇给我舅姥爷建好了府邸，本该高兴才是，您咋又难过得哭起来啦？"

卞太后道："傻孙子，你奶奶哪是难过呀，是高兴啊！"

大家随声附和："是啊，是啊，高兴啊！"

卞太后指着宽敞庭院里的花花草草道："这下就不亏欠开阳侯（卞秉）了。"

卞秉道："皇太后老姐姐呀！朝廷从来没亏欠过我呀！"

午时，饭菜上桌，鸡鸭鹅鱼，荤的素的，煎炸烹调，上了几桌。

卞秉夫妇陪卞太后一桌吃饭。卞太后很是生气：“弟弟呀，富了是不是？怎么做这么多菜！”

卞秉夫人道：“禀太后，我们平时很俭省的，只是老姐姐难得回娘家一趟，我们再俭省也得为您做点像样的饭食。”

卞秉道：“老姐姐吃了一辈子苦，也该享享清福了。”

卞太后道：“大家都劝我吃好穿好，注重养生，我理解。你看看当今皇帝不省心，我这当娘的怎么安生得了？再说，我几十年节俭惯了，根本过不惯那种花天酒地的生活了。”

卞太后只吃些素食，随从的女眷们也只吃了些蔬菜粗粮。

回来的路上，卞太后想：“弟弟卞秉在自己的儿子当了皇帝后，得以封侯，住了大宅子。也算对得住死去的父母了。”她心理宽慰了许多。

曹丕看回来的母亲脸上挂了笑，终于松了口气。他想：“老太太越上年纪脾气越大了啊……”

惩罚曹洪

曹丕即皇位以来，亲政勤政，宵衣旰食。

这天早朝，他威仪非凡地坐在朝堂上。御座高台下面朝堂两旁，跪坐着文武官员，他再次体验到了“君临天下”的快感。

他头戴黑色垂有玉制十二旒冕旒的皇冠。随着玉制十二旒冕旒的晃动，曹丕感觉，侍中、丞相东西曹掾——尚书陈群、陈矫，侍中辛毗、刘晔，御史大夫——相国华歆，太中大夫——太尉贾诩，军师祭酒——将作大匠董昭，黄门侍郎——散骑常侍夏侯尚，谏议大夫——邺令贾逵……台下的那些大臣的身影小得就像晃动的冕旒珠子。

侍中陈群出班跪倒叩头奏道：“陛下，臣以为，眼下需要令人口达十万的郡国，每年察举孝廉一人。同时恢复太学，设立春秋谷梁博士。这样才能人才辈出，国家兴旺。”

曹丕昂首眯眼：“准奏，复议办理。”

太尉贾诩出班跪倒叩头：“陛下，臣有本奏。愚以为，目前局势稳定，我大魏需采取战略防守，恢复生产，与民休息。”

曹丕昂首眯眼，微微晃动一下冕旒：“准奏。”

御史大夫华歆出班跪倒叩头：“陛下，臣有本奏。愚以为大魏要大力发展屯田制，施行谷帛易市，稳定社会秩序。这样才能国库充实，解决战争造成的财货问题。”

曹丕仰起身子，昂首眯眼：“准奏，复议办理。”

谏议大夫贾逵出班跪倒叩头：“陛下，臣有本奏。都护将军曹洪的门客鲍勋在处理公事时，贪钱犯法。愚以为，都护军不能自己征收帑赋，应由朝廷统一征收。同时，对这种假公济私的行为必须严惩！”

曹丕马上坐直了身子。他本能地想“哈哈”大笑，但理智告诉他，这时他必须绷紧面孔，表现出一副大义凛然的模样。他心想，捧杀的效果收到了，他厌烦的视财如命的曹洪“上钩”了。

曹丕一直对曹洪怀有成见。原来他做魏太子时想向这位堂叔借些丝绢，他都不给，且一直受到曹洪的轻视。官渡之战时，这位堂叔毫不留情地把他关进禁室，又甩给他两巴掌。直到现在他还记得禁室里的滋味，脸上还火烧火燎地疼痛。他身为太子去慰军时，曹洪趾高气扬，丝毫不把他这个太子放在眼里。那次，曹丕本来想与这位堂叔缓和一下关系的，看他那盛气凌人的样子，曹丕心里一直就不是个味……曹洪和荀彧是儿女亲家，他的女儿嫁给了荀彧最小的儿子荀粲，而荀彧的长子荀恽是曹植的铁杆支持者，因为这层关系，曹洪支持曹植也是再明白不过了。在父皇下世之后，曹洪与曹彰上蹿下跳。可他没弄明白这位堂叔为啥对他一直看不惯，一直与他仇雠相对……

还有鲍勋，这个不知眉眼高低的家伙，也是自找没趣。前文交代，曹丕被立为魏国太子后，鲍勋任太子中庶子。那时，鲍勋做的许多事都让曹丕不满……

为了震慑战功显赫傲慢无礼的权贵，为了杀鸡儆猴，现在，他必须使用铁腕，该处罚谁就得毫不留情。于是，曹丕做出一个令在场所有人都震惊的决定："逮捕曹洪与鲍勋，把他俩打进廷尉死牢，交由大司空、廷尉、御史中丞共同审理。若案情确凿，秋后问斩。"曹丕这样下旨是有用意的，参加审理的官员越多，他们的意见越难以统一；他们的意见越难以统一，他这个皇帝就越能施加影响。

朝臣大骇，跪倒一片，纷纷替曹洪求情。曹洪虽然小气，虽然傲慢，但他身为将军，故友旧吏不在少数。更何况，曹洪是都护将军，曹门官吏中还有他的亲人。

颧骨高峻、棱角分明的曹丕，倒八字剑眉皱了几皱，细眼里射出犀利的光芒。他端坐朝堂怒气冲冲，一言不发，心想："看来这位堂叔还是颇有些人缘的……"

直臣辛毗说："陛下，臣有本奏。鲍勋只是都护将军的门客，可曹洪却是战功卓著的重臣啊，哪能说杀就杀。今天杀了曹洪，会引起朝廷震动，使得大臣惶惶不可终日，人心不稳便会生出变故。"

曹丕坐在高高的平台上，怒气冲冲，傲视群臣，只有朝天冠帽前的冕旒在微微晃动："有事奏事，无事退朝。"曹丕就是这样，在他拿准主意之后，往往对臣下提的奏本不置可否，有司官员还不得不按他的旨意办理。

曹丕随中官退朝，众大臣面面相觑，束手无策。曹真小声对几个老臣说：

“现在只有卞太后能救曹洪大人一命了，我们赶快去求她吧。”曹真与几个老臣慌慌忙忙赶往永寿宫，跪倒一片，把此事禀告了卞太后，求卞太后救曹洪一命。

卞太后一愣，命大家起身，让各位大臣就座，命丫鬟倒茶。

曹真道：“禀太后，鲍勋犯了贪赃之罪，他只是都护将军的一个门客，都护将军不至于获罪处死啊。”

卞太后冷静地说：“还请诸位臣工把事情原委查验清楚，如果真的有人犯了大魏王法，休说是都护将军，就是王子犯法，也是一路同罪的。各位回去吧。”

“望太后看在都护将军救过魏王的情分上，救他一命！”众大臣磕头散去。

卞太后想起了曹洪对夫君的救命之恩，禁不住怒火中烧：“如果曹丕行事不正，挟私报复，我这次绝不能置之不理！”

怒杀鲍勋

魏文帝曹丕，虽然把曹洪与鲍勋同时打入了死牢，但对他俩的感情还是不一样的。对于曹洪，曹丕就是想置他于死地。他即帝位后让曹洪当都护将军，再准许他自行征纳帑赋，就是要“捧杀”他的。当时曹丕估计，就曹洪那雁过拔毛的性格，见钱不贪那就不是曹洪了。就算曹洪只是纵容鲍勋贪污帑赋，但因数额巨大，处死曹洪与鲍勋一点也不冤枉他俩。一个人自己贪心走上不归路，就休怪别人“捧杀”你了！别的不说，单就眼下朝廷要整顿朝纲，压制士族仗功恣肆这一点来说，曹洪作为吓猴而被杀的鸡也是再合适不过的了。

至于鲍勋，虽然他耿直，虽然他有让自己下不来台的时候，虽然他贪污了钱按大魏法律的确该判死罪，虽然那时郭女王的弟弟犯法时他一点面子也不给，但其实曹丕并不想处死他。在曹丕心里，以上罪行都不是让他去死的主要理由。他死的主要理由就是他参与了该死的人的事情，那他就必须得死。

鲍勋，字叔业，泰山平阳（今山东新泰）人。三国时期曹魏官员，是过去的济北相鲍信的儿子，官做到御史中丞。他头尖额窄，眼眶深陷，说话爱眼睛上翻。

鲍勋是汉朝司隶校尉鲍宣九世孙，他的父亲鲍信曾任济北国相。前文有交代，鲍信是曹操的好朋友，他曾极尽努力让曹操做了兖州牧。初平三年（192 年），时任济北相的鲍信与兖州牧曹操共同抵御青州黄巾军的进攻。在战斗中，曹操陷入重围，鲍信殊死力战，最终掩护曹操突围成功，但自己却战死疆场，连尸体也没有找到。战后，曹操十分悲痛，木刻鲍信之像，哭着祭奠他。至今鲍信的墓还是衣冠冢。

建安十七年（212 年），曹操追录鲍信的功绩，封他的哥哥鲍邵做了骑都尉、新都亭侯，并征召任命他的儿子鲍勋做了丞相府掾属。

建安二十二年（217 年），曹丕被立为魏国太子，鲍勋担任太子中庶子。鲍勋在担任太子中庶子时因性情刚正多次让曹丕不舒服。后来鲍勋转任黄门侍郎，不久又出任魏郡的西部都尉。

曹丕郭夫人弟弟任曲曾担任周县吏，被揭发盗窃官布，按法应该处弃市之刑。曹操当时在谯县未归，留守邺城的曹丕多次写亲笔信给鲍勋，希望他私下能高抬贵手。但鲍勋不敢纵容罪犯，还是将所有罪证上呈朝廷。最后任曲被处死了，让郭女王同他闹了好长时间。曹丕对鲍勋早已心存怨恨。

鲍勋任西部都尉时，在处理魏郡边境士兵轮休一事上延误了期限。中尉参奏，曹丕以副宰相之职，罢免了鲍勋的官职。过了不久，曹丕认为鲍勋刚正无私，重新任命他担任侍御史一职。

曹丕即魏王位时，侍中辛毗、魏太子傅何夔，魏太子中庶子鲍勋，坚持认为魏太子即王位必须有魏王或者当今皇上诏书的任命，又让曹丕心里很不痛快。

延康元年（220年），曹操逝世，曹丕继任魏王，鲍勋以驸马都尉兼任侍中。

同年曹丕代汉称帝，是为魏文帝。曹魏建立后，鲍勋上翻着眼睛，伸着长脖子，多次上表要求曹丕重视军事和农事，宽惠百姓；建筑宫殿庭园应该押后。曹丕均采纳了他的谏言。

魏文帝曹丕有次要打猎，鲍勋皱着窄额眉头，眼珠往上翻了几番，道："臣下听说三皇五帝，无不明确根本，树立教化，以孝义治天下。陛下仁慈圣明，有恻隐之心，有与古代帝王所建立的相同的功业。臣希望您继承前代的踪迹，让万世可以效法，怎么却在守丧期间从事驰骋之事呢？臣冒着死罪让你听到真言，希望陛下三思。"

当时规定守孝三年，曹丕的确守孝未满。但曹丕喜欢狩猎，就撕毁了鲍勋的奏表，骑马追逐猎物。中途停下休息时，曹丕问身边侍臣说："游猎作为娱乐，比八音乐器怎么样？"

侍中刘晔回答说："游猎胜过音乐。"

鲍勋伸着长脖子，瞪着眼，面红耳赤，驳斥道："音乐上通神明，下可中和人世的道理，使政治兴隆，达到天下大化，万邦安定。移风易俗，没有比音乐更好的了。况且游猎的事，在原野中暴露帝王的车盖，损伤生息化育的至高原理，迎风冒雨，不是有违时季的顺序吗？过去鲁隐公到棠地去观看捕鱼，《春秋》就讽刺了他。即使陛下把游猎当作急务，也是臣下所不希望的。"接着又奏称刘晔奸邪献媚，请曹丕治罪。

曹丕当时变了脸色，停止了游猎返回，之后让鲍勋出京任右中郎将。

黄初四年（223 年），尚书令陈群和尚书仆射司马懿都举荐鲍勋任御史中丞，曹丕又任用鲍勋做了御史中丞。鲍勋上任后执法严谨，百官都十分谨慎自律。

黄初六年（225 年）秋季，曹丕打算进攻东吴，召请群臣议事，鲍勋伸着长脖子上翻着眼珠当庭上谏，道：“王师屡次征伐而没能攻克的原因，是因为吴国、蜀国唇齿相依，凭依山水险要阻隔，有难以攻拔的态势的缘故。现在劳动士兵，袭击遥远的目标，每天耗费千金，国中白白消耗财力，使得狡黠的敌人轻视我国的威势，臣下认为不可。”

曹丕不听，坚持出兵。

鲍勋满面通红：“臣以为……”

魏文帝曹丕狠狠瞪他两眼。曹丕领水、陆两军到江淮，后从寿春回军，经过陈留郡。陈留太守孙邕来拜见皇帝，并顺道探望他的老朋友鲍勋。当时营垒还未建成，只树立了营标，而孙邕从侧路而没走大路，被军营令史刘曜发现，就检举刘曜违反军令。鲍勋认为壕堑营垒还没建成，不算违反军令。他出面调解了这件事情，没有举报。大军返回洛阳，刘曜犯了罪，鲍勋上奏要求将他废黜遣派，而刘曜却秘密上表，说了鲍勋私下放过孙邕一事。

曹丕狠狠拍动桌案，指责鲍勋，免去了他的职务。

都护将军曹洪感觉鲍勋能力超群，就让他做了自己的门客。自战国起，门客制度盛行，门客相当于当今社会老板的私人秘书。鲍勋替曹洪征收军费，受曹洪指使，把大量钱粮隐瞒没报官府，直接进了曹洪府库。

魏文帝曹丕下旨，逮捕曹洪、鲍勋二人，把他俩交给了司空、廷尉、御史三家审案。廷尉依法议决：“治罪刑罚，判曹洪与鲍勋剃发戴枷作劳役五年。”

司空府驳回：“依照律条罚交金子二斤。”

御史府判决：“二人晚报帑赋，贬为庶民。”

这些官员对曹洪、鲍勋的判决不同，主要是对他俩犯罪的定性不同，再一点是考虑到了都护将军曹洪。

曹丕大怒道：“他们两个若活在世上，大魏法律何在？你们若敢宽纵他俩，朕便降旨逮捕三官人员，交付刺奸官一并惩罚。”

太尉钟繇、司徒华歆、镇军大将军陈群、侍中辛毗、尚书卫臻、守廷尉高柔等人一同表奏看在二人在先王时期有功劳的份上，请求赦免他俩的死罪。

曹丕不予批准。

曹丕准备了两份牢饭，带着几个侍卫来到廷尉监牢探监。

监牢里十分幽暗，从狭小的天窗透过来的一丝光亮，使大牢现出模模糊糊的轮廓。监牢比他两次住过的禁室大多了，许多木栅牢房都是空的。

曹丕由典狱长领着先到了曹洪的监狱。曹洪闭目躺在席子上。典狱长高喊："陛下到——"这洪亮的声音在监牢里显得格外响亮。

曹洪睁开一大一小的两只眼睛，看看曹丕，马上又闭上了。

曹丕道："看在曹洪叔过去对父王有恩的份上，朕今日看看你……"

曹丕闭着眼一言不发。

曹丕道："朕今日送来了饭菜……"

曹洪睁开一大一小的眼睛，见是三个菜一壶酒，张嘴大哭："吾命休矣！"他一边哭着一边大口地吃起来。

曹丕转身走去，他哼哼鼻子："你原来不可一世，现在怎么㞞了！呸！"

典狱长打开了鲍勋的牢房。典狱长高喊："陛下到——"

鲍勋瞪着双眼，倚坐在牢房的墙壁上。见曹丕来，他一动不动，眼仍然看着原来的方向。

曹丕道："看在你过去正直无私的份上，朕今日看看你……"

鲍勋依然一动不动。

曹丕道："朕今日送来了饭菜……"

鲍勋睁开眼一看，见是四个菜一壶酒，伸着长脖子上翻着眼珠，道："请陛下快快送我上路，我早就活腻了……"

曹丕心里极不痛快，他下旨斩杀了鲍勋。他决定看看母后与众官员的反应，然后再对曹洪下手。

鲍勋被斩，朝野震动，曹洪在狱中听到消息脸色大变。

此事贾逵同样受到了牵连，按大魏法律也该被治罪。

曹丕不忘贾逵治乱的大功，说道："晋国贤大夫叔向的不朽功勋使得他传到十世的后代还能得到宽宥，何况贾逵的功德就是他自身所立的呢？"于是赦免了贾逵。

许多官员暗暗抱怨曹丕，对曹洪怎么不能法外开恩？

轻罚曹洪

卞太后坐在永寿宫考虑着曹洪的事。朝中几位重臣为了曹洪的事情找了她，卞太后便心乱如麻，食之无味。按心里的想法，她不想再管朝廷的事情了，这个当皇帝的儿子很有点自以为是。可曹洪是夫君的救命恩人，还是功高望重的将军，她担心儿子携私报复会冷了将军们的心。夫君在世时常说《荀子·哀公篇》中的一句话："孔子曰：'君者，舟也；庶人者，水也；水则载舟，水则覆舟。'君以此思危，则危将焉而不至矣？"在民心中，得将军们的心尤其重要。

卞太后叫来曹真，问曹洪到底犯了多大的罪，按大魏法律究竟应该如何处置，让曹真实言相告。

这曹真，本是曹操族子，幼年其父战死，曹操把他收为养子，卞太后养育过他。曹真对卞太后是极为孝敬的。曹真见问，便道："禀太后，曹洪叔父让鲍勋征收军赋，前期收的数目报给了朝廷，后期收的没报。若按他贪污帑赋，罪该处斩；若按他们晚报，该贬为庶民；若按他忽疏漏报，该罚二斤黄金。若按曹洪叔不知情，只该处罚鲍勋。若按鲍勋受命于曹洪叔所为，该重罚曹洪叔。我身为镇西将军，兵部要把这些钱粮拨给我用，我全知情，一怕曹洪叔父怀疑是我告发的，二是认为他曾经多次救魏武帝性命，故主张从轻发落。"

卞太后心里有了底，让曹真回去。

等曹丕晚上问安时，她屏退左右教训道："当年要不是有你曹洪叔相救，你父王早就一命归天了，你还会有今日吗？你父王临终时嘱咐，一定要善待对咱有恩的大臣，善待对国家有功的良将。再说，是你曹洪叔的门客处理钱财，并无你曹洪叔参与贪污的真凭实据，他们是一时漏报也说不定。你怎能说杀就杀呢？就算你曹洪叔知情晚报，他也罪不致殒命啊。原来你与他有过借绢的过节，将军们都知道，你若杀了他，满朝文武都会认为你心胸狭窄，日后你还拿什么服人？滥杀功臣，谁还愿意为国效命？人心不服，国家就危险了……”

曹丕沉思片刻，说：“母后容秉，儿子估计全是曹洪叔的事情……”

卞太后怒道：“你有真凭实据吗？身为皇帝，怎可意气用事！我还认为你是小题大做公报私仇呢！”

曹丕见母后动了真火，便道：“母后息怒，您教训得极是，孩儿一定谨记在心，自会根据证据秉公处置的。”

卞太后最后说道：“你若执意妄为，我便拿出你父皇的遗诏在朝堂上宣读……”

曹丕忙跪下：“母后，容皇儿禀，曹洪叔三个月不报，分明就是贪污。您老人家只知道替他说话，您知道儿子受了多少委屈吗？那些老臣，特别是咱曹家宗亲，仗着是父皇部下，战功显赫，对朕十分傲慢，让朕主政不力。”

卞太后道：“你可治他，但不能杀他，要对他从轻发落。若事情做过了头，你就适得其反了。”

“母后教诲得是。”

曹丕走后，卞太后怕儿子对自己的话不听，断送了曹洪性命。她又派人叫来郭皇后，吩咐道：“你劝劝子桓，绝不能让他杀了你曹洪叔。你曹洪叔要是死了，就会震动朝野。你若不听我的嘱托，我便废了你这个皇后。”

郭皇后垂着手，闪闪长而细密的睫毛，道：“太后放心，我一定遵命。”这郭皇后封号，也是甄宓下世后卞太后降下懿旨封赏的。卞太后说废了皇后封号决非妄言，她有这个权力。

郭皇后等曹丕下朝回来，极力替曹洪求情，甚至痛哭流涕，眼泪如珠儿串串落下：“曹洪叔要是死了，就会震动整个朝野，后面的事情……”在两个女人轮番进攻下，曹丕终于败下阵来，他撤回处死曹洪的诏命。

曹洪虽然保住了性命，但官职、爵位、封地被统统削去，再也“牛”不起来了。处理了曹洪，对那些居功自傲不听节制的老臣，确实起到了杀鸡儆猴的作用。

卞太后对这一处理结果，也勉强能够接受，自己毕竟保住了曹洪的性命。她猜想，如果夫君在世，他会如何处理此事呢？他对大臣的贪污也绝不会坐视不理，也一定会严加惩处的，但不一定会削去曹洪全部官职爵位。话说回来，有她的夫君在，曹洪也不一定敢出此大错。那时夫君对曹洪、曹仁几人盯得紧紧的，动辄训斥，看起来也是对他们的爱护啊。她看着夫君最后送她的那块凰玉，心里再一次泛起一股悲哀的情愫。

曹洪犯法，自以为必死，既得出狱，大喜，来拜见卞太后谢恩。

卞太后道："我告诫皇帝，不忘你对魏武皇帝的恩德。你也要自谨自爱，不能自恃功高，不守国法。"

曹洪叩头道谢："太后教训得极是。"他一大一小的眼睛布满血丝，扁平的鼻子昏暗，四外炸开刺猬毛似的络腮胡须新增了杂乱的白黄色彩。

卞太后嘱咐："给朝廷上书赔罪后，当你的庶民去吧。只许你老实守法，不能再生事端！朝廷以后有用人之际，会去召你的。"

"罪臣再也不敢了。"

曹洪向朝廷上书赔罪道："我年轻时不大遵照礼义准则，常常不遵守君臣名分的规定。罪臣长大后占有了不应该占有的职位，性情狂傲急躁，不明白遵守法度的要义，不惊醒自己，不适可而止地遵守职分，却有豺狼贪得无厌的心性；年龄大了更加贪婪，以至于触犯了国家法律，犯下了不可饶恕的大罪。罪臣本来不在赦免宽宥之列，应当承担罪责而死，弃尸于街市，然蒙受皇恩，保全了我一条性命。我仰视天日，自愧有负神灵；低头思考所犯下的大罪，止不住惭愧心惊。不能自裁而死，只求小心谨慎在家闭门思过而已……"

曹洪的认罪书，说的全是肺腑之言，能活下来真让他感觉很是侥幸了。曹洪就是这种脾气，当他傲起来的时候，目中无人，不可一世；当他认尿时，就会服服帖帖。曹操在世时训他，曹洪从来都是服服帖帖的，连眼皮都不敢抬一下。

正月，曹洪被贬为庶人。

曹洪是魏武帝曹操的堂弟，是功臣，曹丕严厉处罚了他，功高在世的朝臣颇多抱怨，抱怨皇帝挟私报复，不讲人情，担心下一个受处罚的会是自己。但从朝廷这面来看，处罚了曹洪，对那些以功自居藐视国法的老臣，确实起到了很大的震慑作用。

经过一系列的措施，魏文帝曹丕认为曹魏内部稳定了，国库丰满了，他要御驾亲征，完成曹操的遗愿：打败刘备，战胜孙权，荡平天下，消除南北分裂的局面，统一中国。他相信自己有这个能力，一定能创造出比父王更为辉煌的业绩。

下一步，就看他的作为了。

第六卷：统一大业

打通西域

曹丕雄心勃勃，选拔英才良将据为己用。他要大展宏图，完成父亲统一中国的遗志，灭掉与自己抗衡的东吴与西蜀。他要的是大一统天下，绝不是曹魏眼下的半壁江山。

曹丕权衡诸方面利弊得失，参考父王遗命，确定了自己的战略目标：先巩固北方，打开通往西域的路，然后威慑刘备，攻下东吴，最后消灭刘备，实现天下一统。此目标与魏武帝曹操的遗嘱略有不同。曹操的嘱咐是让曹丕先灭刘备，再灭东吴。曹丕计划先威慑刘备，攻下东吴，最后消灭刘备。这样安排，曹丕自有他的道理与深意。他耳边始终萦绕着父王那句“生子当如孙仲谋”，他当时心里就很不舒服。父王临终时还说“孙权又黑又厚，比刘备厉害，比刘备难对付”。按父王遗嘱行事，就很没创意。他先灭了东吴，就能向世人表明：他曹丕是一代圣主，是最厉害的皇帝。

曹丕受禅时，西北、北方各部有代表出席，说明当时魏国在其他民族心目中已经有了很高的威望。曹丕将匈奴南单于的玉玺进行更换，并赐给了单于青盖车、乘舆、宝剑、玉石等物品。曹操在世时，曾远征乌桓，平定了西、北方的叛乱，实行了各民族大融合的政策，深得各民族信任与爱戴。但是这并不等于说，在北方大魏就是铁板一块。曹丕要扩大疆土，巩固后方，把父王原统治的地区变成铁板一块，而他首先要做的就是再次打通西域，让通往西域的路途宽敞顺畅。

古人所说的西域，狭义指的是玉门关和阳关以西、葱岭以东的大片地区，也就是今天的新疆；广义则是指从新疆再往西所能达到的地区，包括亚洲中、西部地区。曹丕复通的西域，则是新疆一带。

东汉汉明帝永平十六年（公元 73 年），东汉朝廷派兵北征匈奴，再通西域，西域诸国王皆遣王子入侍（充当人质）。汉明帝驾崩后，十六岁的汉章帝即位，焉耆、龟兹、车师等小国先后起兵响应匈奴，反抗汉朝。汉章帝遂撤西域都护和戍己校尉，又罢屯田兵，西域再次易主。

永元三年（91 年），在汉军大破匈奴的形势下，东汉王朝遂让班超为西域都护，出使西域。班超在西域三十年，东汉恢复了对西域的统治，居龟兹国的它乾城，又复置戊己校尉于高昌，巩固我国西部疆域，促进了中国和中西亚各国的经济文化交流，保卫了“丝绸之路”。班超对促进多民族国家的发展做出了卓越贡献。汉和帝一死，即位的是刚满百日的刘隆。当时朝野动荡，西域诸国再次起兵反汉，北匈奴立即进入西域，控制了各诸侯国。

延光二年（123 年），汉朝廷采纳敦煌太守张珰之策，命班超之子班勇为西域长使，率军平定了西域。汉桓帝之后，东汉国势日衰，西域诸国纷纷脱离汉朝管制，此为四通四绝。

第五次开通西域的使命就历史性地落在了曹丕的肩上。

东汉末年，经过三十年的群雄逐鹿，曹操扫平了各路诸侯，北方重归一统。这使得曹丕解决西域问题有了良好的基础，曹丕决心再次开通西域。

当时，曹魏的西北地区汉人稀少，那里几乎是羌、氐等族的地盘。卢水胡族人数多，势力最大。卢水胡族活动在中国西北部，他们策马如飞，骁勇善战，神出鬼没，且北可以联合鲜卑，南可以联合羌人，对曹魏所属的河西走廊威胁极大。曹丕最担心卢水胡族与蜀汉联手，这样就会对曹魏形成双向夹击之势。

曹丕下令重置凉州。在建安十八年（213 年），曹操封魏王之前，曾将凉州并归雍州，现在重置凉州，是曹丕经营河西走廊的第一步。

当时的凉州，下辖金城、西平、武威、张掖、酒泉、敦煌、西海七郡，州治设在武威郡的郡治所姑臧。曹丕重置凉州后，随即任命安定的太守邹岐任凉州刺史，辛机任酒泉太守，毌丘兴任武威太守，尹奉任敦煌太守。邹岐等人领命赴任，一心想在安定河西上做点成绩来报效新主。不料他们刚进入凉州境内，一场叛乱突然爆发。

张掖郡人张进，违逆邹岐，私自拘捕张掖郡太守杜通，率军反叛，阻拦邹岐赴任。酒泉郡人黄华，西平郡人麴演起兵响应。武威郡的胡人也趁火打劫，一时间，凉州七郡有四郡叛乱。河西走廊燃起战火，烽烟四起，形势危急。

武威太守毋丘兴向曹丕告急。曹丕下诏让能臣苏则平叛。

苏则（？—223 年），字文师，扶风武功（今陕西武功西）人，曹魏大臣，少以学问品行闻名于世。他一开始做官为酒泉太守，后又转安定、武都太守，都有威名。曹操征伐张鲁时，让他作为军导。张鲁投降后，苏则做金城太守，政绩卓越。他多次参与镇压凉州军阀曲演叛乱的战事。苏则有治事的才能，又久在凉州做官，威名远扬。

苏则接受诏命，认为现在叛军并未同心，应快速打击，必可破敌；倘若延迟行动就难以平定。苏则迅速发兵，与张既、费曜勒兵救援武威。魏军一到，叛军皆降。苏则又与武威太守毋丘兴进攻张掖郡的张进。

麴演闻知苏则率军到，就率领步骑三千假意迎接苏则。麴演最是反复无常的小人，他原先是韩遂部下，后来杀韩遂降曹操，被曹操封为西平太守。曹操去世后，麴演立即反叛，自称护羌校尉。他看到张进造反，又再次积极响应叛乱。面对这样的小人，苏则毫不含糊，诱骗麴演相见。麴演不知是计，便径自前来，苏则立即下令斩杀麴演，把麴演血淋淋的人头悬挂于高杆。苏则率领大军围攻张进，大破叛军，斩杀张进及其党羽，其余士卒全部投降。

曹魏敦煌郡功曹张恭把酒泉的叛军打得勉强支撑，苏则等人援军一到，酒泉的叛军更是毫无胜算。叛军头目黄华见大势已去，放出扣押的人质乞降，河西平定。

颧骨高峻、棱角分明的曹丕，得到捷报喜笑颜开，心中像吃了蜜一样甜。他那倒八字剑眉下的细眼里泛出兴奋的光亮。他下诏重赏有功人员，封苏则为都亭侯、张既为都乡侯、张恭为关内侯、毋丘兴为高阳乡侯。邹岐等人才得以顺利到任。

这一次平定河西，只是清除了西北方的部分割据势力。至于来自卢水胡的威胁依然存在。一年半后，一场更大的危机到来了。

黄初二年（221 年）十月，凉州卢水胡族人在叛军首领治元多、伊健妓妾等人的率领下，组成诸胡联军，大举起兵反魏，攻掠郡县，河西大扰。此时，苏则、毋丘兴已经调入洛阳任职，而凉州刺史邹岐面对战乱局面竟然束手无策。

曹丕见邹岐能力低下，当机立断，改派雍州刺史张既前往凉州替代邹岐。曹丕对张既极其信任，给予了其“便宜从事，勿复先请”的权力。曹丕派遣护军夏侯儒、将军费曜等随军其后，他们统统受镇西将军曹真节制，出兵征讨卢水胡。此时吴蜀雌雄未决，曹丕便趁此机会扫除北方割据势力，有充足的军力向西北大举进攻。

新任的凉州刺史张既率精兵五千，昼夜兼程、驰赴河西。十月下旬，兵马抵达凉州东端的金城郡属县榆中。榆中是凉州的东大门。张既率军抵达此处后，面临的困难是：能否继续进军？从哪一条道路进军？此时，卢水胡族有七千铁骑在鹯阴口扼守要道，阻挡张既军西进。张既麾下诸将都认为兵少路险，不可深入敌方腹地。张既借当年韩信指挥的井陉之战为例，分析道："道虽险，非井陉之隘；夷狄乌合，无左车之计；今武威危急，赴之宜速。"

张既采取声东击西的计策，急行军至武威城下。面对突然出现的魏军，胡人大恐，以为张既率领的曹魏军士是天兵天将下凡，遂即放弃武威，退守显美。

张既率部占领了武威，曹魏将军费曜接应的部队也赶到了。费曜，是三国时期曹魏名将，官至后将军。士兵们见来了援军，士气大振，勇气倍增。张既犒赏三军，休整几天后，率兵进攻袭击显美的卢水胡兵主力。

张既先安排三千精兵埋伏在显美东面的险阻地带，然后派一千多骑兵向卢水胡挑战。卢水胡见曹魏张既兵马不多，立即冲出一万多骑兵应战。两军刚一交锋，张既军佯作不敌，调转马头回逃。卢水胡军不知是计，一口气追了数十里。

忽听两旁战鼓齐鸣、杀声四起，三千魏军主力骑兵如海潮般冲了下来，在前诱敌的健儿又调转马头杀将过来。卢水胡兵方知中计，刚要回逃，后面的退路已被封住。卢水胡军大败，被斩首俘虏的多达万余人，卢水胡显美大本营遂被摧毁。

率领主力部队的曹真设下天罗地网生擒了卢水胡治元多、伊健妓妾等几个首领。此战斩卢水胡首五万余级，获牲口十万，羊一百一十一万口，牛八万。

苏则并未躺在功劳簿上睡觉。乘河西大捷之势，他与夏侯儒西进酒泉，大破羌人骑兵万余，羌人首领苏衡率部二万余户归顺。

黄初三年（222 年）三月，慑于曹魏声威，鄯善、龟兹、于阗等诸国一起遣使来朝，并奉献了大批西域的奇珍异宝。曹丕下诏安抚西域各族，设置了西域长史府，任命在河西之战立有大功的张既做了曹魏第一任戊己校尉。至此，曹魏恢复了汉朝在西域的统治。

大规模军事行动胜利后，张既和夏侯儒修筑边塞、设置烽火、整治道路、建造仓库、储备军资，把凉州的军事防务、民生财政弄得井井有条。经过这一番努力，河西走廊秩序井然，道路全线畅通。

曹丕欣喜异常，大笑说：“吾策之于帷幕之内，诸将奋击于万里之外，就像用金、铜、玉制成的用来传达命令时合之以验真假的符节一样吻合。此次战役克敌、获虏众多，以往未之有也。”和上次一样，曹丕大加封赏了此战有功人员，封曹真为上军大将军，都督中外诸军事，假节钺；封张既为西乡侯，增加了二百户食邑。

张既在西域任职数年后，曹丕又令其子张就子承父位，父子二人均能镇抚诸国，屏障凉州，其事迹与东汉的班超、班勇父子相媲美，在历史上传为佳话。

打通西域，北方稳定，曹丕就要对孙权、刘备出手了。

宫中定策

曹丕称帝后，割据巴山蜀水的刘备立即宣布汉献帝被曹丕杀害，对汉献帝禅让给曹丕皇位表示拒不承认。他以光复汉家天下延续汉朝法统为名，在巴山蜀水复辟汉朝，史称“蜀汉”。刘备的年号为“章武”，表明刘备继承了大汉的皇统，是秉承了火德，而绝不肯尚黄，使用土德。

孙权面对此情此景就显着很有些尴尬且不知所措了。他紫髯炸开，碧眼放出异光，大嘴咬了两下嘴唇，止不住发出“哇呀呀”的怪叫。汉献帝没有禅让诏书给他，刘备虽然卖草鞋出身，但他毕竟说自己是汉景帝刘启的儿子、中山靖王的第六代孙，他宣布自己当皇帝好像也宣布得理直气壮。孙权姓孙，不是刘家后代，并且与刘家不是八竿子能打得着的亲戚，没有譬如姥娘姑姑什么的关系。曹丕、刘备都称帝了，孙权不知道该如何亮明自己的身份。先前孙权是大汉吴侯，如今大汉何在？如果说大汉不在了，那成都方面的刘备，国号不还叫大汉吗？如果说大汉还在，自己是大汉的吴侯，难道还得把荆州还给刘备再俯首向他去称臣不成？孙权鼻子都气歪了，当然一百个不愿意。他有点瞧不上那个脸皮特厚，遇到危难连媳妇儿子都能抛弃的白面老头儿。

孙权趁着关羽北伐襄樊之际偷袭荆州，拿下了关羽所镇守的荆州三郡，同时归属孙权的还有数十万百姓以及数万投诚的荆州军。孙权斩杀关羽，已经意料到后来刘备会复仇。这事孙权早就计划好了，他既然敢偷袭荆州，那就不怕刘备报仇，更不怕孙刘联盟破裂。

不爱说话，喜怒不形于色的刘备听到二弟关羽被杀后，怒火填膺，白脸皮气得通红。关羽是他结义兄弟，他要报仇雪恨，找孙权那小子算账！刘备说干就干，开始有条不紊地准备东征孙权，并在战争开始前一两个月完成了称帝这件大事。为了替二弟关羽报仇，也是为了夺回荆州之地，刘备亲率蜀军伐吴。孙权遣书请和，刘备盛怒不许：“呸！想得美！杀弟之仇，不共戴天，你想讲和我就与你讲和吗！”

孙权考虑，看情况，眼下既然与刘备和好没有可能，那他就必须与刘备死磕到底了，且只能胜，不能败。东吴战败，形势要比蜀汉战败恶劣得多：刘备好歹有雄关漫道来阻挡曹魏军队长驱直入，而东吴如果被蜀汉击败，长江天险只怕不足以阻挡大魏南下的铁蹄。孙权认为眼下必须避免两线作战的困难局面发生。

公元 221 年，蜀汉大军攻破吴军巫口和秭归两处。黄初三年（222 年）正月，孙权派人前往曹魏都城洛阳，表示东吴愿意向曹魏称臣，上书要出兵迎战蜀军，并请曹魏出兵。孙权答应战争胜利结束后，愿把荆州下辖的南阳、南郡、江夏、零陵、桂阳、武陵、长沙七郡，献给曹魏三郡。其实孙权的口头承诺给曹丕的许多好处都是权宜之计，实际上是水中望月的应允。刘备前来攻打，孙权能不能保得住荆州还得另说。

曹丕皱皱倒八字剑眉，细眼里立刻射出欣喜的光芒。曹丕把孙权书信递给群臣观看，命人立即回《报吴王孙权书》，鼓励其杀敌。对于蜀汉和孙权的冲杀，魏文帝曹丕是沾沾自喜的。他考虑：如果刘备能灭了孙权，他就趁机灭了东吴；如果孙权打败刘备，那他就趁机灭了刘备。就凭借曹魏的军力，只要消灭刘备和孙权的任何一方，另外一方也必然会被己方所吞并。他正好趁蜀吴交战的机会巩固一下北方。

曹丕直接把孙权从吴侯封为吴王。

孙权接到曹丕封赏诏书，紫髯炸开，碧眼放出异光，张开方下巴“哈哈”大笑。他从东汉的吴侯，一跃成为曹魏的吴王，孙权的目的达到了。

刘备要报孙权杀关羽之仇，派黄权率领一万人在长江以北防备曹魏，又派侍中马良到武陵活动，争取当地部族首领沙摩柯起兵协同蜀汉大军作战。刘备亲率大军来攻打孙权。

孙权任命右护军、镇西将军陆逊为大都督，统率朱然、潘璋、韩当、徐盛、孙桓等部共五万人开赴前线，抵御蜀军。

吴蜀大战在即，曹魏如何行动?

早朝的灯火通明。曹魏官员正在阔大的宫殿里议事。

曹丕由两个漂亮的宫女跪坐在身后的御座上侍奉着，在早朝的魏宫里形成一道亮丽的风景线。曹丕坐在宫殿高高的殿台上，高台下面两边摆放着两排精致的裹布垫席。大臣们后脚跟紧顶着臀部跪坐着，双手垂放膝上，这是汉魏时代朝会时大臣们的最标准的坐姿。公卿大臣在朝会中，每人竖拿一块长方形称为“笏”的板子，把各自要奏的事情提前写在笏上。杨修的父亲杨彪已近八十岁了，也拄着木杖上了朝。这一切都表明这次早朝上，曹魏君臣们要商定一件重大的事情。

魏文帝曹丕坐在高高的殿台上，系着白玉珠的皇帝冕冠十二旒在眼前不住晃动，给大臣一种神圣的感觉。曹丕向台下扫视了一圈，两道倒立的浑如黑漆的剑眉展了两展，道：“众卿家，蜀吴开战我大魏应如何应对，请大家各抒己见，言者无罪。”

朝堂上出现了短暂的沉默。

前排就座的贾诩率先开口，打破了沉默：“蜀国方面，刘备有雄才，诸葛亮善治国。东吴孙权识时务，陆逊能预见兵势。我私下估计，即使陛下亲自领兵征讨任何一方，也不一定会大获全胜。现在蜀吴开战，对我们十分有利……”

曹丕听着贾诩的高论，心里颇不舒服。贾诩的话里似乎含有小看他的意味。他用力皱两下眉头：“朕想听听我们应该采取的行动方案……”

贾诩的发言也算是抛砖引玉了。事实上，贾诩与司空王朗私下交换过意见，只是此时并不想把自己成熟的行动方案说出来罢了。他在朝廷议事时常常这样，先说几句不疼不痒无关紧要的话，听听众大臣的看法，然后再说出自己高于大家的意见。贾诩的行事风格一直都是这样，魏王曹操在世时每当议事时，他也是这样行事。

中间就座的刘晔干咳嗽两声：“咳咳，愚以为刘备爱意气用事，关羽一死，他对东吴决不会善罢甘休。我们可凭借实力，联合刘备先攻打东吴，回头再打刘备，这样就能轻而易举地统一天下了。为什么联合刘备攻打东吴呢?因为攻打孙权比攻打刘备方便，无论是地理上的原因，还是军事上的调度，攻打孙权都是比较容易的。而蜀汉位于川蜀盆地，打刘备要翻山越岭，道路不便，进兵与后勤保障都是问题……”他说完，又习惯性地咳嗽两声。

有几人随声附和：“嗯，刘大人言之有理。”

曹丕没当场表态，但他心里认为，刘晔的建议有一个不合理的地方，就是他不可能与刘备联合。他与刘备都称了帝，自己是大魏皇帝，刘备是蜀汉皇帝，天无二日，且一山不容二虎，无论在政治上、名声上，两人都不可能出现真正意义上的联合。

曹丕看看司马懿，司马懿低头不语，又无人说话，便道："侍中刘晔言之有理，只是孙权在刘备发动夷陵之战前已经被朕封为吴王，他已经向我大魏称臣了。孙权既然已经称臣，朕就不应该再去攻打孙权了，否则天下人如何臣服于朕？朕以为应该趁刘备出兵的时机联合孙权攻打刘备。众爱卿以为如何？"其实这个意见是他私下与司马懿商定的，他俩一致认为要主动出兵攻打刘备太难了，进军路线只有两条可行，一条是从荆州经夷陵、秭归渡过长江三峡攻打益州，另一条是从关中翻越秦岭攻打汉中。路太难走了，而且物质供给不畅，当年魏武帝与刘备争夺汉中时，就是因为不方便运输才放弃了汉中的。不方便攻打刘备还有一个原因，就是曹魏的主力部队此时全部集结在合肥、淮南一直到襄阳、荆州这一条南北分界线上，如果主动进攻刘备，需要把军队经过大规模调动才能运到前线去，战线长达数千公里，太远了，也耽误时间，这是不现实的。现在形势就不一样了，刘备率大军出来了，他就可以趁刘备出兵的时机联合孙权攻打刘备了。曹丕认为这是千载难逢的机会，联吴攻刘，对大魏的统一天下极有益处。

司马懿站起来表了态，表示支持皇上反对刘晔："愚以为应接受孙权的投降，他走投无路，只好真心归附我朝。如我乘人之危攻打东吴，恐他人不敢向魏纳贡输诚了。"

朝堂上众多人响应："陛下英明！"

司空王朗却不赞成曹丕的意见，他有更高明的计策，就是坐山观虎斗。这王朗，本名王严，字景兴。东海郡郯县（今山东临沂郯城县）人，汉末至三国曹魏时期的重臣。他言辞诚恳地说道："臣昨天与贾诩贾大人交换过意见，我们认为，曹魏不能在刘备与孙权刚发生冲突时，就断然采取支持任何一方的行动。至少现在不能。"司空王朗稳稳神，继续道："我们这时如果一动，刘备与孙权就有可能打不起来了。应该等他们打起来，且到两败俱伤的时候，再发兵攻打一方，就能坐收渔翁之利了。"

曹丕望望贾诩，贾诩点头称是。贾诩刚才的发言并未说完。其实贾诩还有一层更深的考虑：如果曹魏此时出兵，刘备一看形势不妙，像乌龟一样缩回了脑袋，与孙权打不起来就没好戏看了。

曹丕把三种意见的利弊综合考虑了一遍，感觉贾诩与王朗的意见明显带有新意，他俩作壁上观的建议最为合理，对吴蜀暂时按兵不动，先整治北方，再后发制人。他认为，如果父王在世，估计也会采纳这个建议。经过一番讨论，曹丕最终选择了贾诩与王朗的意见——坐山观虎斗。选择坐山观虎斗，什么也不干，只看着刘备与孙权掐架，看好戏，有意思！曹丕用手捋了捋冕冠上的十二旒珠，脸上露出欣慰的笑容。

吴蜀之战

孙权任命的大都督陆逊，本名陆议，曾与吕蒙共同击败过关羽，绝非等闲之辈。此时，东吴名将周瑜已经死去十多年了。陆逊通过对吴蜀双方兵力、士气以及地形诸条件的仔细分析后，提出刘备兵势强大，此时居高守险，锐气正盛，求胜心切，吴军应暂时避开蜀军的锋芒，等蜀军士气衰落、军粮耗尽时再出击破敌。他耐心说服了吴军诸将要立即决战的要求，果断地实施战略后退，一直撤到夷道（今湖北宜都）、猇亭（今湖北宜都北古老背）一线，然后在那里固守防御，遏制蜀军的继续进兵。陆逊集中兵力，准备伺机决战。这样，吴军完全退出了高山峻岭地带，把兵力难以展开的数百里长的山地留给了蜀军。

公元222年正月，蜀汉水军由将领吴班、陈式带领进入夷陵地区，屯兵长江两岸。

二月，刘备亲率主力从秭归进抵猇亭，建立了前线大本营。这时，蜀军已深入吴境二三百公里，由于在这里遭到了吴军的顽强抵御，蜀军东进的步伐停顿下来。在吴军扼守要地、坚不出战的情况下，蜀军不得已在巫峡、建平（今四川巫山北）至夷陵一线数百里地上设立了几十个营寨。

刘备报仇心切，派遣前部督张南率部分兵力围攻驻守夷道的孙权的侄儿孙桓。

吴军诸将纷纷要求出兵救援。陆逊深知孙桓素得士众之心，夷道城坚粮足，坚决拒绝了分兵援助夷道的建议。

从正月到六月，吴蜀两军仍然僵持不决。刘备面色白皙中透着青色，频繁派人到阵前辱骂挑战，但陆逊均不予理睬。刘备又派遣吴班率数千人在平地立营，另外又在山谷中埋伏了众多人马，企图引诱吴军出战，伺机加以聚歼。但是此计依然未能得逞。陆逊坚守不战，破坏了刘备倚恃优势兵力企图速战速决的战略意图。蜀军将士逐渐斗志涣散松懈，失去了主动优势地位。

六月的江南，暑气逼人，蜀军将士挥汗如雨，忍不了酷暑的苦楚，抱怨不停。刘备无奈，只好将水军舍舟转移到陆地上，把军营设于深山密林里，依傍溪涧，屯兵休整，准备待到秋后再向吴军发动进攻。由于蜀军处于吴境二三百公里的崎岖山道上，远离后方，故后勤保障多有困难，再加上刘备百里连营，兵力分散，从而为陆逊实施战略反击提供了可乘之机。

曹丕听说刘备率军东下，与孙权交战，木栅连营七百余里，认为刘备犯了兵家大忌，必定速亡。他认为此时吴蜀并未有真正意义上的厮杀，不宜出兵。

陆逊看到蜀军士气沮丧，认为战略反攻的时机业已成熟。为此他上书吴王孙权：交战之初，所顾虑的是蜀军水陆并进、夹江直下。眼下蜀军舍舟就陆，处处结营，从其部署来看，不会有什么变化，这样就有了可乘之机。此时出击，击破蜀军当无困难。孙权当即批准了陆逊由防御转反攻的作战计划。

陆逊在大反攻前夕，先派遣小部队进行了一次试探性的进攻。这些试探性进攻虽未能奏效，但却使陆逊从中寻找到了破敌之法，那就是用以往东吴在赤壁之战所用的战法——火攻蜀军连营。当时江南正值炎夏季节，气候闷热，而蜀军的营寨都是由木栅筑造而成，其周围又全是树林、茅草，一旦起火，就会迅速烧成一片。决战行动开始！陆逊命令吴军士卒各持茅草一捆，趁夜突袭蜀军营寨，顺风放火。各将士依计而行，冲入蜀军兵营。他们不忙着杀敌，而是忙着拼命放火点火。又有一部分士兵拉开弓箭，把火球射向蜀军远方的兵营。军营顿时间火势猛烈，蜀军大乱。陆逊乘势发起反攻。在浓烈的大火中，蜀军从梦中醒来，浑身起火，只好仓皇西退。

吴将朱然率军五千首先突破蜀军前锋，再猛插到蜀军的后部，与东吴韩当所部在涿乡（今湖北宜昌西）切断了蜀军的退路。东吴潘璋所部猛攻蜀军冯习部，把冯习部军打得落荒而逃。东吴诸葛瑾、骆统、周胤诸部配合陆逊的主力在猇亭向蜀军发起猛烈攻击。守御夷道的孙权侄儿孙桓也主动出击。吴军进展顺利，很快就攻破了蜀军营寨四十余座，并用水军截断了蜀军长江两岸的联系。蜀军将领张南、冯习及土著部族首领沙摩柯等阵亡，杜路、刘宁等卸甲投降。刘备见全线崩溃，便逃往夷陵西北马鞍山，命蜀军环山据险自卫。陆逊集中兵力，四面围攻，又歼灭蜀军近万人。蜀军溃不成军，大部分死伤和逃散，车、船和其他军用物资丧失殆尽。

刘备趁夜突围逃遁，行至石门山（今湖北巴东东北），被吴将孙桓部追上，遭受猛攻。在千钧一发之际，蜀汉驿站人员焚烧了蜀军逃兵所抛弃的装备，用大火堵住了刘备逃跑的山道，刘备的后卫将军傅彤等人死战被杀，才得以让刘备暂时逃脱。刘备摆脱了孙桓的追兵，逃入白帝城（今四川奉节东）。

蜀军镇北将军黄权所部正在江北防御魏军。刘备败退后，黄权的归路被吴军截断，不得已在八月率众向曹魏投降。同月，蜀军大将马良由南方往西北撤退时，被孙吴重臣步骘截击而死。

此战，刘备军几乎全军覆没，阵亡数万人。

东吴军民敲锣打鼓，喜气洋洋。孙权紫髯炸开，碧眼放出喜光，大笑不止。

刘备逃到白帝城后，吴将潘璋、徐盛等人都主张乘胜追击，扩大战果。但此时刘备收拢散兵以及赵云的后军来援，永安驻军接近两万，陆逊已经失去攻克永安的机会。再加上他顾忌曹魏方面趁机袭击后方，便停止追击，主动撤兵。

公元 222 年闰六月，刘备退住白帝城。当时手下人都劝他回蜀都成都，但刘备气恼伤心，感觉无颜见诸葛亮与成都大臣，执意不回，下令将白帝城所在的鱼复县改名为永安，在此坚守。

次年 223 年四月，刘备因夷陵惨败恼羞成疾，一病不起。他的七尺五寸身材似乎一下子变瘦变短，原来白如冠玉的面皮如今变得黄中泛黑，嘴唇失去了红红的胭脂颜色，说话气息微弱。他断断续续地让史官记下了他给刘禅的临终遗言：

“我一开始患的痢疾，后转成其他重病，大概不能治愈了。人活五十不能称夭亡，我年龄已经六十一岁，又有什么遗憾的呢？只是惦念刘禅你弟兄几人。中郎将射援到我这儿来时，说诸葛丞相赞叹你聪明而且有度量，射援还向我说了许多关于你的好话，看来你超过了我原本对你的希望。你果真能这样的话，我还有什么可担忧的呢？你可要努力啊！你可要努力啊！勿以恶小而为之，勿以善小而不为。唯贤惟德，能服于人。”

夷陵之战以东吴全胜结束。

刘备眼含泪水，在曹操死后三年，亡故于白帝城，享年六十一岁。

曹丕听到刘备下世，感叹良久，叹息自己失去了亲自挫败刘备的机会。

他坐大殿与群臣商量军国大事。人报：“刘备一死，西蜀大将黄权来降。”

曹丕大喜，问后才知：刘备伐吴，许多将领兵士都死于吴手，黄权所部回蜀的道路都被吴军封锁，回蜀无望，选择了投降魏国。

黄权，字公衡，巴西阆中（今四川阆中）人。三国时期先任蜀汉后任曹魏的将领。黄权年轻时为郡吏，后被州牧刘璋召为主薄。曾劝谏刘璋不要迎接刘备，因而被外放为广汉县长。刘璋败，才降刘备，被拜为偏将军。刘备夺取汉中，黄权做了治中从事。刘备伐吴，黄权做镇北将军，督江北军以防魏师进攻。刘备伐吴败还，而归途隔绝，黄权不得归，无奈率部降魏。

魏文帝曹丕十分赏识黄权，仍授他镇南将军，封育阳侯，加侍中，让他同车陪乘。黄权后来兼任益州刺史，进驻河南。

曹丕暗暗想道："有了黄权，可探听蜀军虚实。再加上刘备新亡，按原来商定的策略出击蜀地，此乃天赐良机也。"

五路伐蜀

魏文帝曹丕加封了蜀降将黄权，向他打听了去蜀地的路径，了解到要进攻刘备确实不易，再次感到自己原定的规划是十分正确的。

司马懿求见。

颧骨高峻、棱角分明的曹丕，对鹰眼狼顾的司马懿始终提防着。他牢记着父王不让司马懿掌管军权与政权的嘱咐，平时行事，只是让他起个军师的作用。但从内心说，他对司马懿还是很感激的。曹丕感觉，司马懿对他可谓忠心耿耿，勤勉做事，从无一点差池。

司马懿看着曹丕倒八字剑眉下闪着铿亮的光芒的细眼，感觉那光像能穿透他的肺腑一般。在曹丕面前他只能忠心耿耿，勤勉做事。

曹丕命人上茶。司马懿行君臣大礼。曹丕赐座。

司马懿垂手站立，道："陛下，臣有本奏。"

曹丕道："司马尚书请讲。"

司马懿鹰眼扫视了一下曹丕，道："臣夜不能寐，食之无味。愚以为，自陛下登基以来，巩固了内部，开通了西域，天顺人和，政绩卓著。现刘备新死，诸葛亮掌权，我大魏要出兵东吴，讨伐无道，须先出兵西蜀，展示国威，威慑一下诸葛亮。我大魏对东吴作战，让蜀军不敢从旁作梗，还能趁此机会观察人心向背，日后也好提防。"

曹丕道："请司马尚书说出通盘筹划，好让我斟酌一二。"

司马懿道："我建议五路出兵进攻蜀地：第一路派轲比能率领羌兵十万，先从旱路取阳安关（古阳平关）；第二路让南蛮王孟获起兵十万，攻打益州（今云南晋宁东）、永昌（今云南保山）等郡；第三路让孙权起兵十万，攻打两川峡口，径取涪城（今四川三台西北）；第四路让降将孟达起上庸兵十万，西攻汉中；第五路让大将军曹真率兵十万，攻打阳平关。其他四路不说，只告诉曹真只是佯攻，见好收兵可也。"

曹丕道："朕以为不妥，真要攻蜀，派我大魏直接掌管的兵马即可，其余四路均靠不住，恐误朕大事。”

司马懿笑道：“陛下勿忧矣。此战真真假假虚虚实实，若五路能来三路兵马，此仗便真打；若不到三路就只对蜀军震慑一下即可。这样一是对蜀军起到震慑作用，二是能观察各路对陛下态度，日后也好对他们有所照应，三是如若东吴行动迟缓或概不出兵，我方可占得伐吴理由。”

“也罢。”曹丕私下认为，此战无论胜负，既可威慑蜀军，名义上也是对孙权的支持，抑或是对他的考验，还可以为攻打孙权找个借口，真可谓“一石多鸟”。曹丕当即决定依计而行。随即，他分别下了五道圣旨，分发五路，命各路人马如期出兵伐蜀。

蜀国闻知魏国五十万兵马分五路前来攻打，倾国之危迫在眉睫，君臣上下惶惶不安。诸葛亮却数日推病不来上朝，且闭门不出。

这下可急坏了刘禅。

刘禅（207 年—271 年），即蜀汉后主，字公嗣，小名阿斗。昭烈帝刘备之子，母亲是昭烈皇后甘氏，三国时期蜀汉第二位皇帝。刘禅方面大耳，一副诚实憨厚相貌。他幼年时多遭难，幸得大将赵云两次相救，才得以活命。刘备定益州后入蜀，蜀汉建立后被立为太子。刘禅于公元 223 年继位为帝，在位四十二年，其间尊诸葛亮为相父。

其实历史上真正的刘禅并不是人们所说的扶不起的阿斗。真正的刘禅也是比较聪明的，是个颇富有才智的人。他懂得忍让，常用傻笑来伪装自己以求自保，而且知道韬光养晦。所谓的乐不思蜀，只是为了保全大局在司马炎面前上演的一场戏而已。

如热锅上蚂蚁的刘禅，亲自去相府探望诸葛亮。却见头戴纶巾、身长八尺、容貌甚伟的诸葛亮，正在池边一边悠闲地钓鱼，一边轻摇羽扇凝神沉思。原来诸葛亮这几日正闭门考虑退兵之策，他告诉焦急万分的后主：“陛下不必忧虑，四路大兵我已想好了退敌之策。唯东吴一路，我正考虑派谁做使者前去退兵。”

刘禅听后大喜，放心回宫，心中暗想：“大事有相父操劳，我还是喝酒行乐为妙。”

曹丕五路兵马向西蜀进兵。

第一路，轲比能率领羌兵十万依期出兵，大队人马从旱路滔滔而行，到达汉中西端的阳安关下，驻军扎营。羌是古代的少数民族，分布在四川北部、甘肃西部，三国时期位于凉州地区，董卓、韩遂及马腾、马超都借助过羌族的兵力。第二天轲比能下令，三更造饭，四更点卯，军队准备齐备。五更时分，轲比能一声令下，开始攻打阳安关。

阳安关（也叫古阳平关）的北边是秦岭山脉，南面是大巴山，山高关陡，地势十分险要。

羌兵刚开始进攻，只见关上现出一队人马，内中有一员大将。只见他身穿铠甲，虎体猿臂，彪腹狼腰。那大将高声呐喊，声雄力猛："羌人兄弟，我是马超，有我在此守关，你们休想攻下，快快回去吧！"

马超（176 年—222 年），字孟起，扶风茂陵人，汉伏波将军马援的后人，马腾的儿子。蜀大将马超世居西川，连同其父对羌人遍施恩惠，在羌人中威信极高，被称为"神威大将军"。诸葛亮星夜传檄，令马超伏四路奇兵之一路，镇守阳安关。西番羌人兵马在阳安关见到了"神威大将军"马超，他们虽归附了曹魏，但并不反对投奔西蜀的马超，便不战自退。

第二路，南蛮孟获兵马强悍，带兵来到今云南保山。孟获（生卒年不详），三国时期南中地区的首领。他到底是汉人还是彝人史学界颇多争议，有史料研究，《三国演义》中七擒孟获纯属虚构。诸葛亮派人飞报大将军魏延，令魏延率领一军左出右入、右入左出，以疑兵之计阻击孟获。孟获此人不善用兵，又生性多疑，见蜀兵四处调动，以为主力兵马在此，怕遭重兵包围，迟疑再三，便撤兵了。

第四路孟达领兵向三台西北的涪城匆匆行进。孟达，本字子敬，扶风郡郿人，三国时期人物。本为刘璋属下，后降刘备。关羽围樊城、襄阳时因不发兵救关羽而触怒刘备，于是投奔曹魏，在魏官至散骑常侍、建武将军，封平阳亭侯。有人送他一封信。他打开一看，原来是生死之交李严的亲笔。李严在信中劝他回去，说涪城易守难攻，有重兵把守，后面还有诸葛亮派来的增援大军，且在他要通行的半路上设有伏兵。孟达此人颇重情谊，接到李严信后，兵马走到半路，派人向曹丕回信，"路上忽然染病不能行进"，便撤兵了。

第五路曹真率大军来到阳平关下。曹真，曹魏著名的军事统帅，是曹操的养子，被曹操待若亲生。他剑眉虎目，浩然正气，力大勇猛，曾统领虎豹骑，征战有功，封侯。后以偏将军的身份参与汉中之战，因功累迁中坚将军、中领军、征蜀护军。曹丕继位后，曹真升任镇西将军，假节都督雍、凉州军事，平定叛乱，镇守魏国西面边防。

阳平关南倚鸡公山，北濒嘉陵江，三面环山，两水盘护，是汉中通往西蜀的门户。南可入川，北通洛阳，西至陇南，东达汉中。此关地势十分险要，易守难攻，实乃一夫当关万夫莫开之地。守将是赵云，字子龙，常山真定（今河北正定）人。身长八尺，姿颜雄伟，浓眉大眼，阔面重颜，极其雄壮。

曹真派人大声叫阵，阳平关关门紧闭，赵云拒不出战。曹真下令攻关，战梯够不到石壁顶上。曹真下令用霹雳车往城上投去石头、火球。关上早有预防，人躲起来，石头砸不到，火球烧不到，士兵在下面无计可施。士兵冲到关前，从石关城上射下的箭头像雨点一样密集。

曹真让士兵撤回来改骂阵，什么难听骂什么，但无论怎样骂，蜀军像缩头乌龟概不出战。曹真无奈。正好收到曹丕让撤军的命令，曹真无功而返。

第三路是东吴出兵。诸葛亮决定按原来“联吴抗曹”的战略行事，派邓芝做说客找孙权说和，给孙权晓以利害：吴蜀一损俱损，唇亡齿寒。

西蜀战败后，刘备在白帝城病死。原先刘备在白帝城托孤的时候，已经把蜀汉大权全部交给诸葛亮。刘备死后，刘禅继位，蜀汉朝政便由诸葛亮把持。诸葛亮清楚，如果蜀汉同时与曹魏、东吴为敌，仅凭蜀汉的力量，想自保都难，就更别说光复中原了。诸葛亮这才主动派邓芝出使东吴，预想吴蜀两家重新修好，联手共抗曹魏。

客观评价，在当时，诸葛亮不计吴蜀之战前仇，在西蜀困乏之时实行“联吴抗曹”的战略，无疑是十分正确的。

邓芝受诸葛亮指派，在采桑见了孙权，陈述了联蜀抗魏的利害。

孙权也明白，如果蜀汉没有了，曹魏吞并东吴，那也是易如反掌的事情。孙权见邓芝从容不迫，为之所动，答应了蜀汉的求和；又见曹魏几路兵马都没战绩，干脆就没出兵。

从孙权这面看，在刘备伐吴之战中，孙权本以为曹魏能看在自己是“大魏吴王”的份上，派军队和自己一起夹击蜀汉。但在整个战役中，孙权感觉，曹魏的表现，表面看上去是置身事外，实质上是在趁火打劫。这让孙权很是不满。

从曹丕这面看，吴蜀夷陵之战后，他对东吴有所期盼，盼吴蜀战争结束后，孙权能践行诺言，把他们取得的荆州之地献给曹魏一部分，让曹魏直接统治。可等了好久，也没见孙权兑现献给曹魏土地的诺言。

曹丕退而求其次，向孙权索要人质。也就是说，孙权把自家子弟送到曹魏都城当人质，曹魏就可以不攻打东吴了。吴蜀夷陵之战后，孙权因解除了蜀汉的威胁，故在遣长子孙登入魏为质一事上拖延再三，魏吴的联合逐渐出现貌合神离的裂痕。同年十月，孙权复叛，宣布联蜀抗曹。

曹丕等来等去，没见孙权出兵攻蜀，居然还等来孙权和诸葛亮结盟的消息。直到这个时候，曹丕才觉得自己被孙权耍了，后悔原先过度信任了孙权，后悔没有利用刘备与陆逊打得难分难解的时候出兵攻打东吴，从而失去了统一天下的大好机会。

在曹丕的观念里，刘备、诸葛亮是乱臣贼子。大魏的吴王和乱臣贼子勾搭起来，不是要造反是什么？还有，曹丕原先听父亲讲过“生子当如孙仲谋”，当时他就很不服气，你孙仲谋有什么了不起，只不过是比我虚长五岁罢了。还有一事，曹丕要报当年赤壁之战的仇怨。他感觉，自己如果打败孙权，那就能证明“青出于蓝，而胜于蓝”了。这些情况综合起来，让曹丕最后下定决心，要出兵讨伐孙权。

曹丕细眼瞪大，愤怒的目光利剑般地射出来，太阳穴上青筋暴起，双颊微微颤抖：“孙权一直首鼠两端，朕现在出兵攻打东吴名正言顺了。”

其实，本次攻打蜀汉的胜负曹丕并不在意，原本行动只为威慑，按原定计划，曹丕是要先灭掉孙权的。曹丕想想，孙权的联蜀，也有好的一面，那就是让曹丕找到了攻打东吴的名正言顺的理由。他不得不要对孙权兴师问罪了，这实在是天意，天意是不可违背的！

曹丕问计于贾诩：“我想统一天下，吴、蜀应先征讨哪个？”贾诩建议应先治理好国家再动武。

曹丕问计贾诩，本来是要取得贾诩的支持与安慰。他既然决心已下，得不得到贾诩的安慰也无所谓了。黄初六年，曹丕坚持攻吴，仍命司马懿留守，并在给司马懿的留守诏书中将他比作萧何。

曹丕开始实行他的人生目标：战胜东吴，灭掉西蜀，统一华夏……

一伐东吴

孙权（182年—252年5月21日），字仲谋，吴郡富春（今浙江富阳）人，生于下邳（今江苏徐州邳州）。父亲孙坚和兄长孙策，在东汉末年群雄割据中打下了江东基业。建安五年（200年），吴郡太守许贡的家客，刺杀打猎的孙策。"策别无器械，只以弓拒之，且拒且走，二人死战不退。策身被数枪，马亦带伤。"孙策虽然武艺高强，但那些刺客都是挑选出来的精锐，加上当时孙策只是去打猎的，没有带多少护卫在身边，随身的武器只有一把弓箭，等到没了箭，他也就只能徒手搏击了，所以一个人根本对付不了这么多刺客，最后受了重伤还中了毒箭，也是不治而死。

兄长孙策遭刺杀身亡，孙权继而掌事，成为一方诸侯。

公元222年，曹丕命司马懿留守许都，下令三路大军南征伐吴，自己从洛阳出发，亲自坐镇宛城指挥。曹丕昂扬的斗志中饱含着夏天万木葱茏般的生机。他率军南征，郭贵嫔和李、阴两位贵人同时得到宠爱，随大军出行。

攻打吴国前，曹丕写下《伐吴诏》鼓舞将士们士气，诏曰："南征进军，以围江陵，多获舟船。斩首执俘，降者盈路。牛酒日至。"曹丕兵分三路，各路都有几位大将领队。此次南征可谓规模空前宏伟，阵势庞大，将星璀璨，精锐尽出，士气高昂。

东路出洞口县，由征东大将军曹休率领，将领包括张辽、臧霸、王凌等人。西路负责围江陵，由上军大将军曹真率领，将领包括夏侯尚、张郃、徐晃等人。中路攻濡须，由大司马曹仁率领，将领包括蒋济、曹泰、常雕等人。另派江夏太守文聘率偏师占据沔口，阻断南郡和江夏的联系。曹丕坐镇宛城，临阵指挥。战线沿长江数千里相呼应，显示出了曹魏强大的国力。

曹丕坐宛城行宫，他颧骨高峻，棱角分明，剑眉细眼，目光锃亮，下诏三路大军同时开战。

孙权暗暗想道："既然确定联蜀抗魏，面对强魏出兵就得勇于出战。"

他紫髯炸了几炸，碧眼露出精光，方颐大口开合，做出了相应安排。他派人到蜀求助，让朱然、徐盛、骆统、韩当、潘璋等夷陵之战参战将领都各回驻地严阵以待。等曹丕发起三路攻势之时，孙权命吕范督徐盛、全琮、孙韶等五军在洞口抵抗曹休；命贺齐在后方接应；命诸葛瑾、潘璋、杨粲率军救援江陵守将朱然；命宗室将领孙盛占据中洲，守卫江陵；命朱桓率骆统、严圭镇守濡须，对抗曹仁；命陆逊在镇守夷陵，防备蜀军随时可能发起的再次进攻。

孙权为了延长备战时间，又要了小心思，亲自写信向曹丕求和。

曹丕用嘲讽的语气写了封回信："孙氏首鼠两端把戏收矣！"他果断拒绝了孙权的请求。孙权于是不再对曹魏抱有任何幻想，便改元黄武，用起了自己的年号。

曹丕遣张辽乘舟，与曹休到海陵临江驻防。东线总指挥曹休所率阵容十分豪华，仅张辽一位元老就吓得东吴闻风丧胆，更别说十万州郡兵马了。

张辽（169 年—222 年），字文远，雁门马邑（今山西朔州大夫庄）人。三国时期曹魏著名将领，官至前将军、征东将军、晋阳侯。后人将他与乐进、于禁、张郃、徐晃并称为曹魏的"五子良将"。他随曹操出生入死，立战功无数，曾只身赴昌豨巢穴，劝昌豨降曹；他与乐进攻拔阴安，曾亲斩单于蹋顿于阵前……

出征前，张辽奉命屯雍丘，在雍丘得病。曹丕遣侍中刘晔带太医前去医治，并派虎贲军士探问病情，道路上往来使者络绎不绝。张辽的病久治不愈，曹丕命人把张辽迎接到行宫，自己亲临探望。他执着张辽的手嘘寒问暖，赐给张辽皇衣，让太官每日送给御食。张辽感动得热泪盈眶，病情稍有好转，便请求回还屯兵之所。

孙权听说张辽康复临阵，甚为忌惮，敕令诸将道："张辽虽然抱病，但仍是勇不可当的，千万要谨慎在意！"

东线攻打的目标是洞浦。洞浦是东吴北伐合肥的重要据点，拔下这颗钉子，东吴就很难再北伐曹魏的安徽合肥了。曹魏占领了洞浦，也有利于渡江攻打建业（今南京）了。

曹丕给曹休下的指令是采用声东击西的计划，让曹休、张辽牵制住孙权，使孙权不能援救中路战场和西线战场，同时肃清长江北岸的东吴军事据点，阻断东吴日后北伐的道路。曹魏军在曹休的指挥下迅速包围了洞浦。

夜里，暴风正好吹断了东吴吕范船队的缆绳，被吹散的船只纷纷漂到长江北岸东线曹休的营地。曹休率领的曹魏军士如同下山猛虎，冲到吕范战船上一阵厮杀，大破东吴水军，斩杀吴军数千，俘获大量的舟船。东线军队在曹休指挥下迅速攻破东吴设置的防线，取得大捷。

东吴吕范的军需物资被烧，军队丧失战斗力，东吴救援船队很快开来，他们收拢了散卒后退还江南。

曹丕下令曹休部立即渡江，随后军队渡江杀到长江南岸。曹休命令攻袭徐陵，派大将臧霸率领万余人乘轻船五百进攻。曹休亲发《船战令》：雷鼓一通，吏士皆严；再通，什伍皆就船，整持橹棹，战士各持兵器就船，各当其所，幢幡旗鼓，各随将所载船；鼓三通鸣，大小战船以次发，左不得至右，右不得至左，前后不得易，违令者斩。曹军秉承号令，渡过江去猛攻长江南岸。臧霸率轻船五百、敢死士万人冲锋在前。南岸边东吴战船很少，士兵见曹军来势凶猛，纷纷逃跑。臧霸率军攻打徐陵，攻下城堑，杀掠东吴兵士数千人，余者四处逃窜。

孙权派大将全琮支援反击。东吴不能击退曹魏兵，曹魏兵不能剿灭东吴士卒，东线战斗陷入焦灼状态。不幸的是，此时曹魏元老将军张辽病逝。曹丕十分悲伤，下令东路军停止进军，退出东线作战。

一代名将如同巨星就此陨落。曹丕为之流泪不止，他感觉自己失去了一条臂膊。他下旨为张辽赐谥为刚侯，让他的儿子张虎继任了他的爵位。

中路军大司马曹仁负责进攻东吴的濡须。曹丕谆谆告诫曹仁："濡须是孙吴在长江以北巢湖以南的军事重镇，是孙吴北伐的重要节点，孙权历次进攻合肥都要从这里经过。如果拔掉东吴濡须这个据点，他们的进攻能力将被大大削弱。尔等务必努力！"

曹仁先派蒋济攻打东吴要地羡溪。

东吴中路军主将朱桓率领骆统、严圭镇守濡须。他判断曹仁的目标为羡溪，便火速分兵去救羡溪，结果中了曹仁的调虎离山计，曹仁派长子曹泰猛攻濡须。

一时间濡须城内守城将领人心惶惶。在军心动荡的时候，东吴的朱桓鼓励士卒："就算魏帝曹丕来了也无奈我何，区区一个曹仁，不足忧也！"

曹泰先把一座小小的濡须城包围得风雨不透，军士旌旗蔽野，战场尘土遮天，擂鼓呐喊的声音一直传到几十里外。曹泰一面命令士兵挖掘地道攻城，一面用冲车猛烈地撞击城门。

吴将朱桓领吴兵奋力厮杀，顽强抵抗。

曹泰又命令士兵推出十多丈高的楼车，靠近城墙。楼车上的士兵居高临下，对着城中放箭和发射石块，箭镞和石块像雨点般地向城里飞去。

朱桓坚守濡须，固守不破。

曹仁见曹泰无法攻取濡须，派王双、常雕等将攻打中州（古地名，在濡须南部）。

救援羡溪的吴军回救濡须。双方战斗激烈，形成胶着状态。

曹仁是一员猛将，昔日跟着曹操征战四方，拥有丰富的作战经验，是曹丕信任的主帅。但在此战中，曹仁和张辽一样，都是处于病危状态。此战不久，曹仁病逝。

曹仁（168年—223年5月6日），字子孝，沛国谯县（今安徽亳州）人，汉末三国时期曹魏名将，魏武帝曹操堂弟，陈穆侯曹炽之子。曹仁少时喜好弓马弋猎，不修行检。领军之后，奉法守令。跟从曹操征战四方，破袁术、攻陶谦、擒吕布、败刘备；参加官渡之战，立下汗马功劳。赤壁之战后，镇守江陵，抵御周瑜的进攻；督诸将据守潼关，破苏伯、田银于河间，灭侯音于宛城。在襄樊之战中，誓死镇守樊城，挡住关羽的围攻。曹丕嗣位后，拜曹仁为车骑将军、都督荆扬益州诸军事、荆州刺史，晋封陈侯；黄初二年，拜其为大将军、大司马，执掌军事大权。

黄初四年（223年）三月丁未日，曹仁逝世，享年五十六岁，谥为忠侯。同年六月甲申日，贾诩去世，终年七十七岁，谥号肃侯，贾穆袭爵。

曹丕万分悲痛，难道上天不佑他曹丕！文官里，他失去了一个好参谋；军队里，他失去了一员大将。

中路军因曹仁逝世受到影响，对东吴的濡须久攻不下。

西线战场曹丕亲自坐镇，曹真、张郃、夏侯尚全部上阵，进攻江陵。曹丕的最终目标是占领荆州。

曹丕是十月开战的。张郃率军攻打吴将徐盛，曹真和夏侯尚两个人包围了江陵。诸葛瑾率领援军赶到，被夏侯尚击退，东吴占据的江陵形势十分不妙。

东吴江陵守将朱然只有五千可战之士，简直火烧眉毛，危在旦夕。朱然鼓舞士兵："江陵城池坚固，粮草充足，诸位莫怕！"

曹真率军猛攻江陵，旌旗猎猎。将军挥舞着长戟，仿佛在用鲜血画出一面鲜红的旗帜。曹军士卒一个个如狼似虎，勇敢地冲上去，他们挥舞着大刀长矛浴血奋战，一个倒下了，另一个冲上去；倒下的士兵尸体被吴军箭头射得浑身稀烂，后面的士兵又英勇地冲了上去。真可谓前赴后继！

曹真命令士兵堆土山、挖地壕，在城边立起楼橹，向城中放箭，攻破了吴军两个营垒。但吴军守将朱然指挥得当，顽强抵抗。大军围城六个月，吴军粮谷将尽，曹真却还没有攻破城池。

夏侯尚想要搭浮桥渡江。董昭查看水势，道："近日江水可能暴涨，搭浮桥渡江乃兵家大忌，大魏军队可能死无葬身之地。"

曹丕想到了赤壁之战，他担心江水真的暴涨，东吴再来一把火就危险了，便下令撤军。就在魏军撤军之后，江水果然暴涨，曹丕西路军幸运躲过了一劫。

在第一次伐吴战役中，曹魏诸军并进，曹真、曹休等诸路大捷，击败孙盛，大破吕范，火烧诸葛瑾，几乎攻下江陵。曹魏军队先后击败了吴国派出的大将，上下两路都取得了胜利。

孙权临江拒守，几条战线或溃或败，他所盼望的西蜀救兵，始终未曾露面，心中忧虑不安。他先后三次派人求救于诸葛亮，说假如西蜀派不出兵力前来救援，就出兵汉中，起到围魏救赵的作用也行。可诸葛亮每次都以兵力不足尚需休整为由，概不发兵。孙权十分恼火，绿色的眼睛瞪起，紫色的胡子在方颐大口上炸了几炸："呀呀呸！"他猜想，此时诸葛亮一定手摇羽扇，眯着眼睛朝向天空，这家伙是个城府很深的"叶儿藏"家伙，所谓吴蜀联盟是靠不住的。自古没有铁打的盟友，都是各怀心腹事，尽在不言中。靠人不如靠己，不能再与曹丕死磕了。于是孙权便再次派来使者示弱言和，趁机重新遣使纳贡。此战让曹丕感到，孙权并没有像父王说得那么厉害。由于魏国许多兵士水土不服，外加上瘟疫横行，曹丕担心步父王后尘，不敢继续攻打东吴，便决定借坡下驴暂时退兵。曹丕一声令下，曹魏三路大军全部撤回。

孙权按约定，进贡曹丕珍珠一百筐，黄金两万两，驯服的大象一雄一雌，还送了鹦鹉、巨额的珍玩，装载的船都装得满满的。

曹丕第一次征讨东吴，距离成功实际上只有一步之遥。由于种种不利因素，他还是没能取得终极战略目标。第一次伐吴之战，以东吴示弱言和宣告结束。

曹丕看着孙权的贡品，脸上现出丝丝如意的微笑。这次只能算牛刀小试，他必须瞅准时机，实现他的伟大抱负……

二伐东吴

孙权刚刚宣布与曹魏和好，不久，由于诸葛亮的挑拨离间，再次与曹魏断绝了关系。联合蜀汉，孙权实属无奈。明知诸葛亮滑得像泥鳅一样，又不能不与他联合，因为曹丕对东吴虎视眈眈，说不定明早就会大兵压境。

颧骨高峻棱角分明的曹丕，倒八字剑眉下的细眼里射出锃亮的光芒。他听到孙权再次与蜀汉建立联盟的消息，刀似的八字眉展了几展，手拍御案："嘟！大胆孙权，朝秦暮楚，朕要御驾亲征……"

曹丕并没见过孙权，只知道孙权长他五岁，听说他是绿眼睛、棕头发、紫胡须。但曹丕感觉孙权像极了张闿，凸嘴龅牙，唇边两撮炸胡须。继而他想起了兖州府衙后塘边那口废井里小时候被他踢下去的黑豹犬，那黑豹犬像张闿一样，凸嘴龅牙，唇边两撮炸胡须。这次，他已经做好了充分的准备，他要彻底消灭孙权，像对待凸嘴龅牙、唇边两撮炸胡须的黑豹犬一样，把他踢到兖州府衙后塘边那口废井里，让他永不能翻身！

曹丕暗暗想道："看起来刘晔原来的劝告还是非常在理的。"吴蜀大战之前，孙权来书表示归顺。他当时想拉拢利用孙权，也想将他剿灭。考虑再三，曹丕还是接受了东吴的投降，封孙权为吴王。曹魏许多大臣对孙权的分封表示坚决反对，反对者包括刘晔。

当时朝堂吵闹不休，朝会一直开到偏午的阳光透过大殿的窗户热辣辣地烫在百官身上。五月的天气已经相当热了，曹丕的肚里都咕噜噜地乱叫。刘晔脸色涨红，当时劝他道："陛下封孙权为王着实不妥。自从先帝起兵到现在，已经兼并了天下八成土地，名扬天下。陛下称帝，也威震四方。孙权虽然有雄心壮志，却不过是前汉的一个将军，他畏惧大魏，很难对我们造成威胁。现在我们接受孙权的投降，可以晋封孙权为将军，不应该封他为王，不应该和孙权成为君臣关系。愚以为他投降完全是虚心假意，如果封他为王，就等于给老虎添上了翅膀，可能会助长他的势力。"

曹丕当时拒不听从大家的意见，他认为，自己话已出口，皇帝怎可朝令夕改……

现在曹丕心里很有些后悔，后悔当时没听刘晔等大臣的劝告。孙权在夷陵之战中战胜了刘备，拒不兑现先前给荆州之地的承诺，并且态度越来越冷淡，现在竟然再次公开与魏国决裂。

还有一件事情让曹丕心存芥蒂，据地方呈报，青州、徐州一带有所骚乱。他想消灭孙权后，再顺势解决清、徐二州骚乱的问题。

黄初五年（224 年）七月，曹丕起驾洛阳，巡至许都（今河南许昌东），决定再次伐吴。

侍中辛毗劝谏曹丕："陛下，目前攻吴时机尚未成熟，国家战后刚刚完成对东吴的第一次征伐，百姓需休养生息，此时攻吴弊大于利，应暂缓行动。待十年后国富民强再攻吴，定能一举成功。"

"待十年，哪里等得起！"曹丕统一江南的愿望迫切，未采纳辛毗的建议，仍命司马懿留守许都，亲自率领水陆大军南下。

曹丕信心满满，他不相信自己斗不过孙权小儿，孙权没什么了不起的。他之所以信心满满，除了急于想证明自己以外，最重要的就是他认为已经找到了克吴之法，那就是由广陵伐吴，而这条路径是曹操之前没有尝试过的。黄初四年八月，曹丕亲领水军由许都出发，沿颍水而下由寿春入淮水，九月进抵广陵。东吴这边应该也没想到，这才隔了一年，曹丕又御驾亲征了。这几年连续跟蜀、魏两国交战，东吴的消耗很大。孙权认为，曹丕这次是有备而来，又打造了水军，看起来一场恶战难以避免。

曹丕两道浑如黑漆倒立的剑眉皱成了倒写的八字，细眼睛里射出寒星般的光泽，他带船队抵达泗水与淮水相交的泗口，准备沿中渎水转入广陵前线。曹丕命令荆、扬两州各处驻军齐头并进，再次营造出全线攻吴的态势。

孙权闻信，脸色大变。上次曹魏进攻可谓猛烈，战力不可谓不强。这次曹丕带领大队人马，水陆并进，兵临长江，怎不叫他心生忌惮呢!

在迫在眉睫之际，安东将军徐盛给孙权出了个主意，用木头、芦苇做材料，从建业的石头城一直到长江口，沿线修筑围栏，围栏上面再广布假楼疑城，同时把船只都摆到长江沿岸以壮声势。

徐盛出身虽然低微，却是有勇有谋、有胆有识的人。当初孙权不得不向曹丕称臣时，曹丕派出使者刑贞出使江东为孙权加封吴王。上国使者到下国去，脸上难免有跋扈之气，入宫门时刑贞不肯下车。张昭堵住门质问，威胁要斩了没规矩的人，刑贞才下的车。徐盛见到刑贞的傲慢，泪流满面地跟身边同僚说："我们不能因为东吴弱小而让主公去跟刑贞这种飞扬跋扈的人谈盟结约，实在是太屈辱人了。"

魏使者刑贞看到张昭、徐盛的表现，跟同去的人说"江东将相如此，非久居人下者也"。

孙权听了徐盛的建议，不禁大喜。他立即接受了徐盛的建议，命人从建业到江乘县江边一线修筑了大量的假城楼。假城楼是用许多木架搭建的，木架外面包裹芦席，芦席上加上一些五彩的装饰，一夜之间即建成从石头城（今江苏南京）至江乘（今江苏句容北）长达数百里的疑城假楼。孙权又命令士兵在城楼外的长江上排列了浮动的战船，并派出舰队在长江上巡弋。

九月，曹丕第二次率领南征大军由广陵抵达长江沿岸。

曹丕带领军队来到江边，看到江南沿岸连线的城楼高峻，吴兵舰队在长江上巡弋，误以为东吴已经集结大军严阵以待，阵容强大，防守严密。再加上阴云密布，大雨连日滂沱，隔日再小雨霏霏，长江水位迅猛上涨，浪花滔天，曹丕所乘大舰几乎沉没。曹丕面对长江"轰哗轰哗"的水涛，感觉千里长江好像飞动的利箭直射进他的胸膛；长江两岸的山峰，如同竖起的枪刀剑戟丛林，让大魏千军万马无法通过。曹丕没敢轻举妄动，禁不住叹息："魏国纵然有万千匹铁骑，面对有长江天堑为阻的东吴，也都派不上用场了，江南不易图也。"

也许，在游玩的文人眼里，这阴雨中，江水汹涌澎湃如万马奔腾的雄壮场面是一首宏伟的诗篇，可在曹丕眼里，这峭壁林立的长江实实在在是截断他统一华夏的天堑、枷锁。

曹丕明白，想要荡平东吴，必须打造一支强大的水师，但打造一支强大的水师绝非一朝一夕的事情。令人遗憾的是，曹丕急于早日统一华夏的大好山河，并没有足够的耐心啊！

他想起了《汉乐府》中描写江南的诗句："江南可采莲，莲叶何田田。鱼戏莲叶间，鱼戏莲叶东，鱼戏莲叶西，鱼戏莲叶南，鱼戏莲叶北。"无疑，江南是美丽的，他不能满足于眼下曹魏占天下十分之八，相当于四个蜀汉和两个东吴面积的现状。他一定要铲除反复无常的孙权，消灭脸皮特厚的刘备，彻底消除国家四分五裂的局面，实现大魏一统天下。他决心快速扩大水军，打造一只强大的水师。

可眼下呢？时机不利，他只能撤军，但他不能空手而归。除了大军巡行弘扬国威，震慑孙权刘备，压制地方豪族势力之外，他要趁机解决青州、徐州骚乱的问题。

青州、徐州骚乱史称“利城兵变”，这次兵变与臧霸的升迁有关系。

臧霸，又名奴寇，字宣高，泰山郡华县（今山东费县方城镇）人，是地方豪强。汉末以来，青、徐二州一带存在着以臧霸、孙观等为首的割据势力。利城郡是汉末设置的。当时曹操与袁绍的同盟关系已经出现了裂痕，但双方都有各自的掣肘：袁绍是幽州公孙瓒，曹操是徐州吕布。两人默契地选择先剪除其他的势力，再一较高下。建安三年十二月，曹操消灭了吕布，控制了徐州。不过徐州不仅仅存在吕布这一股势力，还有以臧霸为首的地方豪强。当时臧霸反对曹操，曹操控制徐州后，不计前嫌向臧霸抛出了橄榄枝，将青州、徐州委任给臧霸，并且让臧霸招揽其他的豪帅。这些豪帅就成了曹操的臂膀。这臧霸的确英勇善战，他们在后来的战斗中也确实为曹操立下了汗马功劳。

青州、徐州一带的地方豪强势力，他们虽名义上归顺曹魏，实际上却拥有独立的地盘和兵力，那时候魏王曹操对他们采取羁縻政策。

曹操逝世曹丕即位，臧霸所统领的军众以为天下将乱，在洛阳的青州兵、徐州兵就发生骚动，大部分鸣鼓擅自离去。这些事前文有交代。曹魏大臣当时对青州军采取抚而不讨的策略，稳住了他们，控制了当时混乱的局面。曹丕即魏王位后，让曹休都督青、徐二州，对散去的士兵采取安抚政策。

过后，曹丕对臧霸有些冷淡，他不能让他统治下的大魏还存在“国中之国”，这是他决不能容忍的。对曹丕，臧霸也有过抱怨。臧霸对曹丕抱怨的话传到了曹丕耳朵里，让曹丕一肚子不高兴。第一次攻吴，臧霸作战勇敢，战功显赫。趁臧霸来朝见时，曹丕毫不迟疑地夺去了臧霸的兵权，封他担任地位很高的保卫京城的执金吾一职。这一变动实际上是明升暗降，让他交出青、徐二州兵权，这样就导致了利城兵变。

“利城兵变”的首领有两个人，一个叫蔡方，一个叫唐咨。蔡方是利城郡兵，唐咨是利城小军官。二人对臧霸都十分敬佩，他俩认为皇帝是有意治臧霸，于是率领利成郡兵士反叛，杀掉太守徐质。唐咨是利城郡人，参加了叛乱，他武艺高强被推举为反叛领袖。

原先，臧霸对曹丕不满，曾向曹休抱怨过："陛下不肯听从臧霸的意见罢啦，若能借我步骑万人，我必能横行于江表。"曹休把臧霸的话告诉曹丕，曹丕怀疑臧霸之军先前擅自离去与臧霸有关系，这次"利城兵变"与臧霸也一定有关系。

不错，臧霸在曹休东路军冲锋时，率轻船五百、敢死士万人冲锋在前，在攻打徐陵（京口）时攻下城堑，杀掠东吴兵士数千人，他不愧是勇猛的将军！但是，曹丕认为，只要他心怀二志就不行，能力越强破坏性越大！曹丕趁二次伐吴东巡的时候，借机剥夺了臧霸的兵权，派骑校尉任福、步兵校尉段昭与青州刺史领兵，前去镇压反叛的士兵。蔡方被杀，唐咨兵败逃亡，经水路逃到了吴国。

曹丕铲平了青州、徐州一带的地方割据势力，平息了"利城兵变"，彻底解决了青、徐二州的隐患，最终加强了中央集权，巩固了北方的统一，使魏国国势更加强大。

史学家评论，曹丕第二次亲征东吴的真实目的不是伐吴，而是以伐吴为幌子，不声不响地平定青、徐二州割据势力，表现出了他作为政治家的小心谨慎又不失坚决果断的风格。

魏文帝曹丕暗暗盘算，现在国内安定，国库富足，民风淳朴，百姓和乐，他该发展水师，打造船只，放开手脚完成统一大业，实现他的人生理想了。这是必须的！

曹丕第二次亲征东吴，郭皇后留在许都永始台。当时大雨接连百余日，楼台城墙多数被洪水淹没冲垮。大臣们奏请郭皇后离开皇宫，换个地方住。

郭皇后闪闪长而细密的睫毛，静静地道："从前楚昭王出游，妻子贞姜留住渐台，江水暴涨，昭王就派人去接她，可匆忙中却忘了带令符，贞姜便坚决不肯离开，直到被大水淹没。如今皇帝身在远方，我很庆幸自己没有那样的危险，为什么要换地方呢？"大臣们听后，谁也不敢再劝了。

曹丕回来听信后，对郭皇后的做法很满意。他抱着郭女王道："有皇后做我的坚强后盾，我的理想定能实现！"

战前抚慰

身体的不适让曹丕高峻的颧骨更加突出，分明的棱角更加分明：他瘦了。他倒八字剑眉下的细眼里，生出丝丝忧虑，本来自己刚接近不惑之年，正是富于春秋的时候，可身体常出虚汗，头晕耳鸣。母后话里话外嘱咐他多次，要他节制后宫生活。道理他明白，可当他面对一个个十七八岁“巧笑倩兮美目盼兮”的妃嫔们，他铜墙铁壁般的自控力往往轰然崩塌。他叹口气：“要不怎么说贪色是把杀人的钢刀呢。”不过，他是自愿接受美色钢刀宰杀的呀！

他要实现自己的人生规划，绝非易事。将军们天天吵着要踏翻东吴，荡平蜀汉，他们大都把问题简单化了。问题是怎么踏翻？如何荡平？长江两岸是悬崖峭壁，长江水浪滔天，各个渡口又有重兵把守。曹魏的千军万马都是旱鸭子，不精通水战。再者，大军出动，还牵扯到后勤供应等诸多问题。父王在统一北方后，为进军江南，创建了水军。建安十三年（208 年），父王在邺城玄武池训练水师，占领荆州后，刘表的水军尽为曹魏所有。可惜赤壁战败，舟师荡然无存。翌年，父王退军至谯，又曾“作轻舟，治水军”，但数量有限。自己登上帝位，也着手创建水师，现在水师近万人，他要与孙权这个反复无常的小人好好较量一番。只要他的万人水军能与孙权的精锐水师战上三合两阵，就能把他的旱鸭子陆军运到江南，再从陆地上进军与孙权拼杀，从而彻底铲平孙权。战胜了孙权，再从江南向西蜀发兵，然后呢，想那诸葛老儿也定然束手无策……

时间紧迫，任重道远，身体欠佳，他必须抓紧时间，在他有生之年，完成自己的人生规划！

在大决战前夕，他要提前做好第三次对吴开战的准备事项，包括思想动员、物质供应、朝廷巩固等诸多方面的事情。

黄初六年（225 年）二月，大地破土，严寒尚未褪尽，二月的洛阳还是春风料峭，曹丕派遣使者从洛阳出发，经过许都再到沛郡，一路询问民间疾苦，救济贫困者。这是非常必要的积聚民心的工程，发动战争没有国内百姓的支持是万万不行的。

曹丕乘坐着四匹马拉的耕根车（也称“三盖车”），带着打着红旗的皇家卫队，来到洛阳东郊。路边已长出了青苔，迎春草叶片泛绿，或直立或匍匐。早耕的农人已在田里忙活。那家人男女五口在前边拉犁，后面由白发苍苍的老者扶犁，翻过的土地好像细碎的浪花。

曹丕脸色发黄，两道倒立的剑眉变得有些暗红，细眼睛里射出的寒星般的光泽里出现了模糊的景物。他在宫女的搀扶下走下耕根车，皇家卫队都下了马。庞大的卫队吓坏了农人一家，他们停了耕作，跪倒口称陛下。

曹丕走过去，温和地向老人问安，他要给他们拉犁。农人都不肯给他绳子，他硬是从白发苍苍的老者手里夺过来犁把；将军士兵来替他把犁，曹丕谁也不给。他小时候替耕人扶过梨把，他会。古代尧舜禹汤谁都干过农事，他要学习古代圣贤。他明白，他的一举一动都会影响整个魏国，他的亲耕行动很快就会传遍魏国，甚至连东吴、西蜀都会有人知道。皇帝的一举一动牵动民心。

早春的太阳懒懒地转到了正南方，一块地终于耕好了。曹丕提议，要到农家吃饭。他阻止了老者杀鸡宰羊的安排，谢绝了县令的邀请，阻止了野炊卫兵送来的饭食，津津有味地吃了农人为他做的家常菜。临行，他送给了农家丰厚的回报。

下午回到皇宫，曹丕腰酸胳膊疼了好些天，但他心里很快乐。

黄初六年（225 年）三月，煦阳高悬，春风习习，苑林吐绿，草长花开。曹魏皇帝曹丕头戴黄色叫介帻的长耳裹发巾，身穿黄色御服，乘坐着四匹马拉的蹋兽车，打着红旗的卫队骑着战马前呼后拥。皇帝带着将军要去郊外打猎，曹叡骑马走在蹋兽车旁。

曹叡（205 年—239 年 1 月 22 日），字元仲，沛国谯县人，魏文帝曹丕长子，母亲甄氏。

曹丕善击剑骑射，能左右射箭，箭箭中的。他出征前先狩猎，也是大战前必然要进行的事宜。外表看是皇帝喜欢狩猎，实际上狩猎里面藏着深意。通过狩猎，皇上能加深与随行将军的感情，还让满朝文武平民百姓都知道，大魏皇帝虽然贪图美色，有二十多位美丽如画的年轻皇妃陪伴左右，但他依然威武勇猛，雄风尚在。其实他在御林苑里下车骑马跑了两圈，呼气就颇有些不畅了。要不是有长耳裹发巾遮挡，早让卫士们看出他虚汗满头了。

山冈下一头母鹿带着一头小鹿在警惕地吃草。曹丕强打精神取弓搭箭，双臂一较劲说声："开！"弓拉如满月，只听"嗖"的一声，一只羽灵箭飞驰而去，母鹿应弦倒地。

"好！皇上好箭法！"随行将军纷纷叫好。曹丕暗暗高兴，他狩猎就是让众将军看的，让他们知道，让天下人知道，他还像二十多岁一样，身体健壮，武艺惊人。他把弓箭递给儿子，命曹叡射杀子鹿。

曹叡想起了母亲甄夫人的死，痛哭着跪下道："陛下既然已经杀掉了母鹿，儿臣就不忍心再杀其子了。"说完哭泣不已。

曹丕默然心痛，他感觉今天的事情好像与他以前做过的事情似有某种意义上的联系，儿子说的话也像话里有话。他到现在都没搞清，甄宓的死是在他的诏命之前还是在他的诏命之后。反正，他真真实实下过一道赐死甄宓的命令。

郭皇后没有子息，曹丕早下诏令让曹叡奉养郭皇后。但曹叡听人传言母亲甄氏的死并非善终，意甚不平。曹丕因曹叡心怀不满，打算让嫔妃徐氏的儿子曹礼做继承人。曹叡不得已，开始勤谨侍奉郭皇后，每天早晚都去后宫向郭皇后问安。郭皇后也因自己未生育子女，对曹叡疼爱有加。但曹丕始终对曹叡不满意，因此一直不立他为太子。

事后，卞太后听说了曹叡不射杀子鹿这件事情，对来问安的孙子不住赞叹："我孙子像你母亲甄宓一样善良宽厚啊！"

曹丕收到了老家仆曹知的来信，大意说他身体不佳，怕是继续尽责的日子不多了。曹丕闻知曹知患病，忙派人送去了老山参问候。曹知接到山参热泪盈眶，跪倒在地哭道："曹知本是个下人，陛下还想着我，怎不叫我感动啊！"

曹知病情严重时，又给卞太后与曹丕送来一封信，信中交代了他的身世。

曹知写道："我与曹嬷嬷本是亲兄妹，原本姓李。我叫李知，妹妹叫李美，本是李广第十代子孙，原是西北乡大户。因为与霸陵尉世代为仇，父亲把他兄妹二人送到高山学武。后来父亲被霸陵尉家后代杀害，母亲逃到谯县，被魏王救下。兄妹二人为躲难报恩来到曹家做了仆人。自己妹妹本来想给魏王做妾的，可是魏王没看上她……"曹知说道，这事从来没给任何人讲过，让卞太后多理解妹妹的苦衷，好好照顾她。曹知在信中嘱咐曹丕，让曹丕事事小心，处处留意，有很多人想行刺他。蹇图的儿子蹇力，荀彧的四弟荀谌，陶谦儿子陶商，还有东吴、西蜀派来的高手……

曹丕看了信大吃一惊，这是他原先未曾料到的，但对曹知说的有人加害自己的话感到不以为然，道：“曹知想必是年老糊涂了，想害我的人即使有，也不是皇家卫队的敌手……”

卞太后看了曹知的信，看着看着愣住了，她竟然没想到事情会是这样，感觉对曹知兄妹很是同情。

曹植来信写道：曹知老丈昨晚下世……

曹丕听到曹知下世的消息，他的许多往事历历在目：自己小时候，曹知领着玩耍，教给剑术，日日夜夜，兢兢业业，为家事操劳……曹丕禁不住痛哭流涕，立即传旨：厚葬曹知，善待曹嬷嬷。

曹嬷嬷听到哥哥下世的消息，哭得死去活来。

卞太后派曹嬷嬷前去河南雍丘代自己祭吊，给曹植捎信嘱咐：曹知一生没少吃苦，予以厚葬……

黄初六年（225 年）五月，曹丕大兴水军要再次御驾亲征东吴。曹魏大军出征之前，刘晔道：“臣以为，作战准备不够充足，水军不够强大，劳师远征，耗费钱财，不可轻动。”

曹丕这次是以舟师征吴，又急于建功立业，自然难以接受大臣们劝谏。

曹丕晚上给母后问安时，听到永寿宫人声嚷嚷，进去一看，见王夫人、秦夫人、环夫人等诸母正在说话。曹丕逐一问安。

卞太后道：“皇儿要统一华夏，诸母凑些散碎银两对你支持，拿去。”说着，递过来一个大红包裹，里面有散碎银子，戒指、镯子之类。

曹丕接过包袱，面色红润，眼放亮光，道：“朕登基以来，仍遵父王原制，并未增加对诸母的供奉，诸母都不宽裕，如今国库充盈，就不劳诸母费心了……”

卞太后道：“拿去，钱虽不多用来慰问将士，也是我等一片心意……”其余人都纷纷应和。

曹丕备受鼓舞，这不是简单的一点钱财，而是代表着诸母的一种期待与鼓励，他必须接受。曹丕对诸母深深鞠了一躬，眼睛有些湿润。

他加封司马懿为抚军大将军，领兵五千，加给事中、录尚书事。司马懿辞让。曹丕诚恳地说道："朕日理万机，夜以继日，无片刻空闲工夫。加封你，不仅仅是给你的荣耀，是让你替朕分忧啊。"这次改封司马懿抚军将军、假节，让司马懿真正意义上第一次担任武官。抚军将军为二品衔，假节则相当于临时的尚方宝剑，可以节制中级以下官员。

曹丕命司马懿镇守许都。但曹丕这次对司马懿的任命其实还是武官文用，司马懿这个大将军只是负责后勤供应、后方保卫、朝廷监督的工作。

临行，曹丕下诏书让司马懿"内镇百姓，外供军资"。他拉着司马懿的手说："吾深以后方的事情为念，故委托于你。曹参虽有战功，而萧何为重。你就是我的萧何，使我出征无后顾之忧矣！"

曹丕称赞司马懿是自己的萧何，让他做好"内镇百姓，外供军资"的事情，好解决自己的后顾之忧。

司马懿长跪："臣感激涕零，定鞠躬尽瘁，死而后已。"

黄初六年六月，曹丕乘大驾车出征，许褚、虎贲大将军曹休随车护卫，曹楷随行自不必说。曹休（？—228 年 11 月 8 日），字文烈，沛国谯县人，三国曹魏将领，曹操族子（其父是曹操从弟）。根据曹休墓发掘的男性人骨鉴定，曹休活到五十岁左右。曹休在曹操起兵讨伐董卓时前往投奔，被曹操称为"千里驹"。曹操待他如同亲子，并让他领虎豹骑宿卫。汉中大战时，曹休识破张飞计谋，大败吴兰。曹丕即帝位后，命曹休镇守东线，都督扬州军事。曹休曾击破吴军，诱降吴将。

曹丕伐吴，另有太仆（掌管宫廷车马）驾车随行。随行车驾共八十一乘，另外还有备车；护卫骑兵一万多人。曹丕御驾亲征，声势浩大，威风凛凛，让贼子奸人望而生畏。

曹丕路途中再次回到家乡药都谯县祭祖，场面宏大。以前父亲健在时，曾多次带着他们弟兄来老家祭祖，许多往事历历在目。他的第一任妻子任芳就是那次回老家时父亲做主给定的婚姻。那天的情景他到现在还记得清清楚楚的。当天晚上他奉父命给乡邻倒酒，当他端着酒盘走到院中时，一个沙袋不偏不倚正打中他的头部。他一惊托盘落地，酒盅酒壶全都摔烂，九酝春酒洒了一地，满地酒香。当时他大怒："谁人作恶？"

一十二三岁女子来到近前并无怯意，不慌不忙答道："我与春姐嬉闹，误投于你，望赎罪……”她就成了他的第一任妻子。那女孩叫任芳，她小时候身材苗条，眼睛忽灵灵的，脸蛋红扑扑的，站在那儿像一枝美丽的花儿，是率性天然的野花儿。当时他就喜欢上了她。可待她走进曹家门之后，他才知道她性情急躁，对任何事情都不能容忍，平时也不婉顺，夫妻俩短时间的亲密新鲜后，接着便闹起了别扭。只从甄氏进门，她变得更是不可理喻，夫妻二人经常大吵大闹。任芳还多次违逆母后。父王生了气，打发任芳回了娘家。临出邺城府门，她扭过头来狠狠看曹丕一眼：“我会记住你的……”直到现在，她那狠狠的目光还像两把亮锃锃的尖刀，直穿曹丕的胸膛。

任芳一走，曹丕时常想起她的好来，总感觉野花自有野花的特殊味道，这种特殊的味道也是很让他留恋的。任芳虽然狷急暴躁，最起码她纯真、善良、伶俐，吵归吵，对他却是十分的真情……

这次回到故乡，曹丕再次吃了老家院里的葡萄。他爱吃葡萄，皇宫院里里有葡萄架，老家院中的葡萄架尚在。他像小时候一样，坐在葡萄架下看了会儿书，随手摘个又青又小的葡萄，放嘴里一咬，酸得直倒牙。他受母亲影响，也爱吃石榴。受母亲所托，他到东庄园看了母亲栽种的那棵石榴树。五月的石榴树晚开的花红得像火，十分艳丽。早挂的果儿有指头肚大小。这树让他备感亲切，小时候，多少个日日夜夜，他们弟兄姊妹在石榴树下玩耍，曹知、曹嬷嬷逗他们，教他们武艺……

这次回老家谯县，曹丕举行了大型的祭祀活动。祭祀完毕，曹丕也像父亲一样，在他的故宅前大宴将军与药都父老亲朋，与乡亲开怀畅饮，叙旧话新。曹丕对药都一直流连，多次借出兵返京的时机在药都停留。现有“大飨元碑”为证。

他离开老家谯县时，路经梁地，又派遣使者用太牢祭祀已故的汉朝直臣太尉桥玄。

祭祀祖宗，拜望贤达，这些也是古代大战前夕必不可少的事情。

曹丕一行乘着水师的大船顺便游历了涡河。这种水师的大船，体型大，船头上翘，有住屋，上有屏蔽，便于行驶、居住、作战。曹丕望着滔滔的涡河水，心情异常激动，水中有他往昔多次游水玩耍的身影。曹丕再次回药都，虽为皇帝，依然诗不离口：

方舟戏长水，湛澹自浮沉。
弦歌发中流，悲响有余音。
音声入君怀，凄怆伤人心。
心伤安所念，但愿恩情深。
愿为晨风鸟，双飞翔北林。

大意是，两船并排着在水上漂，水涌船动忽低又忽高。船上响起阵阵弹唱声，悲哀的乐声久久不消。歌声传到了我的身旁，凄恻痛怆叫人把泪掉。我伤心时竟是在想谁？我很愿与你如漆似胶。希望我们都变成晨风鸟，双飞双宿在北林树梢。

此诗借思妇之口，写她看到听到的情景，反映了战争的苦难，流露出征人不知何时归乡的哀怨，里面饱含着对往昔的回忆，对眼前情景的感喟。

三伐东吴

孙权接到探马报告曹丕率水师征吴的消息，脸色大变。他只盼曹丕与西蜀掐起来，并不想让战火烧到自己家门口。他清楚，与诸葛亮建立的联盟并非铁板一块。孙权忙派使者卑辞上书给曹魏皇帝，并替长子孙登向魏宗室求婚，说如果一定要吴太子入魏为质，请求加派两位大臣随侍……

曹丕回信道：朕先勒兵观望，只要孙登早晨到魏，我晚上便会收兵回营。曹丕看夏天长江水风高浪急，不宜渡江作战，便暂时驻军，以待时机，也算是给孙权留足了面子。

黄初六年（225 年）八月，曹丕已备好了大量船只，见孙权派人质的事情没有任何动静，再出舟师。他率十万大军，顺淮河乘船到了广陵，停于江中，与孙权的建业（今江苏南京）隔长江相对，准备选黄道吉日舟出长江攻打东吴。

孙权派重兵在对岸严守。

十月，长江风平浪静，正是渡江作战的大好时机。曹丕在广陵故城阅兵，旌旗飘扬数百里。此次曹丕阅兵，在与东吴一江之隔的长江边，原本就是为了先炫耀武力，给孙权点颜色看看，从气势上压倒对方。

魏文帝曹丕站在高高的阅兵台上，望着他的威武雄壮的水师陆军，吟诗曰：

观兵临江水，水流何汤汤！戈矛成山林，玄甲耀日光。猛将怀暴怒，胆气正纵横。谁云江水广，一苇可以航。不战屈敌虏，戢兵称贤良。古公宅岐邑，实始翦殷商。孟献营虎牢，郑人惧稽颡。充国务耕植，先零自破亡。兴农淮泗间，筑室都徐方。量宜运权略，六军咸悦康。岂如东山诗，悠悠多忧伤。

诗歌大意是，阅兵的场地在临近江水的长江北岸，奔流的江水是何等的汹涌澎湃。兵阵中竖起的铁戈长矛如山林般茂密，黑色的铠甲折映着耀眼的日光。壮威豪猛的将军们透露出奋勇歼敌的暴烈愤怒，蕴涵着纵横八方的胆略和豪气。有谁认为那广延的江水难以渡过？我看一束芦苇之伐就可轻松穿越。兵法的上策是“不战而屈人之兵”，不诉诸武力而谋得和平才称得上是贤良所为。周朝的先人古公但父以岐地作为蓄积酝酿之地，武王灭商实在是要归功于曾祖父的奠基。春秋时的谋士孟献子为晋国出计在险要的虎牢之地修筑城防，迫使郑国畏战而俯首称臣。汉将赵充国以万人屯田开荒种地，使得先零部落没了牧野而不战自乱，四万人降服汉朝。

这首诗描写出了“六军”（天子所统领的军队）的非凡声势和同仇敌忾之豪气，展现了大魏将士在江边操演的雄壮景象，借以披露“不战而屈人之兵”的用意，表明曹魏将士正要在此一振军威，盛推昔贤创建之奇勋，洗雪赤壁之战之耻。曹丕在对孙权的藐视之中显示了他高度的自信，抒发了他欲横渡天堑、一举歼灭孙权的壮志豪情。

可万没想到，本来还是十月的季节，一场大北风过后，老天爷竟然下起大雪来。你看，大片大片的雪花，从昏暗的天空中纷纷扬扬地飘落下来。只见四周像拉起了白色的帐篷，天地之间白茫茫一片，霎时间，长江，长江两岸陡峭的山峰，山峰旁边的田野、村庄，全都笼罩在白蒙蒙的大雪之中。

历史上从来没有过这种怪异天气，往年长江很少结冰，即使结冰一般也是在冬至前后。可这一年十月的长江江面居然冰封了，战船在江中冻住了。这已经是曹丕第三次伐吴了，时不我待。结了冰，战船不能在江中自由驰骋，曹丕迎战孙权取胜的希望就会变得十分渺茫。

曹丕下令，派少数士兵沿江面之冰探路。开始，士兵、战马小心翼翼，有士卒与战马滑倒。再往里，有人马落江。南岸，冰面上一溜战船像一堵铜墙；岸上，东吴握弓的将士队队行行，持刀枪的兵丁如蚁排衙。

此时的曹丕无计可施，只有望雪扼腕兴叹的份了！他暗想：第二次伐吴，赶上狂风雷雨、长江暴涨的天气，这次十月天气，本来风平浪静的，却又冰雪封江，难道天不遂愿，天意不在朕吗？他望着长江慨叹：“苍天啊！这是上天故意用来隔断长江南北的啊！难道曹丕不能在有生之年实现伟大志向吗？”他长长叹气，禁不住泪流满面。面对长江，他无可奈何，只好下令撤军。

回军的路上，曹丕心里十分难过。他回想着往事，近四十年来，自己吃了多少苦，受了多少罪，忍了多少常人所不能忍受的委屈，才继承了王位，登上了帝位。他终于能当家做主施展自己的伟大抱负了。大魏地域广阔，五谷丰登，国泰民安。他要统一天下，为何攻打东吴与西蜀这样不易？

黄初六年（225）十月底，战事不顺，曹丕无意再回老家谯县，绕道回魏都洛阳。这天傍晚，部队宿营。他问："宿营何处？"曹休答："中牟县。"曹丕一愣，中牟县，好熟悉的地名啊！他记起来第一任妻子任芳就是中牟县的。岳父任峻任公是当地名士，也是华佗表弟。当年父亲杀董卓没成功，逃亡时途经中牟，任峻曾出手相助。娶任芳是父亲在老家谯县大宴宾客时盛情邀请了任峻任公，偏巧任芳跟随，偏巧她玩沙包正好打中了自己的脑袋……

曹丕宿营，曹休派虎贲军士四面把守，戒备森严。曹丕想拜访一下由于反对父王就任魏王而被致仕的任公。任公致仕也罢，任芳偏狭无礼也罢，任公对曹家还是有恩的，任芳原来对他也是一片真诚的。曹丕吩咐曹休派人打听一下，看任公身体是否安康，并让他前去通报，自己要拜访任公。

不一时，曹休来报："十年前任家遭遇天火，任公一家人全部丧生。当时中牟县还流传了好长时间对陛下十分不利的谣言……"曹休欲说又止。

曹丕两道倒立的剑眉展了两展，细眼睛里射出寒星般的光泽，道："讲！"

曹休道："臣下不敢。"

"许你无罪。"

"他们纷传，是陛下派人放火，才……"

曹丕怒火中烧，继而生出深深的怜悯痛苦之情。他不明白，人们为什么总爱以小人之心度君子之腹。他从小谦恭、忍让，一心实现自己的人生抱负，怎会用下三烂手段做滥杀无辜的事情？任芳从进曹家到被送回中牟，他俩在一起也过了三年多的时光，曹丕对任芳还是有一定感情的。怎会生出一场天火，她一家人咋会说没有就没有了？曹丕对任家的遭遇既怜悯又难过。他怀疑："难道是父王下令……不可能啊！"

曹丕问："县令怎没有破案？为何不上报朝廷？"

曹休答："听说查了，可没查出凶手。当时地方报告了魏王，魏王下令封锁消息，严查凶手，没让外传消息。"

曹丕有种想痛哭一场的感觉。他感觉对任公、对第一任妻子任芳有所愧疚，便吩咐曹休道："我想去凭吊一下任公，别兴师动众，跟几个人就行了。"

十一月十五的夜，明月当空，天际几颗大星星在眨着眼睛；无风，不算太冷。曹丕腰挎宝剑，顺着宵禁的大街行走。曹休、许褚、曹泰带着几个虎贲卫队高手随行，几百名侍卫远远地跟在其后。

任公的一片大家园在中牟县城西区，大门官府的封牌还在，周围砖墙破破烂烂。北门开着一道栅栏小门，想必是任家所剩的家仆还住在里面。曹休喊两声没人应。曹丕吩咐道："你们在此守候，我一人前去，凭吊后便回。"

曹丕进院，大院里到处是倒塌的房子、揭顶的屋墙、砖块瓦砾。花园荒芜了，原来的甬道满是干枯的杂草，踩上去软绵绵的。曹丕不知站哪儿凭吊，他不知道任公夫妇住在何处，也不知道他们埋在哪里。他甚至犹豫，该不该凭吊一下任芳。

大院正中有个用篱笆围起来的低矮的小院，见一农妇独对孤月在小院内纺棉花。曹丕走进去，那农妇并不慌张，瞪起眼看看他，猛地回头随手递来一个蒲团："官家坐吧。"

曹丕接住农妇递来的蒲团，坐了下来。月光下，看那农妇，饱经风霜，斑斑泪痕，有一种似曾相识的亲近感觉。

农妇问道："官家深夜到此有何贵干？"

曹丕叹道："实不相瞒，这任公与我本是亲戚，只是相距遥远便有些生分了。路过此地，才知十年前任家遭此不幸。我想凭吊一番，可不知老人家住在哪屋，葬在何处，所以打搅，来此一问。"

农妇起身从屋里端一碗水来，恭恭敬敬递给曹丕。曹丕双手接过。农妇问道："你当真不知任家遭此劫难？"

曹丕点头："当真不知。"茶水温温的，水碗中映出一个圆圆的月影。圆圆的月影在碗水中不安地晃动。曹丕行了一段路程，身体的虚弱让他还真是有些口渴，他便端水送到嘴边。

那女子以手示意他停下，问道："那你是否还想凭吊一下女子任芳？我是这家女仆，他们的葬地我都知道。"

曹丕道："确有此意。"

农妇道："据我所知，那任芳曾嫁给谯县名门大户曹家，只是任芳脾气暴躁，不懂礼节，可恶得很哪！"

曹丕道："在我看来，任芳虽脾气暴躁，但她心地还是十分善良的。"

"你当真这样认为？"

"当真这样认为。人非圣贤，孰能无过？"

"娘子，少与他啰唆。当官的人都是一肚子坏水，话却说得冠冕堂皇。"

随声，从屋里走出来一个六十来岁的男人。映着月光，只见他手持宝剑，肥头大耳，布满胡楂的脸泛着铁青的颜色，龅牙外露。

曹丕挺起身子，手扶宝剑，厉声呵斥："你是何人？为什么出言不逊？咱俩可有仇怨？"

那人冷笑一声，道："这也叫冤有头债有主，明人不做暗事，今天让你死个明白。告诉你，想杀你们父子的大有人在。你父亲棒杀的蹇图的儿子蹇力，荀彧的四弟荀谌，陶谦儿子陶商，鲍勋儿子鲍量，最近又来了臧霸的义子臧旋，还有东吴、西蜀派来的高手，全想杀了曹操与你。只可惜你父亲积了善缘，你家人有武功高手曹知、曹嬷嬷保护，还有许褚与曹仁派的高手护卫，才使得曹操与你一次次化险为夷……"

曹丕吃惊得张大了嘴巴，真让父王与曹仁说对了，还真有看不见的双双黑手在磨刀霍霍，更想不到曹知、曹嬷嬷竟是武林高手，在暗中保护着他们一家人……曹丕为了探听到更多内情，冷静地问道："你是何人？咱俩何怨何仇？"

那人冷笑一声，道："给你说了无妨，我是你要抓的张闿。三十年前你父杀了我的很多弟兄，我到泰山郡投靠了陶谦。陶谦与你父早有仇怨，他让我带一队盗匪以护送你祖父曹嵩为名，杀人劫货，所得钱财给陶谦一半。我带领他们杀了人，截了财物，放火烧了寺庙，带二百人逃奔淮南，后投奔淮南的袁术，并奉袁术之命假装路过陈国，刺杀了当时的陈王刘宠和陈国国相骆俊。哪知，你父曹操一直追我不放。我改名换姓，躲在中牟。恰好你妻子任芳省亲，我带人一把火烧了任芳全家。我看任芳有几分姿色，就冒着大火把她从昏迷中救活，她感恩于我，也就嫁我做妻了……"

"啊！"曹丕皱皱倒立的八字眉，细眼里射出两道焚烧的火焰，气得浑身颤抖，感觉从心中燃起一股怒火，烧得他疼痛难忍。他牙齿咬得咯吱咯吱地响动，腾地站起身来，"仓啷啷"抽出明晃晃的宝剑。他一定要亲手杀掉害死爷爷的仇人！他相信自己的剑术，他曾击败过剑手邓展，他挎在腰中的三尺宝剑绝不是摆设。曹丕冷笑一声："张闿，你这个狠毒的家伙！手段极其残忍，杀了我祖父祖母，杀了我的叔叔，连我家的家丁仆人也不放过。事后还一次次害我，一次次害我家人，你……你简直没有人性！"

张闿冷笑道："你少给我说什么人性！看看你父亲杀了多少人！你即王位后，又杀了多少人！你们爷俩儿手上沾满了多少无辜人的鲜血，你有什么资格谈人性？"

曹丕展展剑眉，耳后的青筋随着牙齿"咯吱吱"的响动在不住地乱颤：

“张闿！你们杀人越货，残忍凶狠，丧尽天良，完全是害人的强盗！我们杀的是犯法之人……”

“哈哈哈！”张闿发出一阵怪笑，“自古以来，都是胜者为王败者为寇，如果我胜了，你曹操、曹丕就是强盗……”

“嘿嘿！”曹丕一阵冷笑，“正义自在人心，我今晚就用正义的宝剑杀死你这个恶魔！”曹丕挺手刺去。

张闿反手拨过曹丕宝剑，恶狠狠地道：“你带着几个人来，我们全都清楚。那晚在王府行刺被你们逮住三人，今晚绝非那晚！此院绝非王宫！附近还藏着死士二十多人，就算你的几位护卫全部过来，量你也插翅难飞。刚才我在水中已经下了毒，你喝了毒药，量你难活过一个时辰，根本无力与我厮杀。你死前要想与我决斗，我成全你，与你公平厮杀，你就乖乖受死吧。”

曹丕颧骨高峻，棱角分明；剑眉细眼，目光锃亮。他冷笑一声，道：“截路、暗杀、下药，纯属小人所为！朕不知道你还会什么？”曹丕清楚，他并没喝水，是那农妇示意不让他喝，水根本没沾到唇。他不再多言，对待凶猛的敌人不能靠油嘴滑舌、高谈阔论争个是非曲直，而是须用锋利的宝剑来表明态度。他挥剑刺去，剑气袭人，天地间充满了凄凉肃杀之意。正所谓，仇人相见，分外眼红。那张闿闪身躲过，反腕便刺，剑光闪闪，如游龙穿梭。曹丕抽剑顺势拨开，剑光在空中画成刺眼的亮弧，白鹤亮翅一般。二人各使剑法，斗在一起。曹丕一剑长虹突然化作了无数剑影，剑剑直刺张闿命门。那张闿毫不含糊，剑如白蛇吐信，“嘶嘶”带风，又行走四身，轻盈如燕。

曹丕开始略占上风，划破了张闿了袖子。那张闿本是盗贼出身，虽然年近花甲，然身体硬朗，剑艺亦是十分了得。曹丕虽近不惑之年，然身体虚弱，渐渐喘了粗气，出了虚汗；虽是冬天，头上热气腾腾。

就在二人厮打期间，屋里跳出来几个蒙面大汉。

张闿道：“诸位不消动手，杀这厮，我一人足矣！”

突然，那女子大吼一声：“你俩住手，谁也别死！谁也不能死！你们男人为什么整日打打杀杀？人要多些谅解，少些仇恨。我佛慈悲，普度众生。大家相安无事过个太平日子难道不好吗？”

两人并不答话，好像根本无视她的存在一般。那农妇站在打斗的曹丕与张闿中间，两人呼呼带喘，停止了打斗。那农妇苦苦哀求：“人与人多一分友爱，少一分仇恨，才是正理，我对你俩早就抛弃了一切仇怨……”

张闿龇龇牙道："我与曹家不共戴天……"他躲过农妇，偏身一剑，曹丕闪身躲过，大吼一声："杀亲之仇怎可不报！"那农妇突然一下子抱住了张闿的双腿，在张闿稍做犹豫的一刹那，曹丕点剑而起，一道银光骤如闪电，直刺张闿咽喉。那女子一愣神，曹丕快步上前，手起剑落，那张闿人头带着鲜血，骨碌碌滚到地下。

几个蒙面大汉飞快围住了曹丕。

那农妇护在曹丕身前，曹丕呼呼喘气，持剑对着前面的人。

刚才农妇没有白喊，喊声惊动了曹休、许褚、曹楷他们。几个虎贲卫士飞快地赶过来，对着黑衣人就是一阵乱砍。曹休冲入圈内护住了曹丕，许褚、曹楷带几个虎贲卫士与刺客战在一起。

"噌噌"从周围闪过二十多个刺客身影，把曹丕他们团团围住。曹丕的侍卫迅速赶来。两队兵将在农家小院里，在任公家废墟的院场里，好一阵厮杀。

明月悬在中天，光华似冷飕飕的尖刀。冷月令严夜恐怖，恐怖填满任公破院。两队人马生死决战，一队人如饿虎下山，另一队人恰似蛟龙出水。两班人往来冲杀，白刃闪闪相交，冷光"嗖嗖"有声。打斗扇起的寒风似箭，箭风渐渐扬尘土，顿时天昏地暗，宿鸟惊飞，血肉横飞，暴尸沙砾，血满院内之土。这场面着实惊心动魄……

那刺客哪里是许褚和虎贲卫士的对手，经过一段时间的拼杀，他们死的死，伤的伤，剩两个人撒腿飞快地逃跑，越墙而去了。

曹丕放下宝剑，抱起张闿人头，仰天"哈哈"大笑，朝着谯县方向"扑通"一声跪倒："祖父，父亲，子桓今晚报了杀亲之仇，让咱曹家仇人张闿的人头落地了……"话没说完，他一头栽到地上，不省人事了……

撤军慰亲

等曹丕苏醒过来，见身边御医正对自己施救，曹休、许褚、曹楷一脸惶恐。

曹丕颧骨高峻的脸蜡黄，倒八字剑眉下的细眼里发的光很是暗淡。他醒过来，感觉头晕得厉害。他慢慢坐正身子，道：“诸位不必惊慌，我是报了杀祖之仇，欣喜过度才昏迷过去的。”

“皇上无恙，乃大魏之福，臣等之福！”

曹丕问道：“那农妇是谁？她救了朕一命，现在何处？”

曹休答道：“禀皇上，经查验，那农妇本是……本是皇嫂任芳……我们听见她的喊叫声赶来杀死贼人后，见她拔起身旁死人的剑自刎了。”

“啊！”曹丕皱皱两道倒立的剑眉，细眼睛里流出滴滴眼泪。他走过去，看看任芳的尸体，她变化也太大了。原先苗条的身材，现在已变得十分臃肿；原先忽灵灵的眼睛，月光下紧闭着，泪迹斑斑，迷迷蒙蒙；原先红扑扑的脸蛋，变得煞白无颜。

对于任芳的死，曹丕心里十分难过。只可惜，刚才月光下只觉面熟没认出她来。原先，他厌弃她，嫌她粗俗无礼，到现在才知道，她的确是一枝美丽的野花。要早知道她这样善良真挚，他宁可把这枝野花插在家中最美丽的花瓶里，说什么也不会扔掉。他下旨：“把任芳埋在谯县曹家墓地，与侍妾齐。待朕禀过母后再另行封号。”

“诺。”

曹丕又问：“贼人共有多少，杀死的是谁？逃跑的有谁？”

曹休吞吞吐吐答道：“禀陛下，贼人总共有二十七名。这些人都是死士。除了当场被杀的，他们个个嘴含毒药，逮住活着的也都服毒自尽了。我只认得突龅牙张闿，荀彧的四弟荀谌，鲍勋儿子鲍量，其余概不认识。逃跑的两个也不知是何人……”

杀了张闿，曹丕感觉这次自己没有白白出兵，杀了仇人，也是完成了他一桩重要的心愿。他吩咐道：“把凸龅牙张闿埋在兖州府衙后面池塘边的枯井里，立一小石碑，上写‘恶犬坟’，好让世人千秋唾弃。其他贼人就地掩埋。”

直到现今，兖州一带仍然有“恶犬坟”的传闻。

曹丕经过这次打斗，添了哮喘与浑身颤抖的毛病。

中牟距曹植所在的雍丘并不太远，曹丕猛地想起四弟曹植来。他想见见他，有些话，要当面给他说清楚，免去他不必要的误会。母后惦记曹植，自己当哥哥的去看看他，也是应该的。曹丕下令：“大军绕道雍丘。”

曹休应答：“诺。”

第二天，太阳升起一竿子高时，曹丕人马滔滔，直奔雍丘而去。

雍丘，是今河南杞县。杞县古称雍丘城，为杞国的都城。杞在这儿立国一千余年，现今境内仍有众多的夏、商、周文化沉积，《列子·天瑞》中的成语“杞人忧天”的杞人，乃本地人氏。曹植在生命的最后十二年里，曾两封雍丘，在此度过了六年时光。雍丘，变成曹植生命中的一个地标。

曹植王府建在雍丘城正中央。

曹丕的车队来到了夕阳映红的雍丘城高高的外城楼南大门，雍丘大小官员在城南大门外跪倒一片。

曹休传旨：“陛下有旨，郡守县令明天才见，今晚只与雍丘王叙旧，其他官员一概回避。”

“诺。”

“陛下安康！”

皇车在大街中间行走，两边是威风凛凛的皇家卫队。曹植与郡县官员跟在皇帝车后，大街两边跪满百姓。守城门的，大街两旁站岗的，巡街的，王府内外警戒的，全部换成了虎贲将士。

皇车进了外城门，经过铺有汉代八砖的宽阔街道，过了内城门，行到雍丘王府大门前。曹丕被两个美颜宫女搀着从车上下来。曹植、曹志、谢夫人，连同曹植的小妾，跪倒一片。曹丕搀起弟弟，二人携手进到曹植的王宫。曹植扶曹丕上到高台桌案上坐下，自己退到下面。曹丕拉着曹植同坐高台，道：“咱兄弟共二十五人，至今仅有十四人，手足同胞只你我二人。眼见得我鬓添白发，你额增皱纹，让人好不悲感啊！”

曹植含泪，默不作声，突然双膝跪倒放声大哭：“陛下，祖父母早亡，父王已故，二老双亲只有太后，我日夜担念她老人家饮食起居，望陛下开恩，让我见母后一面。”

曹丕看看自己的亲弟弟，原来高昂的头如今低垂着，原来直挺的身板变得有些驼背。原来白白胖胖的曹植如今身体显着有些虚肿。他的额头蜡黄，两弯浑如黑漆的眉毛变得有些稀疏，一双闪闪放光的大眼布满血丝。原来意气风发的王子如今变得颓丧萎靡了。曹丕不觉已经泪流满面，忙搀起曹植，安慰道："放心，母后身体安康，我与夫人、孩子每日早晚问安侍候。"

曹植泣不成声，道："母亲宠我惯我，我却不能为她老人家尽孝，心中很是愧疚。求陛下开恩，让我见母后一面，给她老人家端碗饭，洗洗脚。"

曹丕道："弟弟莫悲，我回京禀过太后，再安排你进京看望母后。"曹丕向曹植述说了杀张闿、葬任氏的事情。曹植十分激动，真情地夸了曹丕好一阵，夸得曹丕心里暖洋洋的。

饭菜有用人送上来，干炒油炸，烹煮凉调，上了满满一桌。

曹丕道："也太浪费了，我在皇宫也赶不上弟弟你的饭食。"

曹植道："陛下有所不知，我平时只是心情郁闷贪些酒杯，饭菜倒是极其简单的。今天特意为招待陛下才做的。"说完，拿起筷子，道："我先食。"曹植每样菜都尝一遍，好让曹丕放心。

曹丕笑道："弟弟见外了。"也拿起筷子就近搛了两口菜，赞道："你的大厨手艺不错！"

曹植倒上了酒，道："咱难得一聚，心里高兴，自家的九酝春，来，陛下，臣弟敬您一杯。"

二人掩袖喝下。

曹丕问："弟弟可曾有新作？拿来让朕欣赏一番。"

曹植道："我每天以写诗度日，有是有，只是不堪入陛下耳目，又妨碍酒兴，还是不看为妙。来，喝酒，我敬陛下。"

曹丕抿一小口酒，道："孟子曰'食色，性也'。食当然是佳肴美酒，然酒色是杀人的钢刀，这两样均得有度，适可而止为好。咱兄弟难得一见，少饮酒，多论诗文，岂不快哉！"

曹植拿出一本新书，书是用上等的剡藤纸（也被称为"玉叶纸"，以产于剡县而得名）抄写的。封面有"曹子建文集"五个字。曹丕一看，字形偏方，左右分展，起笔蚕头，收笔燕尾……就知道是四弟用自己惯用的汉隶体书法亲自抄写的。他翻开书页往里看，只见《送应氏》《杂诗》《洛神赋》……以前都看过了。一篇《七步诗》映入眼帘：

煮豆持作羹，漉菽以为汁。
其在釜下燃，豆在釜中泣。
本自同根生，相煎何太急?

当然，曹丕理解意思。煮豆来做豆羹，过滤的豆子做成汁。豆秆在锅下燃烧，豆子在锅里哭泣。豆秆和豆子本是从同一条根上生长出来的，为什么要相互煎熬逼迫得那么狠呢?

曹丕看了心里极不舒服，看来四弟对自己还存有很深的误会，诗中的沉郁愤激冷飕飕地扑面而来。这首诗用同根而生的萁和豆来比喻同父共母的兄弟，用萁煎豆来比喻同胞骨肉的哥哥残害弟弟，表达了对他的强烈不满。

曹丕道："为何叫《七步诗》？"

曹植喝了一大口酒，道："那天我走几步，吟出了此诗，故名之。"

曹丕道："有些话朕挑明说了你心里也许会舒服些，那时你与朕争王位，本无可厚非。朕心里虽有些恨你，可自亲政以来，只是防着你，让你享清福，不让你参政。朕这样做你也应该理解，俗语曰'害人之心不可有，防人之心不可无'。朕若有害你之心，杀你的方法还不多?直到今天，咱俩是同父同母弟兄，你看看同父异母的兄弟姐妹们，不都好好地活在世上吗?这就是朕不害人的明证。四弟，恕我直言，你有两个致命弱点，一是嗜酒如命，二是偏狭行事，你只适合做个诗人，不适合治国。"

宫灯通亮，通亮的宫灯把曹植的脸映得通红，像块老红布。

他也许不愿辩解，也许不敢争吵，脸红了一阵，道："陛下想多了，我一直佩服陛下的才干。来，喝酒！喝酒！"

曹丕道："四弟有什么要求，尽可给二哥讲来，朕不怪罪你。"

曹植道："我有三个心愿：一是想见见母后，二是想任郡守，哪怕让我任个县令也行，三……"

曹丕道："第一条我说了，等禀过太后再传旨给你，你眼下只能当个藩王写写诗、练练字、画个画。等你改掉嗜酒偏斜的毛病，我会让你做官赴任的。你还有什么要求？"

曹植道:"我还有一事不明,陛下给王府派的兵,为何都是老弱病残……"

曹丕道："王府用兵只是保护王侯个人安全，大的事情还得靠朝廷来办，全国郡王上百家，用兵不在少数，朕以为，应该把强兵用到统一大业上，各级王侯都是这样配置的。”

一阵风吹进宫内，曹植的身影随着灯光映在宫墙壁上，不住地晃动。曹植张张嘴，没说出话来。

第二天，曹丕接见了郡县官员，大宴宾客。让史官写上：增雍丘王曹植沐浴邑五百户。

下一天，曹丕回洛阳，与曹植挥泪而别。

魏文帝曹丕先到许都宫作了简短的停留，见了司马懿。他出征，有司马懿为他筹集粮草、盯着朝中大事，他放心。曹丕询问了司马懿朝中的一些事情，才放心地回到了洛阳宫。

回宫后，曹丕强打精神去永寿宫向母后问安，述说了杀张闿、葬任氏、看望弟弟曹植的事，以博得母后欢心。他担心母后难过，只说子建甚好，以及为他加沐浴邑五百户的事情，没言其他。卞太后听后怔了许久，对儿子的行事感到很是满意。由于任芳又侍奉了旁人，卞太后对把她葬在曹家谯县老坟不置可否，对她的封号没置一词。

曹丕便明白了母后的意思：对任芳只能当仆人相待，不再给她封号了。曹丕很替任芳难过，但又不便说什么。

卞太后看看自己的皇儿，心中却莫明其妙地生出一种深深的忧虑：盛极而衰。因为曹丕从谯县回来说，东庄园的石榴树枝折了三枝。“这是天意还是人为？”卞太后感觉石榴树在开出丽花结出硕果后，大概离衰败的日子不远矣。她心情十分忧虑。

这次出征回宫后，曹丕不久便患了风寒感冒，发烧咳嗽，胸闷气短。御医诊脉煎汤熬药，不见好转。曹丕感觉食之无味，身体乏困，连路都懒得走上一步了。

黄初七年（226 年）正月壬子日，曹丕向全魏发出一道诏命：“……天下征伐苦矣……国家民力不足，休战……重视儒者之风……苛政猛于虎，广议轻刑，以惠百姓……”

托孤下世

魏文帝曹丕四十年来，很少患病。他曾暗暗赞叹自己是“钢筋铁骨”。可就是这“钢筋铁骨”般的身子一病就卧床不起了。他的主要症状是心烦燥热，午后潮热，晚上出汗，颧骨泛红，消瘦，浑身无力，发懒多困。懒得不想走路，不想吃饭；困得天明睡到天黑，都有睡不完的瞌睡。这能算病吗？他认为根本不是病，太医也确定不了是什么原因，只是说阴虚，可阴虚是何病？他认为自己像一根皮筋被拉断了，再也绷不上劲儿了。

曹丕传旨让司马懿回到洛阳，让他在嘉福殿陪着自己。曹丕每天与司马懿商议一下朝中大事，然后让他传旨，这样感觉放心多了。

三月，春暖花开。洛阳宫红墙碧瓦，古朴凝重；亭馆台榭，布局精巧。楼宇古刹间，已经是满园春色。

甬道旁，散落着极为漂亮的梅树，风起时，梅枝一摇一晃，花瓣便纷纷扬扬，恍若漫天飘落的雪片。

宫墙边，桃花梨花开得正艳，白黄红色相间，放出缕缕香味。

高台上的铜鼎，体圆、腹大，两耳对立于口上，下有三足。铜鼎上饰有羽毛、三角、菱形、锯齿及马、牛、羊、犬、鹿、虎、豹、龙、凤、鱼等纹路。在铜鼎石龟之间，摆放着图案生动豪放、线条舒展流畅、釉色纯朴浑厚的花缸。花缸里，牡丹叶儿墨绿，花蕾挂在叶间，几株白色花骨朵的牡丹，枝条伸向高天，给人苍劲骨感的震撼。

曹丕的身体有所好转，但时好时坏。司马懿的表情也随着皇上的病情变化时笑时悲。哪天曹丕病情加重，一天没吃好饭，司马懿一天就泪迹斑斑，让曹丕好不感动。他见司马懿临离开他时，总是“狼顾”他几次，“狼顾”得曹丕倍感温暖。他看着司马懿泪迹斑斑的眼睛，无非是比其他人的眼细长一些，倒立一些，这鹰眼也让他感觉很是亲切。

五月丙辰（6 月 28 日），魏文帝曹丕病重。卞太后来看望儿子。见曹丕蓬乱的头发微微干枯，瘦削的脸拉得剑眉倒竖得更加明显，细眼睛中的寒光夹带着点点泪光，她心中不免一沉。她真的害怕白发人再次送黑发人，她的熊儿、彰儿，都早早离她而去了。

曹丕吃力地说道："母后，您辛辛苦苦把我们养大……朕怕不能再去给您请安了……儿子有愧啊！"

卞太后心里像被人砍了一刀，极力装出微笑安慰他："皇儿没事……小病小灾……人人都会有的……"

曹丕命人拿个盆来，倒上热水，放床踏板上。他支撑着坐起来，用手摸摸，感觉水不冷不热了，把水盆放到床边，吃力地说："母后，您过来，让儿子再给您老人家洗洗脚。"

卞太后摆摆手："等皇儿能吃饭了，再……"她话未说完，忙背过脸去，快步走到屋外止不住放声痛哭……

众人来劝，卞太后道："传我懿旨，让安丘王速来京城洛阳。"

魏文帝曹丕病重，他不得不考虑立皇储的大事了。

他一共有十个儿子，曹叡是长子。坦白地说，曹丕有些厌恶曹叡，不是厌恶他的聪明与善良；厌恶他，是因为他是甄氏所生。他后来厌恶了甄氏，也就连带着厌恶了曹叡，这也叫"恨屋及乌"吧。

可曹丕有无奈的地方，眼下十个儿子中，次子曹协、四子曹鉴、八子曹贡、九子曹俨、十子曹喈都已经先行一步，让曹丕先后五次白发人送黑发人。眼下还有长子曹叡、三子曹蕤、五子曹霖、六子曹礼、七子曹邕。这年曹叡二十二岁，在曹丕诸子中只有曹叡成年。为了避免主少国疑、大权旁落，曹丕得把皇位传给曹叡。再说，曹蕤、曹霖除了年龄小，还性情暴虐，素来与曹叡不合，经常打骂家中的仆人、奴婢。像这样人品的人根本没资格当皇帝，群臣们也不会拥戴。再加上卞太后、郭皇后都喜欢曹叡，经过一轮轮的排除后，曹丕最后确定，曹叡才是继任皇位的最好人选。本来就是长子的曹叡，也因此成了嫡长子。

曹丕把几个儿子全都传来，气息奄奄地道："朕身体虚弱，怕不久于人世了……朕最牵挂的是你们几人……"

曹叡弟兄五人一齐跪倒，伏地痛哭："盼父皇康复，儿子离不开您的教诲……"

曹丕努力笑笑："人活在世，上至皇帝，下到黎庶，死亡是最后的归宿。

朕死之后，皇儿不要过度悲伤。你皇奶奶年纪大了，你们要替我行孝，照顾好她老人家，还要孝敬诸母……尔等务必精诚团结，维护尔等长兄元仲（曹叡字）的尊严、权力、威信。千万不能自相残害……你们几个握掌起誓……”

曹叡五人握掌起誓：“听从父皇教诲，孝敬长辈，精诚团结，维护长兄尊严……”

曹丕让曹叡单独留下来，趁着还有微微的力气，给他安排后事。

曹叡跪在龙床下，抓着曹丕的胳膊，看着瘦弱的父皇，泪珠止不住滚滚落下。

曹丕用微弱的声音说道：“叡儿继位后，要善待家人，等你的弟弟长大成人，都要让他们去封地。你四皇叔嗜酒偏狭，爱感情用事，不能让他管理政务与军务。中军大将军曹真、征东大将军曹休、镇军大将军陈群都是忠厚善良、能力卓著之人，要放心地使用。你皇祖父一再叮嘱朕，对抚军大将军司马懿要多留心，要限制他的权力，只是利用，不能重用……”两行清澈的泪水从曹丕的眼角流到耳根。

曹叡有种想张嘴大哭的感觉，他努力控制住自己的悲伤情绪，噙着泪，努力不让泪珠滚落出来，看着父皇使劲点头。

曹丕的泪珠顺着眼角大滴大滴流出来：“朕死后，你皇祖父写的《隐控术》一书，让郭皇后传授于你。书中著有政治、军事、外交、制度、行事等诸多方面内容。要嫡子单传，认真研习……”

曹叡点头：“孩儿谨记在心……”

曹叡喂父皇两口茶。曹丕呛了一口，曹叡用丝巾为父皇拭去嘴角的水渍。曹丕抿抿嘴道：“想朕匆匆忙忙四十载，短暂一生，统一大业未成，百姓仍饱受流离战乱之苦。望儿勤政为民，早日铲除孙权，消灭蜀汉，统一中华，让华夏各族安居乐业，朕死而闭目矣！”

曹丕鼻子酸疼，泪眼朦胧：“孩儿……一定……”

曹丕临终时，下诏传来大将军陈群、中军大将军曹真、征东大将军曹休、抚军大将军司马懿，含泪对魏太子曹叡说：“有此四公辅佐，朕放心，尔慎勿疑之。”

曹丕诏令他的爱将镇军大将军陈群、中军大将军曹真、征东大将军曹休、抚军大将军司马懿受领诏命：“尔等四人，为辅政大臣，共同辅佐嗣主曹叡，务必忠诚侍主，勤勉做事，保大魏一统天下……

四位顾命大臣含泪痛哭："陛下……臣一定谨记……"

曹丕努力挤出一丝笑容："天不佑朕，让朕早早遗世，若再给朕十年阳寿，朕定能统一天下……"他脸色蜡黄，豆汗滴滴……

"陛下，龙体保重……"

曹丕下诏，后宫淑媛、昭仪以下的妃嫔悉遣还家，与其骨肉团聚或嫁人。曹操以前，嫔妃的结局有两种：一种是在君王去世后，跟着君王殉葬；另一种是在皇宫中孤独地老死。曹丕让这些嫔妃回家，她们即便没有改嫁，也可以在家中跟亲人相伴。曹氏父子的做法，不得不说是一种文明与进步。

曹丕断断续续地道："厚葬并不是自古就有的规定……尧舜葬身于山林。葬就是'藏'……把尸体藏起来的意思……葬，就是为了不再让后人看到亲人遗体。朕死后……所用棺木、衣服……能遮盖尸体就行……"

曹丕对他死后的安排是：陵墓要"因山为体"，不封陵堆墓，不建寝殿，不修筑神道；不修建陵寝园地、不修建坟堆，不栽种树木；陵墓的构造以简单为主，禁止在地面有任何建筑；墓内不随葬金、银、玉、铜等贵重物件，以瓦器陪葬；墓地选在偃师首阳山东面的一块"丘墟不食之地"。

曹丕特意作了《终制》（即遗诏）放在宗庙里，还把几份副本，分别存在尚书府、秘书府的档案里。他在《终制》里说："安葬父母的遗体，使他们的魂灵永远安而无危，这是最大的孝顺。自古及今，没有不死的人，没有不被发掘的墓冢。董卓乱国以来，汉朝皇帝们的陵墓没有不被盗掘的。冢墓一经发开，撬碎棺木，掠走金玉珠宝，骸骨散乱狼藉，像受肢解的刑罚一样，岂不心痛！"

《终制》警告他的子孙们说："如果你们违背了我的诏书，随便改变我薄葬的意愿，到后来我尸体就会碎了又碎，等于死了多次。蔑视君父生前的遗训，就是不忠不孝，若死者有知，在阴间也不会保佑你们的……"

曹丕留了一份《终制》，把薄葬确立为制度，使之流传后世。曹操、曹丕的做法，受到历代人称赞。司马懿埋葬的地点，跟曹丕离得很近，也是在首阳山，同样实行薄葬，不修建坟墓，不栽种树木，不放陪葬品，妃妾不合葬。他俩或因相交甚密，死后选择用相似的方式下葬，赢得世人赞颂。后来晋朝皇帝去世的时候，大都效仿了曹操、曹丕的做法。

黄初七年（226年）阴历五月十八日辰时，曹丕大吼一声，猛地坐起身子，手指窗外厉声吼道："苍天啊！求你再给子桓十年阳寿，朕便可灭掉东吴，荡平西蜀，统一华夏……"话未说完，他细眼崩裂，口吐鲜血，在洛阳嘉福殿去世，享年四十岁，在位七年。他躺下后，感觉自己像是在老家谯县的涡河里，也许是在长江里，或是在黄河里，他说不清，只觉得自己光着身子在波浪滔天的水里，漂流，漂流……

曹叡按照魏文帝生前的文告、意愿，把他葬在洛阳西北首阳山南麓——当地人称"首阳陵"。首阳陵构造极为简单，陵墓以山为体，没让魏文帝与侍妾合葬，没建陵寝园地，墓冢没有坟没有树，没建寝殿，也没搞神道等设施，随葬品多以瓦器为主。地表没有任何历史遗留的痕迹，致使后人无法找到曹丕墓的确切地点，这也成为历史上的千载悬案。

曹丕学习父王曹操的做法，是简殡薄葬的倡导者和践行者。经过东汉末年的连年战乱，曹丕深谙世事沧桑。他认为盗墓的祸根源于厚葬，把金银珠宝等贵重物品随葬于墓内，是引起墓冢被盗的主要原因。曹操去世后，葬礼就比较简单了，墓内"无藏金玉珍宝"，曹丕是在效仿其父。

下葬时，卞太后再次白发人送黑发人，流泪泣啼。魏文帝葬后，卞太后大病了一场，她再一次感觉到自己变老了。

曹植接到让他回洛阳的圣旨，便马上动身。赶到洛阳，皇兄已经去世了。他心里感到十分空虚，空虚化成了一种悲情。埋葬了二哥后，他又陪着母后落了几天泪。

魏文帝曹丕，字子桓，曹魏王朝的开国皇帝。

终其一生，曹丕不愧是开明君主，在历史上名声显赫。他采取了一系列有利于社会发展的措施，使魏国人民安居乐业。他实行了"九品中正制"，确立了人才选拔任用制度，使士家大族得到了更多的做官机会，借以取得他们的支持，从而巩固了曹魏政权。

他结束了汉朝四百多年的统治，是三国时代的第一位皇帝。他在位期间采取宽仁政策，减轻徭役和兵役，使得饱受战乱的北方地区逐渐安定下来，为中国北方地区的繁荣富强做出了巨大的贡献。

魏文帝即位后，曾下了息兵诏、薄税诏、轻刑诏。他是一个很有理想的皇帝，希望能够把天下治理得更好。但是很可惜，他只做了七年的皇帝就早薨了，死时年仅四十岁。

魏文大帝曹丕走了，老家谯县的涡河水汤汤奔流，长江浪浩浩千里，黄河涛滚滚东去。

尾　声

曹叡即位

曹叡从小就得到祖父曹操的喜爱。曹操常令他陪伴在左右。曹叡年幼聪慧，曹操曾惊异地说：“我基于你可以有三世之业了。”在朝会宴席上，曹操经常叫他与侍中近臣并列。曹叡好学多识，对律法特别留意。

黄初七年（226 年）五月，年轻的曹叡在祖母卞太皇太后、养母郭皇太后的帮助下于洛阳继承了大位，是为魏明帝，定年号太和（227 年—233 年）。

魏明帝曹叡（204 年—239 年 1 月 22 日），字元仲，沛国谯县人，魏文帝曹丕长子，母文昭皇后甄氏，三国时期曹魏第二位皇帝，公元 226 年—239 年在位。曹叡能诗文，与曹操、曹丕并称“魏氏三祖”。曹叡天资聪慧，记忆力强，唯细眼剑眉仿曹丕，面相多仿甄宓，自小容貌十分秀气，长发及地，因为口吃所以少说话，但是沉稳坚毅有决断。

曹叡继位之初，跟祖母、养母商量，打算建都长安。

卞太皇太后道：“你祖父驾薨洛阳，我哪儿都不去。孙儿三思，眼下长安衰败，扩建京城必然大兴土木，大兴土木必然给国人带来沉重的负担……”养母郭皇太后不置可否。

曹叡明白祖母说话的分量，仍定都洛阳。

曹叡即位，卞皇太后被封为太皇太后，封郭皇后为皇太后。

曹丕在位时，本打算要选定吉年追封卞太后的父母，但没来得及实施便离世了。曹叡继位后，追谥卞太皇太后的祖父卞广为开阳恭侯，追谥卞太皇太后的祖母周氏为阳都君；追谥卞太皇太后的父亲卞远为开阳敬侯，母亲为敬侯夫人，都赠予了印绶。

曹叡即位后，对养母郭皇后颇有孝心，对郭家屡加封赏。太和四年，他诏封文德郭皇后从兄郭表为安阳亭侯，又进爵乡侯，增邑并前五百户，迁中垒将军，郭表的长子郭详当上了骑都尉；同年，追谥郭皇后死去的父亲郭永为安阳乡敬侯，母亲董氏为都乡君，再晋封郭表为昭德将军，郭表的次子郭训也当上了骑都尉。

皇宫宦官为曹叡选了上千美女，远远超过皇祖父曹操与皇父曹丕。曹叡喜笑颜开。曹叡任平原王时的原配王妃虞氏，因后宫充实许多美女而泄愤，被曹叡遣黜。毛氏于公元 227 年被封为皇后。

曹叡怀疑生母死有他因，多次向卞太皇太后探问究竟。卞太皇太后说："你皇母甄宓，心地善良，泽德仁厚，对我对你皇祖父极为孝顺。至于她的死因，我不清楚，你可派御史府审查。"卞太皇太后知道她说这句话是十分有分量的。

曹叡向皇祖母打探母后甄宓下世的原因，让郭皇太后终日闷闷不乐。她后悔当时只顾逢迎皇上，忽略了精明的婆婆卞太后。现在她盼望婆婆能为自己说句好话，因为关于甄宓的死因，自己最容易引起当今皇上的怀疑。

卞太皇太后原先对这个儿媳的多嘴多舌颇有些看法，这时候对她的态度是不置可否。

曹叡根据皇祖母的提议，于太和元年（227 年）三月，以中山国魏昌县之安城乡一千户追封甄宓的父亲甄逸，谥号"安城乡敬侯"，甄逸的孙子甄像承袭爵位；追尊甄宓为文昭皇后，为甄宓修建陵墓。

曹叡派司空王朗持节以三牲之礼到甄宓陵墓祭祀，又专门为她修建了寝庙。太和元年四月，曹叡下诏在洛阳营建祖庙，施工时从地下挖出一块玉玺。此玉玺一寸九分见方，上面刻有"天子羡思慈亲"六字。曹叡持玺动情而泣，备下三牲重礼亲到宗庙祭告。

曹叡皇帝又多次梦见亲生母亲文昭皇后，越发增加了对母亲甄宓的怀念。曹叡对生母诸舅氏按亲疏排出顺序，分别予以任用，赏赐累计达到万两之巨，又擢升母后亲侄子甄像为虎贲中郎将。

曹叡根据父皇的遗嘱，大封群臣，封钟繇为太傅，曹休为大司马，曹真为大将军，华歆为太尉，王朗为司徒，陈群为司空……

曹叡登基不久，就遇到内外敌人的攻击。

孙权得知魏文帝曹丕去世，于八月出兵攻魏，命诸葛瑾、张霸兵分两路进攻襄阳，亲率吴军进攻曹魏江夏郡。

曹魏朝臣商议发兵救援。

曹叡道："孙权的军队擅长水战，这次不用水战转到陆上攻城，不过是趁文聘防守不严而突然袭击罢了，不会持久。”他御驾亲征，直接迎击孙权。军队抵达江夏城外，曹叡命荀禹指挥军队借山势举火靶向吴兵发起进攻。孙权不敌，急忙退兵，如鸟兽散。

魏明帝曹叡继承父皇统一中国的遗志，问司马懿讨伐东吴与蜀汉，应该先从何处入手。

四十八岁的司马懿微微发福，鹰眼依然闪亮。他看看曹叡，暗想：一朝天子一朝臣，要取得曹叡的信任，依然得靠他杰出的才能与始终如一的勤政、忠诚与隐忍。司马懿道：“东吴认为中原人不习水战，我进攻时，他就守住各个渡口。夏口、东关两地，是东吴的心腹之地。我们可带领大批陆军假装着向皖城进发，吸引孙权向东救援，带领水军趁东吴防卫力量空虚，用神兵从天而降的气势进攻夏口，一定能攻破东吴的防线。然后大军渡江，可一举而破东吴。”

魏明帝认为他的意见十分正确，命令他回宛城做好出战准备。

八月，大司马曹休不按计划，直接过皖城深入敌境接应假装投降的吴将周鲂，在石亭被陆逊伏击，大败。

公元 227 年六月，魏明帝曹叡命司马懿驻扎宛城，加督荆、豫二州诸军事。

曹丕死后，降将孟达失宠。蜀丞相诸葛亮即暗中与他通信，孟达图谋叛魏。诸葛亮恐他言行反复无常，想促他速叛。诸葛亮了解到魏兴太守申仪与孟达有矛盾，便派郭模到申仪处诈降，有意泄露其事。孟达听说叛魏事情败露，准备马上起兵。

蜀将孟达降魏时，魏文帝曹丕待其甚厚。司马懿认为他言行倾巧，不可信任。魏文帝不听，任命孟达领新城太守、封侯、假节。

魏兴太守申仪把孟达图谋叛魏的消息密告司马懿，司马懿怕孟达突然发兵起事，忙给孟达去信，对他加以宽慰劝解：“将军从前抛弃刘备，将自身托付给魏国，魏国皇帝把图谋西蜀守卫国土的重任委托将军，可以说是心地像太阳一般光明。蜀国人对将军恨得咬牙切齿。诸葛亮想害你，只是苦于无策罢了……”

孟达收到司马懿信大喜，对是否立即反叛一事颇为犹豫不决。

大魏的几位将领认为不易马上对孟达用兵，应该先看看孟达的情况再行动。司马懿道：“孟达朝秦暮楚，不讲信义，这时候他还犹豫不定，我们应当趁这个时机抓紧时间消灭他。”曹叡认为司马懿意见正确，派司马懿率领军队从宛城出发，日夜兼程前去讨伐孟达。司马懿仅用八天时间就到达了新城城下。东吴、蜀汉派出援兵解救孟达，被司马懿的部队拦阻在西城的安桥、木兰塞等地。

上庸城三面环水，孟达在城外埋上木栅，加固城防。司马懿指挥士兵渡水，毁掉了木栅，直接进逼到城下。

公元 228 年正月，司马懿兵分八路攻打新城。仅仅用十六天，孟达的外甥邓贤、部将李辅开城投降。魏军进入新城，擒拿斩杀了孟达，俘获虏孟达一万多人。司马懿命人把孟达的头传送到京城洛阳，回军，仍驻扎宛城。他鼓励老百姓种植与养蚕，禁止浪费。南方官吏百姓心悦诚服。

太皇太后下世

曹叡即位两年，御驾亲征孙权时，走后不久，京城洛阳突然大乱。人们到处都在议论，皇帝出征驾崩了，从驾群臣都要拥戴曹植为天子。

不幸的消息让卞太皇太后再次陷入到了恐惧中，就像当年在洛阳听到夫君被杀一样，吃惊、害怕、悲痛……虽然在有些事情上她讨厌儿子曹丕，但她还是十分疼爱孙子曹叡的。任何人都劝不住，她痛哭了好几次。四个亲生儿子，她已经失去了三个。很难想象已到垂暮之年的她，如何承受得住再失去爱孙的痛苦。

卞太皇太后想到了原来在洛阳时，人们纷纷传说夫君被杀，后来夫君还不是好好地回来了吗？这次会不会仍是无中生有的传闻呢？她痛哭之后十分镇静地告诫群臣道："我细掂量了一下，皇帝出事的传说很可能是别有用心之人造谣生事的无稽之谈。诸位一切照常，各行其是，各履其职。"

过了一段时间，曹叡打着仪仗回到了洛阳宫。朝中文武百官到洛阳西宫门迎驾，跪倒一片。大家无不禁佩服卞太皇太后的沉着冷静，见识高远。

"皇孙啊，你出征后有传言说你……让我好不惦念呢！"卞太皇太后见了曹叡，拉着孙子的手高兴得痛哭一场。曹叡跪在祖母面前也痛哭失声："孙儿无事……朕外出时刻惦念皇祖母的安康……"她为孙子擦着泪，要曹叡追查制造谣言的人。

曹叡道："天下人都这么说，怎么追查？"

卞太皇太后狠狠地道："怎么会无法追查呢？讹言牵扯到谁就惩治谁！"

曹叡叹气道："如果追查到至亲怕不好收场吧，那还不如给大家都留个面子呢。"

卞太皇太后不再作声了。卞太皇太后亲生的四个儿子中，只剩下曹植这株独苗了，看来曹植依然没能让她体会到做母亲的心安。事后，她派人给曹植送去一封书信，大意是让曹植好好爱护当今皇上曹叡，维护他的帝位。若曹植有三心二意生出什么事端，她定不顾母子之情，让皇帝严惩不贷。

在卞太皇太后的授意下，卞秉之子卞兰的孙女，后来成了曹丕孙子曹髦的皇后；卞兰弟弟卞远的女儿，后来也成了曹操孙子曹奂的皇后。曹魏统治时期，可以说一直有卞家相伴左右。

曹叡对父皇抛弃自己亲生母亲的做法很是不以为然。曹叡早在十五六岁做平原王的时候，娶了河内（河南武陟）的虞氏为正妻。当时，他还有一位宠妾，是虞氏的同乡，姓毛。毛姬美貌温存，但是出身却很是低贱。毛姬父亲毛嘉是个勤劳忠厚的车夫。曹叡即位后，立即封毛氏为仅次于皇后的贵嫔，不久又把她册封为皇后，而把原配妻子虞氏丢到了脑后。

虞氏对丈夫登皇位后大量纳妃、封赏毛氏的做法十分生气，她与毛氏就像水火一样不能相容。卞太皇太后怕后宫闹出笑话，就好心去安慰虞氏。虞氏噘着嘴抱怨道："你们曹家从来都是喜欢立出身微贱的人做皇后，从来就没有以德义为重立过什么人。皇后执掌着后宫内务，皇帝掌管宫外大政，这两者本来就像牙齿与嘴唇，是相辅相成的关系。如果真不能善始，也就不可能会有善终。恐怕大魏的亡国丧祀就要从这些事情开始吧……"她说着说着停下了，因为她看到慈眉善目的祖奶奶脸色变黄了。

"简直一派胡言！"卞太皇太后听后十分生气，怒斥了一声夺门而去。无论虞氏怎么挽留，怎么道歉，她都执意离去。

卞太皇太后回到永寿宫，等孙子来问安时，她把虞氏的话原原本本转告给了孙子。曹叡听后气得直皱眉头，立即将不知天高地厚的结发之妻赶回了邺城旧宫。

曹洪的乳母因与临汾公主侍者供奉淫神而犯罪。卞太皇太后出来替她辩护说情，向曹叡再次讲述了曹洪救魏王的往事。曹叡不敢公开得罪皇祖母，他非常清楚，他这位老祖母有一种不达目的不罢休的性格。他私下与大理正司马芝商量好，假装根本没收到她的求情信，从轻发落了曹洪的乳母，也算是给了皇祖母一个面子。

卞太皇太后趁曹叡问安时，给他讲了曹洪的功劳，道："你皇祖父下世时嘱咐'要善待有功之人'……"

太和四年（230年），曹叡下旨，授曹洪为骠骑将军。曹洪感激涕零，想到卞太皇太后原来说的'国家用人时再启用你'的话作数了，曹洪再次感到这位皇嫂的不同寻常。重新被启用，曹洪在任兢兢业业、谦虚恭让，直到太和六年（232年）逝世。曹叡下旨追谥曰"恭侯"，其子曹馥嗣侯。

太和四年（230 年）二月四日，曹叡下诏令曰："世上朴实有用的文章，都是深受王教的影响。自汉末战乱以来，儒家经典衰微，年轻人的兴趣和追求，也不放在经典的学习和研究上，这岂不是官府训导不力，在官员的选拔任用上不重德行造成的严重后果吗？官吏们只有真正学通一部经典，有才有识才可胜任管理百姓的能力。"他下旨，提拔官员要严格考核，从中选拔博学高才真正的优秀者方可予以重用，而对那些华而不实的无能之辈则一律予以罢退。二月十日，曹叡又传令太傅三公，将文帝所著《典论》一书刻在石碑上，立于宗庙门外。

太和四年（230 年）四月，又是初夏时节。桃花、杏花都开败了。那时在谯县东庄园，多少个初夏，卞太皇太后看着刚刚长出花骨朵的石榴树，盼望着它能结果。在她七十岁这一年，卞太皇太后患病，曹植奉旨来看望她。她含泪看着她的子建，见儿子原来形如敷粉的脸已经变得苍黄，眉宇间不见了当年豪放不羁的意气；原来他如同抹朱的嘴唇变得有些干裂，面皮白皙如纸；他翩若惊鸿、宛如游龙的身材已经显着僵直而呆笨。她疼爱地说："子建啊，娘就要走了，要去阴间侍候你父王了。娘走之后，我儿要多多珍重……"

曹植努力咬着嘴唇，但无论如何也止不住泪水无声地下落："母后……您……千万别……"。

"植儿记住，我死后你一定要让我佩戴的这块凤玉，还有你父王那块凰玉随我一起下葬，这两块玉是我们夫妇一起生活四十年的见证……"

曹植哽咽着使劲点点头。

卞太皇太后就剩这一个亲儿子了，她看看自己最疼爱的儿子，含着泪用微弱的声音道："植儿，你也老大不小了，日后休要随心任性，要诚心保着曹叡……"

曹植跪在床前泣道："孩儿谨记母后教诲……"

曹叡来看望她。卞太皇太后用无力的手抓住跪着的孙子的胳臂，哭着说："奶奶不久于人世了……你不要忘记了……你祖父与你父亲的志向……要开张圣听……知人善任……勤政为民……创万世基业……还要厚待……你的亲叔子建……善待宗亲功臣……"

曹叡哭道："我皇祖鹤发童颜……还能再护着孙儿……莫说……"曹叡垂泪长跪不起。

公元 230 年七月八日，曹嬷嬷告诉卞太皇太后一个不吉利的消息：谯县老家东庄园的那棵石榴树枯死了。卞太皇太后大吃一惊，白头发一下子增加了许多，年轻时那红润的石榴花色的瓜子脸瞬间变得苍白，新月眉毛下的杏眼里流露出了苍黄暗淡的光。在她的经验里，石榴树一般能够活到一二百年，而她栽种的这棵石榴树才活了五十年呀！她想起了自己年轻时发过的毒誓。那时候，她刚进曹家，看着新栽的小石榴树想：除非石榴树枯折了，我才离开曹家。现在石榴树枯死了，也许自己该离开曹家去阴间见魏王了……

迷糊中，老县令、矮胖的华三彪子伸出魔爪，她最后看一眼她挂念的曹植，跑向了刀眉细眼的曹操。她认为，曹操是个真正的英雄……

七月九日，卞太皇太后在亲人的陪伴中安静地下世，享年七十岁，与魏武帝合葬于高陵。

秋风萧瑟，枯叶发出“窸窸窣窣”的响声，高陵落下一地枯叶。鸿雁哀鸣而过，像在诉说着今昔的沧桑：生前，卞夫人是曹操的贤惠妻子；死后，她是曹操陪葬的好女人，她还是父兄的孝顺女儿和体贴的妹妹；也是众多子女辈的好母亲，孙儿辈的好祖母……终其一生，卞夫人考虑家人，考虑亲戚，考虑别人，但她很少考虑过自己……

卞太皇太后下世三天，曹嬷嬷溘然而逝。这位陪伴卞太皇太后的忠实女仆，随主人去了。

曹子建在撰写母亲的诔文里，高度赞扬了母亲，表达了痛苦的哀思：“自母后嫁到曹家，家中内外照管许多事情，侍奉公婆，善待丈夫，养育后代，不辞劳苦。亲养蚕桑，纺花织布，克勤克俭。母后内心明净，外事清楚，德才兼备。老人家能包容众人，掩盖别人缺点，表扬别人优点。到文帝即位后，母后年已入耳顺，仍照顾体恤流亡的穷人及亲戚。家内家外，仍操劳庶事。她一生足不出户，心照万邦，一直到老，都里里外外，无一照顾不到……母后逝世，儿孙椎心泣血，涕泗交流……”

滚滚长江东逝水，浪花淘尽英雄……青山依旧在，几度夕阳红。

万里长空一碧无涯，中华大地辽阔浩渺。万里长空下，中华大地上，涡河水滔滔奔流，黄河浪涛滚滚，长江一泻千里……